Oscar Caplan

CURIA

Thriller

Aus dem Italienischen von
Annette Kopetzki

Piper München Zürich

Mehr über unsere Autoren und Bücher:
www.piper.de

Deutsche Erstausgabe
April 2011

Titel der italienischen Originalausgabe:
»L'Ipotesi di Copenhagen. Sulle orme di Mosè«, Fazi Editore, Rom 2009

Umschlagkonzept: semper smile, München
Umschlaggestaltung: Hauptmann & Kompanie Werbeagentur, Zürich
Umschlagmotiv: Vivienne Heinz
Satz: Kösel, Krugzell
Papier: Munken Print von Arctic Paper Munkedals AB, Schweden
Druck und Bindung: CPI – Clausen & Bosse, Leck
Printed in Germany ISBN 978-3-492-25944-6

»Ich werde den Eingeweihten ein Geheimnis enthüllen, doch sorgt dafür, dass die Türen geschlossen bleiben, damit die Profanen nichts hören.«

(aus: *Die Smaragdtafeln* von Thoth)

1 Es war Anfang August.
Vom höchsten Punkt des Himmels brannte die Sonne auf den Steinboden des Cortile del Belvedere und die neoklassischen Fassaden des Vatikanischen Geheimarchivs herab. Die verriegelten, durch dicke Eisengitter geschützten Fenster machten die Schwüle noch erstickender. Über dem Brunnen kreiste ein Rabe, sein Krächzen erfüllte den verlassenen Hof.

Vor dem Bronzetor des Archivs parkte ein dunkelblauer Lancia Flaminia, das Banner mit dem Vatikanwappen auf einem Kotflügel. Ein Priester mit den weichen Zügen eines Seminaristen lehnte an der Wagentür, nahm seinen Hut ab und wischte sich den Schweiß von der Stirn.

Kardinal Vanko St. Pierre, ein schlanker Mann mit ernster Miene hinter einer Goldrandbrille, kam raschen Schrittes aus dem Tor, in der Hand eine Aktentasche aus schwarzem Leder. Eilig öffnete der Priester die hintere Wagentür, schloss sie wieder und setzte sich ans Steuer. Während er den Motor anließ, spähte er in den Rückspiegel. Der Kardinal zog einen tabakbraunen Umschlag aus der Aktentasche.

»Pater, ich muss Sie um einen Gefallen bitten.«

»Ich stehe zu Ihrer Verfügung, Eminenz.«

»Kann ich mich auf Ihre Diskretion verlassen?«

»Eminenz, ich bin seit vielen Jahren in Ihren Diensten.«

»Ich vertraue Ihnen diese Papiere an.« Der Kardinal beugte sich vor und reichte dem Geistlichen den Umschlag, auf dem eine von Hand geschriebene Adresse stand. »Wie Sie sehen, ist der Adressat ein Notar in der Via Barberini.«

»Was soll ich …«

»Hören Sie mir gut zu. Wenn ich aus irgendeinem Grund morgen nicht in diesem Auto auf der Rückfahrt nach Rom sein werde, gehen Sie unverzüglich in die Via Barberini und händigen diesen Umschlag dem Notar persönlich aus. Haben Sie verstanden?«

»Ja … Wenn wir aber nun gemeinsam zurückfahren?«

»Dann geben Sie ihn mir zurück, und die Sache hat sich erledigt.« Der Kardinal legte dem Priester eine Hand auf die Schulter.

»Habe ich Ihr Wort, dass Sie mit niemandem darüber reden, ich wiederhole, mit *niemandem*?«

Der Priester blickte in den Rückspiegel. »Ich verspreche es Ihnen, Eminenz. Sie können sich auf mich verlassen.«

Der Kardinal klopfte ihm zweimal leicht auf die Schulter.

Das Auto bog in die Via del Belvedere ein und fuhr wenige Minuten später durch die Porta Sant'Anna aus der Vatikanstadt heraus. Nachdem der Lancia einige Kilometer durch das fast menschenleere Rom gefahren war, fädelte er sich in südlicher Richtung in den Verkehr auf der Via Appia ein und folgte den Hinweisschildern nach Castel Gandolfo, der Sommerresidenz des Papstes.

Vor dem Hintergrund des Albaner Sees mit seinem tiefblauen Rund tauchte am oberen Ende des Hügels die Renaissancefassade des Päpstlichen Palastes von Castel Gandolfo auf.

Das Auto fuhr am Bernini-Brunnen vorbei und hielt vor dem Eingang des Palazzo. Die beiden Schweizergardisten in ihrer Galauniform mit orangefarbenen, blauen und roten Streifen standen augenblicklich stramm und richteten die Hellebarden auf. Zweimal ertönte die Hupe, kurz darauf öffnete sich das Eingangstor.

Der Kardinal stieg aus dem Wagen und blickte zur Loggia über dem Innenhof. Mit hüpfendem Doppelkinn, den Bauch von den Knöpfen der Soutane mit knapper Not gebändigt, trippelte der Sekretär des Papstes die Treppe herunter und kam mit einem beflissenen Lächeln auf ihn zu.

»Eminenz, Kardinal Ottolenghi erwartet Sie oben in meinem Arbeitszimmer. Gehen wir hinauf?«

»Warum diese Programmänderung, Monsignore?«, fragte der Kardinal, während sie zur Loggia hinaufstiegen. »Es war abgemacht, dass ich heute mit dem Heiligen Vater zusammenkomme, und zwar allein.«

»Ganz richtig, und ich verstehe Ihre Enttäuschung. Aber glauben Sie mir, der Heilige Vater selbst hat im letzten Moment beschlossen, die Begegnung auf morgen Vormittag zu verschieben.«

»Wozu dieses Treffen mit Kardinal Ottolenghi?«

Der Sekretär des Papstes zuckte mit den Schultern. »Der Heilige Vater macht bekanntlich nicht viele Worte.«

»So wie Sie bekanntlich ein Mann von außergewöhnlich scharfem Verstand sind.«

Seufzend warf der Sekretär einen vielsagenden Blick auf die Aktentasche des Kardinals. »In Anbetracht der Dinge, die Sie mir am Telefon angedeutet haben, kann ich mir allerdings vorstellen, dass der Heilige Vater ein vorbereitendes Treffen mit dem Präfekten der Kongregation für die Glaubenslehre für, wie soll ich sagen, ratsam hielt.«

Der Kardinal schwieg.

Als der päpstliche Sekretär das Arbeitszimmer verlassen hatte, setzte Kardinal St. Pierre sich in einen Sessel vor Kardinal Ottolenghi.

Giuscardo Ottolenghis Nase war so spitz wie die Hellebarde eines Schweizergardisten. Als Zerberus der kirchlichen Glaubenslehre war er nach dem Papst der mächtigste Mann am Heiligen Stuhl. Er hielt den Blick starr auf Kardinal St. Pierre gerichtet. Einige Augenblicke lang hörte man in dem Raum nur das leise Ticken einer Pendeluhr.

»Eminenz, der Heilige Vater hat mich gebeten, vor dem morgigen Treffen ein Gespräch mit Ihnen zu führen.« Ottolenghi warf einen Blick auf St. Pierres Aktentasche. »Am Telefon erwähnten Sie ein Dokument, ich zitiere, ›von äußerst gravierender Bedeutung für den Glauben‹. Worum geht es?«

»Darum.«

St. Pierre zog eine Dokumentenmappe aus schwarzem Plastik aus seiner Tasche. Er nahm einige Papiere heraus und reichte sie dem Kardinal.

»Was ist das?«, fragte Ottolenghi.

»Die Fotokopie einer Pergamenthandschrift, ein Brief, den Marsilio Ficino eigenhändig an Cosimo de' Medici schrieb. Er trägt das Datum vom 27. August 1463.«

»Marsilio Ficino? Das *Corpus Hermeticum*?«

»Genau. Doch das ist nur der Ausgangspunkt.«

»Wohin führt er?«

»Auf eine Reise zurück ins alte Ägypten, in das vierzehnte Jahrhundert vor Christus, die Regierungszeit des Pharaos Echnaton.«

Ottolenghi riss die Augen auf.

»An manchen Stellen ist die Tinte bis zur Unleserlichkeit verblasst«, sagte St. Pierre, »doch was der Text bedeutet, wird trotzdem klar.«

Je weiter Ottolenghi mit der Lektüre vorankam, desto mehr verfinsterte sich sein Gesicht.

»Alles Unsinn.« Ottolenghi warf die Blätter auf das Tischchen zwischen sich und St. Pierre und blickte ihn mit einer Mischung aus Skepsis, Ärger und Misstrauen an. »Wahnvorstellungen eines Ungläubigen!«

»Augenblick mal, Eminenz.« Kardinal St. Pierre machte eine beschwichtigende Handbewegung. »Marsilio Ficino war der Mittelpunkt des geistigen Lebens am Hof der Medici, und sein Denken hat Künstler wie Michelangelo inspiriert. Er war alles andere als ein krankhafter Lügner, und was den Unglauben betrifft, so darf ich Sie daran erinnern, dass er 1473 zum Priester geweiht wurde.«

»Alles Geschwätz. Der Brief strotzt nur so von verworrenen Bezügen, und die Schlussfolgerungen sind völlig haltlos, ja, überdies widersprechen sie dem Glauben.«

»Meinen Sie?«

Ottolenghis Lippen wurden zu einem schmalen Strich. »Wenn noch mehr dahintersteckt, sind Sie verpflichtet, es mir zu sagen. Dieser Brief zieht die Glaubwürdigkeit der Bibel in Zweifel.« Seine Hand fiel auf die Armlehne wie der Hammer eines Richters. »Er stellt eine Bedrohung für den Glauben dar, darum fällt die Angelegenheit in meinen Zuständigkeitsbereich. Was haben Sie noch entdeckt?«

»Als Kardinal-Archivar bin ich nur Seiner Heiligkeit gegenüber zu Auskünften verpflichtet. Behalten Sie sich diesen Ton für die Theologen vor, die vom Tribunal der Glaubenskongregation verhört werden.«

»Ist das Ihr letztes Wort?«

Mit pulsierenden Halsschlagadern nahm St. Pierre die Papiere und die Dokumentenmappe an sich, steckte sie in die Tasche zurück und erhob sich. »Ich werde Seiner Heiligkeit morgen Vormittag sagen, was ich zu sagen habe.«

Ottolenghi stand auf und ging hinaus, begleitet vom Rascheln des Kardinalsmantels.

»Eminenz, ich möchte Sie daran erinnern, dass die Begegnung mit dem Heiligen Vater pünktlich um zehn Uhr stattfindet«, mahnte der päpstliche Sekretär, während Kardinal St. Pierre auf ein grellrotes Mountainbike stieg, das er sich vom Kammerdiener des Papstes geliehen hatte.

Der Kardinal, im grauen, kurzärmeligen Hemd mit Priesterkollar, hob die Hand zu einer beruhigenden Geste und radelte durch den Hof des Vatikanischen Observatoriums davon, gefolgt vom nachdenklichen Blick des Sekretärs.

In den Gärten des Papstpalastes angekommen, fuhr der Kardinal durch eine von Steineichen beschattete und mit Renaissanceskulpturen geschmückte Allee, gelangte zu den Ruinen der Villa des Domitian und fuhr auf den Ausgang zu.

Auf dem Gipfel des Hügels hielt er an und blickte zum See hinunter. Soeben ging die Sonne auf. Der päpstliche Palast und die beiden Kuppeln des Observatoriums spiegelten sich im Wasser. Der Wechsel zwischen den Farben der Hügel, dem Grün der Wälder, dem Rot der Dächer und dem Ockergelb der Häuser, bot ein prächtiges Schauspiel. Mit einem tiefen Atemzug verscheuchte der Kardinal die Begegnung mit Ottolenghi und die Gedanken an das, was er dem Papst sagen würde.

Er bog in eine Straße ein, die nach unten zum Seeufer führte. Dann nahm er eine Abkürzung über eine kleine Straße aus gestampftem Lehm, eine Einbahnstraße. Er radelte vorsichtig. Zu seiner Rechten ging die Straße in eine steile Böschung über, den einzigen Schutz bildete eine Reihe von Zementpfählen.

Plötzlich bog ein Alfa Romeo mit verspiegelten Scheiben aus der entgegengesetzten Richtung in die Straße ein und beschleunigte. Der Kardinal bremste scharf, dicht am Straßenrand. Mit quietschenden Reifen beschleunigte das Auto erneut, wirbelte eine Staubwolke hinter sich auf. Ein dumpfer Aufprall. Der Kardinal wurde über den Straßenrand hinausgeschleudert, das Fahrrad wickelte sich um einen Zementpfeiler. Der Körper des Kardinals fiel zu Boden wie eine Puppe, rollte etwa zwanzig Meter weit den Abhang hinab und blieb am tiefsten Punkt der Böschung auf dem Rücken liegen. Seine Augen schienen einen unbestimmbaren Punkt am Himmel zu fixieren, Blut rann ihm aus dem Mund.

Noch immer drehte sich ein Rad des Fahrrads, sein leises Surren war das einzige Geräusch in der Stille der leeren Straße. Mitten auf der Straße lag die Brille, mit zersprungenen Gläsern.

Ein Schwarm Spatzen erhob sich flügelschwirrend aus einem Waldstück, flog hoch in den Himmel und kreiste dann über dem Apostolischen Palast.

Auf dem sonnendurchglühten Cour Napoléon standen Touristen in einer Warteschlange vor dem Eingang der Louvre-Pyramide.

Im Büro des Konservators der Ägyptischen Abteilung des Louvre saß Théo St. Pierre an seinem Schreibtisch und untersuchte, den Kopf über eine Lupe gebeugt, die in eine Statuette von Seti I. geritzten Hieroglyphen. *Mein lieber Freund, du magst ja ein tüchtiger Bildhauer gewesen sein*, dachte er, *aber als Schreiber kannst du einem leidtun*. Er hob die Statuette an und drehte seinen Sessel zum Fenster um. Das Telefon klingelte.

»Ja, das bin ich … Ein Polizeikommissar? … Weshalb?«

»Ich dachte, der Vatikan hätte Sie schon angerufen. Ich bin Kommissar Dominici vom Polizeipräsidium in Rom. Ich fürchte, ich habe eine schlimme Nachricht für Sie. Ihr Bruder, Kardinal Vanko St. Pierre, ist heute Morgen in Castel Gandolfo bei einem Verkehrsunfall ums Leben gekommen. Es tut mir sehr leid.«

Théos Finger umklammerten den Griff der Lupe, bis die Knöchel sich weiß färbten. »Wie … wie ist das passiert?«

Die Worte des Kommissars verloren sich in einer Folge aus Bildern, die im Lauf der Zeit verblasst waren. Kopfsprünge ins Meer mit Vanko von den Klippen der Insel Kos, nah beim Haus der Großeltern … Edmonds Wutausbruch, als Vanko zu Hause angekündigt hatte, dass er ins Priesterseminar gehen wollte … Sein Ärger und seine Enttäuschung, weil er den Bruder nicht von dieser *connerie* abbringen konnte … Alexias gerührte Tränen während der Zeremonie im Petersdom, als Vanko die Kardinalswürde verliehen wurde.

»Commissario, ich weiß nicht, ob ich Ihnen folgen kann. Sie sagen, es könnte sich um etwas Schwerwiegenderes handeln als um einen Unfall?«

»Das habe ich nicht gesagt. Im Moment beschränke ich mich darauf, festzustellen, dass die Todesumstände unklar sind.«

»Haben Sie die Leute vom Heiligen Stuhl schon befragt?«

Am anderen Ende folgte Schweigen. »Ja und nein.«

»Ich bin momentan wirklich nicht zum Rätselraten aufgelegt.«

»Der Heilige Stuhl genießt das Recht der Exterritorialität, das den Papstpalast in Castel Gandolfo einschließt. Die Beziehungen zu diesen Leuten sind alles andere als einfach.«

»Wenn ich recht verstanden habe, ist mein Bruder auf italienischem Hoheitsgebiet gestorben.«

»Natürlich, und die Sache fällt in unseren Zuständigkeitsbereich, doch ohne die Mitarbeit des Vatikans werden wir nicht weit kommen. Können Sie mir folgen?«

»Ich nehme das erste Flugzeug nach Rom.«

»Darum wollte ich Sie gerade bitten.«

»Commissario ...?«

»Ja?«

»Wo ist der Leichnam meines Bruders jetzt?«

»Im Leichenschauhaus des Krankenhauses von Marino, in den Castelli Romani, mit dem Auto eine Viertelstunde von Castel Gandolfo entfernt.«

Théo legte auf, und seine Hand blieb lange auf dem Hörer liegen. Er atmete tief durch, drehte sich um, öffnete ein Schränkchen und holte eine Flasche Delamain Réserve heraus. Er füllte ein Cognacglas und trank es in einem Zug leer. Was war das Schlimmste am Tod für den, der zurückblieb? Das Gefühl, dass in einem verfehlten Leben etwas unwiederbringlich verloren war. Was? Dinge, die nicht gesagt und nicht getan worden waren.

Beißend spürte Théo den Formaldehydgeruch in der Kehle, und die Reflexe des Lampenlichts auf den weiß gekachelten Wänden blendeten ihn. An den Wänden sah er die lange Reihe der Stahltüren zu den Kühlzellen. Sein Magen zog sich zusammen.

Ein Krankenhausangestellter im grünen Teflonkittel öffnete eine der Türen und ließ eine Stahlliege herausgleiten. Der Körper war mit einem grünen Laken bedeckt, nur die Füße schauten heraus. Am großen Zeh hing ein Identifikationskärtchen. Auf einen Wink des Kommissars hob der Angestellte einen Zipfel des Lakens.

»Signor St. Pierre, erkennen Sie Ihren Bruder?«, fragte der Kommissar.

Vankos Gesicht war mit Kratzern und blauen Flecken übersät.

Obwohl man ihm den Kiefer mit einer Mullbinde fixiert hatte, war der Mund zu einem grotesken Lächeln geöffnet. Théo wandte den Blick ab. Ihm war, als habe er den Geruch nach salziger Luft in der Nase, und vor seinen Augen zeichnete sich der Strand vor dem Haus in Juan-les-Pins ab, an einem Frühlingstag vor vielen Jahren.

Am Nachmittag waren er und Vanko am Hafen umhergestreift und hatten sich die Segelschiffe angeguckt, die aufs Meer hinausfuhren.

Jetzt spazierten sie an der Wasserlinie des Privatstrands entlang und spielten mit Atticus, ihrem Mastiff, indem sie ihm ein Stöckchen ins Wasser warfen. Vanko zog sich das Hemd aus und ließ es in der Luft kreisen, dabei stakste er durch das Wasser und sang Paris Canaille *wie Léo Ferré.*

Es war ihm vorgekommen, als würde die Sonne über dem Strand von Juan-les-Pins niemals untergehen. Ihr Licht blendete sie, das Wasser prickelte auf der Haut, und der salzige Geruch des Meeres trieb die Vorstellungskraft dazu, Unmöglichem nachzujagen.

»Signor St. Pierre …«, sagte der Kommissar.

»Ja, ja, er ist es.«

Nach einer endlosen Stille, in der man nur das Brummen der Kühlanlage hörte, gab Théo dem Angestellten einen zustimmenden Wink. Der ließ das Laken sinken, schob den Leichnam wieder in die Zelle und schloss die Tür.

Vor dem Krankenhaus blieb Théo unter dem Bogengang stehen, sein Blick verlor sich in den Hügeln am Horizont. Er umklammerte das Geländer, bis seine Hand schmerzte.

»Ich wohne auf dem Land«, sagte der Kommissar, der hinter ihm stand. »Wenn ich wütend bin, gehe ich raus, nehme eine Axt und hacke Holz.«

»Ich spiele Geige.«

Die Terrasse des Cafés – einer von blühenden Kletterpflanzen beschatteten Patios am Hang des Hügels von Marino – öffnete sich auf das sonnenbeschienene Tal zu Füßen des Städtchens. Einige Augenblicke lang nippten Théo und der Kommissar schweigend an ihrem Kaffee. Das einzige Geräusch war das Zirpen der Grillen.

Eine Dame in eng anliegenden, gelben Hosen kam auf ihren Tisch zu. »*Pardon me*«, sagte sie auf Englisch. »Sie sind der Schauspieler Jeremy Irons, nicht wahr? Würden Sie mir bitte ein Autogramm geben? *Per favore.*«

Théo lächelte gequält. Er konnte das nicht mehr ertragen. Entweder er oder Jeremy Irons mussten sich endlich zu einer Gesichtsoperation durchringen. »Ich würde Ihnen gerne eins geben, aber ich bin nicht Jeremy Irons.«

Die Dame erging sich in Entschuldigungen und entfernte sich.

»Tatsächlich!«, rief der Kommissar aus. »Vor einiger Zeit habe ich im Fernsehen einen Film gesehen, ich glaube, er hieß *Australien*, da spielte dieser Schauspieler mit. Wissen Sie, dass Sie ihm aufs Haar gleichen, wenn man ein paar Jahre abzieht?«

Théo seufzte. »Was haben Sie herausbekommen, Commissario?«

Dominici tupfte sich den Schnauzbart ab. »Nicht viel.«

Niemand hatte etwas gesehen. Der Zusammenstoß war sehr heftig gewesen, das Auto musste also plötzlich und mit hoher Geschwindigkeit aufgetaucht sein. Es handelte sich um eine kleine Nebenstraße, eine Einbahnstraße, und um diese Zeit herrschte kein Verkehr; das Auto hatte genug Platz, um Vanko zu überholen, und das machte den Unfall verdächtig.

Der Kommissar hatte auch mit Ottolenghi und Vankos Fahrer gesprochen, war aber zu keinem Ergebnis gekommen. Nach Aussagen des Kardinals hätte Vanko eine Unterredung mit dem Papst haben sollen, bei der es um die Erweiterungsarbeiten des Vatikanischen Geheimarchivs ging.

Die Bitte des Kommissars, Vankos Zimmer betreten und seine persönlichen Habseligkeiten durchsuchen zu dürfen, war abgelehnt worden. Der Sekretär des Papstes hatte gesagt, ihrer Meinung nach handele es sich um fahrlässige Tötung mit der üblichen Fahrerflucht; für den Vatikan war der Fall abgeschlossen.

»Was überzeugt Sie nicht an Ottolenghis Aussage?«, fragte Théo.

»Ich bin seit dreißig Jahren Polizist, und die hier hat mich noch nie betrogen.« Der Kommissar tippte sich an die Nasenspitze. »Ich weiß nicht, warum Ihr Bruder mit dem Papst sprechen wollte, doch eines weiß ich sicher: Sie hatten nicht vor, über irgendwelche Erweiterungsarbeiten zu reden. Ottolenghi hat gelogen.«

»Warum sind Sie sich da so sicher?«

»Sobald ich aus dem Papstpalast heraus war, habe ich die Sirene aufs Dach gesetzt und bin in den Vatikan gerast, wo ich mit dem Präfekt des Archivs gesprochen habe. Als ich beiläufig Erweiterungsarbeiten erwähnt habe, hat er sehr erstaunt ausgesehen.«

»Was ist dieser Ottolenghi für ein Mensch?«

»Ottolenghi?« Der Kommissar grinste. »Im Vergleich zu ihm ist ein Tigerhai ein Zuckerpüppchen. Er ist nicht nur Präfekt der Glaubenskongregation, des einstigen Heiligen Offiziums, sondern auch ein ehemaliger Jesuit, was bedeutet, dass er noch die abscheulichste Schandtat als Gebot der Allerheiligsten Dreifaltigkeit ausgeben könnte.«

»Und wenn ich versuche, mit ihm zu sprechen?«

»Sie würden nur Ihre Zeit vertun.«

»Ich könnte es beim Sekretär des Papstes probieren.«

»Das ist dasselbe.«

»Und der Fahrer? Er muss meinen Bruder gut gekannt haben. Sie werden auf der Fahrt doch ein paar Worte gewechselt haben.«

»Ihr Bruder kam ihm auf der Fahrt nach Castel Gandolfo sehr angespannt vor. Er sagt, er habe andauernd Papiere aus einer schwarzen Aktentasche gezogen.«

»Eine schwarze Aktentasche? Wo ist die geblieben?«

»Ottolenghi hat sich gehütet, mir etwas darüber zu sagen. Als ich ihn verhört habe, wusste ich allerdings noch nichts von der Tasche.«

»Warum bitten wir ihn nicht, sie uns zu zeigen?«

»Was auch immer sie enthielt – glauben Sie wirklich, wir würden jetzt noch etwas darin finden?«

Théo seufzte. »Welchen Eindruck hatten Sie von dem Fahrer?«

»Ein anständiger Mensch, er schien Ihrem Bruder sehr zugetan.«

»Dann würde er mit mir vielleicht offen sprechen.«

»Verlassen Sie sich nicht zu sehr darauf.«

»Es bleibt immer noch das Vatikanische Geheimarchiv.«

»Darauf wollte ich gerade hinaus.« Dominici steckte eine Gitane in eine Spitze aus Elfenbein und zündete die Zigarette mit einem Benzinfeuerzeug an. »Doch vorher muss ich Ihnen ein paar Fragen über Ihren Bruder stellen. Was für ein Mensch war er?«

»Brüder erzählen einander nicht viel, und wir waren beide sehr von unserer Arbeit in Anspruch genommen.«

Théos Blick wanderte über den Hügelkamm. Wer kann schon behaupten, dass er seine eigene Familie kennt? Und wer will sie überhaupt wirklich kennen? Tolstoi hatte geschrieben, alle glücklichen Familien glichen einander, aber jede unglückliche sei auf ihre besondere Art unglücklich. Glückliche Familien? Er schüttelte den Kopf. Ein Klischee aus der Werbung.

»Der Charakterzug, der ihn am besten beschreibt, ist Rechtschaffenheit. Obwohl das heute lächerlich erscheinen mag. Vanko folgte immer seinem Gewissen.«

»Bis zur Unbeugsamkeit?«

»Wenn Sie wissen wollen, ob er wenig kompromissbereit war, ist die Antwort Ja.«

»Als Kardinal-Archivar des Heiligen Stuhls muss Ihr Bruder von allen erdenklichen Geheimnissen gewusst haben, vor allem in Bezug auf die Kirchengeschichte ...«

»Ja, natürlich. Woran denken Sie? Dass Vanko etwas so Gefährliches entdeckt hatte, dass jemand sich genötigt fühlte, ihn zum Schweigen zu bringen?«

»Halten Sie das nicht auch für die wahrscheinlichste Hypothese, wenn wir fahrlässige Tötung ausschließen?«

»Jemand aus der katholischen Kirche?«

»Sind Sie katholisch?«

»Griechisch-orthodox, aber ich erinnere mich nicht einmal mehr daran, wie eine Kirche von innen aussieht. Meine unangenehmste Erinnerung ist dieser Geruch nach Schimmel. Warum fragen Sie?«

»Seit zweitausend Jahren waschen die Leute unter Michelangelos Kuppel ihre schmutzige Wäsche im eigenen Haus«, sagte der Kommissar mit einem sarkastischen Lächeln. »Erinnern Sie sich nicht an den Tod von Johannes Paul I., Papst Luciani, 1978 und an den Skandal um Calvi? Der Vatikan steckte bis zum Hals mit drin, aber auch damals wurde alles vertuscht. Das Kirchenrecht verbietet die Autopsie eines Papstes, das sagt doch schon alles.«

»Und selbst wenn es so wäre, sind uns durch seine Exterritorialität die Hände gebunden, wenn ich Sie recht verstanden habe, oder?«

»Mir sind die Hände gebunden, Ihnen nicht.«

»Was wollen Sie damit sagen?«

»Bei der Unterredung mit dem Präfekten des Archivs, dem wichtigsten Mitarbeiter Ihres Bruders, habe ich versucht herauszubekommen, womit der Kardinal sich in seinen letzten Lebensmonaten beschäftigt hat. Was man mir geantwortet hat? Der Präfekt ist Jesuit, außerdem hat er seinen Doktor der Theologie an der Päpstlichen Universität gemacht.«

Es habe keinen Zweck weiterzumachen, denn die italienischen Behörden hätten nicht die geringste Machtbefugnis innerhalb des Vatikans, so der Kommissar. Er könne Vankos Mitarbeiter zwar aufs Polizeipräsidium vorladen, doch damit drohe er einen diplomatischen Zwischenfall mit dem Heiligen Stuhl zu provozieren, und es hätte ohnehin zu nichts geführt.

Mühsam unterdrückte Théo seinen Zorn. In Italien war der Vatikan unantastbar.

»Wenn der Präfekt Ihnen nichts gesagt hat, verstehe ich nicht, warum er das bei mir tun sollte.«

»Ich denke nicht an den Präfekten.«

»Nein? An wen denn?«

Dominici beugte sich zu Théo vor und vertraute ihm an, was er vorhatte. »Was sagen Sie dazu?« Die Lippen des Kommissars verzogen sich zu einem durchtriebenen Lächeln.

»Wenn Sie kein Polizist wären, hätten Sie General der Jesuiten oder ein perfekter Verbrecher werden können.«

Der Kommissar zog an seiner Gitane, legte den Kopf in den Nacken und blies einen Rauchring aus. Die bläulichen Kringel schwebten in die Höhe und verloren sich in den violetten Blüten der Bougainvillea.

2 Am Empfang des Vatikanischen Geheimarchivs fragte Théo nach dem Präfekten. Er gab seine Tasche an der Garderobe ab und ging durch einen Metalldetektor.

Ein hagerer, kahl geschorener Mönch forderte ihn auf, ihm zu folgen. Sie betraten einen Fahrstuhl, der Ordensbruder steckte einen Schlüssel in ein Schloss, und sie fuhren in die Kellergeschosse hinunter.

Dort schritten sie durch einen langen Gang, vorbei an einer endlosen Folge von Regalreihen, in denen, dicht aneinandergedrängt,

Sammelordner mit dem Vatikanwappen standen. Der Mönch erklärte, sie befänden sich hier zwei Kellergeschosse tief unter dem Cortile della Pigna in einem Bunker aus Stahlbeton, wo dreiundvierzig Kilometer Regale Millionen jahrhundertealter Texte enthielten. Er klopfte an eine Tür, nannte Théos Namen und forderte ihn auf einzutreten.

Ein hölzernes Kruzifix und ein Porträt des polnischen Papstes beherrschten den Raum. Auf dem Schreibtisch waren alle Gegenstände streng geometrisch angeordnet. Der Präfekt ergriff Théos Hände und blickte ihn an. Seine Augen waren so blau wie ein Gebirgssee. Mit leiser Stimme beteuerte er, wie bestürzt er über den Tod »Seiner Eminenz, des Kardinals St. Pierre« sei.

Théo versuchte, die Rede auf Vankos Forschungsarbeit zu bringen, doch der Präfekt wich seinen Fragen mit dem dialektischen Geschick eines Sophisten aus. Auch seine Bitte um Vankos Ledertasche prallte an einer Mauer aus passivem Widerstand ab. Die Tasche, erklärte der Präfekt, sei Eigentum des Archivs, einschließlich ihres Inhalts – alles Akten, die mit der Arbeit des Kardinals zusammenhingen.

»Apropos, ich hätte da noch eine Bitte an Sie«, sagte der Präfekt vorsichtig.

»Ja, bitte, Monsignore.«

»Sie haben unter den Sachen Ihres Bruders nicht zufällig etwas gefunden, was dem Archiv gehört?«

»Ich bin noch nicht in der Wohnung meines Bruders gewesen. Woran denken Sie?«

»Ach, an nichts Bestimmtes. Alte Papiere, wer weiß, vielleicht das eine oder andere Pergament…« Die Blicke des Präfekten forschten in Théos Gesicht. »Sie müssen wissen, dass Ihr Bruder Zugang zu äußerst wichtigen Dokumenten hatte. Er hätte welche mitnehmen können, um sie abends bei sich zu Hause in aller Ruhe zu studieren.«

»Seien Sie unbesorgt«, sagte Théo mit einem unschuldigen Lächeln. »Wenn ich etwas finden sollte, werde ich Sie benachrichtigen.«

»Sehr gut.« Der Präfekt warf einen Blick auf die Uhr. »Und versäumen Sie nicht, uns zu besuchen, wenn Sie wieder nach Rom kommen.«

Kaum hatte Théo das Büro verlassen, hob der Präfekt den Hörer und wählte eine Nummer.

»Er ist soeben gegangen«, sagte er auf Französisch.

»Und?«, erwiderte die Stimme am anderen Ende.

»Meiner Meinung nach weiß er nichts.«

»*Mon cher ami*, ist es nicht ein wenig zu früh, um die Absolution zu erteilen?«

Als ihm der Priester auf der anderen Seite des Garderobentisches seine Sachen aushändigte, schlug Théo sich plötzlich an die Stirn.

»Oh, wie dumm von mir!«

Der Priester sah ihn fragend an.

»Ich habe unter den Sachen meines Bruders ein Buch gefunden, in das auf der Innenseite der Name eines Geistlichen geschrieben war. Ich wollte es mitbringen, habe es aber leider vergessen.«

»Erinnern Sie sich an den Namen?«

»Pater … Pater … meine Güte, wie zerstreut ich bin. Aber beim Durchblättern habe ich Notizen gefunden, und das war nicht die Handschrift meines Bruders. Der Eigentümer muss jemand sein, der ihm bei seinen Forschungen half.«

Auf das Gesicht des Priesters trat ein verständnisvolles Lächeln. »Dann kann es niemand anderes sein als Pater Ascanio Cerri.«

»Ascanio Cerri! Genau, das war der Name.«

»Soll ich ihn für Sie anrufen?« Der Priester streckte die Hand nach dem Telefon aus.

»Nein, vielen Dank.« Théo schaute auf die Uhr an der Wand. »Wenn Sie mir seine Durchwahlnummer geben, rufe ich ihn später vom Hotel aus an.«

Der Priester schrieb eine Nummer auf einen Zettel und reichte ihn Théo. Dieser verließ den Cortile del Belvedere, ging durch die Porta Angelica und trat in die erste Telefonzelle, die er fand.

»Pater Ascanio Cerri?«

»Ja?«

Auf der Piazza del Laterano angekommen, sah Théo zum Dach der Basilika San Giovanni hinauf. Die Statuen der Heiligen blickten mürrisch von oben auf ihn herab. Heilige lachen nie. Sein Blick schweifte über den Platz und blieb an der Statue des heiligen Franziskus von Assisi hängen. Ein Mönch mit weißer Kutte und dem dunklen Skapulier der Dominikaner saß auf einer Bank und blätterte in einem Buch.

Als er Pater Ascanio die Hand drückte, in die hellen Augen und das von einem Schopf blonder Haare umrahmte Gesicht sah, verstand er, warum Vanko diesem Mönch vertraut hatte. Er setzte sich neben ihn und erzählte ihm alles, was er von Dominici erfahren hatte.

»*Ein vorsätzlicher Mord*?«, sagte Pater Ascanio. »Das ist doch verrückt... Wer hätte Grund zu einer solchen Tat haben können?«

»Welche Aufgaben haben Sie im Archiv, Pater?«

»Ich bin einer der langjährig beschäftigten Forscher.«

»Haben Sie gern mit meinem Bruder zusammengearbeitet?«

»Sehr gern. Der Kardinal überließ nichts dem Zufall.«

»Wer beauftragt Sie mit Forschungsprojekten?«

»Nun... die Kurie, die Diözesen und die Ordensgemeinschaften.«

»Gab es darüber hinaus nicht auch andere Projekte?«

»Was meinen Sie damit?«

»Projekte, die von meinem Bruder stammten und geheim gehalten wurden.«

Pater Ascanio wandte den Blick ab. »Ich bin gesetzlich und moralisch zum Schweigen verpflichtet.«

Théo stieß ihn mit dem Finger an. »Und mein Bruder? Finden Sie nicht, dass Sie auch ihm gegenüber eine Verpflichtung haben?«

Pater Ascanio seufzte. »Ja, über einige Projekte wurde Stillschweigen bewahrt, aber das kam selten vor.«

»Wurde in jüngster Zeit an einem solchen Projekt gearbeitet?«

Pater Ascanio presste die Lippen aufeinander und nickte.

»Wenn über dieses Projekt etwas durchgesickert wäre«, fragte Théo, »hätten Ihre Entdeckungen dann ein Motiv für einen Mord darstellen können? Überlegen Sie in Ruhe.«

Der Ordensbruder nestelte an seinem Brustkreuz. »Ich verstehe gar nicht, warum ich daran nicht gleich gedacht habe... Ja, ich fürchte, das stimmt.«

»Worum handelte es sich?«

»Um eine Untersuchung des Buches Exodus. Wir hatten Dokumente entdeckt, die darauf hinzuweisen schienen, dass … nun, dass das, was in der Bibel steht, eine literarisch ausgeschmückte Version der historischen Realität ist.«

»Sie sprechen von der Flucht aus Ägypten, vom Wunder des Durchzugs durch das Rote Meer … also von der ganzen Geschichte?«

Pater Ascanio nickte.

»Warum hätte diese Entdeckung ein Motiv dafür sein können, meinen Bruder umzubringen?«

»Weil sie dem Alten und auch dem Neuen Testament jede Glaubwürdigkeit genommen hätte.«

»Also ein tödlicher Schlag für das Christentum und das Judentum«, murmelte Théo, als würde er laut denken.

»Auch für den Islam. Moses ist auch für den Koran ein Prophet Gottes.«

»Sie sprachen von Dokumenten. Was sind das für Quellen? Woher stammen sie?«

»Alles begann mit einer Pergamenthandschrift von Marsilio Ficino, einem Brief an Cosimo de' Medici vom 27. August 1463.«

Pater Ascanio erinnerte ihn daran, wer Ficino war.

Gegen Ende des Jahres 1462 brachte Leonardo da Pistoia, ein Mönch, der für Cosimo de' Medici im Orient nach alten Handschriften suchte, aus Mazedonien die auf Griechisch verfasste Abschrift einer Sammlung von vierzehn kleinen Büchern des sagenumwobenen *Corpus Hermeticum* mit. Cosimo war so begierig auf deren Inhalt, dass er Ficino befahl, seine Übersetzung der platonischen Dialoge zu unterbrechen und sofort damit zu beginnen, das *Corpus* aus dem Griechischen ins Lateinische zu übersetzen. Ficino vollendete die Übersetzung im April 1463.

Diese vierzehn Büchlein waren im zweiten Jahrhundert nach Christus im ägyptischen Alexandria entstanden. Doch sogar Clemens von Alexandria, einer der Kirchenväter, hatte geschrieben, dass sie sich auf eine weit ältere Quelle bezogen, eine ägyptische Quelle, von der es hieß, sie umfasse zweiundvierzig Bücher und enthalte die geheimen Rituale der ägyptischen Priester.

»Marsilio Ficino war so fasziniert von dem *Corpus*, dass er Recherchen anstellte, um etwas über dessen Ursprünge herauszufinden. Schließlich fasste er das Ergebnis seiner Entdeckungen in dem Pergament von 1463 zusammen.«

»Was steht in dem Pergament?« Théo packte den Mönch am Arm. »Auf welche Quellen bezog es sich?«

Pater Ascanio entwand sich seinem Griff. »Ich habe Ihnen schon gesagt, dass der Brief die Glaubwürdigkeit der Bibel gefährdet, und das ist die Antwort auf Ihre Frage nach einem Motiv. Bitte fragen Sie nicht weiter.«

»Sagen Sie mir wenigstens, ob Sie die Dokumente gefunden haben, die in dem Pergament erwähnt werden.«

»Nur einen Teil.«

»Und bestätigen Sie Ficinos These?«

»Sie zeigen, dass Ficino keine erfundenen Geschichten erzählt. Ich bin überzeugt, dass die fehlenden Dokumente irgendwo existieren.«

»Wer hat das Pergament gefunden?«

»Der Kardinal.«

»Wie ist es möglich, dass ein so bedeutendes Pergament unbeachtet blieb?«

»Sie wissen vielleicht nicht, dass die Dokumente des Vatikanischen Geheimarchivs gut fünfundachtzig Regalkilometer einnehmen.«

Die Archive waren auf die Räume unter dem Cortile del Belvedere und dem Cortile della Pigna und die sogenannten *soffitoni* verteilt, die Dachböden über der Galerie der Geographischen Karten in den Vatikanischen Museen. Es war also nicht verwunderlich, dass es noch immer nicht katalogisierte Dokumente gab, deren Inhalt viele Überraschungen über die wahre Geschichte des Christentums bergen konnte.

»Hat mein Bruder dieses Pergament rein zufällig gefunden?«

»Na ja, nicht ganz. Zwar sind viele Dokumente noch nicht katalogisiert, doch sie können anhand ihrer Sprache, ihres Themas und ihres Materials – Papier, Pergament oder Papyrus – in bestimmten Bereichen des Archivs vorläufig gelagert werden.«

Es stimmte nicht, was die Presse gemeldet hatte, nämlich dass das gesamte Archiv für Forscher geöffnet worden sei, und es stimmte auch nicht, dass die ältesten Dokumente aus dem Jahr 1000 stammten. Einige Abteilungen des Archivs blieben weiterhin geheim, vor allem jene, die heikle geschichtliche Phasen oder Themen betrafen, wie die ersten Jahrhunderte der Kirche, die Inquisition oder die Beziehungen zwischen der Nuntiatur in Berlin und Hitlerdeutschland.

»Im unterirdischen Bunker des Cortile della Pigna werden die vertraulichsten Dokumente aufbewahrt. Zu einigen Räumen haben nur vier Personen Zutritt: der Papst, der Präfekt der Glaubenskongregation, der Kardinal-Archivar und der Präfekt des Archivs.«

»Wo befinden sich die Dokumente, die Sie entdeckt haben, jetzt?«

»Sie sind verschwunden.«

»*Verschwunden*?«

»Wir hatten sie an einem sicheren Ort aufbewahrt. Als ich vom Tod des Kardinals erfuhr, habe ich das Versteck sofort überprüft, und die Dokumente waren nicht mehr da.«

»Erinnern Sie sich noch, wann Sie die Papiere zum letzten Mal gesehen haben?«

»Drei Tage, bevor Ihr Bruder nach Castel Gandolfo fuhr. Eines weiß ich jedenfalls gewiss: Ihr Bruder hat nur Fotokopien mitgenommen – welche, weiß ich nicht –, und ich kann Ihnen auch den Grund nennen.«

An Vankos Todestag hatte das Archiv am späten Vormittag ungewöhnlichen Besuch bekommen: Kardinal Ottolenghi in Begleitung von Monsignore Guzman, dem Generalprälat des Opus Dei, und eines Numerariers, eines ortsansässigen Mitglieds des Opus. Die drei hatten sich im Büro des Präfekten eingeschlossen. Dann waren sie direkt in Vankos Arbeitszimmer gegangen, hatten die Tür verschlossen und waren über eine Stunde dort geblieben.

»Waren Sie schon in der Wohnung Ihres Bruders?«, fragte Pater Ascanio.

»Nein, warum?«

»Die Wohnung des Kardinals liegt in der Via del Pellegrino, direkt gegenüber der Druckerei des ›Osservatore Romano‹.«

Heute Morgen, so Pater Ascanio, habe der Vizepräfekt des Archivs, ebenfalls ein enger Mitarbeiter von Vanko, ihm eine vertrauliche Mitteilung gemacht. Am Abend zuvor war der Vizepräfekt in der Druckerei des »Osservatore Romano« gewesen. Von dort hatte er gegen neunzehn Uhr durch das Fenster auf dem gegenüberliegenden Bürgersteig den Numerarier des Opus Dei gesehen, der vor wenigen Stunden in Begleitung von Ottolenghi und

Guzman ins Archiv gekommen war. Der Numerarier kam gerade aus der Eingangstür von Vankos Haus, einer kleinen Residenz, in der ranghohe Geistliche der Kurie wohnten.

Misstrauisch geworden, hatte der Vizepräfekt den Portier der Residenz nach dem Besucher gefragt. Dieser berichtete, der Numerarier habe ihm ein Schreiben des Verwaltungsbüros des Vatikans gezeigt, das ihn ermächtigte, Vankos Wohnung zu betreten. Widerwillig habe er ihm den Schlüssel aushändigen müssen.

»Ich nehme an, die Dokumente waren nicht in der Wohnung meines Bruders versteckt.«

»Natürlich nicht.«

Unter der Kutte des Paters klingelte es. »Ja, das bin ich… Einverstanden, ich werde in einer halben Stunde da sein.« Pater Ascanio erhob sich. »Tut mir leid, ich muss gehen. Der Präfekt verlangt nach mir.«

»Darf ich Sie wieder anrufen?«

Pater Ascanio betrachtete ihn unsicher. »Wenn es unbedingt sein muss, aber nicht im Archiv. Haben Sie einen Stift?«

Théo schrieb die Telefonnummer auf eine Taxiquittung. Es war die Nummer des Dominikanerklosters bei der Basilika Santa Maria sopra Minerva. Dort wohnte der Pater.

»Der Tod Ihres Bruders ist ein unersetzlicher Verlust. Es tut mir aufrichtig leid, für Sie und für uns.« Pater Ascanio sah Théo an, seine Miene wurde ernst. »Ich weiß nicht, was Sie vorhaben, aber halten Sie sich fern vom Opus Dei und vor allem von Monsignore Guzman.«

»Warum?«

»Angetan mit dieser Kutte, darf ich Ihnen bestimmte Dinge nicht sagen. Ach, da fällt mir ein, wenn Sie eines Tages Hilfe brauchen sollten und mich nicht finden, wenden Sie sich an Pater Jules Montague von den Dominikanerpatres in Florenz.«

Pater Montague war der Prior des Klosters San Marco in Florenz. Er und Vanko waren gemeinsam auf dem Priesterseminar in Paris gewesen, und dank Montague hatten sie Ficinos Pergament gefunden.

Die schwarz-weiße Silhouette des Mönchs entfernte sich mit hastigen Schritten über den Platz. Théo winkte einem Taxi und nannte dem Fahrer die Adresse in der Via del Pellegrino.

Das Taxi fuhr über den Schatten des Obelisken von Thutmosis III., der lang gestreckt aufs Pflaster fiel.

Eine Wandlampe war ausgeschaltet, die andere warf eine schwache Lichtbahn an die Decke des Treppenhausabsatzes. Théo ballte die Fäuste.

Er drehte den Schlüssel im Schloss um. *Merde*, es war stockdunkel. Sein Herz klopfte schneller. Er spähte ins Innere der Wohnung. Wo war der Lichtschalter? Er holte einmal tief Luft, trat ein und tastete hektisch über die Wand im Flur. Er kehrte auf den Treppenabsatz zurück, sein Atem ging unregelmäßig, seine Stirn war schweißnass. Er schluckte. Nimm dich zusammen, *connard*.

Er atmete tief ein, die Hände an den Türrahmen gelegt. Dann stürzte er hinein, riss eine Tür auf und suchte den Schalter. Da, endlich. Das Licht einer Halogenbirne zerriss die Dunkelheit. Ihm wurde übel, er lief zur Balkontür, zog die Rollläden hoch und stieß die Türflügel weit auf. Das Sonnenlicht flutete ins Zimmer. Mit schweißgebadetem Rücken blieb er auf der Schwelle zum Balkon stehen, das Gesicht der Sonne zugewandt. Ausgerechnet ihn, einem Archäologen, musste eine derartige Phobie befallen? Nichts in der Natur ist schneller als das Licht? *Conneries*. Wie schnell das Licht auch sein mochte, immer würde die Dunkelheit es erwarten.

Das Echo seiner Schritte hallte in der Wohnung wider. Er ging ins Schlafzimmer und öffnete eilig die Fensterläden. Sein Blick fiel auf ein am Schrank hängendes Kardinalsgewand, ein Buch, *Life in Biblical Israel*, auf dem Nachttisch und die Vergrößerung eines Fotos, das sie beide als Kinder zeigte. Es war am Strand von Agios Stefanos aufgenommen worden, vor dem Hintergrund der romanischen Basilika bauten er und Vanko eine Sandburg.

Plötzlich erfüllte dröhnendes Glockengeläut das Zimmer. Er kehrte ins Wohnzimmer zurück und trat auf den Balkon.

Das Geläut kam vom Petersdom. Er blickte zu Michelangelos Kuppel hinauf, die sich vor dem Himmel abzeichnete. So wollte er Vanko rächen? Mit Trauer, Schuldgefühlen, Erinnerungen? Wieder überkam ihn die Wut von gestern, als er das Leichenschauhaus verlassen hatte. Er ging zurück in die Wohnung.

Sosehr der Numerarier sich auch bemüht hatte, den Eindruck von Ordnung zu hinterlassen – unzählige Einzelheiten verrieten ihn: die durchwühlte Unterwäsche in der Kommode, hochgeschlagene Teppichzipfel, halb geöffnete Schubladen … Was mochte er noch gesucht haben, außer den Pergamenten?

Théo blieb vor dem Bücherregal stehen, das eine ganze Wand des Wohnzimmers einnahm. Aus zwei Borden stachen ganze Reihen von gelben Klebezetteln ins Auge. Er überflog die Titel der Bücher: *Moses the Egyptian, Moses and Akhenaten, Who Wrote the Bible …*

Mit beiden Armen packte er mehrere Bücher auf einmal und stellte sie auf den Tisch. Das wiederholte er einige Male, bis er beide Regale leer geräumt hatte. Er setzte sich und begann, im ersten Buch zu blättern.

Alle Bücher waren Bestseller der biblischen Archäologie. Einige behaupteten, die Flucht der Juden aus Ägypten sei ein reines Phantasieprodukt gewesen, andere demontierten den biblischen Moses, den es angeblich nie gegeben haben sollte. Überrascht? Nein. Im Grunde passten die Bücher zu dem, was Pater Ascanio ihm erzählt hatte.

Etwas hatte er jedoch nicht erwartet: Bücher über Echnaton und die monotheistische »Häresie« des Pharaos. Warum um alles in der Welt hatte sich Vanko, ein Kardinal, für ein Thema der Ägyptologie interessiert? Überdies war Echnaton nicht der einzige Pharao, der ihn fasziniert zu haben schien, denn es gab auch Bücher über Tutanchamun und besonders über die Gegenstände, die Carter in seinem Grab gefunden hatte.

Er blätterte in einem Buch über die Essener von Qumran und in einem anderen über die Kupferrolle, das geheimnisvollste Dokument aller Schriftrollen vom Toten Meer. Warum gab es so viele Anmerkungen an den Rändern der Übersetzung des Textes auf der Rolle, dort, wo von einem verborgenen Schatz die Rede war?

Eine plötzlich erwachte Leidenschaft für Archäologie? Nein, er kannte Vankos Interessen. Auch wenn seine Lektüre sich im Lauf der Jahre geändert haben mochte, hätte dies nicht all diese Klebezettel und die ausführlichen Anmerkungen erklärt. Vanko hatte sich nicht damit begnügt, diese Bücher zu lesen: Er hatte sie mit wissenschaftlicher Gründlichkeit studiert. Was hatte er gesucht? Warum dieses große Interesse an Echnaton?

Ihm kam ein Telefongespräch in den Sinn. Vor ein paar Monaten hatte Vanko ihn angerufen, um mit ihm über die Arbeiten am Haus in Kos zu sprechen. Erst jetzt wurde ihm bewusst, dass die Arbeiten nur ein Vorwand gewesen waren. Denn plötzlich hatte Vanko ihm ganz beiläufig diese seltsame Frage gestellt.

»Stimmt es, dass Echnatons Grab niemals gefunden wurde?«, fragte Vanko.

»Echnatons Grab?«, sagte Théo. »Du willst mir doch jetzt nicht etwa in meinem Beruf Konkurrenz machen?«

»Ich habe mal in einer Zeitschrift etwas über Echnatons Tod gelesen, das hat mich neugierig gemacht. Das ist alles. Ich kann mir nicht einmal selbst erklären, warum.«

»Dieses Grab ist ein echtes Geheimnis geblieben. Niemand hat es je gefunden.«

Sein Blick fiel auf eine ovale Blechdose auf dem Nachttisch. »Anton Chocolatier, Truffes au Rhum« stand auf dem Etikett. Merkwürdig. Vanko aß keine Süßigkeiten. Er öffnete sie und schüttete den Inhalt in seine Hand. Das Licht der Halogenlampe brach sich funkelnd in unzähligen Farben. Reglos, mit verwundertem Gesichtsausdruck, starrte er auf den Gegenstand.

Es war eine Kette aus unterschiedlichen Steinen – ineinandergefügte Türkise, Lapislazuli und Smaragde – mit einem Verschluss in Form eines Entenkopfes. An der Kette hing ein rundes Medaillon aus Gold, von dem sieben Strahlen ausgingen. Diese endeten in winzigen Händen, die jede das *ankh* hielten, das Symbol des Lebens. *Die Sonnenscheibe des Aton.*

Was war auf das Medaillon graviert? Er hob es hoch. Im Mittelpunkt der Scheibe sah man einen Umriss, der an einen Felsen erinnerte, durch den ein Tunnel führte. Warum dieser Tunnel?

Die Machart ließ keine Zweifel zu: Die Kette war echt, sie stammte aus der 18. Dynastie. Ihr Wert? Unschätzbar. Nur ein großer Sammler oder ein Museum wie der Louvre hätte sich ein solches Objekt leisten können. Wie war es in Vankos Besitz gekommen?

Er schaute aus dem Fenster. Die Sonne verschwand hinter Michelangelos Kuppel, und der Himmel färbte sich orange. Ein Brief aus dem Jahr 1463 von Marsilio Ficino an Cosimo de' Medici … Moses … der Exodus … Echnaton und Tutanchamun …

die Kupferrolle … ein Schatz … ein unauffindbares Grab … eine Kette aus Echnatons Zeit mit einem Symbol Atons, das er noch nie gesehen hatte. Das alles schienen Teile eines unmöglichen Puzzles zu sein, eines Puzzles, dessen Lösung vielleicht in einem der Vatikanischen Paläste lag.

Das Bild von Pater Ascanio, der sich über die Piazza del Laterano entfernte, schoss ihm durch den Kopf. »Halten Sie sich fern vom Opus Dei und vor allem von Monsignore Guzman.« Quälend spürte er seinen Pulsschlag in den Ohren. Er wühlte in seinen Hosentaschen, zog die Taxiquittung heraus und hob den Telefonhörer.

»Einen Moment«, sagte der Telefonist. »Ich verbinde Sie mit Pater Alessio, dem Prior. Warten Sie bitte.«

»Hier ist Pater Alessio. Mit wem spreche ich?«

Théo erklärte dem Prior, wer er war. »Können Sie mir bitte Pater Cerri geben?« Ein langes Schweigen folgte. »Pater … sind Sie noch dran?«

»Soeben ist ein entsetzliches Unglück passiert. Wir sind alle noch immer erschüttert. Pater Ascanio ist vor einer halben Stunde verstorben.«

»*Verstorben*? Aber wie ist das möglich? Ich habe mich vor wenigen Stunden von ihm verabschiedet, und es ging ihm ausgezeichnet. Was ist passiert?«

»Ein Herzinfarkt. Der Arzt des Vatikan ist sofort gekommen, aber leider war nichts mehr zu machen.«

»War er herzkrank?«

»Wenn er es war, hat er nie mit mir darüber gesprochen.«

»Wo ist er gestorben? Im Kloster?«

»Nein, in seinem Büro im Archiv.«

Théo wählte die Nummer des Kommissars Dominici. Die Strahlen mehrerer Scheinwerfer kreuzten sich am Himmel und tauchten die Kuppel von Michelangelo in gleißendes Licht.

Théo schloss die Tür seines Zimmers im Hotel Raphael hinter sich und ging zum Bett. Er ließ seine Schuhe in eine Ecke fliegen, lehnte ein Kissen ans Kopfende und legte sich hin. Er hob die Kette ins Licht und betrachtete das schaukelnde Medaillon. So etwas geschah in Albträumen oder in Filmen, nicht im Alltagsleben. Und selbst wenn es geschah, musste es einem ungeschriebenen Gesetz zufolge anderen passieren, nicht einem selbst.

Er dachte an den Sommertag am Strand von Juan-les-Pins zurück. Vankos Lied erfüllte das Zimmer, dann umgab ihn wieder die Stille der Wohnung in der Via del Pellegrino. Eigenartig, die Vergangenheit. Nichts war gegenwärtiger als Erinnerungen, andauernd waren sie da, vor allem die, die man gern vergessen würde. Er hob die Hand, ergriff einen imaginären Bogen und ließ ihn über eine nicht vorhandene Geige gleiten. Das Telefon klingelte.

»Signor St. Pierre?«

»Ja? Wer ist am Apparat?«

»Ich heiße Giulio Marsicano. Ich war der Notar Ihres Bruders. Im Louvre hat man mir die Nummer Ihres Hotels gegeben. Zunächst möchte ich Ihnen mein Beileid aussprechen ...«

»Danke. Entschuldigen Sie bitte, aber im Moment ist mir wirklich nicht danach zumute, über Erbangelegenheiten zu ...«

»Ich rufe Sie nicht aus diesem Grund an.«

»Nein? Warum dann?«

»Ihr Bruder hat mir einen Umschlag für Sie gegeben. Ich nehme an, er enthält wichtige Dokumente. Wann können Sie vorbeikommen, um ihn abzuholen?«

Nachdem er aufgelegt hatte, nahm Théo die goldene Taschenuhr vom Nachttisch. Er strich mit dem Daumen über die auf den Deckel gravierten Initialen NV und öffnete ihn. Sein Blick wanderte über die römischen Stundenziffern, die auf das Zifferblatt aus weißer Emaille gezeichnet waren, und über die Inschrift: »Vacheron Constantin, Genève, 1934«. Er drehte die Uhr um und ließ das Licht der Nachttischlampe mit dem Bild spielen, das in das Gehäuse ziseliert war, der flötenspielende Gott Pan, umgeben von tanzenden Faunen.

Dann drückte er einen Knopf. Mit einem Ruck öffnete sich das Gehäuse, und das Glockenspiel begann das Lied zu spielen, das Alexia als Kind gesungen hatte:

Au clair de la lune,
Mon ami Pierrot,
Prête-moi ta plume,
Pour écrire un mot...

Er schloss die Augen, um sich von Alexias Stimme in den Schlaf wiegen zu lassen.

Ma chandelle est morte,
Je n'ai plus de feu,
Ouvre-moi ta porte,
Pour l'amour de Dieu ...

3 Die Hände auf dem Rücken gekreuzt, stand Monsignore Vicente Guzman, der Generalprälat des Opus Dei, vor der Fenstertür seines Arbeitszimmers in der Villa Tevere. Eines der Originalgemälde an den Wänden zeigte David, der den abgehauenen Kopf Goliaths an den Haaren hält, ein anderes Moses, während er die Gesetzestafeln zerbricht.

Skrupel? Vorsicht? Kompromisse? Der Monsignore presste die Hände zusammen. »Sei aufrecht. Sei männlich. Und dann ... sei ein Engel.« So hatte Pater Escrivá in seinem Buch *Der Weg* geschrieben. Die Gemeinschaft mit Gott erforderte Charakterstärke, Beharrlichkeit und Kampfgeist. Feiglinge hatten Skrupel, sicher nicht ein Mann wie er, der dazu geboren war, nach Höherem zu streben, natürlich zur Ehre Gottes. Kein Zweifel: Gott liebte die Sieger und verachtete die Verlierer.

Der Monsignore hob den Kopf und betrachtete die Büste von Julius Cäsar aus Carraramarmor mit lorbeerbekränztem Kopf. Oh ja, das war ein Mann nach Gottes Geschmack.

Gut und Böse? Was verstanden die Menschen schon von Gut und Böse? Und die Kirche? Welche Kirche denn? Die des Zweiten Vatikanischen Konzils, die sich an abgeschmackten Worten berauschte: Demokratie, Selbstbestimmung in den Diözesen, theologischer Pluralismus ... Verstaubter Kram aus der Französischen Revolution. Gott war ein Despot, und als solcher hasste er Voltaire. Die katholische Kirche war noch nie demokratisch gewesen und würde es auch nie werden.

Gut und Böse erforderten eine eiserne Hand, die, ohne zu zögern, beides zu trennen vermochte ... Eine männliche Hand, die Hand eines geborenen Führers, wie die seine ... Eine Hand, die die Vernunft vor dem verderblichen Einfluss des Herzens schützte. Das

Herz, das Herz… Monsignore schüttelte den Kopf. Das Herz ist, wie *El Padre* sagte, »ein Verräter, der mit sieben Riegeln gesichert werden muss«. Außerdem, wer hatte es denn jemals erfahren, das Gute?

Seine Hand streichelte die Narbe, die seine linke Wange durchfurchte. Wieder spürte er den Schmerz, den ihm die Gürtelschnalle zugefügt hatte, und eine Dunstwolke abgestandenen Weins verursachte ihm Übelkeit.

»Mierda!«

Ignacios Flüche und das Knallen der Nagelschuhe auf den Stufen im Treppenhaus weckten ihn auf.

Oh, nein! *Er hatte schon wieder getrunken. Vicente krümmte sich im Bett zusammen, das Herz klopfte ihm bis zum Hals.*

»Was für'n Dreck ist das hier?«, brüllte Ignacio aus der Küche. »Schlimmer als ein Schweinestall. Ich bin der Einzige, der in diesem Laden arbeitet, ihr Parasitenpack. Feliiipa!«

Eilige Schritte erklangen im Flur.

»Was ist los, Ignacio?«, fragte Felipa.

»Maldita puta! *Wie oft hab ich dir schon gesagt, dass ich keine aufgehängte Wäsche in der Küche sehen will, hä?«*

»Aber die stört dich doch gar nicht. Ich stehe morgen früh auf…«

»Widersprich mir nicht, du Hure! Ich verlange Respekt!« Aus der Küche hörte er zwei Ohrfeigen, dann einen Schrei. »Du hast was gegen mich, wie alle, das sehe ich an deinen Augen. Ich schufte mich tot in diesem Dreckloch von Schlachterei, und du siehst mich an, als wär ich ein Stück Scheiße. Aber jetzt bring ich dir Respekt bei, blöde Kuh.«

Der Lärm von Faustschlägen, Ohrfeigen und Tritten, unterlegt mit Beschimpfungen und Flüchen, vermischte sich mit den erstickten Schreien seiner Mutter.

Er presste mit aller Kraft die Hände auf die Ohren, hielt den Atem an und betete, dass der Albtraum aufhören möge. Aber er hörte nicht auf. Die Wand zitterte. Seine Mutter rief um Hilfe. Er sprang aus dem Bett, eilte in die Küche und stürzte sich auf Ignacio.

»Hör auf!« Vicente traktierte Ignacio mit Fausthieben. »Lass sie in Ruhe, du Vieh! Hör auf!«

Ignacio versetzte ihm einen Schlag, sodass er gegen die Wand prallte. »Sieh an, heute Abend haben wir einen Helden.« Er kam auf ihn zu, mit wässrigen Augen, ein böses Grinsen im Gesicht. »Aber Helden konnte ich noch nie leiden, kleiner cabeza de mierda.«

Er kauerte sich in eine Ecke und hielt die Arme vors Gesicht. Eine Dunstwolke aus Schweiß und billigem Wein stieg ihm ihn die Nase. Ignacio löste den Gürtel.

Diese Hölle hatte es gegeben, seit er denken konnte, und sie dauerte viele Jahre lang. Doch mit der Zeit war er herangewachsen. Mit sechzehn hatte er den Körper eines ausgewachsenen Mannes, er war ein Meter neunzig groß und wog über achtzig Kilo. Sogar die älteren Jungen hatten Angst vor ihm.

»Feliiiipa!«

Vicente stürmte durch den Flur und hielt seine Mutter fest. »Bleib stehen. Ich gehe hin.«

»Nein, ich flehe dich an, Vicente …«

Doch er hatte sie schon zurückgestoßen und war in die Küche gegangen.

»Was willst du?«, fragte Vicente.

»Hau ab, imbécil!«

Ignacio, der einen ähnlich kräftigen Körperbau hatte, schob ihn weg und stürzte sich auf Felipa, die an der Schwelle zur Küche stand. Doch er packte ihn am Arm, zwang ihn, sich umzudrehen, und versetzte ihm einen Faustschlag mitten ins Gesicht. Das Krachen des brechenden Nasenbeins bereitete ihm tiefe Befriedigung, ebenso das Blut, das ihm ins Gesicht spritzte. Ignacio starrte ihn entsetzt an, dann wurden seine Augen zu denen einer wilden Bestie.

Vicente wich seinem Hieb aus und schlug erneut zu, traf ihn erst im Gesicht, dann mehrmals im Bauch. Ignacio fiel zu Boden. Vicente begann, ihn mit Tritten zu traktieren, trotz der Schreie von Felipa, die ihn zurückzuhalten versuchte.

Noch am selben Abend waren Felipa und er zum Bahnhof gegangen und hatten einen Zug nach Saragossa genommen, wo sie fortan im Haus der Schwester seiner Mutter lebten. Er hatte Ignacio nie wiedersehen wollen, auch nicht, als er im Krankenhaus von Valencia an Magenkrebs gestorben war.

Jemand klopfte an die Tür. Er sah auf die Uhr. Zehn Uhr abends. »Herein!« Die Tür öffnete sich, und ein junger Mann von etwa dreiundzwanzig Jahren trat ein.

Zögernd setzte Lorenzo Santi sich in einen roten Samtsessel vor dem Louis-seize-Schreibtisch. Der Monsignore musterte ihn im Licht der Lampe. Der junge Mann senkte den Blick. Blonde Haare, blaue Augen, die weichen Züge eines Gymnasiasten und eine Berufung wie ein mittelalterlicher Zisterzienser. Santi war der ideale Numerarier, das beste Stück aus der Produktion des Opus Dei. Und er war Laie: Keine Kutte verriet ihn.

»Nun, Santi?«

»Nichts, Monsignore, absolut nichts. Ich habe al-alles durchwühlt. Ich ha-habe sogar unter der Matratze, unter den T-Teppichen, hinter den Bi-Bildern gesucht ... Nichts.«

»Sind Sie sicher, dass der Bruder nicht schon vor Ihnen in der Wohnung war?«

»Ganz sicher. Da-Das hat mir auch der Po-Portier gesagt.«

»Und in der Zelle von Pater Cerri im Dominikanerkloster?«

»Das Gleiche, Monsignore. Nichts.«

Der Monsignore blickte auf ein Papier. »Großer Cosimo ... Großer Cosimo«, sagte er halblaut. »Marsilio Ficino scheint sich seiner Sache sicher zu sein.«

»Das Pergament nennt ausgezeichnete B-Belege, Monsignore.«

»St. Pierre war kein Geisterseher. Wenn er außer Ficinos Brief nichts entdeckt hätte, hätte er die Sache auf sich beruhen lassen. Allerdings hat der Sekretär des Papstes mir versichert, er habe nichts anderes in der Tasche gefunden.«

»Ich glaube, ich b-bin auf einen Hinweis ge-gestoßen.«

»Einen Hinweis? Welchen?«

»Es ist möglich, dass der K-Ka-Kardinal auch eine Handschrift von Th-Theophilos von Alexandria gefunden hat.«

»*Theophilos von Alexandria*? Was bringt Sie auf die Idee?«

»Zwei Dinge.«

Als sie an jenem Tag im Archiv waren, hatte der Präfekt erzählt, dass Kardinal St. Pierre ganze Tage damit zugebracht habe, etwas in den unterirdischen Räumen des Cortile della Pigna zu suchen. In diesem Bereich des Archivs wurden die noch nicht katalogisierten Dokumente aufbewahrt, die auf die ersten Jahrhunderte der Kirchengeschichte zurückgingen.

Nachdem Monsignore Guzman und Kardinal Ottolenghi das Archiv verlassen hatten, war Santi zum Präfekten zurückgekehrt, weil ihm eine Idee gekommen war. Er hatte sich Folgendes überlegt: Wenn der Kardinal etwas aus dieser Zeit gefunden hatte, dann musste es sich um Papyrus oder Pergament handeln, und das bedeutete, dass es restauriert werden musste.

Es war 13:40 Uhr, das Personal des Restaurierungslabors saß bis 14:30 Uhr beim Mittagessen. Ungestört waren er und der Präfekt in das Labor hinuntergegangen und hatten am Computer das Verzeichnis der Restaurierungsarbeiten überprüft. Eine Datei mit einer Liste der Arbeiten im Mai betraf ein Projekt, das dreizehn Tage gedauert hatte. An den Code dieses Projekts war der Titel »Pergament von Theophilos von Alexandria« angehängt.

»Theophilos von Alexandria war einer, der viel wusste«, sagte der Monsignore. »Wenn St. Pierre ein Pergament von ihm gefunden hat, wird die Sache bedenklich.«

»Monsignore, könnte … könnte denn w-was Wa-Wahres dran sein an dem, was Manetho und die anderen His-Historiker über Moses geschrieben haben?«

»Die Historiker? Pah!« Der Monsignore nestelte an seinem Brustkreuz. »Herodot wurde nicht nur ›Vater der Geschichtsschreibung‹, sondern auch ›Vater der Lüge‹ genannt.«

»Und nun?«

»Was würden Sie tun, wenn Sie Kardinal St. Pierre wären und wichtige Dokumente verstecken wollten?«

»Tja, ich w-w-würde sie vielleicht einem nahen Verwandten anvertrauen.«

Ein listiges Lächeln spielte um die Lippen des Monsignore. »Der Bruder des Kardinals ist der einzige lebende enge Verwandte, und er ist Kurator der Ägyptischen Abteilung des Louvre.«

»Aha.«

»Santi, von diesem Moment an sind Sie von allen anderen Aufgaben entbunden. Solange keine neue Order kommt, werden Sie in meinen Diensten arbeiten, sind also ausschließlich mir Rechenschaft schuldig. Ist das klar?«

»Aber ...«

»Kein ›aber‹. Ich werde persönlich mit Ihrem geistlichen Leiter darüber sprechen.«

Santis Aufgabe bestand darin, von nun an jeden Schritt von Théo St. Pierre zu beobachten und darüber Bericht zu erstatten. Wenn der Archäologe nach Paris zurückkehrte, sollte Santi ihm folgen.

»Noch Fragen?«

»Nein, alles k-klar. Aber etwas ver-verstehe ich nicht. Diese b-beiden Toten ... Ko-Kommt Ihnen das nicht seltsam vor?«

Der Monsignore hob eine Augenbraue.

»An zwei au-aufeinanderfo-folgenden Tagen«, fuhr Santi fort. »Der Ka-Kardinal-Archivar und sein wi-wichtigster Mitarbeiter.«

Der Monsignore zuckte mit den Schultern. »Ein Verkehrsrowdy ... ein Infarkt ... Reiner Zufall. Aufgepasst, Santi. Machen Sie sich nicht der Sünde des Hochmuts schuldig, indem Sie sich darauf versteifen, nach dem Grund für Gottes Willen zu fragen. Ergebung ist der einzig sichere Weg zum Glauben. *Entiende*?«

»Ich bitte um Vergebung, Monsignore.« Santi blickte zu Boden.

»Ich möchte, dass Sie jetzt mit mir niederknien, damit wir gemeinsam einige Gedanken des Vaters aus dem Kapitel über den Gehorsam lesen.«

Er nahm ein Exemplar des *Wegs*, schlug es auf der gewünschten Seite auf und kniete neben Santi nieder.

> »Dein Gehorsam muss schweigsam sein. Diese Zunge!«
> »Wenn der Gehorsam dir keinen Frieden gibt, dann bist du hochmütig.«

Der Notar führte Théo in einen Raum voller Bücher, alle in bordeauxrotes Leinen gebunden, mit goldenen Aufschriften. Er händigte ihm einen hanffarbenen Umschlag aus, bat ihn, sich Zeit für die Lektüre zu nehmen, und verließ den Raum.

Théo setzte sich, öffnete den Umschlag und zog einen schwarzen, mit einem Band verschnürten Ordner heraus. Er löste das Band. Der Ordner enthielt einen versiegelten Umschlag und einige Pergamente. *Die Pergamente*. Pater Ascanios Worte kamen ihm in den Sinn. Es konnten nicht diese Pergamente sein. Er überflog sie.

Griechische Buchstaben und lateinische Wörter tanzten einen Reigen vor seinen Augen. Er öffnete den Umschlag … Ein Brief in Vankos winziger Handschrift.

> »Lieber Théo, wenn du diesen Umschlag geöffnet hast, bedeutet das, dass meine Befürchtungen wohlbegründet waren.«

Aus seinen Worten sprach keine Wut, nur Ärger über sich selbst, weil er so lange einer Illusion angehangen hatte. Er schrieb, der »dogmatische Überbau«, den die katholische Kirche im Laufe von zwei Jahrtausenden errichtet hatte, habe die ursprüngliche Botschaft Jesu für immer ausgelöscht. Wenn ER jetzt wieder unter die Menschen zurückkehrte, würde er sich in der Kirche, die vorgab, in seinem Namen zu sprechen, nicht mehr wiedererkennen.

Dann ging er auf die drei Pergamente ein und erklärte, wie sie in seinen Besitz gekommen waren. Nur ein Ägyptologe, schrieb er, könne Licht in das Geheimnis bringen, das sie bargen.

Théo betrachtete sie erneut. Eines war auf Italienisch geschrieben, das zweite auf Griechisch und das dritte auf Latein. Zu jedem gab es eine Übersetzung ins Französische. Er nahm die erste Handschrift aus dem Ordner.

> Großer Cosimo,
> nicht an den Fürsten, auch nicht an den Wohltäter schreibe ich, sondern an den erhabenen Geist, der mich dem göttlichen Platon weihte.
> Ihr wisst, mit welch großer Hingabe ich, angespornt von Eurer leidenschaftlichen Begierde, die Geheimnisse des großen Hermes Trismegistos zu erfahren, die Bücher des *Corpus Hermeticum*, welche Bruder Leonardo von Pistoia Euch aus Mazedonien brachte, aus dem Griechischen ins Lateinische übertrug.
> Als die Übertragung vollendet war, geschah es, dass ich eines Abends mit dem Freund Cristoforo Landino im Hof der Villa von Montevecchio spazierte, woselbst wir über das Corpus Hermeticum, die göttlichen Geheimnisse und die ewigen Fragen der Menschheit zu disputieren begannen.

Marsilio Ficino hatte durch eine vergleichende Untersuchung des Griechischen der Bücher und der platonischen Dialoge herausgefunden, dass die *Hermetica* in den ersten Jahrhunderten der christlichen Zeitrechnung in Alexandria verfasst wurden und dass die Verfasser aus dem Wissen der altägyptischen Priester schöpften.

> Wer war Hermes Trismegistos? Einige sagen, sein Name leite sich von der Anrufung her, welche die Ägypter für den Gott Thoth benutzten, der »dreimal groß« genannt wurde. Mir, der ich die *Hermetica* übersetzt habe, will Hermes Trismegistos nicht wie ein Gott erscheinen, vielmehr eher wie einer jener Propheten, denen man in den heiligen Schriften der Juden begegnet. So heidnisch die Welt der *Hermetica* sich auch ausnehmen mag, ich spüre in ihnen den Geist eines einzigen Gottes wehen, weshalb mir Hermes Trismegistos wie ein Monotheist unter Heiden erscheint.
> Obgleich diese meine Überlegung Euch gewiss in großes Erstaunen versetzen wird, glaube ich dennoch, dass Hermes Trismegistos niemand anderes ist als der biblische Moses. Die erstaunlichste Konklusion meiner Studien ist freilich, dass Moses kein Jude war, sondern ein ägyptischer Priester und dass der Auszug aus Ägypten auf gänzlich andere Weise als in der Bibel erzählt stattgefunden hat. Wie kam ich zu einer solchen Konklusion?

Théo überflog das Pergament. Als Quellen für seine Recherchen nannte Ficino die Geschichtsschreiber Manetho, Apion von Alexandria, Diodorus Siculus und Flavius Josephus.

In seinen *Aegyptiaca* spricht Manetho von »achtzigtausend Leprakranken und Unreinen«, die in die Steinbrüche am Ostufer des Nils geschickt wurden. »Sie wählten sich einen Anführer unter den Priestern von Heliopolis, welcher sich Osarsiph nannte … und er ging mit ihnen und änderte seinen Namen in Moses … Er sagte ihnen, dass sie die ägyptischen Götter nicht mehr anbeten dürften.« Diese »Unreinen« waren aus Ägypten vertrieben worden, und Osarsiph-Moses hatte ihren Auszug angeführt.

Apion von Alexandria schrieb über den Auszug und über Moses

in einem Werk, das ebenfalls *Aegyptiaca* hieß: »Der Auszug der Leprakranken, der Blinden und Krüppel unter Führung des Moses … Ich hörte die Alten von Ägypten sagen, Moses stamme aus Heliopolis … Er ließ Heiligtümer im Freien innerhalb der Stadtgrenzen errichten, alle zur aufgehenden Sonne gewandt, denn so war auch Heliopolis gelegen.«

> Ein weiteres Dokument bestätigt die historischen Zeugnisse. Dank löblicher Mithilfe des Bruders Leonardo gelangte ich durch die Mönche des heiligen Berges in den Besitz eines Pergaments, welches das Datum vom März 391 A.D. sowie die Unterschrift des Theon von Alexandria trägt, des letzten Bibliothekars der Großen Bibliothek. Dieser sandte es Plutarch dem Jüngeren nach Athen, wenige Monate bevor die verruchten Christen des Theophilos die Bibliothek niederbrannten.
> In nämlichem Pergament schreibt Theon an Plutarch, er habe ihm mit einem Boten einen geheimen Papyrus aus der Bibliothek geschickt, welcher ein Zeugnis von der Flucht aus Ägypten und von Moses gibt, das in starkem Widerspruch zur Bibel stehe.
> Ein boshaftes Schicksal wollte, dass es mir nicht gelang, jenen Papyrus zu finden, doch der Brief des Theon an Plutarch, von welchem ich Euch eine Übertragung aus dem Griechischen beilege, beweist, dass die oben erwähnten historischen Chroniken der Wahrheit entsprechen.
> *Cura ut valeas, o dux Florentiae.*
> Careggi, am 27. Tag im August im Jahr des Herrn 1463

Théo machte sich ein paar Notizen. Moses ein ägyptischer Hohepriester? Vanko bestätigte die Zeugnisse der von Ficino zitierten Historiker. In der Bibel, schrieb sein Bruder, gebe es eine Fülle von Symbolen und Riten, die von der ägyptischen Liturgie übernommen wurden: Er erwähnte die Bundeslade, eine exakte Kopie des Tabernakels von Amun; die Zehn Gebote, eine Replik der Sündenbekenntnisse des Totenbuches, und die Dreifaltigkeit, eine Wiederholung der Dreiheit Osiris-Horus-Isis. Was Letztere betreffe, sei der einzige Unterschied, dass die Kirche auf dem Konzil von Nicäa mit

Isis, einer Frau, Schluss gemacht habe, um sie durch den Heiligen Geist zu ersetzen.

Hing Vankos Tod womöglich mit dem Geheimnis eines Initiationsritus zusammen? Einen Augenblick lang verschmolz das Halbdunkel des heiligsten Bezirks ägyptischer Tempel mit einem Chor leiser Choräle und Weihrauchduft. Er dachte an Raisa Belmont. Wer könnte ein Geheimnis, das einen esoterischen Ursprung hatte, besser enträtseln als sie? Er musste sie anrufen, sobald er wieder in Paris war. Er holte das griechische Pergament aus dem Ordner.

YEVN PLOUTARXVI FILTATVI EU PRATTEIN

Theon an den teuersten Plutarch, salve.
Ich hoffe, der Händedruck Roms ist für Athen sanfter als jener, mit dem es derzeit Alexandria erstickt. Die Angriffe der Christen des Patriarchen Theophilos auf die Juden und uns Griechen werden zur Regel, und Ipazia und ich wagen nicht mehr, ohne Geleitschutz aus dem Haus zu gehen. Des Nachts ist das Feuer auf der Spitze des großen Pharos nicht mehr das Einzige, das durch die Finsternis dringt. Die Feuer, welche die Christen an die Häuser der Heiden und Juden legen, erleuchten die Straßen Alexandrias sogar am Tag.
Nach dem Edikt des Theodosius gegen die heidnischen Tempel sind für den Tempel des Serapis die letzten Tage angebrochen. Doch die Wahrheit ist, dass den Christen viel mehr nach der Zerstörung der Großen Bibliothek gelüstet als nach der des Tempels.
Warum? Unsere Archive, teurer Plutarch, enthalten etwas, von dessen Existenz ich selbst bis vor wenigen Tagen nichts wusste, etwas, was die Christen seit langer Zeit heimlich suchen.

Bei der Aktualisierung des Katalogs der Bibliothek hatte Theon zwei Dutzend in einem geheimen Archiv versteckte Papyri entdeckt, deren Hieroglyphen ins Griechische übersetzt worden waren. Sie stammten aus dem Tempel von Ra-Harmakhis, der heiligsten Stätte von Heliopolis. Manetho, der Hohepriester des Tempels, hatte die Schriften auf Befehl des Königs übersetzen und Ptolemaios II. aushändigen müssen. Ptolemaios II. fieberte danach, die Geheimnisse der Priester des alten Ägypten zu erfahren, wie schon sein Vater, Ptolemaios I., der Gründer der Bibliothek; dieser hatte aus sämtlichen heiligen Tempeln Ägyptens Papyri entwendet, die Originale für sich behalten und den Priestern nur Abschriften gelassen.

Da ich als Mathematiker ein Sklave meiner bekannten Pedanterie bin, habe ich die Übersetzungen Manethos von dem Skribenten, welcher unserer Übersetzerschule vorsteht, kontrollieren lassen. Dieser hat eine bestürzende Entdeckung gemacht: Im Gegensatz zu den exakten Übersetzungen der Papyri aus Luxor, Theben und Memphis sind jene, welche Manetho von den Papyri aus Heliopolis anfertigen ließ, unvollständig oder enthalten Zusätze, die nichts mit dem Original zu tun haben. Manetho log. Warum?
Die korrekten Übersetzungen meines Skribenten zeigen, dass Manetho sich als Hohepriester von Heliopolis einem jahrtausendealten Initiationsritus unterzogen hatte, der ihm verbot, die Geheimnisse Thoths zu enthüllen. Wir haben entdeckt, dass es eine geheime Bruderschaft gab, »Schule der Mysterien Thoths« genannt, welcher die Pharaonen und alle Hohepriester von Heliopolis angehörten. Sie gaben einander diese Geheimnisse weiter. Gegründet wurde die Bruderschaft von Thutmosis IV., den ein Traum dazu inspiriert hatte.
Die bei Weitem erstaunlichste Entdeckung aber, mein guter Plutarch, betrifft einen Papyrus, dessen korrekte Übersetzung eine Tatsache von allergrößter historischer Tragweite ans Licht bringt. Der Prophet Moses war mitnichten ein Jude, sondern ein ägyptischer Hohepriester, und der Auszug aus Ägypten war keine Flucht jüdischer Sklaven, sondern die Vertreibung unerwünschter Ägypter. Durch einen Boten schicke ich dir dieses Pergament mit dem Papyrus über den Exodus und seine Übersetzung nach Athen. Du wirst wissen, was du damit zu tun hast. Mein Bote wird morgen an Bord eines Schiffes nach Piräus gehen.
Ich schreibe dir von der Terrasse unserer Sternwarte. Es ist die Stunde der Ruhezeit, die Studenten spazieren durch die hängenden Gärten. Mein Blick verweilt auf dem Hafen, wo es von Händlern und Seeleuten wimmelt, dann wandert er

das Heptastadion entlang bis zur Leuchtturminsel. An der Ostspitze der Insel leuchten die weißen Steine des großen Pharos in der Sonne. Poseidon überragt uns von der Kuppel des Pharos aus, aber seine stolze Haltung täuscht: Sein Dreizack ist machtlos gegen den Sturm, der binnen Kurzem über Alexandria hereinbrechen wird.
Ich sende dir und Asclepigenia eine Umarmung von mir und Ipazia.
Alexandria, am 8. März 391 allgemeiner Zeitrechnung

Théo ballte die Faust. *Tête de con*! Er schluckte und fuhr sich durch die Haare.

Théo packte Vanko am Arm. »Sag mir, wer dir diese connerie *in den Kopf gesetzt hat!«*

Vanko entwand sich und sprang auf. »Was soll ich dir schon erklären? Ausgerechnet dir, der du an nichts glaubst! Du konntest gar nichts anderes als Archäologe werden. Du wagst es, eine solche Entscheidung zu kritisieren, du, der du innerlich genauso tot bist wie deine Ruinen?«

»Von allen Religionen musstest du dir unbedingt die beschissenste aussuchen, was? Siehst du denn nicht, dass sie verlogen ist bis auf die Knochen, dass sie zum Kotzen ist? Meinen Glückwunsch, connard. *Ich sehe, dass Edmond mal wieder zugeschlagen hat. Ein Fick in San Francisco, das Konzert Nr. 1 von Bruch in London, den Jaguar mit dem gefälschten Nummernschild auf 180 Stundenkilometer bringen und drei Vaterunser in Notre-Dame.* Ego te absolvo.« *Er rieb sich theatralisch die Hände. »Für wen? Für was? Im Namen einer selbst verliehenen moralischen Autorität, auf dem Rücken eines armen Teufels, den man zwang, Dinge zu sagen, die er sich niemals hätte träumen lassen, und das alles ist sein Verdienst!«*

»Du hältst dich für den moralischsten Menschen überhaupt, was? Kriegst mit vier Jahren einen Stockschlag von einer Nonne, und was machst du? Du gibst ihr Tritte und verfluchst die katholische Kirche. Ein Polizist haut dir mit dem Gummiknüppel eins über den Schädel, weil du vor der Sorbonne Radau machst, und du verprügelst ihn und sagst dich von der Gesellschaft los. Es lebe der Rächer der Nacht, der sich an den Brücken der Seine rumtreibt,

Steine auf Polizisten schmeißt und die Reifen ihrer Autos zersticht. Kompliment für deinen Seelenfrieden, großer Bruder.«

»Jugendsünden. Warum gehst du nicht lieber mit mir nach Dublin in die Chester Beatty Library? Oder in die John Rylands Library von Manchester? Da kannst du mit eigenen Augen sehen, wie die ›Kirchenväter‹ und ihre Schreiberlinge – diese großen Helden – deine Evangelien zusammengebastelt haben, indem sie allen Blödsinn reinstopften, der ihnen gelegen kam. Und dann sag mir, wer von uns beiden innerlich tot ist!«

Er wollte gerade anfangen, das lateinische Pergament zu lesen, als das Telefon klingelte. »Ja, Commissario … Einverstanden«, sagte er verdrossen, »in einer halben Stunde bin ich bei Ihnen.«

Er steckte den Ordner in seine Aktentasche und hielt inne. Vankos Randbemerkungen in den Büchern über Archäologie fielen ihm ein. Nach so vielen Recherchen musste sein Bruder zu einer Schlussfolgerung gekommen sein. Warum hatte er nichts dazu geschrieben und ihm hinterlassen? Das passte nicht zu Vanko.

Er schlug den schwarzen Ordner wieder auf und durchsuchte dessen Inhalt. Es gab nur den Brief und die Pergamente. Sein Blick fiel auf den hanffarbenen Umschlag. Ein Zettel. Er musste aus dem Ordner gerutscht sein. Es waren Notizen in Vankos Handschrift.

Zweifacher Exodus?
Moses/Freud;
Heliopolis/Haus des Phönix/Nische Bibliothek/Halle der Aufzeichnungen?
Cleopatra's Needle, London;
Carter/Grab des Tutanchamun/fehlender Papyrus;
Essener/Kupferrolle/Schatz des Großen Aton-Tempels?
Klöster Berg Athos?
Traum von Thutmosis IV./Schule der Mysterien Thoths/ Amsterdam;
Echnatons Grab;
Dom von Siena/Intarsien des Doms?
Kloster San Marco, Florenz (Pater Montague). Archive?
[…]

Merde. Wären diese Notizen nicht von Vanko geschrieben worden, er hätte sie für das irre Gerede eines aus der Neurologie der Salpêtrière geflohenen Verrückten gehalten.

Was um alles in der Welt verband all diese Punkte? Was hatte Freud mit Moses zu tun? Und was Amsterdam mit einem Pharao der 18. Dynastie? Einer Intarsie im Dom von Siena? Was war der »fehlende Papyrus«? Was gab es auf dem Berg Athos?

Als er wieder auf der Straße war, ging Théo in die erste Telefonzelle und wählte eine Durchwahlnummer im Louvre.

»*Salut*, Michaela ... Nein, noch ein paar Tage. Ich muss mich noch um den Leichnam meines Bruders kümmern ... Du müsstest etwas für mich nachprüfen, bitte. Schreib ... Nein, das hier ist wichtiger. Lass das andere liegen.«

Er trat aus der Zelle und ging in Richtung eines Taxistandes. Vom Buch Exodus ausgehen? Von einem Mythos? Was hatte das für einen Sinn? Mythen waren der ewige Wunsch des Menschen, die Wirklichkeit nach seinem Bedürfnis umzuschreiben: Sie waren hartnäckig, heimtückisch, widersprachen der Vernunft und der Geschichte. Dennoch waren sie mächtiger als die Geschichte. Keine Archäologie kam gegen sie an: Wenn die Fakten nicht mit den Dummheiten übereinstimmten, die in seiner DNA steckten, würde der Mensch noch den absurdesten Mythen Glauben schenken und alles nachbeten außer der Wahrheit. Individuelle Lügen, kollektive Lügen, Mythen ... Die ewige menschliche Komödie. Die Fußgängerampel schaltete auf Rot.

Aber wie entstanden Mythen? Konnte man ausschließen, dass eine wirkliche Begebenheit zum Ursprung eines Mythos wurde? Nein, das konnte man nicht. Manchmal gründete sich ein Mythos auf dem versunkenen Teil der Geschichte und gewann im Lauf der Zeit die Oberhand. Warum sollte man dann ausschließen, dass hinter dem Exodus eine wahre Begebenheit steckte? Die Ampel wurde wieder grün.

Auf dem Bürgersteig gegenüber stand ein blonder junger Mann mit Brille und Gymnasiastengesicht vor einem Zeitungskiosk und blätterte mit zerstreutem Gebaren im »Messaggero«. Er faltete die Zeitung zusammen, steckte sie sich unter den Arm und schlug dieselbe Richtung ein wie Théo.

4 Monsignore Guzman legte das Rasiermesser auf die Ablage im Badezimmer, trocknete sein Gesicht und musterte sich im Spiegel. Sein Blick glitt über die Kinnlade, den Brustkorb und den Rücken eines Wettkampfschwimmers.

Den Körperbau eines Mannes wie George C. Scott, nicht wie diese Weicheier von Jungpriestern aus der Produktion des Vatikans. Und genau so muss der Generalprälat des Opus Dei sein: fuerte, animoso, viril.

Er besprengte sich das Gesicht mit Aftershave und versetzte sich einige leichte Schläge auf die Wangen.

Der Papst ist alt und krank. Er wird die Schuhe des Fischers nicht mehr lange tragen. Das Konklave naht. Von den hundertzwanzig wahlberechtigten Kardinälen sind siebenundachtzig unsere Leute. Hinter den Türen der Sixtinischen Kapelle wird der Heilige Geist den Kardinälen den Namen unseres Mannes einflüstern, den Namen eines Mannes, der gehorchen wird, ohne Zicken zu machen, wie der polnische Papst. Jawohl. Obediencia incondicional, *wie zu Zeiten des Generalissimus.*

Er zog das Hemd aus grauem Leinen an, fädelte das Kollar in den Kragen und schlüpfte in die Bischofssoutane.

Das Leck St. Pierre muss unverzüglich gestopft werden. Wir können uns nicht erlauben, ein solches Risiko einzugehen, vor allem jetzt nicht. Wo anfangen? Im Archiv natürlich, diesem Nest von Verschwörern. Doch hören wir erst, was Pater Pinkus zu sagen hat.

Er knöpfte die Soutane zu, band den Purpurgürtel um die Taille und betrachtete sich wieder im Spiegel. Dann streckte er die Hand aus und nahm die Geißel von der Wand – ein Bündel Schnüre, auf die Kugeln aus rohem Holz gezogen waren. Er trat auf die Schwelle. Ein einzelner Sonnenstrahl fiel auf die Büste von Julius Cäsar. Was hätte er an seiner Stelle getan? Zwei sirrende Peitschenhiebe zerschnitten die Luft.

Pater Rollo Pinkus, der Sekretär des Generalrats des Opus Dei, ein Mann von untersetztem, schmächtigem Körperbau mit dem Blick eines Frettchens, nippte im Speisesaal der Villa Tevere an einem Glas Milch. Als Monsignore Guzman eintrat, sprang der Pater auf.

Der Monsignore goss sich Kaffee aus einer silbernen Kanne ein, hob den Deckel der Warmhalteplatte und bediente sich. Dann setzte er sich Pater Pinkus gegenüber.

»Nun, Pater, was haben Sie im Restaurierungslabor entdeckt?«

Pater Pinkus beugte sich zum Monsignore vor. »Monsignore, die Restaurierung des Pergaments von Theophilos war sowohl im Computer als auch in den Arbeitskladden eingetragen«, flüsterte er, während er um sich blickte. »Sonst habe ich nichts Verdächtiges gefunden.«

»*Jesús, Maria y José!* Wie oft muss ich Ihnen noch sagen, dass Sie lauter sprechen sollen! Wer soll uns denn hier drinnen schon hören?«

Pater Pinkus legte den Zeigefinger an die Lippen. »Pst, Monsignore. Kardinal Ottolenghi hat überall Spione. Das ist ein ehemaliger Jesuit, der kann sogar Gedanken hören.«

Der Pater stand auf, ging auf Zehenspitzen zur Tür und riss sie mit einem Ruck auf. Er beugte den Kopf vor und spähte nach links, dann nach rechts. Der Monsignore schnaubte ärgerlich und verdrehte die Augen. Der Pater schloss die Tür und setzte sich wieder. Da das Pergament spurlos aus dem Archiv verschwunden war, musste es entweder irgendwo versteckt sein, oder, was wahrscheinlicher war, der Kardinal St. Pierre hatte es jemandem übergeben.

»Könnte dieser jemand nicht Kardinal St. Pierres Bruder sein?«, schloss der Pater. »Ein ausgewiesener Fachmann für Archäologie.«

»Hm.« Der Monsignore schlang einen Bissen Rührei hinunter. »Wahrscheinlich.«

»Wenn das Pergament im Vatikan gefunden wurde, beweist das doch, dass Theophilos von Alexandria niemand anderem als dem Papst geschrieben hat. Der damalige Papst war Siricius. Theophilos war ein Grieche aus Alexandria in Ägypten und schrieb nur auf Griechisch. Also kamen seine Briefe auf Griechisch in Rom an, und die päpstlichen Kopisten übersetzten sie ins Lateinische.«

Er hatte mit dem Präfekten des Archivs gesprochen. Die gesamte Korrespondenz der Patriarchen von Alexandria jener Zeit war auf Griechisch verfasst.

»Dann müsste es von diesem Pergament zwei Fassungen geben: das griechische Original und die lateinische Übersetzung«, sagte der Monsignore, seine Narbe auf der Wange streichelnd.

»Genau. Darüber habe ich sofort mit dem Restaurator gesprochen, der an dem Pergament gearbeitet hat.«

»Und...?«

Pater Pinkus Augen blitzten verschwörerisch. »Das Pergament war auf Latein geschrieben.«

»Dann gibt es noch Hoffnung.«

»Das griechische Original müsste noch immer irgendwo im Archiv vergraben sein.«

Der Monsignore trank seinen Kaffee in einem Zug aus. »Rufen Sie sofort den Sekretär Seiner Heiligkeit an.«

Zwei Stunden später marschierte Monsignore Guzman an der Spitze eines Trupps Numerarier des Opus Dei über den Cortile del Belvedere, betrat den Eingang zum Geheimarchiv und bat darum, dem Präfekten angekündigt zu werden.

Begleitet von seinem Gefolge, drang er in das Büro des verblüfften Präfekten ein und überreichte ihm ein Schreiben. Der Präfekt las es mit mürrischer Miene.

»Wenn Seine Heiligkeit es so wünscht...«

»So wünscht es Seine Heiligkeit.«

Im zweiten Kellergeschoss des Bunkers unter dem Cortile della Pigna öffnete sich die Panzertür. Die Numerarier des Opus Dei folgten dem Präfekten wie ein Rudel Jagdhunde. Er führte sie vor ein Regal, das bis zur Decke reichte. Auf dem Schild stand in Frakturschrift »IV. Jahrhundert n. Chr.«.

Auf dem Gestänge einer großen Voliere hockte ein Papagei mit gelbem Kopf, anthrazitgrauem Schnabel und einem Federkleid in Grün und Hellblau. Aufmerksam folgte er den Bewegungen von Kommissar Dominici, der mit einem Schraubenzieher am Ventilator hantierte.

»Also wäre der ganze Auszug aus Ägypten ein Riesenschwindel«, sagte der Kommissar lachend, nachdem Théo ihm von Pater Ascanio erzählt hatte. »Das wundert mich gar nicht. Schwer zu sagen, wer von beiden besser lügt, die Juden oder die Christen. Na gut, wenigstens haben wir jetzt ein Motiv.«

»Haben Sie nach meinem Anruf gestern noch etwas herausgefunden?«

»Ich habe mir den Namen des Arztes beschafft und bin sofort zu seiner Praxis gefahren. Aber er blieb eisern: Tod durch Herzmuskelinfarkt.«

»Warum bitten Sie den Ermittlungsrichter nicht, eine Autopsie anzuordnen?«

»Auf welcher Rechtsgrundlage? Pater Cerri war vatikanischer Staatsbürger und ist im Vatikan gestorben.«

»Sie könnten sich trotzdem an die Ärztekammer wenden.«

»Machen Sie Witze? Wo sind die Beweise? Sein Anwalt würde auf eine Straßenwalze springen und mich platt walzen wie einen Pfannkuchen.« Der Kommissar klopfte ein paarmal mit seiner Zigarettenspitze auf den Schreibtisch. »Wenn wir objektiv bleiben wollen, können wir außerdem nicht ausschließen, dass er in gutem Glauben gehandelt hat.«

»In gutem Glauben? Sogar ein frisch approbierter Arzt könnte einen Tod durch Herzinfarkt von einer Vergiftung unterscheiden, falls sie den Ärmsten so umgebracht haben.« Théo hob die Arme und ließ sie fallen. »Ich verstehe. Auch die Akte ›Pater Cerri‹ wird auf dem Regal irgendeines Archivs landen, um dort zu verstauben.«

»Glauben Sie, das macht mir Spaß?«

»Ich glaube, dass ich ein Recht auf Antworten habe«, sagte Théo und beugte sich über den Schreibtisch, auf dem sich Stapel orangefarbener Aktenordner türmten. Seine Miene wurde freundlicher. »Neuigkeiten aus Castel Gandolfo?«

»Nichts. Tut mir leid.«

Da sich kein Augenzeuge gemeldet hatte, blieb der Polizei nichts anderes übrig, als den Fall unter »Fahrlässige Tötung durch Unbekannt« zu archivieren.

»In meinem Beruf heißt das Geheimnis des Erfolgs Hartnäckigkeit«, sagte Théo.

»Was soll ich denn Ihrer Meinung nach tun? Dem Papst eine gerichtliche Vorladung schicken? Was kann ich ausrichten, wenn ich keine Verdächtigen verhören, keine Zeugenaussagen sammeln und keine Autopsie anordnen darf? Verraten Sie mir das mal.«

Sollte er Dominici von Vankos Pergamenten erzählen? Nein, das hätte nichts genützt. Der Vatikan stand über den Gesetzen, mehr denn je hier in Italien, einem Land, in dem die Trennung von Staat und Kirche reine Theorie geblieben war. Außerdem schien

Dominici zwar zuverlässig, aber konnte er ihm wirklich vertrauen?

»Sie haben von einem Verdacht gesprochen«, sagte Théo. »Denken Sie an jemand Bestimmtes?«

»An Guzman natürlich.«

»Ottolenghi schließen Sie aus?«

»Hm, die Sache riecht nach Opus Dei.«

»Warum sind Sie sich dessen so sicher?«

»Aus zwei guten Gründen: dem Einfluss des Opus Dei auf den Vatikan und Guzmans Persönlichkeit.«

»Einfluss auf den Vatikan? In welcher Weise?«

»Seit dreißig Jahren zieht das Opus Dei die Strippen. Erinnern Sie sich an den Skandal um Calvi Anfang der Achtzigerjahre?«

»Vage, aber ich sehe keinen Zusammenhang.«

»Ich erkläre Ihnen den Zusammenhang. Calvi war der Präsident der Bank ›Ambrosiano‹, der im Juni 1982 unter der Blackfriars Bridge in London ermordet wurde. Zwei Tage vorher hat er einen vom Opus Dei getroffen. Das hat Signora Calvi beim Prozess bezeugt. Dieser Typ ist nicht nach London gekommen, um ihm die Beichte abzunehmen.«

Auch in zahlreichen Zeitungsinterviews hatte Signora Calvi erklärt, dass das Opus Dei sich mit ihrem Mann getroffen habe, um über die Übernahme von Schulden der Vatikanbank, des Istituto per le Opere di Religione IOR, zu verhandeln. Sie beschuldigte den Vatikan sogar öffentlich, Auftraggeber des Mordes an ihrem Mann zu sein. Kurz nach dem Tod des Bankiers zahlte das IOR über fünfhundert Milliarden Lire an die Konkursverwalter der Banco Ambrosiano. Im Oktober desselben Jahres gewährte der polnische Papst dem Opus Dei den Status einer »Personalprälatur«. So etwas hatte es in der Kirchengeschichte noch nicht gegeben.

»Damit verlieh der Papst dem Opus Dei uneingeschränkte Macht«, sagte der Kommissar. »Zufall? Das bezweifle ich. Woher hatte das IOR so viel Geld? Warum diese Belohnung für das Opus Dei?« Der Kommissar zündete sich eine Gitane an. »Wissen Sie, was eine Personalprälatur ist?«

»Bei dem, was ich über das kanonische Recht weiß, könnte es auch die Kegelmannschaft des Vatikans sein.«

»Von 1982 an wurde das Opus Dei zu einer Diözese ohne territoriale Bindung. Als solche untersteht sie direkt dem Papst und nicht mehr der Bischofskongregation. Der Mann an der Spitze des Opus Dei ist ein Generalprälat im Rang eines Bischofs. Ebenjener Vicente Guzman.«

»Commissario, würden Sie das bitte übersetzen?«

»Ganz einfach. Im Unterschied zu einer Bischofsdiözese unterliegt das Opus Dei keinen territorialen Einschränkungen. Stellen Sie sich eine Diözese vor, die überall operieren kann und damit über der Autorität jedes lokalen Bischofs steht. Begreifen Sie, welche Machtfülle das bedeutet?«

Théo dachte an die Worte Pater Ascanios, an Guzmans Überraschungsbesuch im Archiv und an den Numerarier, der Vankos Wohnung durchsucht hatte.

»Wenn Sie deren Gott angreifen«, fuhr der Kommissar fort, »gerät die Maschinerie ins Stocken, Guzman wird wütend, und der Papst rümpft die Nase. Nachdem Ihr Bruder aus dem Weg geräumt wurde, sind Sie jetzt die Bedrohung. Kapieren Sie das endlich oder nicht?«

Der Papagei steckte den Kopf aus der Voliere und blickte auf Théo herab. *»Kapieren Sie das endlich?«*, krächzte er.

Verblüfft hob Théo den Kopf.

»Das ist ein Amazonaspapagei.« Der Kommissar stand auf und streichelte durch das Käfiggitter den Kopf des Tieres. »Er heißt Poirot und ist sehr intelligent, wie übrigens alle Papageien. Und er hat ein fabelhaftes Gedächtnis.«

»Wiederholt er alles?«

»Nur manche Sätze, obwohl er zweitausend Wörter kennt. Er wiederholt das, was wirklich zählt.« Der Kommissar setzte sich wieder hin. »Hier drinnen verhöre ich Verdächtige, und Poirot hat meinen Jargon übernommen. Er wiederholt niemals ›papageienhaft‹, ihm fallen die Worte im richtigen Moment ein, passend zur jeweiligen Situation.«

Théos Blick kehrte zum Kommissar zurück. »Wie reich ist das Opus Dei?«

»Das weiß niemand, denn in der Haushaltsbilanz des Heiligen Stuhls taucht es nicht auf. Die Buchhaltung macht der Heilige Geist.«

Das Geld wurde über eine Reihe von Stiftungen eingesammelt, darunter die Limmat in Zürich und die englische Netherhall. Die Stiftungen verfolgten gemeinnützige und pastorale Zwecke und waren damit von der Einkommenssteuer und der Verpflichtung zur Offenlegung ihrer Bilanzen befreit. Zwischen den Stiftungen und dem Opus Dei gab es keine juristischen Verbindungen; doch viele Mitglieder ihrer Verwaltungsräte waren auch Mitglieder des Opus Dei, das die Stiftungen auf diese Weise beeinflusste oder kontrollierte.

Welchen Zwecken die Investitionen der Stiftungen eigentlich dienten, war unbekannt, sicher war jedoch, dass sie Privatuniversitäten, Schulen, *boarding houses* nach englischem Vorbild, Kliniken, Krankenhäuser, pharmakologische Forschungsinstitute und Verlagshäuser umfassten.

»Wenn Sie eine Vorstellung davon bekommen wollen, wie viel Geld die haben«, sagte der Kommissar, »nehmen Sie nur dieses eine Detail: Das siebzehnstöckige Hochhaus in Manhattan, der Sitz ihrer Nordamerikadirektion, hat etwa siebenundvierzig Millionen Dollar gekostet. Das Opus Dei ist ein weltumspannendes Finanzimperium. Mit einem Unterschied im Vergleich zu multinationalen Konzernen: Es unterliegt keiner Kontrolle und zahlt keine Steuern. Ganz legal.«

Poirot sträubte die Federn. »*Zahlt keine Steuern*«, krächzte er leise. »*Krrraak.*«

»Wie ist denn das Opus Dei entstanden? Und wie ist es organisiert?«

»Es entstand während der Franco-Zeit in Spanien und wurde von Pater Escrivá gegründet. Die religiösen Ideen des Paters vertrugen sich ausgezeichnet mit den politischen Ideen des Generalissimus. Escrivá zog eine Kutte an, und das Ergebnis war das Opus Dei. Die internationale Entwicklung begann in den Fünfzigerjahren, wohl nicht zufällig in der Zeit der Militärdiktaturen in Lateinamerika. Von den Sechzigerjahren an schlich sich die Organisation dann so ziemlich überall ein.«

Der Commissario berichtete, dass das Opus Dei 85 000 Mitglieder hatte, die über achtzig Länder verteilt waren. Die Numerarier, etwa zwanzig Prozent, waren junge Männer mit Universitätsabschluss, die Keuschheit und Armut gelobt hatten, in Einrichtungen des Opus lebten und all ihre Einkünfte an die Kassen des Opus überwiesen. Einflussreicher waren jedoch die Supernumerarier, die siebzig Prozent aller Mitglieder bildeten. Diese Laien, die heiraten durften, waren gehalten, regelmäßig »freiwillige« Beiträge zu leisten. Das Kriterium für ihre Anwerbung war unmissverständlich: Sie mussten Leitungspositionen in der Politik, der Finanzwelt, der Industrie und den Medien bekleiden. Den Priestern, zwei Prozent, oblag die Kontrolle, zumindest formell. Die Assoziierten, externe Mitglieder von geringer Bedeutung, bildeten die restlichen acht Prozent.

»Die Supernumerarier sind Spitzenpolitiker, Präsidenten internationaler Banken, Geschäftsführer multinationaler Konzerne, Pressemagnaten und so weiter. Bekommen Sie jetzt ungefähr eine Vorstellung?«

»Sie haben die Kontrolle durch die Priester ›formell‹ genannt. Warum?«

Der Kommissar trommelte mit dem Feuerzeug auf den Schreibtisch. »Weil ich mich allmählich frage, wer beim Opus Dei eigentlich wirklich kommandiert.«

»*Krraak, krraak*«, krächzte Poirot.

»Gibt es irgendwo eine Liste der Supernumerarier?«

»Stellen Sie sich hinten an, und warten Sie auf den Jüngsten Tag.«

»Warum? Was ist das Opus Dei, eine Geheimgesellschaft?«

»Das Opus Dei ist eine Sekte«, sagte der Kommissar. »Wer aufgenommen wird, gelobt Geheimhaltung, allen Gesetzen zum Trotz, die Geheimgesellschaften verbieten. Außer dem Papst kennt niemand die Liste ihrer Mitglieder. In vielen Ländern wird das Opus Dei von den lokalen Behörden in Schach gehalten. In Belgien, um nur ein Beispiel zu nennen, wird es offiziell als eine der ›gefährlichen Sekten‹ eingestuft.«

»Warum gefährlich? Einen Apparat zum Geldscheffeln in Gang zu setzen, entspricht vielleicht nicht den höchsten christlichen Idealen, aber es ist kein Verbrechen.«

»Wie die Polizei in vielen anderen Ländern erhalten auch wir häufig Anzeigen gegen das Opus Dei. Zum Beispiel wegen psychischer Manipulation, die auf Hörigkeit abzielt.«

»Hörigkeit?«

»Gehen Sie mal ins Internet, auf die Seite des ODAN (Opus Dei Awareness Network), einer nordamerikanischen Hilfsorganisation für alle vom Opus Dei Betroffenen, dann werden Sie verstehen, was ich meine. Sie haben nur die Qual der Wahl. Es gibt unzählige Zeugnisse ehemaliger Numerarier, die von ihren albtraumartigen Erfahrungen in den sogenannten Zentren des Opus Dei erzählen. Ganz zu schweigen von dem, was die Familien ehemaliger Numerarier über die Hölle berichten, durch die sie gehen mussten.«

Der Kommissar erzählte von Briefzensur, von körperlicher Selbstkasteiung und einer psychologischen Konditionierung, die an die Zustände in den Lagern hinter dem Eisernen Vorhang erinnerte.

Théo verzog den Mund. »Das Opus Dei scheint mir als Schuldiger zu nahe zu liegen, und naheliegende Lösungen haben mich noch nie überzeugt. Erzählen Sie mir von Guzman. Sie haben vorhin von seiner Persönlichkeit gesprochen. Was für ein Mensch ist er?«

»Ein Größenwahnsinniger, besessen vom Persönlichkeitskult, natürlich dem seiner Person. Ein würdiger Nachfolger von Escrivá.«

Böse Zungen behaupteten, der Generalprälat bedaure heimlich, nicht General beim Militär geworden zu sein. Er tröstete sich mit der Lektüre von militärstrategischen Abhandlungen und mit martialischer Opernmusik.

»Als Generalprälat verfügt Guzman über uneingeschränkte Macht und so viel Geld, wie er will. Unterschätzen Sie ihn nicht.«

»Ich habe nicht das Geringste mit ihm zu tun. Bis vor zwei Tagen kannte ich das Opus Dei nur dem Namen nach.«

»Sie sind der Ägyptologe des Louvre.« Der Kommissar fixierte Théo. »Und Ihr Bruder hat Ihnen wirklich nichts Schriftliches über diese Geschichte mit Moses und dem Exodus hinterlassen?«

Théo schüttelte den Kopf. »Nichts.«

Der Kommissar musterte ihn, und in der Stille hörte man nur das Brummen des Ventilators. »Wie Sie wollen, aber denken Sie nicht, dass ich Ihnen glaube. Diese Frage beschäftigt allerdings nicht nur mich, sie beschäftigt auch Guzman. Machen Sie sich keine Illusionen.«

»Commissario, was kann ich von Ihnen erwarten?«

»Offiziell gar nichts. Das habe ich Ihnen schon gesagt. Meine Vollmachten enden an der Via della Conciliazione.«

»Und inoffiziell?«

Der Kommissar blickte Théo direkt in die Augen. »Ich bleibe, was ich bin, ein Polizist.«

»Wollen Sie mir sagen, dass Sie weiter ermitteln?«

»Ihr Archäologen habt kein Monopol auf Hartnäckigkeit, obwohl Sie anscheinend vom Gegenteil überzeugt sind.«

»Verfolgen Sie eine bestimmte Spur?«

»Vielleicht.« Dominici blickte auf ein Dossier, das vor ihm lag. »Sie haben Ihre Geheimnisse, ich habe meine.«

Vergeblich versuchte Théo die Aufschrift auf der Akte zu lesen, die der Kommissar eilig mit einer Zeitung bedeckte.

»Ciao, Poirot«, sagte Théo, mit düsterem Gesicht vor dem Käfig stehend.

»*Machen Sie sich keine Illusionen*«, krächzte Poirot. »*Krraak.*«

Dominicis Worte gingen ihm durch den Kopf, während er die Treppen des Polizeipräsidiums hinabstieg.

Bedachte man, wie vielen Interessen der Vatikan zu dienen hatte, schien die Glaubwürdigkeit der Bibel ein wichtiges Motiv zu sein. Aber konnte es nicht auch ein anderes Motiv geben? Er sah Vankos Handschrift vor sich: Diese Notizen deuteten auf ein esoterisches Geheimnis hin. Doch auch wenn dem so wäre – wer, wenn nicht die katholische Kirche, konnte hinter den beiden Morden stecken?

Er ging durch die Via Genova. Ein junger Mann mit engelsgleichem Gesicht folgte ihm in einigem Abstand. Auf dem gegenüberliegenden Bürgersteig saß ein Mann am Tischchen einer Bar, blätterte in einer Zeitschrift und kippte den letzten Schluck eines Guinness hinunter. Als er sich den Mund abwischte, erzitterten seine Wangen, die denen eines Mafiapaten alle Ehre machten, und unter dem Ärmel seines schwarzen Armani-Rollkragenpullovers tauchte eine in den Unterarm tätowierte XIII auf.

Der Mann erhob sich und legte sich ein beigefarbenes Leinenjackett über den Arm, warf einen kritischen Blick auf sein Spiegelbild in der Fensterscheibe der Bar und strich sich die Haare glatt. Hinkend ging er zur Straße und überquerte sie mitten zwischen den wild hupenden Autos hindurch, die Hand erhoben, um sie zum Anhalten zu zwingen. Er ging in dieselbe Richtung wie Théo und der blonde Jüngling, das rechte Bein nachziehend.

I see skies of blue and clouds of white ...

Aus einem CD-Spieler tönte die Stimme von Louis Armstrong durch das Büro. Théo setzte sich an den Schreibtisch und blickte sich um. Sein Blick blieb an einer Reihe von Urnen hängen, die auf einer Anrichte präsentiert wurden.

Jemand klopfte. Ein Mann mit dem seligen Lächeln eines Lottogewinners trat ein, in den Händen eine Urne aus glänzendem Messing.

»Dies ist die Urne mit der Asche, Signor St. Pierre«, sagte der Direktor mit Falsettstimme und drückte Théo den Behälter in die Hand. »Und dies hier sind die Papiere.«

»Dann darf ich jetzt mit der Asche machen, was ich will?«

»Natürlich. Aber sind Sie wirklich sicher, dass Sie die Asche nicht in unserem ›Garten des Gedenkens‹ verstreuen wollen? Erlauben Sie mir, Ihnen unseren Katalog ›Ewigkeit‹ zu zeigen.« Der Direktor schob Théo eine Broschüre über den Tisch und schlug sie auf. »Sehen Sie? Wir würden eine Gedenktafel mit Namen und Datum anbringen. Ich bin sicher, dass Ihr Bruder diese Geste sehr schätzen würde, meinen Sie nicht?«

»Nein danke. Die Szenerie ist zweifellos idyllisch, aber mein Bruder hat etwas anderes verfügt. Nur keine Sorge, wenn ich an die Reihe komme, werde ich mich an diesen Ort erinnern, das verspreche ich Ihnen.«

»Schade, wirklich schade, aber ich verstehe Sie.«

Der Tonfall des Mannes war aufrichtig bedauernd.

Zwei Stunden später betrat Théo die Abflughalle des Flughafens Leonardo da Vinci. Mit der einen Hand zog er einen Koffer hinter sich her, in der anderen hielt er einen runden Pappbehälter. Er blieb vor der elektronischen Abfluganzeige stehen und suchte seinen Flug. OA 234 Athen, 11:00 Uhr. In time.

Während er wartete, bis der Flug aufgerufen wurde, ging er in den Zeitungsladen, schenkte den Tageszeitungen keine Beachtung und blieb vor den ausgelegten Büchern stehen. Er griff nach einem schmalen Bändchen mit blauem Einband und goldenen Leisten. Eine Weile blickte er auf den Titel, dann blätterte er in den ersten Seiten und überflog das Inhaltsverzeichnis. Er nahm das Bändchen und ging damit zu Kasse.

Die Boeing 737 raste über die Piste des Flughafens von Athen. Die Motoren drehten sich quälend, die Maschine löste sich vom Boden und erhob sich in Richtung Kos.

Théo öffnete den schwarzen Ordner, blätterte und suchte das lateinische Pergament heraus. Es trug das Datum des 29. Juni 391 A.D. Theophilos, der Patriarch von Alexandria, schrieb an den Papst Siricius. Am Rand der ersten Seite prangte eine verblichene Abbildung. Mit beseeltem Blick, das Haupt von einem Heiligenschein gekrönt und die Evangelien an die Brust gedrückt, thronte Theophilos in der Haltung eines Eroberers auf der Spitze des Serapis-Tempels.

> *Sanctissime Pater*,
> nachdem Kaiser Theodosius das Dekret über die Schließung der heidnischen Tempel auf Ägypten ausgedehnt hat, habe ich den Mönchen von Nitra unverzüglich befohlen, den Tempel des Serapis zu stürmen. Wie ich vorhersah, haben die Tempelpriester Widerstand geleistet, was uns die Gelegenheit bot, ihn zu zerstören.
> Darauf sind meine Mönche in die Königlichen Gärten eingedrungen, haben das Museion überfallen und die Große Bibliothek dem Feuer übergeben. Die Flammen, die vom Brucheion im Norden und vom Hügel Rhakotis im Süden aufstiegen, haben die Nacht in Alexandria zum Tage gemacht.
> Hätte ich sie etwa daran hindern sollen? Wer bin ich denn, dass ich die Hand Gottes aufhalte? Theodosius wird mir kaum Vorwürfe machen können, wenn ich ihm sage, dass meine Mönche gezwungen waren, so zu handeln, weil die Heiden ihnen bis aufs Blut Widerstand entgegensetzten. Die Demütigung *coram populo*, welche der Bischof Ambrosius ihm am Weihnachtstag des vergangenen Jahres im Dom von Mailand bereitete, brennt noch immer in seiner Seele, darum bezweifle ich, dass der Kaiser es wagen wird, erneut den Zorn der Heiligen Römischen Kirche zu erregen.
> [...]
> Viele Monate lang hatten meine Getreuen, die sich als Forscher ausgaben, die Große Bibliothek durchsucht. Sie hatten alle Papyri aus den Tempeln von Heliopolis, Luxor und

Theben überprüft, ohne etwas zu finden. Und dennoch war ich sicher, dass sich in diesem Nest von Heiden etwas verbergen musste, das für die Kirche von allergrößter Bedeutung ist. Ein Papyrus aus Heliopolis hatte meine Aufmerksamkeit erregt. Es ging darin um zwei Obelisken, die Thutmosis III. zur Feier seines dreißigsten Regierungsjahrs erbauen und vor dem Tempel des Ra in Heliopolis aufstellen ließ. Heute stehen diese beiden Obelisken vor dem Caesarium in Alexandria. Auf Befehl Echnatons soll der Hohepriester von Heliopolis im Inneren des kleineren Obelisken etwas versteckt haben, doch ich weiß nicht, was das war, denn an dieser Stelle war das Pergament unleserlich.
Da mir diese Geschichte unwahrscheinlich erschien und der Papyrus zudem kein Original war, sondern eine von den Skribenten der Großen Bibliothek angefertigte Kopie, bezweifle ich seine Echtheit und habe daher nichts unternommen.

Théo blickte aus dem Fenster. Einer der beiden Obelisken stand heute in London am Victoria Embankment der Themse, der andere in New York, mitten im Central Park. Welcher war der kleinere?

Ein Versteck in einem Obelisken? Die Ägypter pflegten Gegenstände und Papyri in Hohlräumen zu verstecken, die sie im Inneren von Grabstatuen gegraben hatten, aber nicht in Obelisken. Er konnte sich an keinen Präzedenzfall erinnern, außer dem der zwei Säulen des Thoth, eine Legende – allerdings eine Legende, die Echnaton gekannt haben musste.

Die letzten Tage des Pharaos, bevor die Amun-Priester und die Adeligen am Hof wieder die Macht übernahmen, mussten die Hölle für Echnaton gewesen sein. Wenn er etwas in einem Obelisken verstecken ließ, hatte er dies sicherlich in einem Augenblick großer Gefahr getan, als bereits alles verloren war. Was mochte er versteckt haben?

Ich konnte nicht anders handeln, Heiligster Vater. Diese Bibliothek war eine Gefahr für die Heilige Kirche. Erst jetzt, da der letzte ihrer Papyri verbrannt ist, können wir sicher sein, dass der Glaube über die Mächte des Bösen triumphiert hat.

Das Echo rhythmischer Schritte, begleitet von Trommelwirbeln, hallte in seinem Kopf wider. Vor seinem geistigen Auge zogen Bilder von Hitlers Sturmtruppen vorbei, die im Stechschritt durch die Straße Unter den Linden marschierten. Sie versammelten sich um einen brennenden Bücherberg am Opernplatz, wo Goebbels von einem Podest aus eine Rede hielt. Dann hoben sie den Arm zum Hitlergruß, brachen in ein vielstimmiges »Heil Hitler!« aus und warfen die Bücher von Einstein, Freud und Remarque in die Flammen.

Erneut betrachtete Théo die Zeichnung, die Theophilos auf der Spitze des Tempels von Serapis darstellte. Er knüllte seine Notizen zusammen. Alle Papyri verbrannt? Nein, *fils de pute*, alle bis auf einen.

Er holte das Buch aus der Tüte. Sein Blick verweilte auf dem Titel, *Liebesgedichte* von Elizabeth Barrett Browning, dann überflog er das Inhaltsverzeichnis. Er blätterte, suchte nach der Seite. »*How do I love thee? Let me count the ways …*« Er lehnte sich zurück, den Blick auf die dunkelgelben Sonnenstrahlen gerichtet, die durch die Wolkenbänke brachen.

Das Flugzeug holperte über die Piste, der Rumpf vibrierte, und vor den Fenstern flogen die Lichter des Flughafens Ippokratis von Kos vorbei.

Hinter der kleinen Insel Kastri tauchte die Sonnenscheibe auf und färbte das Meer mit goldenen Reflexen, die bis zum Strand von Agios Stefanos über das Wasser tanzten. Der rhythmische dumpfe Ton der Ruder begleitete das Knarren des Bootes und die aufschäumende Gischt. Théo hörte auf zu rudern. In der Stille des anbrechenden Tages hörte man nur das Wasser, das gegen die Bootswände schwappte.

Kurz vor dem Ufer sprang er ins Wasser und zog das Boot an Land. Er nahm den runden Pappbehälter, ging über den kleinen Strand und stieg einen Hang hinauf.

Dann verließ er den Pfad und wanderte über die Felsen weiter. Er blieb stehen, um nach der Klippe in Form eines Stiefels zu suchen. Da war sie. Den Behälter unter einen Arm geklemmt, sprang er von Stein zu Stein, bis er eine steil über dem Meer aufragende Klippe erreichte. Er nahm einen tiefen Atemzug, den Geschmack der salzigen Luft auf der Zunge. Zwei silberhelle Stimmen übertönten die Brandung.

»Na, wer springt als Erster?« Vanko, der in seinem blauen Badeanzug fast verschwand, hüpfte wie ein Frosch bis zur Klippe.

»Du weißt doch, dass Großvater das nicht will«, rief Théo. »Ich sag's ihm!«

»Dann sag ich ihm, dass du in seinem Büro heimlich die Pfeife rauchst. Und das mit den eingelegten Kirschen erzähl ich ihm auch. Ich hab dich nämlich gesehen!«

»Immer musst du petzen! Dabei bist du erst sechs. Und ich Dummkopf verrate dich nie, wenn von den Loukoumi *in Rum welche fehlen.« Théo zielte mit einer Hand auf ihn. »Pass auf, dass dir das nicht noch mal passiert!«*

Vanko steckte sich einen Finger in den Mund, das Kinn gesenkt, die Augen zum Himmel gerichtet. »Ich hab's nicht ernst gemeint ...«

»Schon gut ... ich auch nicht«, sagte Théo schuldbewusst.

»Aber jetzt spring ich.« Vanko nahm Anlauf.

»Gemeiner Heuchler!« Théo versuchte, ihn am Arm zu packen.

»Und du bist ein Feigling!« Vanko machte einen Kopfsprung ins Wasser und verschwand in einem Wirbel aus weißem Schaum, dann flitzte seine schimmernde Silhouette unter dem Wasserspiegel dahin.

Vankos Silhouette verschwand, und das Wasser wurde wieder durchsichtig. Théo öffnete den Behälter und zog die Urne heraus. Er riss das Klebeband ab, hob den Deckel und trat an den Rand der Klippe. Sein Blick wanderte zu den Ruinen der christlichen Basilika hinter dem Strand, folgte den Hängen des Dikaios-Bergs und verlor sich im Grün der Olivenhaine, zwischen denen die weißen Häuser von Asfendiou lagen. Er drehte die Urne um.

Vankos Asche wurde von der leichten Brise ergriffen, wirbelte durch die Luft, als wollte sie dem Unbekannten nachjagen, und wurde schließlich vom Meer verschluckt.

5 Die marmornen Arkaden der Zentralmoschee von Riad glänzten in der Mittagssonne. Von der Spitze des Minaretts ertönte die klagende Stimme des Muezzins, der das zweite Freitagsgebet sprach. Dann verstummte der Lautsprecher, und die in lange weiße Gewänder, den Thobe, gehüllten Gläubigen strömten aus dem Gebetssaal und versammelten sich im Innenhof.

Die hintere Tür eines Polizeibusses öffnete sich von innen, ein barfüßiger, mit Handschellen gefesselter Mann wurde aus dem Bus gestoßen. Ihm folgten zwei Polizisten.

Zwei Männer entrollten eine Plane auf dem Boden. Aus dem Fahrerhaus stieg ein Polizist, der einen langen Krummsäbel in der Hand hielt; er ging auf einen bärtigen Riesen zu, der die Guthra, ein Kopftuch mit weißrotem Karomuster trug, und händigte ihm den Säbel aus.

Zwei Polizisten verbanden dem Gefangenen die Augen, ließen ihn in der Mitte der Plane niederknien und zwangen ihn mit Fußtritten in die Rippen, sich zur Westseite des Hofes, Richtung Mekka, umzudrehen.

Ein Mann in kerzengerader Haltung, der einen cremefarbenen Thobe trug, ging zu dem Gefangenen, ein Papier aus seinem Umhang ziehend. »Aziz Omari«, las er mit lauter Stimme, »das Gericht hat dich der Sodomie für schuldig befunden und dich zum Tode durch Enthaupten verurteilt. Möge Allah in seiner unendlichen Barmherzigkeit sich deiner erbarmen.«

Ein vielstimmiges *Allahu Akbar* erhob sich aus der Menge.

Der Henker zerschnitt die Luft mit zwei Säbelhieben und stellte sich mit gespreizten Beinen neben den Gefangenen. Er wippte in den Knien, hob den Krummsäbel bis über seinen Kopf und verharrte kurz mit gesenktem Blick in dieser Haltung. In der Stille sirrte die Klinge.

Der Kopf fiel mit dumpfem Geräusch zu Boden, während ein Strom von Blut auf die Plane floss. Der Arzt eilte mit Arterienklemmen herbei, kniete nieder und machte sich am Körper des Toten zu schaffen.

Einige Zuschauer gingen zu dem Henker, um ihm unter unaufhörlichem *Allahu Akbar* die Hand zu schütteln. Zwei Helfer wickelten den Leichnam in die Plane, zogen die Reißverschlüsse zu und trugen ihn zu dem Polizeibus. Die Polizisten stiegen ein und fuhren mit dem Bus davon. Ein Diener kam mit einem Eimer und warf mehrere Handvoll Sägemehl auf die Blutlachen.

Der Mann mit der cremefarbenen Thobe verließ den Hof, ging auf einen schwarzen Mercedes S 500 zu, der auf dem Parkplatz der Moschee stand, und beugte sich zu dem hinteren Fenster hinunter. Der Mann im Inneren, dessen gebogene Nase an einen Geier erinnerte, streckte den Kopf heraus und hörte sich an, was ihm zugeflüstert wurde.

Nachdem der Mercedes S 500 ein Marmorportal aus zwei Rundbögen hinter sich gelassen hatte, fuhr er durch Gärten nach englischem Vorbild, wo es zahlreiche Brunnen mit Wasserspielen gab. In der Ferne tauchten die Mauern aus rosafarbenem Marmor des Königspalastes auf.

Mit perfekt synchronem Karabinersalut und Hackenschlag, der durch den leeren Flur hallte, standen die beiden Soldaten der Nationalgarde in Kakiuniform stramm. Der Sekretär klopfte an, trat beiseite, und Rashid Al Kaddafi betrat die Privatgemächer von Zoltan bin Zaid Al Hanna, Kronprinz des Königreichs Saudi-Arabien.

»*Assalamu'alaykum*, möge der Frieden Allahs mit Euch sein, Königliche Hoheit«, sagte Al Kaddafi und verbeugte sich so tief, dass er den Teppich berührte.

»*W'alaykum as-salam*, er sei ebenso mit dir«, sagte der Prinz, während er auf einen Sessel wies.

Dichte Augenbrauen unter der blütenreinen Ghutra unterstrichen den durchdringenden Blick des Prinzen, und die dünnen Lippen verliehen seinem Mund einen grausamen Anstrich. Ein grauer Wanderfalke, dessen Kopf und Brust ins Rötliche spielten, hüpfte auf seiner Stange, ein Bein mit einem silbernen Kettchen an die Stange gefesselt.

»Was bringst du mir für Neuigkeiten, Rashid?«

»Königliche Hoheit, der Kopf dieses Verderbten ist gefallen.«

»Wie hat die Menge reagiert?«

»Viele haben dem Henker die Hand geschüttelt, in der Hoffnung, die Heiligkeit Allahs zu berühren, die seinen Arm geführt hat.«

»Omari war ein bekannter Journalist. Gab es Proteste?«

»Proteste? Wer würde es je wagen, gegen das Todesurteil für einen Sodomiten zu protestieren?« Al Kaddafi hob einen Finger zum Himmel. »›Und wenn zwei eurer Männer die schändliche Tat begehen, dann tötet sie.‹ Es ist Allahs Wille.«

»Allahs Wille geschehe. Ach, da ist noch etwas, Rashid. Wenn der Minister für Islamische Angelegenheiten die Nachricht an die Presse gibt, sollten wir Hinweise auf die regierungskritischen Positionen vermeiden, die Omari in seinen letzten Artikeln vertreten hatte. Das Volk könnte das missverstehen.«

»Selbstverständlich, doch Ihr könnt beruhigt sein, Hoheit. Alle wissen, dass dieser Entartete hingerichtet wurde, weil sein widernatürliches Verhalten Allah beleidigt hat.«

Der Prinz drehte seinen Sessel zum Fenster hin und strich sich über sein Spitzbärtchen, den Blick in den Gärten verloren. Er sagte, bei seinem Stiefbruder, Prinz Jamal, dem Innenminister, seien schon wieder Klagen über die Muttawa, die islamische Religionspolizei, und über die Mutawwa'in Al Kaddafis eingegangen. Einige Polizisten hatten eine Frau auf dem Markt von Batha mit Stockhieben traktiert und eine andere mitten im Zentrum von Riad verhaftet, die dann angeblich auf einer Polizeistation blutig gepeitscht wurde.

»Dergleichen Zwischenfälle drohen dem Ansehen unserer Familie zu schaden. Warum nicht eine weichere Gangart einschlagen?«

»*Eine weichere Gangart*? Aber Eure Hoheit, eines dieser schamlosen Weiber trug eine Abaja, unter der sich ihre Körperformen abzeichneten, und die andere lief mit unbedecktem Gesicht herum, die Lippen rot geschminkt. Und keine der beiden wurde von einem Bruder, dem Vater oder einem Ehemann begleitet!«

»Worte können manchmal überzeugender sein als die Peitsche.«

»Verlangt Eure Hoheit etwa von mir, dem Koran untreu zu werden?«

Der Prinz seufzte. »Nein, natürlich nicht.«

»Wenn wir nachgäben, würden wir so enden wie unsere Nachbarn. Seht Euch an, was in den Emiraten passiert, von Ägypten ganz zu schweigen: Alkohol, Drogen, Pornographie!« Al Kaddafi hob den Arm zu einer prophetischen Pose: »›Denen, die glauben und tun, was recht ist, wird er ihren vollen Lohn und von seiner Huld noch mehr geben.‹«

In den kalten Augen des Prinzen blitzte Ironie auf. »Das Reich kann sich glücklich schätzen, dass es auf Diener wie dich zählen kann, die den Worten des Propheten blind gehorchen.«

»Allah sei gelobt.« Al Kaddafi zog sich mit einer Verbeugung zurück.

»Möge Allah uns segnen.« Der Prinz reichte dem Falken ein Stück Fleisch. Der packte es mit seinem krummen Schnabel, schluckte es hinunter und stieß einen hellen Schrei aus.

Prinz Zoltan trat in das Arbeitszimmer des Königs Faisal und schloss die Tür hinter sich.

Seine Schritte wurden von einem Teppich gedämpft, in dessen Mitte zwei gekreuzte Krummsäbel unter einer Palme gewebt waren. Zwei Reihen maurischer Kandelaber beleuchteten die lebensgroßen Porträts der Vorfahren des Geschlechts der Al Hanna an den Wänden.

König Faisal, dem die Brille auf die Nase über dem langen, grau melierten Ziegenbart gerutscht war, saß tief in einen Sessel mit hoher Rückenlehne und vergoldetem Rahmen versunken und las im Schein einer Jugendstillampe. Er blickte zu Zoltan auf.

»Erledigt?«, fragte König Faisal.

»Erledigt.« Der Prinz setzte sich.

»Ich frage mich, wie lange wir Al Kaddafi und seine Fanatiker noch in Schach halten können. Ganz zu schweigen von den Muftis und Imamen, die im Schatten des Ministeriums für Islamische Angelegenheiten ihre Ränke spinnen.«

»Wie könnten wir uns ohne den Fanatismus eines Al Kaddafi von Quälgeistern wie Omari befreien? Ein Vorwand im Koran, die Anschuldigungen einiger bestochener Zeugen, und den Rest erledigt der Henker.«

»Die Muttawa ist eine wilde Bestie, die uns früher oder später in die Hand beißen wird«, sagte König Faisal.

»Eine Bestie, die uns so nötig braucht wie wir sie.«

»Bist du dir so sicher?«

König Faisal zeigte Prinz Zoltan die neueste Ausgabe der »Atlantic Monthly«, auf deren Titelseite König Faisal mit der Überschrift »Der Fall des Hauses Al Hanna« abgebildet war. Er blätterte in der Zeitschrift. »Hör dir an, was sie schreiben.«

Trotz der Erdöleinkünfte wachse das Defizit des Königreichs unverhältnismäßig schnell. Das Pro-Kopf-Einkommen, noch vor fünfundzwanzig Jahren so hoch wie das der USA, sei auf das Niveau der Länder in der Dritten Welt gesunken, während die Angehörigen des Königshauses, ein Heer von 13600 Personen, dreißig Prozent der Staatseinnahmen kassierten. Die königliche Familie werde beschuldigt, mit den Amerikanern gemeinsame Sache zu machen und einen lauen Islam zu praktizieren. In der Bevölkerung wachse die Unzufriedenheit von Tag zu Tag. Das Land bringe andauernd neue Osama bin Ladens hervor, deren Hass auf die Dynastie der Al Hanna nur ihrem Hass auf die Amerikaner gleichkomme.

»Wie originell.« Der Prinz verzog den Mund zu einer verächtlichen Grimasse. »Ich habe ›Atlantic Monthly‹ nie gelesen, nicht mal, als ich in Harvard war, und ich beabsichtige keinesfalls, hier damit anzufangen, vor allem nicht, wenn es um Angelegenheiten meiner Familie geht.«

»›Atlantic Monthly‹ ist nur eine von vielen. Zoltan, die Welt richtet über uns, und das Urteil ist einstimmig.«

»Sie lassen sich ihre Präsidenten von der Trilateralen Kommission wählen, billige Kirmesgaukler, über die bei uns noch der letzte Beduine lacht, und ihre Zeitungen wollen uns sagen, was wir zu tun haben? Nein danke, Bruderherz, ich lasse mir von den Amerikanern keine Lektion in Demokratie erteilen.«

»Zoltan, wenn die Dinge sich nicht ändern, sind unsere Tage als Machthaber gezählt.«

»Müssen wir uns schuldig fühlen, weil wir eine Untersuchungskommission über die Geschäfte, die wir für das Königreich tätigen, an der Arbeit hindern? Das ist unser gutes Recht, denn dieses Land haben *wir*, der Stamm der Al Hanna, aufgebaut, nicht die Amerikaner.« Der Prinz deutete mit einer weiten Armbewegung auf alle Gemälde an den Wänden. »Wer hat denn hundertachtzig Jahre gekämpft, um dieses Land zu einigen? Die Amerikaner? Ohne uns gäbe es da draußen nichts als ungebildete, blutrünstige Beduinenstämme, die nichts Besseres zu tun haben, als sich gegenseitig abzuschlachten.«

»Die Kommissionen sind nur die Spitze des Eisbergs, das weißt du so gut wie ich.«

»Hm, ja. Erzählst du das den 13600 Verwandten des Clans der Al Hanna?«

König Faisal blieb stumm.

»Wenn du es tust«, fuhr Prinz Zoltan fort, »wie lange, glaubst du, lassen sie dich dann noch auf diesem Sessel sitzen?«

»Wenn ich es nicht tue, wie lange, glaubst du, bleibst du dann noch hier sitzen, bis du an der Reihe bist?«

»Du vergisst ein Detail, Bruder.«

König Faisal hob eine Augenbraue.

»Wir haben fünfundzwanzig Prozent der Erdölreserven der Welt, und sie …«, der Prinz zeigte auf die »Atlantic Monthly«, »sind die ersten Opfer der angeblichen Krise des Hauses Al Hanna. Wenn sie weiter im Warmen sitzen und ihre Fabriken arbeiten lassen wollen, sind sie die Ersten, die ein Interesse daran haben, dass wir genau dort bleiben, wo wir sind.«

»Du vergisst ihren Krieg gegen den Terrorismus. Erst Afghanistan, dann der Irak. Als Nächstes steht der Iran auf ihrer Liste, und Syrien wird folgen. Ich erinnere dich daran, dass fünfzehn der neunzehn Attentäter vom 11. September saudi-arabische Staatsbürger waren.«

»Saudi-Arabien steht nicht auf dieser Liste und wird auch niemals dort stehen«, sagte Prinz Zoltan. »Die Amerikaner brauchen uns mindestens genauso wie wir sie.«

»Nur wenn die Wirtschaft sich wirklich gegen die Ideologie durchsetzt.«

»Wir haben aufgehört, den Terroristen Geld zu geben, und wir wollen sie nicht bei uns haben. Allerdings sind die Saudis Wahhabiten bis auf die Knochen, sie hassen die Amerikaner, obwohl sie unsere wichtigsten Kunden sind. Dagegen können wir beide gar nichts tun.«

»Was folgt für dich daraus?«, fragte König Faisal.

»Wenn man Pro und Contra abwägt, ist der wahre Feind nicht Amerika, sondern der islamische Integralismus.«

»Siehst du, dass du mit mir übereinstimmst? Wir brauchen Reformen.«

Prinz Zoltan verneinte mit dem Zeigefinger. »Reformen würden zwangsläufig zu Konflikten mit den Wahhabiten führen, die Muftis und die Imame würden uns in Stücke reißen.«

»Das Risiko müssen wir eingehen.«

»Als König solltest du den Spruch ›Liebe deine Freunde, noch mehr aber liebe deine Feinde‹ kennen.«

»Als König liebe ich vor allem klare Worte.«

»Es liegt im Interesse des Hauses Al Hanna, den radikalfundamentalistischen Wahhabismus zu unterstützen. Nur so vermeiden wir, den verschiedenen Bin Ladens und anderen Extremisten am Golf, die uns beschuldigen, laue Moslems zu sein, in die Hände zu spielen. Und nur so werden wir verhindern, dass der Terrorismus der Bin Ladens sich mit dem eines Al Kaddafi verbrüdert.«

»Zoltan, regieren heißt handeln.«

»Bist du etwa nicht der Wächter über die beiden Heiligen Moscheen? Lass uns die vierhundertfünfzig Millionen Dollar für die Erweiterung der Pilgerhäuser in Medina und Mekka aus eigener Tasche zahlen.« Der Prinz legte eine Hand an sein Ohr. »Ich höre schon das Heulen der geliebten Verwandten.«

König Faisal strich sich über den Bart, den Blick nach oben gerichtet, als suchte er Inspiration aus dem Jenseits. »Allahs Wille geschehe.«

»Allah sei gedankt«, sagte Prinz Zoltan trocken und breitete die Arme aus.

Ein aufgeregtes Raunen lief durch Bänke des Halbrunds der Knesset.

Der Knesset-Speaker trat ans Mikrofon, klopfte mit dem Hammer auf das Rednerpult und bat die Mitglieder des Parlaments mehrmals um Ruhe. Als das Murmeln verstummte, erteilte der Speaker dem Premierminister das Wort. Eli Cohen, der erste Minister aus dem Likud, erhob sich, trat hinter das Rednerpult und beugte sich zum Mikrofon vor. »Verehrter Speaker, sehr geehrte Mitglieder der Knesset, die Entscheidung, uns aus dem Gazastreifen und dem Westjordanland zurückzuziehen, war die schwierigste meiner Laufbahn, aber ich habe nicht den geringsten Zweifel, dass dieses Disengagement den Interessen des Staates Israel entspricht ...« – Pfiffe, Schreie und Beschimpfungen von der Rechten, tosender Applaus von der Linken – »... Der Rückzug wird in fünf Etappen über einen Zeitraum von achtzehn Monaten erfolgen und beginnt am ...«

Ein Abgeordneter der Shas, der Partei der extremen Rechten, mit schwarzem Anzug, schwarzem Hut, Bart und zwei langen Schläfenlocken: »Renegat! Verräter! Dieses Land gehört uns, weil Gott es uns gegeben hat, und hier ist die Besitzurkunde!« Er wedelte mit einer hebräischen Bibel, während der Speaker ihn mit dem Klopfen seines Hammers zur Ordnung rief. »So sprach Jahwe auf dem Hügel Jerusalems zu Abraham: ›Hebe Deine Augen auf und siehe von dem Ort, an dem Du stehst, nach Norden und nach Süden, nach Osten und nach Westen: das ganze Land, das Du siehst: Dir will ich es geben und Deinen Nachkommen, für ewige Zeiten …‹« – Pfiffe und Spottrufe von der Linken, Beifall von der Rechten.

Der Speaker, mit gerötetem Gesicht: »Ruhe! Sie werden des Saales verwiesen!«

Zwei muskulöse Saaldiener gingen auf den Abgeordneten zu, nahmen ihn unter beiden Armen und schleiften ihn gewaltsam aus dem Saal, während er fortfuhr, sein Bibelzitat zu brüllen.

»Ich erinnere die ehrenwerten Mitglieder an die Verfahrensregeln. Noch so eine Störung, und ich hebe die Sitzung auf.«

Eli Cohen: »Die erste Etappe sieht den Rückzug von siebentausend Siedlern aus achtzehn Siedlungen im Gazastreifen und von fünfhundert Siedlern aus vier Siedlungen in Westjordanien vor. Wir haben …«

Ein Abgeordneter der Rechten, Vereinigtes Thora-Judentum: »Cohen, du unterschreibst Israels Todesurteil! Erst der Rückzug, dann ein Palästinenserstaat und zuletzt? Sie werden nicht aufhören, bevor sie uns nicht alle aus unserem eigenen Haus gejagt haben« – tobender Applaus von der Rechten, Pfiffe und Beschimpfungen von der Linken, vereinzeltes Handgemenge.

Der Speaker, mit hochrotem Gesicht, unter hektischem Klopfen: »Schweigen Sie! Ruhe! Sie werden des Saales verwiesen!«

Aus den Gruppen der Arbeitspartei und der Ultraorthodoxen, die an den entgegengesetzten Enden des Saales saßen, sprangen Abgeordnete auf und riefen sich gegenseitig Beschimpfungen zu; sie liefen über die Absperrungen im Halbkreis aufeinander zu und begannen sich zu beleidigen, zu ohrfeigen und zu treten. Der Speaker war aufgestanden, dunkelrot im Gesicht, mit pulsierenden Halsschlagadern, er schrie: »Ich rufe Sie zur Ordnung! Ruhe!«

und wütete mit dem Hammer auf dem Pult, bis dieser ihm in der Hand zerbrach.

Speaker, mit verzweifeltem Ausdruck: »Die Sitzung ist aufgehoben.«

JERUSALEM, FÜNF TAGE SPÄTER

Eli Cohen warf eine Ausgabe des »Yediot Aharonot« auf den mit Zeitungen übersäten Schreibtisch, nahm die Brille ab und rieb sich die Lider. »*A broch*, verdammt!«

Aus dem Computer kam ein Piepen, auf dem Monitor blinkte ein Pfeil. Cohen setzte die Brille wieder auf.

> **»Agence France-Press«, Jerusalem, 13. August …**
> Nach dem Misstrauensvotum der Knesset über den Rückzug aus dem Gazastreifen und die terroristischen Attentate, für die sich die PLO und die Hamas verantwortlich erklärten, hat Präsident Horkavy den zurückgetretenen Premierminister mit der Bildung einer neuen Regierung beauftragt.
> Politische Beobachter der Lage in Israel bezweifeln, dass es Cohen gelingen wird, eine Koalitionsregierung zu bilden, die über mindestens 61 der 120 Sitze in der Knesset verfügt. Cohen könnte eine Mehrheit nur dann bilden, wenn er die Koalition auf die ultraorthodoxen, religiösen Parteien der Rechten ausdehnt.
> Ein solches Bündnis aber würde eine Verständigung zwischen Eli Cohen, dem zionistischen Führer der gemäßigten rechten Mitte, und Schlomo Rabinovitch, dem für seine »biblische Sicht« der Politik bekannten, charismatischen Führer der Ultraorthodoxen, voraussetzen.
> Eine Einigung zwischen Cohen und Rabinovitch würde zu einem entschiedenen Rechtsruck in der Politik Israels führen. Ob das wirklich der Wille des israelischen Volkes ist, bleibt fraglich.
> Einige Beobachter sind überzeugt, dass das Misstrauensvotum über Gaza das Wiedererwachen eines »historischen Bewusstseins« in Israel widerspiegelt. Tatsächlich wächst die Zahl der Israelis, die in dem Rückzug aus den besetzten Gebieten einen Bruch des Bundes sehen, den der Gott Israels mit den Patriarchen schloss.
> Cohen bleiben noch zwei Tage …

Cohen stand auf, ging durch sein Arbeitszimmer und stützte sich mit den Händen auf die Bank des weit geöffneten Fensters. In der Kuppel des Felsendoms spiegelte sich das rote Licht der untergehenden Sonne. Glockenklang kam aus dem christlichen Viertel, von einer Moschee rief die Stimme eines Muezzins zum Gebet, und ein Singsang hebräischer Psalmen erhob sich aus dem orthodoxen Viertel Me'a Sche'arim.

»Jahwe, Jahwe, warum musstest du ausgerechnet uns zum ›auserwählten Volk‹ machen?«, brummte er mit zusammengebissenen Zähnen. Er kehrte zum Schreibtisch zurück und hob den Telefonhörer.

Cohens Schritte klapperten über das Kopfsteinpflaster, das unter der Mittagssonne glühte. Ein Duft nach frisch gebackenem Brot wehte durch die Gasse, wo Wäsche zum Trocknen aufgehängt war. Aus der Yeshiva Chasidei Breslav ertönte der eintönige Gesang der Schüler, die die Abschnitte der Heiligen Schrift auswendig lernten.

Cohen stieg eine Steintreppe hinauf und klopfte an eine Tür, die seit langer Zeit keinen Anstrich mehr gesehen hatte.

Rabinovitch saß an einem Schreibtisch aus einem rohen Brett, das auf zwei Böcken ruhte. Der Rest der Einrichtung bestand aus wenigen Holzregalen voller Bücher und einem großen Lesepult, auf dem eine Thorarolle ausgebreitet war.

»Ich nehme an, Sie wissen, warum ich hier bin.« Cohen öffnete seinen verschwitzten Hemdkragen.

»Ich weiß, aber ich will es von Ihnen hören.« Keine einzige Schweißperle war auf dem Gesicht des Führers der Charedim zu sehen, trotz der Jacke, dem bis zum Hals zugeknöpften weißen Unterhemd, dem schwarzen Hut und dem Prophetenbart.

»Was soll das denn? Seien wir nicht kindisch. Also, willigen Sie ein?«

»Eine Aufforderung, der neuen Regierungskoalition beizutreten, genügt mir nicht. Wir gehörten schon den früheren Koalitionen an.«

Cohen runzelte die Stirn.

»Ihre unausgesprochene Frage«, sagte Rabinovitch, »hätte mit den Worten enden müssen ›als stellvertretender Ministerpräsident‹.«

»Reden Sie doch keinen Unsinn! So verächtlich geht ihr Charedim also mit jahrhundertealten Werten um? Ist Ihnen bewusst, welche Folgen eine solche Ernennung hätte?«

»Und ist Ihnen bewusst, dass das Misstrauensvotum der Knesset eine Ohrfeige Israels war, um Sie in die Wirklichkeit zurückzuholen?«

»Welche Wirklichkeit? Ihre biblischen Visionen? Der Mann auf der Straße will den Rückzug aus den besetzten Gebieten, ebenso wie dic internationale Gemeinschaft. Ich kann nicht anders entscheiden.«

»Habe ich vielleicht das Gegenteil behauptet?«

Cohen riss die Augen auf. »Wollen Sie sagen, Sie würden für den Rückzugsplan stimmen?«

»Natürlich.«

»Ich werd verrückt. Welches Spiel spielen Sie, Rabinovitch? Vor einer Woche haben Sie und die gesamte Rechte gegen den Rückzug gestimmt, und jetzt ändern Sie Ihre Meinung?«

»Meine Ideen bleiben so fest bestehen wie die Worte des Gesetzes. Nur meine Verantwortlichkeiten haben sich geändert, und ich werde mich nicht als Sündenbock für die Fehler von euch Zionisten hergeben.«

»Was zum Teufel meinen Sie damit?«

»Glauben Sie, als Vizeministerpräsident und als Zünglein an der Waage des Vertrauens der Knesset stimme ich gegen den Rückzug, damit die ganze Welt uns Ultraorthodoxe für die Welle des Terrorismus verantwortlich macht, die Israel vernichten würde? Halten Sie mich für einen Idioten?«

»Wo ist dann der Haken?«

»Mein Herr, ich bin ein Mann Gottes. Ein einfacher Mietvertrag.«

»Ein Mietvertrag?«

»Ein Mietvertrag zwischen Israel und den Palästinenserbehörden für die symbolische Summe von einem Schekel im Jahr.«

»Und was vermieten wir den Palästinensern?«

»Den Gazastreifen und das Westjordanland, obwohl mir die richtigen Bezeichnungen lieber wären«, sagte Rabinovitch, auf die hebräische Bibel vor sich zeigend, »nämlich Idumäa, Judäa und Samaria.«

Cohen starrte Rabinovitch verblüfft an. »Da Sie eben gerade sagten, Sie seien kein Idiot, und ich Ihnen die Gunst der bloßen Vermutung gewähre, muss es an der Hitze liegen.«

Der Charedim-Führer lachte herzlich und entblößte dabei ein Pferdegebiss. »Wenn Sie nicht nur beabsichtigen, sich aus den sogenannten ›besetzten‹ Gebieten zurückzuziehen, sondern in diesem Rückzug das Vorspiel für die Bildung eines Palästinenserstaates sehen, dann hat die Hitze tatsächlich jemandem das Hirn erweicht, aber dieser Jemand bin gewiss nicht ich.«

»Können Sie sich vorstellen, wie die palästinensischen Behörden darauf reagieren werden?«

»Meine einzige Sorge ist die Reaktion des Gottes Israels, wenn er bemerken sollte, dass wir das Gelobte Land gegen ein kurzlebiges Stillhalteversprechen an Leute verscherbeln, die nicht das geringste Recht auf dieses Land haben!« Rabinovitchs Faust fiel auf die Bibel. »Wie ich Ihnen schon in der Knesset sagte, ist dieses hier unsere Besitzurkunde, von IHM persönlich verfasst.«

Er zitierte die Stellen in der Genesis über das Versprechen, das Jahwe erst Abraham, dann Isaak und schließlich Jakob und den zwölf Stämmen Israels gegeben hatte.

»Auf dem Berg Sinai hat Jahwe Moses die Tafeln des Bundes übergeben«, sagte Rabinovitch. »Moses war Jude, ein Nachkomme Isaaks, nicht Ismaels. Die Übergabe der Tafeln an Moses ist der Beweis unseres göttlichen und historischen Rechts auf das Gelobte Land.«

»Danke für die Thoralektion.«

Rabinovitch ging zum Fenster und umfasste mit einer Handbewegung den Osten und Süden. »Sollen sie doch in ihre Heimat zurückgehen, nach Arabien, wenn der Mietvertrag ihnen nicht passt. Hat Jahwe je einen Bund mit einem Volk geschlossen, das ›Palästinenser‹ hieß?«

»Wie fühlt man sich als Hüter der geoffenbarten Wahrheit, Rabinovitch?«

»Wie fühlt man sich, Herr Premierminister, wenn man auf den Bund spuckt, den unsere Väter mit Gott schlossen? Überdies seid ihr Zionisten verantwortlich für das Palästinenserproblem. Ihr habt den Staat Israel vor der von Maleachi prophezeiten Ankunft des Messias errichtet und Jahwe damit euren Willen aufgezwungen. Der palästinensische Terrorismus ist seine Strafe für euren gotteslästerlichen Ungehorsam.«

»Ihre Dialektik könnte einen Ayatollah neidisch machen. Wenn wir Zionisten euch freie Hand ließen, würde Israel zu einem jüdischen Iran verkommen.«

»Ha, mir schien, Sie brauchen uns Ayatollahs, um Ihr kleines Palästinenserproblem zu lösen. Warum haben Sie mich sonst aufgesucht?«

Cohen kniff die Lippen zusammen. »Gut, ich werde Sie benachrichtigen.« Er brummte einen Gruß und ging hinaus.

JERUSALEM, ZWEI TAGE SPÄTER

Am späten Nachmittag wedelte ein Zeitungsverkäufer vor dem Damaskus-Tor mit der »Jerusalem Post«: »Extrablatt! Extrablatt! Die Knesset spricht der neuen Regierung das Vertrauen aus!«

Die größte Schlagzeile lautete: »Vertrauensvotum für die Regierung Cohen-Rabinovitch.« Das Foto darunter zeigte einen Abgeordneten, der einen Ultraorthodoxen an einer Schläfenlocke festhielt und ohrfeigte.

6 Théo bahnte sich einen Weg durch den Flur der Salle Médicis des Palais du Luxembourg, in dem sich das Publikum drängte, und setzte sich auf den einzigen leeren Stuhl in der zweiten Reihe.

Das Gemurmel erstarb. Ein Mann mit einem Haarschopf wie Einstein kam durch den Mittelgang, begleitet von einer schönen Frau um die vierzig mit orientalischen Gesichtszügen, kurz geschnittenen schwarzen Haaren, einem chinablauen Kostüm und einer Perlenkette um den Hals. Die beiden nahmen auf der Bühne hinter einem Rednerpult Platz.

»Sie hat eine vage Ähnlichkeit mit Farah Diba«, flüsterte eine neben Théo sitzende Frau ihrem Nachbarn zu.

»Als Präsident der Fédération Française de Psychiatrie freue ich mich, unsere Rednerin, Frau Doktor Raisa Belmont, willkommen zu heißen. Doktor Belmont ist Dozentin für Psychopathologie an der Sorbonne, Vizedirektorin der Abteilung für Erwachsenenpsychiatrie des Krankenhauses Pitié-Salpêtrière und hat eine psychoanalytische Praxis. Ihre Forschungen über hypnotische Regression und die Jung'schen Archetypen erschienen in Zeitschriften wie der ›International Review of Psychiatry‹. Heute Abend wird sie über ein ungewöhnliches, aber faszinierendes Thema sprechen: ›Bibel,

Mythen und Jung'sche Archetypen. Moses: Mythos oder Wirklichkeit?‹. Bitte sehr, Frau Doktor Belmont.«

Die Lichter wurden gedimmt, der Bildschirm auf der Bühne erhellte sich, und drei Bilder erschienen: ein Foto von Freud, Michelangelos Moses-Statue und eine Büste des Pharaos Echnaton, den man an seinen unverwechselbaren Zügen erkannte. Durch den Saal ging ein aufgeregtes Murmeln.

> »*Mesdames et messieurs, bonsoir*«
> Freud wünschte, dass sein letztes Buch, *Der Mann Moses und die monotheistische Religion*, das 1939, wenige Monate nach seinem Tod, erschien, als sein geistiges Vermächtnis angesehen würde. Das Werk erregte den Zorn der Juden auf der ganzen Welt. Sie nannten Freud einen Verräter an seinem Volk, denn er nehme ihnen ihren Gott, ihren wichtigsten Propheten und ihre nationale Identität. Wie erklärt sich diese Empörung? Freud schrieb, dass Moses ein Ägypter gewesen sei, ein Anhänger des Aton-Kultes, der vom Pharao Echnaton gegründeten monotheistischen Religion, und dass der jüdische Monotheismus Jahwes derselbe sei wie der Echnatons. Zu dieser Religion habe der Ägypter Moses die Juden bekehrt, als er sie aus Ägypten führte. Freud schrieb außerdem, dass der biblische Jahwe die mythische Verkörperung eines grausamen, herrschsüchtigen Vulkangottes sei, der von einigen Nomadenstämmen in der Gegend Midian im Norden des jetzigen Saudi-Arabien verehrt wurde.
> Wie war Freud zu diesen Schlussfolgerungen gelangt? Weder über die Geschichte noch über die Religion. Freud ging von einer philologischen Beobachtung aus: Moses war ein ägyptischer, kein hebräischer Name. Das ägyptische Wort ›mose‹ bedeutet nämlich ›Sohn von‹ und wurde früher sehr vielen Eigennamen angehängt, wie Thut-mose, Ra-mose, Ptah-mose und so weiter. Im alten Ägypten setzten die Eltern vor das Wort ›mose‹ gerne den Namen eines Gottes, damit ihre Söhne ›Sohn von Thoth‹ oder ›von Ra‹ oder ›von Ptah‹ hießen. Als Echnaton das ägyptische Pantheon verbannte, indem er Aton, den Sonnengott, als einzigen Gott verehren ließ, mussten alle, die eine der alten Gottheiten im Namen trugen, diese tilgen,

sodass ihr Name zu einem einfachen ›Msy‹ wurde, dem ägyptischen Wort für ›Mose‹.
Nach der philologischen machte Freud eine psychologische Beobachtung. Sie basierte auf einer Analyse der Traumata des kollektiven Unbewussten und konzentrierte sich auf den Mythos vom Helden. Freud untersuchte die Traditionen verschiedener Völker und zeigte, dass alle, ob Hochkultur oder Stammesgesellschaft, ihre Ursprünge mithilfe eines Heldenmythos idealisiert hatten, wobei diese Helden Könige, Propheten, Heilige oder Reichsgründer sein konnten.
Das Muster des Heldenmythos ist bekannt: Der Held ist adeliger Abstammung, wird nach der Geburt ausgesetzt und von einfachen Menschen gerettet, die ihn aufziehen. Später entdeckt der Held seine wahre Herkunft, überwindet eine Reihe von Widerständen und vollbringt eine heldenhafte Tat, wie ein Volk von Unterdrückung zu befreien oder ein Reich zu gründen. Die Liste der Helden ist lang, doch um ein paar Namen zu nennen, erinnere ich an Sargon, Gilgamesch, Cyrus, Ödipus, Telephos, Zethos, Herkules und Romulus und Remus. Der erste in der Reihe ist Sargon, Mitte des dritten Jahrtausends vor Christus. Als Frucht der unerlaubten Liebe einer Priesterin wurde Sargon in einem Weidenkörbchen auf dem Euphrat ausgesetzt, vom Gärtner des Königs gerettet und am Königshof erzogen, um als erwachsener Mann nach vielen siegreichen Kämpfen das akkadische Reich Mesopotamien zu gründen.
Moses war eine umgekehrte Variante des klassischen Musters, denn die jüdische Mythologie will, dass er als Kind jüdischer Sklaven geboren, von der Tochter des Pharaos aus dem Fluss gerettet und zu einem ägyptischen Prinzen gemacht wird.
Die Psychoanalyse deutet die Aussetzung in einem Korb als eine symbolische Darstellung der Geburt, wobei der Korb den Uterus und die Wasser des Flusses das austretende Fruchtwasser versinnbildlichen. Mit der Rettung Mose aus dem Fluss hat das kollektive Unbewusste des jüdischen Volkes seine eigene Geburt verknüpft, so wie es den Erwerb einer nationalen Identität mit dem Mythos vom Auszug aus Ägypten verknüpft hat …«

Als der Vortrag beendet war, brandete Beifall auf, der sofort von Pfiffen und Protestrufen übertönt wurde.

»Wie ist Freud dazu gekommen, den Monotheismus Mose mit dem von Echnaton gleichzusetzen?«, fragte ein Journalist. »Niemand hat je bewiesen, dass Moses und Echnaton Zeitgenossen waren.«

»Das stimmt. 1939 war das eine revolutionäre Hypothese«, sagte Doktor Belmont. »Freud kam zu diesem Schluss, nachdem er den Monotheismus Echnatons und den jüdischen analysiert hatte und zeigen konnte, dass sie übereinstimmen.«

»Können Sie uns ein Beispiel nennen?«

»Natürlich. Das *Schema*, das jüdische Glaubensbekenntnis, lässt sich bekanntlich mit einem Passus der Bibel zusammenfassen: ›*Sh-ma Yisroael, Adonai elohaynu, Adonai echud*‹, ›Höre, Israel. Der Herr ist unser Gott, der Herr ist einer.‹ Aber Freud wies darauf hin, dass ›Adonai‹ nichts anderes ist als die Umschrift des hieratischen Hieroglyphen für das Wort ›Aton‹, sodass die hebräische Formel sich auch lesen lässt als: ›Höre, Israel. Aton ist unser Gott, Aton ist einer.‹«

Eine Welle ärgerlichen Gemurmels lief durch den Saal.

»Ich bin Psychiater und gläubiger Jude«, rief ein bärtiger Mann, der mit hochrotem Kopf aufsprang. »Freuds Behauptungen haben nicht die geringste Schlüssigkeit, weder in historischer noch in archäologischer oder psychologischer Hinsicht. Wenn Freud nicht mehr an die Heilige Schrift glaubte, warum musste er darüber noch ein Buch schreiben? Warum sagt er nicht einfach, dass er nicht mehr glaubt?«

»Freud hat die Thora als Wissenschaftler analysiert und alle religiöse Überzeugung beiseitegelassen. Er stützt sich ausschließlich auf die Psychoanalyse, wenn er nachweist, dass der Mythos von Moses, Jahwe und dem auserwählten Volk Ausdruck der kollektiven Neurose des israelischen Volkes ist, das versucht hat, seine Ursprünge zu adeln, um einen vererbten Schuldkomplex zu überwinden ...«

»Hören Sie, meine Dame«, schrie jemand aus dem Hintergrund des Saals, »ich bin weiterhin davon überzeugt, dass die Thora Moses von Gott selbst diktiert wurde und dass Moses persönlich sie niedergeschrieben hat.«

»Werter Herr, dann empfehle ich Ihnen, Ihre Überzeugungen im

Licht der Tatsachen zu überprüfen. Die Forscher haben zahlreiche Anachronismen und Widersprüche in der Thora gefunden und gezeigt, dass Moses sie nicht geschrieben haben kann, und zwar unabhängig davon, wer er war.«

»Ach ja? Wer hat sie denn dann geschrieben? Das Unterbewusste von Freud?«

»Jeder Wissenschaftler wird Ihnen bestätigen, dass die Thora und die gesamte hebräische Bibel von mehreren anonymen Verfassern viele Jahrhunderte nach dem Ende der biblischen Zeit geschrieben wurde, zwischen dem siebten und dem sechsten Jahrhundert vor Christus.«

»Wie sind die Forscher zur Festlegung dieses Zeitraums gelangt?«, fragte der Journalist.

»Durch die archäologischen Ausgrabungen der letzten dreißig Jahre. Außerdem anhand einer computergestützten Untersuchung des biblischen Hebräisch und des Hebräischen späterer Epochen. Um Ihnen eine Vorstellung zu geben: Das biblische Hebräisch und das der Thora unterscheiden sich etwa so stark voneinander wie das Altokzitanische vom heutigen Französisch.«

»Sie haben gesagt, Freud wünschte, dass *Der Mann Moses und die monotheistische Religion* als sein geistiges Vermächtnis angesehen würde«, fragte der Journalist. »Warum?«

»Weil Freud uns mit diesem Buch zwei große Botschaften hinterlassen hat. Die erste ist, dass individuelle Neurosen ihre Entsprechung in Gruppenneurosen haben; die zweite, dass die gesamte abendländische Kultur von einem Buch geprägt wurde, der hebräischen Bibel, das nichts anderes ist als ein Mythos, geschaffen von einem Volk, das sich damit vor einem vererbten Schuldkomplex schützen wollte.«

Im Publikum standen einige Zuhörer auf, und Protestrufe vermischten sich mit erneutem Beifall.

Théo ging auf das Büfett zu, wo Raisa an einem Cocktail nippte. »Man kann wirklich nicht behaupten, dass man sich auf deinen Vorträgen langweilt, Raisa.«

Raisa drehte sich um, und ihre Miene hellte sich auf. »Théo, welch eine Freude…« Sie wurde ernst. »Es tut mir wirklich sehr leid wegen Vanko.«

»Danke. Auch für die Karte.« Er bedauerte, dass er sie nicht angerufen hatte, und wollte ihren Arm drücken, hielt sich aber zurück. »Hast du hinterher noch etwas vor?«

»Nein. Warum?«

»Ich muss mit dir sprechen. Es ist wichtig. Wollen wir etwas zusammen trinken?«

»Mit Vergnügen.«

Théo und Raisa betraten ein Bistro im Quartier Latin, setzten sich in ein Separee und bestellten.

Einen Moment lang überlegte Théo, ob es richtig war, sie in eine solche Geschichte hineinzuziehen, dann ließ er sich vom Licht der Gaslampen, dem glänzenden Messing und der Klaviermusik überzeugen.

»Moses interessiert mich weit mehr, als du dir vorstellen kannst.«

Raisa sah ihn fragend an.

»Ich brauche deine Hilfe, und dein Vortrag war die Bestätigung, dass du mir helfen kannst.«

Théo zog den schwarzen Ordner aus seiner Tasche. Er erzählte ihr alles, ging besonders auf die Pergamente und auf Vankos Notizen ein und zeigte ihr schließlich das Medaillon.

»Das ist die unglaublichste Geschichte, die ich je gehört habe, und in meinem Beruf herrscht kein Mangel an unglaublichen Geschichten.« Raisa ließ die ägyptische Kette durch ihre Finger gleiten. »Was hast du jetzt vor?«

Théo trank einen Schluck Courvoisier. »Ist das nicht eine überflüssige Frage?«

»Das Opus Dei?«

»Alle Indizien sprechen gegen sie.«

»Was kannst du allein denn tun, was dieser Kommissar in Rom nicht auch tun könnte?«

»Ich werde mithilfe der Archäologie beweisen, was Freud mit der Psychoanalyse bewies. Und dann werde ich es der Welt mitteilen. Das ist die beste Art und Weise, meinen Bruder zu rächen und ihm Gerechtigkeit widerfahren zu lassen.«

»Théo, du bist im Begriff, dich in Schwierigkeiten zu bringen ...«

Théo brachte sie mit einer Handbewegung zum Schweigen. »Ich bitte dich.«

Raisa musterte ihn stumm. »Selbst wenn ich wollte, ich sehe wirklich nicht, wie ich dir helfen könnte.«

»Diese Pergamente bergen nicht nur ein Geheimnis der Bibelarchäologie. Theon spricht von einem Geheimnis, das mit der Priesterkaste von Heliopolis zusammenhängt. Und auch das *Corpus Hermeticum* scheint ein esoterisches Geheimnis zu enthalten.«

»Und wenn es so wäre?«

Théo schnalzte mehrmals mit der Zunge. »Komm schon, Raisa, warum spielst du die Bescheidene? Als der Vorsitzende deines Berufsverbands dich vorgestellt hat, hat er ein Detail vergessen, meinst du nicht?«

Raisas Hand umklammerte ihr Glas Calvados. »Und das wäre?«

»Er hätte hinzufügen sollen: Mitglied der wichtigsten Freimaurerloge Frankreichs, des Grand Ordre Egyptien du Grand Orient«, Thèo hob den Zeigefinger, »im Grad eines *Sublime Maître du Grand Œuvre*, bescheidener dreißigster Grad in einer Rangordnung, die dreiunddreißig Grade umfasst.«

Raisa sah ihn drohend an. »Wie hast du das rausgekriegt?«

Théo machte eine ausweichende Handbewegung.

»Für dich steht fest, dass man immer Ja zu dir sagt, was?«

Vor Théos geistigem Auge tauchten ihre früheren Begegnungen auf. Wenige und stets beruflich, obwohl er immer den Eindruck gehabt hatte, dass etwas Unausgesprochenes in der Luft lag, wenn er mit ihr zusammen war, so wie jetzt auch.

»Ich sage nicht, dass du es aus Dankbarkeit tun sollst«, sagte Théo, »als Gegenleistung für die Freundschaftsdienste, die ich dir erwiesen habe, und das waren nicht wenige. Du wirst es tun, weil du Geheimnissen nicht widerstehen kannst und weil eines wie dieses dir nie wieder unterkommen wird. Wann kannst du anfangen?«

»Konntest du mir nicht eine Fotokopie dieser Pergamente mitbringen, Dickkopf?«

Kaum hatten Théo und Raisa das Bistro verlassen, zahlte ein blonder junger Mann eilig seine Rechnung und stürzte zum Ausgang. Ein anderer Mann mit dem Gesicht einer Bulldogge folgte ihm, während er mit deutschem Akzent die Arie »Di Provenza il mare e il suol« aus Verdis *Traviata* trällerte, die gerade im Radio übertragen wurde. Bevor er hinausging, musterte er sich im Wandspiegel und versetzte sich einige leichte Schläge auf die Wangen.

Schließlich richtete er seine Dior-Krawatte mit klassischem Muster in Gold auf Kobaltblau und verließ das Lokal.

Théo begleitete Raisa zu einem Taxistand am Boulevard Saint Germain. Als er ihr die Hand drückte, überfiel ihn wieder dieses Gefühl des »nicht Gesagten«.

Théo sah die Rücklichter des Taxis hinter der Ecke zur Rue des Saints-Pères verschwinden. Er wanderte am Seine-Ufer entlang, begleitet von der Erinnerung an Raisas Parfum.

Durch das Arbeitszimmer von Monsignore Guzman dröhnten die Klänge des *Walkürenritts*. Das Telefon klingelte. Der Monsignore hob den Hörer, den Blick auf eine Fotokopie der Pergamenthandschrift von Marsilio Ficino gerichtet.

»Santi, *que pasa*?«

»Ich habe Neu-Neuigkeiten, Monsignore.«

Santi berichtete von sämtlichen Wegen Théo St. Pierres, von der Kanzlei des Notars in der Via Barberini bis zum Bistro im Quartier Latin.

»Wie lange ist er auf dem Polizeipräsidium geblieben?«

»E-Etwa zw-zwei Stunden, Monsignore.«

»Rufen Sie das Sekretariat des Ordens an, und bitten Sie um den Text der Unterredung.« Nachdenklich streichelte der Monsignore sein Brustkreuz. »Und Sie konnten wirklich nichts von dem hören, was die beiden im Bistro gesprochen haben?«

»Nein, ich war z-zu weit weg. Aber ich ha-habe gesehen, dass er ihr et-etwas zeigte, zie-ziemlich sicher waren d-das Pergamente.«

»*Pergamente*? Sind Sie sicher?«

»Ja, Monsignore. Es w-waren Pe-Pergamente.«

»Ich hab's doch geahnt.« Der Monsignore schlug sich mit einer Hand auf den Schenkel. »Darum ist er also zum Notar gegangen, *el distinguido arqueólogo*.«

»W-Wenn das so ist, d-dann muss Ka-Kardinal St. Pierre die Pe-Pergamente dem Notar a-a-anvertraut haben, be-bevor er starb. Aber warum a-ausgerechnet einem Notar?«

»Gute Arbeit, Santi. Beschatten Sie ihn weiter, und rufen Sie mich unbedingt jeden Tag an.«

»Monsignore …?«

»Ja?«

»Ma-manchmal f-frage ich mich, w-was El Padre an unserer Stelle getan hätte.«

»El Padre hat im *Weg* geschrieben: ›Flattere nicht wie eine Henne, wenn du wie ein Adler aufsteigen kannst.‹ Das ist es, was *er* getan hätte, junger Mann.«

Der Monsignore hängte auf. »Oh, Santi, Santi.« Was begriffen die Leute schon vom Sinn ethischer Prinzipien? Dass die Kirche die Scheidelinie zwischen Gut und Böse ziehen und die Masse das tun musste, was sie immer getan hat: stumm gehorchen.

Pater Pinkus saß Monsignore Guzman gegenüber. »Monsignore, wir haben das Pergament von Theophilos gefunden.« Mit verschwörerischem Blick ließ er einen schwarzen Ordner auf den Schreibtisch gleiten.

»Ihr habt es gefunden? Wo war es?«

»Es war unter dem falschen Jahrhundert archiviert. Unsere Numerarier mussten den Bunker unter dem Cortile della Pigna von oben bis unten durchwühlen.«

Der Monsignore öffnete den Ordner und fand eine auf Altgriechisch verfasste Pergamenthandschrift. Er versenkte sich in die Lektüre, gelegentlich von einem Grunzen und gebrummten altgriechischen Bemerkungen unterbrochen. Schließlich lehnte er sich zurück, hob die Hände und legte die Fingerspitzen aneinander.

»Warum um alles in der Welt hätte Echnaton etwas in einem Obelisken verstecken sollen? Und was?«

»Meiner Meinung nach war das eine Falle, wie sie gut zu Kardinal Ottolenghi passen würde«, sagte Pater Pinkus. »Theophilos' Misstrauen war berechtigt.«

Der Monsignore ließ seinen Rosenkranz baumeln. Echnaton war nicht irgendein Pharao gewesen. Er hatte Ägypten einen einzigen Gott aufgezwungen und das Land damit an den Rand eines Bürgerkriegs gebracht. So etwas wagten nicht viele. Vielleicht war die Geschichte doch nicht so aberwitzig.

»Pater, ich gehe hinunter ins Gewächshaus, um nachzudenken. In der Zwischenzeit finden Sie heraus, wo dieser Obelisk heute steht.«

Der Monsignore durchquerte den Garten der Villa Tevere und betrat ein Gewächshaus, wo er sich eine Schürze aus blauem Tuch und Gärtnerhandschuhe anzog. Er ging auf eine lange Reihe hängender Töpfe voll bunter Orchideen zu, griff nach einer Sprühflasche mit Düngemittel und inspizierte die Pflanzen.

Er atmete die mit Vanilleduft gesättigte Luft tief ein. Zen-Meditation? *Tonterías*. Nichts eignete sich besser zur geistigen Entspannung als seine *Cattleya*. Hier drinnen waren ihm immer die besten Ideen gekommen. Nichts stimulierte Intuitionen so gut wie der Duft einer Orchidee. Das Handy klingelte.

»Ja? ... So schnell? ... Ich höre, Pater.«

»Der kürzere von beiden befindet sich in London, am Themse-Ufer«, sagte Pater Pinkus. »Der andere steht im Central Park in New York.«

»Sehr gut. Legen Sie mir die Einzelheiten auf den Schreibtisch.«

Er besprühte seine *Cattleya gaskelliana*. Was würde der Archäologe tun? Auch wenn er die Geschichte von dem Obelisken glaubte, wie könnte er ihn untersuchen? Er würde sich auf jeden Fall an das British Museum wenden müssen.

Er drehte die Lippen einer *Cattleya harrisoniana* um. Verdammt, schon wieder diese Schildläuse! Recht überlegt, würde der Archäologe sich wahrscheinlich vom British Museum fernhalten. Archäologen ließen sich lieber bei lebendigem Leib häuten, als eine Entdeckung mit anderen zu teilen. Wenn er etwas unternahm, würde er allein handeln. Aber wie? Nachts mitten in London auf einen Obelisken klettern?

Hm, die *Cattleya lawrenceana* fingen an zu vergilben. Zu viel Licht. Er kurbelte einen Sonnenschutz herunter, bis sie vom Schatten bedeckt wurden. Konnte er das Risiko eingehen, nichts zu unternehmen? Sein Kiefermuskel spannte sich an. *Seguramente no*. Ab morgen würden sich die Numerarier des Opus Dei in London täglich in drei Schichten bei der unauffälligen Beobachtung des Obelisken abwechseln.

Er legte Handschuhe und Schürze ab und ging hinaus. Während er den Garten der Villa Tevere mit großen Schritten durchquerte, durchschnitt er die Luft mit einer imaginären Peitsche.

Kaum hatte sich die Tür geöffnet, leuchteten in der ganzen Wohnung die Lampen auf.

Théo ging ins Wohnzimmer, nahm eine Flasche Delamain Réserve und ein Glas aus der Cocktailbar, schob eine CD in den Spieler und setzte sich in den Sessel, die Beine auf ein Tischchen gelegt. Seine Hände begleiteten die Goldberg-Variationen von Glenn Gould.

Er nahm einen tiefen Schluck Cognac. Sein Blick fiel auf das Schwarz-Weiß-Foto über dem Kamin, das ihn im Innenhof des Hauses in Asfendiou auf dem Schoß seines Großvaters Nicky zeigte. Ein Geruch nach Pfeifentabak überdeckte das Aroma des Cognacs, und Nickys borstige Schnurrbarthaare stachen ihm ins Gesicht.

»Nein, nein, nein!«, schrie Théo weinend, während er versuchte, sich Alexia zu entwinden, die Vanko im Arm hielt. Er streckte die Arme nach Nicky aus, der ihnen mit feuchten Augen hinter der Absperrung zuwinkte. »Ich will bei Großvater bleiben. Fahr allein nach Paris! Großvater*!«*

»Théo, sei brav. Papa ist in Paris, wir werden alle zusammen sein, verstehst du das denn nicht? Wir werden eine Familie sein.«

»Das stimmt nicht! Papa ist nie da. Und Paris mag ich nicht. Meine Familie ist hier, bei dir und Großvater. Großvater*!«*

»Wir fahren jeden Sommer zu Großvater zurück. Das habe ich dir versprochen. Was soll dieses Theater?«

Théo riss sich mit einem Ruck los, rannte zurück durch das Gate, trat nach der Flughafenangestellten, die ihn festzuhalten versuchte, und flog Nicky in die Arme.

»Großvater, bitte halt mich fest! Lass mich nicht weggehen. Bitte, Großvater! Bitte!«

Dann sah er sich auf dem Treppenabsatz des Hauses am Boulevard Richard Lenoir, eine geschälte Apfelsine in der Hand, mit gesenktem Kopf an die Wand gelehnt. Vor seinen Füßen stand das kleine ferngesteuerte rote Auto, das jüngste Geschenk von Alexia und ein weiterer Versuch, ihn von seinem Hungerstreik abzubringen.

»Ah, quel joli enfant! *Du musst Théo sein, mein neuer Nachbar«, sagte die Dame von der gegenüberliegenden Wohnungstür, während sie mit honigsüßer Miene sein Gesicht streichelte. »Ich bin Charlotte.«*

»Fass mich nicht an!«, knurrte Théo zurückweichend.

Die Dame zuckte zusammen und zog ihre Hand blitzschnell zurück. »Mon Dieu*!«*

Mit aller Kraft warf Théo die Apfelsine gegen die makellos weiße Wand, wo sie zerplatzte.

Konsterniert starrte die Dame auf die Rinnsale aus Saft, die an der Wand herabliefen. »Théo, du wirst schon sehen, Paris gefällt dir. Wir werden es zusammen entdecken. Weißt du was? Deine maman *und ich werden dich in den Park mitnehmen …«*

»Sieh her, was ich mit deinem Paris mache!« Théo trat mit voller Wucht auf das Spielzeugauto, das platt gedrückt wurde wie ein Crêpe.

Die Angst im Dunkeln und die Schreie nach Alexia und Nicky mitten in der Nacht, die endlosen Tage im Kindergartengefängnis der Ursulinen – eine Idee seines Vaters –, die mürrischen Gesichter der Leute, der Gestank nach Benzin, das Grau einer Stadt, in der er zu ersticken glaubte …

Da sie wusste, wie sehr er Schiffe mochte, brachte Alexia ihn immer wieder in den Jardin du Luxembourg, damit er sich die Schiffchen mit den bunten Segeln auf dem runden Bassin anschauen konnte. Doch sie erinnerten ihn an Großvaters Boot und an die verlorene Welt von Kos: Seifenblasen hinter den Heugarben; der Geschmack von frisch gepflückten Weintrauben, die mit frisch gebackenem Brot gegessen wurden; der Geruch des Weinmosts im Keller, wo Nicky den Agiorgitiko aus Fässern abzapfte, während er ihm die Flaschen reichte; der Duft der Loukoumi, die in der Küche im Steinofen garten; das Gelb der sonnendurchglühten Weizenfelder …

Théo ging zum Bücherregal, überflog die Reihe der DVDs und zog *Was vom Tage übrig bleibt* heraus. Er schob sie in den DVD-Player, setzte sich wieder und drückte die Taste für schnellen Vorlauf. Als der Film zu der Szene kam, wo Stevens, der Butler – Anthony Hopkins –, und Miss Kenton, die ehemalige Haushälterin – Emma Thompson –, in der Abenddämmerung unter dem Wetterdach an der Strandpromenade auf den Bus warten, drückte er auf Play.

Die bunten Lichter auf dem Pier gingen an und spiegelten sich in den regennassen Holzplanken. Die Leute applaudierten unter freudigen Rufen.

»Die Leute freuen sich immer, wenn am Abend die Lichter angehen«, sagte Miss Kenton.

»Ich frage mich, warum«, sagte Stevens.

»Für viele Leute scheint der Abend der beste Teil des Tages zu sein, der, auf den sie am meisten warten.«

»Wirklich?«

»Worauf warten Sie am meisten, Mr. Stevens?«

Théo füllte erneut sein Glas. Der Abend konnte der beste Teil des Tages sein, wenn es ein Morgen gab. Wenn das Morgen fehlte, blieb nur Bedauern. Weswegen? Er leerte das Glas in einem Zug. Wegen der nicht getanen, der nicht gesagten Dinge. Er drückte auf schnellen Rücklauf und ließ den Film auf dem Bild anhalten, wo die Lichter über dem Pier angingen.

Was blieb vom Tag übrig, wenn die Lichter zum letzten Mal aufleuchteten und das Dunkel Angst einflößte?

THEBEN, HAUS DER STRAHLENDEN SONNE, NEUNUNDDREISSIGSTES JAHR DER REGIERUNG AMENHOTEPS III., ERSTER MONAT DER SAATZEIT, SIEBTER TAG

Nephers eilige Schritte hallten durch den Flur der königlichen Gemächer, begleitet vom leisen Klingeln der Kette aus Blättern aus Gold und Lapislazuli, die über seinen nackten Oberkörper hüpfte.

Riesenhaft vergrößerten die Sesamöllaternen seinen Schatten auf den mit Hieroglyphen bedeckten Säulen, und ihr Geruch vermischte sich mit dem Duft, der von den Weihrauchbecken aufstieg. Aus dem nahen Tempel Amuns drang der eintönige Gesang der betenden Priester.

Zwei königliche Kämmerer verbeugten sich vor ihm, öffneten die Tür aus intarsiertem Zedernholz und schlossen sie hinter ihm.

In dem von flackernden Öllampen erhellten Raum saßen seine Mutter Tiye und seine Schwester Sitamon am Kopfende des Bettes, in dem sein Vater lag, und hielten ihm die Hand. Der königliche Leibarzt und der Hüter der Zwei Tore des Paradieses saßen zu Füßen des Bettes. Ihre starre Haltung erinnerte ihn an die beiden Kolosse, die den Grabtempel des Pharaos bewachten. Amenhoteps Gesicht war wächsern, die Augen waren geschlossen, der Atem ging keuchend. Ein Speichelfaden rann ihm aus einem Mundwinkel und benetzte den roten Stoff, mit dem die Kopfstütze aus Ebenholz gepolstert war. Einen Augenblick lang hob Nepher die Augen zu dem Fresko über dem Kopfende des Bettes. Auf einem glänzenden Streitwagen aus Elektron hielt sein Vater einen Bogen in der Hand und schoss Pfeile auf die Nubier.

Nepher blieb hinter seiner Mutter stehen und umklammerte ihre Schultern. Tiye trocknete den Schweiß auf der Stirn des Pharaos, dann drehte sie sich zu ihm um. Ihre Augen sagten ihm, dass der Pharao im Sterben lag.

»Nepher, dein Vater will mit dir sprechen.«

Mit halb geschlossenen Augen sah der Pharao die Königin an. »Verzeih mir, Tiye, aber ich muss euch bitten, uns allein zu lassen.«

Die große Gemahlin des Königs liebkoste das Gesicht des Pharaos, dann entfernte sie sich, gefolgt von Sitamon, dem Leibarzt und dem Amun-Priester.

»Setz dich her zu mir, mein Sohn.«

»Ja, Vater.« Nepher setzte sich auf den Rand des Bettes.

»Nepher, bevor Ra sich erhebt, wird mein *ka* ... in das Land des Westens fliegen«, flüsterte der Pharao, als koste jedes Wort ihn große Mühe. »Du wirst allein regieren ... und den Namen Amenhotep IV. annehmen.«

»Vater, die Strahlende Sonne kann nicht sterben«, sagte Nepher mit feuchten Augen. »Aton wird das nicht zulassen.«

Ein schwaches Lächeln spielte um die Lippen des Pharaos. »Den Tod des Leibes fürchte ich nicht. Die Waage der Osiris wird barmherzig sein ... Ich habe immer versucht, nach der Wahrheit zu leben.«

»Vater ...«

Der Pharao unterbrach ihn mit einer Handbewegung. »Du bist erst sechzehn Jahre alt, zu jung, um das Gewicht der Zwei Länder zu tragen. Ich zwinge dich nicht zu einer Doppelregentschaft, aber du musst mir versprechen, dass ...«, ein schmerzverzerrter Ausdruck trat auf sein Gesicht, »... du in den ersten fünf Jahren deiner Regierung keine Entscheidung triffst, ohne dich zuvor mit Tiye zu beraten. Höre auch auf Ramose und Aper-El, aber nur mit einem Ohr. Wenn das Schwert Ägyptens heute über die Welt herrscht, so ist es das Verdienst deiner Mutter. Versprich es mir, im Namen Maats.«

»Ich verspreche es, Vater.«

Ein Stöhnen kam aus dem Mund des Pharaos, seine Hand umklammerte Nephers. »Jetzt hör gut zu, was ich dir zu sagen habe, mein Sohn. Misstraue ihnen. *Immer.*« Seine zitternde Hand hob sich in Richtung des Amun-Tempels. »Ihre Gebete richten mehr Schaden an als die Sicheln an den Streitwagen der Hethiter. Der wahre Feind Ägyptens und seines Pharaos ist nicht das Land Hatti, es sind die Amun-Priester.«

Von den Stromschnellen des Landes Kusch bis nach Djanet waren die Getreidespeicher der Amun-Tempel randvoll, den Tempeln gehörten die fruchtbarsten Ländereien, die Herden Amuns waren größer als jene des Pharaos und des Adels. Die Tempel waren Brutstätten der Verderbnis, außerdem von der Pestilenz infiziert, welche die Karawanen der Händler aus Asien mitgebracht hatten. Die Priester wagten es sogar, die Steuereinnehmer und die Beamten der königlichen Grundstücksverwaltung zu bestechen, indem sie nach jedem Nilhochwasser die Grenzsteine zu ihren Gunsten versetzen ließen, und die Bauern verarmten immer mehr. Die Gouverneure der zweiundvierzig Provinzen schenkten den Priestern mehr Gehör als den zwei Wesiren des Pharaos, denn als Lohn für Gefälligkeiten teilten die Priester die Tempelabgaben mit ihnen.

»Sie sind die wahren Herrscher über die Zwei Länder, nicht der Pharao.«

»Vater, was kann man da machen? Das Volk fürchtet sie. Die Häuser des Lebens und jene des Todes gehören den Tempeln. Die Einbalsamierer und die Totenarbeiter unterstehen dem Befehl der Priester, und aller Grund und Boden der Totenstädte gehört ihnen. Ohne Amun hat das Volk keine Möglichkeit, ein Grab zu kaufen und durch das Duat zu kommen.«

»Bekämpfe Amun, auf diese Weise wirst du auch die Macht seiner Priester bekämpfen.«

»Amun bekämpfen, Vater? Aber wie denn?«

»Mit Aton, mein Sohn, dem wahren Gott« – der keuchende Atem Amenhoteps mischte sich unter den Gesang der Priester –, »entsinne dich des Traumes deines Großvaters Thutmosis und der Stele zwischen den Füßen von Ra-Horakhty, der Sphinx.«

»Wo ist die Halle der Aufzeichnungen? Was verbirgt sich darin?«

»Dieses Geheimnis ist den Geweihten vorbehalten … Als Pharao wirst du ein Lehrling werden und den ersten Grad erlangen. Deine Initiationszeit wird fünf Jahre dauern, denn so steht es geschrieben …« Ein lang anhaltendes Stöhnen kam aus der Kehle des Pharaos, und Schweißperlen traten auf seine Stirn. »Am Ende des fünften Jahres wirst du das Geheimnis kennen … Dann wirst du begreifen, wer Aton ist und warum er der einzige Gott ist.«

»Vater, was muss ich als Erstes tun?«

»Sobald du … zum Pharao gekrönt bist, gehst du sofort … zum Tempel des Ra in Iunu …« Das Gesicht Amenhoteps wurde aschfahl, und sein Körper bäumte sich auf. »Sprich mit Meryre, dem Hohepriester. Er erwartet dich … Er wird dir sagen, was du …« Die Worte des Pharaos wurden zu einem Röcheln. »Vergiss es nicht. Alles wird in einer Nacht geschehen … Der Nacht des …«

Nepher sprang auf, seinen Vater an den Händen haltend. »Vater! Vater!«

Aus dem Nebenzimmer liefen Tiye und die anderen herbei. Der königliche Leibarzt beugte sich über den Pharao und legte ein Ohr auf seine Brust.

Er hob den Kopf und sah Tiye an. »Hoheit, der Sohn des Horus hat sich in den Himmel erhoben.« Er schloss dem Pharao die Lider.

Tiye ließ sich neben dem Bett sinken, nahm die Hand des Pharaos und legte sie an ihre Wange. Der Hüter der Zwei Tore des Paradieses trat herbei, schwenkte ein Weihrauchfass und stimmte ein Gebet an. Die Spiralen des Weihrauches schwebten über den Öllampen, und sein Duft erfüllte die Luft.

Nepher starrte gedankenverloren auf das schwingende Rauchfass. Was hatte sein Vater sagen wollen? Welche Nacht war das?

7 Die Bibel unter den Arm geklemmt, klopfte Théo an die Tür eines Büros. Auf dem Namensschild stand: »Michaela Rosenberg, stellvertretende Kuratorin der Ägyptischen Abteilung«. Er trat ein.

Michaela, eine Frau um die fünfzig mit platinblonden Haaren, Dior-Brille und Hermès-Schal, saß kerzengerade an ihrem Computer.

Es würde keine leichte Unterredung werden. Als Ägyptologin war Michaela eine Kapazität, aber sie war auch eine strenggläubige Jüdin. Überdies hatte sie sich noch nicht damit abgefunden, dass der Louvre ihn zum Kurator der Ägyptischen Abteilung ernannt hatte, obwohl er weniger Dienstjahre hatte. Deshalb versäumte Michaela keine Gelegenheit, sich als Klassenbeste aufzuspielen.

»Es tut mir sehr leid wegen deines Bruders.«

Der Tonfall klang aufrichtig, doch es war ihm immer schwergefallen, hinter dieser Maske aus Perfektion eine Spur Menschlichkeit wahrzunehmen. Er setzte sich und fasste die Ereignisse in Rom zusammen.

»Jetzt verstehe ich. Ich hatte mich schon die ganze Zeit gefragt, wo dieses plötzliche Interesse an der Bibel herrührt. Kannst du mir sagen, was du vorhast?«

»Ich will einen Mythos rekonstruieren.«

»Der Exodus ein Mythos? Na, immerhin ein Mythos, an den zwei Milliarden Menschen glauben.«

»Ein Publikum findet sich leicht, wenn du den Leuten sagst, was sie hören wollen.«

»All das, worum du mich gebeten hast, steht in dem Bericht.« Michaela zeigte auf die Mappe, die Théo auf dem Schreibtisch abgelegt hatte.

Théo blätterte darin und konzentrierte sich auf die Stellen, die er am Abend zuvor unterstrichen hatte. Michaela hatte jeden Aspekt des Themas mit ihrer üblichen Pingeligkeit abgehandelt, Kommentare und Schlussfolgerungen aber sorgfältig vermieden.

»Das Erste, was mich nicht überzeugt«, sagte Théo, »ist die Anzahl der jüdischen Sklaven, die Ägypten angeblich verlassen haben.«

»Die Bibel ist eindeutig.« Michaela zitierte die Volkszählung, die Moses persönlich vorgenommen hatte. »›Und die Summe der Israeliten nach ihren Sippen, von zwanzig Jahren an und darüber, alles, was wehrfähig war in Israel, war 603 550.‹«

»Lassen wir beiseite, dass eine so genaue Zahl an sich schon verdächtig ist. Zählt man Frauen, Alte und Kinder dazu, bedeutet das einen Auszug von mindestens zwei Millionen Menschen.«

»Das ist wahrscheinlich, wenn man sich an diese Zahl hält.«

»Wie viele Einwohner hatte Ägypten zu der Zeit?«

»Zwischen vier und fünf Millionen, den Historikern zufolge.«

»Also hätte ein Exodus von zwei Millionen Menschen eine Verringerung der Bevölkerung um vierzig bis fünfzig Prozent bedeutet. Kannst du dir vorstellen, dass die jüdischen Sklaven vierzig Prozent der ägyptischen Bevölkerung ausmachten?«

»Das kann niemand sagen.«

»Aber ein derartiger Exodus hätte die Gesellschaft und Wirtschaft Ägyptens von Grund auf erschüttert. Warum gibt es in ägyptischen Quellen – Papyri oder Grabinschriften – nicht die geringste Spur eines so herausragenden Ereignisses?«

»Offenbar hielten die Ägypter es nicht für so herausragend.«

»Ach nein?«

»Wenn du während des Exodus Pharao gewesen wärst, hättest du dann ein besonderes Interesse daran gehabt, die Geschichte einer Niederlage zu erzählen? Überdies eine durch Sklaven erlittene Niederlage?«

»Na gut. Warum hat dann aber auch keines der Nachbarvölker Ägyptens – Kanaaniter oder Moabiter – je davon berichtet? Ein Exodus von zwei Millionen Menschen aus Ägypten in das Land Kanaan, der vierzig Jahre dauert: So was passierte nicht gerade jeden Tag.«

»Ägyptens Nachbarn hatten dringlichere Probleme.«

Théo drehte den Bericht zu Michaela um. »Du hast hier geschrieben, dass Jakob von siebzig Familienmitgliedern nach Ägypten begleitet wurde. Kannst du mir diese Zahl bestätigen?«

»Da gibt es wenig zu bestätigen. So steht es in Genesis 46,27.«

»Aber in Exodus 12,40 heißt es auch«, Théo schlug die Bibel an einer markierten Stelle auf: »›… die Israeliten blieben vierhundertdreißig Jahre in Ägypten.‹«

»Und weiter?«

»Wenn man von einer vorsichtigen Rechnung ausgeht«, Théo reichte ihr ein mit Zahlen übersätes Blatt Papier, »und sich an die Zahl 603 550 hält, dann hätte jede jüdische Frau mindestens acht Kinder gebären müssen. Erscheint dir das plausibel?«

»In biblischer Zeit waren die Israeliten sehr fruchtbar.«

»Die Historiker sagen übereinstimmend, dass die Kindersterblichkeit in Ägypten damals bei über fünfzig Prozent lag. Folglich stiege der Durchschnitt auf sechzehn Kinder pro jüdischer Frau. Auch in biblischer Zeit ziemlich schwer vorstellbar.«

Michaela lächelte mitleidig. »Du machst den üblichen Fehler der Leute, die sich darauf versteifen, die Bibel wörtlich zu verstehen, und sich obendrein auf falsche Übersetzungen des Althebräischen verlassen.«

»Zum Beispiel?«

»Das hebräische Wort ›elef‹ bedeutet nicht nur ›tausend‹, sondern auch ›Stammeseinheit‹ oder ›Truppenkontingent‹«, sagte Michaela in nachgiebigem Ton. »Nach Meinung der Forscher ist die Übersetzung ›tausend‹ falsch, stattdessen müsse man ›603 550‹ als ›sechshundert Kontingente‹ lesen.«

»Sind dir die Amarna-Briefe ein Begriff?«

»Selbstverständlich, aber ich sehe da keinen Zusammenhang.«

»Auf zwei dieser Tafeln bittet der König von Byblos den Pharao Echnaton um Truppenkontingente aus jeweils zehn Mann.«

»Ich kenne die Tafeln sehr gut. Und weiter?«

»Wenn du sagst, dass man ›elef‹ mit ›Kontingent‹ übersetzen muss, dann sage ich dir, dass ein Kontingent damals zehn Soldaten umfasste.«

»Ja … schon möglich.«

»Das bedeutet, dass sechshundert Kontingente sechstausend wehrfähigen Männern entsprachen. Wir müssten also von einem Exodus von ungefähr zwanzigtausend Menschen ausgehen, einschließlich Frauen, Alte und Kinder. Bist du mit dieser Zahl zufrieden?«

»Sie dürfte alle deine Zweifel ausräumen.«

»Nicht so eilig.«

Michaela biss sich auf die Lippe. »Na gut. Hast du noch mehr Einwände?«

Théo zeigte auf eine Landkarte des alten Ägypten und seiner Nachbarländer an der Wand. »Der Bibel zufolge zogen zwei Millionen Israeliten vierzig Jahre lang von Ägypten in das Land Kanaan.«

»Ich wiederhole, dass es nicht zwei Millionen waren.«

»Und ich wiederhole, dass es nicht mal zwanzigtausend gewesen sein konnten. Lass uns von einer ›großen Menge‹ sprechen, einverstanden? Gut. Ist es möglich, dass all diese Menschen nirgendwo Spuren hinterlassen haben? Keine Siedlungen, keine Inschriften, nicht mal eine armselige kleine Amphorenscherbe?«

»Die archäologischen Grabungen haben sich auf Ägypten konzentriert, nicht auf den Weg des biblischen Exodus.«

»Du weißt genau, dass das nicht stimmt.«

Michaela sagte nichts.

»Ende der Sechzigerjahre, nach dem Sechstagekrieg, fingen die Israelis an, auf der Sinaihalbinsel zu graben, und die Grabungen zogen sich bis zum Ende der Siebziger hin.«

Die israelischen Archäologen hatten keine einzige Spur des Exodus gefunden. Was sie fanden, waren die Überreste der Kupfer- und Türkisminen, die Ägypten im Sinai kontrollierte, außerdem Spuren der zahlreichen ägyptischen Festungen, die die Gegend schützten.

»Die Tatsache, dass die Israelis nichts verlauten ließen«, sagte Michaela, »bedeutet nicht, dass sie nichts gefunden haben. Auch nach der Rückgabe des Sinai an Ägypten hätte jede Enthüllung negative Auswirkungen auf politischer Ebene haben können.«

Théo schlug erneut die Bibel auf. »Laut Deuteronomium 2,14 hielten sich die Israeliten achtunddreißig Jahre lang – von den vierzig ihrer Wanderschaft – in der Gegend um Kadesch-Barnea, im Nordosten der Sinaihalbinsel, auf, wo sich heute die Oase Ein el-Qudeirat befindet.« Er blätterte in ihrem Bericht. »Du schreibst hier: ›In den Fünfziger- und Sechzigerjahren unternahmen die Archäologen Ausgrabungen in der Gegend, die dem einstigen Kadesch-Barnea entspricht, aber sie fanden nichts.‹ Absolut nichts. Wie erklärst du dir das?«

Théo stand auf, ging zur Landkarte und zeigte mit dem Finger auf eine Gegend südöstlich vom Toten Meer, die auf der Karte als »Königreich Edom« bezeichnet wurde und dem heutigen Südjordanien entsprach.

»Laut Bibel, Numeri 20,14« – zielsicher schlug Théo die richtige Seite auf –, »schickte Moses von Kadesch aus Boten zum König von Edom, mit der Bitte, durch sein Land ziehen zu dürfen. Stimmt's?«

»So schreibt Moses in der Thora.«

»Gut. Nur schade, dass das Königreich Edom erst gegen Ende des achten Jahrhunderts vor Christus entstand, wie zahlreiche assyrische Quellen und Ausgrabungen in Südjordanien belegen.«

Michaelas blaue Augen flackerten hinter den Linsen aus Titanglas. »Diese Grabungen sind noch längst nicht abgeschlossen.«

»Trotzdem ist die Wissenschaft heute der Ansicht, dass nicht Moses das Buch Exodus geschrieben hat, sondern ein anonymer Verfasser aus dem achten Jahrhundert vor Christus oder aus späterer Zeit, ein Verfasser, der sich auf bessere Quellen hätte stützen oder dem Jahwe einen Tritt in den Hintern hätte geben müssen, wenn er behauptete, nach göttlichem Diktat geschrieben zu haben.«

Michaela sagte nichts.

Théos Finger wanderte auf der Karte nach Kanaan. »Das Land Kanaan umfasste den heutigen Süden Syriens, Jordanien, einen großen Teil Israels und den Libanon. Die Israelis haben über fünfzig Jahre lang bei sich zu Hause und in der Wüste Negev gegraben, doch auch dort haben sie nichts gefunden. Nicht nur keine Spur der Besiedlung Kanaans nach der angeblichen Eroberung Jerichos durch Josua, sondern auch keine Anzeichen für die legendären Reiche Davids und Salomons.« Théo setzte sich wieder und zog einen Zeitungsartikel aus seiner Bibel. »Das ist im Oktober 1999 in der israelischen Tageszeitung ›Haaretz‹ erschienen. Der Autor ist Zeev Herzog, Archäologe an der Universität Tel Aviv und Jude.«

Herzog schrieb, dass die Patriarchen niemals existiert hätten und dass der Exodus und die blitzartige Eroberung Kanaans pure Erfindungen seien. Die Ausgrabungen von Kathleen Kenyon in den Fünfzigern hätten bewiesen, dass Jericho am Ende des dreizehnten Jahrhunderts vor Christus, der Zeit, in der Josua angeblich in Kanaan angekommen sei, unbewohnt war und es gar keine Mauern gab, die einstürzen konnten. Die Radiokohlenstoffdatierung zeigte, dass die Stadt um 1560 v. Chr. zerstört worden war und bis zum achten Jahrhundert entvölkert blieb. Das Gleiche gelte für die anderen Städte Kanaans, die im Buch Josua erwähnt wurden: Entweder seien sie Jahrhunderte früher zerstört worden wie Ai, das die Amoriter um 2000 v. Chr. dem Erdboden gleichgemacht hatten, oder es habe sie damals noch nicht gegeben.

»Die Wahrheit ist, dass nie eine ›Eroberung Kanaans‹ stattfand.« Théo warf die Bibel auf den Tisch.

»Aber kehren wir zum Sinai zurück. Die Wüste Sinai ist eine der trockensten Gegenden der Erde. Wie hätte diese Menschenmenge in einem solchen Hochofen ohne einen Tropfen Wasser vierzig Jahre lang überleben können?«

Michaela zerrte an dem goldenen Medaillon ihrer Kette mit dem aufgeprägten Symbol der Menora. »Ich antworte dir mit der Bibel. Das Wasser gab ihnen Jahwe.«

»Ich glaube an die Wissenschaft, nicht an Wunder.«

»Wunder geschehen denen, die an Wunder glauben, aber ich verstehe, dass das für einen Atheisten schwer nachvollziehbar ist.«

»Wunder sind ein Alibi für alle, die nicht ›das weiß ich nicht‹ sagen wollen. Das Wasser in den Oasen der Wüste Sinai reichte höchstens für ein paar Beduinenstämme und ihr Vieh, und die Archäologen haben festgestellt, dass die geologische Beschaffenheit der Sinaihalbinsel sich seit der Steinzeit nicht verändert hat.«

Außerdem wimmelte es in biblischer Zeit im Sinai von ägyptischen Soldaten: nicht nur an der Straße von Horus, der Karawanenstraße entlang der Nordküste, die Ägypten mit dem Land Kanaan verband, sondern auch im Süden, dem Weg des biblischen Exodus, wegen der Minen, die von ägyptischen Garnisonen bewacht wurden.

»Ist es angesichts der konfliktträchtigen Umstände, unter denen die Juden Ägypten verließen, vorstellbar, dass Hunderttausende Juden auf der Flucht vierzig Jahre lang ungestört durch den Sinai ziehen konnten?«

»Weißt du, was Einstein gesagt hat, der Jude war?« Michaela sah Théo mitleidig an. »Er hat gesagt: ›Das Schönste, was der Mensch erleben kann, ist das Gefühl des Geheimnisvollen.‹«

»Einstein glaubte nicht an die Bibel. Und wenn er zu Fuß mitten durch die Wüste Sinai hätte ziehen müssen, ohne einen Tropfen Wasser und verfolgt von den Streitwagen der Ägypter, hätte er wohl kaum ›das Gefühl des Geheimnisvollen‹ zu schätzen gewusst.«

»Jetzt mal Klartext, Théo, worauf willst du eigentlich hinaus?«

»Auf die Tatsache, dass es hier drin«, Théo wedelte mit der Bibel, »Tausende von Widersprüchen dieser Art gibt.«

Für jeden Widerspruch gab es mindestens ein Dutzend sogenannter Gelehrter, Juden oder Christen, die sofort Einwände wie die Übersetzung des *elef* aus dem Hut zogen oder allegorische Bedeutungen anführten. Und immer sprach die Bibel selbst an irgendeiner anderen Stelle gegen sie, und wenn es nicht die Bibel war, so besorgten das die Geschichte oder die Archäologie.

»Und wenn sie dann mit dem Rücken zur Wand stehen, kommen die Gelehrten mit dem Wort ›Glaube‹.«

»Ah, endlich legt Herr ›Die-Religion-hat-nichts-damit-zu-tun‹ seine Karten auf den Tisch!« Michaela applaudierte.

»Ich beschränke mich auf die Fakten, und die Fakten zeigen, dass die Bibel lediglich Frucht des kollektiven Traums eines Volkes ist, das verzweifelt nach einem besonderen Platz in der Geschichte sucht.«

»Ich wusste gar nicht, dass der Louvre einen Flügel für Psychoanalyse eröffnet hat. Abgesehen davon, glaubst du, es ist einfach, mit einem ›Mythos‹, wie du ihn nennst, umzugehen?«

»Es genügt, das Unmögliche abzuschöpfen, was dann bleibt, muss zwangsläufig die Wahrheit sein. Ich bezweifle allerdings, dass am Grund überhaupt etwas übrig bleibt.«

Der Exodus war ein Mythos, davon war er jetzt mehr denn je überzeugt. Aber er war ebenso überzeugt, dass die Verfasser der Bibel sich von tatsächlichen Ereignissen hatten inspirieren lassen. Wovon? Er nannte eine Reihe von Aufgaben, die vor ihnen lagen, und sprach mit Michaela die Fristen ab.

Mit einem Ruck klappte Michaela ihren Notizblock zu und blickte ihn herausfordernd an. »Angenommen, wir finden die Antworten – und was wird der Louvre davon haben?«

»Der Louvre wird eine archäologische Entdeckung machen, gegen die sogar das Grab von Tutanchamun wie ein Freizeitvergnügen von Dilettanten wirkt.«

Théo ging hinaus, gefolgt von Michaelas Blick, in dem sich Sarkasmus und Staunen miteinander verbanden.

Théo überquerte den Quai du Louvre und steuerte auf den Place de la Concorde zu. Er ging langsamer und blieb an der Brüstung des Seine-Ufers stehen. Vom Pont des Arts wehten die Klänge von *Sous le ciel de Paris* herüber, gesungen von Edith Piaf. Unter der Brücke kam ein *bateau-mouche* hervor, und seine Lichter spiegelten sich als silberne Streifen auf dem Wasser.

Die Stimme der Piaf wurde von der Musik einer Bouzouki übertönt, die sich über die Uferbänke ausbreitete, und in der Luft lag der Duft einer Frühlingsnacht vor vielen Jahren. Unter der Wasseroberfläche schimmerten bunte Lichterketten, erst verschwommen, dann immer deutlicher.

Die Meeresbrise brachte die Lichterketten über der Tanzfläche zum Schaukeln. Die Musik der Bouzouki und Geigen verband sich mit dem Duft des Geißblatts und der frisch gepflügten Äcker, während die Tänzer mit übereinandergelegten Armen im Kreis Syrtos tanzten.

Als sein Kreis sich öffnete, um sich mit dem Nachbarkreis zu verbinden, gelang es Théo, neben Georgia zu kommen. Er wand seinen Arm um ihren, drückte ihn fest und atmete ihr Lavendelparfum ein. Sie erwiderte seinen Druck, ihre grünen Augen lächelten ihn an, und die Reflexe der Lämpchen auf ihren kupferroten Haaren hüpften im Rhythmus der Musik.

Die Musik brach ab, die Tänzer kehrten an ihre Tische zurück. Er beobachtete Georgia, und sie erwiderte seinen Blick mit schweigendem Einverständnis. Da verließ er den Hof, ging ums Haus herum und wartete unter dem Portikus auf sie. Als Georgia kam, umarmte er sie heftig, küsste sie auf den Mund und den Hals, streichelte ihren Rücken. Dann stiegen sie Hand in Hand über den Hügel und gingen in das Pinienwäldchen. Die Luft roch nach Harz, zwischen den Bäumen leuchteten die Lichterketten. Lautes Gelächter kam vom Hof.

Er drückte sie fest an sich und küsste sie überall, auf die Lippen, den Hals und die Brüste. Sie legten sich auf die Piniennadeln, er schob seine Hand unter ihren Rock.

»Nein, Théo, warte«, sagte Georgia keuchend und hielt seinen Arm fest. »Ich … ich hab es noch nie gemacht.«

»Ich auch nicht«, sagte Théo mit rauer Stimme. Er bewegte sich nicht mehr. »Willst du nicht?«

Georgia ließ seinen Arm los. Théos Hand wagte sich weiter vor. Er streichelte ihre Scham und spürte, wie der Stoff des Unterhöschens feucht wurde. Sie zog sich den Rock aus. Er knöpfte ihre Bluse auf, und während er mit dem Verschluss des Büstenhalters hantierte, zersprang ihm schier das Herz.

Unter die gedämpften Klänge der Bouzouki mischten sich Georgias Seufzer.

Er war siebzehn, sie sechzehn. Er sah sie nie wieder. Georgia starb eine Woche später, als das Flugzeug, das sie nach Hause bringen sollte, an den Bergen Armeniens zerschellte. Das Licht ihrer grünen

Augen und die Erinnerung an die Kupferreflexe ihrer Haare hatten ihn nie mehr verlassen. In jener Woche Ende Mai an den Hängen des Dikaios-Berges hätte die Zeit für ihn stehen bleiben sollen.

Die ägyptischen Sarkophage und Statuen im Ostflügel des Louvre lagen im Halbdunkel. Durch den Flur im zweiten Stock hallten Schritte. Die Digitaluhr an der Wand zeigte 23:48 Uhr.

Die Tür zu Théos Büro öffnete sich, und der Umriss eines privaten Wachmanns des Louvre zeichnete sich im Türrahmen ab. Der Lichtstrahl einer Taschenlampe durchschnitt das Dunkel.

Der Wachmann setzte sich an den Schreibtisch. Die Lampe legte er auf die Tischplatte, das Licht aufs Telefon gerichtet. Er nahm den Telefonhörer und schraubte den Deckel über dem Mikrofon ab. Dann holte er aus der Jackentasche seiner Uniform ein Elektrikerklebeband, ein knopfgroßes Abhörgerät und einen Sender von der Größe einer halben Zigarettenschachtel. Er setzte das Abhörgerät in das Telefon, hantierte mit einem Schraubenzieher an den Kabeln herum und drehte den Deckel wieder zu.

Dann hockte er sich unter den Schreibtisch, stellte die Taschenlampe auf den Boden, sodass der Strahl die Unterseite der Platte beleuchtete, riss ein Stück Klebeband ab und klebte den Sender unter die Tischplatte.

Er erhob sich, um den Schreibtisch und den Fußboden im Schein der Taschenlampe zu überprüfen. Das Licht tanzte über den Tisch und blieb an einer Büste von Ramses II. hängen. Der Wachmann stellte sich neben ihr auf, die Brust geschwellt, das Kinn vorgestreckt, und betrachtete sein Spiegelbild im Fenster. Dann ging er hinaus.

Am nächsten Morgen parkte um sechs Uhr ein blauer Nissan-Kleinbus mit der Aufschrift »Touchard Électricité« und einer schwankenden Antenne auf dem Dach am Quai de Conti am linken Seine-Ufer, wenige hundert Meter vom Ostflügel des Louvre entfernt.

In dem Bus saß ein Mann mit dem Rücken eines Gewichthebers in einem rosafarbenen Unterhemd, tunkte ein Croissant in eine Tasse Café au Lait und verschlang es mit einem Bissen. Er wischte sich mit der behaarten Hand den Mund ab und machte sich dann an den Kabeln eines Aufnahmegeräts zu schaffen.

8 Die Tür schloss sich hinter dem letzten Patienten an diesem Tag. Raisa drückte die Taste der Sprechanlage und bat Arlène, ihre Sprechstundenhilfe, keine Telefonate mehr durchzustellen. Sie knipste die Gallé-Lampe an und begann, in den Kopien von Théos Pergamenten zu blättern.

Ein lang gezogener Pfiff ertönte von der Seine herauf. Sie wandte den Kopf zur Fenstertür. Im Wasser spiegelten sich die Farben des Sonnenuntergangs. Ein Kahn fuhr den Fluss in Richtung Pont St. Michel hinauf, eine Schaumspur hinter sich herziehend.

Raisa dachte an Théo. Hatte sie sich bereiterklärt, ihm zu helfen, weil die Geschichte sie neugierig machte, oder gab es einen anderen Grund? Sie dachte an ihre erste Begegnung zurück, und wieder spürte sie seinen Blick. Beim ersten Mal war sie es gewesen, die ihn zum Thema Reinkarnation um Hilfe gebeten hatte. Danach hatte er sich an sie gewandt. Als sie seine Stimme hörte, hatte sie sofort auf eine Einladung zum Abendessen gehofft, aber er hatte sie nur angerufen, um ihre Meinung über die Säulen des Salomon-Tempels zu hören. Die Einladung zum Abendessen war nie erfolgt.

Sie hatte Nachforschungen über ihn angestellt, aber nicht viel herausbekommen. Er war der Ägyptologe des Louvre und mütterlicherseits Grieche. Sein Vater war der berühmte Geiger Edmond St. Pierre gewesen, er hatte einen Bruder, der Kardinal war, er war seit zwei Jahren geschieden, keine Kinder.

»Meinst du etwa diesen Misanthropen?«, hatte jemand zurückgefragt. Es hieß von ihm, er ziehe die Gesellschaft seiner Geige, die er offenbar so gut spielte wie sein Vater, dem Umgang mit Menschen vor. Er hatte ihr sofort gefallen. Er erinnerte sie an den Schauspieler Jeremy Irons. Der gleiche intensive Blick. Er musste ihn von seiner Mutter geerbt haben. Dann diese entschlossenen Gesichtszüge und dieses reservierte Verhalten.

Ach, genug damit! Ihre Hand zuckte ungeduldig. Wie ein junges Mädchen bei seiner ersten *histoire* ins Schwärmen über einen Mann zu geraten …

Sie wandte den Blick von den Lichtern eines *Bateau-mouche* ab und nahm sich die Kopie des Briefes von Marsilio Ficino vor.

Es ist keine Lüge, es ist wahr, gewiss und absolut zutreffend: Das, was unten ist, ist so wie das, was oben ist, und das, was oben ist, ist wie das, was unten ist, um das Wunder einer Einheit zu erzeugen.

Die Ägypter glaubten so fest an den hermetischen Lehrsatz »wie oben, so auch unten«, dass sie die drei Pyramiden von Gizeh genau so am Nil aufgereiht hatten, wie die drei Sterne des Oriongürtels zur Milchstraße hin aufgereiht sind. Sie zweifelten nicht im Geringsten daran: Das Reich der Zwei Länder war die exakte irdische Replik des Himmelszeltes.

Marsilio Ficino hatte recht. Das *Corpus Hermeticum* entstand zwischen dem dritten und vierten Jahrhundert nach Christus, aber seine Verfasser hatten sich von den 42 Büchern Thoths inspirieren lassen.

Der Sage nach hatte der Gott Thoth selbst in diesen Büchern die Weisheit der Alten und das Geheimnis der Unsterblichkeit niedergeschrieben. Leider waren die Bücher dem Brand der Bibliothek von Alexandria zum Opfer gefallen, und Thoths Geheimnis war mit ihnen verschwunden. Doch die Legende berichtete auch, dass eines der Bücher vor den Flammen gerettet wurde, weil der Initiierte einer Mysterienschule es in der Wüste vergraben hatte.

War Hermes Trismegistos nur eine Verkörperung des Jung'schen Archetypus vom weisen alten Mann, oder gab es für ihn ein reales Vorbild? Waren die Bücher Thoths nur die Frucht des Zusammentreffens zwischen alchemistischen Phantasien, wie sie in den ersten Jahrhunderten christlicher Zeit in Alexandria aufkamen, und dem kollektiven Unbewussten Jungs, oder hatte es sie wirklich gegeben?

Die Tischpendüle aus vergoldeter Bronze schlug, und ihr Klang hallte im Arbeitszimmer wider.

Das Geheimnis der Unsterblichkeit. Heutzutage eine lächerliche Vorstellung, doch nicht für das alte Ägypten. Die Ägypter hatten sich nicht damit begnügt, an die Unsterblichkeit zu glauben: Sie hatten sich für unsterblich gehalten. »Ich werde bis ans Ende aller Zeiten mit meiner Seele und meinem Leib existieren«, hieß es im Totenbuch.

Raisa berührte den Anhänger in Form des *ankh*, den sie an einer Kette um den Hals trug. Sie fühlte, wie eine alte Melancholie sie überkam, und schlug ein Buch über Theosophie auf. Auf einer

Seite war eine Papyrusrolle abgebildet, die in der Wand eines Tempels in einer Nische lehnte, und über dem Tempel erstrahlte ein Feuerball. Es hieß, die Bücher Thoths hätten die Formeln enthalten, mit deren Hilfe das *ka* – der »leichte Körper« der ägyptischen Theologie, der das Gegenteil des physischen Körpers war – sich in einen Körper aus unsterblichem Licht verwandeln konnte, der den Gesetzen der dreidimensionalen Welt nicht unterworfen war. Eine Legende?

Sie griff nach der Kopie der Handschrift von Theon. Er sprach vom Papyrus aus dem Tempel des Ra-Harmakhis mit dem wahren Bericht vom Exodus, aber auch von Initiationsriten und einer geheimen Bruderschaft, die einander die »Mysterien Thoths« weitergab. Ihr Blick fiel auf die Bücher, die sich auf ihrem Schreibtisch stapelten. In theosophischen Abhandlungen war von esoterischen Ritualen der Priester im alten Ägypten die Rede, aber keine esoterische Quelle erwähnte eine Bruderschaft mit Namen »Schule der Mysterien Thoths«. Worin bestanden diese Geheimnisse Thoths? Hatten sie etwas mit der Halle der Aufzeichnungen zu tun?

Theons Handschrift schien auf etwas hinzudeuten, das weit über die Häuser des Lebens in den ägyptischen Tempeln hinausging. Eine Mysterienschule, die in der Dunkelheit des heiligsten Bezirks des Tempels von Ra-Harmakhis zusammenkam … Eine Mysterienschule, in der geheime alte Rituale weitergegeben wurden … Eine Mysterienschule, der wenige Auserwählte angehörten: die Pharaonen und die Hohepriester von Heliopolis.

Echnaton, ein nie enthülltes Geheimnis. Als Pharao war er einer der Initiierten der geheimen Bruderschaft gewesen, von der Theon sprach. Als Initiierter musste er das Geheimnis Thoths gekannt haben. War es das, was der Pharao im Obelisken versteckt hatte?

Die Augen auf die Kopie des Briefes von Marsilio Ficino geheftet, streckte Monsignore Guzman seine Hand nach einer silbernen Zuckerdose aus. Er schüttete sich drei Löffel Zucker in ein Tässchen aus Wedgwood-Porzellan und rührte den Kaffee um.

Cosimo de' Medici hatte sich das *Corpus Hermeticum* 1462 durch Leonardo da Pistoia beschaffen lassen. Von wem mochte der Mönch es bekommen haben? In dem Pergament war von Mazedonien die Rede. Mit abwesendem Blick rührte er weiter in seinem

Kaffee. Vielleicht hatte der Mönch es von einem anderen Ordensbruder erhalten. Wahrscheinlich. Derartige Schätze gab es damals nur in Klosterbibliotheken oder Adelssitzen.

Er trank den Kaffee in einem Zug aus, säuberte den Grund der Tasse mit dem Löffel und schnalzte mit der Zunge.

»... gelangte ich durch die Mönche des heiligen Berges in den Besitz eines Pergaments.« Heiliger Berg... *Oye*. Was sollte das bedeuten? Dieser Berg war der Schlüssel des Geheimnisses.

Theon schrieb, er habe Plutarch durch einen Boten zusammen mit seinem Schreiben einen geheimen Papyrus aus der Bibliothek übersandt. Wenn diese Mönche Theons Schreiben besessen hatten, dann mussten sie auch den Papyrus gehabt haben. Und vielleicht hatten sie ihn immer noch, wenn der Orden und das Kloster noch existierten.

Mit zusammengepressten Lippen machte der Monsignore sich Notizen, dann starrte er brummend auf den Notizblock. Die originalen Papyri von Manetho waren mit der Bibliothek verbrannt. Dieser Manetho! Ein schamloser Lügner, wie alle heidnischen Priester.

Er stützte die Ellenbogen auf den Empire-Schreibtisch und trommelte mit den Fingern auf die Platte. Also blieb der Papyrus, den Theon an Plutarch geschickt hatte, das einzige Dokument auf der Welt, das die Wahrheit über den Exodus enthielt. Nun, was war daran so schwierig? Im Grunde ging es nur darum, einen Papyrus zu finden, der im Jahr 391 n.Chr. von Alexandria in Ägypten nach Athen geschickt worden war. *Una nadería*. Immerhin hatte der Archäologe dasselbe Problem. Er brummte. Der Gedanke tröstete ihn nicht.

Er erhob sich, ging zur Bücherwand und ließ den Zeigefinger über eine Reihe von Büchern gleiten. Bei einem historisch-geografischen Atlas hielt er an, zog ihn heraus und setzte sich wieder an den Schreibtisch.

Den Blick im Garten der Villa Tevere verloren, ließ der Monsignore den elfenbeinernen Rosenkranz über den aufgeschlagenen Atlas gleiten. Ein Mönch... Das *Corpus Hermeticum*... Mazedonien... Ein an Plutarch in Athen gesandter Papyrus... Die Mönche des heiligen Berges... Konnte es sein, dass dieser Berg in Griechenland lag? Er blätterte im Atlas unter »Griechenland«.

Mit einer abrupten Bewegung legte er den Rosenkranz beiseite und beugte sich über den Atlas. Sein Blick wanderte die Südküste Griechenlands Richtung Nordosten hinauf, verweilte auf der mazedonischen Ebene und umfasste schließlich die Halbinsel Chalkidiki, eine Hand mit drei Fingern, die sich ins Ägäische Meer erstreckten. Der Zeigefinger fuhr an den Umrissen der östlichsten Landzunge entlang: die Halbinsel des Berges Athos. »Agion Oros: der Berg Gottes«, lautete die Unterschrift.

Wie dumm, dass er nicht gleich daran gedacht hatte! Die Mönchsrepublik auf dem Berg Athos! Das waren die »Mönche vom heiligen Berg«.

Er stand ruckartig auf, der Kardinalsstuhl kippte um. Einige Augenblicke lang spielte er mit seinem Brustkreuz, dann ging er mit schnellen Schritten aus dem Zimmer.

Nach den Vespergebeten verließ Monsignore Guzman die Kapelle der Villa Tevere und schritt über die von Platanen gesäumte Allee, die zum Ausgang führte. Die Bügelfalten seiner Priesterhosen waren scharf wie ein Rasiermesser, die schwarzen Church's glänzten wie ein Messkelch.

Vor dem Eingangstor blickte er sich um. Niemand zu sehen. Er zog einen blauen Kaschmirschal aus der Tasche und band ihn sich um den Hals, sodass er das Priesterkollar verdeckte. An einem Haus mit Jugendstilfassade drückte er auf die Klingel und sprach in die Gegensprechanlage. Das Schloss sprang auf. Im Eingang roch es nach Wachs. Er trat in einen Fahrstuhl und drückte auf den Knopf für die letzte Etage. Ein rosafarbener Wandleuchter in Form eines Blumenkelchs beleuchtete den Spiegel. Er betrachtete sich, spannte den Kiefermuskel an.

Dies war das Gesicht eines gesunden, kräftigen, stattlichen *hombre*, der die Antriebe des Fleisches sämtlich spürte. Sie eigenhändig befriedigen wie die anderen Priester? Auf seinem Gesicht zeichnete sich Ekel, vermischt mit Verachtung, ab. *Jamás*. Masturbation war eines *hombre* seinen Formats nicht würdig, eines Mannes, der geboren war, um zu kommandieren und große Taten zu vollbringen. Hatte Julio César masturbiert? *Claro que no*. Wenn er seine Instinkte auslebte, ehrte er Gott, der nicht nur einen großen Menschenfischer aus ihm hatte machen wollen, sondern auch einen Menschenfischer mit dem Körper eines Heerführers.

Er trat auf den schwach erhellten Treppenabsatz, den Blumenfresken in dunklen Farben schmückten, und klingelte an einer Tür ohne Namensschild.

»*Buenas tardes*, Chiquita.«

»Hallo, Bischöfchen.«

9 Im Wohnzimmer erklang das Allegro molto moderato der Sonate Nr. 1 in G-Dur von Brahms.

Théo klappte *Das kollektive Gedächtnis* von Maurice Halbwachs zu und legte es auf den Bücherstapel auf seinem Nachttisch. Nach den Anmerkungen am Rand zu urteilen, hatte das Thema »kollektives Gedächtnis« im Mittelpunkt von Vankos Denken gestanden.

Halbwachs behauptete, dass wir nicht Herr über unser Gedächtnis sind, sondern dass unsere Erinnerungen von unserem gesellschaftlichen Umfeld abhängen. Freud hatte ihm recht gegeben. Menschen, die unterschiedlichen sozialen Gruppen angehören, erinnern sich auf unterschiedliche Weise an dieselben Dinge.

Er goss sich ein Glas Delamain Réserve ein. Wenn ein Körnchen historischer Wahrheit in der Bibel steckte, wo verbarg es sich dann? Weder im individuellen noch im kollektiven Gedächtnis, so Halbwachs, denn Gedächtnis und Erinnerungen sind zwei unterschiedliche Dinge. So wie Traumata und die gesellschaftliche Gruppe eines jeden die Erinnerungen in bestimmter Weise beeinflussen, indem sie Unangenehmes ins Unterbewusstsein verbannen, funktioniert auch das kollektive Gedächtnis. Eine Gruppe Individuen, ja sogar ein ganzes Volk »erinnert sich an« vergangene Ereignisse nicht so, wie sie sich wirklich abgespielt haben, sondern rekonstruiert sie, indem sie Erinnerungen unter den Bedingungen ihrer Gegenwart interpretiert, manches hinzufügt, anderes weglässt. Ergebnis: Geschichte und kollektives Gedächtnis hatten nichts miteinander zu tun. *Lügen, nichts als Lügen.* Durchaus nicht, sagte Halbwachs. Je weiter die Ereignisse zurücklagen, desto eher handelte jede Generation in gutem Glauben, wenn sie die Erinnerungen vorhergehender Generationen umzuformen versuchte.

So wurde das kollektive Gedächtnis zum Mythos.

Er blätterte in der Bibel, und das Adagio des Violinkonzerts d-Moll von Sibelius begleitete seine Gedanken. Was hatte dieses Buch für Halbwachs bedeutet? Nichts anderes als das kollektive Gedächtnis Israels, die Autobiografie eines Volkes, und im Laufe von Jahrhunderten immer wieder umgeschrieben. Er schüttelte den Kopf. Wie fand man das Körnchen Wahrheit, vorausgesetzt, es war da? Man musste nur die Antwort auf wenige, aber entscheidende Fragen finden. Wer hatte die Bibel geschrieben, wann und warum?

Er trank einen Schluck Cognac. Vor ihm erschienen zwei schwarze Augen, aus denen der Scharfsinn funkelte. *Hofmann*. Er griff zum Telefon.

Auf dem Blau des Genfer Sees tanzten die weißen Punkte der Segelboote. Das Taxi fuhr durch die grünen Alleen des Viertels Dorigny, in dem der Campus der Universität Lausanne lag, und hielt vor dem Glas- und Zementbau des Anthropole, der Fakultät für Theologie. Théo stieg aus und verschwand in dem Gebäude. Im zweiten Stock klopfte er an eine Tür mit dem Schild: »Prof. Jean-Louis Hofmann, Altes Testament«.

Als Théo seinen Bericht beendet hatte, füllte Professor Hofmann – schütteres Haar, knochige Züge und ein Lächeln in den Augen – eine gebogene Meerschaumpfeife, stopfte den Tabak fest und zündete ihn mit einem langen Streichholz an. Ein süßer Duft verbreitete sich im Raum.

»Sehen Sie all diese Bücher?« Hofmann umfasste mit einer ausladenden Geste die dicht bestückten Regale. »Alle nichts wert, alle bis auf eines.« Er drehte sich um und nahm ein Buch von einer Anrichte. »Dieses, dies allein, ist die Summe von dreißig Jahren Arbeit.« Er zeigte ihm den Umschlag: *Keine Posaunen vor Jericho. Die archäologische Wahrheit über die Bibel*, von Finkelstein und Silberman. »Kennen Sie es?«

»Ich habe es gelesen, als es herauskam.«

»Alles darin geht schlüssig auf. Alles – die Anachronismen, die Philologie, Geschichte und Archäologie – weist auf das siebte Jahrhundert vor Christus. Die beiden Autoren haben recht: Am Ursprung der Bibel steht König Josia.«

Josia hatte ausgezeichnete Gründe, weshalb er die Bibel brauchte. 640 v. Chr. wurde er König von Juda. Zu der Zeit war Juda ein armes, dünn besiedeltes Reich, dessen bäuerliche Bevölkerung eine unbekannte Anzahl heidnischer Gottheiten anbetete, die alle mit der Natur verbunden waren. Jahwe war einer dieser vielen Götter. Das mächtigere, wohlhabendere Reich Israel im Norden war schon vor achtzig Jahren unter die Herrschaft der Assyrer gefallen. Josia hegte einen großen Traum: Er wollte die Eroberer vertreiben und Juda mit Israel zu einem starken Reich vereinigen, das es mit den assyrischen und ägyptischen Imperien aufnehmen konnte.

»Josia hatte einen großartigen Einfall.« Der Professor reichte Théo einen Hennessy und goss sich einen Tequila ein. »Vielleicht hatte ihn auch Hilkija, der Hohepriester des Tempels, wenn man bedenkt, dass der König noch ein kleiner Junge war, als er den Thron bestieg.«

Die beiden erkannten, dass sie eine epische Sage mit drei Elementen brauchten, wenn sie die Bevölkerung von Juda für ihren Plan gewinnen wollten: ein Volk auf der Suche nach einem »Gelobten Land«, einen Führer mit dem Charisma eines Propheten und einen mächtigen Gott, mit dem vor Urzeiten ein Bund geschlossen worden war.

Die Wahl fiel auf Jahwe. Jahwe, ein drittklassiger Gott, stieg zum Gipfel des Pantheons im Tempel von Jerusalem auf, indem er den Platz von El einnahm, des Stammvaters aller Götter. Josia erklärte ihn zum einzigen Gott und befahl, alle Kultgegenstände der anderen Götter: Baal, Asherah – die Gattin Els –, Astarte, Resheph, Shalim und alle mit den Sternen verbundenen Götter aus dem Tempel zu werfen.

»Gibt es dafür Beweise?«, fragte Théo.

»Abgesehen von den zahlreichen Indizien, haben mich vor allem zwei Fakten überzeugt.«

Erstens verurteilte die Bibel den Abfall vom Glauben aller Könige Israels und eines Großteils der Könige von Juda, die sie in den zwei Büchern der Könige aufzählt. Doch als die Rede auf Josia kommt, erklärt das zweite Buch der Könige ihn zum gerechtesten König der ganzen Geschichte Judas, vergleicht ihn mit Moses und David und fügt hinzu: »Auch nach ihm war keiner wie er.«

Zweitens entdeckte Hilkija im Jahr 622 v. Chr. während der Ausbesserungsarbeiten am Tempel von Jerusalem ein geheimnisvolles »Gesetzbuch« – Hofmann zitierte Vers 22,8–10 aus dem zweiten Buch der Könige –, ein Buch, in dem Jahwe dem »auserwählten Volk« seine Gesetze diktiert hatte.

»Die ›Entdeckung‹ dieses Buches ausgerechnet im Tempel und in diesem besonderen Moment der Geschichte Judas zeigt ein, gelinde gesagt, verdächtig gutes Timing, das sich ganz offensichtlich einer sorgfältigen Regie verdankt. Die Regisseure? Josia und Hilkija, wer sonst. Die Verfasser des Buches? Hilkijas Priester, daran besteht kein Zweifel.«

»Was enthielt dieses Gesetzbuch?«

»Laut Finkelstein und Silberman war es nur das Deuteronomium, während andere meinen, dass es mehrere Bücher der Thora umfasste. Jedenfalls fühlte sich Josia dank dieses Buches und des Imprimatur von Jahwe ermächtigt, seine Reform durchzusetzen.«

Wie im zweiten Buch der Könige beschrieben, tat er das im Tempel vor dem Volk. Er zeigte den Menschen das Gesetzbuch, las es ihnen vor und gelobte dann, dass Juda von diesem Tag an nur noch Jahwe und diesem Buch gehorchen werde. Mit Unterstützung der Priester, Adeligen und Kaufleute – allen, die sich einen Vorteil aus seinen Expansionsbestrebungen erhofften – erklärte Josia darauf den Assyrern den Krieg.

»Aber der König musste sehr bald entdecken, dass er einen Rivalen hatte: den Pharao Psammetich I. Denn auch der Pharao hatte einen Traum, er wollte Ägypten zur einstigen Glanzzeit des Neuen Reiches zurückführen.«

Das bedeutete, die verlorenen Provinzen zurückzuerobern, darunter auch das Land Kanaan. Der Pharao konzentrierte sich dabei auf das reiche Israel. Josia starb 609 v. Chr. in der Schlacht bei Megiddo, und nach seinem Tod betete man in Juda wieder das alte heidnische Pantheon an. Danach eroberten die Babylonier das Land Kanaan, und 587 v. Chr. zerstörten sie Jerusalem und seinen Tempel. Die Elite des judäischen Adels wurde nach Babylonien deportiert, mehrere tausend Menschen, unter denen sich mit Sicherheit die Verfasser der ersten Bücher der Bibel befanden.

»Was hätten Sie gemacht, wenn Sie einer dieser nach Babylonien verschleppten Judäer gewesen wären?«

»Ich hätte Jahwe am Kragen gepackt und ihn aus einem Fenster des Tempels geworfen.«

»Dasselbe hätte ich auch getan, und dann hätte ich wieder El und seine Genossen angebetet. Aber sie nicht.«

Die Exilierten schrieben weiter an der Bibel, wobei sie sogar bereits geschriebene Bücher veränderten – die Revisionen waren offensichtlich, vor allem im zweiten Buch der Könige –, um zu zeigen, dass der Fall Judas und die Deportation die gerechte Strafe Jahwes für die Untreue Judas waren, dessen Bevölkerung nicht aufgehört hatte, die alten Götter anzubeten.

»Sie hatten alles verloren: ihre Freunde, Güter, ihr Land. Vor der Zerstörung Jerusalems und dem Exil waren die Aufwertung Jahwes und der Fund der Bibel wohl nur ein politischer Schachzug. Nach der Deportation nach Babylonien galt das nicht mehr. Die Bibel war alles, was ihnen blieb, die einzige Verbindung mit ihren Wurzeln.«

»Wollen Sie sagen, dass das jüdische Volk und Jahwe im Exil in Babylonien entstanden?«

»Überrascht Sie das?«

»Nein, wenn ich es jetzt recht bedenke, überhaupt nicht.«

Théo musste an die Theorien von Halbwachs denken. Alles passte zusammen. Die gesellschaftlichen Kräfte eines bestimmten historischen Moments und ein fünfzigjähriges Exil in Babylonien hatten aus einer zweckdienlichen Religion einen inbrünstigen Glauben gemacht. Getrieben vom Traum eines »Gelobten Landes«, waren die in Babylonien geborenen Judäer, die nachfolgende Generation, mehr denn je davon überzeugt, dass sie das auserwählte Volk eines allmächtigen Gottes seien, der sie vor allen anderen Völkern der Erde erwählt hatte.

»Fünfzig Jahre nach der Zerstörung des Tempels kehrten die Familien der Exilierten nach Jerusalem zurück«, fuhr Hofmann fort, »als die Perser von Kyros dem Großen Babylonien eroberten.«

Sie betrachteten sich als die Hüter des rechten jüdischen Glaubens, und als solche wurden sie von denen empfangen, die in Juda geblieben waren. Sie bauten den Tempel wieder auf, der Bau war 516 v.Chr. fertig, und alles deutete darauf hin – Hofmann zählte die Gründe auf –, dass die Bibel in dieser Zeit vollendet wurde.

»Hundertzwanzig Jahre waren nötig, um sie zu schreiben, die Hälfte davon im Exil. So entstand das meistverkaufte Buch der Welt, ein Buch, an das zwei Milliarden Menschen glauben und in dem kein Wort wahr ist.« Hofmann leerte sein Glas Tequila.

»Na ja, etwas Wahres gibt es schon, zwischen den Zeilen.« Der *Valse triste* für Orchester von Sibelius ging Théo durch den Kopf. »Das Leiden eines unterdrückten Volkes im Exil und den Traum von einem Gelobten Land.«

»Natürlich. Dieses Leiden und dieser Traum waren es, die die hebräische Bibel geschrieben haben, und sie sind das, worin die Welt sich wiedererkennt.«

»Herr Professor, sind Sie bei all Ihren Forschungen niemals auf die Spuren eines Moses gestoßen, auf jemanden, an dem dieser Mythos sich inspiriert haben könnte?«

Hofmann machte eine wegwerfende Geste. »Vergessen Sie die Bibel, Moses und alles andere. Erfundene Geschichten.«

Während das Taxi ihn zum Flughafen zurückbrachte, betrachtete Théo die französischen Alpen, deren Gipfel hinter der anderen Seeseite aufragten. Und jetzt? Er blätterte in Michaelas letztem Bericht. Lohnte sich dieses zweite Treffen? Was hoffte er daraus zu gewinnen?

Wenn Manetho wirklich gelogen hatte, woher kam dann der Moses in den *Aegyptiaca*?

Michaela betrat Théos Büro, eine Bibel in der Hand, hoch aufgerichtet wie eine Säule im Tempels Salomons.

»Der einzige Massenexodus aus Ägypten, der sich mit Sicherheit nachweisen lässt, ist der Auszug des Volkes der Hyksos, nachdem sie Unterägypten zwischen 1670 und 1560 v.Chr. beherrscht hatten«, stellte Théo fest.

»Der biblische Exodus … *das sollen die Hyksos gewesen sein*? Théo, du manipulierst die Geschichte wie ein Taschenspieler. Der Auszug der Hyksos war die Vertreibung eines besiegten Heeres, während die Bibel von einem Exodus von Sklaven spricht.«

»Es gab ja noch einen zweiten Exodus.«

»*Einen zweiten Exodus?*«

»Einen Exodus, oder besser, eine Vertreibung aussätziger Sklaven, von der die Bibel wohlweislich nicht spricht.«

Das Ägypten der 18. Dynastie wurde wiederholt von Pocken- und Lepraepidemien heimgesucht, die seine Bevölkerung stark dezimierten, wie Inschriften und Massengräber zeigen. Während der Regentschaft von Amenhotep III., dem Vater Echnatons, und auch unter Echnaton selbst erreichten die Epidemien ihren Höhepunkt. Tatsächlich ließ Amenhotep siebzehn Statuen zu Ehren von Sekhmet, der Göttin der Seuchen, errichten.

»Ich habe kein Wort von einem Exodus aussätziger Sklaven gesagt.«

»Das hast du klug vermieden. Aber Manetho tat es, ebenso wie Apion von Alexandria, Diodorus Siculus und Strabon. Die ›Unreinen‹, von denen Manetho und die anderen sprechen, hießen *habiru*. Historiker behaupten – und das weißt du genau –, dass aus diesem Begriff *habiru* das Wort ›Hebräer‹ entstand.«

Mehrere Papyri, darunter auch der Leiden-Papyrus, bestätigten, dass es in Ägypten *habiru*-Sklaven gab, die als Zwangsarbeiter in Steinbrüche geschickt wurden. Sie stammten von jenen Hyksos ab, die nicht hatten fliehen können, als Ahmose I. die Eroberer vertrieben und durch den ganzen Sinai verfolgt hatte. *Habiru* war zu einer abfälligen Bezeichnung für all jene geworden, die, wie die verhassten Hyksos, kanaanitischer oder asiatischer Abstammung waren.

»In Manethos *Aegyptiaca* wimmelt es von Fehlern«, sagte Michaela. Ihre Stimme zitterte vor Zorn. »Er verfasste sie zu Beginn des dritten Jahrhunderts vor Christus, und er beschrieb Ereignisse, die tausend Jahre zurücklagen. Überdies hat noch niemand herausgefunden, wer dieser Amenophis war, über den er sich lang und breit auslässt.«

»Ich sage dir, wer er war. Manetho schrieb die *Aegyptiaca* auf Griechisch. Amenophis ist die griechische Umschrift von Amenhotep. Ich weiß nicht, ob er Amenhotep I., II. oder III. war. Aber die siebzehn Statuen deuten darauf hin, dass der Amenophis von Manetho der Pharao Amenhotep III. war, der Vater Echnatons. Das würde perfekt zur Ausbreitung der Lepra während seiner Regierungszeit passen.«

Michaela zuckte mit den Schultern. »Ich sage es noch einmal, Manethos Bericht ist so wenig glaubwürdig wie seine Aufzählung der Pharaonen.«

Ihre Miene verriet ihm, dass sie weit mehr wusste, als sie sagte. Es gab nur einen Weg, um das herauszufinden: Er musste sie in Rage bringen.

»Kein Wunder, dass die Bibel beim Exodus und bei Jahwe ein bisschen nachgebessert hat«, sagte Théo. »Eine Schar leprakranker Ägypter und ›Unreiner‹, die Baal anbeteten, von einem ägyptischen Moses ganz zu schweigen, wären wohl kaum würdige Ahnen für das ›auserwählte Volk‹ gewesen«, sagte Théo.

»Wenn es darum geht, die Juden zu verleumden, bist auch du in vorderster Front, nicht wahr, Herr ›Die-Religion-hat-nichts-damit-zu-tun‹?«

»Verleumdungen?« Théo klopfte mit dem Finger auf Ficinos Brief. »Auch Apion spricht von einem ›Auszug der Leprakranken, Blinden und Krüppel‹ und bestätigt, was Manetho schreibt.«

»Aus Apions Büchern spricht der reinste Judenhass. Ich empfehle dir, eine zuverlässigere Quelle zu suchen.«

»Andere Historiker schreiben dasselbe wie Apion. Auch sie Judenhasser? Alle miteinander?«

»Diese Historiker hielten sich alle an die *Aegyptiaca*. Manetho war nicht nur ein mittelmäßiger Geschichtsschreiber, was er schrieb, war auch durch Konflikte beeinflusst, von denen du offenbar nichts weißt.«

»Konflikte? Was für Konflikte?«

»Manetho war ein Hohepriester von Heliopolis und schrieb die *Aegyptiaca* im Auftrag von Ptolemaios II. Philadelphos. Und der musste seine Herrschaft über das einstige Land Kanaan festigen. Eine Geschichte wie die von Manethos achtzigtausend Mann und ein ägyptischer Moses, der Hohepriester von Heliopolis war, mussten ihm doch sehr gelegen kommen, meinst du nicht?«

»Willst du sagen, dass Manetho absichtlich gelogen hat, weil er vom König dazu gezwungen wurde?«

»Nein, eine andere Erklärung ist wahrscheinlicher. Ptolemaios II. ›verbesserte‹ die Kopien des Originaltextes, bevor er sie verteilen ließ.«

»Eine Fälschung?«, fragte Théo. »Warum sollte er das getan haben?«

»Die Fälschung gilt als sicher, und sie nützte ihm.«

Schon bald nach Vollendung der *Aegyptiaca* kamen gefälschte Kopien des Werks in Umlauf, erst in Alexandria, dann in der gesamten römischen Welt.

»Die Originale der *Aegyptiaca* wurden beim Brand der Bibliothek von Alexandria zerstört, darum weiß niemand, was im ursprünglichen Text stand. Die Historiker, die du so gern zitierst, arbeiteten mit Fälschungen«, sagte Michaela.

»Aber dieser Exodus von Aussätzigen und *habiru* deckt sich mit den Lepraepidemien jener Zeit.«

Es war nicht schwierig, sich die zerlumpten Heerscharen vorzustellen, die, aus Ägypten vertrieben, unter den Augen der Beduinen der südlichen Negevwüste aus dem Sinai über die Grenze nach Kanaan zogen.

»Es waren Josias Schreiber, die dafür sorgten, dass aus diesen Unglücklichen die Israeliten der Bibel wurden«, sagte Théo. »Wie? Ganz einfach: Sie verschmolzen die Vertreibung der Hyksos und den Auszug der leprösen *habiru* zu einer einzigen Geschichte.«

»Du willst dir um jeden Preis deine eigene Wahrheit konstruieren, was?«

»Ach, geh mir doch weg mit der Wahrheit! Wenn es wirklich Jahwe war, der den Verfassern die Bibel eingegeben hat, dann verdient er einen Oscar als größter Lügner aller Zeiten.«

»Sehr witzig.« Michaela klatschte spöttisch lächelnd in die Hände. »Und jetzt? Willst du einen Appell an die Welt richten? Dein Wort gegen das Wort Mose?«

»Jetzt kann ich das Unmögliche aussondern und am Grund kratzen. Aber ich werde mir die Finger blutig kratzen müssen, um etwas zu finden.«

»Wenn das Unmögliche Gott heißt, wird alles möglich. Genau das ist der Unterschied zwischen uns beiden.«

»Wenn man blindlings ein Dogma nachbetet«, Théo wedelte mit der Bibel, »egal, welches, hört man auf, als Mensch zu wachsen. Du brauchst einen Blindenhund, wenn du dich bewegen willst, ich nicht. Das ist der Unterschied zwischen uns beiden.«

»Viel Glück.« Michaela stand auf und ging zur Tür, ohne sich umzudrehen. »Du wirst es brauchen. Mit oder ohne Hund.«

Kaum hatte sie die Tür geschlossen, klappte Théo die Bibel mit einem Ruck zu. Es hatte keinen Sinn, mit jemandem zu diskutieren, der einem das Wort »Glauben« an den Kopf warf. Das leise Klicken des Füllfederhalters begleitete seine Gedanken.

Die Vertreibung der Hyksos konnte Vankos Ermordung ebenso wenig erklären wie Manethos Auszug der Leprösen. Auch bei diesem Exodus gab es kein Geheimnis: Fünf Historiker hatten ihn beschrieben. Wo war dann das Motiv?

Etwas Neues war allerdings ans Licht gekommen: die Konflikte und Lügen Manethos. Michaela hatte bestätigt, was Theon geschrieben hatte. Unter welchen Konflikten hatte Manetho gelitten? War es der Druck von Ptolemaios II.? Nein. Manetho war Hohepriester von Heliopolis, und wahrscheinlich hatte er Ptolemaios II., einen Eroberer, der sich anmaßte, den Thron des Sohnes von Horus zu besteigen, insgeheim gehasst. Manethos Lügen mussten einen anderen Grund haben. Der Eid, den Manetho als Initiierter der Schule der Mysterien Thoths geleistet hatte?

Wo könnte er die Unwahrheit gesagt haben? Über Osarsiph, den Priester von Heliopolis? Wer war dieser Osarsiph? Warum hatte er seinen Namen in Moses geändert? Wer war dieser Moses wirklich? Welches Geheimnis verbarg sich hinter dem wahren Moses?

Er lehnte den Kopf an die Büste von Ramses II., dem Großen. *Was meinst du? Mache ich alles unnötig kompliziert?* Sein Archäologieprofessor hatte immer das Prinzip von Ockhams Rasiermesser zitiert: »Denkt an Ockham: ›Von zwei möglichen Lösungen eines Problems ist die einfachere meistens die richtige.‹«

Tja. Die einfachere. Das sagte sich so leicht.

Die Zwischentür zu Cleas Büro öffnete sich, und die Klänge der *Kleinen Nachtmusik* verbreiteten sich im Zimmer.

»Hat Salome dich schon wieder geärgert?«, fragte Clea auf Griechisch, mit dem Kopf auf die Tür weisend. Cleas Kinn deutete auf eine willensstarke Persönlichkeit hin, ihre weißen Haare waren kurz geschnitten, sie trug eine randlose Brille.

Sie blieb vor dem Schreibtisch stehen, steckte ein dünnes Stäbchen in einen hölzernen Ständer und hielt ein brennendes Streichholz an seine Spitze. Ein Rauchfaden stieg in die Luft, und das Zimmer füllte sich mit Weihrauchduft.

»Bei Stress geht nichts über Räucherduft.«

»Ich hätte sie gleich am ersten Tag erwürgen sollen, als man sie mir vor fünf Jahren aufgehalst hat«, sagte Théo auf Griechisch, »dann wäre ich heute wenigstens schon im offenen Vollzug.«

»Ich mache mir gerade einen Aufguss aus Pfefferminze, Lindenblüten und Eisenkraut. Ich bringe dir eine Tasse.«

»Ein schöner starker Kaffee wäre mir lieber.«

»Nein, kein Kaffee.«

»Na gut, bring mir den Tee. Dich hätte ich vor fünf Jahren auch erwürgen sollen.«

»Derselbe Humor wie dein Vater, Gott hab ihn selig. Aber du bist zum Glück aus anderem Holz geschnitzt.« Clea machte eine finstere Miene, und ihre Stimme wurde dunkel. »Obwohl du alles tust, um das zu verstecken.« Sie verschwand in ihrem Büro.

Clea war die engste Freundin seiner Mutter gewesen. Sie waren in Kos zusammen aufgewachsen und zusammen nach Paris gegangen, um an der École Supérieure des Arts Malerei zu studieren. Es war zum Teil ihr zu verdanken, dass seine Mutter die Kraft gefunden hatte, all die Jahre lang durchzuhalten und weiterzumachen. Als Clea Witwe wurde, hatte er ihr diese Arbeit angeboten.

Sein Blick folgte dem Rauchfaden, der sich in der Luft auflöste. Auch Alexia hatte eine Vorliebe für Aromatherapie gehabt, immer wehte ein Duft ätherischer Öle durchs Haus. Wie damals, an jenen Abenden.

»Ich bin es leid, Edmond, verstehst du?«, sagte Alexia. Das Geräusch einer Zeitung, die auf den Tisch geschlagen wurde, drang vom Wohnzimmer in den Flur.

Er lag zusammengekrümmt im Bett und hielt sich die Hände über die Ohren. Nein! Nicht schon wieder!

»Und ich bin deine albernen Eifersuchtsszenen leid! Als wüsstest du nicht, wie Journalisten sind. Das war nur eine Bewunderin.«

»Ja, natürlich. Wie die in London, die andere in Los Angeles und der ganze restliche Harem. Ganz zu schweigen von dem, was die Boulevardblätter schreiben. Deine Bewunderinnen sehen alle aus wie Marilyn Monroe, sind alle schrecklich aufdringlich und verrückt nach Brahms, stimmt's?«

»Verschone mich mit deinem Sarkasmus. Das ist nicht gerade eine Stärke von euch Griechen.«

»Denkst du denn nicht an deine Söhne? Glaubst du, sie wissen es nicht? Ahnst du nicht, was sie sich in der Schule anhören müssen?«

»Oh, großartig. Jetzt kommt die übliche Erpressung mit den Kindern. Diese Frauen!«

Die Eingangstür schlug zu. Aus dem Wohnzimmer drang das erstickte Weinen seiner Mutter. Er sprang aus dem Bett, lief ins Wohnzimmer und schlang die Arme um ihren Hals. Er musste damals zehn Jahre alt gewesen sein.

Die Kämpfe waren jahrelang weitergegangen. Sein Vater war zunehmend häufiger und länger fort, in den letzten Jahren des »gemeinsamen Lebens« verbrachte Edmond nur noch wenige Wochen im Jahr zu Hause. Nach und nach hatte seine Mutter resigniert, schweigend, und die Streitereien wurden seltener. Sie war gealtert, innerlich und äußerlich, und als ihre Kinder erwachsen waren, verbrachte sie mehr und mehr Zeit auf Kos.

Eines musste er Edmond zugestehen: Er hatte es der Familie nie an etwas mangeln lassen, außer an Liebe.

Théo war überzeugt, dass Vanko ins Priesterseminar gegangen war, um von zu Hause wegzukommen. Vanko war sensibler, wehrloser als er und litt unsäglich unter der familiären Situation.

Was ihn betraf, so hatte er sich oft gefragt, was ihn getrieben hatte, Archäologe zu werden statt Geiger. Hatte er Edmond ärgern wollen, weil er wusste, wie sehr sein Vater sich einen St. Pierre als Nachfolger wünschte? Nein, der Grund lag tiefer.

Georgias Tod? Seit jenem Tag hatte er sich verändert: Er ertrug niemanden mehr, verteilte Zuneigung und Freundschaft nur noch in winzigen Dosen. Doch der Grund war ein anderer. Alles hatte viele Jahre früher begonnen. Er dachte zurück an den Tag auf dem Flughafen von Kos, als Alexia ihn nach Paris mitgeschleppt hatte.

Nachts musste er oft an Kos denken. Am häufigsten stand ihm ein Bild vor Augen, auf dem er und Vanko sich in den Schatten der Heugarben setzten, um Seifenblasen zu machen. Es war Sommer. Das Zirpen der Grillen war ohrenbetäubend, die Luft roch nach Heu, und das Leben war ein ruhiger Fluss. In dieser Zeit der Seifenblasen hatte er sich als vollkommener Mensch gefühlt.

Georgia. Sie war ihm nie mehr aus dem Kopf gegangen. Wie oft hatte er an diese Woche im Mai zurückgedacht? Er hatte eine Georgia im wirklichen Leben gesucht, doch nach dem Scheitern seiner Ehe mit Christiane hatte er es aufgegeben. Dann hatte er sie unter den Edelprostituierten gesucht. Wie viele Georgias hatte er ausprobiert? Arlène, Françoise, Carine... alle mit roten Haaren und grünen Augen. War die Haarfarbe nicht die richtige, mussten sie sich die Haare färben oder eine Perücke aufsetzen. Mit anderen Frauen klappte es im Bett nicht, inzwischen hatte er aufgehört, es zu versuchen. Er wusste, dass sie grüne Augen haben und rothaarig sein musste, damit er eine Erektion bekam.

Doch bei jeder neuen Georgia dauerte die Illusion nur wenige Wochen, manchmal wenige Tage. Dann verflüchtigte sich der Traum, und die Suche begann von Neuem.

10 Im Cour d'Honneur der Sorbonne ertönten Glockenschläge. Auf den Stufen des Kirchplatzes saß eine Gruppe plaudernder Studenten unter der Statue von Victor Hugo. Die Uhr der Chapelle zeigte 17:30 Uhr.

Raisa überquerte den Hof, verschwand unter dem Säulengang der Ostfassade und stieg die große Marmortreppe zum ersten Stock hinauf.

Schon bei dem Treffen mit Théo im Bistro hatte sie an Constance gedacht. Sie hatte ihr anvertraut, was Théo erzählt hatte, und sie gebeten, ihr zu helfen. Mit funkelnden Augen hatte Constance sofort zugesagt.

Die Ägypter waren unübertreffliche Meister im esoterischen Symbolismus, aber Constance Landowski, Professorin für Philosophiegeschichte an der Sorbonne, konnte es mit ihnen aufnehmen. Ihre Veröffentlichungen über die Geometrie der Kathedrale von Chartres geisterten durch die Freimaurerlogen der ganzen Welt. Raisa klopfte an die Tür des Büros.

»Keine einzige esoterische Quelle erwähnt eine Schule der Mysterien Thoths, Constance«, schloss Raisa. »Und was den Tempel des Ra-Harmakhis betrifft, so ist alles, was von Heliopolis übrig blieb, ein Obelisk in einem Vorort von Kairo.«

Constance, eine majestätische Erscheinung mit junonischem Busen, langen aschblonden Haaren und einer runden Brille, rauchte eine flache Caballero in einer langen Elfenbeinspitze, während sie ihr zuhörte.

»Ist die Sphinx etwa keine esoterische Quelle?«, fragte Constance mit einem kaum hörbaren polnischen Akzent.

»*Die Sphinx*? Was hat die damit zu tun?«

»Theon schreibt, der Gründer der Bruderschaft sei Thutmosis IV. gewesen, den ein Traum dazu angeregt hatte. Ich habe meine Recherchen angestellt, Chérie. Dieser Traum erklärt vieles.«

»Was hast du entdeckt?«

»Der Traum hat Thutmosis IV. stark beeinflusst. So stark, dass danach der Aton-Kult in ganz Ägypten an Bedeutung zunahm, auf Kosten Amuns.«

Thutmosis IV. war der Großvater Echnatons. Der Aton-Kult hatte sich während der Regentschaft Amenhoteps III., des Sohnes von Thutmosis IV. und Vaters von Echnaton, verbreitet und seinen Höhepunkt zur Zeit Echnatons erreicht.

»Was geschah in dem Traum?«, fragte Raisa.

»Als er noch ein Prinz war, ging der zukünftige Thutmosis IV. eines Morgens, begleitet von einem Diener, auf Löwenjagd in der Wüste – ein entzückender Zeitvertreib zu jener Zeit. Die beiden machten Rast im Schatten des Kopfes der Sphinx, die damals bis zum Hals im Sand versunken war. Als die Sonne im Zenit stand, schlief Thutmosis ein. Er träumte, dass Ra-Harmakhis, der Gott der aufgehenden Sonne, mit dem die Sphinx identifiziert wurde, ihm den Thron von Ägypten versprach, wenn er die Sphinx von dem Sand befreien würde, in dem sie erstickte. Thutmosis erfüllte den Wunsch des Gottes und wurde Pharao, obwohl er nicht der Thronerbe gewesen war. Seinen Traum verewigte er auf einer Stele aus Granit, die man noch heute zwischen den Vorderbeinen der Sphinx sehen kann.«

»Die folgende religiöse Revolution kam Aton zugute, aber der Gott in dem Traum war Ra-Harmakhis. Wie erklärt sich das?«

»Der Sonnengott Ra nahm auf seiner Bahn über den Himmel verschiedene Namen an. Bei Tagesanbruch hieß er Ra-Harmakhis, im Zenit Ra und Aton bei Sonnenuntergang.«

Raisa spielte mit ihren Cartier-Armreifen. »Meinst du, Thutmosis IV. hat die Bruderschaft unter dem Einfluss des Traums gegründet?«

»Ich halte es für wahrscheinlich, Chérie, vor allem in Anbetracht des Bildes, das in die Stele gemeißelt ist.«

»Welches Bild?«

»Außer den Hieroglyphen, die von dem Traum berichten, sieht man auf der Stele auch die Sphinx. Und unter ihr liegt ein unterirdisches Bauwerk mit einer Tür.«

Raisa blickte Constance skeptisch an. »Ich hoffe, du denkst nicht an Thoths Halle der Aufzeichnungen, die angeblich unter den Pranken der Sphinx verborgen ist, wie diese New-Age-Leute glauben.«

»Bitte sprich nicht in diesem Ton mit mir, Chérie.« Constance blies einen Rauchring in die Luft. »Was wollte Thutmosis IV. uns mit diesem unterirdischen Bau sagen? Denk mal an den Westcar-Papyrus im Ägyptischen Museum in Berlin.«

»Aber ist das nicht eine Sammlung von Wundergeschichten?«

»Darum geht es nicht. In einer dieser Erzählungen verrät ein Zauberer dem Pharao Cheops, wo der Schlüssel zur Halle der Aufzeichnungen versteckt ist.«

Der Papyrus berichtet, der Schlüssel befinde sich in einer mit Kieselsteinen besetzten Schachtel, die in einer Bibliothek des Hauses von Sapti, einem Tempel der heiligen Stadt Heliopolis, in einer Nische versteckt sei.

»Vanko hat in seinen Aufzeichnungen dasselbe geschrieben, allerdings mit einem Unterschied«, sagte Constance. »Er spricht von einem Haus des Phönix. Woher hat er eine so genaue Information?«

»Constance, die Archäologen bleiben dabei, dass die Halle der Aufzeichnungen nur ein Mythos ist.«

»Es spielt auch keine Rolle, ob die Halle der Aufzeichnungen ein Mythos ist oder nicht«, fuhr Constance fort. »Warum ließ Thutmosis deiner Meinung nach diese Stele anfertigen?«

»Nun, es lässt sich nicht ausschließen, dass der Traum reine Erfindung war. Vielleicht tat er es, um das Recht auf eine Thronfolge zu legitimieren, die ihm von Geburt her nicht zustand.«

»Genau darum geht es, Chérie. Doch in dem Fall hätte Thutmosis sich damit begnügt, die Sphinx abzubilden. Warum ließ er auch diesen unterirdischen Bau auf die Stele meißeln?«

»Vielleicht um vorzugeben, der Gott hätte ihm wer weiß was für Geheimnisse anvertraut«, erwiderte Raisa.

»Eine logische Erklärung, aber es ist nicht die einzige. In Theons Brief heißt es, Thutmosis IV. habe die Schule der Mysterien Thoths gegründet. Also hat sich Thutmosis IV., als er Pharao wurde, einem Initiationsritus unterzogen. Wahrscheinlich gab es zu dem Zeitpunkt noch kein Versteck in einer Nische, und der Westcar-Papyrus erzählt nur eine Wundergeschichte. Also hat er selbst sie gegraben.«

»Er *selbst*? Warum hätte er das tun sollen?«

»Weil der Initiationsritus und die Mysterien Thoths ihn weit stärker beeinflussten als der Traum in seiner Jugend. Thutmosis wusste ganz sicher von der Halle der Aufzeichnungen, ob das nun ein Mythos war oder nicht. Da kam ihm die Idee mit der Nische und dem Bild von einem unterirdischen Bau auf der Stele.«

»Willst du damit sagen, der unterirdische Bau hat eine symbolische Bedeutung, etwas wie ein Initiationsweg?«

»Ganz genau, Chérie. Die Gründung dieser Schule zeigt, dass Thutmosis IV. ein Mystiker war. Seine Stele, von der die ganze Welt glaubt, sie sei das Dokument eines Traums, ist in Wahrheit die Allegorie eines Geheimwissens.«

»Was kann er in der Nische versteckt haben, wenn er sie selbst gegraben hat?«

»Vielleicht gibt es einen Weg, um das herauszufinden: den Obelisken von Thutmosis III., von dem Theophilos in seinem Brief spricht. Der Obelisk, in dem Echnaton etwas versteckt haben soll. Echnaton war sich gewiss im Klaren darüber, was passieren würde, wenn er von der Bildfläche verschwunden war. Wenn sein Großvater wirklich etwas in dieser Bibliothek versteckt hatte, dann kann es nur so gewesen sein, dass Echnaton es herausgeholt und in dem Obelisken versteckt hat. Wer hätte je an ein solches Versteck gedacht?«

»Dann gibt es nur eines: Wir müssen uns an das British Museum wenden.«

»Ja, der Obelisk muss mit Röntgenstrahlen untersucht werden.«

»Glaubst du wirklich, Théo wäre bereit, das Geheimnis mit jemandem zu teilen? Offenbar kennst du die Archäologen nicht.«

»Ich kenne sie sehr gut«, sagte Constance mit düsterer Stimme.

»Ich schlage vor, Ägypten Théo zu überlassen und mit dem Ende anzufangen, dem Brief von Marsilio Ficino.«

»Einverstanden.«

»Ich weiß.«

»Was soll das heißen: ›Ich weiß‹?«, fragte Constance pikiert.

»Deine Sekretärin hat mir mitgeteilt, dass du morgen nach Florenz fährst, und irgendetwas sagt mir, dass diese Reise kein romantisches Wochenende wird. Du fährst nach Siena, richtig?«

»Elende Schnüfflerin!« Sie streckte Raisa scherzhaft die Zunge heraus. »Na gut. Ich habe ein paar vorbereitende Recherchen gemacht, und weißt du, was ich glaube? Der Dom von Siena könnte eine zweite Kathedrale von Chartres werden.«

Raisa stieg die Treppe hinunter. Auch sie hatte ein paar Recherchen angestellt, aber über Marsilio Ficino, weil ihr der Gedanke gekommen war, sein Leben könnte Überraschungen bergen. Überraschendes hatte sie auch gefunden, allerdings nicht in Ficinos Leben.

Das gelbe Licht der Straßenlaternen verlängerte die Schatten der Statuen von Hugo und Pasteur auf dem Pflaster. Raisa überquerte den verlassenen Hof.

Die Glut einer Zigarette leuchtete im Dunkeln auf, und eine dunkle Silhouette erschien hinter der Statue von Victor Hugo. Der Mann beobachtete Raisa, während sie sich Richtung Rue Saint Jacques entfernte, warf den Zigarettenstummel weg und ging in dieselbe Richtung.

Sein schleppender Schritt hallte als unregelmäßiges Echo über den Hof.

Théo stützte sich auf die Balkonbrüstung. Sein Blick wanderte über die Bistros mit ihren blauen Rollläden, die Kopfsteinpflastergässchen, die den Hügel hinaufkletterten, bis zu den Kuppeln von Sacré-Cœur. Alexia hatte immer gesagt, Montmartre sei nicht nur ein Viertel von Paris, sondern eine Lebensweise. Wie wahr. Aber sie war an eine Welt gebunden, die es nur noch auf den Bildern der Maler am Place de Tertre gab. Er nippte am Cognac. Diese Bohémien-Seite seiner Mutter und die Geschichten über die Impressionisten am Montmartre zu Beginn des Jahrhunderts hatten ihn immer fasziniert.

Er holte Nickys Uhr aus der Tasche und öffnete sie. *Au clair de la lune, mon ami Pierrot, prête-moi ta plume, pour écrire un mot…*

Vielleicht hatte er deswegen nie aus dieser Wohnung ausziehen wollen, obwohl sie zu viele Erinnerungen barg: die Streitereien wegen der andauernden Seitensprünge seines Vaters, Alexias Einsamkeit, Edmonds Wutausbruch, als Vanko ihm sagte, er wolle Priester werden, die Kämpfe mit Christiane.

Er blieb an der Schwelle zum Balkon stehen und betrachtete das Wohnzimmer. Wenig hatte sich seither verändert: der Kamin aus rosafarbenem Verona-Marmor, die Streifentapete in Ocker und Grün, die Empiremöbel, die Fotos von Kos, Alexias Aquarelle von den Häfen der Insel mit ihrem Hellblau und Gelb …

Théo ging ins Wohnzimmer zurück. Er setzte sich in den Sessel neben dem Kamin und ließ den Kopf auf die Rückenlehne sinken.

»Was machst du da?«, fragte Théo von der Schlafzimmertür aus.

»Ich tue das, was ich schon am ersten Tag hätte tun sollen.« Christiane fuhr fort, Kleider in einen Koffer zu stopfen.

»Dasselbe könnte ich auch sagen, aber es ist meine Wohnung.«

»Wer hat mich denn gestern wieder mal blamiert? Du wusstest, wie wichtig mir dieser Empfang war und was er für meine Arbeit bedeutet. Nicht mal angerufen hast du!«

»Ich hatte Probleme im Louvre und hab es vergessen. Aber es geht um etwas anderes …«

»Heuchler! Das gestern war doch nur die jüngste deiner Heldentaten. Du bist egozentrisch, introvertiert und asozial.«

»Das Leben ist kein Botschaftsball. Diese Marionetten im Smoking mit ihrem banalen Geschwätz stehen mir bis hier.«

»Der Mann von Welt hat gesprochen. Dein Vater war berühmt für seine Arroganz, aber du schlägst ihn um Längen.«

»Arrogant, weil ich geistlose Typen meide, deren einziges Verdienst darin besteht, den richtigen Namen zu tragen und im richtigen Arrondissement zu wohnen? Lieber arrogant als ein Parvenü.«

»Wie oft hast du in den drei Jahren, die wir verheiratet sind, für meine Freunde deine verfluchte Geige gespielt? Kein einziges Mal! ›Paganini wiederholt nicht‹ ist nichts gegen dich!«

»Ich spiele nicht für andere, das weißt du. Jedenfalls würde ich niemals für diese Leute spielen.«

»Bravo!« Christiane applaudierte. »Von jetzt an kannst du für das einzige Publikum spielen, das dir wirklich etwas bedeutet: für dich selbst.«

Christiane, Christiane... Er schüttelt den Kopf. Was zählten rote Haare und grüne Augen, wenn die Seele fehlte. Er streckte die Hand nach seinem Geigenkasten aus, drückte auf den Verschlussknopf, holte die Stradivari heraus und legte sie auf seine Knie. Sein Blick fiel auf das Messingschild. *Antonius Stradivarius Cremonensis Faciebat Anno* 1713. Dahinter ein Kreis mit den Initialen A und S, überragt von einem Kreuz.

Geige und Archäologie: für Edmond zwei getrennte Welten wie klassische Musik und Jazz. Aber Edmond dachte bekanntlich mit einem anderen Körperteil als dem Kopf. Zerstreut zupfte Théo die Saiten. Musik brachte nicht nur Gefühle zurück, die im Unterbewusstsein versunken waren, auch Erinnerungen an vergangene Welten und Archetypen, die sich in die Gene eingeprägt hatten.

Die besten Ideen für seine Forschungen waren ihm gekommen, wenn er seine Stradivari spielte: Paganini, Beethoven, Corelli. Was er spielen sollte, sagten ihm flüchtige Eingebungen, aber die magischen Resonanzen der Stradivari gaben ihm ein Adagio oder ein Allegro vivace oder ein Fortissimo vor. Hätte Einstein nicht Geige gespielt, wäre die Relativitätstheorie wahrscheinlich nie entstanden.

Er klemmte die Geige zwischen Kinn und Schlüsselbein, ergriff den Bogen und ließ ihn über die Saiten gleiten. Das Adagio von Brahms Violinkonzert in D-Dur erklang, und eine herbstliche Melancholie senkte sich über das Zimmer. Plötzlich wurden die Bewegungen des Bogens schneller, sie folgten den Noten des *Vivace* aus dem *Concerto Grosso* in g-Moll von Corelli, und das Erwachen des Frühlings zerstreute die herbstlichen Nebel. Théo schloss die Augen, und mit dem *Allegro molto appassionato* des Violinkonzerts e-Moll von Mendelssohn fing der Bogen an, lebhaft über die Saiten zu tanzen. Théo folgte dem Rhythmus mit Kopfbewegungen, die Haare fielen ihm in die Stirn.

Er hörte auf zu spielen und öffnete die Augen, den Bogen noch auf die Saiten gelegt. »Achtzigtausend Leprakranke und andere Unreine... am Ostufer des Nils.« *Unreine*. Da war der Schlüssel! Zur Zeit der 18. Dynastie bezeichnete dieses Wort nicht nur Aussätzige, er bedeutete auch Chaos, Anarchie, Zerstörung. Und die Zahl achtzigtausend war kein Zufall. Auch das Ostufer des Nils nicht.

Manetho hatte gar nicht gelogen. Er hatte eine Allegorie benutzt. Eine Umschreibung, die bisher noch niemand erkannt hatte.

Drei. Es hatte drei Auszüge gegeben, nicht zwei, und in drei verschiedenen Epochen. Josias Schreiber hatten sie vermengt und mit Mythen und Allegorien durchtränkt, darum hatte niemand etwas begriffen. Über den dritten Exodus aber hatte keiner je sprechen wollen, weder die Ägypter noch die Israeliten und am allerwenigsten Manetho, der an seinen Eid gebunden war.

Er hatte keinen Beweis, aber jetzt wusste er etwas: was Manetho in den *Aegyptiaca* hatte sagen wollen, als er von den »Leprakranken« sprach. Vanko war aus einem Grund ermordet worden, der etwas mit diesem dritten Exodus zu tun hatte. Was hatte er entdeckt? Ein theologisches Geheimnis? Einen Schatz? Etwas, was das »gottgegebene Anrecht« auf das Gelobte Land betraf?

Er erhob sich und blieb mitten im Wohnzimmer stehen, gedankenverloren, die Stradivari in der Hand.

11 Mit finsterer Miene blätterte Monsignore Guzman in dem Bericht über den Berg Athos, den Pater Pinkus verfasst hatte.

In den Klöstern wurden über zwanzigtausend Handschriften aufbewahrt, und jedes Kloster hatte seine eigene Bibliothek. Wie sollte er das richtige Kloster finden, wenn der Papyrus wirklich auf dem Berg Athos gelandet war? Schlimmer noch: Eine Aufenthaltserlaubnis auf dem Berg Athos war für einen Generalprälaten des Opus Dei ungefähr so leicht zu bekommen wie für einen Imam die Erlaubnis, in den Papstgemächern zu übernachten.

Sein Blick blieb an einer Mappe mit Briefen hängen, auf der »Claremont« stand. Er kräuselte die Lippen. Warum nicht? Die Claremont School of Theology. Er wählte die Nummer von Pater Pinkus und rief ihn zu sich.

»Pater, ich habe gelesen, dass die Aufenthaltsgenehmigung nur für drei Nächte erteilt wird. Eine Verlängerung ist unmöglich?«

»Unmöglich nicht, aber man muss um eine Sondergenehmigung wegen besonderer Gründe ersuchen: Studien, Doktorarbeiten und dergleichen. In diesem Fall verlangt das Pilgerbüro der Oberaufsicht über die Heiligtümer in Thessaloniki allerdings ein Schreiben von Dritten, das die *bona fide* des Pilgers bescheinigt.«

»*Maldidos*. Die sind misstrauischer als ein katalanischer Bauer.«

»Monsignore, darf ich fragen, was Sie vorhaben?«

»Muss ich Ihnen das noch erklären?«

Pater Pinkus erbleichte. »Aber... aber Monsignore, bei allem Respekt, ein solches Unternehmen ist Wahnsinn.«

»Wahnsinn? Für Durchschnittsmenschen vielleicht.«

Pater Pinkus lächelte entschuldigend. »Ja, Monsignore, aber wir sind nicht der Herrgott und können nicht auf dem Wasser wandeln. Der einzige Zugang zum Berg Athos ist der Seeweg über Daphni, ein winziger Hafen mit einer von den Mönchen verwalteten Polizeistation. Vermittelt Ihnen das ein Bild der Lage?«

Die einzige Autorität, die auf der von Griechenland unabhängigen theokratischen Republik Athos anerkannt wurde, war die »Heilige Versammlung« der Äbte in der Hauptstadt Karyes, und die Mönche waren für die Strenge bekannt, mit der sie die ankommenden und abreisenden Pilgerströme überwachten. Die Mönche der Polizeistation von Daphni kontrollierten jeden einzelnen *Diamonitirion*, die Aufenthaltserlaubnis, und untersuchten auch alle abreisenden Pilger sorgfältig nach zollpflichtigen Waren.

»Monsignore, wie könnte ein Mitglied des Opus Dei eine Aufenthaltsgenehmigung bekommen, vor allem jemand von Ihrem Rang?«

»Das sind Details.«

»*Details*? Monsignore, diese Mönche sind erbarmungsloser als Kardinal Ottolenghi. Auf dem Berg Athos gibt es keine Hotels, und da es verboten ist, außerhalb der Klöster zu schlafen, und die Tore bei Sonnenuntergang schließen, werden die Pilger, die keine Papiere haben, aufs Meer zurückgeschickt.«

Er hatte aus glaubwürdiger Quelle eine grausige Geschichte gehört. Eine Pilgergruppe ohne Erlaubnisschein war gezwungen worden, sofort wieder ins Boot zu steigen, obwohl das Meer stürmisch und der Rückweg unmöglich war. Das Boot musste fünfzig Meter vor Daphni ankern, wo es die ganze Nacht lang von den Wellen hin und her geworfen wurde.

»Können Sie sich die Reaktion der Mönche vorstellen, wenn sie einen Pilger entdecken, der versucht, kostbare alte Handschriften zu stehlen?« Die schmächtige Gestalt von Pater Pinkus auf dem hohen Lehnstuhl wurde noch kleiner. »Mein Gott, ich wage gar nicht, daran zu denken.«

»Wovor haben Sie Angst, Pater? Ich bin bei Ihnen.«

»Monsignore, Sie... Sie wollen doch nicht etwa sagen, dass... dass ich mit Ihnen auf den Berg Athos gehe, um...« Die letzten Worte des Paters verklangen in einem unverständlichen Gemurmel.

»Wie sagte *El Padre*?« Der Monsignore hob eine Faust. »›Sei aufrecht. Sei männlich. Und dann sei ein Engel.‹ Nun, ich dagegen sage: Und dann sei ein Mann! Sie werden doch wohl keine Angst vor einer Handvoll griechisch-orthodoxer Mönche haben?«

Pater Pinkus schluckte mühsam. »Monsignore, angenommen, wir finden den Papyrus und können ihn... entwenden, wie umgehen wir dann die Kontrollen an der Polizeistation? Ich... ich kann nicht schwimmen.«

»Ein Boot wird uns an einer vereinbarten Stelle an der Küste aufnehmen, weit weg von Daphni.«

Verblüffung und Entsetzen traten auf das Gesicht von Pater Pinkus. Eine Weile schwieg er. »Wie finden wir heraus, wo dieser Papyrus versteckt ist, Monsignore?«

»Die Einzigen, die uns das sagen können, vielleicht sogar ohne es zu wissen, sind die Leute vom Ancient Biblical Manuscript Center der Claremont School of Theology.«

Der Monsignore reichte Pater Pinkus die Akte des Geheimarchivs über die Claremont School. Das ABMC, eine der Abteilungen der theologischen Fakultät an der Claremont University, war ein Vorreiter in der Technologie digitaler Reproduktionen religiöser Handschriften aus dem Altertum. Seit Längerem arbeitete das ABMC an einer digitalen Archivierung der in den Klöstern von Athos lagernden Handschriften.

»Die Techniker des ABMC müssen ziemlich viel Zeit in den Klosterbibliotheken auf Athos zugebracht haben, um ihre Digitalaufnahmen zu machen«, sagte Guzman.

»Aber die Mönche werden den Papyrus von Theon doch gut versteckt halten, wenn sie ihn haben.«

»Natürlich, doch falls sich in einer ihrer Bibliotheken ein Geheimarchiv verbirgt, haben die Techniker des ABMC es vermutlich entdeckt.«

»Selbst wenn das so wäre, sehe ich nicht, warum sie es uns erzählen sollten.«

»Ein Mitglied im Verwaltungsrat der Claremont University ist Mitarbeiter des Opus Dei«, sagte der Monsignore.

»Ah, wunderbar.« Pater Pinkus beugte sich vor. »Soll ich ihm eine Nachricht durch das Opus Dei in Los Angeles zukommen lassen?«

»Nein. Ich werde persönlich mit ihm sprechen.«

»*Sie? Nach Kalifornien*? Aber Monsignore, eine direkte Kontaktaufnahme des Generalprälaten des Opus Dei weckt doch Verdacht. Beim ABMC wird man sich fragen, warum ...«

»Überlassen Sie das mir.«

Drei Tage später betrat ein hoch aufgereckter Monsignore Guzman in Priesterkleidung mit energischen Schritten das Ramada Inn von Claremont. Eine Stunde später kam er wieder heraus, winkte nach einem wartenden Taxi und bat den Fahrer, ihn ins Restaurant La Scala zu bringen.

Die Pendeluhr in Raisas Büro schlug einmal.

»Sieh mal, was ich in der Toskana gefunden habe, Chérie.« Constance blätterte in einer Monographie mit dem Titel *Der Dom von Siena*. »Hier, sieh dir das an.«

»Es scheint die Allegorie eines esoterischen Geheimnisses zu sein.«

Das Foto zeigte ein großes Mosaik einer Figur mit Turban und langem Mantel. Die linke Hand lag auf einer von zwei Sphinxen getragenen Steinplatte, die rechte reichte einem anderen Mann mit Turban ein aufgeschlagenes Buch, auf dessen Seiten eine lateinische Inschrift stand.

»Wer ist diese seltsame Figur?«, fragte Raisa.

»Lies die Bildunterschrift.«

Auf einer Schriftrolle am unteren Rand des Mosaiks war zu lesen: »Hermes Mercurius Trismegistus contemporaneus Moysi.«

»Hermes Trismegistus, ein Zeitgenosse Mose?« Raisa blickte Constance überrascht an. »Er sieht aus wie eine Kreuzung zwischen einem Magier und einem biblischen Propheten. Wo hast du das gefunden?«

»Im Dom von Siena.«

Es handelte sich um eine quadratische Marmorintarsie von dreieinhalb Metern Seitenlänge, die sich im Fußboden des Mittelschiffs direkt vor dem Hauptportal des Doms von Siena befand. Die Intarsie war 1488 dort eingelassen worden.

»Keiner weiß, wie eine solche Darstellung in eine Kirche kommen konnte«, sagte Constance. »Vor allem gerade in *diese* Kirche.«

»Was bedeutet die lateinische Inschrift auf dem Buch?« Raisa betrachtete die Fotografie genauer.

»*Suscipite o licteras et leges Egiptii*, Ihr erhaltet die Buchstaben und die Gesetze, Ägypter. Ein Satz, der von Thoth stammen könnte. Aber es gibt noch mehr Überraschungen, Chérie.«

Constance reichte Raisa ein Foto, das sie selbst aufgenommen hatte. Es zeigte einen in die Wand eingelassenen Stein, in den ebenfalls ein lateinischer Satz gemeißelt war.

»Dieser Stein ist an der Außenmauer des Doms angebracht, wenige Meter über dem Boden, an der linken Seite.«

»Ich kann die Inschrift nicht entziffern. Was steht dort?«

»*Sator Arepo Tenet Opera Rotas*. Ich nehme an, das sagt dir etwas.«

»Das magische Quadrat von Sator, das vierfache Palindrom?«

»Genau das«, sagte Constance. »Das Mosaik wurde 1488 angebracht, aber das Sator-Quadrat muss es damals schon mindestens zweihundert Jahre in dieser Wand gegeben haben.«

Im Laufe der Jahrhunderte hatte man Sator-Quadrate überall in Europa entdeckt. Constance erzählte, in Italien seien sie an zwei Dutzend Orten aufgetaucht, fast immer dort, wo es Einrichtungen der Tempelritter gegeben hatte. Die Forscher waren überzeugt, dass die Tempelritter die Sator-Formel benutzten, um eine verschlüsselte esoterische Botschaft weiterzugeben.

»Vor der Zerschlagung des Ordens war Siena ein Standort der Templer«, fuhr Constance fort. »Der Dom von Siena muss für sie eine rituelle Bedeutung bei Initiationen gehabt haben. Das würde auch das Interesse Wagners erklären.«

»Was hat Wagner damit zu tun?«

»Als er den *Parsifal* komponierte, ließ Wagner sich eine Zeichnung vom Inneren des Doms von Siena machen, die ihm dann als

Vorbild für den Gralstempel diente.« Constance wies auf eine markierte Seite im Buch. »Siehst du die Darstellungen auf den Innenwänden? Die zweiundzwanzig Großen Arkanen?«

»Die Großen Arkanen? In einer Kirche?«

Sie benutzte die Arkanen in ihrer psychoanalytischen Therapie. Jung hatte sie für die wahren Archetypen des Unbewussten gehalten. In der esoterischen Tradition stellten sie die Initiationsriten der ägyptischen Tempel dar. Sie waren auch Teil des »Lebensbaums« der Kabbala und bildeten zweiundzwanzig der achtundsiebzig Tarotkarten.

»Wer hat die Intarsie in Auftrag gegeben?«, fragte Raisa.

»Ein Adeliger, ein gewisser Alberto Aringhieri, der wohl nicht zufällig zum Hospitalorden vom heiligen Johannes gehörte. Sein Porträt im Gewand eines Rhodos-Ritters hängt im Dom.«

»Nun, wenn er ein Johanniter war, wundert es mich nicht, dass er der Auftraggeber war.«

»Ja, Chérie, aber das erklärt noch nicht, warum Aringhieri den Bildhauer gerade mit diesem Thema und diesen Inschriften beauftragte. Meiner Meinung nach hat ihn jemand anderes auf diese Idee gebracht.« Constance steckte eine Caballero in ihre elfenbeinerne Zigarettenspitze und zündete sie an. »Ich frage mich, wer ...«

»Jemand, der die *Hermetica* gut kannte.« Raisa sprach, als dächte sie laut nach. »Ein Esoteriker, ein gebildeter Mensch, ein Toskaner ... Aber auch jemand mit einer Hassliebe zur Kirche.«

»Marsilio Ficino?«

»Nein, er nicht. In der Intarsie drückt sich eine Weltanschauung aus, die Ficino völlig fremd ist. Vergiss nicht, dass Ficino 1437 zum Priester geweiht wurde.«

»Wer war es dann, deiner Meinung nach?«

»Pico della Mirandola«, sagte Raisa.

Die Pendeluhr schlug zweimal.

»Pico della Mirandola? Wie kommst du denn darauf? Pico war ein Humanist. Ich kann ihn mir beim besten Willen nicht mit solchen Ideen vorstellen.«

»Pico della Mirandola war vor allem das Enfant terrible der italienischen Renaissance. Sein *De homini dignitate* war das geistige Manifest der Renaissance.« Raisa zeigte auf das Foto des Mosaiks.

»Bei dieser Kleidung assoziiere ich eine Kreuzung aus biblischem Prophet, Magier und mittelalterlichem Alchimisten. Und in dieser Kreuzung sehe ich Pico della Mirandola.«

Pico hatte sein kurzes Leben damit zugebracht, eine Philosophie auszuarbeiten, die Christentum, Judentum und griechisches Denken vereinigte. Er hatte die von Ficino verschmähte Kabbala gründlich studiert und Hebräisch gelernt, um auf die Quellen zurückgehen zu können.

»Hör dir an, was Pico 1486 an Marsilio Ficino schrieb.« Raisa blätterte in ihren Notizen.

> Nachdem ich Tag und Nacht Hebräisch gelernt habe, widme ich mich jetzt ausschließlich dem Arabischen und Chaldäischen, wozu mich gewisse Bücher nötigen, welche mir durch göttliche Vorsehung in die Hände gefallen sind. Es sind chaldäische Texte ... von Esra, Zarathustra und Melchior, Orakel von Magiern, die eine kurze, aber an Geheimnissen reiche Deutung der chaldäischen Philosophie geben.

»Dieser Brief beweist, dass Pico eine kabbalistische Lebensauffassung hatte und von Ficinos Neoplatonismus weit entfernt war«, sagte Raisa. »Spürst du nicht, wie viel Geheimnis in diesem Brief mitschwingt?«

Constance wurde nachdenklich. »Wie war sein Verhältnis zur Kirche?«

»Tumultarisch, was noch vorsichtig ausgedrückt ist.«

1486 veröffentlichte Pico, damals erst dreiundzwanzig, seine neunhundert *Conclusiones philosophicae, cabalisticae et theologicae*, die ihn zum größten Genie seiner Zeit machten. Eine von Papst Innozenz VIII. einberufene Kommission aus Theologen beurteilte viele seiner Thesen jedoch als häretisch, der Papst verbot das Werk, und Pico musste nach Frankreich fliehen, wo er auf Druck der Kirche eingekerkert wurde. Dank der Fürsprache von Lorenzo de' Medici kam er schon bald wieder frei und kehrte unter dessen Schutz nach Florenz zurück. Er starb 1494 unter mysteriösen Umständen im Alter von einunddreißig Jahren.

»Es ging das Gerücht um, Pico sei im Auftrag der Kirche durch seinen Sekretär vergiftet worden.«

»Wann floh er nach Frankreich?«, fragte Constance.

»1488.«

»Und wann kehrte er nach Florenz zurück?«

»Noch im selben Jahr. Warum?«

»Die Intarsie wurde 1488 angebracht.«

»Das könnte Zufall sein«, sagte Raisa.

»Vielleicht.« Constance zog nachdenklich an ihrer Zigarettenspitze. »Hast du sonst noch was gefunden?«

»Ja.« Raisa blätterte wieder in ihren Aufzeichnungen. »Etwas über drei sehr außergewöhnliche Personen.«

Die drei hießen Judah Abravanel, Elia del Medigo und Flavius Mithridates. Abravanel war ein Arzt und kabbalistischer Dichter aus Lissabon, der nach Italien floh, als die Juden aus Portugal vertrieben wurden. Abravanel und Pico wurden Freunde, und die jüdische Mystik Abravanels beeinflusste Picos esoterisches Denken. Elia del Medigo, der in Padua und Florenz Philosophie lehrte, war ein in Kreta geborener jüdischer Philosoph und Anhänger des Averroismus. Von ihm lernte Pico Hebräisch und die Anfangsgründe der Kabbala. Del Medigo schrieb zwei Werke zu Ehren Picos, die leider verloren gingen. Flavius Mithridates schließlich war ein sizilianischer Jude, der Pico das Chaldäische beibrachte.

»Wovon handeln diese Bücher del Medigos?«, fragte Constance.

»Es war eine Sammlung philosophischer Gespräche zwischen ihm und Pico. Warum?«

»Kannst du dir Pico della Mirandolas seelische Verfassung vorstellen, als er 1488 nach Florenz zurückkehrte?«

»Ich glaube nicht, dass er Innozenz VIII. in seine Gebete einschloss, wenn es das ist, was du meinst.«

»Meiner Meinung nach wollte er sich rächen. Und zwar im großen Stil.«

Raisa blickte Constance erstaunt an. »Eine Rache?«

Sie dachte an das, was sie von Picos Leben wusste. Er konnte Latein, Griechisch, Hebräisch, Arabisch und Chaldäisch. Er hatte sich unter der Anleitung eines Kabbalisten vom Schlage Abravanels in die esoterischen Geheimnisse der Kabbala vertieft und kannte die Schriften Zarathustras. Constance mochte recht haben. Pico war nicht der Typ, der aufgab.

»Vielleicht gibt es einen Zusammenhang zwischen der Intarsie und dem Sator-Quadrat«, sagte Raisa.

»Um das herauszufinden, müsste man das Anagramm studieren.«

»Das Sator-Quadrat studieren? Niemand hat es je ganz ergründet.«

»Pico glaubte an die Kabbala.« Constance folgte mit den Augen einem Rauchkringel. »Warum versuchen wir es nicht mit Zahlensymbolik?«

»Dafür müsste man Hebräisch können.«

»Ich könnte mich an einen Kollegen in der Sorbonne wenden.«

Raisa trommelte mit dem Stift auf ihrem Notizblock. »Kümmerst du dich darum?«

Beim Hinausgehen hielt Constance plötzlich an. »Wie vergesslich ich bin!« Sie reichte ihr ein Päckchen in Geschenkpapier. »Eine kleine Aufmerksamkeit für dich, Chérie.«

»Oh danke, Constance. Was ist es?«

»Es hat mit der platonischen Liebe zu tun.« Sie warf ihr einen anspielungsreichen Blick zu. »Ich hoffe, dein Fall liegt anders. Ciao.«

Der Maître des Le Procope führte Raisa zu ihrem Tisch.

»Einen Aperitif, Docteur?«

»Ja, danke, Jean-Marc. Einen Calvados Manhattan.«

Während sie auf das Essen wartete, öffnete Raisa das Päckchen. Eine DVD. *Carrington.* Warum gerade das? Constance schenkte nie, ohne zu überlegen. Bezog sich ihre Anspielung auf Théo?

Zu Hause zog sie eine Jeans und ein T-Shirt an, goss sich Ruinart Rosé in eine Champagnerflöte, schob die DVD in den Player und legte sich in einen Sessel, die Beine auf der Armlehne. Die ersten Bilder zeigten ein England aus Cottages, grünen Wiesen und Figuren à la Virginia Woolf in der Zeit zwischen den Weltkriegen.

Das *Adagio* von Schubert erklang. Aus dem Grün ertönte ein Schuss, gefolgt von dem Motiv von Nyman. Raisa schaltete den DVD-Player aus und schenkte sich nach. Hatte es eine wahrere Liebe als die zwischen Dora Carrington und Lytton Strachey gegeben, obwohl er sie körperlich nicht lieben konnte? Trotz ihrer heterosexuellen und seiner homosexuellen Leidenschaften waren sie ein Leben lang zusammengeblieben. Zwei Monate nach seinem Tod hatte sie sich erschossen. Seelenverwandtschaft? Was noch?

Ihr fiel kein Film oder Roman ein, der die Liebe so hinreißend in ihre zwei Bestandteile aufspaltete, die Liebe vom Hals aufwärts und die vom Hals abwärts. Kein Zweifel, welche der beiden Kräfte für Carrington und Strachey entscheidend gewesen war.

Théo. Was empfand sie wirklich für ihn? Schwärmerei? Liebe?

Aber was war Liebe? Sie trank einen Schluck Champagner. Wie ließ sich eine solche Frage beantworten? Ebenso gut konnte man fragen: »Existiert Gott?« oder »Gibt es ein Leben nach dem Tod?« Für Freud war die Liebe ein Wahn. Der große Mann aus der Berggasse hatte die Liebe auf die Couch des Psychoanalytikers gelegt, war auf Konflikte mit Vater und Mutter zurückgegangen, um die Liebe dann als narzisstische Übertragung abzufertigen. Proust war genauso radikal gewesen. In seiner *Recherche* hatte er die Liebe zu einer chimärischen Projektion erklärt. Ganz zu schweigen von den Evolutionstheoretikern, für die Liebe nur Sex war, ein Täuschungsmanöver der Natur, das den Menschen zur banalen Reproduktionsmaschine herabwürdigt.

Sie irrten alle, Freud, Proust und die Evolutionstheoretiker. Aber wer sagte das, die Psychoanalytikerin oder die Frau?

Existierte die Liebe nicht wie der Glaube an Gott oder die Suche nach einem Lebenssinn allein, um der Einsamkeit zu entfliehen oder einem die Illusion eines Sprungs in die Ewigkeit zu geben? Wenn man von einem Mann umarmt wurde und dieser Mann der Richtige war, schien die Zeit stillzustehen, und man glaubte, ewig zu leben. Was vom Hals abwärts geschah, war nur eine Folge davon.

Warum ausgerechnet Théo? Warum nicht Delacroix, dieser Graf aus der Normandie, der ihr immer noch große Sträuße roter Rosen schickte, oder Watkins, der englische Dirigent, der sie in London zum Abendessen ins Savoy eingeladen und ihr eine Liebeserklärung gemacht hatte?

Wenn sie mit Théo zusammen war, spürte sie, dass sie ihn nicht nur um seinetwillen liebte, sondern auch weil sie sich in seiner Gegenwart veränderte. Die Liebe zu Théo war der Spiegel, in dem sie sah, wie sie sich in seiner Gegenwart fühlte und wie sie sich immer fühlen wollte. Eine idealisierende Projektion? Freuds narzisstische Übertragung? Proust chimärische Illusion? Nein. Die Projektion ihres innersten Wesens.

Wenn sie ihm in die Augen blickte, fühlte sie, dass er sie nicht liebte, weil sie schön war, sondern dass sie schön war, weil er sie liebte, und das war der entscheidende Unterschied. Théo ließ ihr transzendentales Ich zum Vorschein kommen.

Das transzendentale Ich? War die Liebe also die Suche des Menschen nach seinem göttlichen Bild, wie es in der Kabbala und der Thora hieß? »Und Gott schuf den Menschen zu seinem Bilde, zum Bilde Gottes schuf er ihn; und schuf sie als Mann und Frau … Darum wird der Mann seinen Vater und seine Mutter verlassen und bindet sich an seine Frau, und sie werden ein Fleisch.« War das Liebe? Die Suche nach dem göttlichen Abbild in sich selbst, um wieder der Mensch zu werden, den Gott sich im Garten Eden zum Bilde schuf?

Genug. Sie ging auf den Balkon, den Champagner schwenkend. Die Lichter des Seine-Ufers spiegelten sich im Wasser. Die schönsten Dinge im Leben waren die, die man nicht sehen und anfassen konnte, aber in sich spürte. Die Liebe war Geheimnis, Wahn und Zauberei. Hätte man sie erklärt, wäre sie keine Liebe mehr.

Théo öffnete ein Kartenwerk der Oxford University Press. Die Überschrift lautete: »City of Akhetaten«. Sein Zeigefinger fuhr am Ostufer des Nils entlang, vorbei am Königspalast und dem Großen Tempel Atons, dann blieb er bei der Schatzkammer stehen.

Mandelaugen, ein längliches Gesicht mit fleischigen Lippen und vorspringenden Wangenknochen, ein eiförmiger Schädel, ein Modigliani-Hals und gerundete, weibliche Hüften. Mehr noch: Die Statuen zeigten ihn ohne Penis. Théos Blick wanderte zur Büste Ramses des Großen. Was hätte Ramses mit dem Bildhauer gemacht, der es gewagt hätte, ihn so darzustellen? Marfan-Syndrom, Amarna-Stil oder theologische Gründe? Ein noch nie enträtseltes Geheimnis.

Im fünften Jahr seiner Regierung nannte Amenhotep IV. sich Echnaton – Derjenige, der Aton dient –, verbannte das gesamte ägyptische Pantheon und erklärte den Sonnengott Aton zum einzigen Gott. Er verlagerte die Hauptstadt von Theben nach Achet-Aton, einen Garten Eden, der in einem abgelegenen Tal zwischen Theben und Memphis der Wüste abgetrotzt worden war. Im achten Regierungsjahr ließ er die Schätze der anderen Tempel beschlagnahmen, beginnend beim Amun-Tempel, um sie in den Großen Aton-Tempel schaffen zu lassen. Im neunten Jahr ließ er vierzehn Stelen aus den Felsen rings um Achet-Aton hauen und schwor, er werde das Land jenseits dieser Grenzen niemals mehr betreten. Auf einer der Stelen steht der Schwur noch immer zu lesen.

Im siebzehnten Regierungsjahr starb er und hinterließ ein zugrunde gerichtetes Ägypten am Rand eines Bürgerkriegs. Sein Name wurde aus den Listen der Pharaonen entfernt, seine Statuen verunstaltet und alle Spuren seiner Regentschaft auf Gräbern, Tempeln und Papyri entfernt. Ein königliches Edikt verbot, seinen Namen auszusprechen.

Wären nicht zufällig vor zwei Jahrhunderten in der Nähe des Dorfes Tell el-Amarna die Überreste von Achet-Aton gefunden worden, hätte man weiterhin und vielleicht für immer nichts von Echnaton gewusst.

Keine andere Gestalt der Geschichte hatte Théo mehr fasziniert. Schon während seines Studiums war es ihm zur fixen Idee geworden, die Hintergründe dieser Geheimnisse aufzuklären und herauszufinden, wer Echnaton war. Nach der *maîtrise* hatte er sich drei Jahre lang für seine Doktorarbeit mit ihm beschäftigt. Er zog ein grau eingebundenes Bändchen mit vergoldeten Rändern aus einer Schublade und blätterte darin. *La révolution de Tell el-Amarna.* Eine Schinderei, und die Lösung lag noch immer in weiter Ferne.

Doch seine Dissertation hatte zwei Punkte geklärt. Echnaton hatte nicht aus politischen Gründen gehandelt, etwa um sich von Amun und seiner Priesterkaste zu befreien, sondern aus religiösen – im Unterschied zu Josia, als er Jahwe zum einzigen Gott erklärte, oder zu Konstantin, als er beim Konzil von Nikäa die Göttlichkeit Christi beschließen ließ. Obendrein war Aton nur ein Symbol, hinter dem sich eine Manie Echnatons verbarg: Er war besessen vom Licht. Warum gerade vom Licht?

Théo schlug die Bibel auf und las die Verse 12,35–36 des Exodus: »Die Israeliten taten, was Mose gesagt hatte. Sie erbaten von den Ägyptern Geräte aus Silber und Gold … Der Herr ließ das Volk bei den Ägyptern Gunst finden, sodass sie auf ihre Bitte eingingen. Auf diese Weise plünderten sie die Ägypter aus.«

Conneries. Konnte sich hinter diesen Worten nicht auch etwas verbergen, an das bisher niemand gedacht hatte? Ein Diebstahl von gewaltigen Ausmaßen? Er überflog Vankos Notizen. »Essener/Kupferrolle/Schatz des Großen Aton-Tempels.« Die Kupferrolle.

Welche Verbindung mochte es zwischen Echnaton und den Essenern von Qumran geben, einer asketischen Bruderschaft, die erst tausend Jahre später aufgetaucht war, überdies am Ufer des Toten Meeres? Ira Shapiro fiel ihm ein, der weltweit größte Experte für die Schriftrollen vom Toten Meer.

Er bat Clea über die Sprechanlage, Shapiro, den Direktor des Archäologischen Instituts der Universität Tel Aviv, anzurufen.

»Théo, ich habe die Sekretärin in der Leitung«, sagte Clea. »Der Professor ist bis übermorgen in London.«

»Frag sie, ob sie mir ein Treffen in London organisieren kann, egal, um welche Zeit.«

Clea rief kurze Zeit später zurück. Shapiro war mit einem Treffen einverstanden. Sie waren am nächsten Tag um 18:00 Uhr in der Lobby des Lowndes Hotel in London verabredet.

»Théo, pass auf«, sagte Clea. »Shapiro ist eine neunköpfige Schlange wie die Hydra.«

»Ich werde Herkules bitten, mir seinen Stock zu leihen.«

Am Eingang zur Lobby Lounge des Lowndes Hotel blickte Théo sich um. Shapiro winkte von einem Tischchen im Hintergrund und empfing ihn mit einem Neonlächeln. Er trug einen blauen Dreiteiler, seine Haare glänzten vor Brillantine, und aus der Jacketttasche ragte ein gelbes Seidentaschentuch. Er erinnerte Théo an einen Gangster im Chicago der Dreißigerjahre.

»Nun, Théo, was soll diese Eile?«, fragte Shapiro, nachdem sie Höflichkeitsfloskeln ausgetauscht und Getränke bestellt hatten.

»Ich muss etwas über die Kupferrolle wissen.«

Ein schleppender Schritt erregte seine Aufmerksamkeit. Der Mann mit dem Gesicht einer Bulldogge und einem dunklen Armani-Anzug setzte sich zwei Tische weiter hin.

Shapiro grinste. »Erzähl mir nicht, dass sich jetzt auch der große Théo St. Pierre auf die Jagd nach dem Gold machen will.«

»Du hast die Rolle jahrelang studiert. Was hat dich am meisten beeindruckt?«

Shapiro sah Théo forschend an. »Das frage ich mich auch.« Er trank einen Schluck Johnny Walker. »Dieses verfluchte Ding hat mich um den Schlaf gebracht.«

Die Kupferrolle war die einzige in Kupfer gravierte statt auf Papyrus geschriebene Schriftrolle, was darauf schließen ließ, dass ihre Verfasser den Text für sehr wichtig hielten. Die in der Rolle beschriebenen Orte hatten kaum etwas mit der Topografie von Qumran zu tun, sondern bezogen sich auf viel ältere Ortschaften. Während alle anderen Qumran-Rollen von religiösen Dingen berichteten, war die Kupferrolle eine regelrechte Schatzkarte, eine Liste von vierundsechzig Verstecken, wo Gold und Silber mit einem Gewicht von 2300 damaligen jüdischen Talenten lagerte, was neunundsechzig Tonnen entsprach.

»Erklär du mir, was ein Schatz mit den Essenern zu tun hat.« Shapiro hob die ausgebreiteten Arme. »Eine asketische Gemeinschaft mit Armuts- und Keuschheitsgelübde.«

Shapiro sprach von allseits bekannten Dingen. Warum erwähnte er nicht die besondere Art der Nummerierung auf der Rolle – vertikale Striche für jede Einheit bis zur Neun und ein umgedrehtes U für jede Zehn –, das Zählsystem, das im vierzehnten Jahrhundert vor Christus, also zur Zeit Echnatons, in Ägypten gültig war?

»Die Frage nach dem Gesamtgewicht des Schatzes ist immer noch sehr umstritten«, sagte Théo. »Kannst du dir eine solche Menge vorstellen?«

»Ich glaube, dass die Rolle den Schatz des Ersten Tempels beschreibt, bevor Nebukadnezar II. ihn dem Erdboden gleichmachte, nicht den des Zweiten Tempels.«

Als Beleg zitierte Shapiro aus Flavius Josephus' *Vom jüdischen Kriege* und beschrieb die Basreliefs im Triumphbogen des Titus in Rom, die darstellen, wie Titus' Soldaten die Schätze aus dem Zweiten Tempel fortbringen. Er berechnete die jährlichen Erträge des Ersten Tempels mit siebenhundert Talenten und führte zum Beweis den Vers 10,14 aus dem ersten Buch der Könige an. Dann kritzelte er ein paar Zahlen auf eine Serviette und erklärte, achtzig Jahre hätten genügt, um den auf der Rolle genannten Schatz anzuhäufen.

»Die 2300 Talente sind also durchaus wahrscheinlich«, schloss Shapiro.

»Erträge von siebenhundert Talenten im Jahr zur Zeit des Ersten Tempels?«, fragte Théo. »Das Reich Juda war eine Steinwüste, wo es niemals regnete. Woher nahmen sie das Geld? Aus den Tresoren von König Salomon?«

»Warum bist du bloß immer so verdammt voreingenommen, wenn es um die Bibel geht?«

Mit Shapiro streiten? Nein, das wäre kontraproduktiv. In der frühen Eisenzeit hätte nur ein Land auf der Welt einen so bedeutenden Schatz anhäufen können: Ägypten, und das wussten sie alle beide.

»Wie erklärst du dir dann«, fragte er, »dass die Kupferrolle zusammen mit den anderen Schriftrollen vom Toten Meer in einer der Höhlen von Qumran gefunden wurde? Zur Zeit des Ersten Tempels gab es die Essener noch gar nicht.«

»Die Erklärung liegt auf der Hand: Die Kupferrolle ist kein Werk der Essener.«

»Wer könnte sie dann geschrieben haben?«

»Vorläufer der Essener, jemand, der die Rolle in Sicherheit brachte, bevor die Babylonier den Tempel plünderten.«

Théo schwenkte seinen Courvoisier. War es möglich, dass die Gruppe, von der Shapiro sprach, von den aus Ägypten vertriebenen Anhängern Echnatons abstammte? Es konnte durchaus sein, dass sich ihre Nachfahren ein paar Jahrhunderte nach dem Tod des Pharaos im Land Kanaan angesiedelt und eine Gemeinschaft gegründet hatten, aus der die Essener hervorgingen.

»Ira, ihr Israelis grabt jetzt seit vierzig Jahren nach dem Schatz, aber niemand hat je irgendetwas gefunden. Warum?«

»Manche haben sogar in ihrem Vorgarten gegraben. Nichts. Absolut nichts, das versichere ich dir. Zur Zeit des Ersten Tempels waren viele der auf der Rolle angegebenen Orte unbekannt.«

»Nach den Fotos zu urteilen, ist die Orthografie der Rolle ziemlich ungewöhnlich. Viele Buchstaben sind keilförmig, eher akkadisch als hebräisch. Was sagst du dazu?«

Shapiro zuckte mit den Achseln. »Das ist dein Eindruck.«

Shapiro log. Die Sprache der Rolle war nicht Aramäisch, sondern ein schwer verständliches Hebräisch aus der Zeit vor der Mishna, das noch kein Fachmann datieren konnte. Sprache und Orthografie ließen Einflüsse erkennen, die in Kanaan fremd waren. Wenn Echnaton und seine Anhänger aus Ägypten geflohen waren, waren sie gewiss nicht ins Land Kanaan gezogen. Seit Thutmosis III. war Kanaan eine ägyptische Provinz. Wohin konnten sie geflohen sein? In das Land Ammon? In das Land Moab? Oder in das Land Midian?

»Dass bisher niemand etwas gefunden hat, könnte einen anderen Grund haben.« Théo hob sein Glas und tat so, als beobachte er die bernsteinfarbenen Reflexe des Cognacs im Licht einer Wandleuchte. »Der Schatz könnte sich außerhalb von Israel befinden.«

Shapiro starrte ihn verblüfft an. »Das ist doch verrückt! Der Schreiber der Rolle war in großer Eile, wie die Grafologen bestätigen, und das bedeutet, dass ihm unmittelbar Gefahr drohte. Und kannst du dir vorstellen, was es bedeutet hätte, einen so riesigen Schatz aus Juda herauszubringen? Außerdem, wohin denn? Komm, vergiss es.«

Théo trank einen Schluck Courvoisier. Was das Gewicht und die Ausmaße betraf, hatte Shapiro recht. Aber warum ereiferte er sich so sehr?

»In der Inschrift tauchen griechische Buchstaben auf«, sagte er in beiläufigem Ton. »Wo?«

Shapiro warf ihm einen nervösen Blick zu. »In den ersten vier Spalten des Textes.«

»Wie viele Buchstaben sind es? Wo genau befinden sie sich?«

»Vierzehn, jeweils paarweise, nach den Namen der ersten sieben Verstecke.«

»Seltsam«, sagte Théo. »Warum hat er nach den Namen der Verstecke noch Buchstaben hinzugefügt, überdies griechische?«

»Théo, ich bitte dich, wir spielen hier nicht Indiana Jones! Es könnten einfach nur Verweiszeichen eines Kopisten sein, vielleicht ein Typ mit einem Griechischtick.«

Shapiro war ein Pedant, der nichts dem Zufall überließ. Eine solche Antwort passte nicht zu ihm.

»Es heißt, dass die ersten fünf griechischen Buchstabenpaare den Namen Echnaton bilden. Was sagst du dazu?«

Shapiro wurde misstrauisch. »Die Rolle ist stark beschädigt.«

Große Teile der Rolle waren unleserlich, teils wegen der Schäden durch Oxidation, teils durch fehlerhafte Restaurierung.

»Ich habe sehr gute fotografische Vergrößerungen gesehen«, sagte Théo.

»O.K. Wenn du unbedingt darauf bestehst, man könnte damit vielleicht den Namen Echnaton bilden. Und was folgt daraus?«

»Wenn das so ist, glaube ich, dass die Kopisten der Rolle noch mehr Grund hatten, eine Botschaft zu hinterlassen.«

»Du lässt deiner Phantasie die Zügel schießen, und das, entschuldige bitte, passt nicht zu dir. Jedenfalls habe ich keine Erklärung finden können. Aber jetzt bin ich an der Reihe mit Fragen, und ich habe nur eine einzige: Was suchst du?«

»Ich will nur herausfinden, ob eine gewisse Idee begründet ist.«

»Diese Idee hat mit Echnaton zu tun?«

»Vielleicht.«

»Ich verstehe.« Shapiro erhob sich, während er einen Blick auf seine Uhr warf. »Ich muss mich jetzt leider entschuldigen, ich habe noch einen Termin.«

Théo reichte ihm die Hand, aber ihr Händedruck war nur formelle Höflichkeit.

Kaum hatte Théo die Lobby Lounge verlassen, verkroch Shapiro sich in eine Ecke und zog sein Handy heraus. Er sprach auf Hebräisch, leise und hektisch.

Der Mann mit dem Bulldoggengesicht tippte eine Nummer.

»Monsieur, ich bin's, Kowalski. Sie sind jetzt fertig.«

»Haben Sie etwas hören können?«

»Fast nichts. Aber ich habe verstanden, dass sie von einer Kupferrolle gesprochen haben.«

Am anderen Ende folgte ein längeres Schweigen.

»Monsieur ...?«

»Ich bin noch dran. Mehr nicht?«

»Als St. Pierre gegangen ist, hat Shapiro telefoniert und sah aus wie jemand, der etwas zu verbergen hat. Ich meine, einen Namen gehört zu haben ...«

»Einen Namen? Welchen?«

»Etwas wie Morgenstern.«

»Sind Sie sicher?«

»Ja, ich bin sicher.«

Bevor er hinausging, blieb der Mann an der Theke der Bar stehen, gratulierte dem Barkeeper zu seinen Manschettenknöpfen aus

Weißgold, in denen drei kleine Smaragde blitzten, und fragte ihn, wo er sie gekauft habe.

»Möchten Sie etwas trinken?«, fragte die Stewardess des Flugs BA 324 Heathrow – Paris Charles de Gaulle.

Théo bestellte ein Glas Bordeaux. Das Dröhnen der Motoren begleitete seine Gedanken. Je länger er darüber nachdachte, desto überzeugter war er, dass der Schatz des Aton nach Israel gebracht worden war.

Warum hatte Shapiro so eigenartig reagiert? Erst hatte er versucht, ihn davon zu überzeugen, dass Israel, obwohl es seit vierzig Jahren vor seiner Haustür grub, nie etwas gefunden hatte, aber auf Théos Vermutung, der Schatz könnte sich außerhalb von Israel befinden, hatte er ihn Indiana Jones genannt.

Es gab nur eine Erklärung: Die Israelis hatten den auf der Rolle beschriebenen Schatz gefunden und Schweigen darüber bewahrt. Aber sie hatten erkannt, dass ein Teil fehlte und daraus geschlossen, dass der fehlende Teil irgendwo außerhalb Israels vergraben sein musste, und suchten jetzt danach. Wegen des Schatzes an sich? Bestimmt nicht. Nein, dieser Schatz konnte eine Geschichte erzählen, die den Staat Israel auf der Weltkarte auszuradieren drohte.

Und jetzt? Der Schatz würde ihn sicher zum Grab Echnatons führen, aber da gab es ein Problem: Er war unauffindbar. Sich selbst an der Suche zu beteiligen war völlig zwecklos, wenn die halbe Welt schon seit den Sechzigerjahren danach suchte.

Er überflog im Geiste Vankos Notizen. Der Obelisk am Ufer der Themse? Wenn Echnaton wirklich im letzten Augenblick vor seiner Flucht etwas darin versteckt hatte, war es doch denkbar, dass er einen Hinweis auf sein Ziel hinterlassen hatte. Aber wie kam man ohne das British Museum an den Obelisken heran?

Ein derbes Gelächter hallte in seinem Kopf wider. *Spyro Konstantine*. Wer sonst wäre zu so etwas imstande, wenn nicht der Antiquar aus der Rue des Capucines?

»Bitte wachen Sie auf, Mister.«

Eine Hand berührte seine Schulter, und Théo öffnete die Augen. »Ja? Was ist?«

»Wir landen gleich«, sagte die Stewardess. »Bitte schnallen Sie sich wieder an.«

12 Der Kellner führte Monsignore Guzman an einen Tisch des Restaurants La Scala. Angus Pendergast erhob sich mit einem strahlenden Lächeln.

Der Amerikaner war kahlköpfig und feist. Er trug eine Fliege und eine rot-gelb karierte Weste. Das wird so leicht, wie die Absolution zu erteilen, dachte der Monsignore, während er ein Barrakuda-Lächeln aufsetzte.

»Monsignore, ich würde gerne mehr über Ihr Projekt erfahren«, sagte Pendergast, nachdem sie bestellt hatten.

»Wie Sie wissen, Pendergast, ist die Sammlung alter religiöser Handschriften des Vatikanischen Geheimarchivs einzigartig auf der Welt.«

Der Vatikan habe beschlossen, die Schätze des Archivs zu erhalten, wozu er der Menschheit gegenüber verpflichtet sei, erklärte der Monsignore. Geplant sei der Aufbau einer digitalen Bibliothek der Handschriften, und in Anbetracht der ausgezeichneten Arbeit des ABMC bei den Schriftrollen vom Toten Meer und dem Athos-Berg-Projekt wolle der Heilige Stuhl sich der Erfahrungen des ABMC bedienen.

»Wunderbar, Monsignore.« Pendergast rieb sich die Hände. »Der Verwaltungsrat wird begeistert sein. Aber warum beschäftigt sich das Opus Dei mit dieser Sache? Oh, entschuldigen Sie bitte, ich möchte nicht aufdringlich sein.«

»Durchaus nicht, lieber Pendergast. Ich selbst habe mit Seiner Heiligkeit gesprochen, und da wir angeboten haben, die Sache zu finanzieren, hat der Heilige Vater mich gebeten, erste Kontakte zu knüpfen.«

»Eine Initiative, die dem Opus Dei wahrhaft Ehre macht. Ich habe Ihnen für morgen Vormittag elf Uhr ein Treffen mit dem Direktor des ABMC organisiert.«

»*Excelente*. Doch erlauben Sie mir, Ihnen schon jetzt ein paar Fragen nach dem Projekt auf dem Berg Athos zu stellen. In diesen Bibliotheken lagern über zwanzigtausend Handschriften.« Der Monsignore nahm die Flasche Chardonnay und füllte Pendergasts Glas. »Sicher hat das ABMC eine Menge Techniker dorthin geschickt, ich meine, um die Fotos zu machen.«

Pendergast bestrich eine Scheibe Brot mit Butter. »Nein, das ABMC hat keinen einzigen Mitarbeiter geschickt.«

»Keinen? Und wer macht die Fotos?«

»Ach so, ich verstehe. Das ist ein Missverständnis. Offenbar wissen Sie nicht, dass das Projekt eine Zusammenarbeit zwischen dem ABMC und dem Patriarchalischen Institut für patristische Studien in Thessaloniki ist.«

Pendergast erklärte dem Monsignore, dass das Patriarchalische Institut in jahrelanger Arbeit bereits alle Handschriften fotografiert und die Fotos auf Mikrofilm gespeichert hatte. Das ABMC hatte mit dem Institut vertraglich vereinbart, dass es diese Mikrofilme für den Aufbau seines digitalen Archivs nutzen konnte.

»Ich verstehe«, sagte der Monsignore.

Wut stieg in ihm auf. Der Präfekt des Geheimarchivs! »Vergebung ist eine Eigenschaft der Starken«, hatte Gandhi gesagt. Aber er war nicht Gandhi, und wenn er nach Rom zurückkam, würde er ihm gehörig in den Arsch treten.

»Das ist ärgerlich.« Der Monsignore zerdrückte eine Knabberstange in der Faust. »Ich wollte unbedingt mit jemandem sprechen, der die Fotos gemacht hat. Wissen Sie, ich möchte eine Vorstellung von der Planung dieser Arbeit bekommen. Dann werde ich wohl nach Thessaloniki fahren müssen.«

»Das ist nicht nötig. Sie haben Glück, Monsignore. Einer der Direktoren des Patriarchalischen Instituts, Doktor Kostas, ist gerade zu Besuch bei uns. Er hat das Athos-Berg-Projekt geleitet. Möchten Sie ihn sprechen?«

Der Monsignore schenkte Pendergast erneut Wein nach. »Wäre morgen um neun Uhr zu früh?«

Als Guzman die Aula des ABMC betrat, blickte Cyril Kostas von einem Buch auf und erhob sich. *Oye*! Dieselben Augen wie Ottolenghi.

»Womit kann ich Ihnen dienen, Monsignore?«

»Zunächst würde mich interessieren, wie Sie die Arbeit auf dem Berg Athos organisiert haben. Ich muss mir eine Vorstellung vom Arbeitsaufwand machen, der auf das Archiv zukommt.«

»Keine Sorge. Der Arbeitsaufwand ist nicht groß.«

Der Monsignore musterte Kostas prüfend. In diese Augen zu blicken war, als liefe man auf einem zugefrorenen See Schlittschuh und müsste fürchten, jeden Moment einzubrechen.

»Wahrscheinlich bergen die Klosterbibliotheken auf Athos jetzt keine Geheimnisse mehr für Sie.«

»Das kann man wohl sagen.«

»Besitzen alle Klöster eine Bibliothek?«

»Nein, nicht alle. Lassen Sie mich nachdenken... ich würde sagen, nur dreizehn haben eine Bibliothek, die diesen Namen verdient. Warum?«

»Haben Sie tatsächlich *alle* Handschriften fotografiert?«

»Was meinen Sie damit?«

»Gibt es keine Bestände in den Archiven, zu denen Ihnen der Zugang verweigert wurde?«

Kostas runzelte die Brauen. »Monsignore, ich verstehe nicht, worauf Sie mit Ihrer Frage hinauswollen.«

»Wissen Sie, es ist nicht wahr, dass das Vatikanische Geheimarchiv alle Säle für das Publikum geöffnet hat. Das erzählen wir nur der Presse.« Guzman zwinkerte ihm zu. »Die Heilige Versammlung von Karyes hat gewiss dasselbe Problem.«

Sicher verwahrten auch die Mönche vom Berg Athos geheime Handschriften und Kodizes. Der Heilige Stuhl zögere noch, mit der Digitalisierung des Archivs zu beginnen, und dieses Zögern habe mit der Geheimhaltung zu tun.

»Ich verstehe«, sagte Kostas mit steinernem Gesicht. »Glauben Sie wirklich, Monsignore, dass die Mönche vom Berg Athos uns darüber informieren würden, wenn in einer ihrer Klosterbibliotheken geheime Handschriften aufbewahrt würden?«

»Ich frage Sie nur, ob Ihre Handlungsfreiheit Einschränkungen unterlag.«

»Tut mir leid, darauf kann ich Ihnen nicht antworten. Wir haben beim *Protos* von Karyes eine Verschwiegenheitsklausel unterzeichnet.«

»Schade, denn ich hatte die Absicht, Sie und das ABMC gemeinsam mit dem Projekt zu beauftragen.«

»Monsignore, gestatten Sie mir, offen mit Ihnen zu sprechen, sehr viel offener, als Sie es von Ihren Gesprächspartnern im Vatikan gewohnt sind.« Kostas musterte den Monsignore mit eiskalten Blicken. »Das Projekt einer Digitalisierung des Vatikanischen Archivs gibt es nicht. Das Opus Dei sucht etwas in den Athos-Klöstern, oder irre ich mich?«

Guzman fixierte Kostas, während er mit dem Kugelschreiber auf den Tisch klopfte. »Verschwiegenheit?« Der Begriff fasste ein ganzes Leben aus Intrigen in den Mäandern des Vatikans zusammen. »Verschwiegenheit ist wie die Wahrheit: Sie liegt am Grunde eines Brunnens ohne Boden.«

»Eine Definition, die von Freud stammen könnte.«

»Freud?« Der Monsignore lächelte höhnisch. »Es ist die Definition eines Menschen, der die menschliche Natur im Beichtstuhl studieren konnte. Dagegen kommt kein Freud an.« Er steckte eine Hand in die Innentasche seiner Jacke und zog ein Scheckheft heraus. »Dies ist ein Privatkonto bei der UBS in Zürich. Ich bediene mich seiner, um, sagen wir, ›außergewöhnliche‹ Ausgaben des Opus Dei zu bestreiten.«

»Tut mir leid, aber meine Moral ist nicht käuflich. Nicht einmal für hundertfünfzigtausend Euro.«

»Danke für die Zielkoordinaten.« Guzman füllte den Scheck aus. »Dies ist ein Scheck über hundertfünfundzwanzigtausend Euro.« Er wedelte mit dem Scheck, dann legte er ihn vor Kostas hin. »Ich will die Namen der Klöster, die genaue Lage der Bibliotheken, die Uhrzeiten und die Gewohnheiten der Bibliothekare.«

»Zweihunderttausend.«

»Hundertfünfundzwanzigtausend und keinen Euro mehr.«

Die beiden starrten einander einen endlosen Augenblick lang an, nur das Brummen der Klimaanlage war zu hören. Schließlich murmelte Kostas etwas und streckte die Hand nach dem Scheck aus.

Guzman hielt sein Handgelenk fest. »Erst die Informationen.«

»Na gut.« Kostas riss sich mit einem Ruck los. »Es gibt zwei Geheimarchive, und zwar in den Klöstern Iviron und Filotheou.«

Wie im Gebet versunken, die gefalteten Hände vor den Mund gelegt und die Augen zur Decke gerichtet, hörte der Monsignore Kostas zu. »Bleibt das Problem der Schlüssel zu den Bibliotheken«, sagte er, als Kostas geendet hatte.

»Die habe ich nun wirklich nicht.«

»Dann müssen Sie sich die Schlüssel beschaffen.« Wieder zog Guzman das Scheckheft heraus, füllte einen Scheck aus und reichte ihn Kostas. »Hier ist eine Anzahlung von zehntausend Euro. Bei

Übergabe der Schlüssel innerhalb von zwei Wochen ab heute stelle ich Ihnen einen weiteren Scheck über fünfzigtausend Euro aus.«

Kostas nahm den Scheck. »Ich werde mein Möglichstes tun.«

»Daran zweifle ich nicht.«

Auf der Startbahn des Ontario International Airport von Los Angeles beschleunigte die Gulfstream 550 des Opus Dei.

Guzman schloss die Augen. *Caramba*, zwei Klöster und nur eine dreitätige Aufenthaltserlaubnis, überdies nur für ein Kloster. Er nippte an dem Krug Clos du Mesnil und strich sich über die Narbe im Gesicht. Altgriechischkenntnisse waren noch das geringste Problem. Er brauchte *hombres de confianza*. Wer noch, außer Pater Pinkus? Die Villa Tevere war wie der Vatikan, dort wimmelte es von Judassen, die sich für weit weniger als dreißig Silberlinge verkaufen würden. Es musste jemand von außen sein, jemand, der nicht allzu pingelig war.

Die Motoren heulten auf, der Rumpf knarrte, und die Gulfstream hob von der Piste ab. Guzman öffnete die Augen: *Der Abrahamsbund*. Aber natürlich. Das alte Bündnis zu dritt, die Hilfsgesellschaft auf Gegenseitigkeit. Er leerte die Champagnerflöte und versenkte sich in die Lektüre von *Die Kunst des Krieges* von Sun Tzu.

In einem schwarzen Rock und Sonia-Rykiel-Bluse mit großen blauen Blumen ging Raisa am Brunnen des Place de la Sorbonne vorbei, schlängelte sich zwischen den Tischen des L'Ecritoire hindurch und betrat das Café.

Constance war schon da. Sie saß vor einem Kelch mit Rosé-Champagner und rauchte eine Zigarette. Ihre Spitzenbluse ließ die Farbe des Büstenhalters mehr als erahnen, auf die Blicke von den Nachbartischen achtete sie nicht.

»Du glaubst nicht, was ich entdeckt habe«, flüsterte Constance strahlend.

Raisa bestellte den gleichen Champagner. »Los, erzähl.«

»Erinnerst du dich an unsere Studie über *Salomons Schlüssel*, diesen antiken Text mit magischen Ritualen?« Constance zeigte ihr eine Fotokopie, auf der Quadrate mit fünf mal fünf Feldern voller Zahlen sowie lateinischen und hebräischen Buchstaben zu sehen waren.

»Natürlich. Warum?«

»Also, ich habe ein Buch aus dem Jahr 1458 entdeckt, das *Salomons Schlüssel* ähnelt. Weißt du, wie der Titel lautet? *Die Heilige Magie des Abra-Melin.*«

Es gab eine alte handschriftliche Version des Buches auf Französisch, eine Übersetzung des hebräischen Originals, die in der Bibliothèque de l'Arsenal in Paris aufbewahrt wurde. In diesem Buch enthüllt Abra-Melin seinem Sohn die Geheimnisse der kabbalistischen Rituale. Er stützt sich dabei auf eine zahlensymbolische Interpretation der Bibelworte, auf Formeln wie jene des Sator-Quadrats, und entschlüsselt die magischen Zahlenquadrate mithilfe der Gematrie, also der Übereinstimmung zwischen den Zahlen und den Buchstaben des hebräischen Alphabets.

»1897 übersetzte der englische Esoteriker Mathers die französische Fassung des Buches ins Englische und deutete das Sator-Quadrat mithilfe der gematrischen Logik«, berichtete Constance.

Sie zeigte mit ihrem Montblanc auf ein Quadrat aus fünfundzwanzig von 1 bis 25 nummerierten Feldern. Die Anzahl der Felder entsprach den Buchstaben der Sator-Formel. Dann zeigte sie auf ein zweites Quadrat aus fünf mal fünf Feldern, in das Mathers von oben nach unten die fünf Wörter der Formel eingetragen und ins Hebräische transliteriert hatte. Außerdem hatte er herausgefunden, dass Vers 72,8 des Buchs der Psalmen aus denselben 25 Buchstaben bestand wie die Sator-Formel. Als er diese Buchstaben in ein Quadrat schrieb und mit der Symbolik der Gematrie in Zahlen überführte, erhielt er ein Quadrat mit Zahlen von 1 bis 25, allerdings nicht in der richtigen Reihenfolge.

»Das so hergestellte Quadrat nannte Mathers ›Magisches Quadrat der Venus‹«, Constance wies mit dem Stift darauf. »Es ist dieses hier.«

Raisa blickte zwischen dem Magischen Quadrat der Venus und dem Sator-Quadrat hin und her. »Wenn ich richtig verstanden habe, erhielt Mathers ein Anagramm, das das hebräische Gegenstück zur lateinischen Version des Sator darstellt, dem aber nicht mehr die Zahlenfolge von 1 bis 25 entspricht. Ja, das Ergebnis ist faszinierend, aber ich sehe nicht, worauf du hinauswillst.«

»Warte. 1986 studierte ein gewisser Grad, ebenfalls Esoteriker, das Quadrat der Venus und machte eine erstaunliche Entdeckung.«

Die Summe der Zahlen in jeder Zeile, Spalte und Diagonale war stets 65, die Summe der beiden Zahlen an den Enden der Diagonale war 26, und die Zahl in der Mitte war 13, also die Hälfte von 26.

»Grad hatte einen kabbalistischen Code aus den Zahlen 65, 26 und 13 entdeckt«, sagte Constance in verschwörerischem Ton.

»Was ist die kabbalistische Bedeutung der drei Zahlen?«

»Die 65 steht zahlensymbolisch für das Wort ›Adonai‹ und die 26 für das Wort ›Jahwe‹, während die 13 in der Mitte dem Wort ›Ahod‹ entspricht, was im Hebräischen ›ein‹ bedeutet. Aber es gibt noch mehr Überraschungen. Grad berechnete die Summe der zahlensymbolischen Umschrift der Wörter ›Adonai‹ und ›Jahwe‹, und das Ergebnis war ›Ahod‹, also ›eins‹. Ist das nicht verblüffend?«

»Adonai plus Jahwe… *macht zusammen eins*?« Nachdenklich nippte Raisa an ihrem Champagner. »Adonai und Jahwe sind im Judentum die Namen Gottes…«

»Woran denkst du?«

»An Freud.«

»*Merde*. Immer dieser Freud.«

Raisa fiel ihr Vortrag über Moses ein. »Constance, ich hab's! Freud entdeckte, dass Adonai die hebräische Transliteration der Hieroglyphen des Namens ›Aton‹ ist, des Gottes von Echnaton. Das ist es! Aton und Jahwe sind ein und derselbe, darum entspricht ihre Summe der Eins. Die Templer müssen das entdeckt haben – während der Zeit, die sie in Palästina verbrachten, kamen sie mit allen erdenklichen esoterischen Sekten in Kontakt –, und darum haben sie ihr Geheimnis mit der Sator-Formel verschlüsselt.«

»Ja, natürlich… So muss es sein. Da Pico della Mirandola Umgang mit Abravanel und del Medigo hatte, wird er erkannt haben, wie wichtig die biblische Zahlensymbolik ist, und sein genialer Geist besorgte den Rest.«

»Erinnerst du dich an Picos Brief an Ficino?«, fragte Raisa. »Pico erwähnt dort das ›Orakel von Magiern‹. Der Brief stammt von 1486, das Buch *Die Heilige Magie des Abra-Melin* von 1458.«

»Du meinst, Pico könnte das Buch gelesen haben?«

»Abravanel war einer der berühmtesten Kabbalisten seiner Zeit. Glaubst du, er hat es nicht gekannt?«

Constance zog mit abwesendem Blick an ihrer Zigarettenspitze.

»Woran denkst du?«, fragte Raisa.

»An die zwei Bändchen, die Elia del Medigo für Pico schrieb.«

»Glaubst du, darin verbirgt sich etwas? Ein esoterischer Zusammenhang zwischen dem Judentum und der Aton-Religion? Dieser kabbalistische Schlüssel?«

»Die Inquisition lauerte an jeder Ecke, Pico und del Medigo mussten vorsichtig sein, auch wenn Pico unter dem Schutz von Lorenzo stand. Gibt es ein besseres Versteck als ein literarisches Werk?«

»Constance, du weißt doch, dass diese Bücher verloren gegangen sind.«

»Na und? Wir suchen sie.«

»Wo denn?«

»In der Bibliotheca Philosophica Hermetica«, sagte Constance, als wäre das die selbstverständlichste Sache der Welt.

»In der BPH?«

Die BPH in Amsterdam war die weltweit wichtigste Sammlung esoterischer und alchimistischer Texte. Raisa fiel die Forschungsarbeit über *Salomons Schlüssel* ein, die sie beide in diese Bibliothek geführt hatte. Plötzlich stand ihr die winzige Handschrift Vankos vor Augen.

»*Amsterdam.*« Raisa packte Constance am Arm. »Erinnerst du dich? In Vankos Notizen taucht das Wort Amsterdam auf.«

Constance öffnete ihre Tasche, zog ein Blatt Papier heraus und überflog es. »Traum von Thutmosis IV., Mysterien Thoths und Amsterdam.« Ihre Augen leuchteten. »Klar. Was könnte er sonst meinen, wenn nicht die BPH?«

»Wann fahren wir los?«

Constance drückte ihren Arm. »Ach, Chérie, das macht wirklich Spaß mit dir!«

Raisa hob ihren Champagnerkelch, und Constance tat es ihr nach. Das Klingeln der Gläser ging im Lärm des Cafés unter.

Théo überquerte die Rue des Capucines, ging an einem Häuserblock vorbei und blieb vor einer Reihe von Schaufenstern stehen, in denen antike Möbel ausgestellt waren. »Konstantine & Cie, Marchands d'Antiquités«, verkündete ein Messingschild. Théo öffnete die Tür und betrat die Ausstellungsräume.

»Théo, mein Freund, es ist immer eine Freude, dich wiederzusehen.« Spyro Konstantine schüttelte ihm die Hand und deutete auf einen Reine-Anne-Sessel. »Wenn ich nicht irre, liegt die Sache mit Amenhotep III. schon zwei Jahre zurück.« Er zog eine Montecristo hervor und zündete sie mit einem goldenen Cartier-Tischfeuerzeug an. »Eine Performance ganz im Stil eines Théo St. Pierre.«

»Spyro, ich brauche deine Hilfe.«

Konstantine betrachtete die Spitze seiner Zigarre. »Nach dem wenigen, was du mir am Telefon gesagt hast, scheint es sich um eine persönliche Angelegenheit zu handeln.«

»Warum, ändert das etwas?«

»Als Geschäftsmann habe ich zwei eiserne Regeln. Erstens mache ich niemals etwas für nichts. Zweitens vermische ich niemals Privatangelegenheiten mit Geschäften.« Ein gerissenes Lächeln spielte um seine Lippen, und zwischen dem rabenschwarzen Bart blitzten seine weißen Zähne auf. »Komm schon, seien wir ehrlich. Im Leben reduziert sich doch letztlich alles auf ein Geschäft. Oder etwa nicht?«

»Dann erlaube, dass ich dich an die Geschichte mit den Papyri von Sethos I. erinnere, mein lieber Geschäftsmann. Wenn ich nicht gewesen wäre, würdest du noch immer im Gefängnis verschimmeln. Was hast du gesagt, als wir aus dem Büro von Interpol herausgekommen sind? ›Théo, wenn du mich eines Tages mal brauchst, werde ich mich revanchieren: Spyro Konstantine gibt dir sein Wort.‹«

»Deine Beobachtungsgabe und dein Gedächtnis für Details habe ich schon immer bewundert.«

»Aha, das Versprechen war also ein Detail. Ich verstehe. Eigenartige Einstellung.«

Ein nervöses Zucken lief über Konstantines rechtes Auge. »Na gut. Was kann ich für dich tun?«

Das Telefon klingelte.

»Ja? ... Ich komme sofort.« Konstantine wandte sich zu Théo um. »Entschuldige mich einen Augenblick.« Er ging hinaus und hinterließ einen schwachen Aftershave-Duft.

Théos Blick wanderte über einen venezianischen Schreibtisch aus dem 18. Jahrhundert, einen Louis-XVI-Sessel und eine Ming-Vase. Jeder hätte in Konstantine einen erfolgreichen, auf antike Möbel aus dem 17. und 18. Jahrhundert spezialisierten Antiquitätenhändler vermutet. Was die Leute nicht wussten, war, dass sich hinter der Fassade des Antiquariats in der Rue des Capucines einer der dreistesten Händler der Welt mit ägyptischen und griechisch-römischen Altertümern verbarg. Die Kunden? Multimilliardäre, die in den geheimen Kellern ihrer Häuser in Malibu, Cap d'Antibes und Gstaad ihren ästhetischen Bedürfnissen oder ihrem Selbstwertgefühl schmeicheln wollten. Die Lieferanten? Profidiebe und hochkarätige Erpresser.

Er hatte sich oft gefragt, wie Konstantines Erfolgsrezept lautete, und die Antwort war immer dieselbe: nicht die Fachkenntnis, in der er es allerdings mit jedem aufnehmen konnte, sondern die Verschwiegenheit. Eine Verschwiegenheit, die in ihren Kreisen sprichwörtlich geworden war und dazu geführt hatte, dass die wichtigsten Museen der Welt sich an Konstantine & Cie wandten, wenn es darum ging, über »spezielle« An- oder Verkäufe zu verhandeln.

»Ich höre«, sagte Konstantine und setzte sich wieder.

Théo zeigte ihm die Mappe mit den Pergamenten und erzählte die ganze Geschichte von Anfang an, einschließlich seiner Schlussfolgerungen über den biblischen Exodus, ohne etwas auszulassen. Als er am Ende war, stieß Konstantine mit abwesendem Blick langsam den Rauch seiner Zigarre aus.

»Ich würde kein einziges Wort glauben, wenn ich das alles nicht von dir gehört hätte. Und jetzt?«

»Was würdest du denn an meiner Stelle tun?«

»Aha! Ich hab's ja immer gesagt, dass sich bei dir hinter dem Aplomb eines Anthony Eden der Charakter eines Othello verbirgt. Den Schuldigen zu finden reicht dir nicht, was?«

»Falls der Schuldige wirklich der Vatikan ist, werde ich erst dann Ruhe geben, wenn ich persönlich ein Schild ›Zu verkaufen‹ an die Tür des Petersdoms hängen kann.«

»Ich habe im Geschäftsleben gelernt, dass Rache sich nicht auszahlt. Sie wird zu teuer.«

»Mein Bruder war keine Antiquität. Außerdem fordere ich Gerechtigkeit, nicht Rache.«

»Das hat Hamlet auch gesagt.«

»Gegen Predigten war ich immer schon allergisch. Egal, ob in oder außerhalb der Kirche.«

Die Zigarre zwischen die Zähne geklemmt, sah Konstantine ihn mit einem spöttischen Lächeln an. »Wenn ich recht verstehe, geht es darum, die wahre Identität von Moses zu enthüllen, vorausgesetzt, Moses hat je existiert.«

»Ich bin überzeugt, dass Moses ein Zeitgenosse Echnatons war. Wenn man bis zu Moses gelangen will, muss man herausfinden, was mit Echnaton passiert ist.«

»Und das bedeutet?«

»Sein Grab finden.«

»Echnatons Grab finden? Wie denn? Du hast nicht den geringsten Anhaltspunkt. Vielleicht hat es dieses Grab sogar nie gegeben.«

»Ich glaube, dass es existiert«, sagte Théo mit einer ausladenden Handbewegung.

»Warum bist du zu mir gekommen?«

»Ich will wissen, was in diesem Obelisken steckt. Theon zufolge war Echnaton als Pharao in die Mysterien Thoths eingeweiht. Wem konnte er sie anvertrauen, bevor er verschwand?«

»Aber warum sollte er diese Informationen ausgerechnet in einem Obelisken versteckt haben?«

»Aus zwei Gründen. Der erste ist, dass Echnaton wie jeder Ägypter an die zwei Säulen Thoths glaubte.«

»Echnaton glaubte nur an einen Gott: Aton.«

»Thoth war weit mehr als irgendein Gott. Er repräsentierte Ägypten und steckte jedem Ägypter in den Genen, einschließlich Echnaton.«

»Und der zweite Grund?«

»Echnaton wusste, dass mit ihm sämtliche Spuren seines Reiches verschwinden würden und dass man seinen Namen an allen Monumenten Ägyptens entfernen würde. Gibt es ein besseres Versteck als einen Obelisken?«

»Von welchem der beiden Obelisken sprichst du?«

»Von Cleopatra's Needle, dem in London. Er ist niedriger als der im Central Park.«

»Nehmen wir einmal an, Echnaton hat etwas darin versteckt. Warum sprichst du nicht mit dem British Museum?«

»Niemals.«

»Aha! Rache für den Tod Vankos ist also nicht der einzige Tagesordnungspunkt, was?«

»Willst du mir nun helfen oder nicht?«

»Dir helfen? Wie denn? Indem ich am helllichten Tag mit einem Presslufthammer auf den Obelisken klettere?«

»Komm schon, gib nicht so schnell auf. Dir genügt ein Anruf, um ein Einsatzkommando à la Arsen Lupin zusammenzustellen.«

»Ach ja? Und was erwartest du von mir? Dass ich meine Männer in Gefahr bringe, wenn sie den Obelisken einrüsten? Wird das jemand bemerken? Nein, niemand natürlich.« Konstantine führte eine Hand zum Mund und beugte den Kopf. »Normale Instandhaltungsarbeiten, Herr Wachtmeister. Einmal polieren, und er ist wieder wie neu.« Er schüttelte den Kopf. »Ich habe dir mein Wort gegeben, das stimmt, aber du forderst einen zu hohen Preis für die Begleichung meiner Schuld. Tut mir leid, aber die Antwort lautet Nein.«

Théo dachte an Konstantines Wort, dass alles im Leben sich auf ein Geschäft reduzierte. Er zog eine Bibel aus seiner Tasche und öffnete sie an einer markierten Stelle: »›Und sie erbaten von den Ägyptern Geräte aus Silber und Gold …‹«

»Du wirst mich nicht umstimmen, wenn du mir Märchen vorliest.«

»Glaubst du wirklich, dass Echnaton Ägypten mit leeren Händen verließ?«

Konstantine hob eine Augenbraue.

»Dies ist eine Karte von Achet-Aton.« Théo reichte ihm ein Blatt Papier. »Da ist der Große Aton-Tempel, und dort war der Schatzsaal. Der Schatz stammte vor allem aus dem Amun-Tempel in Theben. Echnaton hatte ihn konfiszieren und in den Großen Aton-Tempel bringen lassen.«

»War der Amun-Tempel nicht das Fort Knox von Ägypten?«, fragte Konstantin, über die Landkarte gebeugt.

»Genau.« Théo holte weitere Blätter aus seinen Unterlagen. »Dies ist die Übersetzung der Kupferrolle, sie stammt aus der Universität Manchester.«

»Was hat die Kupferrolle damit zu tun?«

Théo berichtete von seinem Treffen mit Shapiro. »Wie erklären sich 2700 Talente in Gold und Silber? Und diese griechischen Buchstaben, die den Namen Echnaton bilden?«

»Dann könnte der Schatz auf der Rolle, also der des Aton-Tempels sein, abzüglich einer bestimmten Menge, die irgendwo versteckt ist …«

»Der goldene Sarkophag, in dem die Mumie von Tutanchamun lag, wog hundertdreißig Kilo«, sagte Théo in beiläufigem Ton. »Ich frage mich, was in Echnatons Grab versteckt sein könnte.«

Er musterte Konstantines Gesichtsausdruck. Es hieß, die Hölle habe drei Tore, und eines davon sei die Habgier. Richtig.

»Stimmt«, sagte Konstantine, während er sich mit dem Finger über die Lippen fuhr, »dieses Grab könnte ein paar hübsche Überraschungen bergen.« Er schlug mit der flachen Hand auf Théos Papiere. »Einverstanden. Vielleicht werde ich es bereuen, aber das ist mir egal. Ich kümmere mich um den Obelisken, aber du nimmst mich als Geschäftspartner in das Unternehmen auf.«

Théo bemühte sich, ruhig zu bleiben. »Dein Anteil?«

»Dreißig Prozent.«

»Normalerweise sind es zehn.«

»Normalerweise muss ich nicht bis auf die Spitze eines einundzwanzig Meter hohen Obelisken mitten in London klettern.«

»Na gut«, sagte Théo. »Aber die Kosten für das Projekt Obelisk übernimmst du – der Name des Louvre kann bei einer solchen Unternehmung nicht auftauchen. Alle anderen Kosten werden zu je fünfzig Prozent zwischen dem Louvre und der Konstantine & Cie geteilt.«

Konstantine starrte auf den Grundriss des Großen Aton-Tempels und schlug erneut mit der Hand auf den Tisch. »Einverstanden.«

Dann drehte er sich mit seinem Sessel um, öffnete einen kleinen Kühlschrank und holte eine Flasche Champagner heraus. Er entkorkte sie, füllte zwei Gläser und reichte eines Théo.

»Moët & Chandon 1982.« Konstantine stand auf und hob das Glas. »Ein großer Champagner, genau der richtige, um auf einen großen Plan anzustoßen.« Das Klirren der Gläser wurde von den gepolsterten Wänden des Büros gedämpft.

Als Théo die Tür öffnete, um hinauszugehen, hielt Konstantines Stimme ihn zurück.

»Théo …?«

Er dreht sich um. »Was ist?«

»Das mit Vanko tut mir leid. Ehrlich. Ich bin nicht das Arschloch, das ich allen vorspiele.«

Théo sah ihn an, die Hand auf dem Türgriff. Er ging zum Schreibtisch zurück und drückte ihm ohne ein Wort fest die Hand. Dann trat er hinaus.

Am Place de la Concorde steuerte Théo auf die Mitte des Platzes zu und blieb unter dem Obelisken aus rosafarbenem Granit stehen. Auf die Autos, die um ihn herumsausten, achtete er nicht. Sein Blick wanderte über die mit Hieroglyphen bedeckten Seiten nach oben und blieb an der vergoldeten Spitze hängen. Die Höhe war beeindruckend. War das Unternehmen überhaupt möglich? Und wenn Theophilos recht gehabt hätte? Ob es nun stimmte oder nicht, Konstantine konnte auch scheitern. Nein, das mit Cleopatra's Needle war nicht genug. Was konnte er noch tun?

Ein Sonnenstrahl brach sich an der Spitze.

IUNU, TEMPEL DES RA, ERSTES JAHR DER REGENTSCHAFT AMENHOTEPS IV.

Der Lärm der Wagenräder breitete sich längs des Nils aus, und auf der Straße wirbelte eine rote Staubwolke auf.

Drei zweirädrige Streitwagen mit zwei Pferden im Gespann fuhren eilig auf die weißen Mauern des Ra-Tempels zu. Die Sonnenreflexe auf den goldenen Brustpanzern der Offiziere der königlichen Leibgarde blitzten durch die Palmen, und einen Augenblick lang sah man das Nemes-Kopftuch mit den blauen und goldgelben Streifen des jungen Pharaos.

Die Kutschen hielten vor dem Tempelportal zwischen den zwei Obelisken Thutmosis III. Nepher stieg vom Wagen herab und trocknete sich den Schweiß mit einem Zipfel des Nemes. Das Knirschen von Ketten mischte sich unter das Wiehern der Pferde, und Nepher drehte sich zum Portal um.

Knarrend schob sich ein mit Bronze verkleideter Türflügel zur Seite, und auf der Schwelle erschien die hagere Gestalt eines kleinen Mannes mit geschorenem Schädel und hervorspringenden Wangenknochen. Meryre, der Hohepriester. Er war klein und trug ein über die Schulter drapiertes Leopardenfell, das über ein langes Hüfttuch aus weißem Leinen fiel. In der Hand hielt er einen schwarzen Hirtenstab, der in ein goldenes *ankh* auslief, und am Finger trug er einen dicken Siegelring mit einem Oval aus Türkis.

Meryres kleine Augen fixierten ihn blitzend. Kein Wunder, dass sein Vater ihn mit dem Titel »Der Größte aller Beobachter« ausgezeichnet hatte. Nicht weil Meryre der tüchtigste Astronom von Iunu war, sondern weil sein Blick bis in das *ka* seines Gegenübers drang und man sich bloßgestellt fühlte wie vor dem Gericht des Osiris.

»Hoheit, sei willkommen im Tempel des Sonnengottes.« Der Priester verneigte sich. »Bist du bereit?«

»Das bin ich, Meryre.«

»Dann befreie dich von allen Gefühlen und tritt ein, im Zeichen Maats.«

Die Offiziere der Leibgarde machten Anstalten, dem Pharao ins Innere des Tempels zu folgen.

»Nein. Sie nicht.« Meryre hob den Stock. »Dies ist kein Ort für Profane.«

Nepher bat die Offiziere, draußen auf ihn zu warten, und folgte Meryre über die Schwelle. Das Portal schloss sich mit einem dumpfen Schlag hinter ihnen.

Nepher ließ seinen Blick über die Innenräume schweifen. Der Tempel war eine Stadt. Seine Ausdehnung übertraf jene des Amun-Tempels in Theben. An den Mauern folgten Dutzende von Kapellen aufeinander, getragen von vielfarbigen Säulen mit Inschriften aus den heiligen Papyri. Aus einem Tempel stieg ein leiernder Gebetsgesang auf. In der Mitte erstreckte sich der heilige See, ein rechteckiges Wasserbecken, in dem Teppiche aus Lotusblumen, umringt von Palmzweigen, schwammen. In der Mitte des Sees erhob sich über einer kegelförmigen Basis aus schwarzem Granit ein stämmiger Obelisk aus Sandsteinblöcken. Die Lichtreflexe auf der mit Elektron verkleideten Spitze schmerzten ihm in den Augen, er schirmte sie mit der Hand ab. Mitten durch den See führte ein steinerner Übergang zum Obelisken.

Er folgte Meryre auf den Übergang. Sie umkreisten den Sockel aus Granit, und der Priester richtete seinen Stock auf die Hieroglyphen an der Ostseite des Obelisken.

»Lies, Hoheit.«

Nepher folgte mit den Augen der Reihe der Hieroglyphen. »›Oh Aton, Vater und Mutter des Menschengeschlechts, als du dich aus dem Chaos der Urgewässer des Nun erhobst, warst du leuchtend wie der Benben-Stein auf der Spitze dieses Obelisken.‹«

»Nun?«

»Wie kann ein Stein leuchten? Wer hat ihn gehauen?« Nepher blickte zur Spitze hinauf. »Wo ist der Stein? Warum wurde er Benben genannt?«

»Wie, wer, wo, warum … Seine Hoheit hat einen wissbegierigen Geist. Ein vielversprechender Anfang für einen Lehrling ersten Grades.« Meryre ging auf die Säulen eines Tempels zu. »Komm.«

Ein Surren wie das Vibrieren eines Pfeils, der sich in eine Holzwand bohrt, hallte durch Nephers Kopf. Das Geräusch wurde stärker. Tausend Obelisken drehten sich um ihn herum und blendeten ihn mit dem Funkeln ihrer Spitzen. Keuchend hielt er sich den Kopf, krümmte sich und sank in die Knie.

Meryre ließ den Stock fallen, kniete neben dem Pharao nieder und hielt ihn an den Armen fest. »Hoheit! Was ist mit dir? Fühlst du dich nicht gut?« Mit lauter Stimme rief er einen Priester zu Hilfe.

Nepher warf sich auf den Boden, die Arme vor sich ausgestreckt. »*Aton … Vater … mein Vater …*«

Mit einer Handbewegung hielt Meryre den herbeigeeilten Priester zurück und legte einen Finger an die Lippen.

»Strahlend leuchtest du im Morgengrauen des *Zep Tepi*, als du am Anbeginn der Zeiten Himmel und Erde geschaffen hast … Wie oben, so auch unten, wie unten, so auch oben.«

Nepher erhob sich, den Kopf zwischen den Händen. »Was ist passiert? Was war das für eine Vibration? Hast du sie auch gespürt?«

Meryre schüttelte den Kopf. »Hoheit, wo hast du den Satz ›Wie oben, so auch unten‹ gehört?«

Nepher runzelte die Stirn. »Wie oben, so auch unten? Das höre ich zum ersten Mal. Was bedeutet das?«

Meryres Blick wurde nachdenklich. »Folge mir, Hoheit. Ich will dir etwas zeigen.«

Sie stiegen die Stufen zum Haus des Phönix hinauf und schritten durch ein Tor, das von zwei Phönixen aus rosafarbenem Granit flankiert wurde, über denen zwei Sonnenscheiben schwebten. Sie betraten den im Halbdunkel liegenden Saal des Tempels der Seele. Die Flämmchen der Alabasterleuchten warfen tanzende Reflexe auf die Bastaltstatuen der Pharaonen. Die Luft war von Weihrauch geschwängert und vom Klang der Sistren und Gebete erfüllt.

Sie gelangten vor eine Tür zwischen zwei Sockeln, auf denen Leuchter ein zitterndes Licht spendeten. Zwei Lesepriester mit einem um die Brust geschlungenen weißen Leinentuch hockten auf dem Boden, ein Papyrus auf den Knien. Die beiden erhoben sich und öffneten mit einer Verbeugung die Tür.

»Tritt ein, Hoheit.« Meryre folgte ihm ins Innere, einen Leuchter in der Hand, und wandte sich an die Priester. »Schließt die Tür, damit die Profanen nichts hören.«

Meryre ging auf eine Konsole zu und griff zwischen die dort liegenden Papyrusrollen. Ein Klicken. »Hoheit, halte du den Leuchter.«

Er drückte gegen eine Ecke des Regals, worauf dieses sich knarrend um sich selbst drehte und eine Türöffnung freigab. Die Flamme tanzte über die Hieroglyphen einer Inschrift.

Nepher folgte Meryre ins Innere.

13 Ein klopfendes Motorengeräusch stieg aus der Bloemgracht auf. Unter einer Brücke tauchte ein Hausboot auf und glitt zwischen den in zwei Reihen an der Kaimauer der Gracht vertäuten Booten hindurch.

Raisa und Constance blieben vor der dunklen Fassade mit weiß gerahmten, quadratischen Fenstern der Bibliotheca Philosophica Hermetica stehen und besprachen die letzten Einzelheiten ihrer Forschungsstrategie. Sie mussten sich auf die unbedeutenderen Werke des Literatenkreises um Pico della Mirandola konzentrieren. Und der Dom von Siena? Es war klüger, darüber kein Wort zu verlieren.

Das junge Mädchen an der Information – sie trug eine große lilafarbene Brille und hatte ein Nasenpiercing –, erklärte ihnen die Modalitäten der Buchrecherche und wies ihnen einen freien Computerplatz zu.

»Autorensuche?«, fragte Constance.

»Einverstanden.«

Constance tippte »del Medigo« und »Elia«. Auf dem Bildschirm flackerte: »Kein Ergebnis«.

»Ein ermutigender Anfang«, sagte Constance.

Sie versuchte es mit »Flavius Mithridates« und »Judah Abravanel«, doch die Antwort war dieselbe.

»Und jetzt?«, fragte Constance. »Machen wir eine Fahrt durch die Grachten und fliegen dann mit einer Dose Speculaas-Keksen in der Tasche nach Paris zurück?«

»Versuch mal, ob es unter ›Esoterik‹ eine Abteilung ›Kirche‹ gibt.«

Constances Finger glitten über die Tasten. »Unter ›Kirche‹ gibt es dreiundzwanzig Bücher.«

»Lass die Liste sehen.«

Der Großteil der Titel bezog sich auf die Kathedrale von Chartres. Über den Dom von Siena gab es nichts.

»Und wenn wir den Archivar um Hilfe bitten?«, fragte Raisa.

»Was sagen wir ihm?«

»Dass wir für die Loge über Pico forschen. Wir fragen ihn, ob die BPH von einem anderen Lehrer weiß, außer den dreien.«

»Versuchen wir's.«

Sie kehrten zum Informationstresen zurück und fragten das Mädchen, ob sie mit dem Leiter des Archivs sprechen könnten. Sie verschwand in einem Büro und kam in Begleitung eines spindeldürren Mannes mit wässrigem Blick und grau melierten Haaren, die ihm bis auf die Schultern fielen, zurück. Raisa erklärte ihm, wonach sie suchten.

»Worum geht es bei dieser Recherche?«

»Um die esoterischen Studien von Pico della Mirandola«, sagte Raisa.

»Brauchen Sie das für eine Doktorarbeit?«

»Es ist eine Recherche für unsere Loge.«

»Sie verlieren nur Ihre Zeit.« Der Mann wandte sich ab. »Keiner der drei hat je esoterische Werke geschrieben.«

»Sie haben eine Sammlung von Inkunabeln«, sagte Constance. »Sind Sie wirklich sicher, dass sich auch dort nichts findet?«

»Ich sagte es bereits. Wir haben nichts dergleichen.« Unruhig ließ der Archivar seinen Kugelschreiber vor- und zurückschnappen. »Warum versuchen Sie es nicht in der Medicea Laurenziana in Florenz?«

»Sind alle Bücher der BPH im Katalog verzeichnet?«, fragte Raisa.

»Alle.«

»Das mit der Medicea ist eine gute Idee.« Raisa trat Constance auf den Fuß. »Vielen Dank für den Hinweis.«

Raisa hakte Constance unter und zog sie zum Ausgang. Sie spürte den Blick des Archivars im Rücken.

Kaum waren sie draußen, blieb Raisa stehen. »Der ist verlogener als Judas, und in solchen Sachen irre ich mich nicht.«

»Sein Verhalten sagte schon alles.«

»Dieser Ton, dieser ausweichende Blick ... und dann die Aufforderung, es in der Medicea zu versuchen. Er wollte uns loswerden. Ich würde sagen, wir gehen wieder rein und dann gleich in den dritten Stock, wo die Inkunabeln stehen.«

»Aber Chérie! Wenn sie wirklich etwas zu verbergen haben, stellen sie es dann deiner Meinung nach gut sichtbar auf einem Regal aus?«

»Man weiß nie.«

Während sie noch darüber diskutierten, wie sie in den dritten Stock gelangen konnten, ohne die Bibliothekarin auf sich aufmerksam zu machen, näherten sich Stimmen von der Bloemgracht. Raisa drehte sich um. Eine Gruppe von Frauen in grellfarbigen Kleidern, die mit amerikanischem Akzent sprachen, tauchte in der Straße auf. Angeführt wurden sie von einem langen, dürren Menschen in einem grauen Anzug mit Schlips, der ein schwarzes Buch in der Hand hielt, allem Anschein nach eine Bibel.

»Ein protestantischer Pastor«, sagte Raisa.

Als die Gruppe vor dem Eingang der Bibliothek angekommen war, sagte der Pastor »Follow me, girls« und verschwand hinter der Tür.

»Los, hinterher«, sagte Raisa.

»Wir folgen ihnen? Warum?«

»Weil wir so vielleicht in den dritten Stock kommen.«

Sie schlossen sich an. Die Gruppe hielt vor dem Informationstresen, wo eine Frau mit dem energischen Auftreten einer Oberschwester das junge Mädchen abgelöst hatte. Auf dem Schildchen am Kragen ihrer Jacke stand »Waldberta«. Die Bibliothekarin telefonierte.

Ein Mann mit silbergrauen, nach hinten gekämmten Haaren mit Nadelstreifenanzug und Goldrandbrille kam der Gruppe entgegen. Er drückte dem Pastor die Hand und begrüßte ihn in akzentfreiem Englisch.

»Das muss der Direktor sein«, flüsterte Raisa.

Ein harter Zug um den Mund und ein strenger Blick. Ein Gesicht, das im Gedächtnis blieb und einen unbehaglichen Eindruck hinterließ. Der Mann eilte hinter den Tresen, öffnete ein Schränkchen und nahm zwei Schlüssel von ihren Haken. Raisa prägte sich die Lage der beiden Haken ein.

»Guck dir das an, Chérie, falls du dir irgendeine Tollkühnheit einfallen lassen solltest.« Constance wies auf einen Tisch im rechten Winkel zum Informationstresen. Mehrere Bildschirme übertrugen Bilder von Besuchern in den verschiedenen Stockwerken. Das hatte gerade noch gefehlt. Sie stellte sich mit Constance in die Schlange der Amerikanerinnen vor der Garderobe, wo die Taschen aufgegeben werden mussten.

»Unsere Handys behalten wir bei uns.« Raisa öffnete ihre Handtasche.

»Warum?«

»Sie könnten nützlich sein.«

»Wozu?«

»Pst! Komm weiter.«

Der Direktor führte die Gruppe zu einer Wendeltreppe, Raisa und Constance schlossen sich an. Nachdem sie im ersten Stock die Säle für kabbalistische und esoterische Literatur und im zweiten die für seltene Bücher besichtigt hatten, führte der Direktor sie in das dritte Stockwerk.

»Dies ist der Saal mit den Inkunabeln, der Stolz der BPH.« Der Direktor öffnete eine Tür aus dickem Panzerglas mit einem Stahlrahmen. »Keine andere esoterische Bibliothek auf der Welt hat eine vergleichbare Inkunabelsammlung.«

Kaum hatte Raisa die Schwelle überschritten, fühlte sie sich beobachtet. Sie blickte auf. Eine Kamera folgte ihren Bewegungen.

Nachdem er den Inhalt der einzelnen Regale beschrieben hatte, blieb der Direktor vor einem länglichen Schaukasten in der Saalmitte stehen. Auf der geneigten Fläche unter der Glasabdeckung lagen aufgeschlagene Bücher. Die Seiten leuchteten in den prächtigsten Farben: Miniaturen aus feinstem Blattgold, Purpurrot, Indigoblau und Gelb.

»Dies ist eine Ausgabe der *Three Books of Occult Philosophy* von Cornelius Agrippa, 1651 in London beim Verlag Moule gedruckt.« Der Direktor wandte sich anderen Büchern zu.

Raisa und Constance bahnten sich einen Weg durch die um die Vitrine gedrängten Besucherinnen. Raisas Blick fiel auf ein schmuckloses Bändchen, das neben den anderen deplatziert wirkte. Auf dem Schild am Schaukasten stand: »Anonymer Autor, ohne Titel. Ende XV. Jahrhundert. Thema: Gespräche über kabbalistische Philosophie zwischen Magister und Ioannus.«

Sie überflog die ersten Zeilen. Der Text war auf Italienisch verfasst. Ihr Herzschlag hallte dröhnend in ihrem Kopf wider, lauter als die Stimme des Direktors.

Wie viele Menschen interessierten sich im Italien des 16. Jahrhunderts für kabbalistische Philosophie? Eine Handvoll Adeliger und Reicher. Pico della Mirandolas Taufname war Giovanni Pico. »Ioannus« lautete der Name »Giovanni« auf Lateinisch. Wenn der Verfasser Elia del Medigo war, wies die Tatsache, dass er sich einfach als »Magister« und seinen Schüler als »Ioannus« statt als Picus oder Ioannus Picus bezeichnete, vielleicht darauf hin, dass sich in diesem Buch etwas verbarg. Eine Botschaft, verschlüsselt in einer Allegorie, unverständlich für die Inquisition?

»Constance, sieh mal dort.« Raisa zeigte auf das Buch.

Constance riss die Augen auf.

Doch nachdem sie die erste Seite gelesen hatte, war Raisa enttäuscht. Abgesehen vom Italienischen, das die Lektüre erschwerte, schien auch der Text selbst unverständlich: Erschaffung des Kosmos, Natur des Göttlichen, die magische Kraft des hebräischen Alphabets… Sie las auf der rechten Seite weiter, doch der Dialog blieb abstrakt. Gerade als sie aufgeben wollte, erregte ein Satz am Ende der Seite ihre Aufmerksamkeit.

> Da geschah es, Ioannus, dass ein großer Gelehrter, welcher von der hermetischen Schule Hermes Trismegistos genannt ward, das Wort erfand und mit ihm die Gesetze. Er wandte sich an die Ägypter und sagte zu ihnen…

Der Dialog ging auf der folgenden Seite weiter.

»Hast du den letzten Satz gelesen?«

Constance nickte. »Wollen wir ihn bitten, die Vitrine zu öffnen?«

In diesem Augenblick wandte sich eine Frau mit Baritonstimme und unschuldigem Augenaufschlag an den Direktor: »Könnten Sie nicht den Deckel aufmachen und uns ein bisschen blättern lassen? *Please.*«

»Na gut, aber die Bücher werden nicht herausgenommen, klar? Das Papier ist hochempfindlich.«

Begleitet von einem vielstimmigen *Thank you,* schloss der Direktor die Vitrine auf und hob den Glasdeckel. Die Frauen drängten sich um die Bücher.

»Es würde genügen, nur die eine Seite umzublättern«, flüsterte Constance. »Warum bitten wir ihn nicht darum?«

»Der Mann gefällt mir nicht. Besser, wir fallen nicht auf.«

»Wenn wir es nicht versuchen, werden wir nie erfahren, was dort geschrieben steht.«

»Das ist nicht gesagt.«

»Was meinst du damit?«

Raisa zog Constance zur Seite und weihte sie in ihren Plan ein.

»Bist du verrückt geworden?« Constance blickte sie entsetzt an. »Willst du im Gefängnis landen, noch dazu in einem holländischen?«

»Ich werde es tun. Du brauchst nur auf diese Waldberta da unten aufzupassen und mich übers Handy zu warnen.«

»Das passt nicht zu dir! Als deine Freundin, obwohl ich schon bereue, dass ich es bin, verbiete ich dir einen solchen Wahnsinn.«

»Wenn wir es so machen, wie ich gesagt habe, ist das Risiko minimal.«

»Entweder bist du übertrieben optimistisch oder eine große Lügnerin. In beiden Fällen rechne nicht mit mir.«

»Vielen Dank. Thoreau hat gesagt: ›Ein Freund ist jemand, der mich so nimmt, wie ich bin.‹«

»Ach, wirklich? Nun, Emerson hat gesagt: ›Ein Freund ist jemand, bei dem ich ehrlich sein kann.‹ Und ich sage dir in aller Ehrlichkeit, dass man dich in die Salpêtrière einliefern sollte, nicht deine Patienten.«

Raisa blickte Constance anklagend an.

»Meine Güte, wie nervtötend du sein kannst!« Constance schnaubte ärgerlich. »Na gut. Aber verlang nicht von mir, dass ich dir sonntags Apfelsinen bringe, wenn du im Gefängnis sitzt.«

Als sie wieder im Erdgeschoss waren, lösten Constance und Raisa sich von der Gruppe. Raisa setzte sich an einen Computer, von dem aus sie den Informationstresen beobachten konnte, und Constance postierte sich an einem Computerplatz am anderen Ende des Saals.

Der Direktor trat hinter den Tresen, hängte die Schlüssel wieder auf und verschwand. Waldberta blätterte in einer Kladde, von Zeit zu Zeit einen Blick auf die Monitore werfend.

Als Raisa mit einem Kopfnicken auf Waldberta wies, stand Constance auf, ging zum Tresen und sprach, auf ihren Computer weisend, mit der Bibliothekarin. Die beiden gingen zu dem Computer, und Constance zeigte ihr etwas auf dem Bildschirm. Waldberta beugte sich über die Tastatur.

Raisa stand auf. Die Bibliothekarin immer im Blick, steuerte sie auf den Tresen zu. Unterdessen hatte sich Waldberta vor den Computer gesetzt, Constance stand neben ihr und verdeckte ihr die Sicht auf den Tresen. Blitzschnell eilte Raisa zu dem Schränkchen, holte die beiden Schlüssel vom Haken, schloss es wieder und ging dann betont gleichgültig auf die Wendeltreppe zu.

Zwei Besucher kamen an die Information. Während Waldberta an ihren Platz zurückkehrte, ging Constance durch den Saal und setzte sich an den Platz, wo Raisa bis vor wenigen Sekunden gesessen hatte. Die Wanduhr zeigte 11:40 Uhr.

Im dritten Stock blieb Raisa vor der Tür mit der Aufschrift »Inkunabeln« stehen. Sie steckte einen der beiden Schlüssel ins Schloss. Der Schlüssel ließ sich drehen, aber Raisa öffnete die Tür nicht. Sie zog ihr Handy aus der Hosentasche und schaltete es ein. Ein Papierchen segelte unbemerkt zu Boden. Das Handy in der Hand, blieb sie gegen die Wand gelehnt stehen.

Die Wanduhr im Erdgeschoss zeigte 12:27 Uhr. Vom Eingang her hörte man Stimmengewirr, und eine Gruppe junger Leute strömte zum Informationstresen. Waldberta begann die Ausweise zu kontrollieren, die ihr entgegengestreckt wurden.

In dem leeren Flur klingelte Raisas Handy.

»Jetzt«, flüsterte Constance. »Schnell.«

Raisa öffnete die Tür. Sie lief zu der Vitrine, schloss sie auf, hob den Deckel, ergriff das Buch und ging, eng an die Wand gedrückt, unter der Kamera vorbei.

»Ich bin unter der Kamera«, murmelte Raisa bebend ins Telefon.

»Mach schnell, Unglücksweib. Bitte mach schnell.«

Das Handy an ihr Ohr und das Buch an die Brust gepresst, ging Raisa in die Hocke. Sie öffnete das Buch auf ihren Knien.

»Er wandte sich an die Ägypter und sagte zu ihnen …« Sie blätterte um.

> »Ihr erhaltet die Buchstaben und die Gesetze, Ägypter«, und er gab ihnen ein Buch.
> Ioannus: »Meister, was stand in dem Buch geschrieben?«
> Lehrer: »Das ist ein Geheimnis, das den Initiierten vorbehalten ist. Aber einen Ort werde ich dir nennen, wo das Geheimnis versteckt ist.«
> Ioannus: »Wo ist dieser Ort?«
> Lehrer: »Es ist der Ort, wo die Päpste die Großen Arkanen betrachten. Dortselbst wirst du eine Intarsie aus Marmor finden, darauf das Buch des Weisen abgebildet ist. Hebe das Buch an, und du wirst das Geheimnis entdecken.«

Hebe das Buch an, und du wirst das Geheimnis entdecken.

Raisa schloss die Augen. Sie fühlte sich leicht wie eine Feder im Wind, wie bei ihrer Zen-Meditation. Welch ein Genie, dieser Pico.

»Constance, ich hab's gefunden.«

»Du bist grässlich. Jetzt sieh zu, dass du da rauskommst.«

»Freie Bahn?«

»Warte … Einen Moment … Jetzt.«

Raisa lief an die Vitrine, legte das Buch zurück und verschloss sie wieder. Sie rannte zur Tür, ging hinaus und schloss die Tür ab.

Im Erdgeschoss hatte sich vor dem Informationstresen eine lange Warteschlange gebildet. Sie warf Constance, die am anderen Ende des Saals saß, einen verschwörerischen Blick zu, den diese mit einem ängstlichen Ausdruck erwiderte. Dann setzte sie sich an einen Computer. Ihre Augen wanderten zwischen Constance, der Besucherschlange, den Bibliothekarinnen und der Wanduhr hin und her. Es war 12:44 Uhr. Die beiden Schlüssel steckten in ihrer Faust.

Um 13:15 Uhr war die Schlange noch immer nicht kürzer geworden. Raisa erhob sich, bedeutete Constance, ihr zu folgen, und ging zur Garderobe. Während sie ihre Taschen in Empfang nahmen, flüsterte Constance: »Die Schlüssel!«

Vor dem Tresen mit den Monitoren machte Raisa halt, während Constance zum Ausgang weiterging. Als sie sich nach Raisa umdrehte, sah sie zu ihrer Bestürzung, wie Raisa die Schlüssel einfach auf den Tisch legte, um dann mit gleichgültiger Miene auf Constance zuzugehen. Sie hakte sie unter, und schon waren die beiden nach draußen verschwunden.

Eine Büste von Paracelsus auf einem granitenen Sockel beherrschte das Büro des Direktors der BPH, Lars Van Daalen.

»Und es war bestimmt keines von den Mädchen?«, fragte Van Daalen, zwei Schlüssel auf seinem Schreibtisch anstarrend.

»Ich habe alle fünf gefragt. Keine von ihnen hat sie heute Vormittag benutzt.«

»Haben Sie den dritten Stock überprüft?«

»Vorerst nur den Schaukasten, und da fehlt nichts.«

Van Daalen nahm seine Brille ab und wischte mit seiner Krawatte über die Linsen. »Haben Sie heute Vormittag nichts Ungewöhnliches bemerkt?«

»Und ob ich etwas bemerkt habe. Gegen halb neun kamen zwei Französinnen.« Der Archivar schilderte Van Daalen die Einzelheiten des Besuchs von Raisa und Constance.

»Warum haben Sie mir das nicht gleich berichtet?«

»Ich wollte ja, aber …«

»Das wird sich doch wohl nicht im Ernst um eine Forschungsarbeit für eine Freimaurerloge handeln?«

»Die beiden waren ziemlich hartnäckig. Zu hartnäckig.«

Van Daalen griff nach den Schlüsseln. »Lassen Sie uns nachsehen.«

Im dritten Stock wollte Van Daalen gerade den Schlüssel ins Schloss stecken, als sein Blick auf einen Zettel am Boden fiel. Er hob ihn auf, betrachtete ihn und knüllte ihn in seiner Hand zusammen. Im Saal gingen sie die Regalwände ab, dann fiel Van Daalens Blick auf die erleuchtete Vitrine.

»Beschreiben Sie mir die zwei.«

»Zwei attraktive Frauen um die vierzig, in Hosen, stilvoll gekleidet. Eine hatte kurze schwarze Haare und trug eine cremefarbene Bluse. Die andere …«

»Moment. Die beiden waren bei der Methodistengruppe! Sie

sind mir sofort aufgefallen, wegen ihrer Kleidung und ihres Verhaltens.«

»Aber wie kann das sein? Ich habe sie mit eigenen Augen aus der Bibliothek gehen sehen.«

»Sie sind gegen Viertel nach zehn gegangen?«

»Ja. Warum?«

»Die Amerikanerinnen sind Punkt 10:25 Uhr angekommen. Ich erinnere mich daran, weil ich auf die Uhr geschaut habe. Die Erklärung liegt auf der Hand. Beim Rausgehen sind die beiden auf die Gruppe aus der Methodistenkirche gestoßen und haben sich daruntergemischt.«

»Aber warum? Was wollten sie?«

Van Daalen betrachtete die Schlüssel. »Die Französinnen waren nicht wegen einer Buchrecherche hier.«

»Glauben Sie, es gibt einen Zusammenhang mit den Schlüsseln?«

»Genau das frage ich mich.«

»Aber wie sind sie an die Schlüssel rangekommen? Und überdies an genau die richtigen. Was haben sie gesucht? Hier fehlt nichts.«

Van Daalen blieb vor dem Bändchen des Anonymus stehen. »Dieses Buch haben die beiden Französinnen lange angeschaut. Die anderen Frauen hatten nur Augen für die goldenen Miniaturen, aber die beiden hat nichts anderes als das hier interessiert, ein Büchlein, das aussieht wie von einem Landpfarrer mit dem Hektograph gedruckt.« Er nahm den zerknüllten Zettel in seiner Hand und strich ihn auf der Glasfläche glatt. »Der Kassenbon einer Bar im Borgmann-Villa-Hotel, mit Datum von heute. Auch die Zimmernummer steht dabei, die 11.« Er beugte sich über die Vitrine. »Ich könnte schwören, dieses Buch war heute Morgen auf einer anderen Seite aufgeschlagen. Was meinen Sie?«

Der Archivar besah sich das Buch. »Keine Ahnung.«

Van Daalen öffnete den Schaukasten und nahm das Büchlein heraus. »Hören Sie gut zu. Um das hier kümmere ich mich. Sie gehen derweil sofort zum Borgmann Hotel ...«.

Eine Stunde später betrat der Archivar mit einem Umschlag in der Hand die Lobby des Borgmann-Villa-Hotel.

»Vielleicht können Sie mir helfen«, sagte er zu der Empfangsdame, einer jungen Frau mit lebhaften Augen, in die Stirn fallenden Haaren und einer gelben Weste.

»Gerne, wenn ich kann.«

»Ich bin Bibliothekar an der Universität.«

Heute Vormittag habe eine Frau ihre Tasche in der Universitätsbibliothek vergessen. In der Tasche seien keine Ausweispapiere gewesen, aber sie hätten einen Kassenbon der Bar im Borgmann Villa mit der Zimmernummer 11 gefunden. Der Archivar zeigte ihm einen Umschlag und sagte, er wolle eine Nachricht für die Kundin dalassen, um ihr mitzuteilen, dass man die Tasche gefunden habe und dass sie sie im Sekretariat der Bibliothek abholen könne.

»Sie können mir den Umschlag geben.« Die Dame am Empfang streckte die Hand aus.

»Erst möchte ich sichergehen, dass wir von derselben Person sprechen.«

Die Besitzerin der Tasche sei nämlich in Begleitung einer Freundin gewesen. Der Archivar beschrieb Raisa und Constance und sagte, er wisse nicht, welche von den beiden die Besitzerin der Tasche sei.

Die Empfangsdame tippte etwas in einen Computer. »Es handelt sich um Madame Belmont, Zimmer 11.«

»Ah, sehr gut.« Der Archivar nahm einen Kugelschreiber vom Tresen. »Ich notiere den Namen für unsere Sekretärin. So, das hätten wir.« Er zwinkerte der Dame am Tresen zu. »Eine Klassefrau. Ich wette, sie kommt aus Paris.«

Maliziös lächelnd, warf die Empfangsdame einen Blick auf den Bildschirm. »Sie haben offenbar einen Blick für so was, mein Herr.«

Der Archivar händigte ihr den Umschlag aus, bedankte sich und ging schlurfend davon.

Beladen mit Einkaufstüten, baten Raisa und Constance an der Rezeption des Borgmann-Villa-Hotels um ihre Zimmerschlüssel.

»Madame Belmont, jemand hat diesen Umschlag für Sie dagelassen«, sagte der Angestellte.

»Für mich?« Raisa wechselte einen erstaunten Blick mit Constance. »Wissen Sie, wer das war?«

»Nein, Madame. Meine Schicht hat eben erst begonnen.«

Raisa öffnete den Umschlag. »Aber der ist ja leer. Das muss ein Irrtum sein.«

Constance schüttelte den Kopf. »Keine heimliche Liebschaft in Amsterdam, Chérie?«

»Sei nicht albern. Aber warum ein leerer Umschlag?«

»Ach, vergiss es.«

Raisa zuckte mit den Schultern, knüllte den Umschlag zusammen und warf ihn in einen Papierkorb.

Kommissar Dominici zündete sich eine Gitane an und streifte mit einem Blick das Wappen der Katholischen Aktion an der Jacke des Mannes, der ihm gegenübersaß.

»Carlomagno, ich weiß alles über die Banca del Commercio.« Er schob einen Bericht mit dem Siegel der Finanzpolizei über den Schreibtisch.

Schweigend, mit Unschuldsengelmiene, blätterte der Mann die Akte durch.

»Sechs Jahre. Mindestens. Und die werden Sie allesamt absitzen.«

Carlomagno wand sich auf seinem Stuhl.

»Es sei denn ...« Der Kommissar schürzte die Lippen zu einem abwägenden Ausdruck.

»Es sei denn?«

»In dem Bericht heißt es, Sie seien der beste Hacker in Italien, vielleicht sogar in ganz Europa. Stimmt das?«

Der Mann zuckte mit den Achseln. »Die Leute reden viel.«

»Wahrhaftig. Tatsächlich habe ich mich gefragt: Wenn er wirklich der Beste ist, warum hat er sich dann erwischen lassen?«

»Jemand muss mich verpfiffen haben.« Carlomagno zeigte mit einem Daumen auf sich. »Ich komm überall rein, wo ich will, ich nehm mir, was ich will, und hinterlass keine Spuren.«

»Schön, genau das wollte ich von Ihnen hören. Im Übrigen haben Sie recht. Jemand hat ausgesagt.« Der Kommissar stieß einen Rauchring aus. »Hören Sie, hätten Sie Lust, einen kleinen Job für mich zu übernehmen?«

Carlomagno sah ihn verwirrt an. »Und der Bericht von der Finanzpolizei?«

Der Kommissar zuckte mit den Schultern. »Berichte werden viele geschrieben ...«

»Was soll ich machen?«

Während der Kommissar erklärte, hüpfte Poirot auf seiner Stange herum und krächzte: »*Du bist ein ganz übler Gauner!*«

»Das können Sie nicht von mir verlangen.« Carlomagno zeigte auf sein Wappen der Katholischen Aktion. »Außerdem singe ich im Chor der Gemeinde.«

»Gut.« Der Kommissar griff nach dem Telefon. »Dann werden Sie ab morgen im Gefangenenchor von Regina Coeli singen.«

Poirot steckte den Schnabel aus dem Käfig. »*Denk gut drüber nach, mein Freund*«, krächzte er mit der tiefen Stimme eines Bauchredners.

Carlomagno strich sich mit der Hand übers Gesicht. »Na gut, ich mach's.«

»Aber aufgepasst, das sind keine Dilettanten.«

»Das perfekte Programm gibt es nicht. Hat man die Logik des Programmierers erst mal kapiert, findet sich immer ein Dienstboteneingang.«

»Wie machen Sie das?«

»Um in das System reinzukommen, genügt es mir, dass sie im Internet sind, es gibt keine undurchdringliche Firewall. Bin ich einmal drin, kann ich machen, was ich will.«

Wenige Minuten würden ihm genügen, um ein gut getarntes Empfangsprogramm zu installieren. Über dieses Programm könne er auch dann mit dem System kommunizieren, wenn der Computer nicht online war.

»Wie ist das denn möglich?«, fragte der Kommissar.

»*Hier ist was faul*«, krächzte Poirot.

»Ich rufe an, der Computer antwortet mir, dann kopiere ich alles, was ich will.«

»Aber die Dateien sind sicher alle verschlüsselt.«

»Versteht sich. Ich lade mir eine Kopie runter und bearbeite sie in aller Ruhe.«

»Wie viel Zeit werden Sie brauchen, um die Zugangsschlüssel zu finden?«

»Die Passwörter sind eine Kleinigkeit. Das eigentliche Problem ist, den Code für die Dateien rauszukriegen, dafür muss ich ein Decodierungsprogramm schreiben.«

Die erforderliche Zeit hänge von der Zeichenfolge und von der Anzahl der Zeichen des Codes ab, so Carlomagno. Wie viele Millionen Permutationen mit Wiederholung man bräuchte, bevor man den Code fand? Das ließe sich so nicht sagen, man müsse es ausprobieren.

»Mehrere Wochen?«, fragte der Kommissar.

»Vielleicht weniger, mit ein bisschen Glück.«

Poirot spreizte die Flügel und stieß einen langen, gutturalen Laut aus.

Der Archivar hatte van Daalen von seinem Besuch im Borgmann berichtet und war hinausgegangen. Van Daalen wählte eine Nummer.

»Hier geschieht etwas Merkwürdiges«, sagte er auf Französisch.

»*Mon ami*«, antwortete eine Männerstimme am anderen Ende, »du leitest eine esoterische Bibliothek. Merkwürdige Ereignisse gehören zu deinem Beruf.«

»Heute Morgen sind zwei Französinnen zu uns gekommen.«

Van Daalen erzählte, wobei er besonders auf die ungeklärten Details der Schlüssel und auf das Buch einging.

»Was ist so Besonderes an diesem Büchlein?«, fragte die Stimme.

»Es enthält eine Art Rätsel, das mir zu denken gibt.«

Van Daalen zitierte den Satz: »Es ist der Ort, wo die Päpste die Großen Arkanen betrachten.« Der Satz hatte schon vor Jahren seine Aufmerksamkeit erregt, als er das Buch von einem Adeligen in Florenz gekauft hatte. Der Archivar war überzeugt, dass der Anonymus wirklich Elia del Medigo war und Ioannus niemand anderes als Pico della Mirandola.

»Es könnte eine Allegorie sein, hinter der sich ein Geheimnis verbirgt«, sagte Van Daalen. »Schon als ich das Büchlein gekauft habe, war mir diese Idee gekommen.«

»Bist du sicher, dass deine Phantasie nicht mit dir durchgeht? Vielleicht war es wirklich eine Buchrecherche.«

»Bleibt die Sache mit den Schlüsseln. Vergiss außerdem eines nicht: Pico della Mirandola starb, weil er etwas entdeckt hatte, was er nicht hätte entdecken dürfen.«

»Na und? Er hat das Geheimnis mit ins Grab genommen, und jetzt ist es im Vatikan in Sicherheit. Kannst du dir einen sichereren Ort vorstellen?«

»Mit ins Grab genommen?«, erwiderte Van Daalen. »Da wäre ich mir nicht so sicher. Denk mal an seine Beziehung zur Kirche. Und denk daran, dass der da oben niemals etwas vergaß.«

Am anderen Ende herrschte Schweigen. Dann: »Wie heißt die Französin von Zimmer 11?«

»Raisa Belmont.«

»Raisa Belmont?«

»Wieso, sagt dir der Name etwas?«

»Nein, nein«, erklärte die Stimme. »Warum sollte er mir etwas sagen?«

»Ihr Name steht im Paris-Führer. Sie ist Psychoanalytikerin. Was tun wir jetzt?«

»Eine Warnung mag vorerst genügen. Ich kümmere mich darum.«

»Diese Frau ist teuflisch«, sagte die Stimme. »Gestern hat sie Kowalski in Paris abgeschüttelt, heute finden wir sie in Amsterdam in der BPH wieder.«

»Hat van Daalen Verdacht geschöpft?«, fragte eine Stimme mit starkem amerikanischen Akzent am anderen Ende der Leitung.

»Nein.«

»Was weiß er von dieser Geschichte?«

»*Mon cher ami*, was soll er schon wissen? Van Daalen ist ein externes Mitglied, ein kleines unbedeutendes Rädchen.«

»Vielleicht ist der Moment gekommen, Guzman mit reinzuziehen. *Holy shit!* Bei all den Geldern, die wir dem Opus Dei rüberschieben, wird es doch Zeit, dass die auch mal was unternehmen, meinst du nicht?«

»Ist das nicht ein bisschen verfrüht?«, fragte die Stimme. »Warum sollten wir uns eine Blöße geben? Lassen wir Guzman seinen Weg weitergehen, dann muss sich vielleicht niemand von uns die Hände schmutzig machen.«

»Und was unternehmen wir wegen der Frau?«

»Die weiß nichts. Wir begnügen uns mit einer Warnung.«

»*Okey dokey*. Aber das muss sitzen. Sie und dieser Typ vom Louvre müssen begreifen, dass sie an der Endstation angekommen sind. Wir kümmern uns hier darum, dass die Welt sich richtig herum dreht, und diese Leute nerven mit ihrem Scheiß.«

»Sorgst du dafür, dass das Komitee informiert wird?«

»O.K., aber wenn du nach Washington zur Versammlung des Währungsfonds kommst, müssen wir die ganze Sache noch einmal ausführlich besprechen.«

Klack. Am anderen Ende der Leitung folgte ein ununterbrochenes Summen.

»Monsieur le Comte, denken Sie an Ihre Versammlung im Elysee«, sagte eine weibliche Stimme über die Sprechanlage. »Unten wartet der Rolls auf Sie.«

»Ich komme in fünf Minuten herunter.«

Der Mann öffnete eine Kiste aus brasilianischem Zedernholz, nahm eine Cohiba Esplendido heraus und zündete sie mit einem goldenen Dunhill-Feuerzeug an. Er trommelte mit dem Feuerzeug auf den Schreibtisch. Durch die große Fensterfront sah man den Eiffelturm aufragen, dahinter die Hochhäuser von La Défense.

Er drückte die Tasten eines elektronischen Notizbuchs, schaute auf den Bildschirm und griff nach einem Mobiltelefon.

14 Raisa setzte sich in den Sessel vor dem Schreibtisch.

Théo beobachtete sie verstohlen, während sie in einer prall mit Papieren gefüllten Mappe wühlte. Die Bluse aus beiger Seide betonte ihre schwarzen Haare, und ihre Augen waren grün wie die Skarabäen auf ägyptischen Gräbern. Wie würde sie mit kupferroten Haaren aussehen?

»Als wir im Bistro über Vankos Notizen gesprochen haben«, sagte Raisa, »hast du gemeint, du verstehst nicht, was Amsterdam mit all dem zu tun haben könnte. Ich glaube, ich weiß es jetzt.«

Je mehr sie von der BPH und dem Büchlein erzählte, desto fassungsloser wurde Théos Gesichtsausdruck.

»Bist du dir darüber im Klaren, was ...«

»Dieses Buch enthielt die Antwort, das habe ich gespürt. Jetzt ist die Sache erledigt, und wie du siehst, ist nichts passiert.«

Erst hatte Théo sich schuldig gefühlt, jetzt gingen ihm eine Menge Fragen durch den Kopf. Ein solches Risiko einzugehen passte nicht zu ihr. Warum hatte sie das getan?

»Warum kann es deiner Meinung nach nicht Marsilio Ficino

gewesen sein, der die Intarsie in Auftrag gegeben hat?«, fragte Théo. »Er konnte Griechisch und Latein, und sein Brief an Cosimo zeigt, wie sehr ihn Hermes Trismegistos interessierte.«

Raisa reichte ihm eine Fotografie der Intarsie. »Das hier stimmt ganz und gar nicht mit der Vorstellung überein, die ich von ihm habe.«

Théo musterte das Foto. »Du meinst die Kleidung der Figuren? Das könnte eine Idee des Bildhauers gewesen sein.«

»Sehr unwahrscheinlich.«

Marsilio Ficino habe seine Übersetzung des *Corpus Hermeticum* im April 1463 abgeschlossen, so Raisa, 1473 sei er zum Priester geweiht worden, und die Intarsie stamme von 1488.

»Erstens«, sagte Raisa, »hätte ein Priester eine Darstellung, die so drastisch gegen den Kanon der christlichen Kunst verstößt, nicht gebilligt. Und wenn ihn Hermes Trismegistos so faszinierte, wie er schrieb, warum hätte er dann ein Vierteljahrhundert warten sollen, bevor er die Intarsie in Auftrag gab?«

»Könnte nicht Aringhieri das Werk angeregt haben? Er war adelig und Mitglied des Hospitalordens vom heiligen Johannes.«

»Und so gelehrt, dass er einen Satz wie *Suscipite o licteras et leges Egiptii* bilden konnte?«

Théo rieb sich die Nasenwurzel. »Nein, dafür braucht man sehr gute Lateinkenntnisse.«

»Diese Fragen erübrigen sich nach Amsterdam sowieso. Der Satz in dem Büchlein ›Ihr erhaltet die Buchstaben und die Gesetze, Ägypter‹ ist die genaue Übersetzung von *Suscipite o licteras et leges Egiptii*. Niemand anderes als Pico della Mirandola kann die Intarsie in Auftrag gegeben haben.«

»Die zweiundzwanzig Großen Arkanen finden sich in Tempeln, Monumenten und Palazzi… Warum sollte der ›Ort‹, der in dem Buch genannt wird, ausgerechnet der Dom von Siena sein?«

Raisa zog eine Monografie mit dem Titel *Der Dom von Siena* aus ihrer Tasche, schlug sie auf und reichte sie Théo, den Finger auf ein Foto gelegt. »Fällt dir nichts auf?«

Das Foto zeigte das Mittelschiff, das auf beiden Seiten von schwarz-weiß gestreiften Doppelsäulen begrenzt wurde. Die Säulen trugen Bögen, und oberhalb der Bögen zog sich auf beiden

Seiten ein Fries mit einer endlosen Reihe von Marmorbüsten über die gesamte Länge des Mittelschiffs.

»Wen stellen diese Büsten dar?«

»Die ersten 171 Päpste. Der Magister sagt zu Ioannus: ›Es ist der Ort, wo die Päpste die Großen Arkanen betrachten.‹« Raisas Augen blitzten. »Und wohin blicken die Päpste?«

Théo betrachtete ein anderes Foto auf der rechten Seite, eine Nahaufnahme der Büsten von vier Päpsten. Sofort fiel ihm eine Besonderheit auf. Die Büsten waren nach vorn geneigt, sodass der Blick der Päpste sich auf die Seitenschiffe richtete, genau dorthin, wo die Großen Arkanen in die Wände gemeißelt waren. Raisa hatte recht.

»Was machen wir jetzt?«, fragte Théo, obwohl er die Antwort schon kannte.

Raisa beugte sich vor und tippte mit dem Finger auf das Buch mitten auf der Intarsie. »Die Antwort gibt uns der Magister in dem Büchlein. ›Dortselbst wirst du eine Intarsie aus Marmor finden, darauf das Buch des Weisen abgebildet ist. Hebe das Buch an, und du wirst das Geheimnis entdecken.‹«

Théo warf ihr einen skeptischen Blick zu. »Wie groß ist die Intarsie?«

»Sie ist ein Quadrat mit dreieinhalb Metern Seitenlänge. Warum?«

»Und wo genau befindet sie sich?«

»Im Fußboden des Mittelschiffs, unterhalb des ersten Bogens, genau vor dem Hauptportal. Warum fragst du das alles?«

»Du schlägst also vor, am helllichten Tag in einer der wichtigsten Kathedralen der Welt eine tonnenschwere Marmorplatte anzuheben?«

»Du hast den Worten des Magisters nicht genau zugehört.« Raisa hob den Zeigefinger. »›Hebe das Buch an, und du wirst das Geheimnis entdecken.‹«

»Wie kann man das Buch anheben, ohne die ganze Intarsie anzuheben?«

»Anfangs habe ich mich das auch gefragt, dann habe ich die Bedeutung des Wortes ›Intarsie‹ nachgeprüft und verstanden. Das Bauprinzip einer Intarsie ist dasselbe wie beim Mosaik, aber die Teile sind größer. Der Künstler hat sie aus mehreren großen Stücken zusammengefügt. Schlag die nächste Seite auf.«

Auf einer Nahaufnahme der Intarsie erkannte man die Umrisse und Fugen zwischen den einzelnen Komponenten. Das Buch in der Hand von Hermes Trismegistos war aus drei Teilen zusammengefügt.

»Ein paar Kilo oder Zentner mehr oder weniger macht keinen Unterschied«, sagte Théo. »Wie kommen wir da rein und heben die drei Teile hoch, ohne dass die katholische Kirche sich auf uns stürzt?«

»Nachts.«

»Nachts? Aber klar. Wir brauchen bloß zu pfeifen, schon kommt der Heilige Geist keuchend angelaufen, um uns aufzumachen.«

»Bitte, Théo, mach es nicht so kompliziert. Man braucht doch nur einen Augenblick nachzudenken, oder?«

»Ach ja? Na gut, denken wir also nach.«

»Warum nicht ein Maulwurf? Jemand aus der Diözese von Siena zum Beispiel.«

»Ein Maulwurf? Natürlich! Offenbar markiert deine Heldentat von Amsterdam den Beginn einer neuen Karriere.«

Er blätterte in der Monografie. Gemälde von Pinturicchio, Skulpturen von Bernini, die Piccolomini-Bibliothek, nicht weniger als 56 Marmorintarsien im Boden... Der Dom von Siena verfügte ganz bestimmt über sämtliche Sicherheitssysteme eines Museums. Doch Moment mal.

»Der Dom hat höchstwahrscheinlich einen Restaurator angestellt«, sagte Théo. »Dieser Mann muss die Schlüssel der Portale haben. Und er kennt alle Codes der Alarmanlagen.«

»Was willst du machen? Ihn bestechen?«

»Ich? Ganz bestimmt nicht.« Théo setzte ein gerissenes Lächeln auf. »Aber ich glaube, ich kenne jemanden, der sich dafür eignet.«

»Wen?«

»Einer, der sagt, wer gegen die Korruption wettert, hat nur noch keine Gelegenheit gehabt, sich bestechen zu lassen. Er heißt Konstantine und ist Antiquitätenhändler.«

Théo brachte Raisa zur Tür. Als sie sich die Hand gaben, verweilte sein Blick auf ihrem Haar.

»Stimmt etwas mit meinen Haaren nicht?«

»Nein, nein... sie sind tadellos.«

»Kann ich dann meine Hand wiederhaben?«, fragte Raisa amüsiert.

»Entschuldige bitte.« Théo beeilte sich, ihre Hand loszulassen. »Ich war in Gedanken versunken.«

Raisa musterte ihn. Die Befriedigung der umworbenen Frau war bereits der Neugier der Psychoanalytikerin gewichen. Sie ging hinaus.

Er setzte sich wieder, beugte sich über den Schreibtisch und schlug mit dem Kopf gegen die Büste von Ramses dem Großen. *Théo tu es un gros crétin.*

Als Théo in sein Büro trat, telefonierte Spyro und bedeutete ihm, sich zu setzen. Dann legte er auf.

»Théo, du weißt, dass ich es hasse, wenn man mich drängt. Ich bin dabei, alles Nötige für London vorzubereiten.«

»Ich bin nicht wegen des Obelisken hier.«

Théo erzählte ihm von dem Treffen mit Raisa.

»Nachts in den Dom von Siena eindringen?« Konstantine lachte höhnisch. »Und ich dachte, die Operation Obelisk wäre der Gipfel, aber offenbar habe ich deine Phantasie unterschätzt.«

»Lass die Heuchelei. Das ist genau die Art Abenteuer, bei dem einer wie du nicht Nein sagen kann.«

»Du denkst doch nicht wirklich, dass ich ...«

»Und ob ich das denke.«

»Ich kümmere mich um den Obelisken. *Nur* den Obelisken.«

Théo wedelte mit dem Zeigefinger. »Du hast dich als Teilhaber in dem Unternehmen verpflichtet. Dem *ganzen* Unternehmen. Dann habe ich dich gefragt: ›Alle Belastungen und Gefahren werden geteilt?‹ Und was hast du geantwortet, Kompagnon?«

Konstantine sah ihn scheel an.

»Was gefällt dir nicht?«, fragte Théo. »Es passt nicht zu dir, dich auf diese Weise zurückzuziehen. Verstehst du nicht, dass diese Fährte mindestens ebenso wichtig ist wie der Obelisk, vielleicht sogar noch wichtiger?«

»Ich mich zurückziehen? Gefahren sind mein täglich Brot. Aber bei Geschäften verlange ich ein vernünftiges Verhältnis zwischen Risiko« – er klopfte mit einer silbernen Statuette des Merkur auf den Schreibtisch – »und Rentabilität.« Er klopfte ein zweites Mal.

»Du wolltest in das Unternehmen einsteigen, weil das Projekt dich überzeugt hat. Was stimmt nicht mit dem Dom von Siena?«

Konstantine fingerte eine Montecristo aus der Folie. »Sehr schöne Frau, diese Raisa Belmont. Ich habe sie auf einem Empfang der ägyptischen Botschaft kennengelernt.« Er zog die Zigarre unter seiner Nase entlang. »Sie ist nicht nur schön, sie hat auch Klasse, und ich weiß, was ich sage, denn meine Kunden sind Leute mit Klasse.«

Théo presste die Lippen zusammen. »Könntest du das wohl übersetzen?«

»In meiner Jugend habe ich durch Irrtümer eine goldene Regel gelernt: Niemals Frauen und Geschäfte vermengen.«

»Was berechtigt dich zu einer solchen Unterstellung?«

»Denk mal an das Risiko, das sie in dieser Bibliothek eingegangen ist. Für so was landet man im Gefängnis. Warum hat sie das deiner Meinung nach getan?«

»Esoterik ist ihre große Leidenschaft. Sie hat sich hinreißen lassen, das ist alles.« Aber er hörte selbst, wie falsch seine Worte klangen. »Passiert dir das nie?«

Was ihn ärgerte, war weniger Konstantines Zweifel an seiner Objektivität als vielmehr die Tatsache, dass er sich diese Frage bei dem Treffen mit Raisa selbst gestellt hatte.

»Ich darf daraus schließen, dass deine Einschätzung der Lage nicht von einer, sagen wir, persönlichen Sympathie beeinflusst ist?«, fragte Konstantine.

»Warum beschränkst du dich nicht auf die Fakten? Hältst du es nicht für durchaus möglich, dass jemand im Jahr 1488 etwas unter dieser Intarsie versteckt hat?«

»Doch, schon.«

»Warum zum Teufel jagst du dann Gespenstern hinterher?«

»Um meine Investitionen zu schützen. Ich wollte mich nur vergewissern, dass dein sachliches Urteil nicht von äußeren Faktoren beeinflusst wird.«

»Ich hoffe, du bist jetzt überzeugt.«

»So sehr wie du«, sagte Konstantine mit einem undurchschaubaren Lächeln.

»Bedeutet diese Antwort, dass ich noch einen Geschäftspartner habe?«

»Ich kenne den Restaurator des Doms von Siena nicht, aber auf etwas kannst du dich verlassen: In ein paar Tagen trinke ich auf dem Piazza del Campo Kaffee mit ihm.«

»Wie wirst du ihn überreden?«

Über Konstantines Gesicht lief das Lächeln eines Menschen, der schon alles gesehen hat. »Das ganze Leben ist ein *do ut des*.«

»Er könnte eine Ausnahme bilden.«

»Ach, ja? Nun, dann müsste sein Name in Goldlettern im Guinnessbuch der Rekorde stehen.«

Théo stieg ins Taxi und ließ sich zum Louvre fahren. Er hatte keinen Blick für die vorüberfliegenden Schaufenster am Place Vendôme. Das Gespräch mit Konstantine ging ihm nicht aus dem Kopf.

In letzter Zeit hatte er sich in den unterschiedlichsten Momenten dabei ertappt, dass er an sie dachte: während einer Arbeitsbesprechung, beim Einkaufen im Supermarkt, am Steuer, und immer hatte er sie mit kupferroten Haaren gesehen. Er seufzte. Spyro – der Teufel sollte ihn holen – hatte begriffen, was er sich selbst nicht eingestehen wollte. Obendrein hatte er auch in einem anderen Punkt vollkommen recht: Frauen und Geschäfte sollte man nicht vermengen. Außerdem bedeuteten feste Beziehungen nur Enttäuschungen. Er fuhr mit der Hand durch die Luft. Schluss. Es gab ohnehin nichts abzuschließen, weil niemals etwas begonnen hatte.

Das Taxi bog in die Rue de Rivoli ein. Wer weiß, vielleicht konnte es auch mit schwarzen Haaren klappen. Sollte er sie bitten, sich die Haare zu färben und wachsen zu lassen? Er lachte mit zusammengebissenen Zähnen. Es widerstrebte ihm, sich die Reaktion einer Frau mit einem solchen Charakter, überdies Psychoanalytikerin, vorzustellen, von den Erklärungen, die er ihr hätte liefern müssen, ganz zu schweigen. Eine Sekunde lang sah er sich auf Raisas Behandlungscouch liegen und hatte das Gefühl, ins Leere zu fallen.

»*Merde*!« Er hieb sich mit der Faust aufs Knie.

»Ist etwas nicht in Ordnung, Monsieur?«

»Nein, entschuldigen Sie bitte. Ich war in Gedanken.«

Der Fahrer beäugte Théo durch den Rückspiegel, brummte etwas und schüttelte den Kopf.

Die Stille im Übertragungsraum der Villa Tevere wurde hin und wieder von einem Schnarchen unterbrochen. Durch die Spalten der Rollläden fiel das Licht einer Straßenlaterne und zeichnete den riesenhaft vergrößerten Schatten der Fenstergitter auf den Fußboden.

Der Numerarier drehte sich auf seiner Pritsche um, gähnte und stützte sich auf seinen Ellenbogen. Die leuchtenden Zeiger der Wanduhr zeigten 02:40 Uhr. Auf den im Dunkeln liegenden Bildschirmen flackerte das Windows XP-Logo. Der Mann legte sich wieder hin und drehte sich zur anderen Seite um.

Plötzlich leuchtete die gelbe LED-Anzeige eines Modems auf, und das rote Signal einer Festplatte begann zu blinken. Das Windows-Logo verschwand, und über die Bildschirme flimmerte eine unendliche Folge von alphanumerischen Zeichen.

ROM, CARLOMAGNOS LABOR, SIEBEN TAGE SPÄTER

Die Beine auf eine geöffnete Schublade gelegt und an einer Karotte knabbernd, blätterte Carlomagno in einer Computerzeitschrift. Über einen der vielen Bildschirme auf dem Tisch lief eine Folge alphanumerischer Zeichen.

Als der Bildschirm aufleuchtete, blickte Carlomagno hoch. Das Bild war stehen geblieben, mitten in einem rot umrahmten Rechteck blinkte eine Buchstabenfolge. Zwölf. Die Karotte fiel zu Boden.

Mit gefalteten Händen hob Carlomagno die Augen zum Himmel. »Danke, lieber Gott«, sagte er. »Von heute an bestehle ich nur noch böse Menschen. Versprochen.«

Er klickte auf die erste Datei, und eine mit Microsoft Access erstellte Seite voller Namen tauchte auf. Der Name der Datenbank lautete »Supernumerarier/Spanien«. Er klickte auf die zweite und auf die folgenden Dateien. Nachdem er die letzte geöffnet hatte, tippte er eine Nummer in sein Handy.

»Wie viele sind es?«, fragte der Kommissar.

»In den Dateien sind 60 128 Namen aufgelistet.«

»Wo ist das Gros konzentriert?«

»In Westeuropa und Nord- und Südamerika. Fünfunddreißig Länder.«

»Was steht sonst noch da, außer den Namen?«

»So ziemlich alles. Privatadresse, Arbeitsstelle, die Firmen, die sie leiten oder wo sie im Vorstand sitzen, die Schenkungen.« Carlomagno klickte mit der Maus. »Ach, das hätte ich fast vergessen. Zum Schluss gibt es noch einen Bonus. Eine Datei mit der Liste der Mitarbeiter.«

»Mitarbeiter? Wie viele sind es?«

»Halten Sie sich fest: 718 345.«

»Gehen Sie nicht aus dem Haus. Ich lasse Sie sofort mit einem Wagen abholen.«

»Commissario ... und der Bericht von der Finanzpolizei?«

»Was für ein Bericht?«

Mit raschen Schritten überquerte Monsignore Guzman, eine Ledermappe in der Hand, die Piazza San Pietro, ging unter den Bernini-Säulen hindurch, stieg eine lange Treppe hinauf und schritt durch die Bronzetür des Apostolischen Palastes. Die beiden Schweizergardisten standen stramm. Er betrat den Fahrstuhl und fuhr in den dritten Stock hinauf, wo sich die Privatgemächer des Papstes befanden.

Als er in das Arbeitszimmer des Papstes kam, war Kardinal Ottolenghi schon da. Der Monsignore kniete vor Seiner Heiligkeit nieder, küsste den Fischerring und setzte sich neben den Kardinal.

Er warf einen Blick auf den Papst. Auf seinem Gesicht lag der immer gleiche gutmütige Ausdruck, doch der Anblick täuschte. Trotz seines Alters und seiner angegriffenen Gesundheit führte der polnische Papst die Kirche noch immer wie ein absolutistischer Monarch und ließ sich, *como el Generalissimo*, von niemandem etwas sagen, ausgenommen Ottolenghi, freilich nur in Fragen theologischer Dogmen.

Der Monsignore ließ seinen Blick zu dem Kruzifix in Lebensgröße hinter dem Papst und dann über die Wände schweifen, die kahl waren wie die eines Krankenhauszimmers. Er wand sich in seinem Sessel. Dieser Ort hatte auf ihn stets die gleiche Wirkung wie die Erbsünde: Er fühlte sich schuldig, noch bevor er den Mund aufgemacht hatte.

Auf dem Schreibtisch stapelten sich unzählige Dossiers. Der Papst öffnete eines, während er mit zitternder Hand seine Brille aufsetzte.

»Monsignore«, sagte er mit bebender Stimme, »Ihr Bericht erfüllt uns mit Bestürzung.«

Ein frontaler Angriff, ungewöhnlich für diesen Papst. Verstohlen spähte Guzman zu Ottolenghi hinüber. Der Inquisitor duckte sich in seinem Sessel wie eine Schlange im Gebüsch. Aha. Der erhabene oberste Richter der Glaubenskongregation hatte den Papst dank seines Rufes als Klassenbester in Sachen Orthodoxie gehörig aufgehetzt. Guzman spannte den Kiefer an. *Muy bien.* Er liebte frontale Angriffe wie ein Torero in der Arena, doch weniger lieb war ihm die Rolle des Stiers.

»Darf ich fragen, was Euch so verstört, *Vuestra Santidad*?«

»Ihr Bericht scheint die Möglichkeit nahezulegen, dass jener Papyrus die Wahrheit sagt. Was sind die Worte des Menschen gegen das Geheimnis des Heiligen Geistes?«

»*Vuestra Santidad*, meine Stellung als Generalprälat des Opus Dei nötigt mich zum Realismus. Die Bibel enthält bekanntlich viele Widersprüche.«

Er zog eine Bibel aus der Tasche, in der viele Zettel und Lesezeichen steckten. Jedes markiere eine Unstimmigkeit im Buch Exodus, sagte er. Die Schlussfolgerung der Experten sei einhellig. Der Exodus sei ein fiktives Ereignis, und Moses habe es nie gegeben.

»Ihre Stellung als Generalprälat des Opus Dei nötigt Sie in erster Linie zum Gehorsam!«, sagte Ottolenghi mit rotem Kopf. »Wenn ein Theologe derartige Erklärungen vor meinem Gericht abgäbe, wüsste ich genau, was ich zu tun hätte.«

»Ich bin ein klein wenig zäher als Ihre Theologen, und was die Bibelexegese betrifft, lasse ich mir von niemandem Lehren erteilen. *Claro*?«

Der Papst warf ihnen einen finsteren Blick zu. »Sie werden gebeten, Ihre Diatriben auf einen anderen Zeitpunkt und einen anderen Ort zu vertagen!«

»*Vuestra Santidad*, der blinde Gehorsam, zu dem ich als Generalprälat des Opus Dei verpflichtet bin, bedeutet nicht, dass ich bereit bin, mich kampflos ins Verderben stürzen zu lassen.«

»Monsignore, warum sagen Sie so etwas?«, fragte der Papst. »Hegen Sie etwa Zweifel?«

»*Vuestra Santidad*, mein Glaube ist so fest wie der Abrahams, doch, bei allem Respekt, darum geht es nicht. In diesem Moment führt der Bruder von Kardinal St. Pierre dieselbe Untersuchung durch, und dieser *hombre* ist kein beliebiger Kritiker. Er ist ein angesehener Ägyptologe und kann uns auf den Tod nicht leiden.«

»Warum sollte er die Kirche hassen?«

»Mir wurde berichtet, dass dieser Mann mehrmals den Kommissar getroffen hat, der die Ermittlungen zum Tod seines Bruders leitet.«

»Und daraus folgt?«, fragte Ottolenghi.

»Meiner Meinung nach ist er überzeugt, dass der Tod des Bruders kein Unfall war.«

Der Papst runzelte die Stirn.

»Das ist ungeheuerlich!«, fauchte Ottolenghi. »Wollen Sie etwa andeuten, dass die Kirche etwas mit dem Tod von Kardinal St. Pierre zu tun hat?«

»Ich beschränke mich darauf, mir anzuhören, was im Vatikan gemunkelt wird, vor allem nach dem Tod von Pater Cerri.«

»Ich hoffe doch sehr, dass der Generalprälat des Opus Dei über glaubwürdigere Informationsquellen verfügt als die Klatschgeschichten auf den Fluren des Vatikans«, sagte der Kardinal.

»*Vuestra Santidad*, dieser Mann wird vor nichts zurückschrecken, nur um den Papyrus in die Hand zu bekommen. Wir haben es mit einem ernsten Notfall zu tun, und das erklärt meinen Vorschlag, den Abrahamsbund einzuberufen.«

»Notfall?« Ottolenghi machte eine wegwerfende Geste. »Die Bibel ist das Wort Gottes, und das Wort ›Notfall‹ kennt Gott nicht.«

»Was sollten wir also Ihrer Meinung nach tun?«

»Das Nächstliegende: nichts.«

Der Monsignore sah erst den Kardinal an, dann den Papst. »Ich überlasse es Ihnen, sich auszumalen, was St. Pierre mit dem Papyrus machen wird, wenn er ihn findet und wenn darin bewiesen wird, dass der Exodus nur eine Legende ist.«

»Soll er doch machen.« Kardinal Ottolenghi schüttelte spöttisch lächelnd den Kopf. »Kein Papyrus, welchen Inhalts auch immer, kann den Glauben von zwei Milliarden Christen erschüttern.«

»Wirklich nicht? Was macht Sie so sicher, *Eminencia*?«

Ottolenghi setzte die Miene eines welterfahrenen Mannes auf. »Die Kenntnis der menschlichen Natur und ihrer grundlegenden Bedürfnisse.«

Guzman musterte ihn, dann wandte er sich an den Papst: »*Vues-*

tra Santidad, einen derartigen Gegner zu unterschätzen wäre ein großer Irrtum.« Er breitete ein paar Nummern des »American Journal of Archaeology« auf dem Schreibtisch aus. »Diese Zeitschrift nennt St. Pierre den größten lebenden Ägyptologen. Nicht nur der Papyrus ist gefährlich, es gibt noch eine viel ernstere Bedrohung, die mit einem Schlag Christentum, Judentum und den Islam hinwegfegen könnte.«

»Was meinen Sie, Monsignore?«, fragte der Papst.

»St. Pierre wird in Ägypten und den Nachbarländern das Unterste zuoberst kehren, bis er das gefunden hat, wonach wir und die Juden schon seit Ewigkeiten suchen.«

»Was soll das sein?«, fragte Ottolenghi.

»Das Grab Mose. Seit siebzig Jahren graben die Archäologen danach, einschließlich der Franziskaner vom Studium Biblicum Franciscanum in Jerusalem. Sie haben den Berg Nebo zu einem Schweizer Käse gemacht, aber keiner hat je etwas gefunden.«

In dem Arbeitszimmer herrschte Schweigen.

»Möge diese Entdeckung uns willkommen sein.« Der Papst breitete die Arme aus. »Sie wird ein großes Geschenk für die Christenheit bedeuten und bestätigen, dass die Bibel wirklich Gottes Wort ist, obwohl ein Glaubender dergleichen Bestätigungen nicht braucht.«

»Was wird geschehen, wenn eines Tages jemand das Grab an einer ganz anderen Stelle als am Berg Nebo findet, ganz zu schweigen davon, was die sterblichen Überreste Mose offenbaren könnten?«

Der Papst schlug mit einer Hand auf den Schreibtisch, seine Augen blitzten. »Monsignore, wir stellen uns für gewöhnlich keine ketzerischen Fragen.«

»*Vuestra Santidad*, ist das die Antwort, die die Kirche zwei Milliarden Christen geben wird, wenn die Archäologie die Bibel widerlegen sollte?«

»Warum haben Sie eigentlich vorgeschlagen, den Abrahamsbund zusammenzurufen?« Ottolenghi schlug mit dem Handrücken auf Guzmans Bericht. »Warum Juden und Moslems in diese Geschichte hineinziehen?«

Caramba, war das wirklich so schwierig? Die Tatsache, dass Ottolenghi überhaupt darüber sprach, konnte nur eines bedeuten:

Die Selbstsicherheit des Inquisitors geriet ins Wanken. Der Abrahamsbund war ein Zusammenschluss, von dem nur eine Handvoll Kirchenleute wussten und von dessen Existenz die Welt nichts ahnte. Eine hochgeheime Allianz zwischen der Kirche, dem Judentum und dem Islam. Ein Atlantisches Gottesbündnis, das in Krisenmomenten in Aktion trat. Eine Sekte, die nur drei Mitglieder umfasste: den Papst, Israels Oberrabbiner und den Großmufti von Saudi-Arabien.

»Moses ist für alle drei abrahamitischen Religionen ein Prophet Gottes.«

»Warum suchen wir nicht allein nach diesem Papyrus?«, schlug Ottolenghi vor.

»Weil wir ohne sie herzlich wenig erreichen werden.« Guzman entrollte ein Papier auf dem Schreibtisch, eine Karte des Mittleren Orients in biblischer Zeit. Er zeigte mit dem Finger auf den Sinai. »Hätte General Rommel die Israelis bei der Flucht aus Ägypten angeführt, hätte er niemals den im Exodus beschriebenen Weg genommen.«

»Was Sie nicht sagen«, kommentierte Ottolenghi. »Und warum nicht?«

»Weil es im Süden der Sinaihalbinsel wegen der Kupferminen von ägyptischen Garnisonen nur so wimmelte.«

»Was hätte Ihr Rommel also getan?«

»*El general* hätte direkt Aqaba angesteuert und den Sinai auf dieser Höhe durchquert.« Entschlossen zeichnete der Monsignore eine schräge Linie vom Suez nach Aqaba über die Karte.

»Wirklich schade, dass Sie und Rommel nicht dort waren, um Moses den Weg zu zeigen«, sagte Ottolenghi trocken. »Und nun? Was haben Jerusalem und Mekka damit zu tun?«

»Was nützt uns der Papyrus, wenn wir weder in Saudi-Arabien noch in Israel Grabungen durchführen können? Saudi-Arabiens Grenzen sind geschlossen. Und was Israel betrifft, so wagen Sie es, ein einziges Loch in die Wüste Negev zu graben, und eine Minute später wird ihnen eine Boden-Boden-Rakete die Eier zerbröseln.« Guzman blickte den Papst betreten an. »Ich bitte um Entschuldigung, *Vuestra Santidad*.«

Der Papst erhob sich mühsam, doch er schwankte und musste sich am Schreibtisch festhalten. »Monsignore, wir werden Ihnen unsere Entscheidung so bald wie möglich mitteilen.« Er bedeutete Ottolenghi, sitzen zu bleiben.

Guzman kniete nieder und küsste wieder den Ring. Ottolenghi murmelte er beim Hinausgehen ein »Eminenz« zu. Bevor er die Tür schloss, warf er noch einen Blick durch den Spalt. Ottolenghi tuschelte, über den Schreibtisch gebeugt, mit dem Papst. Das Verhalten der beiden war eindeutig. Er hatte gewonnen.

Auf dem Petersplatz fiel sein Blick auf den Obelisken von Caligula. Über einen der Strahlen auf dem Pflaster des Platzes ging er auf den Obelisken zwischen den beiden Brunnen zu und blieb darunter stehen. Er hob den Kopf. In den Wasserfontänen des Brunnens brachen sich Sonnenstrahlen, und ihre Regenbogenfarben blendeten ihn.

Ihm schwoll die Brust. Nichts eignete sich besser als ein Obelisk, um einen Sieg zu feiern.

15 Théo lehnte sich an den Fensterrahmen und betrachtete die Warteschlange der Touristen, die sich von der Pyramide bis zum Jardin du Carrousel hinzog.

Bevor Vanko gestorben war, hatte er Ottolenghi getroffen. In dem Café in Marino hatte Dominici ihm erzählt, dass der Kardinal ihn belogen hatte, was dieses Treffen anbelangte. Wenn Vanko Ottolenghi den Brief von Ficino damals gezeigt hatte, würde Guzman nicht lange brauchen, um zu entdecken, wer die »Mönche vom heiligen Berg« waren.

War es ein Fehler, den Berg Athos zu vernachlässigen? Nein. Die Wahrscheinlichkeit, dass die Mönche den Papyrus hatten, war äußerst gering. Zudem gab es auf Athos zwanzig Klöster, jedes mit einer Bibliothek.

Doch waren der Obelisk und der Dom von Siena nicht auch aussichtslose Aktionen, sogar für jemanden wie Konstantine?

Selbst wenn man voraussetzte, dass Echnaton etwas in dem Obelisken versteckt hatte, dann war das vor seiner Flucht aus Achet-Aton und vor seinem Tod passiert. Was auch immer Konstantine dort finden würde, bei der Suche nach dem Grab konnte es nicht helfen. Und was auch immer sich unter dieser Platte im Dom von Siena verbergen mochte, es hatte wahrscheinlich eher mit einem esoterischen Geheimnis zu tun als mit Echnatons Grab.

Blieb die Kupferrolle, doch was ließ sich aus dieser Schatzkarte entnehmen? Recht wenig. Auch wenn man an eine Verbindung zwischen dem Schatz der Rolle und dem Aton-Schatz glaubte und annahm, dass ein Teil außerhalb Israels versteckt war – wo lag dieses Versteck?

Was folgte daraus? Der Obelisk, der Dom von Siena und die Kupferrolle waren als Operationen ungefähr so leicht wie Carters Entdeckung des Grabes von Tutanchamun … Aber natürlich, wie konnte er das vergessen … Tuts Grab.

Er kehrte an seinen Schreibtisch zurück und nahm einen Druck des Gizeh-Plateaus von der Wand, hinter dem sich ein Safe verbarg. Er tippte den Zahlencode, nahm Vankos Notizen heraus und überflog sie noch einmal. *Carter/Grab des Tutanchamun/fehlender Papyrus.* Was meinte Vanko damit? Was war der fehlende Papyrus?

Er verließ das Büro und lief die Treppe hinunter. Im Untergeschoss öffnete er eine Tür mit der Aufschrift »Antiquitées Egyptiennes, Bibliothèque« und blickte sich suchend nach Léon, dem Bibliothekar, um.

Nachdem Théo erklärt hatte, was ihn herführte, sah ihn Léon, ein kahlköpfiger Riese mit Stiernacken und ausladendem Schnurrbart, finster an.

Théo wusste genau, dass das Thema Tutanchamun bei Léon tabu war. Schon mehrmals hatte der Bibliothekar ihn gefragt, wie sich erklären lasse, dass viele derjenigen, die das Grab als Erste betreten hatten, beginnend mit Lord Carnarvon, kurz darauf gestorben waren. Er hatte geantwortet, es handle sich nur um Zufälle, aber Léons Blicke und sein Verstummen sagten alles. Léon glaubte an den »Fluch des Pharaos«, die Geschichte, die nach der Entdeckung des Grabes in aller Welt in den Zeitungen gestanden hatte.

»Gut, *patrón*«, sagte Léon und wischte sich mit der Hand über die schweißglänzende Glatze, »wenn ich richtig verstanden habe, suchen Sie die Zeitungsartikel aus jener Zeit, die internen Berichte und den Briefwechsel.«

»Genau. Könnten Sie mal nachsehen, was wir im Archiv haben?«

Léon tippte auf der Computertastatur. »Es gibt zehn Dossiers. Von 1922 bis 1931.«

»Die würde ich gern einsehen.«

Léon blickte ihn mit gequälter Miene an. »Ist das wirklich nötig?«

»Ich fürchte, ja.«

»*Nom d'un chien*. Na gut.«

Sie gingen zu einer Panzertür, Léon drehte den Schlüssel im Schloss, und die Tür öffnete sich mit einem Ruck. Im Inneren ragten zwei Reihen Metallregale voller Dossiers auf.

»Hier.« Léon blieb vor einem Regal stehen und zeigte darauf wie auf einen Aussätzigen. »Soll ich da hoch?«

»Wenn Sie wollen, steige ich hinauf.«

»Sie denken doch nicht etwa, dass ich Angst habe?« Léon zog eine Leiter an der Gleitschiene heran.

»Das war nur so dahergesagt, Léon.« Théo lächelte ihm freundlich zu, denn er erinnerte sich an Léons Empfindlichkeit, die im ganzen Louvre bekannt war.

»Das sind sie, *patron*.« Auf der obersten Stufe der Leiter stehend, wies Léon mit der Hand auf eine Reihe staubiger Dossiers auf dem Regal. Auf dem Rücken trugen sie die Aufschrift »Carter-Tutanchamun« und die Jahreszahl. »Welches wollen Sie einsehen?«

»Alle.«

»*Mon Dieu*, ich hab's ja geahnt«, brummte Léon zwischen den Zähnen und zog ein Paar Handschuhe aus festem Tuch an.

Théo schob einen Rollwagen an die Leiter, und Léon fing an, ihm die Dossiers herunterzureichen.

Hinter einem Regal tauchte das Gesicht von Michaela Rosenberg auf. Sie spähte einen Moment lang in Richtung Théo und Léon, dann zog sie sich zurück.

Die Scheinwerfer von Raisas Mazda beleuchteten das Tor der Tiefgarage. Raisa ließ das Fenster herunter und richtete die Fernbedienung auf den Sensor. Während das Garagentor sich hob, schaute sie auf die Uhr, 21:40 Uhr. Nach zwölf Stunden im Krankenhaus wünschte sie sich nur noch ein warmes Bad, einen Kräutertee und ihr Bett.

Im Rückwärtsgang parkte sie auf ihrem nummerierten Platz ein, stellte den Motor ab und stieg aus. Die Beleuchtung war so schwach, dass sie ihren Schlüssel kaum erkannte. Wann würde die Hausverwaltung endlich einmal die Birnen austauschen?

Sie ging zum Fahrstuhl. Die Stille in der Garage schien das klackende Geräusch ihrer Absätze zu verstärken. Plötzlich wurde ihr unheimlich, sie ging schneller. Ihr war, als hörte sie gedämpfte Schritte im Rücken. Sie drehte sich um, der Gang war leer. Immer wieder hinter sich blickend, lief sie zum Aufzug. *Sei endlich einmal hier unten, verdammtes Ding.* Die Anzeige leuchtete auf. *Merde, achter Stock.*

Hinter ihr das Geräusch schneller Schritte. Sie drehte sich um. Ein Licht blendete sie, und zwei dunkle Umrisse kamen auf sie zu.

»Wer ... wer sind Sie? Was wollen Sie?«

Hände packten sie an den Armen und stießen sie gegen die Wand. Sie prallte mit einem Wangenknochen gegen den Zement, ein elektrischer Stoß fuhr ihr durch den Kopf. Sie wollte schreien, aber aus ihrer Kehle kam nur ein ersticktes Gurgeln. Krampfhaft versuchte sie, sich auf das rote Lämpchen über dem Aufzugsschacht zu konzentrieren.

»Still! Nicht schreien!«, flüsterte eine Stimme mit ausländischem Akzent.

»Was wollen Sie?«

»Erkennst du das hier?«

Etwas Kaltes streifte ihren Hals, dann spürte sie die Spitze einer scharfen Klinge.

»Bitte ...«

»Mach die Hand auf.«

Sie wollte gehorchen, doch der Druck des Messers gegen ihren Hals schien all ihre Muskeln zu lähmen.

»Mach die Hand auf.«

Ihre Faust öffnete sich. Der Mann gab ihr etwas in die Hand. Einen Umschlag?

»Zähl bis fünfzig. Langsam und ohne dich zu rühren. Verstanden?«

»Ja.«

»Du weißt, was passiert, wenn du dich früher bewegst?«

»Ja, ich weiß, ich weiß«, sagte sie mit heiserer Stimme.

»Gut. Wir haben uns also verstanden.«

Die Schritte entfernten sich eilig.

Die Augen starr auf das rote Lämpchen gerichtet, begann sie zu zählen. Eins, zwei, drei ... Bei fünfzig angekommen, drehte sie sich um. Das Licht des offenen Fahrstuhls fiel in den Gang, er war leer. Sie wollte sich bewegen, doch ihre Beine gaben nach, und sie fiel zu Boden. Nach einer kleinen Weile erhob sie sich, schlüpfte in den Fahrstuhl und drückte den Knopf ihrer Etage.

Sie schloss die Wohnungstür hinter sich, ging ins Wohnzimmer und ließ sich in einen Sessel fallen. Aufsteigende Übelkeit krampfte ihr den Magen zusammen. Sie hielt sich die Hände vors Gesicht, unfähig, ihre Gedanken zu ordnen. Nein, das war nicht möglich. Es war wie ein Albtraum ihrer Patienten. War es denn wirklich passiert? Ein stechender Schmerz fuhr ihr durch die Wange.

Sie spürte ein Brennen am Hals und fasste sich dorthin, wo sie die Messerklinge gefühlt hatte. Sie ging ins Bad und betrachtete sich im Spiegel. Eine rote Linie zog sich über die rechte Seite ihres Halses, und die linke Wange war schon angeschwollen. Gerade wollte sie nach dem Alkoholflakon greifen, da merkte sie, dass sie noch immer den Umschlag in der Hand hielt. Ein gewöhnlicher, brauner Umschlag. Sie drehte ihn um. Er enthielt etwas Hartes, eine Art Pappe. Sie riss ihn auf und zog den Inhalt heraus.

Zuerst dachte sie an eine Pokerkarte. Nein, das war es nicht. Sie starrte auf das Bild, dann las sie den Satz, der quer über das Bild geschrieben war.

Sie hätte nicht sagen können, wie lange sie vor dem Spiegel gestanden und die Karte angestarrt hatte. Endlich ging sie ins Wohnzimmer zurück und wählte eine Nummer.

»Théo, ich bin es, Raisa. Es ist etwas Schlimmes passiert ... Nein, nein, keine Sorge, mir geht es gut ... Kannst du bitte sofort zu mir kommen?«

Sie hängte auf und blieb lange reglos stehen, die Karte in der Hand. Warum diese Botschaft? Von wem kam sie?

Raisa lehnte den Kopf im Sessel zurück und fixierte einen Punkt an der Wand. Sie versuchte, ihren Kopf leer werden zu lassen, und konzentrierte sich auf ihren Atem.

Théo klingelte, die Tür öffnete sich. »Was ist passiert?« Er streckte die Hand aus, aber Raisa wich einen Schritt zurück.

»Komm rein.«

Sie kauerte sich in eine Ecke des Sofas, ein mit Eiswürfeln gefülltes Taschentuch gegen den Wangenknochen drückend. Das Blau ihrer Bluse ließ ihr Gesicht noch blasser erscheinen. In unpersönlichem Ton, als würde sie über etwas sprechen, was jemand anderem zugestoßen war, erzählte sie von dem Überfall.

»Tut dir die Wange weh?«

Raisa zuckte die Achseln. »Nur ein Kratzer.«

»Das Ganze wirkt völlig sinnlos. Was wollten die denn? Du sagst, sie haben dir einen Umschlag gegeben. Was war darin?«

Raisa zeigte auf den Tisch. »Das da.«

Théo nahm die Karte. Das Bild zeigte ein Skelett mit einer Sichel in der Hand. Eine Tarotkarte? Am oberen Rand stand die römische Ziffer XIII, am unteren die Bildunterschrift *La Mort*. Doch was seine Aufmerksamkeit erregte, war der Satz, den jemand in Schönschrift voller Schnörkel quer über die Karte geschrieben hatte:

> Pico della Mirandola starb mit einunddreißig, er wurde vergiftet. Schade, wenn man so jung stirbt, findest du nicht auch?

»Weiß außer Constance noch jemand von deinen Nachforschungen?«

»Niemand. Nur Constance, und ihr kann ich trauen.«

»Dann kann diese Karte nur von der BPH kommen.«

»Das habe ich auch sofort gedacht, aber ich verstehe trotzdem nicht, wie das möglich ist.«

»Ihr werdet doch wohl einen Ausweis vorgezeigt haben.«

»Nein, das mussten wir nicht. Wir haben kein Buch ausgeliehen, und die Benutzung der Computer war frei.«

»Dann kannte also niemand eure Namen, als ihr die Bibliothek verlassen habt?«

»Niemand.«

»Trotzdem deutet alles auf sie hin. Du hast mir selbst erzählt, dass der Archivar dir nicht gefallen hat.«

»Ich weiß, ich weiß ...«

»Obendrein scheint eine solche Botschaft von einer esoterischen Sekte zu stammen. Das ist doch eine Tarotkarte, oder?«

»Ja, es ist das Große Arkanum 13, der Tod.«

»Was bedeutet sie?«

»Das ist es ja gerade, was mir zu denken gibt. Die Bedeutung ist nicht der physische Tod.«

Die zweiundzwanzig Großen Arkanen seien Jung'sche Archetypen, so Raisa, Symbole für universale Begriffe, die jeder Mensch in seinen Genen habe. Sie stellten einen Initiationsweg dar, der vom Stadium des gewöhnlichen Menschen, der Karte mit der Null, die einen Narren zeigte, bis zur metaphysischen Erkenntnis des Kosmos und des eigenen Selbst führe. Sie werde auf der Karte Nummer 21 durch ein Bild der Welt symbolisiert. Das dreizehnte Arkanum bedeute eine wichtige innere Veränderung: das Ende von etwas und die Geburt zu einem neuen Leben, einem höheren Entwicklungsgrad des Selbstbewusstseins.

»Bitte lass doch die esoterischen Erklärungen.« Théo war versucht, sie zu streicheln, aber er hielt sich zurück. »Das Skelett und die Botschaft sind eindeutig genug, meinst du nicht?«

»Nein, ich glaube, dass hinter dieser Karte etwas Wichtiges steckt.«

Die Großen Arkanen entsprachen den zweiundzwanzig heiligen Pfaden des Lebensbaums der Kabbala, erklärte sie. Zu jedem Arkanum und jedem Pfad gehöre einer der zweiundzwanzig Buchstaben des hebräischen Alphabets.

»Die Kabbalisten waren überzeugt, dass die Großen Arkanen mit Moses nach Israel gekommen sind und dass die Israeliten sie bei ihrer Flucht aus Ägypten mitgenommen haben.«

Théo schüttelte den Kopf. »Gibt es dafür Beweise?«

»Beweise nicht. Aber in der Tradition des esoterischen Denkens gehen die Bilder der Großen Arkanen auf die Ikonografie der Mysterienschulen in den ägyptischen Tempeln zurück.«

»Das sind doch bloß Legenden. Ich mache seit zwanzig Jahren Grabungen in Ägypten und habe noch auf keiner Tempelwand etwas in der Art gesehen.«

»Was heißt das schon? Die Initiierten proklamierten ihre Geheimnisse natürlich nicht an den Tempelmauern. Warum haben die Typen in der Garage ihre Botschaft wohl ausgerechnet auf eine Tarotkarte geschrieben?«

Théo sah sich erneut die Karte an. »Nehmen wir einmal an, es stimmt, was du sagst. Ja, und? Verrät dir das, wer die Leute in der Garage und ihre Auftraggeber waren?«

»Nein, doch der Herr, der mir so eine Botschaft geschickt hat, hat sich damit selbst verraten, weil er mir zu verstehen gibt, dass wir auf dem richtigen Weg sind.«

»Pico della Mirandola lebte achtundzwanzig Jahrhunderte nach Echnaton. Lass uns abwarten, bis wir entdeckt haben, was unter der Intarsie steckt, bevor wir Schlussfolgerungen ziehen, einverstanden?«

»Natürlich, aber diese Karte ist die Bestätigung dafür, dass Pico ein esoterisches Geheimnis entdeckt hatte, das auf das alte Ägypten zurückgeht. Und es war ein so wichtiges Geheimnis, dass jemand noch heute, dreiunddreißig Jahrhunderte nach Echnaton, zu allem bereit ist, nur damit es nicht ans Licht kommt.«

»Es war ein Fehler, dich um Hilfe zu bitten, aber ich konnte mir ja nicht vorstellen, dass es so weit kommen würde.«

Raisa schnippte mit den Fingern. »Ist schon vergessen.« Sie lächelte bitter.

»Ich meine es ernst.« Théo wedelte mit der Karte. »Und die auch.«

»Ach, Théo, du kennst mich schlecht.«

Théo beobachtete sie. Die Entschlossenheit in ihren Augen überraschte und ängstigte ihn. Raisa würde ihren Weg weitergehen, und er konnte nichts tun, um sie daran zu hindern. Plötzlich hatte er eine schwankende, bunte Lichterkette vor Augen.

»Ich will nicht, dass dir etwas zustößt.«

»Ich weiß.«

Die Lichterkette verströmte ein kupferrotes Licht. Am Himmel ertönte ein lautes Donnern, und ein großer Feuerball explodierte in seinem Kopf. Von einem Berg erhob sich eine schwarze Rauchwolke und verdunkelte alles. Das Hemd klebte ihm am Rücken, sein Atem ging schneller, und ihm war, als würde er ins Leere stürzen. Nein. Lieber abwarten, bis alles vorbei war. Er fühlte sich wie ein Verdurstender, der an einer Oase angekommen ist, aber nicht trinken kann. Er ertappte sich dabei, dass er mit dem Fuß wippte, hielt inne und wandte den Blick von ihr ab.

»Hast du die Polizei benachrichtigt?«

»Hättest du das getan?«

»Nein.«

Sie hatte recht. Es wäre nur Zeitverschwendung gewesen. Eine Weile hätten sich Wachen vor ihrem Haus abgewechselt, und ein paar Tage später wäre der Fall zu den Akten gelegt worden.

»Lass dir eine gepanzerte Wohnungstür einbauen. Sofort.«

Er bat sie, ihr Auto nicht mehr in der Tiefgarage des Wohnhauses abzustellen, sondern draußen, auf einem bewachten Parkplatz. Sie solle alle ihre Gewohnheiten ändern, angefangen bei den Uhrzeiten ihrer Ortswechsel, und immer kontrollieren, ob jemand sie beschattete.

»Hast du eine Pistole?«

»Ja. Fast alle Psychiater haben eine. Sie muss irgendwo hinten in einer Schublade liegen. Warum?«

»Kann ich sie sehen?«

Raisa kehrte mit einer Pistole in der Hand zurück und gab sie ihm. Es war eine kompakte, handliche 9 mm Glock G-19.

»Ist sie geladen?«

»Ja.«

»Trag sie von jetzt an immer bei dir, in der Tasche.«

Raisa nickte.

Théo betrachtete die Tarotkarte. »Das sieht mir nicht nach Opus Dei aus. Es passt überhaupt nicht in deren Profil.«

War es möglich, dass Domenici sich irrte? Aber wie erklärte sich dann, dass der Numerarier Vankos Wohnung und Guzman und Ottolenghi sein Büro durchsucht hatten?

»Wenn jemand anderes dahintersteckt, wie ich glaube«, sagte Raisa, »dann könnte das wahre Motiv etwas anderes sein als der Exodus.«

»Was meinst du damit?«

»Erinnerst du dich, was ich dir vor zwei Tagen in deinem Büro über die Halle der Aufzeichnungen gesagt habe?«

»Ich bitte dich, Raisa!« Théo schlug sich mit der Hand aufs Knie. »Wie soll ich es dir noch sagen? Die Halle der Aufzeichnungen ist ein Märchen. Meine Güte, wir zelebrieren hier doch nicht die alten Hippiephantasien!«

»Denk an die Hieroglyphen am Tempel in Edfu, an den Westcar-Papyrus und an die Stele von Thutmosis IV. Sind das alles Märchen?«

»Die Ägypter hatten ihre Mythen, wie jedes Volk. Und Thoth war einer davon. Findest du das so seltsam?«

»Die Mysterienschulen der ägyptischen Tempel sind kein Mythos. Die heiligen Papyri beweisen, dass es sie gab.«

»Sicher, aber niemand weiß, was diese Schulen im Dunkel des heiligsten Bezirks trieben. Die Hypothesen der sogenannten esoterischen Tradition sind lediglich Spekulationen, und sie erinnern mich stark an die Dummheiten der New-Age-Bewegung.«

»Diese Hypothesen berufen sich auf die heiligen Papyri der Tempel, ebenjene Papyri, die beim Brand der Bibliothek von Alexandria vernichtet wurden.«

»Tja. Wirklich schade, dass sie verbrannt sind.«

»Das Pergament von Theon ist eindeutig. Die Mysterienschule von Thoth hat es wirklich gegeben. Als Pharao war Echnaton ein Initiierter dieser Schule. Jetzt kehrst du den Skeptiker hervor, aber warum interessierst du dich dann so für den Obelisken in London?«

»Ich würde den Obelisken nicht mit Albernheiten wie der Halle der Aufzeichnungen in einen Topf werfen.«

»Beweise, immer nur Beweise! Du bist so besessen davon, dass du das Offensichtliche vernachlässigst.«

»Ach, wirklich? Lass hören. Was ist denn so offensichtlich?«

»Eine Verbindung zwischen dem Geheimnis um den Exodus und dem der Mysterienschule, von der Theon spricht.«

»Ich kann dir nicht folgen.«

»Du bist überzeugt, dass der wirkliche Exodus, der sich hinter der biblischen Geschichte verbirgt, die Flucht Echnatons und der Anhänger Atons ist, und das ist deiner Meinung nach das Motiv. Habe ich recht?«

»Es ist durchaus möglich. Und weiter?«

»Hinter dem Geheimnis des Exodus – ich spreche von der Flucht Echnatons – könnte sich stattdessen ein anderes Geheimnis verbergen, etwas, was gewisse Leute unbedingt geheim halten wollen. Und das könnte das eigentliche Motiv sein.«

»Das ist nur eine Hypothese, eine ziemlich vage obendrein.«

Aber nach der letzten Begegnung mit Michaela hatte er selbst schon an so etwas gedacht. Die Schlussfolgerungen seiner Doktorarbeit kamen ihm in den Sinn. Hatte es etwas mit dem Licht zu tun?

»Dies hier ist jedenfalls keine Hypothese.« Raisa zeigte auf die Tarotkarte, dann nahm sie den Eisbeutel von ihrer Wange. »Und das hier auch nicht.«

Sie nahm die Pistole und steckte sie in ihre Handtasche.

IUNU, TEMPEL DES RA, ZWEITES JAHR DER REGENTSCHAFT AMENHOTEPS IV.

Im Halbdunkel des Thronsaals im Tempel der Seele flackerten die Flammen aus zwei Alabasterleuchtern zu beiden Seiten einer Statue des Ra und warfen tanzende Reflexe auf den glänzenden Basalt der Statue – eine menschliche Figur mit einem Falkenkopf, gekrönt von einer gelben Sonnenscheibe.

Vor der Statue des Gottes hockte Nepher auf einer Papyrusmatte. Seine Augen waren geschlossen, der Rücken gerade, die Hände zum Gebet zusammengelegt. Sein Haupt war rasiert wie das der Priester, und er trug nur einen leinenen Lendenschurz.

»Hoheit, der Morgen graut.« Meryre blieb hinter ihm stehen, in der einen Hand eine Papyrusrolle, den Stock mit dem goldenen *ankh* in der anderen.

Nepher verneigte sich tief vor dem Gott und stand auf.

»Hast du dich fleischlicher Beziehungen enthalten?«

»Ich habe mich enthalten.«

»Hast du die ganze Nacht im Gebet gewacht?«

»Ich habe gewacht.«

»Bist du nüchtern?«

»Ich bin es.«

»Folge mir.«

Unter der Säulenreihe vor dem Haus des Phönix gesellten sich drei Priester zu ihnen: Einer trug ein Weihrauchfass, die anderen Gefäße aus Obsidian in Form von Lotusblüten.

Vor der roten Scheibe der aufgehenden Sonne ragte der Obelisk des heiligen Sees auf, das Gestirn zeichnete feurige Reflexe auf das Wasser. Ein Boot glitt über den Nil, der eintönige Gesang der Ruderer verband sich mit den Litaneien der aus dem Tempel aufsteigenden Gebete.

Am Rand des Sees angelangt, stiegen die fünf Männer die Stufen hinab, die unter die Wasseroberfläche führten, bis ihnen das Wasser an die Knie reichte. Der Priester mit dem Weihrauchfass stimmte ein Gebet an und schwenkte dabei das rauchende Fass.

Während der zweite Priester seinen Körper mit Öl aus Ysop salbte, starrte Nepher in die Sonnenscheibe. *Gleich würde etwas geschehen.* Er schloss die Augen und ließe sich von den Strahlen des Gottes liebkosen. Wieder spürte er die dröhnende Vibration in seinem Kopf, anfangs stark, dann sanfter, bis sie zu einem Flüstern wurde, wie das Rascheln der Binsen am Nil.

»*Gewaltsam öffne ich mich dir und breche die Siegel des Heiligen Tores*«, sagte die Stimme, »*damit du über seine Schwelle treten kannst.*«

»Oh Aton, mein Vater, deine Herrlichkeit strahlt im Himmel wie beim Morgengrauen des ersten Tages des *Zep Tepi.*«

»Hoheit, hörst du mir zu?« Meryre runzelte die Stirn. »Ich habe dich aufgefordert niederzuknien.«

Nepher gehorchte.

»Schwörst du, dass du Seth meiden wirst und nach der Wahrheit und im Gehorsam vor dem Gesetz Maats leben wirst?«, fragte Meryre.

»Ich schwöre es.«

Meryre hob den Stock gegen den Obelisken. »Oh Aton, der du am Himmel strahlst, dein Wille geschehe, wie im Himmel so auch auf Erden …« Als das Gebet beendet war, entrollte er den Papyrus und reichte ihn Nepher. »Sprich die zweiundvierzig Bekenntnisse und atme so den Odem Maats.«

Nepher hob den Papyrus vor seine Augen. »Ich habe nicht gestohlen, ich habe nicht getötet, ich habe nicht mit Frauen Unzucht getrieben, welche den Krug zerbrochen haben, ich habe nicht gelogen, ich habe niemanden zum Weinen gebracht, nie habe ich Grenzsteine von Ländereien versetzt, nie habe ich die Maßeinheiten des Korns verringert …«

Als Nepher geendet hatte, befahl Meryre ihm, sich auf Hände und Füße niederzulassen. Mit einer Kopfbewegung gab er dem dritten Priester ein Zeichen. Dieser kam näher, tauchte sein Gefäß ins Wasser und hielt es über das Haupt des Pharaos.

»Im Namen von Ra-Harmakhis bei Sonnenaufgang, im Namen Ras beim höchsten Sonnenstand am Mittag und im Namen Atons in der Abenddämmerung«, sagte Meryre, während er den Stock gegen die Sonne hob und mit dem im Licht glänzenden *ankh* das Zeichen der Dreieinigkeit malte.

Jedes Mal, wenn einer der drei Namen des Gottes ausgesprochen wurde, goss der Priester Wasser über Nephers Haupt.

»Ich erkläre dich für geläutert vom ursprünglichen Bösen des Seth«, sagte Meryre. »Deine Initiation in die Heiligen Mysterien kann beginnen.« Dann stieg er mit den anderen Priestern aus dem Wasser und blickte sich um. »Hoheit, kommst du nicht mit?« Seine Miene wurde fragend. »Hoheit…?«

Reglos saß Nepher im Wasser, zur Sonne gewandt, mit geschlossenen Augen und gefalteten Händen.

16 Aus der U-Bahn-Station Embankment trat eine Nero-Wolfe-Figur mit rechteckiger Ledertasche über der Schulter und schlenderte über die St. Katherine Docks Richtung Waterloo Bridge. Das Hawaiihemd und die Kakishorts vom Typ »Überlebenstraining im Dschungel« kämpften mit dem Bierbauch.

Der Mann trat, sich das Doppelkinn kratzend, an den Verkaufsstand von Cleopatra's Kiosk und kaufte ein King-Size-Schokoladeneis. Dann ging er weiter am Themseufer entlang, gedankenverloren sein Eis leckend. Als er vor dem Obelisken stand, betrachtete er die Reihen der Hieroglyphen, die bis zur Spitze reichten. Er stieg die Stufen zwischen den beiden bronzenen Sphinxen hinauf.

Auf der Plattform mit Blick auf den Fluss mischte er sich unter eine Gruppe von Touristen, sah sich nach allen Seiten um und setzte sich auf eine Bank. Hier aß er sein Eis auf, leckte er sich die Finger und öffnete die Tasche. Eine Reihe verchromter Knöpfe blitzte in der Sonne. Er drückte auf einen Knopf, der Apparat begann zu brummen. Der Mann stellte den Frequenzwähler auf 150 Megahertz ein, zog zwei meterlange Antennen heraus und richtete sie auf den Obelisken.

Auf der gegenüberliegenden Bank saß ein schmächtiger junger Bursche mit Bürstenschnitt und Akne im Gesicht, in die Lektüre einer Zeitung vertieft.

Der Dicke ging auf den Obelisken zu und wanderte dann langsam um den Marmorsockel herum, den Blick auf die Leuchtanzeige seines Apparates gerichtet. Nachdem er eine Runde gedreht hatte, blieb er mit unzufriedener Miene stehen. Er drehte am Frequenzwähler und machte eine zweite Runde. Wieder schnaubte er ärgerlich, verstellte noch einmal den Frequenzwähler und ging noch einmal um den Obelisken.

Der Junge mit der Akne faltete die Zeitung zusammen, stand auf und lehnte sich an die Brüstung der Plattform.

Nachdem der Dicke sich wieder hingesetzt und die Antennen eingezogen hatte, wählte er eine Nummer. »Spyro, hier ist Archibald. Ich hab's mit dem GPR probiert, das neueste Radarmodell. Kein Ergebnis.«

»Wie hoch bist du gekommen?«, fragte Konstantine.

»Drei Meter über dem Sockel, aber ich habe nichts gefunden.«

»Hast du es mit einer niedrigeren Frequenz versucht?«

»Klar. Aber wenn ich die Auflösung verringere, um das Feld zu vergrößern, wird das Scheißsignal undeutlich.«

»Dann bleibt uns nichts anderes übrig, als mit einer Ausziehleiter raufzugehen.«

»O.K., aber wenn das Loch an der Themseseite liegt, müssen wir ein Gerüst aufbauen.«

Der Mann hängte sich die Tasche über die Schulter und ging zum Embankment zurück.

Neben einer Sphinx stehend, blickte der Bursche dem Dicken nach, bis er in der Metrostation verschwand. Dann nahm er ein Handy und telefonierte.

Hinter einem Bogen aus dem Mittelalter tauchte Spyros bärtiges Gesicht unter einem Panamahut auf.

Suchend ließ der Antiquitätenhändler den Blick über den muschelförmigen, sonnenüberfluteten Platz und die Touristenscharen schweifen, dann schaute er zu den Zinnen des Torre del Mangia hinauf. Mit lässiger Eleganz den Spazierstock schwenkend, ging er auf die Reihe der Restaurants und Bars an der oberen Seite des Platzes zu. Vor dem Sonnensegel der Bar Il Palio blieb er stehen und musterte die Kunden.

Ein Mann blätterte in der »Nazione«. Er hatte einen Spitzbart und dichte Augenbrauen unter einer Löwenmähne. Statt einer Krawatte trug er einen blauen Seidenschal, ein Adelswappen zierte die

Brusttasche seines blauen Jacketts. Konstantine schlängelte sich zwischen Tischchen hindurch.

»Conte Fulgenti, vielen Dank, dass Sie trotz der kurzfristigen Ankündigung zu einem Treffen bereit waren«, sagte Konstantine, nachdem sie bestellt hatten. »Oder soll ich Sie mit ›Maestro‹ anreden?«

»›Conte‹ genügt vollauf«, sagte der Mann mit einer tiefen, schnarrenden Stimme. »Was verschafft mir die Ehre?«

»Nicht doch, lieber Conte, Sie sind zu bescheiden.« Bedächtig zündete Konstantine eine Montecristo an, zwischen zwei Zügen beobachtete er den Mann aus den Augenwinkeln. »Mir ist es eine Ehre, den Leiter der Restaurierungsabteilung des Doms von Siena sprechen zu dürfen, dessen Ruf ihm den Beinamen ›Maestro‹ eingetragen hat.«

Zufrieden machte der Conte eine wegwerfende Handbewegung.

»Ich habe mit Interesse eine Ihrer Arbeiten gelesen, *Die Schätze des Doms von Siena*. Donatello, Pinturicchio, Iacopo della Quercia ... Diese Basilika ist ein kleiner Louvre.«

»Das darf man mit Fug und Recht behaupten. Und auch die Sicherheitssysteme stehen dem Louvre in nichts nach, das können Sie mir glauben.«

»Wer hätte das gedacht ...« Nachdenklich zog Konstantine an seiner Zigarre.

Der Kellner kam.

»Iacopo della Quercia und die anderen mögen mir vergeben«, sagte Konstantine, einen Schluck von seinem Margarita nehmend, »aber was mich immer besonders fasziniert hat, sind die Intarsien des Doms. Erklären Sie mir diese Technik, Conte.«

»Nun, sagen wir so: Intarsien sind eine Komposition aus unterschiedlichen, ineinandergefügten Komponenten, etwa wie ein Puzzle.« Der Conte trank die Hälfte seines Bellini in einem Zug. »Zunächst macht der Künstler einen Entwurf, dann schneidet er die Marmorelemente zu, und schließlich fügt er sie so ineinander, dass sie ein Bild ergeben.«

»Benutzt der Bildhauer einen Klebstoff, um die Elemente zusammenzufügen?«

»Auf keinen Fall!« Der Conte hob die Hand, als wollte er diese ketzerische Idee abwehren. »Die Verbindungslinien dürfen kaum zu sehen sein, und die Oberfläche muss vollkommen eben und glatt poliert sein. Genau daran erkennt man die Meisterschaft des Bildhauers.«

»Wenn Sie eine der Intarsien im Dom restaurieren müssen, heben Sie also nur die betreffenden Komponenten an, richtig?«

»Genau. Obwohl das leichter gesagt ist als getan, wenn man sie nicht beschädigen will.« Der Conte warf einen raschen Blick auf seine Taschenuhr. »Würden Sie mir den Grund dieses Treffens verraten?«

»Die Intarsie des Hermes Trismegistos.«

Konstantine beugte sich zu dem Conte vor und redete leise auf ihn ein. Schließlich schüttelte der Conte mit einem gutmütigen, nachsichtigen Lächeln den Kopf.

»Diese Intarsie ist ein einzigartiges, weltberühmtes Kunstwerk. So etwas würde der Vatikan niemals genehmigen. Man stelle sich das vor! Drei Teile hochheben, nur um, entschuldigen Sie bitte, eine simple Neugierde ohne jede wissenschaftliche Grundlage zu befriedigen. Vergessen Sie es.«

»Ich habe nichts von Genehmigungen gesagt.« Konstantine nahm einen Schluck Margarita und schnalzte mit der Zunge.

»Ach, wirklich nicht?«

»Kein Wort.« Wieder beugte sich Konstantine zu dem Conte vor, um ihm seinen Plan zu erklären.

Die Augen des Conte wurden zu schmalen Schlitzen. »Machen Sie Witze, oder sind Sie womöglich aus einer Irrenanstalt entflohen?« Plötzlich schlug er sich an die Stirn und brach in ein krampfhaftes Gelächter aus. »Ich Dummkopf! Jetzt verstehe ich. Sie sind von der ›Versteckten Kamera‹!«

»Conte, entspannen Sie sich. Sie werden mit keiner versteckten Kamera aufgenommen. Und was mich betrifft, so bin ich geistig vollkommen gesund, und bei Geschäften mache ich nie Witze.«

Das Lächeln des Conte erstarb. »Gut, fassen wir zusammen.« Seine Miene wurde spöttisch. »Sie möchten, dass ich Sie mitten in der Nacht in den Dom lasse und drei Teile der Intarsie des Hermes Trismegistos anhebe, damit Sie darunter etwas hervorholen können, was jemand im Jahr 1488 dort versteckt haben soll. Richtig?«

»Genau.« Konstantine breitete die Arme aus, als wollte er die Vernünftigkeit seines Ansinnens unterstreichen.

Der Conte zog seine goldene Uhr aus der Westentasche. »Ich

danke Ihnen für die Plauderei und den Aperitif, aber es ist spät geworden.« Er machte Anstalten, sich zu erheben.

Konstantine hielt ihn mit dem Griff seines Spazierstocks zurück. »Ihre Sammlung von Renaissanceskulpturen... Großartig, wie ich höre. Schade nur, dass sie in keinem Katalog verzeichnet ist. Ich frage mich, was die Oberaufsicht über die Schönen Künste dazu sagen würde, von der italienischen Polizei ganz zu schweigen.«

Der Conte erstarrte auf halber Höhe über seinem Stuhl.

»Oh, ja«, sagte Konstantine, eine Rauchwolke in die Luft blasend, »die Provenienz dieser Stücke erklären zu müssen könnte etwas unangenehm werden, *n'est-ce pas*?«

Der Conte sackte auf den Stuhl zurück. »Elender Erpresser.«

»Na na, Conte, was für hässliche Worte! Was verlange ich denn schon von Ihnen? Sie sollen ja keinen Pinturicchio stehlen. Ich bitte Sie, drei Marmorstückchen anzuheben, ist das zu viel verlangt?«

Über eine Landkarte vom Berg Athos gebeugt, ein Lineal in der Hand, zeichnete Pater Pinkus einen weiteren Eintrag neben die vielen, die die Karte schon übersäten. Aus dem Augenwinkel spähte er nach Monsignore Guzman, der ihm gegenübersaß.

»*Traitores y coñazos*!« Wütend klappte der Monsignore die Akte zusammen. »Hoffentlich empfängt der heilige Petrus sie so, wie sie es verdienen, wenn sie bei ihm anklopfen. Pater, ist diese Umstandskrämerei wirklich nötig?«

»Der Mönch von der Oberaufsicht über die Heiligtümer in Thessaloniki war eisern am Telefon.«

»Ist es denn ganz sicher, dass auch Leute, die nicht griechisch-orthodox sind, ein Visum bekommen?«

»Von hundert Genehmigungen, die sie jeden Tag erteilen, ist eine Quote von maximal zehn Besuchern anderer Konfessionen als der griechisch-orthodoxen vorgesehen.«

»Gut, aber unsere Pässe vom Vatikanstaat zeigen wir lieber nicht vor. Ich werde meinen spanischen Pass mitnehmen und Sie Ihren deutschen.«

»Ich lasse sie sofort erneuern.«

»Was Sie unter ›Beruf‹ eintragen, überlasse ich Ihrer Phantasie. Das Opus Dei kennen wir jedenfalls nicht mal dem Namen nach. *Claro*?«

Pater Pinkus lächelte verlegen.

»Sagen Sie, Pater, umfassen die zehn Prozent auch Juden und Moslems?«

»Ja... natürlich.« Pater Pinkus machte ein fragendes Gesicht. »Aber was gehen die uns an, Monsignore?«

Nachdenklich betrachtete Guzman den Pater, seine Narbe streichelnd. Vielleicht war der Zeitpunkt gekommen, ihm alles zu sagen, diesem *pobrecito*. Das Telefon läutete.

Pater Pinkus hob den Hörer. »Ja?... Einen Augenblick, Monsignore, ich übergebe.« Er flüsterte: »Der Sekretär Eurer Heiligkeit«, und reichte Guzman den Hörer.

»Monsignore, ich höre.« Guzman schaltete die Freisprechanlage ein.

»Der Heilige Vater hat eine Videokonferenz mit den anderen Mitgliedern des Abrahamsbundes abgehalten«, sagte der päpstliche Sekretär im vertraulichen Tonfall.

»Und?«

»Monsignore, der Bund hat Ihren Vorschlag gebilligt.«

»*Vaya*. Ausgezeichnet.«

»Es wurde eine Begegnung auf neutralem Boden vereinbart, in Kairo. In zwei Tagen treffen sich drei Vertreter des Bundes.«

»Und die wären?«

»Sie, Monsignore, für die Kirche. Was die anderen beiden betrifft, nun... Ich möchte vorausschicken, dass der Oberrabbiner und der Großmufti darauf bestanden haben, dass...«

»Wer soll das sein?«

»Al Kaddafi, das Oberhaupt der Muttawa von Saudi-Arabien, und Rabinovitch, der Führer der ultraorthodoxen Juden.«

Die Hand des Monsignore krampfte sich um den Hörer, und Pater Pinkus erbleichte.

»Monsignore Guzman? Sind Sie noch dran?«

»Sie wollen mir doch nicht etwa sagen, dass die beiden auch mit uns auf den Berg Athos kommen werden?«

»Tut mir leid, aber das werden sie.«

»*Jesús, Maria y José*, sind sie wenigstens damit einverstanden, dass wir vom Opus Dei zu zweit kommen?«

»Ja, aber die Verhandlung war alles andere als einfach.«

Nachdem er aufgelegt hatte, saß der Monsignore reglos da,

das Kinn auf die Handfläche gestützt. Er schüttelte sich und sah Pater Pinkus an. Der Ärmste war in seinem Sessel zusammengesunken, er schien noch kleiner geworden zu sein. Guzman berichtete ihm von seiner Zusammenkunft mit dem Papst und Ottolenghi.

»M-M-Monsignore, das sind zwei verrückte Fanatiker. Dieser Al Kaddafi ist obendrein ein Sadist. Man erzählt, er habe seinen Spaß daran, die Gefangenen der Religionspolizei eigenhändig bis aufs Blut zu foltern.«

»Sie haben das Telefonat gehört, Pater.«

»Wenn die beiden mit uns auf den Berg Athos kommen, kann alles Mögliche passieren. Um Himmels willen, können Sie sich einen Al Kaddafi vorstellen, der nach Belieben in einem griechisch-orthodoxen Kloster herumspaziert?«

»Ich gebe zu, dass meine Vorstellungskraft nicht ganz ausreicht, um mir diese Szene auszumalen. Doch ein wahrer Führer sieht stets die positive Seite.«

»Die … die positive Seite?«

»Die beiden sind zu allem bereit, und das könnte sich als nützlich für uns erweisen. Die Mönche kennen keine Gnade, Sie selbst haben mir das gesagt.«

»Oh, mein Gott, oh, mein Gott.« Pater Pinkus schüttelte den Kopf. »Mit diesen beiden Verrückten sind wir zu viert. Wie teilen wir uns auf?«

»Wie sollen wir uns schon aufteilen? Zwei für jedes Kloster.«

Keines der drei Mitglieder des Abrahamsbundes traute den anderen beiden, und jede Zweiergruppe musste zwangsläufig aus Angehörigen unterschiedlicher Religionen bestehen. Außerdem hasste Al Kaddafi die Juden glühend und würde niemals bereit sein, sich mit Rabinovitch zusammenzutun, der seinerseits gegen die Moslems einen wilden Hass hegte.

»Wer von uns beiden geht mit Al Kaddafi?«, fragte Pater Pinkus.

»Mit dem gehe ich. Er wird es ohnehin verlangen.«

Auf Pater Pinkus Wangen kehrte ein wenig Farbe zurück. »Warum, Monsignore?«

»Ich bin ihm vor vier Jahren in Dschidda begegnet. Um mich mit seinem Koran zu beeindrucken, hat er mir die Scharia erklärt und wie in den Gefängnissen Saudi-Arabiens gefoltert wird. Ein Dilettant. Ich wiederum habe ihm erzählt, wie die Zentren des Opus Dei funktionieren und dass unsere Numerarier sich selbst foltern.«

»Aha, sehr gut«, sagte Pater Pinkus bewundernd. »Und was hat er geantwortet, Monsignore?«

»Er hat nichts mehr gesagt, aber er hatte kapiert, wer der Torero ist, und die Hörner gesenkt. Seither gibt es zwischen uns eine Art stillschweigendes Einverständnis.«

»Ich hab es ja immer gesagt, Monsignore, Sie sind der geborene Führer.«

»Vergessen Sie nie, Pater: Ein Führer besitzt drei Gaben.« Guzman betrachtete die Büste Julius Cäsars. »Charakterstärke, Kühnheit und Weitsicht.« Er breitete zwei Karten auf dem Tisch aus. »Jetzt studieren wir die Pläne der beiden Klöster. Ach nein, lassen Sie mich erst die Karte vom Berg Athos sehen.«

»Hier bitte, Monsignore.« Der Pater drehte die Karte zu Guzman um. »Ich habe sämtliche Entfernungen von Hand eingetragen.«

Die Halbinsel des Berges Athos war eine nur vom Meer aus zugängliche Landzunge, siebenundfünfzig Kilometer lang und zwischen sechs und zehn Kilometern breit. Daphni, der einzige Zugangshafen, lag an der Westküste, etwa zwanzig Kilometer von der Spitze der Insel entfernt. Karyes, das Verwaltungszentrum, ein Dorf mit wenigen Häusern, lag vier Kilometer nordöstlich von Daphni. Das Kloster Filotheou lag südöstlich von Karyes, Iviron dagegen an der Ostküste.

»*Muy bien*. Dies ist der Plan von Iviron. Die Bibliothek befindet sich im Ostflügel des ersten Stocks. Der Mönch, der der Bibliothek vorsteht, heißt Dometios ...«

»Wie kommen wir an die Schlüssel, Monsignore?«

Mit verschwörerischem Blick schwenkte Guzman eine Plastiktüte und zog zwei Schlüsselbunde heraus. Ein Schlüsselanhänger war mit P, der andere mit I gekennzeichnet.

In der Gemeinschaftskapelle läutete die Glocke zum Vespergebet.

17 Die Uhr am Ausleihtisch zeigte 08:41 Uhr. Der Lesesaal der Bibliothek des Louvre war menschenleer.

Die Tür der Bibliothek öffnete sich, und Théo kam in Begleitung eines kleinen Dicken mit kanariengelbem Hemd und rot gepunkteter Fliege hinein. Die beiden setzten sich an einen Tisch, auf dem stapelweise Dossiers lagen, mit einer altmodischen Handschrift etikettiert.

Théo schlug einen Ordner auf, dessen Rücken die Aufschrift »Carter-Tutanchamun, 1922« trug. »Sie müssen alle durchgesehen werden, Gaston, Seite für Seite, angefangen mit diesem hier. Zeitungsartikel, Briefe … alles.«

»Wie du willst. Aber ich sag's dir noch einmal: Von der Geschichte hab ich noch nie was gehört.«

»Wollen wir schon aufgeben, bevor wir angefangen haben?«

»Aufgeben, ich?« Gaston zog an seiner Fliege, ließ das Gummiband zurückschnellen und öffnete das Dossier von 1923.

Théo beobachtete ihn verstohlen. Gaston war der beste Akquisiteur, den die Ägyptische Abteilung je gehabt hatte. Er war die personifizierte Hartnäckigkeit. Ohne ihn lägen viele Stücke ihrer Sammlung nicht in den Vitrinen des Museums.

Die Uhr am Ausleihtisch zeigte 13:10 Uhr. Théos Blick schweifte über die vergilbten Zeitungsausschnitte, Briefe und Memoranden, die den Tisch übersäten. Er seufzte. Nichts, absolut nichts. Sie hatten zwar erst die ersten drei Jahre überprüft, doch er hatte gehofft, gerade in dieser Zeit, vor allem in den Monaten unmittelbar nach der Entdeckung des Grabes, etwas zu finden.

Sollten sie weitermachen? In einem anderen Archiv suchen? Doch wo? Kein anderes Museum auf der Welt besaß so viel über Ägypten wie der Louvre. Wenn es in seinen Archiven keine Spur des Papyrus gab, dann konnte die Schlussfolgerung nur lauten: Den Papyrus hatte es nie gegeben.

»Gaston, lass uns aufhören. Es lohnt sich nicht …«

»Warte.« Die Augen auf einen Stapel Papiere geheftet, machte Gaston eine abwehrende Handbewegung. »Schau dir mal diesen Brief an.«

Gaston legte ihm einen handgeschriebenen Brief vom 30. März 1924 vor, der auf einem Papier mit dem Adressaufdruck des Institut Français du Caire geschrieben war. Er überflog ihn. Aus Kairo schrieb Fernand Bisson de La Roque, ein Angestellter des Instituts, und der Adressat war Georges Bénédite, der damalige Kurator der Ägyptischen Abteilung des Louvre.

»Fang hier an«, sagte Gaston.

> Und zum Schluss, Georges, den neuesten Klatsch über die Tutanchamun-Geschichte und den Nervenkrieg zwischen dem streitbaren Carter und Pierre Lacau, dem Direktor des Antikendienstes der ägyptischen Regierung.
>
> In den Kairoer diplomatischen Salons munkelt man, Carter sei vergangene Woche in das Büro von Lord Edmund Allenby, dem englischen Hochkommissar für Ägypten am British High Consulate von Kairo, gestürmt und zwischen beiden sei ein heftiger Streit ausgebrochen. Ich erinnere dich daran, dass dieser Allenby der ehemalige General Sir Edmund Allenby ist, der Mann, der im Krieg von Kairo aus die militärischen Operationen an der Palästinafront geleitet hat (der berühmte Colonel Lawrence stand in seinen Diensten). Das Geschrei wurde so laut, sagen die Lästermäuler der diplomatischen Kreise in Kairo und die, die im Old Winter Palace Hotel von Luxor überwintern, dass man es bis in die Gärten des Konsulats hörte.
>
> Allenby soll in seiner Wut sogar ein Tintenfass nach Carter geworfen haben, dem dieser gerade noch ausweichen konnte. Es zerbrach an einer Wand, und tatsächlich hat eine Sekretärin des Konsulats meinem Kollegen vor zwei Tagen anvertraut, dass ein Maler eine Wand von Allenbys Büro neu gestrichen hat.
>
> Worum es bei dem Streit ging? Um einen Papyrus, den Carter im Grab von Tutanchamun gefunden haben will, bevor die Grabkammer am 16. Februar 1923 offiziell eröffnet wurde. Gut informierten Kreisen des Konsulats zufolge soll Carter Allenby gedroht haben, den Inhalt des Papyrus bekannt zu geben, falls die britische Regierung nicht sofort Druck auf die ägyptische Regierung ausübe, damit der Antikendienst Lady

Almina Carnarvon, der Erbin von Lord Carnarvon, die Genehmigung für Ausgrabungen im Tal der Könige übertrage (der Antikendienst hatte die Genehmigung vergangene Woche zurückgezogen, dem war wieder einmal eine der vielen Auseinandersetzungen zwischen Carter und Lacau vorausgegangen).

Nach dem unbefristeten Proteststreik, den Carter und seine Mitarbeiter im Februar ausgerufen haben, stehen die Arbeiten im Grab still, wie du weißt.

Der Inhalt des Papyrus? Halt dich fest, Georges. Carter soll Allenby erklärt haben, dass der betreffende Papyrus die wahre Version des biblischen Exodus erzählt. Der wahre Exodus war angeblich kein Auszug jüdischer Sklaven aus Ägypten ins Gelobte Land, sondern es waren verbannte Ägypter, die gezwungen wurden, Ägypten wegen religiöser Konflikte zu verlassen, und ihr Anführer war der entmachtete und ins Exil geschickte Pharao Echnaton.

Wenn es wahr ist, was Carter erzählt, kannst du dir die Folgen einer solchen Enthüllung angesichts der derzeitigen politischen Situation im Nahen Osten vorstellen. Sie wäre ein tödlicher Schlag für die zionistische Bewegung, würde die palästinensischen Araber zur offenen Rebellion anstacheln und sowohl die Balfour-Deklaration als auch die Mandatsherrschaft in Palästina, die der Völkerbund Großbritannien 1922 übertragen hat, zunichtemachen. Von den englischen Interessen am arabischen Öl ganz zu schweigen.

Vorzimmergeschwätz? Erst habe ich das auch gedacht, doch die Sache wird zu detailliert berichtet, um reine Erfindung zu sein. Außerdem geht in Pressekreisen das Gerücht um, dass Lord Carnarvon selbst gleich nach der Entdeckung des Grabes zwei Freunden in England geschrieben und die Existenz des Papyrus bestätigt hat …

»Was hältst du davon?«, fragte Gaston.

Théo rieb sich die Nasenwurzel. Der Papyrus existierte.

Der Exodus der Bibel war in Wirklichkeit der Exodus Echnatons und seiner Getreuen, den Manetho hinter der Metapher von den »Leprakranken« verborgen hatte.

»Bisson de la Roque war ein seriöser Ägyptologe«, sagte Théo. »Ich bezweifle, dass er seine Zeit mit Geschichten verloren hätte, die bloßes Hörensagen waren.«

»Warum konnten Carter und Lacau einander nicht ausstehen? Unverträglichkeit der Charaktere?«

»Nein, das Problem war viel ernster.«

Nach der Entdeckung des Grabes seien die Namen von Carter und Carnarvon um die Welt gegangen. Das habe Neid beim ägyptischen Antikendienst geweckt, und der Konflikt sei durch Carters aufbrausenden Charakter und Lacaus bürokratische Engstirnigkeit noch zusätzlich angeheizt worden.

Doch der wahre Grund, fuhr Théo fort, seien der wachsende ägyptische Nationalismus und der Ärger über die englische Vorherrschaft in Ägypten gewesen. Die Nationalisten, die das Ministerium für Öffentliche Arbeiten dominierten, konnten Lord Carnarvon nicht verzeihen, dass er Engländer war und dass er der »Times« die Exklusivrechte der Berichterstattung über die Entdeckung gewährt hatte. Also bedienten sie sich der Klauseln in den Ausgrabungsgenehmigungen. Der Antikendienst änderte willkürlich einige der Klauseln, natürlich zum Schaden der Erben Carnarvons, doch indirekt trafen sie damit auch Carter, der die Ausgrabungen leitete.

»Carter muss getobt haben, als sie die Genehmigung zurückzogen«, sagte Gaston. »Wenn er diesen Papyrus wirklich in den Händen hatte, wundert es mich nicht, dass er so einen Tanz in Allenbys Büro aufgeführt hat.«

»Mit dem Papyrus in der Tasche hätte jemand wie Carter genau so reagiert. Aber er hat nur geblufft wie ein routinierter Schauspieler.«

»Er hat geblufft? Warum?«

»Weil dieser Papyrus nicht katalogisiert wurde, Carter ihn also gestohlen hatte. Carter hätte seine Androhung niemals wahr gemacht, sonst wäre er als Archäologe erledigt gewesen.«

»Das hat Allenby offenbar nicht gewusst«, sagte Gaston, »sonst wäre er nicht so wütend geworden.«

»In Anbetracht der Balfour-Deklaration und der englischen Interessen im Nahen Osten hätte jeder an seiner Stelle Carter verflucht ernst genommen.«

»Andauernd lese ich von dieser Balfour-Deklaration. Was zum Teufel war das?«

Théo reichte Gaston einen vergilbten Ausschnitt aus der »Times«. »In diesem Artikel wird es erklärt.«

Die Balfour-Deklaration war ein offizieller Brief, den der britische Außenminister Lord Balfour 1917 an Walter de Rothschild vom Londoner Rothschild-Clan geschickt hatte. In dem Brief sicherte Balfour den Zionisten die Unterstützung der Regierung Seiner Majestät für die Schaffung eines *National Home* der Juden in Palästina zu.

Die Rothschilds, schon damals die mächtigste jüdische Familie in Europa, spielten eine entscheidende Rolle in der internationalen zionistischen Bewegung, deren Ziel die Schaffung eines Staates Israel war. Damit verfolgten die Rothschilds nicht nur ihre eigenen Interessen, sondern mittelfristig auch diejenigen Großbritanniens, das ein sicheres Standbein im Nahen Osten haben wollte, sowohl wegen des Erdöls als auch wegen der Kontrolle über den Sueskanal. Sie hatten sogar eine Bank gegründet, den Jewish Colonial Trust, um den Erwerb von Land durch jüdische Siedler, die sich in Palästina niederlassen wollten, zu finanzieren.

»Carter wusste, dass ihm diese Karte in der Hinterhand eine ungeheuer starke Verhandlungsposition verschaffte«, schloss Théo. »Wenn die palästinensischen Araber von dem Papyrus erfahren hätten, wäre in Palästina das totale Chaos ausgebrochen.«

Ein boshaftes Lächeln umspielte Gastons Mund. »Tja, dann hat sich ja seit damals eigentlich nicht viel geändert. Kannst du dir den Aufruhr vorstellen, wenn so etwas heutzutage in die Zeitungen käme?«

Théo fuhr sich mit dem Finger über die Lippen. Wenn diese sensationelle Nachricht ans Licht gekommen wäre, hätte es das Ende für Israel bedeutet. Wer hatte das größte Interesse an Carters Schweigen gehabt? Moment mal … Almina.

»Gaston, war Almina, Carnarvons Frau, nicht eine Rothschild?«

»Ja. Sie war die uneheliche Tochter von Alfred de Rothschild, und offenbar haben Vater und Tochter sich innig geliebt. Warum?«

Théo zeichnete Schnörkel aufs Papier. Die Entdeckung des Grabes war nur der Anfang gewesen, auf den zehn Jahre Arbeit von

Fachleuten folgten – das Grab enthielt dreitausendfünfhundert Stücke, die katalogisiert, restauriert und verpackt werden mussten. Carnarvon war im April 1923 gestorben ... Almina interessierte sich nicht im Geringsten für Archäologie ... Carter war völlig mittellos ... Théos Hand hielt inne. Wer hatte Carter während dieser zehn Jahre finanziert?

»Gaston, der Papyrus ist nicht alles. Wir brauchen noch mehr: die Beziehungen zwischen Carnarvon und seiner Frau, ihre finanzielle Situation und was aus der Ausgrabungsgenehmigung geworden ist.«

»Ihre finanzielle Situation?«

»Wenn Allenby das tat, was ich glaube, war alles eine Frage des Geldes.«

»Und das soll uns helfen herauszufinden, wo der Papyrus hingekommen ist?«

»Ich habe schon so eine Ahnung.«

»Weißt du was? Wenn du so redest, möchte ich dir am liebsten eins auf die Nase geben.«

»Was hältst du von einer Quiche Lorraine im Le Royal? Ich zahle.«

Während sie den Cour Napoléon überquerten, dachte Théo an einen Satz im Brief von Bisson de La Roque: »... dass Lord Carnarvon ... zwei Freunden in England geschrieben und die Existenz des Papyrus bestätigt hat.«

Ihm fiel eine Biografie Carnarvons ein, die er vor einer Woche gelesen hatte. Dort war von Freunden des Lords unter englischen Ägyptologen die Rede. Wie hießen diese Freunde noch gleich? Wem konnte Carnarvon von dem Papyrus geschrieben haben?

Kaum waren Théo und Gaston am Ende des Korridors verschwunden, betrat Michaela Rosenberg die Bibliothek. Sie ging auf den Tisch zu, an dem Théo und Gaston vor wenigen Minuten gesessen hatten, und beugte sich über die auf der Tischfläche verstreuten Papiere.

Ihr Blick fiel auf einen handgeschriebenen Brief. Sie überflog ihn, ihre Miene verdüsterte sich. Nachdem sie sich umgesehen hatte, ging sie zum Fotokopierer, legte den Brief auf die Glasfläche und drückte den Startknopf, immer wieder zur Tür spähend.

Das erleuchtete Zifferblatt von Big Ben zeigte ein Uhr fünfzehn. Auf der Themse spiegelten sich die Lichter der Straßenlaternen.

Ein roter Kranwagen mit der Aufschrift »Westminster Borough Public Works« auf einer Tür fuhr langsam an den St. Katherine Docks entlang. Er bremste vor der zweiten Sphinx, fuhr im Rückwärtsgang auf den Bürgersteig und hielt direkt vor dem Sockel des Obelisken.

Zwei Männer sprangen aus dem Fahrerhaus. Ihre Westen mit gelben und orangefarbenen Leuchtstreifen trugen die Aufschrift »Public Works« auf Brust und Rücken.

Sie holten zwei Gestelle mit Warnblinkleuchten aus dem Wagen und postierten sie vor und hinter dem Wagen. Nachdem einer wieder ins Fahrerhaus gestiegen war, hob sich eine Teleskopleiter aus dem Dach des Kranwagens und fuhr auf den Obelisken zu.

Auf der gegenüberliegenden Straßenseite, hinter einem Gebüsch der Victoria Embankment Gardens, spiegelte sich das Licht der Straßenlaternen in zwei Brillengläsern.

Der Mann auf dem Bürgersteig lehnte eine rechteckige Tasche gegen den Sockel des Obelisken und öffnete sie. Die verchromte Oberfläche eines Messgeräts blitzte auf. Der Mann zog zwei Antennen heraus und drehte an einem Knopf unterhalb einer grünen Leuchtanzeige.

Er hängte sich die Tasche über die Schulter und kletterte die Leiter hinauf. Inzwischen war der Fahrer ausgestiegen, um die Autos auf der Straße mit einer Stablampe, die er gebieterisch schwang, zum Weiterfahren zu nötigen.

Der andere kletterte langsam höher, den Blick auf die Leuchtanzeige gerichtet. In einer Höhe von etwa zehn Metern schlug die Nadel plötzlich bis zum Ende der Skala aus. Der Mann drückte auf einen Knopf, um die Anzeige im Computer des Geräts zu speichern. Kaum war er ein paar Stufen weitergestiegen, fiel die Nadel auf die Null zurück. Am Ende der Leiter angekommen, zog er die Antennen ein und klappte die Tasche zu.

Hinter dem Gebüsch der Victoria Embankment Gardens kam eine dunkle Silhouette hervor, ein Handy ans Ohr gepresst, und stellte sich hinter das Denkmal der People of Belgium.

Der Mann auf der Leiter öffnete seinen Ledergürtel und befestigte die Enden an den Leitersprossen. Aus einer Hosentasche zog er einen Hammer und ein Stemmeisen mit runder Spitze. Er hielt das Stemmeisen an eine Ecke des Obelisken und klopfte darauf. Ein Stück Granit löste sich, das er in eine Plastiktüte steckte. Dann stieg rasch die Leiter hinunter und sprang auf den Bürgersteig.

Die beiden räumten die Gestelle in den Wagen und stiegen ins Fahrerhaus.

Hinter dem Denkmal kam der dunkle Schatten hervor, überquerte die Straße und verschwand Richtung Embankment Station.

Die Scheinwerfer leuchteten auf, der Kranwagen fuhr vom Bürgersteig herunter und beschleunigte auf der Straße an den St. Katherine Docks Richtung Waterloo Bridge.

Unter der im Zenit stehenden Sonne hoben sich die Pyramiden von Gizeh gegen den saphirblauen Himmel ab, im Hintergrund wehten die Palmen des Mena-House-Oberoi-Hotels.

Ein Taxi fuhr unter dem bogenförmigen Tor hindurch, durchquerte die englischen Gärten des Hotels und hielt vor den maurischen Laternen am Eingang. Finster dreinblickend, entstieg Monsignore Guzman dem Taxi.

Kurze Zeit später eilte ein *safragi* mit rotem Fez über die Veranda des Hotels bis zu einem Tisch mit drei Männern, der etwas abseits stand. Einer der drei trug Priesterkleidung, ein anderer war in einen weißen Thobe und eine rot-weiß karierte Guthra gekleidet, und der dritte Mann mit dem Bart eines Kirchenvaters trug einen schwarzen Hut, einen schwarzen Anzug und ein weißes Hemd ohne Krawatte. Der *safragi* servierte drei Tassen Tee, verbeugte sich und ging.

»Ha!« Al Kaddafi wandte sich mit grimmiger Miene an den Monsignore. »Dieser Papyrus bestätigt, dass deren Bibel« – er zeigte mit dem Daumen auf Rabinovitch – »nichts als ein Haufen Lügen ist. Und ihr Christen habt nicht mehr fertiggebracht, als eure eigenen obendrauf zu pfropfen.«

»Moses ist auch für den Koran ein Prophet Gottes«, sagte der Monsignore. »Vergiss das nicht, *collega.*«

»Stimmt, aber wir Moslems waren vernünftig genug, ihm nicht den ganzen Blödsinn anzudichten, den ihr mit ihm verbindet: Exodus, Bund mit Gott und so weiter. Und jetzt kommt ihr an und heult vor den Toren der Heiligen Moschee?«

»In der Bibel heißt es: ›Sei nicht zu schnell mit dem Mundwerk‹«, schaltete sich Rabinovitch mit seinem üblichen gefrorenen Lächeln ein. »Wir Juden waren die Auserwählten Gottes, als ihr Christen noch auf allen vieren herumgekrochen seid und als die da« – Rabinovitch drehte einen Daumen in Richtung Al Kaddafi – »sich noch von Liane zu Liane schwangen.«

»Das ›auserwählte Volk‹ hat gesprochen. Den möchte ich mal bei mir in Riad zu Gast haben, eine halbe Stunde genügt, ich wüsste schon, was ich mit ihm mache.« Al Kaddafi ließ eine imaginäre Peitsche durch die Luft sausen.

»*Oye*! Glaubt ihr, ich bin hergekommen, um mir euer Gezänk anzuhören? Begreift ihr denn nicht, dass dies ein Notfall ist und dass wir alle im selben Boot sitzen?«

»Für die ist es ein Notfall«, sagte Al Kaddafi, auf Rabinovitch zeigend, »denn wenn dabei herauskommt, dass es diesen Exodus nie gegeben hat, muss das ›auserwählte Volk‹ abziehen und Platz für die rechtmäßigen Eigentümer machen, nämlich die palästinensischen Araber.«

»Auch für dich und für mich ist es einer, denn auch wir zwei können den Laden dichtmachen, wenn dieser Archäologe der Welt beweist, dass Moses nie existiert hat.« Der Monsignore zog einen Ordner aus seiner Mappe. »Gibt es Fragen zum Plan? Wir treffen uns also im Aristoteles-Hotel von Ouranoupolis am 17. September abends. Das Schiff nach Daphni fährt am Sonntag, dem 18., um 09:45 Uhr ab. Was die Aufenthaltsgenehmigungen betrifft, folgt ihr den Anweisungen von Pater Pinkus.«

»Und das Boot, das uns abholen kommt?«, fragte Rabinovitch. »Wer kümmert sich darum?«

Der Monsignore wechselte einen fragenden Blick mit Al Kaddafi.

»Vor der Küste Griechenlands sind immer viele israelische Motorfischer unterwegs, die in internationalen Gewässern fischen«, sagte Rabinovitch. »Ich kann mich darum kümmern, wenn ihr wollt.«

Al Kaddafi zuckte mit den Schultern. »Mir ist egal, was für ein Boot das ist.«

Guzman versuchte, seine Überraschung zu verbergen. Unglaublich. Der Saudi akzeptierte die Entscheidung. Was mochte das bedeuten? *Claro*. Rashid hatte nicht die geringste Absicht, auf dieses Boot zu steigen. Ein doppeltes Spiel, das war es, was er vorhatte.

Der Monsignore sah Rabinovitch an. »Ich möchte innerhalb von achtundvierzig Stunden eine Bestätigung.«

»Bekommst du.«

Als Rabinovitch und Al Kaddafi sich auf getrennten Wegen entfernten, klingelte Guzmans Handy.

»In die Notaufnahme eingeliefert? Was sagen die Ärzte?«

»Es sind schwere Herzkomplikationen aufgetreten«, sagte Pater Pinkus am anderen Ende. »Auch wenn er diesen neuen Anfall übersteht, sind die Tage des Heiligen Vaters gezählt.«

»Und Ottolenghi? Was macht er?«

»Monsignore, genau darüber wollte ich mit Ihnen sprechen. Der Jesuit ist vor zwei Stunden nach Rio de Janeiro abgeflogen. Ich überlasse es Ihnen, sich den Zweck dieser Reise vorzustellen.«

»Ich verstehe. Der Inquisitor befindet sich bereits mitten im Wahlkampf.«

»Ich habe schon mehrere Anrufe aus den Diözesen in Rio, Lima und Buenos Aires bekommen – die Kardinäle Martinez, García und Delgado. Ottolenghi hat Termine mit allen wichtigen Leuten gemacht.«

»Und wenn er zum heiligen Petrus persönlich ginge. Wir kontrollieren siebzig Prozent der Kardinäle des Konklaves.«

»Monsignore, hier herrscht eine Stimmung, die mir nicht gefällt. Es riecht nach Aufstand.«

»Aufstand?«

»Ich habe besorgniserregende Gerüchte gehört. Und ich spreche von unseren Kardinälen, von Anhängern des Opus Dei, nicht nur in Südamerika, sondern auch hier in Rom, in der Kurie. Anscheinend erfreut sich der Jesuit großer Zustimmung, sogar bei vielen der Unsrigen. Vielleicht ist es wahr, was man sich erzählt.«

»Was erzählt man?«

»Offenbar hat der Heilige Vater bei einem Gespräch mit dem Kardinalstaatssekretär in der Poliklinik Gemelli Kardinal Ottolenghi als seinen idealen Nachfolger bezeichnet.«

Der Monsignore streichelte seine Narbe. »Hier muss ein entscheidender Schlag geführt werden, im Stile Pattons.«

»Monsignore, ich … ich würde voreilige Entschlüsse meiden.«

»Denken Sie an das Buch Ekklesiastes, Pater. Es gibt im Leben für alles eine Zeit. Eine Zeit für den Frieden und eine für den Krieg.«

»Monsignore…«

»Rufen Sie die Leiter der Stiftungen an, und lassen Sie alle Kredite an das IOR sperren. Ab sofort.«

»Die Kredite sperren? Aber… aber Monsignore, sind Sie wirklich sicher?«

»Mit leerem Magen können die Carbonari in der Kurie besser nachdenken.«

Guzman beendete das Gespräch und blieb an der Brüstung der Veranda stehen, den Blick auf die Große Pyramide gerichtet. Das Panorama vom siebzehnten Stock des Opus-Dei-Gebäudes in Manhattan kam ihm in den Sinn. Er seufzte tief.

Jetzt, wo er die Kreditflüsse hatte unterbrechen lassen, musste unbedingt der Papyrus gefunden werden. Und die beiden Idioten? Er würde sich ihrer im geeigneten Moment entledigen. Wenn der Papyrus erst einmal im Safe einer Bank in Zürich lag, würde der Heilige Geist an die Tür der Villa Tevere klopfen, bevor er sich in die Sixtinische Kapelle begab.

»Ich will hier Männer mit harten Stimmen sehen. *Los que doman caballos y dominan los ríos*«, hatte García Lorca geschrieben. Guzman spannte die Kinnmuskeln an. Selbst wenn der Nachfolger Petri ein *hombre de voz dura* gewesen wäre, der Papyrus hätte ihn besänftigt. Guzman hieb mit der Faust auf das Geländer.

Der Beginn eines Kampfes hatte immer die gleiche Wirkung auf ihn. »Gesegnet sei der Schmerz«, hatte El Padre geschrieben. Ein paar Schläge mit der Geißel…? »Ich glaube an das Fleisch und seine Begierden… Der Duft dieser Achselhöhlen ist ein Aroma feiner als Gebete, dieses Haupt ist mehr als Kirchen, Bibeln und alle Glaubensbekenntnisse«, hatte Walt Whitman geschrieben. *Caramba*! Tut mir leid, Padre, Whitman ist besser. Wie konnte er hier eine *chiquita* finden? Ob dieser *safragi* mit den schlauen Augen etwas wusste?

Er ging mit schnellen Schritten über die Veranda, betrat die Mamluk Bar und blickte sich suchend um. Mit einem schmeichlerischen Lächeln ging er auf einen *safragi* zu, der ihm dreist genug erschien. Er hakte ihn unter, zog ihn in eine Ecke und flüsterte ihm etwas zu. Auf das Gesicht des Jungen trat ein lüsternes Lächeln.

18 Théo ging durch den Eingang des Ritz und blieb an der Schwelle zur Bar Hemingway stehen. Konstantine saß schon an seinem Lieblingstisch zwischen Porträts von Hemingway und Graham Greene. Spyro war hier Stammkunde, und am Mittwochabend, wenn die Bar exotische Zigarren zur Verkostung anbot, fehlte er nie.

»Weißt du, was der Lebenskünstler Hemingway gesagt hat?« Konstantine hielt sich eine 50-Dollar-Davidoff unter die Nase. »Wenn ich an das Leben im Paradies denke, denke ich ans Ritz.«

»Vergiss Hemingway und erzähl mir alles. Auf welcher Höhe liegt es?«

Konstantine schüttelte den Kopf und schnalzte mit der Zunge. »Théo, die großen Momente im Leben müssen ausgekostet werden wie ein Jahrgangswein, eine schöne Frau oder eine kubanische Zigarre.« Er winkte dem ersten Barkeeper. »Colin, das Übliche für zwei Personen. Schön trocken, ja? Und die Gläser müssen eiskalt sein.«

In dem Moment hätte Théo ihm gerne einen Kinnhaken verpasst, aber dank des Martini Dry ließ er sich von den schwarzen Ledersesseln und den Klängen von *Summertime* ablenken.

»Der Hohlraum befindet sich in der Mitte des Obelisken«, sagte Konstantine schließlich. »Allein der Sockel ist vier Meter hoch, also sprechen wir hier von etwa fünfzehn Metern über dem Erdboden.«

»Und es könnte keine Unregelmäßigkeit im Granit sein?«

»Nein, mein Herr. Meine Leute haben den allerneuesten GPR-Radar benutzt. Es handelt sich um einen regelmäßig geformten Hohlraum von fünfundzwanzig Zentimetern Höhe und zwanzig Zentimetern Breite und Tiefe.«

»Am Telefon hast du von einem Problem gesprochen.«

»Der Hohlraum befindet sich etwa zehn Zentimeter tief in der Seite, die zur Themse zeigt.«

Konstantine legte einen Packen Fotos auf den Tisch, und Théo sah sie rasch durch. Ein Versteck in dieser Größenordnung bedeutete etwas Kleines. Eine Schachtel? Ein Papyrus? Was sonst?

»Leider liegt der Sockel des Obelisken zwischen zwei Treppen«, sagte Konstantine. Darum könne der Kranwagen mit der Teleskopleiter nicht bis zum Sockel hinauffahren.

»Die ideale Lösung wäre eine bewegliche Arbeitsfläche an einem Teleskoparm auf einem Kettenfahrzeug. Aber meine Männer bezweifeln, dass der Manövrierradius ausreicht, wenn sie oben auf der Fläche stehen. Wir testen gerade die Manövrierfähigkeit der Anlage bei einer Arbeitshöhe von zweiundzwanzig Metern.«

»Und wenn der Arm nicht so weit reicht?«

»Dann bleibt uns nichts anderes übrig, als ein Gerüst an der hinteren Seite aufzubauen. Aber eine Nacht reicht dafür wahrscheinlich nicht aus, und dann hätten wir den Salat.«

»Warum geht ihr dann nicht mit der Ausziehleiter hoch und bohrt von der Vorderseite?«

»Machst du Witze?« Konstantine zeigte auf ein Foto. »Stell dir mal vor, du klammerst dich in fünfzehn Meter Höhe an eine Leiter, hast einen Presslufthammer in der Hand und diesen harten Brocken vor dir.«

Auf dieser Höhe maß der Obelisk einen Meter siebzig im Querschnitt. Von der Vorderseite aus zu bohren bedeutete angesichts der Größe des Hohlraums und seiner Lage, dass man ein Loch von einem Meter fünfunddreißig in einen Granitblock bohren musste. Abgesehen von dem Höllenlärm würde ein so tiefes Loch viel zu viel Zeit in Anspruch nehmen.

»Nehmen wir mal an, mit dem Kettenfahrzeug ließe sich das Problem lösen«, sagte Théo. »Erscheint dir das nicht auch, gelinde gesagt, ein wenig riskant? Ich glaube nicht, dass ein Teleskoparm, der sich fünfzehn Meter über dem Erdboden an einem Obelisken zu schaffen macht, unbemerkt bleibt, auch mitten in der Nacht nicht.«

Konstantine machte eine beschwichtigende Handbewegung. »Soll ich dir verraten, wann etwas unbemerkt bleibt? Wenn du es vor aller Augen tust. Lass uns lieber über den Granit sprechen. Hat der Chemiker des Louvre das Stückchen analysiert?«

»Ja. Er hat schon etwa zehn Kilo schnell bindenden Mörtel mit derselben chemischen Zusammensetzung vorbereitet. Wenn der Mörtel trocken ist, hat er dieselbe Farbe wie der Obelisk.«

»Gut. Jetzt erklär mir, wie wir die Hieroglyphen wiederherstellen, denn ein paar davon müssen bestimmt dran glauben.«

Während Théo sprach, folgte Konstantine den zur Decke aufsteigenden Rauchringen seiner Davidoff.

»Wenn ihr das Loch wieder gestopft habt«, schloss Théo, »drückt dein Mann einfach die Schablone gegen den Mörtel, aber er muss aufpassen, dass er sie richtig anlegt.« Er spießte die Olive im Martini auf ein Holzstäbchen. »Wann wirst du anfangen?«

»In drei Tagen. Morgen Nachmittag schicke ich das Material durch einen Boten nach London.«

»Spyro, was machen wir, wenn sie von der Polizei entdeckt werden?«

»Solche Gedanken mache ich mir lieber nicht. Das bringt Unglück.«

»Doch, wir müssen daran denken und uns eine Antwort zurechtlegen. Eine, die hieb- und stichfest ist.«

»Hast du schon eine Idee?«

Théo beugte sich zu Konstantine vor und flüsterte ihm etwas ins Ohr. Zu den aufsteigenden Rauchschwaden der Davidoff erklang die Stimme von Ray Charles, der *Georgia on my Mind* sang.

»Das ist perfekt«, sagte Konstantine mit einem Blick zwischen Staunen und Bewunderung. »Weißt du was? Im Louvre ist dein Talent vergeudet. Du hast das Zeug zu einem Kriminellen erster Güte, und ich weiß, wovon ich rede.«

»Spyro, lass das. Komplimente machen mich verlegen.«

»Genehmigen wir uns noch einen?« Konstantine wies mit einladendem Blick auf die leeren Gläser.

»Ja, warum nicht? Es könnten für ein paar Jahre die letzten sein. Ich bezweifle, dass der Barkeeper des Santé-Gefängnisses mit dem im Ritz mithalten kann.«

Kommissar Dominici verließ das Café Greco und bahnte sich einen Weg durch die Touristenmenge, die sich auf der Via dei Condotti drängte. Er ging auf die Spanische Treppe zu.

Vor dem Hauseingang eines vornehmen Palazzo blieb er stehen. Auf einer Marmorplatte stand »SMOM – Sovrano Militare Ordine di Malta«. Die Vorhalle umrahmte den Wandbrunnen im Innenhof, über dem ein Malteserkreuz thronte.

Er ging durch die Galerie der Großmeister, in der, von Lampen aus Muranoglas beleuchtet, Wappen und Porträts der Ordensritter hingen. Seine Schritte hallten über das frisch gewachste, glänzende Parkett. Ein Sekretär mit dem Habitus eines Feudalfürsten kam ihm entgegen und führte ihn in ein mit barocken Wandfriesen überladenes Büro. Der Großkanzler, Baron Wilhelm von Krausen-Hompesch, würde ihn sofort empfangen.

Der Kommissar zog ein Päckchen Gitanes aus der Tasche, verzog den Mund und steckte es wieder weg. An den Wänden des Büros hingen Wappen, ein Porträt des polnischen Papstes und Gemälde mit Rahmen aus dem 17. Jahrhundert, deren dunkle Farben die Blässe der Heiligen und Apostel hervorhob. Eine Schwarz-Weiß-Fotografie zeigte das Fort Sant'Angelo von La Valletta, über dem die Fahne des Malteserordens wehte.

»Womit kann ich Ihnen dienen, Commissario?« Der Großkanzler, ein hagerer Mann mit hellblauen sanften Augen, sprach mit deutschem Akzent. Er setzte sich Dominici gegenüber.

»Ich brauche eine Liste Ihrer Mitglieder, weltweit.«

Eine leichte Brise blähte die gelben Brokatvorhänge.

»Ich gebe Ihnen zu bedenken, dass der Malteserorden ein souveräner Staat ist und dieser Palazzo das Recht der Exterritorialität genießt.«

»Das ist mir bekannt. Sie können sich weigern, aber in dem Fall wird Interpol die Liste verlangen. Noch heute.«

Ein nervöses Zucken lief über die rechte Schläfe des Großkanzlers. »Darf ich Sie bitten, mir den Grund dieses Ansinnens zu nennen?«

»Ich ermittle in einem Mordfall.«

»Wer wurde ermordet?«

»Kardinal St. Pierre.«

»Das ist unerhört! Wir sind einer der ältesten Orden der Kirche. Wie können Sie es wagen, eines unserer Mitglieder des Mordes zu verdächtigen, noch dazu an einem Kardinal?«

»Ich brauche diese Liste mit Namen, Personendaten, Adressen und Beruf. Ich wüsste nicht, was daran geheim sein sollte.«

»Natürlich gibt es nichts Geheimes daran. Ich verteidige nur das Prinzip. Als hätte der Malteserorden etwas zu verbergen!«

»Ich bin mir sicher, Sie haben recht«, sagte der Kommissar mit einem liebenswürdigen Lächeln. »Doch das ist nicht immer so gewesen, und Namen wie Marcinkus, De Lorenzo und Gelli, um nur einige zu nennen, müssten Ihnen etwas sagen.«

Wieder zuckte die Schläfe des Großkanzlers. »Ich werde sofort mit dem Großmeister darüber sprechen.« Er erhob sich. »Auf jeden Fall informiere ich umgehend den Staatssekretär des Vatikanstaats, der entsprechende Maßnahmen ergreifen wird, da können Sie sicher sein.«

»Das ist Ihr gutes Recht. Doch Geheimgesellschaften sind in Italien gesetzlich verboten, darum werden Sie diese Liste entweder mir oder Interpol aushändigen.«

»Théo, gerade eben hat der Bote das hier abgegeben.« Clea legte ein Paket auf den Schreibtisch. »Das müssen die Bücher aus New York sein, die du bestellt hast.«

Théo öffnete das Paket. Eine Stunde später rief er Gaston an und bat ihn zu kommen.

»Ich habe die zwei Briefe von Carnarvon gefunden«, sagte Théo.

»Wirklich? Wo?«

»Der erste wird in diesem Buch zitiert.« Théo zeigte Gaston den Einband: *Howard Carter: Before Tutankhamun* von Reeves und Taylor. Er schlug es auf. »Auf Seite 191 drucken die Autoren einen Auszug aus dem Brief ab, den Carnarvon am 28. November 1922 an Alan Gardiner schrieb, einen seinerzeit sehr berühmten Philologen und Experten für Hieroglyphen. Ich zitiere: ›Die außergewöhnliche Entdeckung … Es gibt eine Truhe mit einigen Papyri und den Königsthron, der intarsierte Sitz ist das Schönste …‹«

»Hast du 28. November 1922 gesagt?« Gaston blätterte in seinen Notizen. »Wie ist das möglich? Die Vorkammer zum Grab wurde am 29. November geöffnet.«

»Das war das offizielle Datum. Carters Tagebücher beweisen, dass er, Carnarvon, Callender und Carnarvons Tochter die Vorkammer schon zwei Tage früher betraten.«

Aus den vom Griffith Institute in Oxford veröffentlichten Tagebüchern ging hervor, dass die vier schon am 27. November in der Vorkammer gewesen waren und daher genug Zeit gehabt hatten, sich in aller Ruhe umzusehen.

»Sogar die ›Times‹ bestätigt die Existenz der Papyri.« Théo reichte Gaston zwei vergilbte Zeitungsausschnitte.

Der erste Artikel vom 1. Dezember 1923 stammte von Arthur Merton, dem Korrespondenten der »Times« in Luxor. »Eine der

Truhen enthält Papyrusrollen, die hoffentlich wertvolle Informationen liefern.« Der zweite Artikel vom 4. Dezember 1923 enthielt ein Interview mit Gardiner, in dem der Philologe erklärte: »Diese Dokumente könnten Aufschluss geben über die Abkehr von der Religion der Häretiker hin zur traditionellen Religion.«

»Auch die ägyptische Verwaltung für Altertümer musste die ›Times‹ lesen, denn die Zeitung hatte die Exklusivrechte an der Berichterstattung«, sagte Gaston. »Hat denn niemand Erklärungen von Carter gefordert?«

»Und ob. Carter hat behauptet, sie hätten sich geirrt, was sie gesehen hatten, seien keine Papyri gewesen.«

»Was denn dann?«

»Die Unterhosen von Tutanchamun.«

»Ganz schön unverschämt, der Typ«, sagte Gaston ungerührt. »Na, hoffentlich waren die Unterhosen wenigstens sauber.«

»Carter erklärte, als sie sich später mit besserer Beleuchtung in der Vorkammer umgesehen hätten, hätten sie erkannt, dass die Truhe den leinenen Lendenschurz des Pharaos enthielt. Aber er hat gelogen. Schon am 27. November war die Vorkammer hell erleuchtet.«

In seinem Tagebuch hatte Carter nämlich unter dem Datum dieses Tages geschrieben: »Das Grab bei elektrischem Licht untersucht. Callender hatte die elektrische Anlage vorbereitet, damit das Grab ausgeleuchtet werden konnte. Gegen Mittag, als Lord C., Lady E., Callender und ich in das Grab gingen, war sie fertig, und wir konnten die erste Kammer gründlich untersuchen.«

»Haben die von der Verwaltung für Altertümer das geglaubt?«, fragte Gaston.

»Was blieb ihnen anderes übrig? Allerdings war Gardiner, der Hieroglyphenfachmann, schon am 3. Dezember 1923 in Luxor. Man kann sich leicht vorstellen, warum.«

»Und der zweite Brief? An wen wurde der geschrieben?«

»An Wallis Budge, den Kurator der Ägyptischen Altertümer im British Museum.« Théo zeigte Gaston den Einband des zweiten Buchs: *Tutankhamen: Amenism, Atheism, and Egyptian Monotheism* von Sir Ernest Wallis Budge. »Auf Seite XIX des Vorworts bestätigt Budge, dass er von Carnarvon einen auf den 1. Dezember 1923 datierten Brief erhalten hat, und zitiert daraus: ›Bis jetzt bin ich erst in zwei Kammern gewesen … aber es gibt einige Papyri,

Keramik, Schmuckstücke, Blumensträuße und Kerzen auf Leuchtern in Form des *ankh*.‹«

»Jetzt wissen wir, dass Carter nicht geblufft hat, als er Allenby mit der Veröffentlichung des Papyrus drohte.«

Théo klappte das Buch zu. »Hast du etwas über die Finanzen der Carnarvons rausgefunden?«

»Deine Vermutung war richtig.« Gaston kramte in seinen Unterlagen. »Das Bankkonto des Lords passte nicht gerade zu seinem Namen.«

Die Autos und Rennpferde sowie die Unterhaltskosten für den Familiensitz Highclere Castle hatten die Finanzen des Lords ausgetrocknet. Die Ehe mit Almina war beiderseits eine Zweckheirat. Durch die Hochzeit mit dem fünften Earl of Carnarvon wurde Almina Mitglied einer der blaublütigsten Familien Englands, während Carter seinem Bankkonto etwas Sauerstoff zuführte.

»Am Tag der Hochzeit überwies Alfred de Rothschild Carnarvon eine Mitgift von hundertfünfzigtausend Pfund Sterling, mit denen der Lord seine Schulden tilgen konnte.«

Außerdem unterschrieben Carnarvon und Alfred de Rothschild einen Vertrag, mit dem Alfred sich verpflichtete, Carnarvon und Almina eine stattliche Jahresrente zu zahlen, unter der Bedingung, dass die beiden zusammenlebten.

»Trotz gerieten Carnarvons Finanzen schon bald wieder ins Wanken«, fuhr Gaston fort. »Es scheint, als hätte Almina ihren Vater ständig um Geld gebeten.«

»Es scheint nicht nur so. Der Sohn der Carnarvons, Henry George, schreibt in seinen Memoiren, dass seine Mutter Almina regelmäßig zur NM Rothschild & Sons in London ging, um den Vater um Geld zu bitten.«

»Und er hat es ihr gegeben?«

»Immer«, sagte Théo. »Er liebte es, seine Tochter zu verwöhnen. Was hast du denn über die Beziehung zwischen Carnarvon und seiner Frau herausgefunden?«

»Distanziert ist noch gelinde ausgedrückt. Im März 1923 erkrankte Carnarvon in Ägypten an einem entzündeten Mückenstich. Seine Tochter Evelyn kümmerte sich in Kairo um ihn, seine Frau blieb zu Hause. Almina kam erst nach Kairo, als es keine Hoffnung mehr für ihn gab.«

Im Dezember 1923, acht Monate nach Carnarvons Tod, heiratete Almina den Colonel Ian Dennistoun, einen Habenichts, mit dem sie schon länger eine Beziehung hatte.

»Das gesamte Bild scheint mir eindeutig«, sagte Théo. »Als Carnarvon starb, war seine finanzielle Situation angespannt, und die Beziehung zu seiner Frau, die einen Geliebten hatte, beschränkte sich darauf, die Form zu wahren. Warum hätte Almina die Ausgrabungen also weiter finanzieren sollen, obendrein mit dem Geld ihres Vaters?«

»Vielleicht liegt die Antwort in den veränderten Klauseln der Grabungsgenehmigung, die auf Alminas Namen erneuert wurde. Hast du da was entdeckt?«

Théo nickte. »Um zu verstehen, was da passiert ist, muss man einen Schritt zurückgehen.«

Die ursprüngliche Genehmigung war Lord Carnarvon 1915 erteilt worden, und sie sah unter anderem vor, dass Carnarvon bei jedem Fund eine gewisse Anzahl von Gegenständen behalten durfte.

Nach dem Streit zwischen Carter und Lacau im Februar 1924, dem Widerruf der Genehmigung und der Szene zwischen Carter und Allenby ergriffen die Nationalisten im Ministerium für Öffentliche Arbeiten die Gelegenheit, um auch die ursprüngliche Genehmigung zu annullieren. Sie erklärten, dass von nun an kein einziges Stück mehr Ägypten verlassen dürfe. Das Zeitalter des Kolonialismus sei beendet, sagten sie, auch für die Archäologie.

»Doch im Dezember 1924 verloren die Nationalisten ihre Macht. Im Januar 1925 erneuerte der neue Minister für Öffentliche Arbeiten die Genehmigung auf Alminas Namen. Carter blieb der Leiter der Restaurierungsarbeiten. Doch der Minister tat noch etwas anderes.«

Der Minister änderte willkürlich die Bedingungen der ursprünglichen Genehmigung und verfügte, dass die einzige Entschädigung für die Ausgrabungen aus wenigen Duplikaten der Fundstücke bestehen sollte, die obendrein erst nach Abschluss der Restaurierungsarbeiten, also viele Jahre später, aus Ägypten ausgeführt werden durften. Die Entscheidung darüber oblag allein der Verwaltung für Altertümer.

»Wie findest du das?«, fragte Théo.

»Almina soll das Projekt also weiterhin mit dem Geld ihres

Vaters finanziert haben, und das für nichts als Ruhm und Ehre? Das ist absurd. Warum hätte sie das tun sollen?«

»Es gibt nur eine Erklärung. Obwohl ihr Name der einzige war, der auf der neuen Genehmigung auftauchte, stand jemand anderes hinter ihr.«

»Nun, es wird wohl wieder Alfred gewesen sein, der die Brieftasche zückte, obwohl ich nicht mehr verstehe, warum.«

»Wahrscheinlich war er es, der zahlte, aber nicht weil er Alminas Vater war.« Théo trommelte mit dem Füllhalter auf den Kopf Ramses' II. »Er tat es für jemand anderen.«

»Für wen?«

»Für die zionistische Bewegung und die Regierung Seiner Majestät.«

Der Rothschild-Clan war einer der überzeugtesten Unterstützer des Zionismus, ebenso wie die englische Regierung, allerdings aus ganz anderen Gründen.

»Jetzt kann ich mir vorstellen, was Allenby tat, als Carter die Tür hinter sich zuschlug«, sagte Théo.

»Er wird sich sofort ans Telefon gehängt und mit dem englischen Außenminister gesprochen haben.«

»Worauf der Minister mit Edmond de Rothschild gesprochen hat und der wiederum in Alfreds Büro geeilt ist.« Théo schlug die Rolle mit den Zeitungsausschnitten gegen seine Handfläche. »Wir haben keinen Beweis, dass es sich so abgespielt hat, aber ich bin überzeugt, dass es genau so war.«

»Was ist deiner Meinung nach passiert, nachdem Allenby mit London gesprochen hatte?«

»Ein paar Tage später, nachdem der Zorn verraucht und die Wand neu gestrichen ist, bestellt Allenby Carter in sein Büro. Er teilt ihm mit, dass die englische Regierung Druck auf Ägypten machen wird und dass Alfred de Rothschild die Restaurierungsarbeiten finanziert.« Théo hob den Zeigefinger. »Allerdings unter einer Bedingung: Carter muss ihm den Papyrus über den Exodus aushändigen und dessen Inhalt aus seinem Gedächtnis streichen.«

»Denn andernfalls würde Alfred keinen Penny rausrücken, und er wäre wieder arbeitslos. Richtig?«

»Als Diplomat und guter Engländer wird Allenby es etwas weniger deutlich ausgedrückt haben, aber das ist der Kern.«

»Wer hat dann den Papyrus heute? England?«

Théo zeigte ihm einen Brief. »In dem Dossier ›Carter-Tutanchamun‹ von 1924 habe ich einen zweiten Brief von Bisson de la Roque gefunden. Er datiert vom 16. April 1924 und ist ebenfalls an Bénédite adressiert.«

De la Roque schrieb, zwei Wochen nach dem Streit zwischen Allenby und Carter sei der englische Admiral Hugh Sinclair in Kairo eingetroffen und habe Allenby mehrmals getroffen.

»1924 war Admiral Sinclair Chef des Secret Intelligence Service, besser bekannt als MI6.«

»Der englische Geheimdienst? Willst du damit sagen, der Papyrus befindet sich in deren Archiven?«

»Kannst du dir einen anderen Ort vorstellen?«

»Adieu, Papyrus.« Gaston ließ seinen Kugelschreiber auf den Tisch fallen.

Théo rieb sich den Nasenrücken.

»Théo, komm ja nicht auf dumme Ideen. Nicht mal dein Freund Konstantine könnte sich in die Archive des MI6 einschleichen.«

»Zunächst einmal müssen wir sicher sein, dass sie den Papyrus wirklich haben.«

»Wie?«

Tja, wie? Spyro darauf ansetzen? Nein, das wäre naiv. Dieser Papyrus war von unschätzbarem politischen Wert, der weitaus größer war als sein archäologischer, und Spyro hätte ein ganz anderes Geschäft dahinter gewittert. Moment mal.

Es war, als wäre die Spitzhacke eines Fellachen bei Ausgrabungen im Tal der Könige gegen etwas gestoßen. Stehlen? Der Begriff war völlig fehl am Platz.

»Dieser Papyrus gehört England nicht«, sagte Théo.

»Nein? Wem denn?«

»Ägypten. Carter hat ihn aus Tuts Grab gestohlen, und das wussten die Engländer. Der MI6 betreibt Hehlerei mit gestohlenen Altertümern.«

»Na, das ändert natürlich alles! Du brauchst Doktor Ghazi von der ägyptischen Supreme Council of Antiquities nur einen Wink zu geben und zusammen mit ihm am Empfang des MI6 in London vorstellig zu werden. Ihr fragt nach dem Chef, und wenn ihr dann in seinem Büro seid, musst du ihm nur noch ein wenig drohen, und schon spuckt er aus. Warum haben wir nicht gleich daran gedacht?«

Théo dachte an Joubert, den Leiter der Abteilung Kunst und Altertümer bei Interpol in Lyon. Warum sollte er seinem alten Freund, dem Inspektor, nicht eine hübsche Geschichte erzählen?

»Es gibt einen Weg«, sagte Théo. »Erinnerst du dich an Joubert, den Inspektor von Interpol?«

»Den Dackel?«

»Genau den.«

Théo vertraute Gaston seinen Plan an. Der hörte ihm ungerührt zu und betrachtete ihn über den Rand seiner Brille hinweg.

»Gut zu wissen.« Gaston ließ seine Fliege am Gummiband zurückschnellen. »Ich aktualisiere sofort meinen Lebenslauf, und wenn sie dir dann zehn Jahre Zwangsarbeit verpassen, lasse ich mich vom Louvre an deinen Platz setzen.«

Das Licht einer Wandlampe spiegelte sich in einer Statue des Gottes Anubis aus schwarzem Marmor. Ein Quietschen unterbrach die Stille in dem leeren Flur, und hinter der Statue des Gottes kam eine Putzfrau hervor, die ihren Wagen schob.

Als die Frau um die Ecke gebogen war, glitt ein Schatten an der Statue Ramses des Großen vorbei und schlüpfte im Schutz der Dunkelheit in Théos Büro.

Das Licht der Schreibtischlampe beleuchtete Michaela Rosenberg. Sie blätterte in den auf dem Tisch liegenden Papieren, ohne deren Lage zu verändern. Ihr Blick fiel auf zwei Bücher, aus denen Zeitungsausschnitte herausragten. Sie schlug die Bücher auf.

Der Lichtkegel fiel auf einen handgeschriebenen Brief und zwei alte Artikel aus der »Times«. Michaela setzte sich und fing an zu lesen. Ihre Hand umklammerte den Lampenständer, bis die Knöchel weiß hervortraten. Sie nahm den Brief und die Zeitungsausschnitte und ging zum Fotokopierer.

Als sie fertig war, kehrte sie zum Schreibtisch zurück, steckte die Ausschnitte und den Brief wieder in die Bücher und hinterließ alles so, wie sie es vorgefunden hatte. Sie knipste die Lampe aus und ging hinaus, die Fotokopien fest in der Hand.

19 War es möglich, dass Vanko ihm nur diesen einen Zettel mit Notizen hinterlassen hatte? Einer wie er, der immer an alles dachte? Théo zerschnitt das Klebeband, das die letzten drei Schachteln verschloss, öffnete sie und fing an, sie auszuräumen.

Er setzte sich auf den Fußboden und betrachtete die auf dem Teppich verstreuten Gegenstände. Alben mit Fotos aus ihrer Kinderzeit, Fotos von Kos, Ordner mit persönlichen Dokumenten, Packen alter Briefe, mit violetten Seidenbändern verschnürt – er hasste die Farbe, aber im Vatikan schien sie ein hochmodisches Attribut zu sein –, eine alte Leica, Vankos Promotionsurkunde …

Die Pendeluhr schlug zweimal. Nichts. Sein Blick fiel auf einen Stapel DVDs. Er nahm eine: *Antarctic Pioneers*, und überflog die anderen Titel. Dokumentarfilme über Polarexpeditionen, eine Leidenschaft von Vanko. Er öffnete die Hüllen eine nach der anderen, ohne zu wissen, warum. Eine trug keine Aufschrift. Als er sie aufklappte, steckte ein kleines Notizbuch darin.

Es war eines dieser Büchlein, die man früher in der Grundschule benutzte, mit schwarzem Einband und roten Ecken. Die karierten Seiten waren von oben bis unten mit Vankos winziger Handschrift gefüllt.

> Bei meiner Suche nach Gott habe ich mir die Fragen gestellt, die der Mensch sich seit jeher stellt. Während der Jahre im Seminar habe ich die Antworten in der Bibel gesucht. Als ich keine fand, habe ich jahrelang in den Archiven der Kirche und in den Schriften der Gelehrten weitergesucht. Etwas weiß ich heute gewiss: Wenn es einen Schöpfer gibt, ist Er nicht der Gott der Bibel. In der Genesis heißt es, Gott habe am Anfang den Menschen geschaffen, aber die Archäologie, die Philologie und die Geschichtswissenschaft beweisen, dass das Gegenteil wahr ist: Der Mensch schuf Gott, und das geschah nicht am siebten Schöpfungstag, sondern im siebten Jahrhundert vor Christus. Dieser Mensch hat einen Namen: Er heißt Josia und war der König von Juda im Zweiten Buch der Könige.

Théo überflog die Seiten. Vanko war mit einer ähnlichen Fragestellung wie derjenigen Finkelsteins und Silbermans, doch durch das Studium von philologischen, religionsgeschichtlichen und bibelarchäologischen Forschungsarbeiten zu derselben Schlussfolgerung gekommen: Am Ursprung der Bibel stand eine strategische List von König Josia und Hilkija, dem Hohepriester im Tempel.

> Was das Leben im Jenseits betrifft, denke ich an die Sommernachmittage zurück, an denen Théo und ich auf Großvaters Tenne unter den Heuhaufen mit Seifenblasen spielten. Das war das einzige Paradies, das ich kennengelernt habe und je kennen werde. Und was die Hölle betrifft, so habe ich gelernt, dass es nur eine gibt: die der versäumten Gelegenheiten und der Dinge, die man nicht getan hat. Die »unmöglichen Träume« zu unterdrücken bedeutet, den in jedem von uns verborgenen Gott zu unterdrücken.

Théo öffnete das Fotoalbum mit der Aufschrift »Asfendiou, Sommer 1966« und blätterte darin. Unter einer blendenden Sonne klingelten die Glöckchen der Herden, dazwischen das Kreischen der Elstern und Zirpen der Grillen. Durch die Weinberge voll schwerer, dunkler Trauben wehte der Duft des Geißblatts und des Pinienharzes. Am Abend erklang die Musik der Bouzouki auf den Tennen, und Girlanden aus bunten Glühbirnen leuchteten freundlich durch das Dunkel an den Hängen des Berges Dikaios. Er streckte die Hand nach dem Delamain Réserve aus und füllte lächelnd sein Glas.

Die Tarotkarten warfen lange Schatten auf eine surrealistische Piazza, Sator-Quadrate hingen von einem dürren Ast, eine Gestalt ohne Gesicht stieg eine steile Treppe hinauf, die jäh über einem tiefen Abgrund endete … Aus einer Schlucht tauchte die Karte mit der 13 auf, *La Mort*, und quer über das Bild stand geschrieben: »Pico della Mirandola starb mit einunddreißig, er wurde vergiftet …«

Raisa setzte sich im Bett auf und fuhr sich über die schweißbedeckte Stirn. Sie knipste die Lampe an und sah auf die Uhr: 03:40 Uhr.

Sie zog einen seidenen Morgenrock an und ging in ihr Arbeitszimmer an das Bücherregal, um einige Bände herauszuholen.

Mit einem Seufzer klappte sie das letzte Buch zu. Nichts. Pico della Mirandola war am 17. November 1494 in Florenz im Kloster San Marco, einem Dominikanerkloster, im Alter von einunddreißig Jahren gestorben und in der nahen Kirche San Marco beigesetzt worden. Seine Biografen schrieben, dass sein plötzlicher Tod in so jungen Jahren damals viel Argwohn geweckt habe.

Pico hatte sich in ein Kloster zurückgezogen, ohne die Gelübde abzulegen. Es hieß, er habe eine spirituelle Krise gehabt. War das plausibel? Pico war nicht der Mensch, der sich in ein Kloster zurückzog. Er war nicht nur adelig und reich, viele Porträts zeigten ihn auch als schönen Mann. Manche Biografen sprachen von Homosexualität, doch darauf gab es nur indirekte Hinweise. Pico verkehrte in dem neoplatonischen Kreis um die Medici unter Führung von Marsilio Ficino, dem auch Agnolo Ambrogini und Girolamo Benivieni angehörten. Diese Männer waren alle homosexuell gewesen. Daraus hatten manche geschlossen, die von Ficino so hymnisch gepriesene »himmlische Liebe« habe auch Pico verführt.

Zeitgenössische Chroniken bezeugten indes, dass Pico ein Frauenheld war und dass sein Leben aus fortwährenden Liebesverwicklungen mit nächtlichen Fluchten und Entführungen junger Mädchen bestand. Überdies war er ein reicher Adeliger. Warum hätte er sich in einem Kloster einschließen lassen sollen? Ein Freund der Kirche war er ganz gewiss nicht.

Es sei denn … Im Mittelalter zogen die Menschen sich auch aus einem anderen Grund in Klöster zurück: um sich vor einer Gefahr zu schützen. Konnte das nicht auch auf Pico zutreffen? Sie schlug ein weiteres Buch auf.

Lorenzo de' Medici, Picos Gönner und Beschützer, war 1492 gestorben. Nachfolger wurde sein Sohn Piero, ein belangloser Mensch. Mit Piero hatte der Niedergang der Medici begonnen, und Pico hatte damals noch immer viele Feinde innerhalb der Kirche. Raisa blickte auf. Warum flüchtete er sich dann ausgerechnet in ein Kloster? Bedeutete das nicht, sich dem Feind in die Arme zu werfen? Moment … San Marco war nicht irgendein Kloster.

Das Kloster San Marco war eine Hochburg der Medici gewesen. Cosimo zog sich zu spirituellen Exerzitien dorthin zurück, und er und Lorenzo hatten in dem Kloster eine Bibliothek gegründet, der sie sehr wertvolle Kodizes schenkten. Zumindest bis zum Tod

Lorenzos hatte dieses Kloster den Medici viel nähergestanden als der Kirche. Picos Wahl war also kein Zufall.

Das Kloster San Marco... Der Name klang vertraut. Sie überflog Vankos Notizen. *Kloster San Marco, Florenz (Pater Montague). Archive?* Sie klopfte mit dem Kugelschreiber auf den Schreibtisch. Pater Ascanio hatte Théo gesagt, dass Pater Montague ein vertrauenswürdiger Mann sei.

Sie ging zum Fenster. Die Morgenröte begann den Himmel zu erhellen und färbte das Wasser der Seine silbern. Das Kloster San Marco besaß eine Bibliothek mit wertvollen Handschriftensammlungen. War es nicht denkbar, dass die Archive der Bibliothek noch Geheimnisse bargen? Über Picos Tod? Wer konnte das besser wissen als Pater Montague, der Prior?

Raisa schaltete den Computer ein und buchte bei Air France einen Flug, der am nächsten Tag um 07:20 Uhr von Charles de Gaulle abflog und um 09:15 Uhr in Florenz war.

Die Jaquet-Uhr schlug achtmal. Mönche waren Frühaufsteher. Warum sollte sie es nicht probieren? Sie wählte eine Nummer.

»Pater, ich bin die Cousine von Kardinal Vanko St. Pierre. Vanko hatte mir gesagt, dass ich mich an Sie wenden kann, wenn ich Hilfe brauche.«

»Vanko und ich waren gut befreundet«, sagte Pater Montague am anderen Ende. »Womit kann ich Ihnen helfen?«

»Ich möchte Sie gerne treffen. Es geht um den Tod meines Cousins, aber darüber möchte ich am Telefon lieber nicht sprechen.«

Eine Pause entstand. »Wann wollen Sie kommen?«

»Wäre Ihnen morgen Vormittag gegen elf Uhr recht?«

»Ich erwarte Sie. Wissen Sie, wo wir sind?«

Das Guckloch schloss sich wieder, und die Tür ging auf. Der Pater Pförtner in der weißen Kutte der Dominikaner blickte Raisa stirnrunzelnd an. Dann führte er sie durch den Portikus des stillen Kreuzgangs. Drei ins Gebet vertiefte Mönche spazierten durch den Garten, die Hände in den Ärmeln ihrer Kutten verborgen. Der Mönch ließ sie in einen großen Raum mit gewölbter Decke eintreten, dessen Wände Fresken von Beato Angelico schmückten.

»Der Pater Prior wird in Kürze hier sein.« Der Mönch ging hinaus.

Ein hochgewachsener Mönch mit einem Kranz schlohweißer Haare, einem Lächeln im Blick und einem Spitzbärtchen wie aus einem Roman von Dumas trat ein. Hinter runden, silbern eingefassten Brillengläsern musterte sie ein neugieriges Augenpaar. Pater Montague flößte ihr sofort Vertrauen ein. Nachdem sie sich vorgestellt hatten, setzten sie sich auf eine Sitzbank aus dem 16. Jahrhundert mit geschnitzten Verzierungen in der Rückenlehne.

Auf das Nötigste beschränkt, erzählte Raisa von den Pergamenten und den Nachforschungen, die sie und Théo angestellt hatten.

»Bevor Pater Ascanio starb«, sagte sie, »hat er Théo erzählt, dass Vanko und er Ihnen den Fund der Handschriften von Ficino zu verdanken hatten. Wie kam das?«

»Vor zehn Jahren übergab ich Vankos Vorgänger die Handschriften, doch der schwieg die Sache tot. Als Vanko mir gegenüber eine Recherche über das Buch Exodus andeutete, erzählte ich ihm von den Papieren. Er wusste, wo er sie finden würde.«

»Sie und Vanko müssen einander blind vertraut haben, wenn Sie über so etwas sprechen konnten.«

Pater Montague lächelte. »Wir kannten uns seit über dreißig Jahren. Wir hatten zusammen am Priesterseminar von Saint-Sulpice in Paris studiert, wo wir Freunde wurden.« Er seufzte. »Dieselben Träume damals, dieselben Enttäuschungen heute.«

»Wie wird der Tod von Vanko und Pater Ascanio in Kirchenkreisen kommentiert?«

»Der Heilige Stuhl hat sich hinter der offiziellen Version der Polizei verschanzt. Für den Vatikan ist der Fall abgeschlossen.«

»Was denken Sie, Pater? Glauben Sie, dass hinter den beiden Morden das Opus Dei steckt?«

»Über das Opus Dei wird viel geredet, das stimmt, aber es ist zu einfach, sie zum Sündenbock für die vielen Übel zu machen, unter denen unsere Kirche leidet.«

»Anfangs hatten Théo und ich an Opus Dei gedacht. Doch jetzt glauben wir, dass jemand anderes seine Hände im Spiel hat.«

Ihr Instinkt sagte Raisa, dass sie dem Pater vertrauen konnte. Sie erzählte ihm die ganze Geschichte und ging besonders auf das ein, was Constance und sie über Pico della Mirandola herausgefunden hatten.

»Ich habe Sie um dieses Gespräch gebeten, weil ich die Antwort auf eine Frage finden muss, und ich glaube, ich kann sie nur von Ihnen bekommen.«

»Was meinen Sie?«

»Wie ist Pico della Mirandola gestorben?«

Auf Raisas Worte folgte ein längeres Schweigen.

»Warum wollen Sie das wissen?«

»Ich bin sicher, dass Pico ein Geheimnis entdeckt hatte, das auf das alte Ägypten zurückging, ein Geheimnis von unermesslich großer Bedeutung. Jemand könnte ihn getötet haben, um ihn zum Schweigen zu bringen.«

»Haben Sie eine Vorstellung, wer das sonst noch gewesen sein könnte?«

»Meine Idee mag Ihnen romanhaft erscheinen, doch ich denke, dass es sich um eine Geheimsekte oder um eine Machtgruppe handelte. Menschen, die sich dieses Geheimnis vielleicht schon seit ewigen Zeiten überlieferten.«

Pater Montagues Miene wurde skeptisch. »Eine Sekte von Fanatikern, die töten würden, weil sie ein Geheimnis um seiner selbst willen wahren möchten?«

»Nein. Ich denke eher an jemand sehr Kluges und Berechnendes. Jemand, der töten würde, weil die Verbreitung des Geheimnisses seinen Interessen schaden würde.«

»Wie kommen Sie darauf, dass ich Ihre Frage nach Picos Tod beantworten könnte?«

»Die Tatsache, dass Sie diese Pergamente gefunden haben, lässt mich vermuten, dass Ihre Bibliothek ein Geheimarchiv enthält, ein Archiv, das weit über die im ersten Stock ausgestellten Handschriftensammlungen hinausgeht. Irre ich mich?«

Pater Montague nahm seine Brille ab und fuhr sich mit einem der Bügel über die Lippen. »Nein, Sie irren sich nicht.«

»Und?«

»Versprechen Sie mir, dass Sie mit niemandem über das sprechen, was ich Ihnen jetzt zeigen werde?«

»Théo werde ich es sagen müssen.«

»Warten Sie hier.« Er ging hinaus.

Wenig später kam Pater Montague, einen Kodex unter dem Arm, wieder herein und setzte sich neben Raisa. »Zu der Zeit, als Pico della Mirandola in diesen Mauern lebte, gab es unter den

Klosterbrüdern einen *monachus infirmarius*, eine Mischung zwischen einem Arzt, einem Pharmakologen und einem Apotheker. Er hieß Uguccione della Rosa.«

Der Kodex war in dunkles Leder eingebunden, an den Ecken durch brünierte Metallstücke verstärkt und mit einer rostigen Metallschnalle verschlossen. Unten auf dem Einband stand »Spezieria del convento San Marco, Anno Domini MCCCCLXXXXIV«.

Pater Montague löste die Schnalle und blätterte die Seiten auf. Sie bestanden aus gelblichem Pergament und waren mit einer Handschrift voller Schnörkel beschrieben. Die verblasste Tinte hatte eine Sepiafarbe angenommen.

»Dieser Kodex war eine Art ärztliches Berichtsbuch des Klosters, wo Bruder Uguccione den Namen des Kranken, die Symptome, die Diagnose und die Heilmittel eintrug. Es war Uguccione, der Pico behandelte.«

»Er hat das also alles geschrieben?«

Pater Montague reichte ihr den Kodex. »Lesen Sie.«

Nach der Vesper kam Fra Ghino, der Spetial, außer Atem zu mir und bat mich, in die Zelle von Giovanni Pico della Mirandola zu eilen, da Giovanni starke Schmerzen habe. Ich fand Giovanni, welcher unter Schmerzen ächzte, ganz in Schweiß gebadet. Er sagte, er verspüre eine heftige Übelkeit und starke Schmerzen in Magen und Eingeweiden, begleitet von Erbrechen und Durchfall. Sein Odem roch nach Knoblauch. Ich frug ihn, ob er außer dem Abendessen im Refektorium andere Speisen zu sich genommen habe, doch er verneinte keuchend.

Ich vermutete, der Grund sei eine verdorbene Speise. So ließ ich Ghino bei dem Kranken und begab mich unverzüglich nach unten in die Spezerei, um dortselbst die Medikationen zuzubereiten. Zuvor jedoch ging ich in der Küche vorbei und fragte Fra Lupo, den Bruder Koch, ob er Kunde von anderen Brüdern habe, die unvermutet mit den nämlichen Anzeichen wie Giovanni erkrankt seien. Höchst empört, versicherte er mir, dass dem nicht so war. Auf meine Frage, ob Knoblauch in der Gemüsesuppe des Abends gewesen sei, antwortete er Ja.

Mithilfe von Fra Ghino ließ ich Giovanni mehrmals warmes, mit Olivenöl, Salz und Dill vermischtes Wasser trinken. Auf diese Weise entleerten wir seinen Magen. Zur Linderung der Schmerzen verabreichte ich ihm darauf einen Trank aus Opium und Honig.

Des ungeachtet verschlechterte sich Giovannis Zustand noch vor Morgengrauen. Der Unglückliche fing ob der Schmerzen so sehr an zu schreien, dass seine Schreie bis hinein in die Kirche gehört wurden, wo die Fratres die Laudes sangen. Sodann ward er von einem äußerst heftigen Zittern ergriffen, und ohne dass ich etwas hätte dagegen ausrichten können, verstarb er, als die Glocke die erste Stunde schlug.

Giovannis Tod macht mich misstrauisch. Ich schließe nicht aus, dass er an der französischen Krankheit litt, wegen einiger Pusteln, die ich vor Zeiten auf seinem Handrücken gewahrte, doch ich bezweifle, dass der Morbus Gallicus der Grund für seinen Tod gewesen ist. Durchfall, Erbrechen und derartige Schmerzen sind, mit Ausnahme des Knoblauchodems, gegen welchen sich wegen der Gemüsesuppe nichts sagen lässt, die perniziösen Anzeichen für eine Vergiftung durch Arsen oder den Blauen Eisenhut.

Als ich den Opiumtrank zubereiten wollte und zu diesem Behufe den *armarium pigmentatorium* öffnete, darin die medizinischen Stoffe und Gifte sich befinden, wollte mir scheinen, als sei der Schlüssel nicht am rechten Platze.

Dies alles berichtete ich Fra Savonarola, dem Pater Prior, damit er entscheide, was zu tun sei.

Florenz, am 17. November im Jahr Unseres Herrn 1494

»Mehr steht nicht in dem ärztlichen Berichtsbuch?«, fragte Raisa.

»Das ist alles, was ich finden konnte.« Pater Montague klappte den Kodex zu.

»Fra Savonarola unternahm nichts?«

»Aus den Verzeichnissen des Klosters geht das nicht hervor.«

»Was war die französische Krankheit?«

»Die Syphilis. 1494 wurde Italien von einer regelrechten Syphilisepidemie heimgesucht, angeblich von den Soldaten Karls VIII. eingeschleppt.«

»Wer könnte Ihrer Meinung nach ein Motiv gehabt haben, Pater, wenn Pico wirklich ermordet wurde?«

Pater Montague schüttelte den Kopf. »Schwer zu sagen. Sie müssen den Tod Pico della Mirandolas vor dem Hintergrund einer sehr unruhigen Phase in der Geschichte von Florenz betrachten.«

Noch an Picos Todestag marschierten die Truppen des französischen Königs Karl VIII. in Florenz ein, nachdem die Florentiner am selben Morgen Piero de' Medici aus der Stadt gejagt hatten. Gerade in jener Zeit hetzte Fra Girolamo Savonarola, der 1494 Prior des Klosters war, mit seinen Hasspredigten das Volk auf, indem er einerseits gegen die Verderbtheit des Papsttums, besonders gegen Papst Alexander VI., und andererseits gegen die Medici wütete und die Schaffung einer theokratischen Republik in Florenz beschwor.

»Pico della Mirandola geriet ins Kreuzfeuer unterschiedlichster Konfliktparteien«, sagte Pater Montague. »Viele hätten ihm den Tod wünschen können, vor allem nach dem Fall der Medici.«

»Wie war die Beziehung zwischen Pico und Savonarola?«

»Sie waren sich in jüngster Zeit zwar wieder nähergekommen, aber geliebt haben sie einander bestimmt nicht. Zwischen der unerbittlichen Intoleranz Savonarolas und der universalen Weltsicht Picos mit seinem Glauben an die friedliche Koexistenz unterschiedlicher Religionen konnte es keine Versöhnung geben.«

»Halten Sie es für möglich, dass Savonarola ihn umgebracht hat?«

»Nein, auf keinen Fall. Savonarola war ein Fanatiker, ein Aufwiegler, alles, was Sie wollen, aber ein Mörder war er nicht.«

»Sie haben angedeutet, dass Savonarola Papst Alexander VI. nicht leiden konnte.«

»Er hatte unzählige Gründe dafür. Alexander VI., mit bürgerlichem Namen Rodrigo Borgia, war einer der schlimmsten Verbrecher in der Kirchengeschichte.«

Rodrigo Borgia habe sich die Wahl zum Papst erkauft, indem er die einflussreichsten der dreiundzwanzig Kardinäle des Konklaves bestach – die Orsini, die Sforza, die Savelli –, und seine zahlreichen Intrigen habe er durch den Verkauf von Kardinalsrängen an die Meistbietenden finanziert. Er war ein Mörder: Mithilfe seines Sohnes Cesare, des Herzogs von Valentinois, pflegte er sich seiner Feinde zu entledigen, indem er sie zum Essen einlud und dort vergiftete. Er hatte acht Kinder von drei verschiedenen Frauen und eine unendliche Schar Geliebter, von denen einige noch minderjährig waren. Die Biografen berichten sogar von inzestuösen Beziehungen zu seiner Tochter Lucrezia, die ebenfalls zu Gift griff, um ihre Ehemänner loszuwerden.

»Alexander VI. pflegte seine Feinde also zu vergiften…«, sagte Raisa nachdenklich.

»Ich verstehe, woran Sie denken, aber ich sehe keinen Grund, warum der Papst Picos Tod gewollt haben sollte. 1493 hatte er Pico sogar von allen Anklagen auf Ketzerei freigesprochen.«

»Aber Rodrigo Borgia interessierte sich für Esoterik, für die Kabbala und Magie. An die Decke eines seiner Gemächer ließ er eine Darstellung von Isis und Osiris malen. Ein seltsames Fresko in der Wohnung eines Papstes, vor allem zu jener Zeit, finden Sie nicht auch?«

Pater Montague nickte versonnen. »Das stimmt, wenn ich es mir recht überlege. Dieses Fresko kann man noch heute in der Sala dei Santi sehen. Aber ich verstehe noch nicht, worauf Sie hinauswollen.«

»Auch Pico beschäftigte sich mit Esoterik, der Kabbala und magischen Orakeln. Ist das ein Zufall?«

»Wahrscheinlich ist es nur ein sonderbarer Zufall.«

»Ein Motiv hätte der Papst allerdings haben können, wenn er aufgrund ihrer beider Beschäftigung mit esoterischen Themen von einem theologischen Geheimnis erfahren hätte, das Pico hütete. Kein banales Geheimnis, sondern eines von solcher Tragweite, dass es die Grundlagen des christlichen Glaubens erschüttern konnte.«

Pater Montague blickte Raisa schweigend an.

»Überdies gibt es weitere Zufälle, die mir zu denken geben. Zwei, um genau zu sein. Pico wurde just an dem Tag ermordet, an dem die Medici, seine Beschützer, aus Florenz verjagt wurden und an dem Karl VIII. in Florenz einmarschierte.«

Karl VIII. war nach Italien gekommen, um den Anspruch der Anjou auf das Königreich Neapel durchzusetzen, und er war ein Feind der Kirche. Er hatte Pico 1488 in Frankreich auf Bitten Lorenzos aus dem Gefängnis holen lassen. Nach dem Ende der Medici hätte der König Picos neuer Beschützer werden können – in den Augen der Kirche ein gefährlicher Verbündeter.

»Ich stimme mit Ihnen überein, dass es an Hinweisen nicht mangelt.« Pater Montague streichelte seinen Spitzbart. »Freilich können wir so viele Hypothesen aufstellen, wie Sie wollen, die Wahrheit werden wir doch niemals erfahren. Wir haben keine Beweise außer den Verdachtsmomenten von Fra Uguccione.«

»Einige Gifte, z.B. Arsen, hinterlassen noch nach Jahrhunderten Spuren. Beim Blauen Eisenhut bin ich mir nicht sicher. Man könnte die Behörden bitten, Picos Leichnam für eine rechtsmedizinische Untersuchung zu exhumieren. Und das Vatikanische Geheimarchiv könnte uns vielleicht eine Menge anderer Informationen über Rodrigo Borgia liefern.«

»Wer mag an einer solchen Sache Interesse haben?«

»Die Kirche gewiss nicht, Pater.«

Nachdem das Tor des Klosters sich hinter ihr geschlossen hatte, schlug Raisa den Weg zur Kirche San Marco ein. Sie blickte zur barocken Fassade auf, dann ging sie hinein. Am Querschiff trat sie vor den zweiten Altar.

Der Grabstein von Giovanni Pico della Mirandola befand sich in einer Seitenwand, neben denen seiner Freunde Agnolo Ambrogini und Girolamo Benivieni. Raisa blieb, in stumme Betrachtung versunken, vor dem Grab stehen.

Johannes iacet hic Mirandola. Caetera norunt et Tagus et Ganges forsam et Antipodes. »Hier liegt Giovanni Mirandola. Alles andere wissen der Tajo, der Ganges und vielleicht auch die Antipoden.«

Ihre Gedanken wanderten zu der Intarsie des Hermes Trismegistos im Fußboden des Doms von Siena. Vielleicht würde es nicht nötig sein, bis zu den Antipoden zu reisen, um »alles andere« zu erfahren. Sie drehte sich um und ging zum Ausgang.

Das Geräusch ihrer Absätze auf den Steinen hallte durch das stille Kirchenschiff.

Théo sammelte das Glas und die halb leere Flasche ein, ging mit wackeligen Beinen ins hell erleuchtete Schlafzimmer und stellte beides auf den Nachtisch. Dann setzte er sich auf den Bettrand und ließ seinen Blick über die Buchrücken im Regal am Kopfende des Bettes wandern. Er zog ein Buch mit dem Titel *Poems by Robert Frost* auf dem Rücken halb heraus und schob es dann wieder an seinen Platz zurück. Vor seinem geistigen Auge sah er die Verse von *The Road Not Taken*:

> *Two roads diverged in a yellow wood / And sorry I could not travel both / And be one traveler, long I stood / And looked down one as far as I could / To where it bent in the undergrowth // Then took the other, as just as fair / And having perhaps the better claim / Because it was grassy and wanted wear… Yet knowing how way leads on to way / I doubted if I should ever come back… I took the one less traveled by / And that has made all the difference.*

Er leerte das Cognacglas, griff nach der Taschenuhr, die er von Nicky geerbt hatte, und ließ den Deckel aufspringen. *Au clair de la lune, mon ami Pierrot, prête-moi ta plume, pour écrire un mot…* Plötzlich drehten sich die Zeiger rasend schnell zurück. Eine Seifenblase löste sich von einem Strohhalm, stieg in die Höhe und schwebte über einem Heuhaufen. Im Sonnenlicht, das sich in ihr spiegelte, wechselte sie fortwährend die Farbe: hellgrün, magenta, blau…

Er lehnte den Kopf an das Bettende. Frosts nicht begangenen Weg nehmen und sich auf der Suche nach versäumten Gelegenheiten verausgaben? Dem unmöglichen Traum des Romantikers nachjagen? Oder sich in das Leben fügen, wie es war, seine Unbeständigkeit ohne gewaltsame Eingriffe ertragen, wie der Zen-Buddhismus vorschrieb? Er schloss die Augen, die Uhr in einer Hand, das Glas in der anderen.

> *Ma chandelle est morte,*
> *Je n'ai plus de feu,*
> *Ouvre-moi ta porte,*
> *Pour l'amour de Dieu…*

20 Big Ben zeigte ein Uhr zwanzig. Zwei Scheinwerfer durchschnitten die Dunkelheit an der Embankment Station, und ein rhythmisches Geräusch dumpfer Schläge störte die Stille.

Ein Kranwagen auf Raupenketten aus Gummi fuhr an den

St. Katherine Docks entlang, auf dem Fahrerhaus blinkte ein gelbes Licht. Er hielt vor der ersten Sphinx von Cleopatra's Needle.

Archibald sprang aus der Kabine. Die Leuchtstreifen auf seiner Weste schimmerten im Scheinwerferlicht. Seinen Handbewegungen folgend, machte der Raupenkran eine Vierteldrehung und fuhr halb auf den Bürgersteig hinauf. Ein zweiter Mann stieg aus, eine verkehrt herum aufgesetzte Rennfahrermütze auf dem Kopf.

»Die Gestelle, Phil«, sagte Archibald.

Phil lud zwei Gestelle mit der Aufschrift »Bauarbeiten« aus, stellte eines vor und eines hinter den Kranwagen und hängte an beide gelbe Warnblinkleuchten.

Die beiden kletterten auf das Fahrzeug und stiegen in den Personenkorb einer Arbeitsplattform, die auf einem Teleskoparm ruhte. Der Kranwagen vibrierte, begann zu brummen, die Plattform erhob sich. Der Arm fuhr schräg auf den Obelisken zu.

Auf dem gegenüberliegenden Bürgersteig warf eine Straßenlaterne Licht auf das Profil eines Mannes, der hinter den Umzäunungsbüschen der Victoria Embankment Gardens stand. Einen Augenblick lang leuchtete das Weiß eines Priesterkragens im Lampenlicht auf. Der Mann mit einem schwarzen Hut auf dem Kopf hielt ein Handy an sein Ohr gepresst.

Als der Personenkorb in einer Höhe von fünfzehn Metern über dem Boden am Obelisken angekommen war, stoppte der Arm. Die Plattform drehte sich, bis sie sich parallel zur Hinterseite des Obelisken befand.

Der Priester lief eilig über die Straße und trat in eine Telefonzelle vor dem Cleopatra's-Kiosk.

Archibald öffnete die Tasche, während Phil ihm mit seiner Helmlampe leuchtete. Die Antennen des Radargeräts wurden herausgezogen, Archibald hantierte an den Knöpfen.

Der Priester kam aus der Telefonzelle und verschwand im Dunkel des Parks.

Phil drückte einen rechteckigen Holzrahmen gegen den Obelisken, und Archibald schüttete den Inhalt eines Kanisters hinein. Ein paar Minuten später wurde der Holzrahmen entfernt, und Archibald griff nach einem Presslufthammer. Das ratternde Geräusch breitete sich rasch am Themseufer aus.

Zwei Polizeiautos mit Blaulicht hielten mit quietschenden Reifen neben dem Kranwagen. Vier Polizisten sprangen heraus, zwei hielten den Fahrer fest, der zu fliehen versuchte, während die anderen beiden mit erhobenen Lampen auf den Fuß des Obelisken zuliefen.

»Polizei!«, rief einer durch ein Megafon. »Ihre Genehmigung!«

Die Plattform fuhr nach unten, vom zuckenden Blaulicht und den Lampen der Polizisten beleuchtet. Schon hatten Hunderte Autos an den St. Katherine Docks angehalten, der Verkehr staute sich. Die Fahrer waren ausgestiegen und beobachteten mit gereckten Köpfen das Schauspiel.

Am nächsten Tag verkündete die Schlagzeile der »Daily Mail«: »Nächtliches Manöver an Cleopatra's Needle gestoppt«. Unter dem Titel zeigte ein Foto die bestürzten Gesichter von Archibald und Phil im Licht der Stablampen.

»Ich hab's gelesen«, sagte die Stimme.

»Kowalski hatte im Bistro richtig gehört«, sagte eine zweite Stimme mit amerikanischem Akzent am anderen Ende. »Der Archäologe steckt dahinter. Er hat die Pergamente seines Bruders.«

»Wahrscheinlich.«

»Die Warnung in der Garage hat nichts genützt. Was hat Konstantine in Siena gemacht? Wer ist der Typ, den er auf der Piazza getroffen hat? *Damn it!* Die drei führen was im Schilde. Wir müssen sie aufhalten.«

»*Mon cher ami*, du bist zu ungeduldig, das ist ein Fehler von euch Amerikanern. Rousseau, ein Franzose, hat gesagt, Geduld ist bitter, aber ihre Früchte sind süß.«

»Conte, weißt du, was Benjamin Franklin, ein Amerikaner, darauf geantwortet hat? ›Wer hoffend lebt, stirbt hungrig.‹«

»Der Archäologe könnte uns zu etwas Unerwartetem führen. Es ist besser zu warten.«

»Warten, immer nur warten. *Shit!* Das ist alles, was ihr könnt, ihr Europäer.«

Théo ging durch die Empfangshalle der Zentrale von Interpol, betrat den Lift und fuhr in den achten Stock.

Ein Polizist mit Augenbrauen wie Breschnew kontrollierte seinen Passierschein, dann zeigte er ihm den Weg. Théo ging durch den Flur und hielt vor einer Bürotür mit dem Schild: »Raymond Joubert, Directeur, Unité Art et Antiquités«. Er klopfte.

Joubert war am Telefon. Der Abteilungsleiter bedeutete ihm, sich vor die Fensterfront zu setzen, von der aus man den ganzen Park de la Tête d'Or überblicken konnte.

Théo setzte sich und überlegte noch einmal, was er Joubert sagen würde. Der Tonfall war entscheidend. *Wenn du jemandem eine Lüge erzählst, musst du vorher gut proben, vor allem wenn es eine dreiste Lüge ist. Wie kannst du verlangen, dass sie anderen einleuchtet, wenn sie dir selbst nicht glaubwürdig erscheint?*

»Mein lieber St. Pierre, was verschafft mir die Ehre?« Joubert, ein großer, dürrer Mann mit Dackelblick, setzte sich ihm gegenüber. »Wenn der Archäologe des Louvre sich aufrafft, bis nach Lyon zu uns Provinzlern zu kommen, muss die Sache ernst sein.«

»Was würde Interpol machen, wenn ihr entdeckt, dass der Geheimdienst eines westlichen Landes einen sehr wertvollen antiken Gegenstand versteckt, wohl wissend, dass er gestohlen wurde?«

Joubert fuhr sich mit dem Finger unter dem Hemdkragen entlang. »Immer schön der Reihe nach und keine Ratespiele bitte. Wer soll was, wann, wo und wem gestohlen haben?«

»Der ›Wer‹ ist der Archäologe Howard Carter, das ›Was‹ ist ein ägyptischer Papyrus aus der 18. Dynastie, das ›Wann‹ ist das Jahr 1922, das ›Wo‹ das Grab Tutanchamuns und – was fehlt? –, ach so, das ›Wem‹ ist die ägyptische Regierung.«

»Und wer wäre der betreffende Geheimdienst?«

»Der MI6.«

Joubert schlug die Beine übereinander, und sein rechter Fuß fing an zu wippen. Théo beschlich ein verwirrendes Gefühl: dass dem Abteilungsleiter keineswegs neu war, was er soeben gehört hatte. War das möglich? Nein, das war absurd.

»Was hat der Louvre mit der Sache zu tun?«, fragte Joubert.

»Ich nehme an, Sie kennen Doktor Ghazi, den Generalsekretär des Supreme Council of Antiquities im ägyptischen Kultusministerium?«

»Wer kennt ihn nicht?«

»Das Supreme Council of Antiquities ist entschlossen, die Rückgabe aller ägyptischen Altertümer zu fordern, die widerrechtlich im Ausland aufbewahrt werden, ohne Ansehen der betroffenen

Institutionen. Der Streit mit dem Ägyptischen Museum in Berlin um die Rückgabe der Büste der Nofretete und mit dem British Museum um den Rosetta-Stein ist nur der Anfang.«

»Sie haben meine Frage nicht beantwortet. Was hat der Louvre damit zu tun?«

»Vor einer Woche hat mich Ghazi angerufen und mir eine hübsche Geschichte erzählt. Wollen Sie sie hören?«

Er berichtete Joubert von dem Papyrus aus Tuts Grab und allen Anzeichen, die auf den englischen Geheimdienst hindeuteten. Er erzählte die Geschichte so, als basierte sie auf dem, was der Generalsekretär des ägyptischen SCA ihm anvertraut hatte.

»Bis hier hat Ghazi nur Vermutungen zu bieten«, sagte Joubert achselzuckend.

»Nach dem Telefonat habe ich Recherchen angestellt.« Théo reichte Joubert einige handbeschriebene Blätter. »Das hier habe ich in den Archiven des Louvre gefunden.«

»Was ist das?«

»Zwei Briefe aus dem Jahr 1924, geschrieben von einem Archäologen des Institut Français du Caire und adressiert an den damaligen Kurator der Ägyptischen Abteilung des Louvre.«

Joubert vertiefte sich, weiter mit dem Fuß wippend, in die Lektüre der Briefe. »Hier findet sich absolut nichts, was Ghazis Anschuldigungen belegen könnte.« Er gab Théo die Briefe zurück.

»Da gebe ich Ihnen recht, doch diese Briefe zeigen, dass die Ägypter wissen, was sie tun.«

»Warum hat Ghazi sich an den Louvre gewandt? Warum hat er nicht direkt in London angefragt?«

Den Blick auf den Park de la Tête d'Or gerichtet, bereitete Théo sich innerlich auf die Antwort vor. Wer eine große Lüge glaubwürdig vertreten will, braucht vor allem große Intelligenz, sagte er sich.

»Ghazi ist kein Idiot, und er weiß sicher um die guten Beziehungen zwischen dem Louvre und Interpol. Er hat sich an uns gewandt, weil das ägyptische SCA beabsichtigt, dem Louvre die Grabungsgenehmigung für die Suche nach Echnatons Grab zu erteilen, ein Projekt, über das wir seit Jahren diskutieren.«

Ghazi habe es vermieden, direkt in London anzurufen, weil die Beziehungen zwischen Ägypten und England aufgrund des Streits um den Rosetta-Stein bereits angespannt waren, und habe den indirekten Weg gewählt, um den Engländern eine Botschaft über Interpol zukommen zu lassen.

»Jetzt werden Sie verstehen, was wir mit der Sache zu tun haben«, schloss Théo.

»Ist Ihnen nicht eingefallen, dass Ghazis Anruf ein Bluff gewesen sein könnte? Wissen Sie, was ich glaube, St. Pierre? Ihr Freund Ghazi möchte Sie und uns benutzen, damit wir für ihn überprüfen, wie begründet sein simpler Verdacht ist.«

»Ich glaube, Sie irren sich. Sagt Ihnen der Name der Anwaltskanzlei Jenkins, Norton & Simons etwas?«

Das SCA habe die auf das Aufspüren gestohlener Kunstwerke spezialisierte Londoner Kanzlei beauftragt, so Théo, das Foreign Office zu verklagen, falls der MI6 Ägypten den Papyrus nicht zurückerstattete. Sollte sich England weigern, würde das SCA den Diebstahl beim Art-Loss-Register, dem weltweiten Verzeichnis gestohlener Kunstwerke, eintragen lassen. Die Folgen könne man sich leicht vorstellen.

»Und das glauben Sie, weil Ghazi es Ihnen gesagt hat?«, fragte Joubert.

»Ich glaube es, weil ich selbst den Anwalt Jenkins angerufen habe, der mir die Sache persönlich bestätigt hat. Warum rufen Sie ihn nicht auch an?« Selbst überrascht von seiner Dreistigkeit, machte Théo Anstalten, nach seiner Tasche zu greifen. »Ich gebe Ihnen die Telefonnummer …«

»Lassen Sie's gut sein.«

Joubert erhob sich, stellte sich vor das Fenster und schaute hinaus, die Hände hinter dem Rücken gekreuzt. Wieder übermannte Théo dieses Gefühl: Joubert wusste mehr, als er sagte. Aber wie war das möglich?

»Wie auch immer, St. Pierre, was zum Teufel soll ich Ihrer Meinung nach unternehmen?«

»Ich dachte, das versteht sich von selbst. Das SCA bittet Sie, den Secret Intelligence Service zu kontaktieren, inoffiziell natürlich, und die Rückgabe des Papyrus zu fordern.«

»Einmal angenommen, wir spielen mit. Was passiert, wenn London abstreitet, den Papyrus zu besitzen, oder sich weigert, ihn zurückzugeben?«

»Die Angelegenheit endet vor Gericht, also auch auf den ersten

Seiten der Zeitungen. Die Konsequenzen können Sie sich vorstellen.«

Joubert zuckte mit den Achseln. »Ägypten ist zwar ein islamisches Land, aber es hat keinerlei Interessen an einem Skandal, weder politische noch wirtschaftliche.«

»Sie unterschätzen den Hass der Ägypter auf Israel – ich erinnere Sie an den Sechstagekrieg – und vor allem ihren Nationalismus als ehemalige englische Kolonie.«

Joubert seufzte. »Jeder Tag hat sein Kreuz, und es sieht ganz danach aus, als müssten Sie heute mein Kreuz sein. Ich lasse Sie ein paar Minuten allein. Inzwischen lasse ich Ihnen einen Kaffee bringen. Warten Sie hier.« Er ging mit raschen Schritten hinaus.

Théo trank seinen Kaffee. War er nervös? Ganz und gar nicht. Warum hätte er auch nervös sein sollen? Sicherlich sprach Joubert genau in diesem Moment mit dem großen Boss von Interpol. Was konnten die beiden tun? Ghazi anrufen? In dem Fall wäre seine Karriere als Archäologe beendet. Oder den MI6 anrufen, um die Rückgabe des Papyrus zu verlangen? Auch in dem Fall wäre die Geschichte am SCA abgeprallt, und der Bluff hätte sich gegen ihn gewandt.

Und dennoch sagte ihm etwas, dass keines der beiden Szenarien das richtige war. Joubert wusste schon von dem Papyrus. Jetzt war er davon überzeugt.

Joubert kam mit einem Dossier wieder herein und setzte sich. »St. Pierre, was ich Ihnen jetzt sage, ist topsecret. Haben wir uns verstanden?«

»Wir kennen uns seit zehn Jahren. Was steht in dem Dossier?«

»Ghazi, dass ihn der Fluch des Pharaos hole, hat leider recht.« Joubert fixierte Théo mit seinem Dackelblick. »Dieser Papyrus befand sich tatsächlich in den Archiven des MI6.«

Ihm war, als dröhnte das *Fortissimo* des Violinkonzerts in d-Moll von Sibelius durch das Büro.

»Befand sich? Was bedeutet das, dass er jetzt nicht mehr da ist?«

»Wie unglaublich es Ihnen auch scheinen mag, genau so ist es.« Joubert breitete die Arme aus. »Er wurde gestohlen. Vor sechs Jahren.«

»Und Sie erwarten, dass ich das glaube?« Théo sprang auf. »Für wen halten Sie mich, für einen Idioten?«

»Setzen Sie sich, Sie machen mich nervös.« Joubert öffnete das Dossier und drehte es zu Théo um. »Werfen Sie selbst einen Blick drauf, dann verstehen Sie.«

Während Théo in der Akte blätterte, erzählte Joubert, dass der Papyrus, seine Übersetzung und die gesamte Dokumentation des MI6 spurlos verschwunden seien. Eine Untersuchungskommission war zu keinem Ergebnis gekommen. Der Verantwortliche für die Sicherheit des MI6 war kaltgestellt worden, doch es hatte sich um eine einfache Disziplinarmaßnahme gehandelt. London hatte Scotland Yard und Interpol um Hilfe gebeten. Die Polizei hatte zwei Fährten verfolgt, die Terroristen- und die Erpresserhypothese, doch beide waren wegen Mangels an Beweisen fallen gelassen worden.

»Zuletzt haben wir von Interpol, meine Abteilung, eine dritte Hypothese aufgestellt: die eines Sammlers.«

Jouberts Einheit hatte vier reiche Sammler ausfindig gemacht – zwei Amerikaner, einen Engländer und einen Deutschen –, deren Profil mit dieser Art Diebstahl übereinstimmte, sowohl ihrer Persönlichkeit wegen als auch weil sie bereits in den Ankauf gestohlener Werke verwickelt gewesen waren.

»Haben Sie etwas herausfinden können?« Théo klappte das Dossier zu, das Jouberts Version bestätigte.

»Nichts, doch ich bleibe bei meiner Überzeugung, dass es genau so gewesen sein muss. Wenn es keiner von den vieren war, war es jemand Vergleichbares.«

»Glauben Sie, dass dieser hypothetische Sammler noch immer im Besitz des Papyrus ist?«

»Darauf würde ich meinen Posten verwetten.«

»Nehmen wir dagegen einmal an, es war ein Antiquitätendieb. Sie wissen so gut wie ich, dass Leute, die solche Objekte stehlen, immer ein paar Jahre vergehen lassen, bevor sie die Sachen auf den Markt bringen.«

»Der Papyrus wurde bestimmt nicht verkauft. Auf der ganzen Welt gibt es nur ein Dutzend Antiquitätenhändler, die ein so wertvolles Stück kaufen könnten.«

Interpol habe seine Büros und Informanten in aller Welt alarmiert. Sie wüssten sicher, dass der Papyrus in den vergangenen sechs Jahren nicht durch die Hände einer dieser Händler gegangen war und auch nicht in den großen Auktionshäusern wie Sotheby's oder Christie's aufgetaucht war.

»Darum kehren wir zu meiner Hypothese zurück, der eines Sammlers«, schloss Joubert.

Auf dem Weg zum Parkplatz dachte Théo über Jouberts vier Sammler nach. Solche Leute waren fähig, den Diebstahl eines Gemäldes oder einer Skulptur in Auftrag zu geben, um sich dann heimlich an deren Anblick zu weiden. Der manische Kult des Schönen, das war es, was diese Leute charakterisierte.

Doch der Dieb des Papyrus war ein ganz anderes Kaliber. Erstens handelte es sich um einen Papyrus, nicht um ein Kunstwerk, zweitens um etwas, was die geopolitische Weltordnung verändern konnte, und schließlich um einen Gegenstand, der nicht etwa in einem Museum, sondern in den Archiven eines Geheimdienstes verwahrt worden war.

Nichts anderes als der Inhalt des Papyrus ließ Rückschlüsse auf den Dieb zu. Dieser Mann war nicht von der Schönheit besessen, sondern von Machtgier, und nichts konnte ihn abschrecken. Wer mochte das sein, *merde*, wer?

Miserere, miserere …

Das *Miserere* von Allegri, gesungen vom Chor der Sixtinischen Kapelle, erfüllte den Billardsaal der Villa Tevere. Ein Fresko im Deckengewölbe stellte einen muskulösen Moses dar, der die Gesetzestafeln in Händen hielt. In der Saalmitte prangte ein Billardtisch aus brasilianischem Mahagoni, auf den die Lichtkegel dreier glockenförmiger Lampen fielen.

Ein Priester trat ein und stellte ein silbernes Tablett mit einer Flasche 25er Macallan, einem eisgefüllten Kühleimer und einem Glas Milch auf den Davenport-Sekretär aus dem 18. Jahrhundert.

Monsignore Guzman, in Hemdsärmeln mit goldenen Manschettenknöpfen, kippte ein halbes Glas Whisky herunter und rieb die Queuespitze mit einem Stückchen Kreide, den Blick auf das grüne Tuch geheftet.

Der Monsignore versetzte der Kugel 7 einen Stoß, sie rollte ins Loch.

»Monsignore, warum haben Sie Rabinovitchs Vorschlag angenommen?«, fragte Pater Pinkus. »Ich meine das Fischerboot. Ist das sicher? Sobald wir an Bord sind, kann doch alles Mögliche passieren, glauben Sie nicht?«

»Halten Sie mich für einen *cojón*?« Der Monsignore stieß gegen die Kugel 5, die ins Loch rollte. »Wer hat denn gesagt, dass wir an Bord gehen?«

»Aber ... Monsignore, ich kann Ihnen nicht ganz folgen. Wie kommen wir weg vom Berg Athos, wenn wir nicht auf dieses Boot steigen?«

»Zunächst einmal sagt derjenige, der den Papyrus findet, dem anderen Bescheid.«

Die Klänge des *Miserere* untermalten Guzmans Worte.

»Wenn das erledigt ist, gehen wir nach Daphni zurück und nehmen das erste Schiff nach Ouranoupolis«, fuhr der Monsignore fort. Er beförderte die Kugel 3 ins mittlere Loch. »Ich finde das alles sehr einfach.«

Pater Pinkus fuhr sich mit der Hand über die schweißbedeckte Stirn und trank einen Schluck Milch. »In Daphni könnten wir ein Problem bekommen, Monsignore.«

»Oh, Señor! Pater Pinkus mit seinen ewigen Problemen! Lassen Sie hören.«

»Die Mönche an der Zollstation könnten Kontrollen durchführen.«

»Was sollten sie denn kontrollieren?«

»Die Handschriften in den Bibliotheken sind kostbar, von den Ikonen in den Kirchen gar nicht zu reden. Diebstähle sind die Hauptsorge der Mönche.«

Der Monsignore lächelte zuversichtlich. »Ein guter Plan sieht immer Alternativen vor. Hören Sie, was ich Ihnen sage.«

Miserere mei Deum, secundum magnam misericordiam ...

»Auf dem Landweg nach Ouranoupolis?«, fragte Pinkus entsetzt. »Aber Monsignore, das sind fünfundzwanzig Kilometer höllisch gefährlicher Gebirgspfade. Nicht einmal die Maulesel wagen sich dorthin.«

»Ach, kommen Sie, Pater! Ein bisschen Trekking wird Ihnen guttun.« Guzman beugte sich über den Tisch und schickte die Kugel 8 mit einem gezielten Stoß ins Eckloch. »Wissen Sie, was Ihr Problem ist? Sie versteifen sich darauf, vertikal zu denken. Lernen

Sie, lateral zu denken, wie ich. Nehmen Sie Lawrence von Arabien. Man konnte nicht auf dem Seeweg nach Aqaba kommen? Er erreicht es auf dem Landweg, über Nefud.«

Pater Pinkus schluckte erneut. »Bitte entschuldigen Sie, Monsignore, aber die Mönche könnten die griechischen Grenzbehörden in Ouranoupolis informieren.«

Der Monsignore seufzte und versetzte der Kugel 4 einen Stoß, worauf sie vom Eckloch abprallte, um mitten auf dem Tisch zum Stillstand zu kommen.

»Sehen Sie? Mit all Ihrem ›wenn‹ und ›aber‹ haben Sie mich irritiert. Also gut, ich höre. Warum sollten die Mönche das Verschwinden des Papyrus bemerken? Sie sind dran.«

Pater Pinkus stieß die Kugel 13 ins mittlere Loch. »Aber was passiert, wenn sie es merken? Jemand könnte uns dabei erwischen, wenn wir den Papyrus stehlen.«

Der Monsignore schluckte den Rest des Whiskys hinunter. »Pater, mein Plan ist perfekt. Sie neigen zu einer verzerrten Sicht der Dinge. Nehmen Sie zum Beispiel Ihre Kugel 10 dort. Sie werden Sie niemals in dieses Eckloch bringen, jeder auch nur halbwegs vorsichtige Spieler könnte das sehen.« Der Monsignore schnalzte kopfschüttelnd mit der Zunge. »Eine militärische Strategie erfordert geometrisches Denken wie das Billardspiel.«

»Ich bitte um Entschuldigung, Monsignore. Es ist sicher so, wie Sie sagen.« Der Pater spielte die Kugel 10. Sie stieß gegen eine kurze Bande, dann gegen eine lange, um schließlich ins Eckloch zu rollen.

Der Monsignore starrte mit aufgerissenen Augen auf den Tisch. Er hieb mit dem Queue aufs Parkett, was in dem großen Saal wie ein Pistolenschuss widerhallte. Dann musterte er Pinkus aus der Höhe seiner ein Meter neunzig Körpergröße. Der Pater breitete verlegen die Arme aus, deutete ein entschuldigendes Lächeln an und machte sich noch kleiner, als er war. Es klopfte an die Tür, ein Priester stürmte in den Saal.

»Monsignore, ich habe soeben einen Anruf aus dem dritten Stock des Apostolischen Palastes erhalten«, sagte der Priester atemlos. »Der Zustand Seiner Heiligkeit hat sich verschlechtert. Man hat Doktor Antonelli gerufen.«

»Und?«, fragte Guzman.

Der Priester schüttelte den Kopf. »Der Arzt sagt, es sei eine Frage von Stunden. Der Heilige Vater wird die Nacht nicht überleben.«

»Den Wagen, schnell!« Guzman warf den Queue auf den Tisch und lief mit großen Schritten hinaus.

Miserere … Miserere …

Taghell beleuchteten die Scheinwerfer der Fernsehkameras die Ostseite der Piazza San Pietro, wo sich bereits eine große Menschenmenge drängte. Ein Mercedes S-600 hielt vor den Bernini-Säulen.

»Das ist Guzman, der Leiter des Opus Dei!«, sagte jemand.

Eine Schar Journalisten und Fotografen umringte das Auto. Als der Monsignore ausstieg, empfing ihn ein Blitzlichtgewitter. Auf die Fragen der Journalisten erwiderte er »No comment« und bahnte sich einen Weg durch die Menge bis zum Bronzetor.

Im dritten Stock schloss er die Tür zum Schlafzimmer des Papstes hinter sich. Ein Geruch nach Alkohol und Medizin lag in der Luft. Er wartete einen Moment, um sich an das Halbdunkel zu gewöhnen. Das Weinen einer Schwester unterstrich die Stille im Zimmer. Er betrachtete die um das Bett versammelten Geistlichen. Schwarz und Purpur, die Farben des Todes. Am Fußende stellte er sich zwischen den Kardinalstaatssekretär und den Kardinalkämmerer, der ihn traurig ansah und den Kopf schüttelte.

Das Gesicht des polnischen Papstes war weiß wie eine Hostie, erstarrt, die Augen geschlossen. Gelbe Flecken bedeckten die Laken. Richtig. Zum Schwarz und zum Purpur gehörte das Gelb in den Betten der Sterbenden.

Trauer? Nein, er fühlte nichts. Schon sah er die Schlagzeilen der Zeitungen vor sich und unterdrückte ein sarkastisches Lächeln. Er stellte sich die *tonterías* vor, die die Weltpresse jetzt über diesen Papst schreiben würde. Törichtes Volk. Wenn die Leute wüssten, was dieser Mann zusammen mit Ottolenghi angerichtet hatte, würden sie nicht ganz so laut weinen. Eines musste man ihm zugestehen: Er war der geborene Schauspieler. Die Drecksarbeit hatte er immer Ottolenghi machen lassen, während er sich höchst geschickt hinter den idyllischen Operettenszenarien versteckt hatte, die das Pressebüro des Vatikans verbreitete.

Nicht mal ein bisschen Anerkennung? Schließlich hatte er das

Opus Dei 1982 zu einer Personalprälatur gemacht. Nein, auch dafür nicht. Er hatte es nur getan, weil er das Opus Dei wieder gut gebrauchen konnte, er und die ganze römische Kurie. Wie hätten sie sich ohne das Opus Dei aus Skandalen wie der Calvi-Affäre herausgewunden?

Du wagst es, ihn zu richten, ausgerechnet du?, fragte eine Stimme.

Ich urteile, weil ich weiß, wie die Dinge gelaufen sind.

Ach ja? Hältst du dich für so viel besser als ihn und Ottolenghi?

Ich bin, der ich bin, und versuche nicht, anders zu sein. Claro?

Sag mal, Signor Generalprälat, wie bist du eigentlich der Lump geworden, der du bist?

Der Monsignore streichelte seine Narbe. Weil ich schon bald begriffen habe, dass man im Leben entweder auf der Seite derer landet, denen der Arsch aufgerissen wird, oder bei denen, die die Peitsche in der Hand haben. Ich habe mich für die mit der Peitsche entschieden. Warum? Hättest du es anders gemacht?

Die Schluchzer der Schwester übertönten die Stimme. Der Sekretär des Papstes setzte sich neben das Bett und hielt dem Papst die Hand. Mit versteinertem Gesicht stellte sich Ottolenghi hinter den Sekretär und legte ihm eine Hand auf die Schulter. Seltsam. Der Inquisitor war ein *hombre*, der Gefühlsbezeugungen und Körperkontakt grundsätzlich mied. Warum diese Geste mit der Hand?

Auf der anderen Bettseite hob Doktor Antonelli den Kopf und nahm das Stethoskop ab. »Signori, ich bin zutiefst betrübt. Der Heilige Vater ist verschieden.«

Der Kardinalkämmerer ging zum Kopfende des Bettes und sprach den Papst dreimal mit seinem Taufnamen an, wie das Zeremoniell vorschrieb.

»*Vere papa mortus est*«, sagte er dann zu den Anwesenden gewandt.

Er zog dem Papst den Fischerring mit dem Papstwappen vom Mittelfinger der rechten Hand, ging auf den Kardinalstaatssekretär zu und murmelte etwas vom Datum des Konklaves.

EBENE VON ROSTAU (GIZEH), WESTLICH VON MEMPHIS, VIERTES JAHR DER REGENTSCHAFT AMENHOTEPS IV.

Hinter dem Hügel erhob sich die Sonnenscheibe und zeichnete Licht- und Schattenkontraste auf den Boden vor der Sphinx. Der dunkelrote Sand färbte sich orangegelb.

Eine Uräusschlange reflektierte das Sonnenlicht. Zwischen den Pranken der Sphinx kniend, wandte Nepher den Blick zum Hügel. *Der Gott erscheint … Er berührt mich … Sein Licht spricht zu mir.*

»Oh, Aton, Beginn des Lebens!« Nepher warf sich zu Boden, die Hände vor sich ausgestreckt. »Als du am Horizont erschienst …«

Im Schatten der Sphinx holte der Wagenlenker einen Lappen aus der Kutsche, die mit einem Aton aus Elektron geschmückt war, und wischte den Schweiß von den Flanken der Pferde.

»Ranefer, hör auf damit und komm einen Happen essen«, sagte der Kommandant der Leibgarde.

Auf einem Stein sitzend, knüpfte der Hauptmann sein ledernes, mit Bronzeschuppen bedecktes Wams auf und brach einen Brotlaib aus Korn und Feigen. Der Wagenlenker setzte sich zu ihm, wickelte eine Gänsekeule aus einem Palmblatt und biss hinein. »Kommandant, wird es noch lange dauern?«, fragte er mit vollem Mund.

Der Kommandant zuckte die Achseln. »Wie üblich.« Er trank einen Schluck Gerstenbier aus einem Ziegenlederbeutel. »Beim Boot des Amun! Ich frage mich, was sie sich Tag für Tag zu erzählen haben, der Pharao und sein Gott!«

Da tauchte eine rötliche Mähne hinter einem Bergkamm auf, und die schlanke Silhouette eines Löwen hob sich gegen die Sonne ab. Reglos schnupperte die Raubkatze in den Wind, dann drehte sie den Kopf zur Sphinx. Mehrmals schlug das buschige Schwanzende gegen die Flanken, und eine Pranke kratzte am Felsen. Ein Knurren ließ die mächtigen Lefzen erzittern.

Dann sprang der Löwe elegant von Stein zu Stein bis in die Ebene hinunter, wo seine Sprünge Sandwolken aufwirbelten. Er schüttelte seine Mähne und bewegte sich langsam auf den am Boden liegenden Mann zu. Der Schwanz peitschte abwechselnd beide Flanken, unter dem sandbraunen Fell spielten die Muskeln. Als das Tier sich dem Pharao bis auf wenige Ellen genähert hatte, blieb es stehen. Sein Brüllen hallte durch die Stille. Nepher hob den Kopf und erhob sich langsam. Vom Kopf der Sphinx stieg ein Schwarm Raben flügelschwirrend und mit schrillem Geschrei in die Luft.

»Schnell!« Der Kommandant rannte zum Streitwagen. Er griff nach dem Bogen, hängte sich den Köcher um die Schulter und zog einen Pfeil heraus. Dann lief er auf die Sphinx zu und blieb auf der Höhe eines der Beine stehen. Er hob den Bogen, legte den Pfeil an die Sehne und spannte den Bogen. Der Wagenlenker blieb ein paar Schritte hinter ihm stehen, einen Speer fest in der Hand.

»Halt ein, Suty!«, sagte Nepher mit einer abwehrenden Handbewegung. »Halt ein, wenn du mein Freund bist.«

»Aber Majestät! Diese Bestie wird gleich ...«

»Halt, sage ich dir! Weißt du nicht, dass mir vor Blut graut? Aton ist Vater und Mutter aller Geschöpfe, Menschen und Tiere.«

»Majestät, was vermag dein Gott gegen diese Zähne?«

»Seine allumfassende Liebe ist der beste Schutz.«

Der Löwe brüllte ein zweites Mal, seine Reißzähne blitzten auf. Wieder peitschte der Schwanz hektisch die Flanken, der Löwe legte die Ohren an, krümmte den Rücken und senkte die Hinterbeine. Der Kommandant spannte den Bogen in seiner ganzen Weite, der Wagenlenker hob den Speer zum Wurf, sein Arm fuhr nach hinten.

»Halt! Der Pharao gebietet es dir!«

Langsam ging Nepher auf den Löwen zu und blickte dabei fest in seine gelben, mit grünen Punkten gesprenkelten Augen. Die Luft war geschwängert vom Geruch des wilden Tieres: Es war der urzeitliche Geruch des Zep Tepi, als Mensch und Tier eins waren. Nepher holte tief Atem, er berauschte sich an diesem Geruch und an den Strahlen des Gottes. Dann ersann er eine Botschaft der Liebe und vertraute sie dem Licht Atons an.

Einige Augenblicke lang verharrte der Löwe in seiner Angriffsstellung, seine Augen lösten sich nicht von denen Nephers. Plötzlich richtete er sich wieder auf, und der Schwanz sank zu Boden. Er brummte und leckte sich die Lefzen.

Nepher streckte beide Hände mit gespreizten Fingern vor seinem Maul aus. Der Löwe roch daran, dann rieb er sich an Nephers Körper und legte sich zu seinen Füßen nieder. Nepher kniete nieder und streichelte ihm die Mähne.

Mit weit aufgerissenen Augen wischte sich der Kommandant

den Schweiß von der Stirn. Unter den orangegelben Strahlen der Sonne rollte der Löwe über den Sand und der Pharao mit ihm.

Ein Phönix mit aschgrauen Federn flog hoch in den Himmel hinauf. Er glitt durch die Luft, zog eine große Schleife und ließ sich auf dem Kopf der Sphinx nieder.

21 Die Piazza del Duomo lag verlassen da, umhüllt von der Stille und einem diffusen Halbdunkel. Eine ganze Batterie Scheinwerfer beleuchtete den romanischen Campanile und die gotische Fassade der Basilika. Konstantine und Théo blieben unter den Doppelbögen des Erzbischöflichen Palastes stehen.

Théo blickte zum Hospital Santa Maria della Scala hinauf. Die Uhr an der Fassade zeigte ein Uhr achtunddreißig. »Wo ist die Tür?«

»Dort hinten in der Ecke.« Konstantine zeigte auf ein Türchen an der Ecke zwischen dem Erzbischöflichen Palast und der rechten Seite des Doms.

Als sie davorstanden, kontrollierte Théo auf Nickys Uhr die Zeit. »Wir müssten so weit sein.«

An der linken Seite des Doms tauchte die Silhouette von Lorenzo Santi auf. Dicht an den drei Portalen der Kirche vorübereilend, gelangte er auf die andere Seite, wo er sich hinter der rechten Ecke der Fassade postierte und vorbeugte.

Das Schloss schnappte, die Tür ging auf, und aus dem Dunkel des Raumes tauchte ein finsteres Gesicht auf. Théo musterte ihn. Spyros Beschreibung ließ keine Zweifel zu: Conte Fulgenzi.

»*Monsieur le Comte*, Pünktlichkeit ist die Höflichkeit der Könige«, sagte Konstantine mit einem schmeichlerischen Lächeln. »Das ist von Louis XVIII.«

Der Conte sah ihn giftig an. »Offenbar ist sie auch die Höflichkeit der Erpresser. Das ist von mir.« Er trat beiseite, um sie einzulassen.

An der Ecke zwischen dem Erzbischöflichen Palast und der Via dei Fusari reckte sich ein Schatten und beobachtete die Szene. Einen

Augenblick lang beleuchtete das Scheinwerferlicht eine Gucci-Tropenjacke aus Sea-Island-Baumwolle. Der Mann zog ein Handy aus dem Gürtel.

»Monsieur, hier Kowalski. St. Pierre und der Antiquitätenhändler sind durch eine Seitentür in den Dom gegangen. Jemand hat ihnen von innen aufgemacht.«

Schweigen am anderen Ende. »Früher oder später müssen sie wieder herauskommen, meinen Sie nicht?«

»Ja. Ich warte hier.«

»Es bleibt bei dem, was besprochen wurde. Was auch immer die beiden nach draußen bringen – Sie wissen, was Sie zu tun haben.«

»Ich muss Ihnen allerdings mitteilen, dass wir nicht allein sind.«

»Was soll das heißen?«

»Der Blonde vom Opus Dei ist auch hier.«

Wieder entstand eine Pause. »Muss ich Ihnen Ihren Job erklären?«

»In Ordnung.«

Kowalski spähte in Richtung Santi, dann blickte er sich vorsichtig um. Hinkend ging er an den Mauern des Bischofssitzes die Via dei Fusari hinauf, überquerte dann die Straße und ging weiter bis zur Piazzetta della Selva, von wo aus er an die Rückfront des Hospitals Santa Maria della Scala gelangte. Im Lichtkegel einer Straßenlaterne blieb er stehen, holte einen Lappen aus der Tasche, setzte einen Fuß auf den Bordstein und striegelte einen seiner Church's so lange, bis sich das Licht darin spiegelte.

Der Conte führte sie, eine Stablampe in der Hand, durch einen feuchten, schlecht beleuchteten Gang, in dem es nach Schimmel roch. Unter das Geräusch ihrer Schritte mischte sich das Klappern der Werkzeugkiste, die Fulgenzi bei sich trug. Sie stiegen eine Treppe hinauf und standen vor einer steinernen Wand, in der sich ein Torbogen öffnete. Das Licht der Stablampe spiegelte sich in einer Stahltür.

Der Strahl fiel auf ein Schaltbrett in der Wand. Der Conte öffnete den Deckel und drückte auf Tasten einer Leuchtanzeige. Die Tür verschwand in der Mauer.

»Schnell, hinein«, sagte der Conte.

Hinter ihnen schloss sich die Tür mit einem dumpfen Geräusch.

Théo blickte sich um. Kerzenflämmchen drangen durch die Dunkelheit der Kapellen und zeichneten Schattenspiele auf die Wände. In der Luft lag ein Geruch nach verfaultem Holz, Weihrauch und Weihwasserbecken. Der Lichtstrahl wanderte über die schwarzweiß gestreiften Säulen und die Rundbögen des rechten Kirchenschiffs.

»Und die Alarmanlage?«, fragte Théo flüsternd.

»Deaktiviert«, sagte der Conte. »Hier entlang.«

Ein Spinnennetz aus farbigen Lichtreflexen beleuchtete die Intarsien auf dem Boden des Mittelschiffs. Théo blickte in die Höhe. Das Licht der Autoscheinwerfer vor der Kirche drang gedämpft durch die bunt bemalten Scheiben der Rosette und erhellte die Büsten der Päpste.

Unter dem ersten Gewölbebogen, direkt vor dem Hauptportal, blieb der Conte stehen. Der Lichtkegel seiner Stablampe blieb eine Weile auf der Gestalt des Hermes Trismegistos liegen, dann wanderte er zu dem Buch, das der Meister dem Mann zu seiner Rechten übergab.

»Monsignore«, flüsterte Santi in das Mikrofon eines Kopfhörers. Er stand dicht an die Fassade des Doms gepresst. »Die T-Tür liegt in ei-einer Ecke des D-Do-Doms.«

»Dann gibt es keinen Zweifel«, sagte Guzman am anderen Ende. »Sie sind in die Basilika gegangen.«

»A-Aber was wo-wollen sie da? Sie sind doch k-keine Die-Diebe.«

»Glauben Sie, die gehen um zwei Uhr nachts in den Dom, um der Jungfrau Maria ein Kerzchen anzuzünden?«

»Meinen Sie nicht, wir mü-müssten sof-fort den Erzbischof verständi-digen?«

»Ich schlüpfe nur rasch in einen Morgenmantel, dann kümmere ich mich darum. Sie bleiben, wo Sie sind. Ich rufe Sie zurück.«

Der Conte gab Konstantine die Lampe, öffnete die Werkzeugkiste und kramte darin. Er zog einen Hammer und eine Art großes Rasiermesser heraus – eine schmale Stahlklinge mit Griff. Dann stieg er über die rote Absperrkordel, die die Intarsie umgab, und kniete sich auf den Boden.

»Leuchten Sie mir«, sagte er, auf das Buch zeigend, zu Konstantine.

Théo beugte sich vor und strich mit den Fingern über die Ränder der drei Marmorstücke, die das Buch formten. Die Umrisse waren kaum zu sehen. Der Conte setzte die Klinge an der Fuge zwischen zwei Elementen an und begann, mit dem Hammer daraufzuklopfen. Eine halbe Stunde später zog sich ein sehr schmaler Spalt durch die Fugen.

»Das ist empörend!« Mit hochrotem Gesicht knallte Monsignore Guzman den Hörer auf die Gabel. »Ich versuche es jetzt seit einer halben Stunde unter allen Nummern. Ist der Erzbischöfliche Sitz in Siena ein Geisterhaus?«

»Aber Monsignore, es ist kurz vor drei Uhr nachts …«, sagte Pater Pinkus mit hauchdünner Stimme. »Die Büros sind nicht besetzt.«

»Dann rufen wir das Polizeipräsidium in Siena an.« Der Monsignore wollte eine Nummer wählen, hielt dann aber inne. »Wie kommt die Polizei in den Dom hinein?«

»Die Polizei kann nicht hinein, aber irgendwann müssen die beiden ja wieder hinaus.«

»Treffende Bemerkung, Pater. Rufen Sie die Polizei an. Ich versuche inzwischen, den Sekretär des Papstes zu erreichen.«

»Warum gerade ihn?«

»Im Apostolischen Palast dürfte man die privaten Telefonnummern aller Würdenträger der Diözese besitzen.«

Pater Pinkus hob den Hörer.

»Pater …? Sagen Sie der Polizei zwei Dinge: Sie sollen keine Sirenen benutzen, und sie sollen den Dom umzingeln. Ich will, dass sie alle Ausgänge blockieren. Verstanden?«

Die Augen des Paters blitzten rachlustig.

Der Conte entnahm der Werkzeugtasche ein Fläschchen aus Mattglas und eine Pipette.

»Was ist das?«, fragte Théo.

»Salzsäure. Sie löst den Mörtel auf.«

Der Conte zog die Säure aus dem Fläschchen und setzte die Spitze der Pipette unter Théos interessierten Blicken an dem Spalt an. Dann strich er mehrmals mit der Pipette, die er von Zeit zu Zeit nachfüllen musste, über die Furche. Zum Schluss breitete er einen Wolllappen über die Stücke und klopfte mit einem Holzhammer darauf.

»Und jetzt?«, fragte Théo. »Wie werden Sie die Stücke lösen?«

»Das ist der schwierigste Teil. Man läuft immer Gefahr, eins zu zerbrechen, vor allem das erste.«

Schleppende Schritte tönten durch die Stille. Ein Schatten bog in die Via del Capitano, schlich bis zur Ecke des Palazzos der Präfektur und blieb stehen. Im Widerschein der Turmbeleuchtung tauchte Kowalskis Bulldoggengesicht auf, der in Richtung Dom spähte. Dort stand Santi, neben dem rechten Portal der Kirche.

Kowalski bog um die Ecke, überquerte die Piazza und ging, sich dicht an der linken Seite des Doms haltend, bis zur Ecke, wo der Kirchplatz begann. Langsam strich er an der Fassade entlang, dann drückte er sich in die Ausschmiegung des Hauptportals. Er zog eine Pistole aus der Innentasche seiner Tropenjacke und schraubte einen Schalldämpfer auf den Lauf.

Der Conte hob ineinanderverhakte Teile aus Alteisen aus der Werkzeugkiste und entwirrte sie. Als er fertig war, lagen auf der Intarsie acht Kettchen strahlenförmig ausgebreitet, die von einem Ring in der Mitte ausgingen. Jedes Kettchen endete in einem L-förmigen, kleinen Stahlstück.

»Heben Sie den Ring an«, sagte der Conte zu Théo.

Der Conte steckte eines der Ls in den Spalt, den er gezogen hatte, drückte es hinein und drehte es zur Mitte. Dasselbe tat er mit den anderen. Schließlich war jede Seite des Marmorstücks an zwei Kettchen aufgehängt.

»Monsignore, ich brauche diese Telefonnummer sofort«, sagte Guzman.

»Ja, ja, ich verstehe.« Am anderen Ende der Leitung hörte man ein unterdrücktes Gähnen. »Lassen Sie mich in mein Büro hinuntergehen, dann rufe ich zurück.«

»Ich erwarte Ihren Anruf.«

Der Conte erhob sich. »Geben Sie mir den Ring.«

Théo gehorchte. Mit gespreizten Beinen über der Intarsie stehend, positionierte der Conte den Ring so über dem darunterliegenden Stück, dass alle Kettchen gleich stark gespannt waren. Dann zog er den Ring mit einer gleichmäßigen Bewegung hoch. Mehrmals wiederholte er, heftig schnaufend und mit rot angelaufenem Gesicht, diese kontinuierliche Zugbewegung, doch das Stück blieb an seinem Platz.

»Es war nicht genug Salzsäure«, sagte der Conte.

Er wiederholte die Operation mit der Säure und dem Holzhammer, dann zog er wieder. Das Stück rührte sich nicht. Wieder zog er, bis er puterrot im Gesicht war. Mit einem schmatzenden Geräusch löste sich das Stück und gab ein Rechteck aus schwärzlichem Mörtel frei.

Kowalski beugte sich hinter dem Bogen des Hauptportals vor und hob die Pistole. Über den Kirchplatz hallten zwei dumpfe Knaller. Santi zuckte zusammen, stieß einen erstickten Seufzer aus und sackte zu Boden. Blut schoss ihm aus dem Mund. Kowalski betrachtete den Körper, dann packte er ihn an den Füßen und schleifte ihn, eine Blutspur auf dem Marmor hinterlassend, in die Ausschmiegung des rechten Portals. In Santis Brille, die am Bogen lag, spiegelte sich das Licht der Scheinwerfer. Kowalski beugte sich über den Körper und schloss Santi die Augen. Dann stand er ruckartig auf, stieg die Stufen des Doms hinunter und kehrte zu seinem Posten an der Ecke Erzbischöflicher Palast, Via dei Fusari zurück.

Im ersten Stock eines gegenüberliegenden Hauses leuchtete hinter einem Fensterladen das Flämmchen eines Feuerzeugs in der Dunkelheit auf.

Der Conte begann, den Mörtel mit dem Meißel zu bearbeiten. Als ein großes Stück absprang, wurde darunter ein Marmorgrund sichtbar.

»Sieh mal an, interessant«, sagte der Conte im Tonfall des Wissenschaftlers.

Er erklärte, der Bildhauer der Intarsie habe eine Aushöhlung in die ganze Marmorplatte gegraben, um die Teile der Komposition dann einen nach dem anderen auf diesen Grund zu kleben.

»Gut, dass ich das jetzt weiß«, sagte Konstantine. »Beeilen wir uns!«

Der Conte brummte etwas in breitem toskanischen Dialekt. Als er den Mörtel aus der Aushöhlung geklopft hatte, beleuchtete die Lampe ein gleichmäßiges marmornes Fundament.

»Zufrieden?« Der Conte blickte Konstantine und Théo mit kaum verhehlter Genugtuung an. »Kein Loch. Gar nichts.«

»Bleiben noch zwei Stücke«, sagte Théo.

»Lohnt sich das?«

»Conte, wissen Sie, was in meinem Beruf den Unterschied zwischen Scheitern und Erfolg ausmacht? Ein Schlag mit der Spitzhacke. Nur einer. Also los!«

Vier Polizeiwagen hielten vor den Stufen des Doms. Ein Dutzend Polizisten und ein Mann in Zivil stiegen aus den Autos.

Einer zeigte auf das rechte Portal und sagte etwas. Alle eilten die Stufen hinauf und drängten sich um den am Boden liegenden Körper. Der Mann in Zivil bückte sich und fühlte ihm den Puls. Er schüttelte den Kopf.

Dann versammelte er die Polizisten um sich und machte, während er sprach, Zeichen in Richtung Dom und Erzbischöflicher Palast. Die Gruppe löste sich auf. Drei Beamte postierten sich vor dem Hauptportal und drei vor dem Palast, während die anderen hinter der linken Ecke des Doms verschwanden. Zwei von ihnen blieben vor dem Eingang zum Campanile stehen. Der Rest lief durch die Arkaden des Neuen Doms, dann eine steile Treppe hinunter und stellte sich vor das Baptisterium San Giovanni hinter dem Dom.

Der Conte zuckte mit den Achseln. Er schob die Klinge unter das Stück, auf das ein Großteil der lateinischen Inschrift gemeißelt war, und bewegte sie vor und zurück. Nach einer Viertelstunde glitt das Messer ungehindert unter die gesamte Oberfläche. Der Conte hob das Stück an, und wieder erschien der Untergrund aus dunklem Mörtel. Er klopfte auf den Meißel, und ein großes Stück löste sich. Der Conte hielt mit aufgerissenen Augen inne.

»Entschuldigen Sie bitte«, keuchte der päpstliche Sekretär am anderen Ende. »Ich hatte Probleme mit diesem verflixten Compu-

ter. Wie glücklich kann sich unser Herrgott schätzen, dass er nicht mit Windows zu tun hatte.«

»Haben Sie die Nummern gefunden?«

»Notieren Sie bitte, die Telefonnummer lautet...«

Théo beugte sich über den Spalt. »Ein Loch. Die Marmorplatte hat ein Loch. Schnell, Conte, machen Sie weiter.«

Der Conte schlug den Rest des Mörtels mit dem Meißel ab. Teile einer Öffnung mit regelmäßigen Umrissen kamen ans Licht. Eine Seite maß etwa fünfzehn Zentimeter, von den anderen waren nur wenige Zentimeter sichtbar.

»Das Loch ist rechteckig oder quadratisch«, sagte Théo, über den Spalt gebeugt, und bedeutete Konstantine, mit der Taschenlampe näher zu kommen.

»Siehst du etwas?«

»Da ist etwas Dunkles, aber ich kann nicht erkennen, was es ist.« Théo steckte einen Meißel in die Öffnung. Als die Spitze des Werkzeugs auf etwas Hartes stieß, erklang ein metallischer Ton. »Das könnte ein Gegenstand aus Eisen sein, vielleicht ein Behälter. Machen Sie schnell, Conte. Lassen Sie uns rasch das letzte Stück hochnehmen.«

»Caramba! *Ich sage Ihnen noch einmal, Monsignore, dass Fremde in den Dom eingedrungen sind!* Entiende?«

»Soll ich es Ihnen vielleicht auf Spanisch erklären?«, sagte der Erzbischof am anderen Ende. »Die Alarmanlage ist bombensicher. Auf der ganzen Welt gibt es keinen Dieb, der dort eindringen könnte.«

»Warum weigern Sie sich so hartnäckig, meinem Informanten zu glauben?«

»Gütiger Himmel! Ich wurde selbst gegen eins durch das laute Palavern eines Trottels geweckt, das von der Piazza herkam, aber mein Kammerdiener hat mir gesagt, es sei ein Betrunkener. Ihr Informant hat sich irreführen lassen, das ist alles.«

»Meinen Glückwunsch. Eine Erklärung wie aus dem Handbuch der Psychoanalyse. Wollen Sie mir damit sagen, dass Sie nicht beabsichtigen, etwas zu unternehmen?«

»Dazu besteht doch gar kein Anlass, guter Mann! Nun beruhi-

gen Sie sich mal wieder. Trinken Sie eine warme Milch, und gehen Sie wieder schlafen.«

»Muy bien. *Sie lassen mir keine Wahl. Ich werde Seine Heiligkeit wecken müssen. Sind Sie bereit, die Verantwortung zu übernehmen?«*

Am anderen Ende entstand eine Pause.

»Hola? Hola? *Haben Sie mich gehört, Monsignore?«*

»Ich bin ja nicht taub! Nun gut, Sie haben gewonnen. Ich lasse sofort Don Feliciani wecken – seine Segenswünsche höre ich jetzt schon –, aber morgen früh bin ich dran mit Telefonaten, und ich weiß schon, wen ich anrufe. Nicht mal mehr schlafen lassen sie einen, diese Typen vom Opus Dei, bei denen piept's doch!«

Der Conte schob die Klinge unter das dritte Stück und ließ sie schnell vor und zurückgleiten. Er hob es an und entfernte den restlichen Mörtel. Im Schein der Taschenlampe tauchte ein regelmäßiger, rechteckiger Umriss auf.

Von den hohen Bogen der Seitenschiffe aus blickten alle Päpste der Geschichte auf die drei Männer herab, die sich über die Intarsie des Hermes Trismegistos beugten.

Im Büro von Monsignore Guzman klingelte das Telefon.

»Ja? … Das bin ich. Was ist passiert? … Einer unserer Numerarier? Warum? … *Dios mio* … Nein, ich habe keine Ahnung … Wir schicken sofort jemanden hin … *Gracias.*«

»Wer war das, Monsignore?«, fragte Pater Pinkus.

»Ein Polizeikommissar aus Siena. Santi ist tot. Man hat ihn auf dem Kirchplatz vor dem Dom erschossen.«

»Was?«

Mit seinem Kugelschreiber auf die Schreibtischplatte trommelnd, berichtete der Monsignore Pinkus, was ihm der Commissario mitgeteilt hatte.

»Mein Gott, Monsignore, wer könnte ein so grausames Verbrechen begehen? Der Archäologe? Nein, unmöglich.«

»Hier hat noch jemand anderes seine Hände im Spiel.«

»Wer denn?«

»Ich weiß es nicht.« Gedankenverloren ließ der Monsignore seinen Rosenkranz baumeln. »Doch ich habe mich von Anfang gefragt: *Cui prodest?*«

»Nun, Monsignore, wenn es darum geht, tut mir leid, dass ich das sagen muss, aber der Tod des Kardinals kam der Kirche durchaus nicht ungelegen.«

»Fahren Sie fort.«

»Jerusalem und Riad haben dieselben Interessen wie wir. Und für die Juden steht die Existenz Israels auf dem Spiel. Wissen Sie, was ich meine, Monsignore? Entweder sie oder wir, die Kirche.«

»Ein doppeltes Spiel im Inneren der katholischen Kirche?«

»Monsignore, Sie selbst haben es tausendmal gesagt: ›Gott, beschütze mich vor meinen Freunden, denn gegen meine Feinde verteidige ich mich schon selbst.‹«

Guzman schüttelte den Kopf. »Ich weiß nicht, warum, aber irgendetwas an der Sache überzeugt mich nicht.«

»Aber was bleibt, wenn wir das spirituelle Motiv ausschließen?«

»Das spirituelle Motiv?« Guzman grinste spöttisch. »*Pecuniae obediunt omnia*, Pater. Auch im Buch Ekklesiastes steht geschrieben, dass alles dem Geld gehorcht. Rein ökonomisch betrachtet, ist der Katholizismus keine Religion: Er ist ein Industriebetrieb.« Der Tonfall des Monsignore wurde weihevoll. »Der mächtigste der Welt. Und das Opus Dei ist sein Gehirn.«

Pater Pinkus schluckte. »Mon-Monsignore, ich bin mir nicht sicher, ob ich verstehe, worauf Sie hinauswollen.«

Guzman ließ wieder den Rosenkranz kreisen. »Noch weiß ich nicht, wer hinter all dem steckt, aber eines weiß ich sicher: Es ist jemand, der großes Interesse daran hat, dass wir – ich spreche von unserer christlichen Kirche, aber das Gleiche gilt für Jerusalem und Riad – weiterhin das tun, was wir immer getan haben.«

»Und was wäre das?«

»Auf jede mögliche Weise den Fortschritt der Menschheit aufhalten, was auch immer es ist.«

Pater Pinkus schluckte hörbar, dann räusperte er sich. »Es tut mir leid um Santi. Er war mir sympathisch, ich würde fast sagen, er rührte mich. Eine reine Seele, wie man sie kaum mehr findet.«

»Wollen Sie damit andeuten, dass ich mich schuldig fühlen müsste?«

»Monsignore, ich habe nichts gesagt.«

»Aber Sie haben es gedacht. Wenn Sie es wissen wollen, ich fühle mich ganz und gar nicht schuldig. Erfolg bringt Verantwortung mit sich, und was geborene Führer verbindet, ist ihr Mut, diese Verantwortung auf sich zu nehmen. *Claro*?«

Pater Pinkus schwieg.

»Schmerzen formen den Charakter, Pater. Ich erlaube meinem Herzen nie, sich dem Schmerz hinzugeben, sondern befehle meinem Geist, über all die Arbeit zu jubeln, die es noch zu tun gibt. Sind die Koffer für Athos gepackt?«

»Ja, Monsignore. Aber ...«

»Kein ›aber‹. Rufen Sie den Piloten an. In zwei Stunden muss die Gulfstream startbereit sein. Das einzige Heilmittel gegen den Schmerz ist die Tat.« Der Monsignore stand auf. »Pater, es geht auf die Reise!«

Der Polizeipräfekt von Rom – Doppelkinn, Marderaugen und ein Bauch, gegen den die Hemdknöpfe ankämpften – klopfte mit der CD-Hülle gegen seine Handfläche.

»Der Minister ist fast durchgedreht ... Ach, Dominici, was reitet Sie denn bloß? Wollen Sie einen diplomatischen Zwischenfall mit dem Vatikan provozieren?«

»Ich tue nur meine Arbeit«, sagte der Kommissar. »Haben Sie sich nicht mal gefragt, warum da so viel Staub aufgewirbelt wird?«

»Mein Güte, gebrauchen Sie doch Ihren Verstand.« Der Präfekt hob und senkte die gefalteten Hände. »Sie glauben doch nicht im Ernst, dass der Malteserorden in diese Geschichte verwickelt ist? Ach was!«

»Vielleicht haben Sie recht, vielleicht nicht. Aber ich bin Polizist und überlasse nichts dem Zufall.«

»Werden Sie nicht kindisch.« Der Präfekt beugte sich mit Verständnis heischender Miene über den Schreibtisch. »Warum lassen Sie die Purpurkäppchen solche Geschichten nicht untereinander aushandeln, wie's bis jetzt immer gehalten wurde?«

»St. Pierre wurde bei uns umgebracht, nicht im Vatikan.«

Der Präfekt machte eine resignierte Geste. »Vergessen wir doch die Details.«

»Verlangen Sie von mir, den Fall zu den Akten zu legen?«

»Ich verlange, dass Sie erkennen, wie die Welt funktioniert.« Der Präfekt wedelte mit der CD und zwinkerte ihm zu. »Ist doch eine schöne Karriere, die Sie bisher gemacht haben ... Denken Sie drüber nach, und nehmen Sie sich den besseren Teil.«

»Kann ich die CD behalten?« Der Kommissar streckte die Hand aus.

Der Präfekt seufzte achselzuckend. »Was ich Ihnen sagen musste, habe ich gesagt.« Er reichte dem Kommissar die Hülle. »Aus Freundschaft.«

Kaum war Dominici draußen, griff der Präfekt zum Telefon und wählte.

»Herr Minister, ich hab's probiert.«

»Lassen Sie ihn nicht aus den Augen«, sagte die Stimme am anderen Ende.

»Und wenn ...?«

»*Promoveatur ut amoveatur*. Muss ich Ihnen das sagen?«

Der Präfekt legte auf. »Hm, der alte Fuchs hat wirklich recht«, murmelte er. »Wegbefördern ... Auf Latein klingt das auch gleich ganz anders.«

Die Sonne fiel durch die Vorhänge auf eine Holzskulptur der drei weisen Affen.

22

Möwen stürzten sich im Tiefflug dicht über die Wasseroberfläche, ihre Schreie mischten sich mit dem Tuckern des Motors.

Der Bug des Schiffs durchschnitt eine hohe Welle, deren Spritzer Monsignore Guzmans Gesicht benetzten. Er saß neben dem schläfrigen Pater Pinkus am Bug und blickte, die Hand zum Schutz gegen die Sonne an die Stirn gelegt, auf die Halbinsel des Berges Athos.

Steil fielen die waldigen Hänge zum Meer ab, dazwischen lagen kahle Felsen und einsame Buchten. Auf einer Klippe erhob sich ein Kloster. Der Anblick seiner mittelalterlichen Mauern und byzantinischen Kuppeln wirkte, als sei hier die Zeit stehen geblieben.

Sein Blick schweifte über das Deck, verweilte auf Al Kaddafi im karierten Hemd und kakifarbenen Hosen und blieb an der schwarzen Silhouette von Rabinovitch hängen, der seine Uniform des orthodoxen Juden trug und sich nicht um die Blicke der anderen Passagiere kümmerte. Aus seiner Jackentasche ertönte ein Klingeln. Er zog das Handy heraus und gab knappe Antworten. Guzman stand auf, ging zur gegenüberliegenden Bootswand und setzte sich neben ihn.

»Neuigkeiten?«

»Vor heute Nacht«, sagte Rabinovitch, »wird ein israelisches Motorboot Anker vor der Küste von Iviron werfen.«

»Der Treffpunkt?«

»Morgen bei Sonnenaufgang wird der Kapitän die Nordküste entlangfahren, um eine geeignete Stelle zu suchen, etwas wie eine Bucht. Sobald wir ihm melden, dass wir bereit sind, schickt er eine Schaluppe.«

Der Monsignore kehrte an seinen Platz zurück. Al Kaddafi, der näher zum Heck saß, warf ihm einen fragenden Blick zu. Guzman beruhigte ihn mit einem Kopfnicken. Der Saudi besaß die hundert Augen des Riesen Argus. Was mochte er vorhaben? Über Ouranoupolis zu fliehen, wie sie?

Einige Augenblicke lang blieb sein Blick an einem braun gebrannten Kerl mit aschblonden Haaren hängen, der neben dem Saudi saß. Der Mann hatte einen athletischen Körper und trug eine verspiegelte Sonnenbrille. Zu seinen Füßen lag ein Bergsteigerrucksack. Der Monsignore schüttelte den Kopf. Wieder so ein Globetrotter mit mystischen Anwandlungen.

»Daphni!«, schrie der Kapitän und zeigte mit dem Arm auf ein Häufchen weißer Häuser an einem kleinen Hafen.

Zwei Matrosen sprangen auf den Kai und banden die Taue um die Poller. Das Boot leerte sich.

Der Monsignore stellte sich, gefolgt von Pater Pinkus, mit den anderen Pilgern vor der Hütte auf, die als Zoll- und Polizeistation fungierte. Wo waren die beiden Idioten? Er beugte sich vor und entdeckte sie weiter vorn, einer hinter dem anderen. Sie ignorierten sich gegenseitig.

Caramba. Die beiden Mönche hinter dem Schreibtisch sahen aus wie die Richter des Jüngsten Gerichts. Al Kaddafi reichte ihnen seine Papiere. Ein Mönch musterte ihn, überprüfte den *diamonitirion* und blätterte in seinem Pass. Dann stempelte er ihn ab und gab ihn dem Saudi zurück.

»Ich kann gar nicht hinschauen«, flüsterte Pater Pinkus, mit einer Kopfbewegung auf Rabinovitch weisend, den Nächsten in der Reihe.

Die beiden Mönche blickten Rabinovitch finster an. Sie blätterten in seinen Papieren und sprachen miteinander. Einer der beiden stand auf, hob den Hörer eines an der Wand hängenden Telefons und wählte. Das Telefonat dauerte mehrere Minuten, während deren die Stimme des Mönchs immer lauter wurde. Was passierte da? Der Mönch legte wieder auf und setzte sich brummend neben seinen Kollegen. Dann versetzte er Pass und Aufenthaltsgenehmigung einen energischen Hieb mit dem Stempel und gab sie Rabinovitch mit grimmiger Miene zurück. Pater Pinkus stieß einen erleichterten Seufzer aus.

Der spanische Pass des Monsignore und auch die Papiere von Pater Pinkus wurden anstandslos gestempelt.

Als sie aus der Polizeistation herauskamen, blieb Guzman stehen, um die Reihe der Pilger zu beobachten, die Daphni verließen. Ein Mönch durchwühlte gründlich jedes Gepäckstück, während sein Kollege nach eigenem Gutdünken hier und da Leibesvisitationen durchführte. *Diablo*, Pater Pinkus hatte recht gehabt, die machten Ernst. Über Daphni zu fliehen war undenkbar. Blieb noch Ouranoupolis. Nun, ein Marsch von fünfundzwanzig Kilometern über die Berge war auf jeden Fall besser als das Fischerboot des Juden.

»Monsignore, was habe ich Ihnen gesagt?«, murmelte Pater Pinkus. »Was machen wir, wenn wir nicht über die Berge bis nach Ouranoupolis kommen?«

»Pessimisten hat keiner je ein Denkmal gesetzt, Pater.«

»Ja, Monsignore. Aber Pessimisten, bei allem Respekt, pflegen in ihrem Bett zu sterben, die mit den Denkmalen dagegen meistens nicht.«

Als der Monsignore sich umdrehte, sah er sich Al Kaddafi gegenüber. Der wandte sich ab und ging schweigend davon.

Ein verrosteter, grün und gelb angestrichener Autobus mit der Aufschrift »Karyes« und staubbedeckten Fenstern stand mit laufendem Motor in der Sonne. Am Steuer saß ein Mönch mit Pferdeschwanz. Guzman und Pater Pinkus eilten der Gruppe hinterher und stiegen ein. Die Türen schlossen sich, und das Gefährt fuhr unter lautem Knarren und Quietschen an, um in eine Sandstraße einzubiegen, die sich die Hügel hinaufschlängelte.

»Haben Sie die Pistole dabei, Pater?«, flüsterte der Monsignore.

»Ja, aber Sie wissen genau, dass ich sie niemals benutzen könnte. Ich bin ein Mann des Geistes. Körperliche Gewalt stößt mich ab.«

»Ach, wirklich? Nun, dann prägen Sie sich dieses Profil da vorn gut ein, Sie Mann des Geistes.«

Mit einer Kopfbewegung wies der Monsignore auf Rabinovitch, der kerzengerade in einer anderen Sitzreihe saß, zwei Plätze vor Al Kaddafi.

»Ja, leider dürfte Judas ein Gesicht wie das da gehabt haben.« Pater Pinkus seufzte. »Monsignore, wollen Sie mir etwas sagen?«

Guzman zog eine Karte vom Berg Athos aus einer Tasche seines Reisesacks. »Das Kloster Filotheou liegt hier«, sagte er, auf die Karte zeigend. »Das Kloster Iviron dagegen hier, an der Ostküste. Wie weit ist es zu Fuß von einem Kloster zum anderen?«

»Mindestens eine Dreiviertelstunde. Warum?«

»Stellen Sie sich vor, der Papyrus ist in Iviron versteckt, und ihr beiden findet ihn. Was ist das Schlimmste, was passieren kann?«

»Rabinovitch gibt mir einen Schlag auf den Kopf, wenn ich Glück habe, nimmt den Papyrus und flieht mit dem Fischerboot. Natürlich vergisst dieses Schwein nicht, vorher die Mönche von Iviron zu wecken, damit wir hier festgehalten werden.«

»Pater, Sie haben ein Talent zur bündigen Zusammenfassung. Die Nachricht wäre schneller als der Heilige Geist, und die Ersten, die sie erhalten, wären die Mönche von Daphni und die Zollbeamten von Ouranoupolis. Wir würden die fünfundzwanzig Kilometer niemals schaffen, denn die Mönche hätten uns schon vorher eingeholt. Können Sie sich die Behandlung vorstellen, die man uns dann angedeihen lässt?«

»Mein Geist meidet diesen Gedanken. Ich habe den Anblick von Blut noch nie ertragen.«

»Wenn das so ist, halten Sie diese Pistole gut fest, und sobald Sie den Papyrus finden, hauen Sie dem Mann eins über den Kopf, bevor er es bei Ihnen tut. Habe ich mich klar ausgedrückt?«

»Monsignore ...«

»Was?«

»Nehmen wir einmal an, sie entdecken uns, entweder Ihre oder meine Gruppe, und wir schaffen es nicht bis nach Ouranoupolis.

Dann bleibt uns nichts anderes übrig, als auf dieses Fischerboot zu steigen, oder?«

»Das ist die letzte aller Möglichkeiten.«

»Auf diesem Boot wird es von Mossad-Agenten nur so wimmeln, Monsignore. Und der Mossad ist bekanntlich schlimmer als die Donner und Blitze Jahwes auf dem Gipfel des Sinai.«

»Niemand wird es wagen, uns anzurühren. Wissen Sie, warum? Weil wir mit einem Geleitschutz an Bord gehen, wenn wir an Bord gehen.«

»Einem Geleitschutz?«

»Al Kaddafi.«

»Aber Monsignore, Sie haben mir gesagt, dass auch der Saudi keine Absicht hat, in dieses Boot zu steigen.«

»Das hat er sicher nicht vor, aber ich garantiere Ihnen, wenn wir beide nicht nach Ouranoupolis kommen, kommt er auch nicht dorthin. Unser Freund wird mit uns in dieses Fischerboot steigen, und er ist der Chef der Religionspolizei von Saudi-Arabien. Glauben Sie, Israel riskiert einen Rachefeldzug?«

»Ich hoffe, Sie haben recht, Monsignore. Auf jeden Fall werde ich in Iviron sofort eine Kerze für den heiligen Georg anzünden, den Schutzpatron der Kämpfer.«

Eine halbe Stunde später näherte sich der Bus einer Gruppe von Steinhäusern mit gepflasterten Gässchen, hinter denen ein Hügelkamm mit einer Reihe Zypressen aufragte. Er hielt in der Hauptstraße, an der ein Kafenion, ein paar Gasthäuser, eine Polizeistation und ein Postamt lagen.

»Karyes, Straße des Heiligen Geistes. Ende der Fahrt«, sagte der Fahrer und riss die Türen auf.

Die anderen Pilger studierten ihre Landkarten, setzten die Rucksäcke auf und schlugen verschiedene Wege ein. Guzman schaute sich um. An einem Tisch des Kafenion saß ein Mönch über einen Teller Zwiebeln und Bohnen gebeugt. Er leerte ein Glas Wein, erhob sich und überquerte die Straße. Vor einem Kleinbus mit geöffneten Türen blieb er stehen und rief die Pilger zusammen, die nach Filotheou wollten. Der Kleinbus nach Iviron würde bald eintreffen.

»*Buena suerte*, Pater.«

Der Monsignore wechselte einen vielsagenden Blick und einen

Händedruck mit Pater Pinkus, der eine ergebene Miene machte. Dann winkte er Rabinovitch einen Gruß zu, der mit seinem üblichen gefrorenen Lächeln antwortete.

Guzman und der Saudi stiegen mit einer kleinen Schar Pilger in den Bus. Die Türen schlugen zu, der Mönch kletterte auf den Fahrersitz, und das Fahrzeug setzte sich in Bewegung.

Vor dem Hintergrund der Ägäis zeichnete sich auf halber Höhe eines dicht bewaldeten Hanges das Kloster Filotheou ab. Der Monsignore blickte zu den Kuppeln über dem mittelalterlichen Gebäude auf. Die Außenmauern endeten in vorspringenden Strebemauern, auf denen sich Balkone und Zellen mit verriegelten Fenstern abwechselten. *Oye.* Im Vergleich dazu waren die mittelalterlichen Klöster Galiciens ein Paradies.

»Wann schließt das Tor?«, fragte Guzman zum Fahrer vorgebeugt.

»Alle Klöster von Agion Oros schließen bei Sonnenuntergang, wenn es zur Vesper läutet, und werden bei Sonnenaufgang wieder geöffnet.«

»Wann wird es Tag?«

»Um diese Jahreszeit gegen Viertel nach fünf.«

Der Kleinbus hielt unter dem Portikus des Klosters. Sie stiegen aus und schritten durch das Eingangstor. Ein bärtiger Mönch mit langer schwarzer Kutte kam ihnen entgegen. Er sei der Bruder Kustos, sagte er und bat sie, ihm in das *archontariki* zu folgen, das Gästehaus.

Sie gingen über den Innenhof. Der Bruder Kustos gab ihnen ein paar Informationen über das *katholikon*, die Kirche, ein rotes Gebäude im byzantinischen Stil mit weißen Bögen, das in der Mitte des Hofes stand. Der Blick des Monsignore fiel auf ein zweistöckiges Gebäude links neben der Kirche mit einer Fassade aus massiven Steinen. Er betrachtete den Portikus am Eingang und die Eisengitter vor den Bogenfenstern im ersten Stock und blickte dann hinauf zur Loggia, die vor den Fenstertüren des zweiten Stocks entlanglief.

»Nach den Fotos müsste dies die Bibliothek sein«, flüsterte der Monsignore Al Kaddafi zu.

»Das ist sie.«

Im ebenerdigen Gemeinschaftsraum des *archontariki* erwartete sie ein Mönch, der an Rasputin erinnerte.

»Willkommen in Filotheou. Ich bin Pater Kristophoros, der *archontaris*. Bitte bedienen Sie sich«, begrüßte sie der Mönch in fließendem Englisch, während er auf einen Tisch wies, wo zur Begrüßung eine Erfrischung angerichtet war.

Der Monsignore schlang fünf Loukoumi herunter, dazu trank er zwei Gläser Tsipouro und einen Kaffee. Gerade wollte er noch ein Stück Honigkuchen nehmen, als er den Blick von Pater Kristophoros spürte. Er zog die Hand zurück. Der Mönch rief ihre Namen auf.

Der Mann mit den aschblonden Haaren, der auf dem Boot gewesen war, hieß Erik Clausen. Der *archontaris* bat sie, sich ins Gästebuch einzutragen, und führte sie über eine Steintreppe in den ersten Stock hinauf, wo er ihnen die Schlafräume zeigte.

Guzman und dem Saudi wurde ein Achterzimmer zugewiesen. Auf den Stühlen vor den Betten stapelten sich Laken, Decken, ein Kissen und ein Handtuch. Sie legten ihre Reisesäcke auf zwei nebeneinanderstehende Betten. Clausen betastete die Matratze des Bettes am Fenster und ließ seinen Rucksack darauffallen.

Pater Kristophoros öffnete eine Tür und trat mit den Worten beiseite, dies seien die »*facilities*«. Der Monsignore spähte über die Schwelle. Die Toiletten waren Stehklos, von einer Dusche keine Spur, und die Waschbecken hatten keine Spiegel.

»Verglichen hiermit, sind die Gefängnisse in Riad das reinste Hilton«, sagte Al Kaddafi.

»Gibt es eine Beleuchtung?«, fragte ein Pilger mit englischem Akzent. »Ich bin prostataleidend und muss nachts viermal auf die Toilette.«

»Mein Gehilfe wird Kerzen auf die Nachttische stellen«, sagte Pater Kristophoros.

»Verfügt das Kloster nicht über elektrischen Strom?«

»Filotheou ist eines der wenigen Klöster ohne Strom. Wir haben unseren eigenen Generator, den wir nach dem *apodeipnon*, den Gebeten der Komplet, abstellen. Aber wir haben ohnehin nur wenige Räume an den Strom angeschlossen. Für die Zellen der *archontariki* gibt es keinen.« Pater Kristophoros warf dem Pilger einen strengen Blick zu. »Die Nacht ist zum Schlafen da, Bruder. Und zum Beten.«

»Wann endet die Komplet?«, fragte der Monsignore.

»Um einundzwanzig Uhr.«

Um neun wird das Kloster also in schwärzester Nacht versinken, dachte Guzman, während sein Blick den von Al Kaddafi kreuzte.

»Das Leben in Filotheou wird von der byzantinischen Uhrzeit geregelt, die auf dem julianischen Kalender basiert«, erklärte Pater Kristophoros. »Das bedeutet, dass der Sonnenuntergang auf Mitternacht fällt.«

Doch um die Dinge zu vereinfachen, würde er ihnen die Uhrzeiten des Tagesablaufs nach dem gregorianischen Kalender erklären.

»Wenn ich recht verstanden habe«, sagte der Monsignore, »steht ihr also um drei Uhr auf, geht in die Kirche und bleibt dort bis 07:30 Uhr. Das bedeutet, dass ihr viereinhalb Stunden ununterbrochen betet.«

»Danke, dass Sie mich darauf aufmerksam gemacht haben, Bruder. Ich habe noch nie Buch geführt über die Stunden, die ich in der Gemeinschaft des Herrn verbringe. Weitere Fragen?«

Im Schlafraum wurde es still.

Totale Finsternis ab neun Uhr abends, und von drei Uhr nachts bis halb acht morgens sind alle Mönche im *katholikon* zum Gebet versammelt. Was konnte man mehr verlangen?

»Jetzt können wir mit der Besichtigung des Klosters beginnen«, sagte Pater Kristophoros. »Folgen Sie mir bitte.«

Nachdem sie einen Rundgang um die Außenmauern gemacht hatten, führte Pater Kristophoros sie zum *katholikon.* Als sie vor der Kirche standen, lief ihnen ein Mönch mit einem mächtigen Bart und einem silbernen Kreuz um den Hals über den Weg. Sein ganzes Auftreten war Ehrfurcht gebietend. Einen Augenblick lang kreuzten sich die Blicke des Monsignore und dieses Mönchs. *Caramba*, wo hatte er dieses Gesicht schon einmal gesehen? Pater Kristophoros grüßte den Mönch ehrerbietig, dann flüsterte er der Gruppe zu, das sei der *igoumenos* Athanasios, der Pater Prior. Gerade wollten sie in die Kirche hineingehen, als der *igoumenos* sich umdrehte und Pater Kristophoros zu sich rief.

»Pater, wer ist dieser große Mann mit dem blau geblümten Hemd?«, flüsterte der Prior.

Pater Kristophoros sah in seinen Papieren nach. »Ein Spanier. Er heißt Vicente Guzman. Warum, hochwürdiger Vater?«

Das Gesicht des *igoumenos* verfinsterte sich. »Beruf? Wohnort? Religion?«

Der Pater blickte wieder auf sein Papier. »Er leitet einen pharmazeutischen Betrieb, wohnt in Saragossa und ist katholisch. Ist etwas nicht in Ordnung, Pater?«

»Tun Sie so, als ob nichts wäre, aber lassen Sie ihn nicht aus den Augen. Dann kommen Sie zu mir in die Bibliothek, ins Büro von Pater Georgiou. Ich werde Ihnen alles erklären.«

Der Prior überquerte eilig den Hof und verschwand unter dem Portikus der Bibliothek.

Pater Kristophoros führte sie in das *katholikon*. Während der Mönch die Fresken mit der Apokalypse erklärte, die das Gewölbe der Kirche schmückten, nahm der Monsignore Al Kaddafi beiseite.

»Wenn wir ihre Uhrzeiten befolgen und um drei Uhr aufstehen, haben wir alle Zeit der Welt«, sagte der Monsignore.

»Zwei Stunden sind zu wenig.«

»Wieso zwei Stunden?«

»Weißt du nicht mehr, was der Busfahrer gesagt hat? Das Tor öffnet wieder bei Sonnenaufgang um Viertel nach fünf.«

»Na und? Warum sollten wir denn schon bei Tagesanbruch abhauen? Hast du ihren Zeitplan nicht gehört? Wir können ungestört arbeiten, denn sie bleiben bis halb acht in der Kirche.«

»Wenn die Mönche uns entdecken, verfolgen sie uns. Besser man flieht im Morgengrauen, wenn das Licht noch schwach ist. Der Wüstenschakal nutzt die nächtlichen Schatten.«

Du auch, *amigo*. »Warum sollten sie uns entdecken? Wir stehen um drei auf wie alle anderen, ohne aufzufallen, und gehen in die Kirche. Nach ein paar Minuten machen wir uns aus dem Staub.« Der Monsignore wies mit einer Handbewegung auf das im Halbdunkel liegende Innere des *katholikon*. »Kein elektrisches Licht, nur Kerzen. Wer soll uns da bemerken?«

»Wie lange können wir deiner Meinung nach also bleiben?«

»Sie beten bis halb acht. Wir müssen eine und eine Viertelstunde abziehen, um nach Iviron zu gelangen und zum vereinbarten Treffpunkt mit den Juden zu gehen. Also können wir bis Viertel nach sechs hierbleiben. Wir haben gut drei Stunden, um den Papyrus zu finden.«

»Aber nur wenn alles gut geht, Christ. Ein arabisches Sprichwort sagt: ›Vertrau auf Gott, aber binde dein Kamel fest.‹ Wir stehen vor drei Uhr auf.«

»Nein. Die Zellen von Pater Kristophoros und seinem Gehilfen liegen im *archontariki*. Wenn sie uns entdecken, ist der Plan gescheitert.«

»Dann bleibt uns nichts anderes übrig, als uns dem Wohlwollen Allahs zu empfehlen.«

Clausen kam näher, um eine Ikone des heiligen Basilius zu betrachten. Der Monsignore beobachtete ihn aus dem Augenwinkel. Eine Kerze beleuchtete sein Gesicht. *Madre de Dios*, solche Augen hatte er noch nie gesehen. Sie waren so hellblau, dass sie sich fast nicht vom Weiß des Augapfels unterschieden. Der Mann drehte sich um, ging an ihnen vorbei, ohne sie anzusehen, und mischte sich wieder unter die Gruppe der Pilger, die auf dem Weg zur Sakristei waren.

»Möchten Sie beide nicht die heilige Reliquie von Johannes Chrisostomos bewundern?«, erklang die Stimme von Pater Kristophoros hinter ihnen.

Der Monsignore zuckte zusammen. »Wir sind extra deswegen hergekommen«, murmelte er mit zusammengebissenen Zähnen.

Der *igoumenos* Athanasios schritt durch den Lesesaal der Bibliothek, klopfte an eine Tür und trat ein.

»Ich habe ihn vor zwei Jahren in Rom bei einer ökumenischen Zusammenkunft der christlichen Kirchen gesehen«, schloss er. »Ich bin sicher, dass er es ist.«

»Hochwürdiger Vater, er könnte als einfacher Pilger gekommen sein«, sagte Pater Georgiou, der Bibliothekar, ein hagerer Mann mit vorspringenden Wangenknochen und einem langen weißen Bart.

»Warum hat er dann gesagt, er sei ein Industrieller? Warum trägt er nicht sein Priestergewand? Warum ist er nicht mit dem Pass des Vatikanstaates eingereist?«

»Vielleicht weil er Schwierigkeiten mit Karyes vermeiden wollte?«

»Pater, Sie wissen, was das Opus Dei ist, oder? Sie wissen, was man von ihnen behauptet?«

Pater Georgiou nickte schweigend und nachdenklich.

»Erscheint es Ihnen glaubhaft, dass der Leiter des Opus Dei, einer der mächtigsten Männer des Vatikans, sich drei Tage lang in Filotheou einschließt? Überdies inkognito? Warum ist er nicht in ein wichtigeres Kloster gegangen wie Megisti Lavra oder Vatopediou? Warum ist er ausgerechnet bei uns?«

»Glauben Sie …?« Mit verschwörerischem Blick richtete Pater Georgiou einen Finger auf die Decke.

»Ja, das glaube ich, weil ich nicht an Zufälle glaube.«

»Aber wie kann er das erfahren haben? In Filotheou wissen nur Sie und ich davon, und draußen sind nur der Protos von Karyes und der Ökumenische Patriarch von Istanbul unterrichtet.«

»Alles zu seiner Zeit. Im Moment ist das Wichtigste herauszufinden, was dieser Guzman im Schilde führt.«

»Hochwürdiger Pater, die Panzertür im ersten Stock ist sicherer als die Pforten des Paradieses. Und was das Versteck des Papyrus betrifft …« Pater Georgious Augen blitzten.

»Den Schlüssel tragen Sie immer bei sich?«

»Nachts binde ich ihn mir um den Hals.«

»Pater, ich möchte, dass Sie Ihre Zelle in den nächsten drei Nächten abschließen. Haben wir uns verstanden?«

»Warum sollten wir drei Nächte warten?«

»Was meinen Sie?«

»Wir weisen ihn aus. Er hat sich den *diamonitirion* betrügerisch erschlichen.«

Die Augen des Priors leuchteten auf. »Ausgezeichnete Idee, Pater. Ich lasse ihn sofort hinauswerfen.«

»Zu spät.« Pater Georgiou wies auf eine Uhr an der Wand. »Das letzte Boot ist schon abgefahren. Wir müssen ihn hierbehalten, aber nur für heute Nacht. Wir werden ihn keine Sekunde lang aus den Augen lassen.«

»Ich spreche sofort mit Pater Kristophoros, aber ich erzähle ihm nur das Nötigste. Ich werde ihm sagen, dass Guzman ein bekannter Dieb alter Handschriften ist. Dann unterzeichne ich den Ausweisungsbefehl, den wir Guzman morgen früh gleich nach der heiligen Messe präsentieren werden. Guzman wird Agion Oros noch morgen mit dem Zwölf-Uhr-Boot verlassen.«

23 Der Lichtstrahl der Taschenlampe wanderte über den rechteckigen Spalt und fiel auf ein verrostetes Stahlblech in der Mitte.

Théo säuberte den Marmor von Mörtelresten, steckte eine Hand in den Spalt und zog den Gegenstand heraus. Ein Kästchen aus Metall. Der Deckel war mit einem Anhängerschloss in Form eines auf den Hinterbeinen stehenden Löwen verschlossen.

»Der aufrecht stehende Löwe ist das Wahrzeichen von Florenz.« Der Conte hob das Schloss an. »Das Kästchen hat ein Mann aus Florenz hier versteckt.«

»Leuchte hierhin«, sagte Théo zu Konstantine, mit dem Meißel auf die Vorderseite weisend. »Da steht etwas geschrieben.«

Théo kratzte den Rost ab, eine Reliefschrift erschien: »Anno Domini MCCCCLXXXVIII«.

»Jahr des Herrn 1488«, sagte der Conte. »In diesem Jahr hat Giovanni di Stefano, der Bildhauer, die Intarsie in den Boden eingelassen.«

1488 war auch das Jahr, in dem Pico unter dem Schutz von Lorenzo il Magnifico aus Frankreich nach Florenz zurückgekehrt war, dachte Théo. Zufall? Unwahrscheinlich.

Er zog ein paarmal an dem Schloss, aber es rührte sich nicht. »Wir bräuchten eine Schneidzange.« Er drehte das Kästchen um. Ein klapperndes Geräusch erklang. Verwirrt schüttelte er das Kästchen. Wieder Geklapper. »Es ist etwas Hartes.« Er hielt das Kästchen ans Ohr und schüttelte es erneut. »Nach dem Geräusch zu urteilen, ein harter Gegenstand.«

»Lass mal hören.« Konstantine schüttelte das Kästchen. »Zum Teufel mit der Schneidzange!« Er nahm den Hammer, um damit auf das Schloss zu hauen.

»Halt!« Théo packte seinen Arm. »Willst du den heiligen Petrus aufwecken?«

In diesem Augenblick wurde es hell im Transept, und ein Chor aufgeregter Stimmen und eiliger Schritte näherte sich durch die Seitenschiffe.

»Machen Sie die Taschenlampe aus!« Der Conte warf sich auf den Boden. »Runter!«

Ein Priester lief auf den Eingang der Piccolomini-Bibliothek zu, ein anderer stürzte in die Kapelle San Giovanni und wieder ein anderer in die Kapelle des Gelübdes. Gleichzeitig liefen drei weitere Priester mit Taschenlampen in den Händen auf die Eingangsportale zu, einer durch jedes Kirchenschiff.

»Conte, was machen wir?«, flüsterte Théo bäuchlings auf dem Boden liegend, die Wange an das eiskalte Gesicht des Hermes Trismegistos gepresst.

»Lassen Sie mich überlegen.«

»Überlegen Sie schnell, verdammt!«, sagte Konstantine. »Können wir nicht durch eines von diesen Portalen raus? Sie werden doch wohl Schlüssel haben.«

»Man würde uns sehen, außerdem ist dafür nicht genug Zeit. Wir müssen auf dem Weg zurück, auf dem wir gekommen sind. Schnell, folgen Sie mir.«

»Und die Werkzeuge?«, fragte Théo.

»Die lasse ich hier, da steht ja nicht mein Name drauf.«

Der Conte kroch auf allen vieren ins linke Seitenschiff, Théo und Konstantine hinterher. Sie gelangten zu der Stahltür, durch die sie gekommen waren. Théo spähte zum Querschiff zurück. Der Strahl einer Taschenlampe tanzte durch das Halbdunkel auf sie zu. Der Conte kroch zu einem Beichtstuhl, stand auf und hob ein Gemälde mit einer Lobpreisung der Engel an. Darunter befand sich ein erleuchtetes Tastenfeld. Der Conte drückte eine Zahlenkombination, und die Tür glitt in die Wand.

»Raus hier!«, sagte der Conte.

Noch bevor die Tür sich wieder geschlossen hatte, rannten sie schon durch den Gang, durch den sie gekommen waren. Vor dem Türchen an der Ecke zwischen dem Erzbischöflichen Palast und dem Dom angekommen, drehte der Conte den Schlüssel im Schloss. Er riss die Tür auf und wollte gerade ins Freie stürzen, als er abrupt zurückwich, als hätte ihn jemand geohrfeigt. Eilig verschloss er die Tür wieder.

»Verflucht. Die Piazza ist voller Polizisten.«

»*Merde! Merde! Merde!*« Konstantine begleitete jedes Wort mit einem Fausthieb gegen die Wand.

Théo drückte das Kästchen gegen seine Brust. Und jetzt?

Die Tür erzitterte unter Schlägen. »Aufmachen! Polizei! Aufmachen!«

Kowalski zog sich zurück und drückte sich gegen die Mauer des Erzbischöflichen Palastes. Er wählte eine Nummer auf seinem Handy.

»Sie haben bestimmt alle Ausgänge blockiert«, sagte Théo zum Conte. »Können wir uns nicht irgendwo im Erzbischöflichen Palast verstecken?«

»Wenn ich die Schlüssel hätte, ja.« Der Conte schlug die Taschenlampe gegen seine Handfläche. »Es gibt nur einen Weg: über die Kuppel.«

»Die Kuppel?« Théo wechselte einen besorgten Blick mit Konstantine. »Und was machen wir, wenn wir da oben sind? Fliegen wir?«

»Wollen Sie hierbleiben? Ihre Entscheidung.«

Der Conte lief durch den Gang davon. Théo und Konstantine zögerten einen Augenblick, doch nach einem erneuten Ansturm von Schlägen und Tritten gegen das Türchen rannten sie hinter dem Conte her. Sie kamen zu einer Stahltür wie der, die in die Basilika führte. Der Conte verschob einen Stein, wieder erschien ein Tastenfeld. Er tippte eine Nummer, die Tür ging auf und schloss sich hinter ihnen.

Im Licht der Taschenlampe blitzten silberne Leuchter und goldene Kelche auf, dazwischen sah man geöffnete Messbücher mit leuchtend bunten Miniaturen. Auf die Wand fiel der riesenhaft vergrößerte Schatten einer Monstranz mit zwei Engeln.

»Hier entlang.« Der Conte lief auf einen Bogen zu, der sich über einer Türöffnung spannte.

Aus der Apsis erklang eine Stimme. »Sie sind in der Sakristei! Schnell, lauft!« Théo blickte in die Richtung, aus der die Stimme gekommen war. Die Tür zur Apsis stand weit offen, zwei Priester kamen bereits mit wehenden Gewändern und zuckenden Lichtern ihrer Taschenlampen auf die Sakristei zugelaufen.

Der Conte öffnete eine Gittertür, trat beiseite, um die beiden durchzulassen, und legte eine Kette vor die Tür. Dann lief er ihnen über eine Wendeltreppe aus Stein voraus. Der Lichtkegel seiner Lampe irrte durch den Treppenschacht. Wenig später ertönten Schläge aus der Tiefe, gefolgt von einem lauten Knall und dem Trampeln vieler Füße, das die Treppe hinaufkam.

Sie gelangten auf einen Treppenabsatz, der im Mondlicht lag. Hinter einem Mauerspalt sah man den Sternenhimmel. Der Conte machte sich an einem Türschloss zu schaffen, und sie waren im Freien, auf einer Galerie, die rings um die Kuppel lief. Die Marmorsäulen des Portikus umrahmten einen Erker aus dem Mittelalter mit Ziegeldächern, gewundenen Gässchen und Türmen mit Zinnen.

Der Conte schloss die Tür hinter ihnen. »Schnell, da entlang.«

Sie liefen rings um die Galerie, hinter ihnen dröhnten Schläge gegen die Tür.

»Die gibt jeden Moment nach«, keuchte Konstantine hinter Théo. »Und jetzt?«

Der Conte lief weiter, ohne zu antworten. Théo blickte über die Brüstung. Das Dach unterhalb der Galerie bedeckte den Teil des Doms, der sich rechts von der Kuppel erstreckte. Hinter der Dachtraufe lag der Abgrund. Fluchtwege? Er sah keinen. Eine Falle des Conte Fulgenzi? Was sollte er mit dem Kästchen machen?

Nachdem sie einen Halbkreis zurückgelegt hatten, standen sie vor einer Mauer. Hier endete die Galerie. Konstantine packte den Conte am Arm.

»Wenn das eine Falle ist, können Sie ...«

»Jetzt lassen Sie mich doch machen!« Der Conte schob Konstantine beiseite und richtete die Lampe auf den Boden. Der Strahl wanderte suchend über die Steinplatten, zwischen denen büschelweise Klee wuchs. Der Conte kniete nieder und griff in den Klee. Ein eiserner Ring kam zum Vorschein. Er zog mit aller Kraft daran. Eine Falltür. Der Lichtkegel leuchtete in die Öffnung einer engen, runden senkrecht abfallenden Röhre und traf auf die Sprossen einer kleinen eisernen Leiter. Von der Galerie kam ein krachendes Geräusch, dann hörte man schnelle Schritte.

»Runter, sofort!«, sagte der Conte und reichte Konstantine die Taschenlampe.

Konstantine verschwand in dem dunklen Rund. Dann stieg Théo und zuletzt der Conte hinein. Während er hinunterkletterte, blickte Théo hoch, wo der Conte gerade die Falltür über ihren Köpfen schloss. Ein dumpfes Poltern hallte durch den ganzen Schacht, und Dunkelheit umgab sie, nur schwach vom Licht der Taschenlampe erhellt. Théo war, als müsse er an der feuchten

Wärme, dem Schimmelgeruch und seiner Angst vor der Dunkelheit ersticken. Wenige Augenblicke später hörten sie Fußtritte über ihren Köpfen, gefolgt von einer gedämpften Stimme: »Was ist das denn, sind sie davongeflogen?«

Théo schlug das Herz bis zum Hals, das Hemd klebte ihm am schweißbedeckten Rücken, und der Ekel verursachte ihm Magenkrämpfe. Der Conte rief Konstantine zu, er solle mit der Lampe nach unten leuchten und anhalten, sobald er auf der letzten Sprosse angekommen war.

»Ich bin da«, sagte Konstantine. »Das ist die letzte. Darunter sehe ich Dachziegel. Was soll ich tun?«

»Lassen Sie sich sehr langsam von der Leiter herab«, sagte der Conte von oben. »Das Dach fällt steil ab, es ist gefährlich.«

Théo spähte nach unten. Endlich. Durch den Ausgang des Stollens sah er das Mondlicht. Konstantine steckte sich die Taschenlampe in den Hosengürtel und ließ sich dann, an die letzte Sprosse geklammert, auf das Dach herab, bis die Ziegel unter seinem Gewicht knarrten. Théo reichte ihm das Kästchen und ließ sich ebenfalls herunter. Sie standen auf halber Höhe auf einer abfallenden Dachfläche, über sich den Himmel und tief unter sich die leere Straße. Besser als die Dunkelheit war es allemal. Aus der Röhre tauchten die Beine des Conte auf.

»Folgen Sie mir.« Gut zwanzig Meter balancierten sie über das Dach. In einer Fensterscheibe spiegelte sich das Mondlicht. Eine Gaube. Der Conte bückte sich, hantierte an dem Fensterschloss und stieß es auf. Er kletterte als Erster hindurch.

Sie waren auf einem Dachboden. Der Strahl der Taschenlampe glitt über ein mit Spinnweben bedecktes Porträt Johannes XXIII., eine vom Rost zerfressene Olivetti Lettera 22 und eine Reihe verstaubter Akten mit dem Wappen des Erzbistums und Aufschriften in Sütterlinschrift.

»Dieser Häuserblock grenzt an den Erzbischöflichen Palast«, sagte der Conte. »Das Erzbistum hat ein paar Stockwerke gemietet.« Er drehte an einem Knauf. Die Tür war abgeschlossen. Er bückte sich, um das Schloss zu inspizieren. »Wir brauchen etwas, um es auszuhebeln.« Suchend fuhr er mit der Taschenlampe über den Dachboden und entdeckte eine Stange. »Dieses Ding scheint mir wie geschaffen dafür.«

Théo ging die Stange holen. Als er zurückkehrte, stieß er gegen eine Anrichte. Ein Stapel Porzellanteller geriet ins Wanken. *Imbecille*. Er versuchte, sie festzuhalten, doch vergebens. Der Lärm der zerbrechenden Teller hallte durch den Dachboden. Théo erstarrte. Sein Puls begann zu rasen.

»Wollt ihr mich jetzt umbringen?«, flüsterte er, das Kästchen fest unter dem Arm. »Kein Wort! Ich will nichts hören!« Er hob einen Finger. »Mund halten, verstanden?«

Konstantine wechselte einen mitleidigen Blick mit dem Conte und schüttelte den Kopf.

»Heilige Madonna«, sagte der Conte, halb überrascht, halb nachdenklich. »Wenn der Erzbischof mir das nächste Mal dumm kommt, werde ich auch so reagieren.«

Sie blieben schweigend stehen und horchten angestrengt auf das kleinste Geräusch.

»Vielleicht sind das alles Büros«, flüsterte Théo.

»Nein, mein Herr. Die drei unteren Stockwerke sind bewohnt. Und jetzt sind alle putzmunter, das haben wir Ihnen zu verdanken.«

»Lassen Sie mich machen, Sie Komiker, ich bin stärker.« Konstantine riss ihm die Stange aus der Hand.

Er steckte die Stange in die Ringe, drückte sein Knie gegen die Tür und zog mit Gewalt. Die Ringe lösten sich, und die Tür ging auf. Auf Zehenspitzen stiegen sie die Treppe hinunter. In den unteren Stockwerken drehten sich Schlüssel in Türschlössern, und Türen öffneten sich. Das Licht im Treppenhaus ging an.

»Hast du den Lärm gehört? Mein Mann hat einen Satz im Bett gemacht und geschrien, das wär ein Erdbeben.«

»Da oben sind bestimmt Diebe«, sagte eine Männerstimme. »Wir müssen die Polizei rufen.«

Théo blickte die beiden an. »Wir rasen jetzt nach unten«, flüsterte er, »und schreien dabei so laut, wie wir können.«

Die beiden blickten ihn überrascht an.

»Wir schreien?«, fragte der Conte.

»Das ist ein Trick der Maori. Die haben das früher im Kampf gemacht, und jetzt wenden die All Blacks den Trick beim Rugby an. Sie gewinnen immer.«

»*Parbleu*, die Idee gefällt mir sehr«, sagte Konstantine mit blitzenden Augen. »Auf in den Kampf!«

Wie besessen brüllend, stürzten sie Hals über Kopf die Treppe hinunter. Die wenigen Mieter, die sich nicht rechtzeitig in ihren Wohnungen hatten verbarrikadieren können, legten sich schützend die Hände über den Kopf, als die drei an ihnen vorübersausten. Im Erdgeschoss angelangt, überquerten sie einen schwach beleuchteten Innenhof und kamen in einem engen Gässchen heraus. Im gelben Licht einer Straßenlaterne warf ein Straßenschild seinen langen Schatten aufs Pflaster.

»Wo sind wir?« Théo blickte sich keuchend um.

»Dort hinter dem Dom ist das Baptisterium von San Giovanni«, sagte der Conte. »Da steht sicher auch Polizei. Besser, wir fliehen in die andere Richtung.«

Ein Fenster wurde aufgestoßen. »Haltet den Dieb! Polizei!«

Sie verschwanden im Laufschritt durch ein Gewirr von Gässchen und kleinen Plätzen. Schließlich blieben sie in einem dunklen, nach Urin stinkenden Hauseingang stehen. Einen Augenblick lang verharrten sie reglos, auf ihren keuchenden Atem und das Tropfen aus einer Regenrinne lauschend.

»Hier trennen wir uns«, sagte der Conte.

»Vielen Dank, Conte.« Théo drückte ihm die Hand.

»Ich beneide Sie.« Der Conte zeigte auf das Kästchen, dann deutete er mit einer Kopfbewegung auf Konstantine. »Ich hoffe, von jetzt an lässt mich Ihr Freund, dieser Ehrenmann, in Ruhe.«

»Warten Sie einen Moment.«

Théo nahm Konstantine flüsternd beiseite. Als Spyro protestierte, wurde Théos Ton schärfer, und er machte eine energische Handbewegung.

Konstantine stellte sich unter eine Straßenlaterne, zog ein Scheckheft heraus, füllte einen Scheck aus und reichte ihn dem Conte. Nach einigem Hin und Her steckte er ihn ein, die beiden gaben sich die Hand, und der Conte verschwand in der Dunkelheit.

»Im Grunde hast du recht«, sagte Konstantine ernst. »Der Conte ist ein Meisterdieb wie ich – wie du –, und Qualität muss belohnt werden.«

»Komm, wir suchen uns ein Taxi, Meisterdieb. Vielleicht finden wir im Hotel eine Schneidzange.«

»Weißt du übrigens, dass du ziemlich arrogant bist?« Konstantine riss ihm das Kästchen aus dem Arm. »Das trage ich jetzt, verstanden?«

Ein Rollladen ratterte, und der rote Neonschriftzug eines Cafés leuchtete auf.

»Na, was sagst du?«, fragte Konstantine, mit einer einladenden Geste auf das Café weisend. »Wollen wir uns nicht einen schönen Cappuccino genehmigen und dazu Mandelkekse zum Eintunken?«

»Warum nicht? Auch Diebe müssen schließlich essen.«

Das erste Tageslicht streifte den Glockenturm des Domes. Polizisten, Carabinieri und Fotografen liefen auf dem Kirchplatz hin und her. Der Amtsarzt gab zwei Sanitätern ein Zeichen, näher zu kommen. Sie luden Santis Körper auf eine Bahre und bedeckten ihn mit einem grünen Tuch. Dann trugen sie ihn die Treppe hinunter zu einem Krankenwagen.

Das Hauptportal des Doms öffnete sich, und die kleine Schar strömte ins Innere. Die Fotografen drängten sich um die Intarsie von Hermes Trismegistos, ihre Blitzlichter flammten auf.

»Commissario«, fragte ein Polizist einen Mann in Zivil, »was war in diesem Loch? Was haben sie gestohlen?«

»Tut mir leid. Dazu kann ich nichts sagen.«

Kowalski bahnte sich einen Weg durch die Journalisten und blieb vor der roten Absperrkordel um die Intarsie stehen. Das Bild war mit Werkzeugen, Marmorsplittern und Mörtelbrocken übersät. Der Kommissar kniete nieder und richtete eine Lampe auf das Loch, das dort klaffte, wo sich das Buch von Hermes Trismegistos befunden hatte. Er sprach angeregt mit dem Priester, der neben ihm stand.

Kowalski beobachtete die Szene und ging dann durchs Hauptportal wieder hinaus. Hinkend entfernte er sich durch die Via dei Fusari.

Aus einem dunklen Hauseingang trat ein Mann und folgte ihm in einigem Abstand.

24 Während Pater Kristophoros die Pilger durch den Lesesaal führte, erzählte er mit leiser Stimme die Geschichte der Bibliothek.

Monsignore Guzman ließ seinen Blick über die mittelalterlichen

Kodizes, die alten Bücherregale und die über Bücher gebeugten Mönche schweifen. Jemand hustete, und in der Stille wurde raschelnd eine Seite umgeschlagen.

Ein Mönch näherte sich Pater Kristophoros und murmelte ihm etwas zu. Der Pater entschuldigte sich, er müsse gehen, doch die Besichtigung werde unter der Führung des Bruders Bibliothekar fortgesetzt. Eilig ging er davon.

Ein hohlwangiger Mönch mit schütterem Bart kam ihnen entgegen. Er sei Pater Georgiou, der Bibliothekar, sagte er. Der wahre Schatz dieses Klosters werde im ersten Stock aufbewahrt. Der Mönch ging ihnen über eine Steintreppe voraus.

Die in den Schaukästen ausgestellten, illuminierten Handschriften strahlten in Gold, Rubinrot und Indigo. Sie stammten aus der Zeit vor dem 16. Jahrhundert, erklärte Pater Georgiou, und seien von Skribenten und *illuminatores* des Klosters im Skriptorium im zweiten Stock der Bibliothek geschaffen worden, der noch in seinem ursprünglichen Zustand erhalten war.

»Können wir ihn besichtigen?«, fragte Guzman.

»Tut mir leid«, antwortete Pater Georgiou mit einem wachsamen Blick auf den Monsignore, »der zweite Stock ist wegen Restaurierungsarbeiten derzeit geschlossen.«

Draußen vor der Bibliothek färbte der Sonnenuntergang die Mauern des Klosters ockergelb, und der Schatten des Glockenturms auf dem Hof wurde länger. Der Monsignore blickte auf seine Uhr. Sechs Uhr, die Zeit der Vesper.

Mit einem dumpfen Schlag schlossen sich die Flügel des Eingangstores. Der Bruder Kustos versperrte sie mit einem Holzbalken, den er mit einem Schloss sicherte.

Vom *katholikon* erklang ein Gong, und der Monsignore wandte den Blick zur Kirche. Aus den Schlafsälen strömten die schwarzen Silhouetten der Mönche wie Käfer aus ihren Erdlöchern. Sie überquerten den Hof und stellten sich in einer Reihe vor dem *katholikon* auf. Der Monsignore schloss sich den anderen Pilgern an.

Nach der Vesper stiegen die Mönche die Stufen zur *trapeza* hinauf. Guzman und Al Kaddafi folgten dem Menschenstrom und setzten sich an einen Tisch mit sechs Mönchen. Das Abendessen bestand aus gekochtem Reis, Tomatensalat mit Oliven und einer Scheibe Schwarzbrot. Es wurde schweigend und in aller Eile verzehrt. Ein Mönch las rasch Abschnitte aus der Bibel vor, seine Stimme mischte sich mit dem Klingeln des Bestecks auf den Tellern.

Genau zehn Minuten später – der Monsignore kontrollierte die Uhrzeit – läutete der *igoumenos* Athanasios eine Glocke, und der Mönch hörte auf zu lesen. Der Prior erhob sich und ging zum Ausgang. Alle folgten ihm unter lautem Stühlerücken. Der Monsignore dachte an seinen privaten Speiseraum in der Villa Tevere, an das silberne Besteck und die Gerichte, die sein Koch, ein französischer Numerarier, zubereitete. *Jesús, Maria y José*, große Taten erforderten wahrlich große Opfer. Hoffentlich würde der heilige Petrus nicht vergessen, das in seinem Hauptbuch zu verzeichnen.

Nach der Komplet leerte sich das *katholikon* um neun Uhr ein letztes Mal. Die Mönche gingen in ihre Zellen, die Pilger ins *archontariki*. In den Fenstern flackerten die Lichter der Kerzen und Öllampen.

Der Monsignore zündete die Kerze auf seinem Nachttisch an und zog sich aus. Al Kaddafi kramte, auf der Bettkante sitzend, in seinem Sack. Im Kerzenlicht blitzte die Klinge eines Dolches auf.

Das Kommen und Gehen auf den Toiletten endete, das Rauschen der Wasserspülung verebbte, und die Kerzen wurden gelöscht. Das Mondlicht warf den Schatten der Fenstergitter auf den Steinfußboden. In der Stille erklang ein gurgelndes Schnarchen.

Auf seinem Bett liegend, schraubte Clausen einen Schalldämpfer auf eine Smith & Wesson, Kaliber .38. Er beugte sich aus dem Bett vor und steckte die Pistole in seinen Rucksack. Dann sah er auf die Uhr und legte sich zurück, die Hände im Nacken verschränkt.

Im ersten Stock des *archontariki* tanzte der Schatten eines Flämmchens über die Wände. Durch den Gang huschte ein Schatten, einen Augenblick lang tauchten im Licht der Öllampe die Züge von Pater Kristophoros auf. Der Mönch öffnete den Klappstuhl, den er unter dem Arm trug, und stellte ihn neben der Tür zum Schlafsaal auf den Boden. Er blies gegen den Docht der Öllampe.

Der Monsignore schaute auf die Leuchtzeiger seiner Uhr. 02:28 Uhr. Er setzte sich auf den Bettrand und holte die Beretta .22 aus seinem Reisesack. Dann sammelte er seine Kleider ein und ging zur Latrine. Hinter sich hörte er die Schritte des Saudis.

Auf der Toilette zog der Monsignore sich an. Er kontrollierte das

Magazin der Beretta und steckte sie in den Halter, den er am Gürtel trug.

Nebenan band Al Kaddafi sich einen Riemen um die Schulter und hängte den Dolch daran. Dann knöpfte er sein Hemd darüber zu.

Der Monsignore klopfte mit der Taschenlampe an die Tür. »Bist du endlich fertig, Rashid?«

»Gib mir Zeit zum Pissen, beim Barte des Propheten!«

Um drei Uhr hallten unerbittlich die Schläge des Gongs durch die Flure des *archontakiri*.

Mit geschulterten Reisesäcken kamen Guzman und Al Kaddafi als Erste aus dem Schlafsaal und gingen die Treppen hinunter.

Pater Kristophoros blickte ihnen nach. Er zündete die Öllampe an und ging in den Schlafsaal zu ihren Betten. Die Schlafanzüge und Toilettensachen waren verschwunden. Der Mönch steckte sich einen Trommelschlegel aus Eisen in den Gürtel seiner Kutte und lief zur Treppe.

Clausen erschien im Flur, wartete, bis der Mönch um die Ecke gebogen war, und folgte ihm.

Auf dem Hof versteckte sich Pater Kristophoros hinter einer Säule. Als alle Mönche und Pilger an ihm vorbei ins *katholikon* gezogen waren, kam er wieder hervor, lief über den Hof und verschwand unter dem Portikus der Bibliothek.

Hinter einer Säule des Refektoriums schimmerte im Mondlicht ein aschblonder Haarschopf. Aus dem Wald erklang der Ruf einer Eule.

Pater Kristophoros schlüpfte ins Skriptorium, blies seine Öllampe aus und ging an eine Fenstertür. Er öffnete sie und trat auf die Loggia hinaus. Von draußen zog er die Fensterflügel wieder zu, holte den Schlegel aus seinem Gürtel und hängte ihn an die Brüstung. An die Mauer neben dem Fenster gelehnt, wartete er.

Auf der Veranda des Refektoriums nahm Clausen einen Infrarotsucher, zielte damit auf die Loggia gegenüber und drehte an einem Rad, bis das Fadenkreuz sich scharf auf dem Mönch abzeichnete. Dann holte er ein zerlegbares Gewehr aus seinem Rucksack, setzte es zusammen, befestigte den Sucher und schraubte einen Schalldämpfer auf den Lauf.

Im *katholikon* beleuchtete ein runder, mit brennenden Kerzen überladener Leuchter die vergoldeten Ikonen. Die Mönche, die

Kapuzen trugen, reihten sich im Mittelgang auf und schritten langsam auf den Altar zu. Kurz vor den Zelebranten machten sie halt, schlugen das griechisch-orthodoxe Kreuzzeichen und verteilten sich auf beide Seiten des Kirchenschiffs. Die Pilger blieben hinten stehen. Der monotone Gesang der Mönche erfüllte den Raum.

Der Monsignore sah Al Kaddafi an und deutete mit dem Kopf auf den im Halbdunkel liegenden Ausgang. Sie huschten hinaus, über den Hof und unter den Portikus der Bibliothek.

Der Lichtkegel von Guzmans Taschenlampe fiel auf eine Panzertür. Er zog Kostas Schlüssel heraus. Wenn der Grieche ihn reingelegt hatte, war alles aus. Er steckte den Schlüssel ins Schloss und drehte ihn herum. *Gracias, Señor.* Die eisernen Riegel glitten in den Türrahmen.

Sie verschlossen die Tür hinter sich und stiegen die Steintreppe hinauf. Der Saudi betrat als Erster das Skriptorium.

»Rashid, die Taschenlampe!«

Der Raum verschwand wieder in der Dunkelheit, in die nur schwach das Mondlicht fiel.

Auf der Loggia zog Pater Kristophoros den Schlegel aus seinem Gürtel und hob den Arm. Gerade als er die Tür aufstoßen wollte, ertönten von der Veranda der *trapeza* drei gedämpfte Schüsse. Der Mönch krümmte sich, die Hände an der Brust, fiel über das Geländer und stürzte nach unten. Mit einem dumpfen Schlag prallte der Körper auf die Steinquader im Hof.

Clausen blickte zur Tür des *katholikon.* Der Gesang der Mönche drang weiterhin gedämpft durch die Mauern. Er zerlegte das Gewehr und verstaute es wieder im Rucksack. Dann stieg er die Treppe herunter, lief zur Bibliothek, packte den Körper des Mönchs an den Armen und schleifte ihn in eine Ecke unter dem Portikus. Aus seinem Rucksack holte er ein verknäultes Seil, an dem ein Enterhaken baumelte.

Er trat vor die Bibliothek und blickte zur Loggia hinauf. Das Sirren des Seils übertönte den Gesang der Mönche. Der Enterhaken prallte gegen die Brüstung und fiel klirrend auf den Steinboden zurück. Beim zweiten Wurf blieb der Enterhaken oben. Der Mann zog ein paarmal, das Seil blieb gespannt. Er streifte sich Lederhandschuhe über, schulterte den Rucksack und kletterte an dem Seil die Fassade hinauf.

Im Skriptorium glitt das Licht der Taschenlampe über die bemalten Scheiben der Bücherschränke, dann über die Tische der Skribenten mit den Lesepulten.

In rascher Folge öffneten der Monsignore und Al Kaddafi die Türen der Schränke. Bis auf ein paar staubbedeckte, altertümliche Gefäße und Gläser aus buntem Kristall waren die Regale leer. Das Holz verströmte noch den stechenden Geruch der Tinte.

»Hier sind Handschriften«, murmelte Al Kaddafi, zwei Türflügel aufreißend.

»Lass sehen.«

Der Monsignore zog einen Kodex heraus und blätterte. Es war eine Sammlung von Psalmen auf golden illuminiertem Pergament.

»Mehr sehe ich nicht«, sagte Al Kaddafi. »Unsere einzige Hoffnung ist, dass der Papyrus in einem dieser Bände versteckt ist.«

»Wir müssen sie Seite für Seite durchsuchen.«

Al Kaddafi richtete seine Lampe auf die Uhr. »Es ist 03:40 Uhr.«

»*Nada*, absolut nichts.« Mit einer ärgerlichen Handbewegung klappte der Monsignore den letzten Kodex zu. Seine Uhr zeigte 05:30 Uhr.

»Uns bleibt nur noch eine Dreiviertelstunde, Christ. Entweder finden wir ihn oder wir gehen. Warum sollten wir noch eine Nacht bleiben?«

»Ich denke an die Panzertür dort unten. Ob sie die bloß wegen dieser Handschriften eingebaut haben?«

»Mit all diesen Farben scheinen sie wertvoll zu sein. Offenbar habt ihr Christen eure Lügen gerne bunt.«

»Warum hat der Bibliothekar uns diese Geschichte von den Restaurierungsarbeiten erzählt?«

»Ich weiß es nicht, Christ, keine Ahnung! Was ich weiß, ist, dass diese Mönche schlau sind wie Füchse und heimtückisch wie Schlangen.«

»Wenn du hier drinnen etwas Kostbares verstecken müsstest, wo würdest du es hintun?«

Al Kaddafi blickte sich suchend im Skriptorium um. »In einen doppelten Boden unter den Tischen.«

»Ein Gedanke, der eines Arabers würdig ist.«

Sie krochen unter die Tische und klopften gegen die Tischplatten. Überall gab das Holz einen vollen Ton.

»Jetzt der Boden und die Wände«, sagte der Monsignore. »Vielleicht bewegt sich irgendwo ein Stein.«

»Uns bleiben dreiunddreißig Minuten.«

Sie stampften auf jeden einzelnen Stein im Boden, dann klopften sie überall gegen die Wände. Nichts.

»Wenn dieser Papyrus existiert, muss er in Iviron sein«, sagte Al Kaddafi. »Es ist 06:25 Uhr. Das reicht, gehen wir.«

Der Monsignore strich über seine Narbe. »Jemand hat mal gesagt, das beste Versteck sei eines, das vor aller Augen liegt.«

»Ach ja?« Al Kaddafi umfasste die ganze Bibliothek mit einer einladenden Handbewegung. »Das gehört alles dir, Christ, aber mach schnell.«

Der Monsignore ließ das Licht seiner Lampe über Lesepulte, Regale und Deckenbögen wandern. Zuletzt verweilte er auf einer kleinen Ikone der Jungfrau mit dem Kinde, die zwischen zwei Bücherschränken hing. Der Monsignore musterte das Bild aus der Nähe, nahm es von der Wand, legte es auf ein Pult und fuhr mit den Fingern über die Ränder. Dann drehte er es um und inspizierte die Oberfläche. Er klopfte mehrmals mit dem Knöchel des Zeigefingers an den Rändern entlang, dann in der Mitte. Das Holz tönte hohl.

»*Schmallah!*« Al Kaddafi beugte sich vor.

»Trotzdem sehe ich keine Nahtstellen, ich verstehe das nicht«, sagte Guzman.

»Stell sie aufrecht hin.«

»Warum?«

»Weil ich es dir sage.«

Al Kaddafi zog seinen Dolch heraus und kratzte am Rand der Ikone. Die Goldpulverschicht, die den Rand bedeckte, blätterte ab.

»Ein Spalt!«, sagte der Monsignore. »Schnell!«

Al Kaddafi setzte die Klinge in den Spalt und benutzte sie als Hebel. Die Ikone brach in der Mitte auseinander. In dem Hohlraum dazwischen lagen zwei Rollen. *Vaya*! Ein Papyrus und ein Pergament.

»Lass sehen«, sagte Al Kaddafi.

Vorsichtig zog der Monsignore beides aus der Öffnung und schickte sich an, den Papyrus aufzurollen.

»Hände hoch, und dreht euch ganz langsam um!«, sagte eine Stimme mit einem skandinavischen Akzent hinter ihrem Rücken.

Sie drehten sich um. Der Mann, der beim Appell auf den Namen Erik Clausen geantwortet hatte, hielt eine Pistole mit Schalldämpfer auf sie gerichtet.

»Her mit den Rollen, Drecksack, und leg sie da hin«, sagte Clausen zum Monsignore, auf einen Tisch weisend.

Der Lichtstrahl aus Al Kaddafis Taschenlampe traf Clausen mitten im Gesicht, sodass er sich unwillkürlich einen Arm vor die Augen legte. Blitzschnell fuhr die Hand des Saudis unter sein Hemd, der Dolch zischte durch die Luft und bohrte sich in die Kehle des Dänen. Der griff sich an den Hals, wankte und stürzte zu Boden, während ihm ein Strom Blut aus dem Mund schoss. Sein Ächzen erfüllte die Stille des Skriptoriums.

Clausen wand sich auf dem Boden, die Hände um den Griff des Dolches geklammert. Al Kaddafi kniete neben ihm nieder und zog den Dolch heraus. Mit einer raschen Bewegung schnitt er ihm die Kehle durch. Der Körper des Mannes zuckte, dann blieb er reglos liegen.

Der Monsignore wandte den Blick ab. »Elender Schlächter. War das unbedingt nötig?«

»Er leidet nicht mehr. Allah liebt die Barmherzigen.« Al Kaddafi säuberte die Klinge an den Seiten einer Handschrift. »Wer hat uns den auf den Hals geschickt? Weißt du nichts davon, Christ?«

»Hältst du das für den richtigen Zeitpunkt, so einen Blödsinn zu reden?« Der Monsignore blickte auf die Uhr. »07:08 Uhr. Wir müssen schleunigst verschwinden.«

Caramba. Diese Leiche brachte ihren ganzen Plan durcheinander. Es war zwecklos, die Ikone wieder aufzuhängen. Er steckte die Rollen in die Ikone zurück.

»Was machst du denn da? Nimm die Rollen und häng die Ikone wieder auf.«

»Mit dieser Leiche auf dem Boden? Sie werden es sofort kapieren! In der Ikone sind die Rollen sicher. Sie sind empfindlich und könnten beschädigt werden.«

Er steckte die Ikone in seinen Sack.

»Den trage ich.« Al Kaddafi streckte die Hand aus.

Der Monsignore starrte ihn an. *Imbécil.* Begriff er denn nicht, dass die Leiche alles veränderte?

»Wie du willst, aber glaub nicht, dass du weit kommst. Bis nach Ouranoupolis sind es fünfundzwanzig Kilometer.«

»Ouranoupolis? Aha, da wolltest du also hin?«

»Das Fischerboot!« Das hatte er vollkommen vergessen. Jetzt blieb das Boot des Juden der einzige Fluchtweg. Er zog sein Handy heraus.

»Ist das der richtige Zeitpunkt, um zu telefonieren?«

»Wer soll uns holen kommen, wenn wir Rabinovitch nicht informieren? Die Marine von Saudi-Arabien?«

»Mach schnell. Allahs Wohlwollen hat Grenzen, und wir haben sie schon längst überschritten.«

Der Monsignore wählte die Nummer von Pater Pinkus. »Pater, wir haben ihn gefunden... Nein, der Plan wird geändert. Ich erkläre es Ihnen noch. Ihr müsst sofort das Fischerboot anrufen... Wir müssen jetzt fliehen... Die Schaluppe soll auf uns warten.«

Im Erdgeschoss liefen sie durch den Lesesaal und öffneten die Tür zum Portikus. Der Hof lag verlassen da, aus der Kirche erklang noch der Gesang der Mönche. Sie schlüpften hinaus. Plötzlich erregte etwas auf dem Boden die Aufmerksamkeit des Monsignore.

»Was ist los?« Al Kaddafi drehte sich um.

»Dort in der Ecke auf dem Boden.« Der Körper eines Mönchs lag bäuchlings in einer großen Blutlache. Guzman kniete sich neben ihn und drehte ihn um. »Pater Kristophoros!«

Die Kutte des Mönchs war blutdurchtränkt.

»Das war der Blonde.« Al Kaddafis Miene wurde finster. »Die Mönche werden glauben, dass wir es waren.«

»Eine ballistische Untersuchung wird erweisen, wie es sich abgespielt hat.«

»Ballistische Untersuchung? Hier? Sie werden uns für seine Komplizen halten. Sie haben die Daten unserer Pässe. Ich weiß nicht, wie ihr in Rom darüber denkt, aber Riad will keinen internationalen Zwischenfall.«

»Sollen sie doch denken, was sie wollen.« Der Monsignore blickte auf seine Uhr. »07:17 Uhr. In dreizehn Minuten hören sie auf zu beten.« Er packte den Saudi am Arm. »Wir müssen hier weg, und zwar sofort.«

»Erst holen wir die Leiche des Blonden runter und legen sie neben den Mönch. Dann nehmen wir die Rollen aus der Ikone und hängen sie wieder an ihren Platz.«

»Bist du verrückt? Wir haben keine Zeit mehr, und deine Inszenierung würde sowieso nichts nützen. Sie werden sofort alles kapieren, und wenn sie uns nicht finden, werden sie uns verfolgen.«

Al Kaddafi schwieg. Er wusste genau, dass die Mönche kein Interesse an internationalem Aufsehen hatten, aber er hatte immer noch seinen Fluchtplan im Sinn und wollte die Rollen sicher in seinem Gepäck wissen.

»Was auch immer du vorhast, es kann nicht funktionieren. Verstehst du das denn nicht, Dickkopf? Jetzt ist dieses Fischerboot die einzige Möglichkeit, von Athos wegzukommen. Ach, mach doch, was du willst. Ich laufe nach Iviron.«

Guzman marschierte geradewegs auf den Ausgang zu. Wenige Augenblicke später hörte er die Schritte des Saudis hinter sich. Das Tor stand weit offen. Hinter langen Reihen schwer mit dunklen Trauben beladener Weinstöcke glitzerte die Ägäis in der aufgehenden Sonne.

Mit schnellen Schritten und einem hastigen *kalimera* als Antwort auf den Gruß des Bruder Kustos gingen sie durch das Tor und schlugen den Fußweg nach Iviron ein. Der Mönch kam aus seinem Häuschen heraus und blickte ihnen verwundert nach.

Wenige Minuten später verkündete der Gong das Ende der morgendlichen Gebete. Die Tür des *katholikon* öffnete sich, und die Mönche strömten auf den Hof.

25 Michaela Rosenberg blieb vor den römisch-byzantinischen Arkaden der Großen Synagoge in der Rue de la Victoire stehen. Sie blickte zur Fassade empor, während sie nach der Brosche an ihrer Jacke tastete. Dann stieg sie die Freitreppe hinauf und verschwand im Inneren.

»Der Großrabbiner erwartet Sie«, sagte der Sekretär auf Jiddisch und öffnete eine Tür.

»*Schalom aleichem.*« Über seinen Schreibtisch gebeugt, den eine große Menora aus Messing mit einem Davidstern beherrschte, gab der Großrabbiner Toaff Michaela die Hand.

»*Aleichem schalom.*«

Jacob Toaff, der Großrabbiner von Frankreich, war ein hagerer Mann, dessen von einem mächtigen Bart umrahmtes Gesicht aussah wie eine Kreuzung zwischen einer Zitrone und einer Trockenpflaume. Ein Tallit aus weißer Seide bedeckte seine Schultern.

»Womit kann ich Ihnen dienen?«

»Ich weiß nicht einmal, wo ich anfangen soll.« Michaela wand sich auf ihrem Stuhl. »Ich habe etwas erfahren, das eine Gefahr für unseren Glauben ... und für Israel bedeuten könnte.«

Der Singsang der Psalmen aus den Räumen der Rabbinerschule untermalte Michaelas Bericht.

»Für und gegen die Bibel wurden viele tausend Bücher geschrieben, und jeder hat das Seine gesagt.« Der Großrabbiner lächelte fatalistisch. »Monsieur St. Pierre hat ein Recht auf seine eigene Meinung, finden Sie nicht?«

»Das ist nicht das Problem.«

Michaela zog einige Papiere aus ihrer Tasche. Sie reichte dem Großrabbiner die Kopien der beiden Briefe des Archäologen in Kairo an den Kurator des Louvre und die zwei Artikel aus der »Times«, ebenfalls aus dem Jahr 1924. Sie erzählte von einem verschwundenen Papyrus aus dem Grab Tutanchamuns und von der Vermutung, er könne im Archiv des britischen Geheimdienstes versteckt sein.

»Das ist nur eine Vermutung.« Der Großrabbiner blätterte in den Fotokopien. »Vielleicht hat es diesen Papyrus nie gegeben.«

»Bitte entschuldigen Sie, wenn ich Ihnen widerspreche, Großrabbiner, aber die beiden Briefe von Lord Carnarvon beweisen, dass es diesen Papyrus gab. Und was machte der Chef des Secret Intelligence Service zwei Wochen nach dem Streit mit Carter in Allenbys Büro in Kairo?«

Der Großrabbiner strich nachdenklich über seinen Bart.

»Wenn dieser Papyrus entdeckt wird«, fuhr Michaela fort, »und wenn sein Inhalt dem entspricht, was Carter androhte, können Sie sich die Folgen vorstellen.«

»Wer weiß außer Ihnen, St. Pierre und diesem Gaston noch von der Geschichte?«

»Sie sind der Erste, mit dem ich darüber spreche. Was Théo und Gaston betrifft, bezweifle ich, dass sie es jemandem erzählen. Mit einer Ausnahme vielleicht, einem Antiquitätenhändler in der Rue des Capucines.« Michaela erklärte, in welcher Beziehung Konstantine zum Louvre stand.

»Kann ich die Fotokopien behalten?«

Michaela nickte. »Ich bin nicht stolz auf das, was ich tue, doch Schweigen wäre ein noch schlimmerer Verrat gewesen.«

»Nur der Glaube, der auf die Probe gestellt wurde, ist ein aufrechter Glaube. Sie sind eine wahre Tochter Israels. Ich bin stolz auf Sie.« Der Großrabbiner begleitete Michaela zur Tür. »Darf ich Sie bitten, mich über alle weiteren Entwicklungen auf dem Laufenden zu halten?«

Michaela senkte den Blick. »Das werde ich tun.«

Der Großrabbiner setzte sich und hob den Telefonhörer.

»Büro des Oberrabbiners von Israel«, sagte eine Stimme am anderen Ende.

»Hier spricht Großrabbiner Toaff aus Paris. Ich möchte mit dem Oberrabbiner Mordechai sprechen.«

Noch am selben Tag landete eine Boeing 767 der El Al aus Paris um 18:55 Uhr auf dem Flughafen Ben Gurion in Tel Aviv. Der erste Passagier, der ausstieg, war der Großrabbiner Toaff, eine Aktentasche fest unter den Arm geklemmt.

Etan Mordechai, der Oberrabbiner von Israel, ein dürrer Mann, der Toaff um einen Kopf überragte, hakte den Großrabbiner unter und führte ihn zu einer schwarzen Limousine, die neben der Landebahn wartete.

»Jacob, erzähl mir die ganze Geschichte.« Mordechai drückte einen Knopf, und die Trennscheibe hinter dem Fahrer fuhr nach oben.

Toaff reichte Mordechai die Fotokopien. »Ich bezweifle, dass dir die Geschichte gefällt.«

Als Toaff zu Ende erzählt hatte, erfüllte nur das Motorengeräusch das Innere der Kabine.

Mordechai hob den Hörer eines Telefons in seiner Armlehne. »Hier spricht der Oberrabbiner Mordechai. Verbinden Sie mich mit dem Minister.«

Je weiter Mordechai und Toaff mit Michaelas Bericht kamen, desto düsterer wurde das Gesicht des Premierministers Cohen.

»Gott im Himmel!« Cohen fuhr sich mit der Hand über das Gesicht. »Und das ausgerechnet jetzt, wo der Rückzug der Siedler im Gang ist und die Augen der ganzen Welt sich auf Israel richten!«

»Angenommen, der Papyrus existiert und befindet sich wirklich in den Händen des britischen Geheimdienstes«, sagte Mordechai, »dann sehe ich eigentlich nicht, wie St. Pierre in seinen Besitz kommen könnte.«

»Habt ihr nie daran gedacht, dass der Papyrus inzwischen woanders sein könnte?«, fragte Cohen.

»Wo denn?«, fragte Mordechai.

»Bei irgendeinem Sammler, was weiß ich. Vorerst hat die Rosenberg nur Vermutungen ausgesprochen, die allerdings ziemlich logisch sind, das gebe ich zu.«

»Überaus logisch, Herr Premierminister«, sagte Mordechai. »Klar ist, dass die Engländer sich Carters Schweigen erkauften, und der Preis war die Erneuerung der Grabungsgenehmigung. Wir müssen unbedingt herausfinden, ob der Geheimdienst diesen Papyrus hat, und ihn dann in Sicherheit bringen. Mit allen erdenklichen Mitteln.«

»Die Engländer sind keine einfache Klientel«, sagte Toaff. »Welche Argumente führen wir an, um sie zu überzeugen, wenn sie ihn haben?«

»Darum würde ich mir keine Sorgen machen«, sagte Cohen. »Ein Wörtchen aus Washington genügt.«

»Die Amerikaner sind unsere besten Verbündeten, das stimmt«, sagte Mordechai. »Aber warum sollten sie das tun?«

»Weil sie das allergrößte Interesse daran haben, dass der Papyrus geheim bleibt«, antwortete Cohen.

Ein heiliger Krieg gegen Israel würde den Ölpreis in nie gekannte Höhen treiben und eine Welle terroristischer Anschläge gegen die Vereinigten Staaten, den Hauptverbündeten Israels, entfesseln.

»Das Problem ist freilich noch viel verwickelter, als es scheint, meine Herren«, fuhr Cohen fort. »Die Sache mit dem Exodus wird nämlich zusätzlich dadurch verkompliziert, dass es nicht nur den Papyrus von Tutanchamun gibt.«

Toaff warf einen fragenden Blick auf Mordechai, der keine Miene verzog.

»Innerhalb der letzten Wochen höre ich jetzt zum zweiten Mal von diesem St. Pierre, und der Name fängt an, mir auf die Nerven zu gehen«, wetterte Cohen.

»Das zweite Mal?«, fragte Toaff.

Mordechai blickte den Premierminister entsetzt an.

»Erzählen Sie es ihm, Mordechai«, sagte Cohen. »Sie haben meine Erlaubnis.«

Mordechai berichtete Toaff von den Pergamenten des Kardinals St. Pierre und dem von Theon erwähnten Papyrus. Dabei enthüllte er die Rolle des Abrahamsbundes bei der Suchaktion nach dem Papyrus in den Klöstern des Berges Athos.

»Oh Gott, ein zweiter Papyrus hat uns gerade noch gefehlt!« Toaff reckte die Arme zum Himmel. »Was passiert, wenn der Papyrus von Theon diesem Al Kaddafi in die Hände fällt?«

»Wir haben Vorsichtsmaßnahmen getroffen.« Cohen wechselte einen verschwörerischen Blick mit Mordechai.

»Ich frage mich allerdings, ob sie genügen, Herr Premierminister«, sagte Mordechai. »Dieser St. Pierre scheint entschlossen, den Tod seines Bruders zu rächen, und offenbar ist er überzeugt, dass der Vatikan in irgendeiner Weise verantwortlich dafür ist.«

»Dann geht es ihm bei dem Beweis, dass der Exodus nur ein Mythos war, also lediglich um persönliche Genugtuung«, stellte Toaff, zum Premierminister gewandt, fest.

Stille senkte sich über den Raum. Mordechai und Toaff sahen den Premier an, der am Metallarmband seiner Uhr zerrte.

Am frühen Nachmittag des nächsten Tages hielt eine Limousine am Rand der Startbahn des Flughafens Ben Gurion, wo ein Flugzeug mit der Aufschrift »Staat Israel« auf dem Rumpf wartete. Der Premierminister Eli Cohen stieg aus dem Wagen, eilte die Gangway hinauf und verschwand im Flugzeug.

»Willkommen an Bord, Herr Premierminister.« Der Pilot legte die Hand an den Mützenschirm. »Wir werden voraussichtlich um 16:00 Uhr Ortszeit auf der Bolling Air Force Base in Washington landen.«

Um sie herum hörte man nur das Rascheln der Zweige und das Zirpen der Grillen. Ein stacheliger Zweig zerkratzte Monsignore Guzman das Gesicht. Al Kaddafi stolperte und brummte etwas auf Arabisch.

»07:40 Uhr.« Der Monsignore ging schneller. »Um diese Zeit müssten sie die Leichen schon gefunden haben.«

»Ruf deinen Diener an und frag ihn, wo die Juden uns holen und wann.«

»Das ist noch zu früh.«

»Ruf ihn an, sage ich dir. Denk an deinen biblischen Judas, und vergiss nicht, dass dieses Fischerboot aus Israel kommt.«

Guzman wählte die Nummer von Pater Pinkus. »Wo sind sie jetzt? ... Ein Felsvorsprung mit einem Turm? ... *Muy bien*, nördlich vom Kloster also.«

»Nun?«, fragte Al Kaddafi.

»Das Motorboot liegt ein paar Kilometer nördlich von Iviron vor der Küste. Sie suchen gerade eine geeignete Bucht, wo man mit der Schaluppe an Land kommt.«

Pater Pinkus und Rabinovitch würden sie auf dem Weg zum Kloster Stavronikita erwarten, vor einem Felsvorsprung mit einer Turmruine, etwa einen Kilometer nördlich von Iviron.

»Wenn alles gut geht«, sagte der Monsignore, »sind wir in ein paar Stunden aus dieser Hölle heraus.«

»*Inschallah*. Aber vielleicht trauern wir dieser Hölle noch nach.«

»Wir müssen sie erwischen, um jeden Preis!« Auf den Fleck an der Wand starrend, wo die Ikone gehangen hatte, schlug der *igoumenos* mit der Faust auf ein Pult.

»Der Pater Kustos hat sie vor zwanzig Minuten gesehen, wie sie den Weg nach Iviron nahmen«, sagte Pater Georgiou.

»Pater, suchen Sie ein Dutzend der kräftigsten Mönche aus. Geben Sie Ihnen die alten Mausergewehre, die die Deutschen dagelassen haben, und sagen Sie ihnen, sie sollen die Schurken verfolgen.«

»Die beiden haben bereits einen großen Vorsprung.«

»Ich rufe sofort den Prior von Iviron an, damit er seine Mönche auf dem Weg postiert.«

»Hm. Ich bezweifle, dass sie zum Kloster wollen.« Plötzlich leuchteten Pater Georgious Augen. »Hochwürdiger Pater, die beiden wollen zur Küste, nicht nach Iviron! Wahrscheinlich erwartet sie dort irgendwo ein Boot.«

Das Gesicht des *igoumenos* nahm einen Ausdruck höchster Beunruhigung an. »Ich alarmiere sofort die griechische Küstenwache und bitte sie, ein Patrouillenboot zu schicken. Wir werden ja sehen, Señor Guzman aus Saragossa.«

Wenige Minuten später eilte eine Gruppe mit Mausergewehren, Heugabeln und Stöcken bewaffneter Mönche schnellen Schrittes durch das Tor und nahm den Weg nach Iviron.

»Pst!« Der Monsignore blieb stehen.

»Was ist denn jetzt schon wieder?«

»Da unten hat sich etwas im Gebüsch bewegt.« Der Monsignore deutete auf einen kleinen Olivenhain.

»Ein Mönch bei der Feldarbeit.«

»Wir sind zu weit weg von Iviron. Der *igoumenos* hat sie wahrscheinlich gewarnt.«

»Diese Mönche!« Al Kaddafi spuckte auf den Boden. »Tückischer als die Wüste Nefud.«

Der Monsignore zog eine Karte heraus und legte sie an den Stamm einer Eiche. »Wie ich's mir dachte. Es führt nur ein Weg nach Iviron und zur Küste.«

Steinchen rollten den Abhang herunter. Der Monsignore blickte den Hang hinauf, den sie gerade herabgestiegen waren. Zwischen dem Laub reflektierte etwas das Sonnenlicht.

»Diese Geier sind dicht hinter uns«, sagte Al Kaddafi.

»Wir müssen sofort vom Weg runter.« Der Monsignore zog eine Linie über die Karte. »Wenn wir uns quer durch den Wald schlagen, müssten wir auf dem Weg nach Stavronikita herauskommen, wo Pinkus und Rabinovitch auf uns warten. Etwa auf dieser Höhe, siehst du?« Er blickte auf Al Kaddafis Fuß. Der Saudi hatte sich den Knöchel verstaucht. »Meinst du, du schaffst es?«

»Ich bin in einem Beduinenstamm aufgewachsen, und das waren Nomaden, Christ.« Al Kaddafi humpelte auf den Wald zu.

Zwischen den Eichen glitzerte das Meer. Sie kamen auf einem Pfad heraus, der an einer Klippe hoch über dem Meer entlanglief. In der Ferne hoben sich die roten Ziegel des Klosters Iviron vor dem Kobaltblau einer Bucht ab.

»Hier entlang.« Der Monsignore ging Richtung Norden.

Immer wieder hinter sich blickend, gelangten sie an eine Weggabelung, von der eine steil ins Meer abfallende Landzunge abzweigte. An ihrem Ende erhob sich eine Turmruine.

»Das ist die Stelle.« Guzman schaute sich um. »Wo mögen die beiden sein?«

Al Kaddafi trank aus einem Brunnen in der Wand einer kleinen Wegkapelle mit dem Bildnis der Jungfrau.

»Monsignore«, flüsterte eine Stimme.

Sie drehten sich um. Pater Pinkus und Rabinovitch tauchten aus dem Wald auf.

»Schnell, Monsignore«, sagte Pinkus, während er Guzman beide Hände drückte. »Das Fischerboot hat soeben die Schaluppe zu Wasser gelassen. Treffpunkt ist eine Bucht ein paar Kilometer von hier.«

»Wo ist der Papyrus?« Rabinovitch sah sie misstrauisch an.

»Den hat Raschid.«

»Habt ihr ihn gelesen?«

»Ja, auf dem Sofa, bei einem Gespräch mit dem *igoumenos* über byzantinische Kunst. Beeilen wir uns! Die Mönche von Filotheou sind uns auf den Fersen. Sie werden nicht lange brauchen, um zu kapieren, welchen Weg wir genommen haben.«

Sie marschierten durch ein Gehölz aus Olivenbäumen. Als sie endlich den halbmondförmigen weißen Sandstrand erblickten, liefen alle die Klippe hinunter, Al Kaddafi humpelte hinterher. Guzman spähte zum Horizont. »Die Schaluppe!« Er zeigte auf das nördliche Ende der Bucht.

Eine Schaluppe kam um die Felsen an der Spitze der Bucht gefahren. Alle fingen an zu winken und zu rufen. Als das Boot etwa zehn Meter vom Strand entfernt war, wurde der Motor gedrosselt, und zwei Matrosen ruderten zum Ufer. Plötzlich sprang einer von ihnen auf, fuchtelte mit den Armen und rief ihnen auf Hebräisch etwas zu.

Rabinovitch drehte sich zu den Klippen um. »Die Mönche!«

Gewehre, Heugabeln und Stöcke schwenkend, lief eine Schar Mönche über den Abhang auf sie zu. Der Monsignore zog die Pistole und schoss in die Luft.

»Alle in Deckung!« Guzman warf sich in den Sand.

Die Mönche verschanzten sich hinter zwei Booten, die auf dem Trockenen lagen, und eröffneten das Feuer. Als Guzman schoss, wirbelten Sandwolken auf. Während die Matrosen ihnen Feuerschutz gaben, zogen der Monsignore und die anderen sich die Schuhe aus, krempelten ihre Hosen hoch und wateten zur Schaluppe.

Als ein Matrose den Außenbordmotor nach draußen kippte und auf den Startknopf drückte, bohrte sich ein Geschoss mit einem stumpfen Geräusch in die Bootswand. Alle duckten sich zu Boden. Der Motor hustete, begann zu laufen, und die Schaluppe entfernte sich vom Ufer, eine Schaumspur hinter sich lassend.

Am Motorboot angekommen, blickte der Monsignore zur Kommandobrücke auf. An einer Fahnenstange flatterte die israelische Fahne mit dem blauen Davidstern. Das Schiff war viel größer, als er erwartet hatte, und von einem makellosen Weiß. *Oye!* Zu weiß, um ein Fischerboot zu sein. Ein Matrose beugte sich über die Reling und ließ eine Strickleiter herunter. Rabinovitch kletterte als Erster an Bord.

Als der Monsignore einen Fuß auf das Deck setzte, redete der Jude schon auf einen Mann in kakifarbenen Hosen und einer Pistole am Gürtel ein. Der Mann hatte eine Adlernase und trug eine Sonnenbrille. Er wirkte selbstsicher, antwortete einsilbig, und Rabinovitch behandelte ihn respektvoll. Er sah nicht aus wie ein Seemann. Wer war das?

Plötzlich wies der Mann mit der Hand auf die Küste. Ein Patrouillenboot der Küstenwache mit griechischer Flagge raste zwischen schaumgekrönten Wellen auf sie zu. Wenige Meter von ihnen entfernt hielt es an.

Von der Kommandobrücke ihres Schiffes rief ein Mann mit der Mütze eines Marinekapitäns herunter: »General, zwei der Männer, die wir an Bord genommen haben, werden von den Behörden vom Berg Athos des Mordes und Diebstahls bezichtigt. Sie wollen, dass wir sie ausliefern. Was soll ich antworten?«

»Sagen Sie ihnen, dass wir uns in internationalen Gewässern befinden und sie hier keine Rechtsgewalt haben«, antwortete der Mann in der Kakiuniform.

Ein Scheinwerfer leuchtete über der Kommandokabine auf. Nach ein paar Sekunden antwortete der Scheinwerfer auf dem Patrouillenboot.

»Sie bestehen darauf, an Bord zu kommen, General«, rief der Kapitän herunter.

Der General erteilte knappe Befehle auf Hebräisch. Darauf liefen zwei zum Bug, griffen in ein Gewirr von Fischernetzen und zogen sie fort. Das dunkle Rohr einer Kanone erschien. Einer der Matrosen kletterte auf einen Sitz und drehte das Artilleriegeschütz in Richtung Patrouillenboot. Er blickte durch einen Sucher und drückte einen Knopf. Das Rohr bewegte sich. Dann drückte er wieder einen Knopf, und die Kanone wackelte, ein greller Pfeifton durchschnitt die Luft, und eine Wassersäule erhob sich wenige Meter vor dem Bug des Patrouillenbootes.

Wenige Augenblicke später starteten seine Motoren, es drehte um hundertachtzig Grad und entfernte sich Richtung Küste.

»Wer ist dieser Mann, Rabinovitch?«, fragte der Monsignore, auf den General weisend.

»General Uri Morgenstern.«

»Morgenstern? Der Leiter des Mossad?«

»Er persönlich.«

Der Monsignore spannte die Kiefermuskeln an und wechselte einen Blick mit Al Kaddafi. Die Augen des Saudis wurden zu schmalen Schlitzen. Morgenstern war ein sehr bekannter Name in internationalen Spionagekreisen. Er galt als absolut skrupellos.

»Was hat der Mossad mit dieser Sache zu tun?«, fragte der Monsignore.

»Die Undankbarkeit der Menschen! Ohne den General hättet ihr beide die Nacht, die erste von vielen, in einem griechischen Gefängnis verbracht.«

Guzman sah sich auf Deck um. Alle Matrosen waren bewaffnet. Plötzlich erschienen ihm die holprigen Pfade auf dem Berg Athos einladender als sein Gewächshaus in der Villa Tevere.

»Wollen wir in die Kabine des Kapitäns heruntergehen und diesen Papyrus lesen, meine Herren?« Rabinovitch zeigte auf eine Luke und grinste sie breit an. »Der General hat uns einen Tee mit Rugelach, einer jüdischen Spezialität, zubereiten lassen. Eine reizende Geste, finden Sie nicht auch?«

IUNU, TEMPEL DES RA, FÜNFTES JAHR DER REGENTSCHAFT AMENHOTEPS IV.

»Ich bin der Hüter des Geheimnisses, Meister des Lichts«, sagte der Hohepriester Meryre, in der Mitte des heiligsten Bezirks kauernd.

Auf dem Alabasteraltar an der Tempelwand in seinem Rücken glänzte eine Lade aus Akazienholz mit goldenen Beschlägen zwischen den Lämpchen zweier Lebensbäume mit neuen Ästen. An beiden Enden des Deckels der Lade ragten zwei geflügelte Sonnenscheiben aus geschmiedetem Gold auf. Ihre Vorderseiten waren einander zugewandt, die Flügel ausgebreitet.

»Ich bin der Meister der Gerechtigkeit«, sagte ein zweiter Priester, der mit gekreuzten Armen neben einem goldenen Pfeiler stand.

»Ich bin der Meister der Wahrheit«, sagte ein dritter Priester neben einem Pfeiler stehend, der grün leuchtete wie ein Smaragd.

Die Flammen der Leuchter warfen ihre Schatten auf die Fresken an den Wänden. Ein Wandgemälde stellte Aton-Ra-Khepri in Gestalt einer Sonnenscheibe dar, die zwischen den zwei Bergen des urweltlichen Gebirges aufstieg, ein anderes den Morgenstern mit fünf Zacken und ein drittes einen Phönix mit aschgrauem Gefieder, der im Flug eine Spur aus Licht hinter sich ließ.

»Wer bist du?« Meryre zeigte mit dem Finger auf den Pharao, der vor ihm kauerte. »Was willst du von uns?«

»Ich bin der Sohn der Strahlenden Sonne und trage die Doppelkrone der Zwei Länder.« Nepher kreuzte den Krummstab und die Geißel vor seiner Brust. »Ich will die Tür zu den Heiligen Mysterien durchschreiten und den Weg begehen, der zu dem führt, welcher IST und nicht IST.«

»Wie kamst du hierher?«, fragte der Meister der Gerechtigkeit.

»Auf den Flügeln des Falken.«

»Wie wirst du wieder fortgehen?«, fragte der Meister der Wahrheit.

»Auf den Flügeln des Phönix.«

»Warum glaubst du, dass du bereit bist, den Weg des Lichts zu gehen?« Meryre zeigte auf ein Wandgemälde des Pharaos, der auf einer Treppe aus Licht in den Himmel stieg.

»Ich habe meinen Verstand zum Schweigen gebracht, ich habe meinen Geist entleert, und ich habe den Sonnengott beim Aufgang, im Zenit und beim Untergang geschaut.«

»Und was hast du gesehen?«

»Dass es nicht möglich ist, die Harmonie des Alls zu verstehen, ohne mich selbst zu verstehen.«

»Was noch?«

»Dass das unendlich Kleine und das unendlich Große wie mein Spiegelbild im Wasser des Nils sind.«

»Wie wirst du die Erste Ursache erkennen, wenn du sie erblickst?«

Das Zischen eines Kerzendochts und das Tropfen einer Wasseruhr waren die einzigen Geräusche.

Nepher schloss die Augen. »Ich werde dem Fließen aller Dinge lauschen, Zeit und Raum werden sich aufheben, und mein *ka* wird mit dem des Alls verschmelzen. Maat wird mir die Tür öffnen, und das Licht der Allumfassenden Ordnung wird mich überfluten.«

Aus dem Tempel drang ein Gebetsgesang. Meryre erhob sich, gefolgt von Nepher. Er wandte sich um, ging zum Altar, auf dem die Lade stand, und hob den Stock mit dem *ankh*.

»Ich bin Aton, ich bin Ra, ich bin Khepri, Vater des Universums, der seine eigene Zukunft schuf. Ich bin ein mächtiges Wesen, das den Spruch der Verwandlungen kennt. Ich kann den richtigen Mann an seiner Stimme erkennen, und ihm werde ich mich öffnen, um ihm das Göttliche Licht zu zeigen.« Er kehrte in die Mitte des heiligsten Bezirks zurück und blieb vor dem Pharao stehen. »Hoheit, heute Nacht werde ich die Heiligen Siegel brechen, damit du die Schwelle überschreiten kannst. Aber gib Acht«, er hob den Stock, »dass kein Profaner je erfährt, was deine Augen schauen werden. Knie nieder und gelobe es, im Namen der Heiligen Dreieinigkeit.«

Nepher kniete nieder. »Ich gelobe es im Namen Atons, im Namen Ras und im Namen Khepris.«

»Befiehl dem Steuermann des königlichen Schiffes, dass er die Abfahrt vorbereitet. Wir reisen bei Sonnenuntergang ab.«

»Abreisen? Wohin?«

»Nach Sais.«

»Sais?«

»Es gibt eine Zeit für Antworten und eine Zeit für das Schweigen.« Meryre durchschnitt die Luft mit einer energischen Handbewegung. »Denke nur daran, dass eine magische Nacht anbricht, die Nacht des Großen Gleichmaßes.«

Nepher blickte ihn fragend an.

»Das Fest der Lichter.«

Ein Funkeln von tausend mal tausend Lichtern leuchtete in der Nacht vor Nephers Augen auf, und im Geist hörte er die letzten Worte seines Vaters. »Vergiss nicht... Alles wird in einer Nacht geschehen... Der Nacht des...«

Der Nacht des Lichterfestes. Der Nacht, in der Sais und ganz Ägypten den Tod und die Wiedergeburt von Osiris feierten.

26 Auf den mit Weinstöcken bewachsenen Hügeln lag das schimmernde Licht der Morgenröte, erste Sonnenstrahlen streiften die Steineichen des Parks um das Garden-Hotel von Siena. Ein Taxi hielt vor der Hotelfassade aus dem 18. Jahrhundert.

»Zimmer 16 und 22 bitte«, sagte Théo am Empfang. Er wechselte einen Blick mit Konstantine. »Ach ja, und eine große Schneidzange.«

Der Nachtportier legte ein Buch mit dem Titel *Die paranoide Persönlichkeit* auf dem Tresen ab und blickte Théo verwirrt an. »Seit zwanzig Jahren arbeite ich nun schon als Nachtportier im Garden, und die Gäste haben mich um alles Mögliche gebeten, aber um so etwas noch nie. Danke, Signore, das war mein Lebenstraum.« Er verschwand in einem Raum unter der Treppe und kehrte mit einer Schneidzange zurück. »Wenn Sie jemanden brauchen, der Schmiere steht, bin ich Ihnen gerne behilflich«, flüsterte er. »Ich hasse die Banken.«

»Gut so. Diese *salauds* sind schlimmer als Ratten«, murmelte Théo mit ernster Miene, über den Tresen gebeugt. Dabei gab er Konstantine ein Zeichen, schnell die Treppe hinaufzugehen.

In Théos Suite stellte Konstantine das Kästchen auf einen Tisch, und Théo zog eine Lampe heran. Spyro packte die Griffe der Schneidzange mit beiden Händen, und die Zangen legten sich um den Hals des Schlosses. Spyros Gesicht wurde rot. Krack.

Als Théo den Deckel abhob, verbreitete sich Schimmelgeruch im Zimmer. Er steckte eine Hand hinein und holte ein zusammengerolltes, mit Schimmel bedecktes Stück Leder heraus.

»Und was war das klappernde Geräusch?«, fragte Théo.

Konstantine kramte schon auf dem Boden des Kästchens. Sein

Gesicht nahm einen verwunderten Ausdruck an. Er zog die Hand heraus. Das Lampenlicht spiegelte sich in der silbrigen Oberfläche eines Kegels aus Metall.

»Was zum Teufel ist das?« Konstantine drehte den Kegel in der Hand hin und her. »Es ist schwer. Zu schwer, um Silber zu sein ... ich glaube, es ist Weißgold.«

»Gib mal her.« Théo wog den Kegel in der Hand. »Du hast recht. Aber was bedeutet das, wozu dient es?«

»Ich könnte einen Briefbeschwerer im Büro brauchen.«

»Immer mit der Ruhe.« Théo löste das Band und zog eine Pergamentrolle aus dem Lederfutteral.

Vorsichtig rollte er sie auf. *Merde*. An mehreren Stellen war die Tinte so verblasst, dass das Pergament nahezu unlesbar geworden war. Er bog den Lampenstiel darüber.

> [...]
> Eine ägyptische heilige Schrift sagt: »Ich bin Thoth, der dir das leuchtende Auge des Horus in seinem Namen des Weißen Brotes bringt.
> [...]
> Ein in den Tempel von Karnak gemeißeltes Relief zeigt den Pharao Sesostris I., der dem Gott Amun einen kegelförmigen Gegenstand darbietet. Die Ägypter nannten diesen Gegenstand Weißes Brot, obgleich er nicht die Form eines Brotes, sondern die eines Kegels hatte.
> In den Fresken ihrer Tempel pflegten die Ägypter diesen Kegel neben dem ankh, dem Zeichen des Lebens, darzustellen, denn beide versinnbildlichten das Geschenk des Lebens, und dieses kommt der Hieroglyphe für das Wort »Licht« gleich.
> [...]
> Die Ägypter glaubten zwei Körper zu besitzen: einen materiellen Körper und einen »leichten Körper«, »ka« genannt, welcher sich von reinem Licht ernährte. Die Quelle dieses Lichts hieß »mfkzt«, was in der Hieroglyphensprache bedeutet: »Was ist das?« Das mfkzt war die Verbindung aller in den Tempeln abgebildeten Kegel. Es wurde auch »Speise der Götter genannt« und diente nicht nur den Göttern als Nah-

rung, sondern auch den Pharaonen. Der Pharao benötigte es, damit er sich bei seinem Tode in den Himmel erheben und dortselbst seinen Platz zwischen den Göttern einnehmen konnte.
[...]
Durch ein chaldäisches Orakel erfuhr ich von einem heiligen Papyrus, welcher die Reise des Pharaos in das Himmelreich beschreibt und sagt, dass der Pharao mit großem Eifer nach der Letzten Erleuchtung strebt und dass er, sobald er von einem blendenden Licht umhüllt wird, mehrmals fragt: »Was ist das?« Was war dieses mfkzt? Obzwar die Ägypter jene Kegel Weißes Brot nannten, bestanden sie doch mitnichten aus Weizenmehl, sondern aus einem geheimnisvollen »weißen Pulver«, welches die Priester in den Häusern des Lebens, allesamt tüchtige Alchimisten, aus der Verarbeitung von Gold gewannen. Die Kunst, Gold zu erhitzen, zu raffinieren und zu verwandeln, um jenes weiße Pulver zu gewinnen, war ein Geheimnis, das nur wenige Initiierte des heiligsten Bezirks kannten.
[...]
Doch das Geheimnis, welches in allergrößtes Erstaunen setzt, ist die Beschaffenheit des Manna in den heiligen Schriften der Juden und die Entdeckung, dass dieses Manna nichts anderes ist als das weiße Pulver der ägyptischen Alchimisten.
Im Exodus 16,15–31 heißt es nämlich: »Als die Israeliten das sahen, sagten sie zueinander: Was ist das? Denn sie wussten nicht, was es war ... Das Haus Israel nannte das Brot Manna. Es war weiß wie Koriandersamen und schmeckte wie Honigkuchen.«
Als Moses vom Berg Sinai herabstieg und die Söhne Israels dabei überraschte, wie sie ein goldenes Kalb anbeteten, »packte er das Kalb, das sie gemacht hatten, und zerschmelzte es mit Feuer und zermalmte es zu Pulver und stäubte es aufs Wasser und gab's den Kindern Israel zu trinken« (Exodus 32,20).
Doch wie alle wissen, schmolz er Gold im Feuer, und das verwandelt sich nicht in Pulver. Weil Moses das Geheimnis der Herstellung des weißen Pulvers kannte, muss er entweder

ein ägyptischer Priester von hohem Rang oder ein Pharao gewesen sein. Denn nur die Hohepriester der Häuser des Lebens und die Pharaonen kannten jenes Geheimnis.
[…]
Das Buch Exodus sagt, dass Bezalel das »Brot der Gegenwart Gottes« für Moses machte. Nur die Septuaginta übertrug das hebräische Wort des Alten Testaments richtig mit »Brot der Gegenwart Gottes« und nicht einfach mit »Brot«. Bezalel aber war kein Bäcker, sondern ein Goldschmied, er war der nämliche Bezalel, dem Jahwe aufgegeben hatte, die Bundeslade zu erbauen. Das hebräische Wort »Manna« bedeutet ebenfalls »Was ist das?«, und es ist nichts anderes als die Übersetzung des ägyptischen Wortes »mfkzt« ins Althebräische. Dies beweist, dass das »Brot der Gegenwart Gottes« nicht aus Weizenmehl, sondern aus dem weißen Pulver der ägyptischen Alchimisten gemacht ward. Und dies wirft einen Schatten auf die wahren Ursprünge der heiligen Schriften der Juden, ebenso wie auf jene der Kirche.
[…]
»Den Siegern will ich geben vom verborgenen Manna und will ihnen geben einen weißen Stein, auf dem geschrieben steht ------- (Apokalypse, 2,17).«
[…]
Zusammen -- Abrav -- el --- Kabba ----- Paris, wo wir den Nef- von Nicolas Fl-- -- Durch diesen --- Abrahams des Ju- nä --- Wunder des Gro--- Werks.
Giovanni Pico d--- Mirandola
Flor---z, am Tag --- unseres Herrn 1488

»Was für ein Pech!« Konstantine hieb sich aufs Knie. »Ausgerechnet die wichtigste Stelle ist die unleserlichste!« Er warf den Kegel in die Luft. »Was fangen wir mit diesem Kegel an, ohne das kleinste Körnchen dieses phantastischen weißen Pulvers?«

»In der ägyptischen Religion war das Auge des Horus das ›Dritte‹, das ›Allessehende Auge‹«, sagte Théo, sich den Nasenrücken reibend.

»Wahrscheinlich laufen wir hier bloß den Träumen eines Mythomanen hinterher. Ist dir das klar?«

»Kommen dir die Erklärungen zum mfkzt und zum Manna wie das wirre Gerede eines Mythomanen vor?«

»Na gut. Was steckt Wahres hinter dieser Geschichte von den Kegeln?«

»Ich habe das Relief gesehen, von dem Pico spricht. Es befindet sich in Luxor an einer Wand der Weißen Kapelle des Karnak-Tempels.«

Der Kegel tauche auch auf anderen Reliefs in derselben Tempelanlage auf, erzählte Théo. Diese Reliefs stellten die Schätze von Thutmosis III. dar, die Hieroglyphen, in denen die Schätze beschrieben wurden, bezeichneten den Kegel als Weißes Brot und berichteten, er sei aus Gold gefertigt. Ein anderes Beispiel sei der Tempel für die Göttin Hathor auf dem Berg Serabit in der Wüste Sinai. Einige Reliefs des Tempels zeigten, wie Thutmosis IV. der Göttin Hathor Kegel darbrachte, und auch in diesem Fall bezeichneten die Hieroglyphen die Kegel als Weißes Brot.

»An den Tempelwänden erscheint mehrmals die Hieroglyphe für ›mfkzt‹, ebenso wie die für das Wort ›Licht‹.«

»Du willst mir doch nicht etwa weismachen, dass du an diesen Blödsinn von der Letzten Erleuchtung glaubst?«

»Was ich glaube, ist unwichtig. Beschränken wir uns auf die Fakten. Der heilige Papyrus, von dem Pico spricht, ist das Totenbuch, ein dreiundzwanzig Meter langer Papyrus, der im British Museum aufbewahrt wird. Picos Beschreibung stimmt vollkommen mit dem Papyrus überein. Auf jeder Etappe seiner Reise ins Jenseits spricht der Pharao das Wort *mfkzt* aus, das heißt, er fragt: ›Was ist das?‹«

»Aber wie zum Teufel kommst du dazu zu behaupten, dass der Pharao den Kegel meinte, wenn er dieses verflixte *mfkzt* aussprach? Und wie haben diese Armen überhaupt ohne Vokale sprechen können? Konnte das nicht auch eine ganz normale Frage im buchstäblichen Sinne sein?«

»Nein. Jedes Mal, wenn in den Tempeln der Kegel als Gabe auftaucht, wird er immer von der Bezeichnung ›Weißes Brot‹ und dem Wort ›Licht‹ begleitet. Erst jetzt fällt mir das auf, nach zwanzig Jahren Ausgrabungen.«

»Aber was ist dieses ›Licht‹, von dem die Inschriften sprechen?«

»Es muss ein spirituelles Licht gewesen sein, etwas, das in dem weißen Pulver enthalten war. Dasselbe Licht, mit dessen Hilfe der Pharao zur Letzten Erleuchtung gelangte.«

»Ach ja? Wenn es ein inneres Licht war, musste der Pharao diesen Kegel offenbar aufessen. Und das vor seinem Tod, wenn er seinen Sprung ins Jenseits machen wollte. Einverstanden?«

»Und?«

»Dann müssen deine Pharaonen ja wohl Kiefer aus Stahl gehabt haben.« Konstantine spielte mit dem Kegel.

»Spyro, ich bitte dich. Vergiss für einen Moment, dass dieser Kegel aus Gold ist. Stell dir vor, er wäre aus etwas gemacht, das ›Weißes Pulver‹ heißt, etwas Essbarem.«

»Wie du willst. Doch auch dann geht alles noch immer vom Gold aus. Wie sind sie vom Gold zum weißen Pulver gekommen? Erklärst du mir das?«

»Pico schreibt, das sei ein Geheimnis der Häuser des Lebens gewesen.«

»Blödsinn! Ich möchte den sehen, der aus Gold ein Pulver, weiß oder von welcher Farbe auch immer, machen kann. Wenn man Gold erhitzt, schmilzt es wie jedes andere ordentliche Metall und geht in einen flüssigen Zustand über. Weißes Pulver? Ammenmärchen mittelalterlicher Scharlatane!«

»Ich wüsste nicht, dass Pico della Mirandola als Scharlatan in die Geschichte eingegangen ist. Wenn einer wie er diesen Kegel unter der Intarsie versteckt, dann heißt das nur eines: Der Kegel birgt ein Geheimnis.«

»Oh ja, verbergen kann er. Leider nur allzu gut.«

»Ist der Kegel schuld daran, dass die Feuchtigkeit das Pergament ruiniert hat, *tête de mule*?«

»Gut, nehmen wir einmal an, Pico hat das Geheimnis des weißen Pulvers entdeckt. Warum hat er dann den Kegel in das Kästchen getan? Warum nicht eine Probe vom weißen Pulver, wenn er wirklich entdeckt hatte, wie man es herstellt?«

»Ich weiß es nicht, verdammt, ich weiß es nicht. Was ich weiß, ist, dass es einen Grund dafür geben muss, dass er diesen Kegel hineingetan hat.«

»Natürlich. Er war ein Genie, wir beide dagegen sind nur zwei arme Idioten.«

»Spyro, begreifst du nicht, dass dieser Mann, wenn er 1488 solche Dinge schreiben konnte, über außergewöhnliche Quellen verfügt haben muss und dass diese Tatsache für seine Zeit ganz und gar unerklärlich ist?«

»Warum unerklärlich?«

»Das Totenbuch wurde 1888 im Grab des Pharaos Pepi II. entdeckt. Pico schreibt im Jahr 1488, er habe von dem Text aus einer chaldäischen Quelle erfahren. Wie ist das möglich?«

»Dieser Pico scheint eine Vorliebe für Rätsel gehabt zu haben. Ich dagegen hasse Rätsel, wusstest du das?«

Théo las die letzten Zeilen des Pergaments laut vor. »Ich schließe daraus, dass Pico in Paris jemanden getroffen hat, jemand Wichtigen.«

Es musste sich um den Neffen eines Mannes handeln, der Nicolas hieß und dessen Nachname mit F anfing. Er musste etwas mit einem gewissen Abraham dem Juden zu tun haben, der Nicolas offenbar enthüllt hatte, was das mfkzt der ägyptischen Alchimisten war und wie man es herstellte.

»Wir müssen unbedingt herausfinden, wer dieser Nicolas war«, schloss Théo, »und vor allem, was Pico entdeckt hat.«

»Was auch immer es war, ich bezweifle, dass es uns bei der Suche nach dem Grab helfen wird. Denn das ist es, was wir suchen, lieber Kompagnon: das Grab.«

»Lass uns warten, bis Raisa das Pergament gelesen hat, bevor wir Schlussfolgerungen ziehen. Tust du mir diesen Gefallen?«

Konstantine zuckte die Achseln. »Na schön, warten wir. Ich für meinen Teil werde mich nach dieser Orgie aus weißem Pulver an einer Montecristo erfreuen und mich dabei auf mein Bett hinfläzen.« Er stand auf. »Vergiss nicht, dass unser Flugzeug um elf Uhr abfliegt. Frühstück um sieben.«

Théo ging auf den Balkon und setzte sich auf einen Korbstuhl. Die Sonne kam hinter den mit Zypressen bestandenen Hügeln hervor und warf ein goldenes Licht auf die Weinbergterrassen, die sich bis ins Tal erstreckten.

Er machte sich Illusionen, Spyro hatte recht. Auch wenn es Raisa gelänge, das Pergament zu entziffern, würde der Kegel sie nie zum Grab führen. Er legte den Kopf an die Rückenlehne. Seine Lider wurden schwer, und die Augen fielen ihm zu.

Zypressen umringten ihn, dann verwandelten die Bäume sich in weit geöffnete Türen. Diese wurden zu einem Labyrinth aus Zerrspiegeln, und er begann, panisch umherzurennen, auf der Suche nach dem Ausgang. Die Spiegel warfen sein Bild tausendfach zurück, jedes mit einem anderen Gesicht. Er packte eine Statuette mit den Zügen Echnatons, schrie die Spiegel an, dass sie logen, und hieb wild auf sie ein, um sie zu zerstören.

Ein stechender Schmerz fuhr ihm durch die Hand. Er blickte an sich herunter und sah, dass er die Armlehne des Stuhls so fest umklammerte, dass die Knöchel weiß hervortraten. *Merde*, immer wieder dieser Traum. Raisa. Er musste sie anrufen. Er ging ins Zimmer zurück und wählte ihre Nummer.

Im Innenhof des Hotels schlängelte er sich zwischen den Frühstückstischen hindurch. Spyro schlürfte Zeitung lesend einen Kaffee.

»Wir haben die Ehre des Aufmachers.« Konstantine reichte ihm »La Nazione«.

Die Schlagzeile lautete: »Mord im Dom von Siena«. Théo überflog den Artikel. »Sie schreiben, das Opfer sei ein Numerarier des Opus Dei.«

»Eben. Das ist die Bestätigung, dass außer dem Opus Dei hier noch jemand seine Hand im Spiel hat.«

Théo ließ seinen Blick über die Tische schweifen.

»Wie konnte der Mörder gestern Nacht am Dom sein?«

»Willst du damit sagen, dass uns jemand beschattet?«, flüsterte Konstantine und schaute sich um.

»Ja, und er muss uns gefolgt sein. Natürlich. Und er könnte Gast in diesem Hotel sein.«

»Das Pergament!« Konstantine sprang auf. »Schnell, zurück aufs Zimmer!«

»Ganz ruhig. Ich habe alles in den Hotelsafe gegeben.«

Ein Mann, der ein Bein nachzog, ging am Büfett vorbei und setzte sich, den Rücken zu ihnen gewandt, ans andere Ende des Patios. Ein Gefühl des Déjà-vu überfiel Théo. Vergeblich versuchte er, dieses Gesicht mit einem Ort zu verbinden. Er seufzte, streckte eine Hand nach der Kaffeekanne aus und füllte ihre Tassen.

»Théo, wer zum Teufel steckt da noch mit drin? Man hat nicht mal Zeit, ein Problem zu lösen, schon taucht das nächste auf.«

Théo blickte gedankenverloren auf die Hügel. Ein Mann, der am

Bartresen saß, ließ die »Repubblica« sinken und spähte in Richtung Innenhof. Dann steckte er eine Gitane in eine Elfenbeinspitze und zündete sie mit einem Benzinfeuerzeug an.

Eine schwarze Limousine hielt mit ihrer Polizeieskorte auf Motorrädern vor der Nummer 1600 der Pennsylvania Avenue. Das Tor öffnete sich, und der Wagen fuhr durch den Park bis vor den Portikus des Weißen Hauses.

Eli Cohen stieg aus dem Auto. Jim Clayton, der Präsident der Vereinigten Staaten, und sein Außenminister kamen dem israelischen Premierminister entgegen. Die drei Männer verschwanden unter dem Portikus.

Einige Stunden später tauchten Clayton und Cohen wieder unter dem Portikus auf, wo sie noch ein paar Minuten lang weiterdiskutierten. Schließlich gaben sie sich die Hand, und Cohen stieg wieder in die Limousine.

Zurück im Oval Office, ließ Clayton sich auf ein Sofa fallen. »*For Chrissake*, jetzt auch noch Moses«, seufzte er mit seinem schleppenden Südstaatenakzent.

»Wenn die Geschichte wahr ist und in den Zeitungen landet«, sagte der Außenminister, »fliegt der ganze Nahe Osten in die Luft und wir mit ihm. Wir müssen sofort mit Ferguson sprechen.«

»Meinst du nicht, wir sollten erst mit denen in New York reden?«

»Jim, wie oft soll es dir noch sagen? Vergiss diese Leute! Hier geht es um die nationale Sicherheit. Wer regiert dieses Land? Wir oder sie?«

»Du hast recht. *Goddam New York!*« Clayton sprang auf, ging zum Schreibtisch und nahm eines der Telefone. »Jane, ruf Downing Street an.«

OVAL OFFICE IM WEISSEN HAUS, ZWEI TAGE SPÄTER

»Was soll das heißen, ›verschwunden‹?« Clayton, dessen Halsschlagadern pulsierten, lockerte sich die Krawatte. »Ian, wenn du glaubst, du kannst mich mit deiner Anthony-Eden-Tour verscheißern, hast du dich verrechnet. Weißt du, was mein erster Job auf der Ranch meines Vaters war? Ich habe den Stieren die Eier abgeschnitten, und da war ich fünfzehn.«

»Wie soll ich es dir noch sagen?« Ian Ferguson, der englische Premierminister, knöpfte sich die Jacke seines Nadelstreifenzweireihers auf. »Das ist vor sechs Jahren passiert. Wir haben die Archive des MI6 von oben bis unten durchwühlt. Der Papyrus schien sich in Luft aufgelöst zu haben.«

»Was du nicht sagst.« Clayton zeigte mit dem Finger auf eine Büste von Abraham Lincoln. »Abe hätte jetzt gesagt, dass sogar die Postkutschen der Wells Fargo sicherer waren als die Archive des britischen Geheimdienstes.«

»Der Papyrus wurde im unzugänglichsten Teil der Archive aufbewahrt, in einem Bunker mit einer Panzertür, die so dick ist wie die vom Safe der Bank of England.«

»Wer hatte Zutritt zu dem Archiv?«

»Der Direktor des MI6 und sein Vize, beide unverdächtig.«

»Ian, wie lebt es sich in der Welt von Peter Pan? Niemand ist unverdächtig. Von Zeit zu Zeit trete ich dem Chef der CIA in den Arsch. Meistens weiß ich selbst nicht, warum, aber glaub mir, er weiß es immer.«

Ferguson konzentrierte sich auf einen goldenen Manschettenknopf, in den seine Initialen eingraviert waren.

»Ist dir klar, dass dieser verfluchte Papyrus jedem in die Hände fallen könnte, Osama Bin Laden eingeschlossen?«, fragte Clayton. »Weißt du, was das bedeutet?«

»Was ich an dir immer bewundert habe, Jim, ist dein Fairplay.« Ferguson sah Clayton an, als hätte er den dümmsten Hinterwäldler vor sich. »Willst du, dass ich mir gleich hier in den Mund schieße, oder soll ich es in Downing Street machen, damit ich deinen Teppich nicht ruiniere?«

»Hoffentlich weiß wenigstens jemand, was auf dem Papyrus steht.«

»Nicht nur der Papyrus ist verschwunden, auch die Übersetzung und die damaligen Dossiers mit Allenbys Anmerkungen.«

»Du hast meine Frage nicht beantwortet.«

Ferguson hob die Arme. »Nein. Niemand weiß das.«

Clayton schlug sich mit den Händen auf die Knie und blickte zu einem Porträt von Washington auf, mit einem Daumen auf Ferguson zeigend: »George, ich stelle dir die Engländer vor. Unsere besten Verbündeten.«

»Wir sprechen von einem Dokument, das 1922 entdeckt wurde! Kennt der Chef des CIA alle Dossiers in Langley auswendig?«

»Wir reden hier über ein Dokument, das die ganze Welt in die Luft sprengen kann, verdammt noch mal!«

»Hast du immer noch vor, mich zu kreuzigen, oder wollen wir konstruktiv werden?«

»Ha, was hast du denn bis jetzt Konstruktives getan?«

»Nun, erst habe ich eine Untersuchungskommission gebildet, dann habe ich Scotland Yard eingeschaltet.«

»Ich bilde eine Untersuchungskommission, wenn ich etwas versanden lassen will.« Clayton warf Ferguson einen mitleidigen Blick zu. »Im britischen Geheimdienst gibt es einen Spion. Findet ihn und quetscht ihn aus.«

»Oh ja, natürlich! Warum sind wir bloß nicht selbst darauf gekommen?«

»Ist dir noch nicht aufgefallen, dass alle Probleme mit diesem Archäologen aus dem Louvre angefangen haben?«

»Was meinst du damit?«

»Der Typ könnte eine Menge wissen oder entdecken und uns das Leben verflucht schwer machen.«

»Worauf willst du hinaus?«

»Dieser Mensch und nicht zu vergessen sein Freund, der Antiquitätenhändler, sind eine Gefahr für den Weltfrieden und für unsere Interessen.«

Ein nervöses Zucken spielte um Fergusons rechtes Auge. »Du hast doch nicht etwa vor ...«

»Ist das der richtige Moment, um die Betschwester zu spielen?«

Ferguson musterte Clayton stumm, mit finsterer Miene.

»Ruf den Chef des Secret Intelligence Service an«, sagte Clayton, »und sag ihm, dass der Chef des CIA sich mit ihm in Verbindung setzen wird. Die beiden Gentlemen werden sich darüber verständigen, was zu tun ist.« Er brach in ein zufriedenes Gelächter aus und hieb Ferguson auf die Schulter.

Im obersten Stock des CIA-Hauptgebäudes in Langley, Virginia, hob sich das farbige CIA-Symbol leuchtend vom dunklen Marmorfußboden des leeren Flurs ab. Die große Uhr der Halle zeigte Mitternacht, doch aus dem Büro des Leiters der operativen Abteilung kam noch Licht.

Der Direktor, mit grellroten Hosenträgern, die Haare zu einem Bürstenschnitt gestutzt, legte einen Hamburger auf dem Schreibtisch ab, nahm einen tiefen Schluck aus einer Dose Budweiser und rülpste. Er blickte auf die Uhr und wählte die Nummer des CIA in Paris. Man verband ihn mit dem stellvertretenden Direktor der Dienststelle, und er erklärte ihm, was er wollte. Dann bat er um höchste Geheimhaltung, was bedeutete, dass der Vizedirektor mit niemandem darüber sprechen durfte, nicht einmal mit dem Leiter der Dienststelle.

»*Damn it!* Immer müssen wir die schmutzige Arbeit machen«, sagte der Vizedirektor in Paris. »Diese beschissenen Engländer mit ihrer Hochnäsigkeit. Wem gebe ich diesen Job?«

»Einem von den Externen. Dem Schweden. Das ist der richtige Typ für so was.«

»Stimmt. Der würde sogar seine Mutter abschlachten, nachdem er vorher über den Preis verhandelt hat.

Das Telefon klingelte, und ein rotes Licht blinkte im Schlafzimmer auf. Suchend tappte eine Hand durch das Dunkel nach dem Hörer.

»*Son of a gun*, nicht mal schlafen lassen sie einen in diesem Irrenhaus«, brummte Clayton mit verschlafener Stimme.

»Jim, ich bin's. Sag mal, ist dir die 1600 Pennsylvania Avenue zu Kopf gestiegen? Ich kann Falschspieler nicht ausstehen.«

»Falschspieler? Was redest du da, Roy?«

»Dein Waisenknabengesülze kannst du dir sparen. Ich weiß Bescheid. Du rufst jetzt Langley an und lässt diese Operation in Paris abblasen. Um die Sache kümmere ich mich bereits, klar?«

»Was soll das heißen? Hier geht es um die nationale Sicherheit, da kann ich nicht ...«

»Nationale Sicherheit?« Ein höhnisches Lachen ertönte im Hörer. »Spar dir dieses Gewäsch für deine Wähler auf.«

»Du gehst zu weit. Tut mir leid, aber ich ...«

»Nimm das Telefon und blas diese Operation ab, sage ich dir. Bis zu den Wahlen sind es noch achtzehn Monate. Du willst doch wiedergewählt werden, oder?« Man hörte ein Fingerschnippen.

»Das ist kinderleicht, wie Kuchenbacken.« Es folgte ein lang anhaltender Ton aus dem Hörer, der andere hatte aufgelegt.

Der Himmel wurde klarer und die Landschaft hügeliger. An den Hängen lagen die ersten Dörfer der Provence mit ihren ockergelben Häusern. Kurz vor Marseille bog Théo in die A50 nach Toulouse ein und nahm die Ausfahrt, die nach La Cadière-d'Azur hinaufführte.

Er parkte den Jaguar in der Nähe des Place Saint Jaurès und ging durch ein Sträßchen mit blumengeschmückten Balkons an den Häusern. Lavendelduft lag in der Luft. Das Eckhaus war es. Zwischen Agaven und Büschen mit gelben und blauen Blüten kamen die rotbraunen Mauern eines stattlichen provenzalischen *bastide* zum Vorschein.

Eine Frau mit strengen Zügen, die sich als Victors Gattin vorstellte, führte ihn auf die von violetten Glyzinien überwucherte Terrasse und kehrte nach wenigen Minuten mit Jasmintee zurück, den sie schweigend servierte.

Als Victor in der Terrassentür erschien, fuhr Théo überrascht zusammen. Der größte Önologe der Welt? Der Mann, den die Presse den »fliegenden Winzer« nannte, weil er seine Kunden von Italien bis Südafrika, von Spanien bis Chile mit dem Privatjet aufsuchte?

Victor La Violette, ein untersetzter Mann mit Bauch, trug ein Hemd mit großen gelben Blumen und ausgebeulte Bermudashorts. Arme, Beine und Brust waren dicht behaart, nur am Kopf war er völlig kahl. Eine Zigarre hing ihm im Mund. In Birkenstocksandalen kam er schlurfend auf Théo zu, eine Mappe unter dem einen und eine Flasche Bacardi unter dem anderen Arm.

»Ein bisschen Rum, um diese Brühe genießbar zu machen?«, murmelte La Violette augenzwinkernd.

Bevor Théo antworten konnte, hatte der Önologe ihm schon eine großzügige Dosis Bacardi in den Tee gegossen und sich selbst das Doppelte, während sein Blick zu den Fenstern im ersten Stock ging. Er versteckte die Flasche unter dem Tisch.

»Meine Frau«, flüsterte La Violette, mit verschwörerischem Blick auf die Fenster weisend.

Er reichte Théo einige Blätter voller Diagramme und Zahlen und kommentierte die chemisch-physikalischen Analysen der Bodenproben, des Weins und der Wurzeln der Agiorgitiko- Weinstöcke in Asfendiou.

»Die Analysen haben mir nichts Neues mehr gesagt. Ich brauchte nur meine Nase in die Bodenproben zu stecken und wusste, dass es machbar ist.«

Der Bandol werde aus einer Mischung von drei Rebsorten gewonnen: Mourvèdre, Grenache und Cinsault, aber der Mourvèdre eigne sich am besten für trockene Böden. Für ihn stehe schon fest: fünfundsiebzig Prozent Mourvèdre und fünfundzwanzig Grenache.

»Wie können Sie denn so sicher sein? Niemand hat bisher eine französische DOC-Rebe in ein heißes Klima wie das der Ägäischen Inseln verpflanzen können. Auf Kos kann es im Sommer über vierzig Grad heiß werden.«

»In der Provence etwa nicht?«

»Mir wurde immer wieder gesagt, dass es zu viel Sonne gibt und dass ich es niemals schaffen würde, einen hochwertigen Wein zu erzeugen. Das Problem aller griechischen Weine: zu viel Sonne und zu viel Zucker.«

»Na und? Die Sonne ist ein Segen, *mon ami*. Vergessen Sie nicht, dass die größten Probleme entstehen, wenn die Traube wegen mangelnder Sonne nicht reifen kann. Gut gereifte Trauben gegen exzessive Sonneneinstrahlung zu schützen ist dagegen kinderleicht. Zum Beispiel werden wir, statt den Blattbewuchs auszudünnen, wie sie es in vielen Weinanbaugebieten Frankreichs machen, einfach weniger Blätter wegschneiden. Außerdem können wir die Lese auf Ende August vorverlegen und die Gärung verkürzen. Das ist das ganze Geheimnis.«

»Und das Resultat? Mein Agiorgitiko lässt sich derzeit höchstens mit einem mittelmäßigen Merlot vergleichen. Was bekomme ich, wenn ich Mourvèdre und Grenache aufpfropfe?«

»Das ist ja gerade das Schöne an der Aufgabe. Das Geheimnis der Schöpfung eines neuen Weins: ihm eine Persönlichkeit geben!« Er zeigte mit dem Daumen auf seine Brust. »Und hierin zeigt Victor La Violette, dass er der Größte ist. Was möchten Sie? Eine edlere Rebsorte, um mehr Geld zu verdienen?«

Théo zuckte mit den Achseln. Er hatte noch mit niemandem

darüber gesprochen. Aber was blieb vom Leben, wenn man sich die unmöglichen Träume versagte?

»Geld spielt dabei keine Rolle.«

»Das wusste ich, aber ich wollte es von Ihnen hören. Was möchten Sie dann?«

»Ein Gefühl ausdrücken.«

»Präziser bitte.«

»Auf einer Wiese voller Affodillen unter einer Sonne zu liegen, die einem die Haut verbrennt, ringsum das Zirpen der Grillen zu hören und den Geruch der Felder zu riechen.«

»Banal. Ich will mehr.«

»Im Sommer auf einer Tenne tanzen, die Musik der Bouzouki hören und bunte Lichterketten zwischen den Pinien schaukeln sehen.«

»Das reicht nicht. Noch mehr?«

»Ein Lichtreflex auf kupferroten Haaren in einer Sommernacht auf einer ägäischen Insel.«

La Violettes Augen leuchteten auf. »Ist ein Duft dabei?«

»Pinienharz, vermischt mit dem Duft des Geißblatts.«

La Violette sprang auf, wie eine Hyäne heulend, zog Théo gewaltsam vom Stuhl und tanzte einen Walzer mit ihm.

»Ja! Ja!«, schrie La Violette mit heiserer Stimme, die Fäuste zum Himmel gereckt, den Oberkörper nach hinten gebeugt. »Großartig!«

Er schüttete den Inhalt der Teetassen auf den Boden, holte den Bacardi unter dem Tisch hervor und füllte die Tassen. »Wenn ich einen neuen Wein kreiere, denke ich an ein Gefühl. Der Rest kommt von allein. Wir werden eine großartige Rebe mit einer großartigen Landschaft vermählen, der von Kos.«

Dabei würde auf jeden Fall ein kräftiger, großzügiger Wein herauskommen, in dem die Aromen von Waldfrüchten und des Havannatabaks überwogen. Ein außergewöhnlich komplexer Wein, in dem die arkadischen Noten der Bandol sich mit den fruchtigen der Agiorgitiko zu einer Einheit von subtiler Raffinesse verbanden.

»Dieser neue Wein wird wie ein Sprung in die Tiefen der Seele sein.«

Vor Théos innerem Auge tauchte der Traum aus Siena auf.

Das Spiegellabyrinth verschwand, und wieder erschien der Kreis geöffneter Türen. In der Mitte stand ein Spieltisch, an dem ein Mann im Smoking saß. Er hatte kein Gesicht, wie die metaphysischen Puppen bei de Chirico. Théo setzte sich an den Tisch. Der Mann hob die Karten ab, nahm eine Karte vom Stapel und forderte ihn auf, ebenfalls eine zu nehmen. Théos Karte war die Nummer 10 des Tarotspiels, der Narr. Der Mann legte seine Karte auf den Tisch: der Eremit. Théo schrie: »Betrüger!«, sprang auf und wollte ihm die Maske herunterreißen.

Victor wedelte mit einer Hand vor seinen Augen. »*Mon ami*, sind Sie noch da?«

Dann stießen sie mit ihren Teetassen an und blieben einige Minuten schweigend sitzen, in Betrachtung des Sonnenuntergangs hinter den Bergen versunken.

»Sie war eine besondere Frau, nicht wahr?«, fragte La Violette.

»Als Shakespeare den *Sommernachtstraum* schrieb, muss er an so eine Frau gedacht haben.«

27 Ein kahl geschorener Mann kam mit zackigem Marschschritt in Dominicis Büro, den Arm zum römischen Gruß erhoben. Er setzte sich vor den Kommissar und rückte einen Schal aus blauer Seide zurecht, der über ein T-Shirt mit der Aufschrift »Harvard University« fiel.

»Salve, edler Vogel«, sagte der Mann zu Poirot, der auf einem Ständer über dem Schreibtisch hockte und gerade einen Obstsalat verspeiste.

»*Salve, Nervensäge*«, krächzte Poirot und hackte weiter auf die Früchte ein.

»Nun, Cino?«

»Fertig.« Cino reichte dem Kommissar einen Bericht. »Wir haben sie nach allen Regeln der Kunst am Arsch. Cino Pantani gibt dir sein Wort.«

An der Zigarettenspitze kauend, in der eine erloschene Gitane steckte, vertiefte der Kommissar sich in die Lektüre.

»Wie bist du vorgegangen?« Der Kommissar klappte den Bericht zu.

»Ich habe bei den Maltesern angefangen. Sie stehen natürlich stramm, aber der Arsch klebt ihnen schon an der Wand.«

Der Malteserorden zähle elftausend Mitglieder, auf fünfzig Organisationen in ebenso vielen Ländern verteilt, so Pantani. Obwohl der Orden seit einigen Jahrzehnten auch nichtadelige Mitglieder aufnehme, blieben doch alle leitenden Funktionen weiterhin in den Händen des europäischen »schwarzen Adels«.

»Europäischer schwarzer Adel?«, fragte der Kommissar. »Ich dachte immer, es gibt nur einen schwarzen Adel, den in Rom.«

»Ich habe beim Collegio Araldico in Rom angerufen, wo ich eine Bohnenstange vom Typ ›einmal drauf und nichts wie weg‹ kenne«, sagte er augenzwinkernd. »Die Betty hat mir erzählt, dass der Begriff gut zwanzig über Europa verstreute adelige Familien umfasst. Die Herrschaften rühmen sich einer ununterbrochenen genealogischen Linie bis zurück zum Heiligen Römischen Reich. Großkotzige Wichser, allesamt mit dem Vatikan verbandelt.«

»Und dann?«

»Ich habe mir die Supernumerarier des Opus Dei vorgenommen, die auf der CD von Carlomagno, und sie mit den Malteserrittern abgeglichen.«

Herausgekommen seien 2352 Namen. Er habe ihr Persönlichkeitsprofil auf der CD des Malteserordens gelesen. Die Liste verzeichnete gut hundert Adelige, natürlich alles Leute, die irgendwelche leitenden Posten hatten. Die anderen waren Mitglieder unterschiedlicher Grade, aber allesamt Finanziers oder erfolgreiche Unternehmer.

»Als ich diese Liste gelesen habe«, sagte Cino, »ist mir etwas aufgefallen. Das sind keine Typen, die du in den Oratorien von Kapuzinerklöstern findest. Wenn du denen Guten Tag sagst, ist die Antwort ein Schlag in die Fresse, wenn du Glück hast.«

»Erklär mir das.«

»Diese Leute haben nichts mit den offiziellen Zielen des Opus Dei und des Malteserordens zu tun. Warum wurden sie Mitglieder? Weil es geil ist, zum Club der großkotzigen Wichser zu gehören? Nee, nee. Cino Patani ist ja kein Trottel, und nichts auf der Welt geht mir mehr auf den Sack, als wie einer behandelt zu werden.«

Der Kommissar zündete die Gitane an. »Mach weiter.«

»Ich habe die Profile dieser Typen auf beiden CDs gelesen, auf der vom Orden und auf der von Carlomagno, weil ich Gemeinsamkeiten rauskriegen wollte. So was wie Mitgliedschaften in Clubs, Ehrenämter und so weiter.« Cino hob theatralisch die Arme. »Und langsam hat der Nebel sich gelichtet«, sagte er im Ton der Sibylle von Cumae. »Was wir hier vor uns haben, ist ein Club des Weltkapitalismus, der uns in den Arsch fickt, mich, dich und alle Trottel, die da unten auf der Straße vorbeigehen. Und das Schlimmste ist, dass wir uns schon so sehr daran gewöhnt haben, dass es uns gar nicht mehr wehtut, obwohl die nicht mal Vaseline benutzen.«

Er fasste die Ergebnisse des Berichts zusammen und zählte mehrere Organisationen auf: das CFR (Council on Foreign Relations) in New York, die Trilaterale Kommission in Washington, das RIIA (Royal Institute of International Affairs) in London, den European Round Table in Brüssel, das Le Siècle in Paris, den Club of Rome in Paris, das WEF (World Economic Forum) in Genf und das Aspen Institute in Washington.

»Viele von diesen Wichsern findest du überall wieder. Es tauchen immer dieselben Namen auf, ob in New York, in Paris, London, Washington oder Brüssel. Und auch am Arsch der Welt, wenn du meine bescheidene Meinung hören willst.«

»Du hast von 2350 Namen gesprochen. Das Opus Dei hat sechzigtausend Supernumerarier. Und die anderen 57650? Es könnte noch mehr solcher Organisationen geben.«

»Ich habe mir drei Schlafmützen aus dem Büro gegenüber ausgeliehen, wo bekanntlich nie ein Finger krumm gemacht wird, und wir haben die Datenbanken des Opus Dei untereinander aufgeteilt. Wir haben sie alle gelesen. Es sind immer dieselben Organisationen. Die genannten acht.«

»Irre ich mich, oder sind das alles Leute, die dem Rest der Welt beibringen wollen, was er zu tun hat?«, fragte der Kommissar. »Na und? Lass sie doch reden. Warum ereiferst du dich so?«

Cino schüttelte verneinend den Kopf. »Ich habe zwei ganze Tage im Internet zugebracht, um zu verstehen, worum es geht. Und etwas habe ich schließlich begriffen.«

Obwohl alle acht Organisationen sich als Thinktank, als »Denkfabrik«, darstellten, wo strategische Modelle für die Entwicklung der Welt erarbeitet wurden, gebe es doch – in gewisser Weise, betonte Pantani – nur drei echte Thinktanks: den Club of Rome, das WEF und das Aspen Institute.

»Mein lieber Commissario, eines musst du dir klarmachen: Den Amerikanern, bekanntlich große Kinder, kommt ihre Sprache zu Hilfe, die besser ist als sie. Denk nur mal an den Ausdruck Thinktank, der ist doch super. Im Vergleich dazu klingt ›Denkfabrik‹ nach frühkapitalistischem Lumpenproletariat. Die anderen fünf Organisationen lassen sich zwar als Thinktanks bezeichnen, aber nur, um die verwöhnten Klosterschülerinnen zu spielen. In Wirklichkeit sind sie total versaute Nutten, viel schlimmer als die, mit denen ich als Student in Bologna Umgang hatte.«

»*Total versaute Nutten*«, krächzte Poirot, »*Krrraak.*«

»Weißt du, was diese Schlaumeier machen?«, fuhr Pantani fort. »Sie sagen den Politikern, was sie tun sollen. Ins Ohr natürlich.«

»Und das tun die Politiker dann?«

»Sofort! Und zwar mit Vollgas, wenn sie wiedergewählt werden wollen.«

Von Franklin Roosevelt bis zum derzeitigen Präsidenten seien alle Männer im Weißen Haus Mitglieder des Council of Foreign Relations gewesen, einschließlich der Außenminister, der Verteidigungsminister und der CIA-Bosse. Das CFR habe 4200 Mitglieder, die gesamte Machtelite der USA, von der Finanzwelt über die Industrie bis zu den Medien und der Politik. Jede US-Regierung habe Hunderte von CFR-Mitgliedern in ihren Reihen gehabt, und die Regierung Clayton sei mit 465 gewiss keine Ausnahme.

»Weißt du, was die Nutten vom Capitol Hill in Washington erzählen? Dass jede Rede Claytons über internationale Angelegenheiten direkt aus den Büros des CFR in Manhattan kommt. Kapiert? Jetzt ist klar, wie so ein Vollidiot Präsident werden konnte.«

Das Gleiche gelte für das RIIA in London mit seinen 2250 und Le Siècle in Paris mit seinen 550 Mitgliedern.

Der European Round Table, eine Vereinigung der Vorstandsvorsitzenden der fünfzig größten europäischen Konzerne, sei ein Fall sui generis. Weit mehr als eine Lobbygruppierung, denn sie übe schier übermächtigen Einfluss auf jede Entscheidung der Europäischen Kommission aus. Jeder der EU-Kommissare sei irgendwie mit der einen oder anderen Firma des ERT oder mit der Trilateralen verbunden.

Die Trilaterale Kommission, zusammen mit dem CFR die wichtigste Organisation unter den acht, habe sich in drei territoriale Direktionen aufgeteilt: eine in Washington, die andere in Paris, die dritte in Tokio. Von diesen Hauptstädten aus kontrolliere sie mit ihren 380 Mitgliedern faktisch die US-Regierung, die EU und die Regierung in Tokio.

»Das alles ist eine Riesenschweinerei.« Cino ging zum Fenster und seufzte, in den blauen Himmel blickend. »Ah, ›Sonnige Romagna, das süße Land...‹«

»Das heißt also, dass ein Grüppchen von zweitausend Personen die Welt regiert«, sagte der Kommissar, »und keiner von ihnen hat je ein Kreuz auf einem Wahlschein gekriegt. Nun, im Grunde ist das richtig.« Er blies einen Rauchring aus. »Die Demokratie ist zu wichtig, um sie mit Mehrheitsentscheidungen zu vergeuden, meinst du nicht?«

»Zweitausend?« Cino setzte sich wieder. »Commissario, du bist auf dem Holzweg, und zwar total. Diese beiden CDs erzählen nur einen Teil der Geschichte. Frag mich nicht, warum, aber der Teufel soll mich holen, wenn es nicht so ist.«

Der Kommissar sah ihn verblüfft an.

»Wir haben es hier mit einer Handvoll gerissener Gauner zu tun, die Carbonari spielen und uns allen das Leben zur Hölle machen.«

»Cino, komm mir jetzt nicht mit diesem ›Illuminaten‹-Scheiß, sonst werde ich sauer.«

»*Red keinen Scheiß!*«, krächzte Poirot.

»Wenn ich Sachen lese wie ›Neue Weltordnung‹, ›Globalisierung‹ und ›Herrschaft der Weltbanken‹, muss ich unweigerlich an diesen hirnrissigen Blödsinn in Predappio denken, das auch so eine faschistische Idealwelt sein sollte. Und dann scheiß ich mir in die Hosen.« Cino verschränkte die Hände im Nacken. »In Bologna hatte ich einen Professor für politische Wissenschaften, ein Politologe, dem so leicht keiner was vormachen konnte. Er müsste von diesem ganzen Dreck was wissen. Soll ich ihn anrufen?«

Der Kommissar blies einen Rauchring. »Ruf ihn an.«

»*Ruf ihn an*«, krächzte Poirot, das Bein hebend.

Auf dem Wohnzimmersofa sitzend, las Raisa das Pergament von Pico della Mirandola.

»Constance und ich haben uns nicht geirrt«, sagte sie mit einem triumphierenden Blick auf Théo und Konstantine, die ihr gegenüber in Sesseln saßen. »Ganz und gar nicht.«

»Das kann ich dir sogar zugestehen. Aber ich finde, dein Pico hat sich nicht gerade verausgabt.« Eine Montecristo zwischen den Zähnen, hob Konstantine den Kegel hoch und ließ ihn polternd auf die Tischplatte zurückfallen.

»Ist das dein Ernst?«

»Warum?«, fragte Théo. »Hast du denn rausgekriegt, was die letzten Zeilen bedeuten?«

Er bemühte sich um einen distanzierten Ton, aber ihr Parfüm hing in der Luft und vor seinen Augen kreisten die Bilder des Spiegellabyrinths. Wieder verspürte er das bedrückende Gefühl, das ihn auf dem Hotelbalkon in Siena übermannt hatte, als er die Hügel betrachtete.

Raisa blätterte in einem Notizblock. »Der ursprüngliche Text muss etwa so lauten: ›Zusammen mit Judah Abravanel, einem Kabbalisten, gingen wir nach Paris, wo wir den Neffen von Nicolas Flamel trafen. Durch diesen erfuhren wir von dem Geheimnis, das in dem *Buch Abrahams des Juden* enthalten ist, nämlich das Wunder des Großen Werks.‹«

»Langsam!« Konstantine hob den Arm. »Was ist das Große Werk? Und wer war Nicolas Flamel?«

»Nicolas Flamel ist ein legendärer Name in der Geschichte der Alchemie.«

Flamel lebte in der zweiten Hälfte des 14. Jahrhunderts in Paris und war ein Schreiber, der mit alten Büchern handelte. Sein besonderes Interesse galt Handschriften mit alchimistischem und hermetischem Inhalt.

»Das Leben Flamels ist die Geschichte eines Buches, das *Buch Abrahams des Juden*, das sein Leben änderte.«

»Noch nie gehört«, brummte Konstantine.

»Ich muss euch eine Geschichte erzählen, damit ihr alles versteht. Es ist eine wahre Geschichte, die 1357 in einem kleinen Laden für alte Bücher in der Rue Saint-Jacques-la-Boucherie beginnt.«

Ein Fremder betrat Flamels Laden, holte einen alten Kodex unter seinem Mantel hervor und fragte Flamel, ob er Interesse daran habe, ihn zu kaufen.

Das Buch hatte einen Deckel aus gehämmertem Kupfer, auf den seltsame Symbole graviert waren. Die Seiten bestanden nicht aus Pergament, sondern aus Baumrinde und waren mit einem Bleistift beschrieben. Die Sprache schien ein Gemisch aus Latein und Althebräisch zu sein, sie war unverständlich. In dem Buch gab es Miniaturen und geheimnisvolle Diagramme. Auf der ersten Seite bezeichnete der Autor sich als Abraham der Jude, als »Fürst, Priester, Levite, Astrologe und Philosoph« und verfluchte all jene, die dieses Buch lasen, ohne Leviten oder Schreiber zu sein.

»Flamel kaufte das Buch für zwei Gulden«, fuhr Raisa fort, »aber obwohl er die alchemistische Symbolik sehr gut kannte, brauchte er einundzwanzig Jahre, um es zu entschlüsseln, und am Ende gelang ihm dies nur mithilfe eines jüdischen Kabbalisten aus Galicien.«

»Was war so Besonderes an dem Buch?«, fragte Théo.

»Es offenbarte das Geheimnis des Großen Werks, besser bekannt unter dem Namen Stein der Weisen.«

»Der Stein der Weisen?« Ein sarkastisches Lächeln spielte um Konstantines Mund. »Ich hab's ja immer gesagt, dieser Pico della Mirandola war ein großer Scharlatan.«

»Spyro, manchmal redest du einen ziemlichen Blödsinn!« Raisa stellte ihr Champagnerglas hart auf dem Tisch ab. »Gebildete und intelligente Menschen wissen, dass der Stein der Weisen eine Metapher ist, etwas, was ein Ideal spiritueller Erhöhung beschreibt, nicht aber die Verwandlung von Metall in Gold, wie Leser von ›Paris Match‹ wie du glauben.«

»Ich soll ein Leser von ›Paris Match‹ sein?« Konstantine erhob sich halb aus dem Sessel, einen Daumen auf seine Brust gerichtet. »Hör mal gut zu, meine liebe Seelenklempnerin ...«

»Hört ihr bitte auf damit?« Théo fuhr mit der Hand durch die Luft. »Du hast gesagt, dass dieses Buch Flamels Leben änderte. Warum?«

»Von einem Tag auf den anderen wurde Flamel steinreich, und niemand hat je die Quelle dieses plötzlichen Reichtums herausgefunden. Aber noch erstaunlicher ist, was er mit dem Geld machte.«

Flamel finanzierte den Bau von gut vierzehn Armenspitälern und Hospizen, außerdem ließ er viele Kirchen verschönern, ohne seinen im Grunde kleinbürgerlichen Lebensstil zu ändern. In seinem Testament vermachte er den Großteil seiner Güter wohltätigen Organisationen.

»Klar doch, was kostete ihn das schon?« Konstantine trank einen Schluck Bushmills. »Ein paar Destillierkolben im Keller, ordentliche Bleivorräte, eine Fledermaus, die über das Zauberbuch flattert, und – paff! –, schon fließt das Gold in Strömen. Raisa, ich wundere mich über dich.«

»Ich habe nur Fakten genannt. Alle belegbar.«

»Wo ist das Buch gelandet?«

»Leider verschwunden.«

»Ah!« Konstantine lachte höhnisch.

»Doch in der Pariser Bibliothèque Nationale wird eine Handschrift mit dem Titel *Figures Hyeroglyphiques d'Abrahm Juif* aufbewahrt.« Raisa blickte auf ihren Notizblock. »Sie trägt die Signatur FR14765. Diese Handschrift enthält viele, zumeist nicht entschlüsselbare Bilder, die in dem ursprünglichen Buch enthalten waren, außerdem mehrere Schriften von Flamels eigener Hand.«

Théo verzog den Mund. »Viel ist das nicht.«

Er streckte eine Hand nach der Flasche Courvoisier aus, doch Raisa war schneller. Ihre Finger streiften sich, und sie blickten einander an.

»Das ist nicht alles.« Raisa goss ihm den Cognac ein. »Im 17. Jahrhundert geschah hier in Paris etwas sehr Sonderbares, was indirekt die Existenz des Buches beweist.«

Das *Buch Abrahams des Juden* und seine Zauberkräfte wurden in halb Europa zum Mythos, und sogar Louis XIII. ließ einen Nachfahren Flamels zu sich kommen, einen gewissen Dubois. Niemand wisse genau, was bei dieser Begegnung passiert sei, so Raisa, doch der König sei so beeindruckt von dem gewesen, was er gehört und gesehen hatte, dass er Kardinal Richelieu befahl, das Buch zu besorgen und das Geheimnis zu entschlüsseln.

Aus zeitgenössischen Chroniken, die ebenfalls in der Bibliothèque Nationale zu finden seien, gehe hervor, dass Richelieu Dubois nach einigen Unterredungen gefangen nehmen und hinrichten ließ. Seine Habe, einschließlich des Buches, wurde konfisziert. Nachdem er Dubois' Haus von oben bis unten durchkämmt hatte, ließ der Kardinal sich im Château de Rueil, seiner Privatresidenz, ein alchimistisches Labor einrichten.

»Trotz jahrelanger Experimente gelang es Richelieu jedoch nicht, das Geheimnis des Buches zu ergründen«, erzählte Raisa. »Nach seinem Tod verschwand das Buch, und niemand hat je erfahren, was daraus wurde.«

»Was hat Richelieu deiner Meinung nach in Dubois' Haus gesucht?«, fragte Théo.

»Eine Probe vom ›Projektionspulver‹.«

»Projektionspulver? Was ist das für ein Zeug?«

»So bezeichneten die Alchimisten des Mittelalters eine Substanz, die man angeblich aus Gold gewinnt.«

»Und die dem Weißen Pulver der Ägypter entspricht?«

»Davon bin ich überzeugt.«

»Ich dagegen bin überzeugt, dass er den Stein der Weisen suchte«, meinte Konstantine.

»Spyro, das Projektionspulver und der Stein der Weisen sind ein und dasselbe. Aber Richelieu, der keine Ahnung von Alchemie hatte, wusste nicht einmal, wonach er suchen sollte.«

»Richelieu war kein Dummkopf. Der König und Richelieu wollten umsonst Gold erzeugen, das ist doch klar.«

»Ich versuche andauernd, dir begreiflich zu machen, dass der wahre Zweck des Steins der Weisen nicht der war, Blei in Gold zu verwandeln.«

»*Merde!* Frag doch deine Concierge. Auch sie wird dir antworten, dass die Alchimisten versuchten, Blei zu Gold zu machen!«

»Ja, natürlich, aber ich sage dir noch einmal, dass sich alle irren, du und meine Concierge eingeschlossen. Das ist eine volkstümliche Legende, die wahre Alchemie dagegen ist eine Wissenschaft für Initiierte.«

»Aha, ich verstehe. ›Alle‹, das ist das ignorante Volk, jemand wie ich, während die ›Initiierten‹ wenige Auserwählte sind, und du gehörst natürlich dazu.«

Raisa verdrehte die Augen. »Jeder beliebige Fachmann für Esoterik wird dir sagen, dass kein Alchimist, der sich zu Recht so nennt, jemals versucht hat, Blei in Gold zu verwandeln. Die behaupteten, das sei ihnen gelungen, sind allesamt Scharlatane.«

»Aha, jetzt fangen wir an, vernünftig zu argumentieren«, sagte Konstantine. »Wenn ich richtig verstanden habe, gingen die wahren Alchimisten also vom Gold aus.«

»Genau wie die ägyptischen Priester.«

»Und was wollten sie daraus gewinnen?«

»Einen Zustand spiritueller Erleuchtung. Die Letzte Erleuchtung, von der das Totenbuch spricht. Dieselbe Erleuchtung, die Flamel mit seinen wohltätigen Werken bewies.«

»Das alles ist ein bisschen zu niedlich, findest du nicht?«, fragte Konstantine zu Théo gewandt.

Théo nippte an seinem Courvoisier. Das Gespräch nahm eine Wendung, die ihm nicht gefiel. War es möglich, dass Raisa sich zu stark von den esoterischen Aspekten beeinflussen ließ und darüber den Rest vernachlässigte?

»Was ist dieser Stein der Weisen denn nun?« Théo breitete die Arme aus. »Wurde er je gesehen? Ist er ein Pulver, ein kostbarer Stein…?«

»Théo, ›wer in einem Boot sitzt, sollte sich nicht darauf versteifen, das Meer auszuleeren.‹ Der Stein der Weisen ist das Geheimnis des Lebens, das, was die Alchimisten ›*spiritus mundi*‹ nannten. Ihm unbedingt eine konkrete Form geben zu wollen ist ein Irrtum, der auf den Grenzen unserer Sinneswahrnehmung beruht. Der Mensch ist machtlos angesichts der Geheimnisse der Schöpfung.«

»Ich denke, hier sind wir fertig.« Konstantine drückte die Zigarre im Aschenbecher aus. »Nehmen wir dieses Ding von Pico wieder mit und…«

»Nicht so eilig.« Théo sah Raisa an. »Was fällt dir ein, wenn du an den Stein der Weisen denkst?«

Raisa drehte das Glas zwischen den Fingern. »Ich denke an das Auge des Horus der Ägypter, an die Gnosis der Griechen, an das Chakra der Hindus, an die Erleuchtung der Buddhisten, an den Heiligen Geist der Christen… Die Suche nach dem Stein der Weisen bedeutet, unserem Denken eine vierte Dimension hinzuzufügen und die Grenzen unseres Körpers zu überwinden, indem man das Blei, das in uns ist, in Gold verwandelt, also in die Vollkommenheit. Für Jung, der sich zeitlebens für Esoterik interessiert hat, war die Suche nach dem Stein der Weisen gleichbedeutend mit der Suche nach uns selbst.« Raisa blickte Théo direkt in die Augen. »Die Suche nach dem, was wir sind und was wir wollen.«

Théo dachte daran, dass Victor, der Önologe, den neuen Wein mit einem Sprung in die Seele verglichen hatte, und wieder tauchte der Traum aus Siena vor ihm auf.

Er schlug mit aller Kraft gegen einen Spiegel, schrie ihn an, dass er lüge, und zerbrach ihn. Er stieg darüber und fand sich vor dem Haus in Asfendiou. Er ging durch den Schatten eines Heuhaufens, den das Mondlicht auf den Boden der Tenne warf. Bunte Lichterketten leuchteten in der Dunkelheit, und zwei Frauen ohne Gesicht tanzten im Kreis einen Syrtos. Als sie ihn erblickten, hielten sie inne. Eine der beiden kam auf ihn zu und schrie ihn an: »Lügner! Du bist derjenige, der lügt. Auch dich selbst belügst du«, und reichte ihm einen großen silbernen Schlüssel.

»Théo, träumst du, oder was ist los?« Konstantine rüttelte ihn an der Schulter.

»Das ist nur eine esoterische Interpretation«, sagte Théo zu Raisa. »Und ich bezweifle, dass sie in diesem Fall die richtige ist.«

»Warum?«

»Weil einige Menschen, beginnend bei den Ägyptern, sich große Mühe gemacht haben, um aus Gold etwas zu erzeugen – nenn es, wie du willst: *mfkzt*, Stein der Weisen, Projektionspulver –, bei dem es um viel mehr geht als um einen Zustand der Erleuchtung. Wer nach einem spirituellen Vollkommenheitsideal strebt, bringt keine Menschen um oder bedroht sie nachts in Tiefgaragen.«

»Worauf willst du hinaus, Théo?«, fragte Konstantine.

»Ich bin mir nicht sicher. Noch nicht.«

»Die Antwort genügt mir nicht, Kompagnon. Wir haben ein Abkommen geschlossen, und diese ganze Geschichte kostet mich viel Zeit und Geld. Wir suchen ein Grab, und ich glaube nicht, dass wir es finden, wenn wir hinter dem Stein der Weisen herlaufen! Nach dem Fiasko beim Obelisken und nach diesem Fiasko hier wissen wir von dieser Sache genauso viel, wie wir am Anfang wussten, nämlich gar nichts.«

»Das stimmt nicht. In Cleopatra's Needle verbirgt sich etwas, genauso wie unter der Intarsie das Kästchen von Pico versteckt war. Und das bedeutet, dass wir auf dem richtigen Weg sind.«

»Geschwätz! Die einzige Frage, die hier zählt, lautet: Wo ist das Grab? Kennst du die Antwort?«

Théo schwieg.

Raisa zeigte auf den Kegel. »Pico hat einen Grund gehabt, den in das Kästchen zu tun.« Sie rollte das Pergament auf. »Was mag bloß an diesen unleserlichen Stellen gestanden haben? Vielleicht kann man noch etwas tun.«

»Was?«, fragte Théo.

»Das Pergament enthält viele Hinweise: das Auge des Horus, das weiße Pulver, das Manna ... Wir müssen die heiligen ägyptischen Papyri gründlich durchforsten, beginnend beim Totenbuch bis hin zur Bibel. Vielleicht findet sich die Antwort irgendwo dort, wo ägyptische Esoterik und jüdische Liturgie sich gekreuzt haben. Ich werde mit Constance darüber sprechen.«

Théo spähte verstohlen zu Konstantine. Spyro hatte recht, sie wussten gar nichts. Er dachte an Vankos Notizen. Es blieb nur noch ein Weg: der fehlende Papyrus. Aber das bedeutete herauszufinden, wer ihn aus den Archiven des MI6 gestohlen hatte. Nur wie, wenn sogar Scotland Yard und Interpol nach sechs Jahren Suche aufgegeben hatten?

In der Stille, die auf der Tischrunde lastete, hörte man nur das Brummen der Motoren und die schrillen Schreie der Möwen.

Monsignore Guzman schaute durch ein Bullauge. Zwischen dem Grün der Küste leuchteten die roten Dächer eines Klosters auf, um gleich darauf hinter einer Klippe zu verschwinden. Er trank einen Schluck Tee und biss in einen Rugelach, die anderen drei Männer aus dem Augenwinkel beobachtend. Was stand in dem Papyrus? Was hatte die Anwesenheit des Mossad-Chefs an Bord zu bedeuten?

»Nun, da ich meine Gastfreundschaftspflichten erfüllt habe, können wir zu ernsteren Dingen übergehen.« Rabinovitch erhob sich, räumte den Tisch frei und setzte sich wieder. »Meine Herren, der Papyrus und die Übersetzung, bitte.«

Der Monsignore und Al Kaddafi tauschten einen Blick. In den Augen des Saudis lag wütende Resignation. Er zog die Ikone aus dem Sack und stellte sie auf den Tisch. Als er die Klinge seines Dolchs in die Öffnung drückte, fielen die Rollen heraus.

Rabinovitch öffnete den Papyrus vorsichtig, der Monsignore entrollte das Pergament. Die Farben der Hieroglyphen schienen ihre ursprüngliche Leuchtkraft bewahrt zu haben, und die griechischen Buchstaben des Pergaments waren mühelos zu entziffern.

»Das kann warten.« Rabinovitch rollte den Papyrus wieder zusammen.

»Es ist Alexandrinisches Griechisch.« Guzman hielt das Pergament vor das Bullauge und überflog den Inhalt.

Er übersetzte beim Vorlesen und hielt nur inne, wenn er ein Wort nicht verstand.

THEBEN, 3. JAHR DES TUTANCHAMUN, DRITTER MONAT DES ACHET, NEUNTER TAG

Ich, Pawah, Sohn des Nehmu, einst Hohepriester des Hauses Sapti, schreibe diesen Papyrus im dritten Monat der Jahreszeit der Überschwemmungen, zwei Jahre nach dem Ende des Reiches von Echnaton, dem Pharao, dessen Name einst Amenhotep IV. war und der im fünften Jahr seiner Regentschaft seinen Namen änderte, Theben verließ und die Schließung aller Amun-Tempel befahl, also die Götter der Zwei Länder verleugnete …

In diesem Moment wurde die Tür aufgestoßen, und zwei Matrosen stürmten mit angelegten Gewehren in die Kabine. Direkt hinter ihnen kam General Morgenstern mit gezückter Pistole herein.

»Keiner rührt sich!«, rief der General.

Der Monsignore machte Anstalten, nach dem Papyrus zu greifen, sein Blick ging zum Bullauge.

»Monsignore, lassen Sie das.« Der General richtete die Pistole auf ihn. »Sie hätten eine Kugel im Kopf, noch bevor Sie am Fenster sind. Fordern Sie mich nicht heraus.«

Tonfall und Miene des Generals waren unmissverständlich. Guzman zog die Hand zurück und blickte Rabinovitch hasserfüllt an. Dann sprang er von seinem Stuhl auf und versetzte ihm einen Handkantenschlag ins Gesicht. Rabinovitch fiel rücklings zu Boden, den Stuhl unter großem Gepolter mit sich reißend.

»*Hijo de puta*!«

Ein Schuss dröhnte durch die Kabine, die Kugel prallte von der Decke ab und raste Funken sprühend wenige Zentimeter neben dem Kopf des Monsignore vorbei.

»Monsignore, noch so ein Ausbruch«, sagte der General, »und ich ziele nicht mehr vorbei.«

Rabinovitch rappelte sich auf, wischte sich das Blut ab, das ihm aus einem Mundwinkel rann, und ging auf den Tisch zu, wo er den Papyrus und das Pergament an sich nahm.

»Danke für das Kompliment, Vicente.« Rabinovitch stellte sich neben den General. »Meine Mutter wird geschmeichelt sein, und es wird ein großes Fest in der Synagoge geben.«

»Sag mal, Christ«, fragte Al Kaddafi, »weißt du, ob Judas überhaupt eine Mutter hatte?«

Rabinovitch blickte mit einem spöttischen Grinsen auf Al Kaddafi herab. »Ein weiser Jude hat einmal gesagt, ›Trau niemandem, außer deinem Instinkt, erzähl niemandem deine Geheimnisse, und niemand wird dich verraten. Vielleicht.‹«

»Kein Zweifel«, sagte Al Kaddafi. »Dieser Weise war Jude.«

Der General gab einem der Matrosen einen Befehl auf Hebräisch. Der näherte sich vorsichtig, mit angelegtem Gewehr, ihrem Tisch.

»Monsignore«, sagte der General, »legen Sie Ihre Pistole auf den Tisch. Ganz langsam. Und Sie, Al Kaddafi, tun das Gleiche mit Ihrem Dolch.«

Beide gehorchten widerwillig. Der Matrose sammelte Pistole und Dolch ein und zog sich zurück.

»Meine Herren, Sie werden die Nacht in dieser Kabine verbringen«, sagte der General. »Wir werden morgen am frühen Nachmittag in Tel Aviv ankommen, rechtzeitig für Ihren Flug nach Rom. Selbstverständlich auf Kosten der israelischen Regierung. Im Übrigen, ersparen Sie uns bitte lächerliche Fluchtversuche. Bis Tel Aviv werden zwei bewaffnete Matrosen vor Ihrer Kabine Wache stehen. Die Kabine hat eine Toilette, Ihnen wird ein Abendessen serviert, und Sie bekommen drei Pritschen. Es ist nicht gerade das Hilton, aber unendlich viel besser als das Gefängnis von Karyes.«

Der General, Rabinovitch und die beiden Matrosen gingen hinaus, die Tür schloss sich, und der Riegel wurde vorgeschoben.

Der Monsignore wälzte sich auf seiner Pritsche hin und her. Beim Überfliegen des Pergaments war sein Blick auf einen Namen gefallen: »Land Midian«. Das Land Midian war Saudi-Arabien. Hatte der Exodus dort geendet? Befand sich dort das Grab? Er hatte auch das Wort »Vulkan« gelesen, gefolgt von einem unverständlichen Namen. Ein Vulkan in Saudi-Arabien? War das möglich? Sollte er mit einem Saudi sprechen? Und wer war dieser Clausen? Wer hatte ihn geschickt?

»Rashid«, flüsterte er. »Rashid, schläfst du?«

»Ich habe geschlafen.«

»Wer war deiner Meinung nach der Blonde von gestern Nacht?«

»Bevor ich hinuntergegangen bin, habe ich seinen Rucksack durchsucht. Wer läuft wohl mit einem zerlegbaren Gewehr und einem Schalldämpfer herum?«

»Ein Killer? Das ist doch Wahnsinn. Wer könnte ihn engagiert haben?«

»Erst schwankte ich zwischen dir und diesem Judas. Jetzt weiß ich, dass er es war.«

Konnte der Saudi nicht recht haben? Schlomo hatte befürchtet, sie würden mit dem Papyrus verschwinden. Einige Augenblicke lang ließ er sich vom Schaukeln des Schiffs wiegen, dann fiel ihm schlagartig der Mord an Santi ein. War das auch das Werk Jerusalems? Nein, sagte ihm sein Instinkt. Wer konnte außer den Mitgliedern des Bundes noch Interesse an dieser Geschichte haben? Er dachte an das zurück, was er Pater Pinkus gesagt hatte, als der Anruf aus Siena gekommen war. »*Pecuniae obediunt omnia*, Pater. Auch im Buch Ekklesiastes steht es geschrieben.«

Vor seinem inneren Auge blitzte ein goldenes Brillengestell auf, und ein Satz ging ihm durch den Kopf, den er vor ein paar Monaten gehört hatte: »Monsignore, Politik ist eine zu wichtige Angelegenheit, um sie den Politikern zu überlassen.« Er fuhr auf seiner Pritsche hoch.

Auf dem Bettrand einer Schlafkoje sitzend, hörte General Morgenstern Rabinovitch zu, der mit unsicherer Stimme das Pergament vorlas.

»Oh, Gott Abrahams, warum tust du uns das an?«, klagte Rabinovitch. »Was haben wir dir Böses getan?«

General Morgenstern blieb stumm, während er sich mit einem Finger über seine Adlernase strich.

»Was sind Sie bloß für ein Jude?« Rabinovitch warf Morgenstern einen zornigen Blick zu. »Wie können Sie nur so ungerührt dasitzen?«

»Was soll ich denn tun? Verzweifeln? Ich bin Soldat.«

»Zuallererst sind Sie Jude.«

»Glauben Sie, Ihre Klagemauergesänge machen aus Ihnen einen besseren Juden, als ich es bin?«

»Aber Sie werden doch irgendetwas zu diesem Papyrus zu sagen haben!«

»Das Erste, was mir dazu einfällt, ist, dass es sich um eine Übersetzung durch die Schreiber der Bibliothek von Alexandria handelte, und zwar in einer Zeit und an einem Ort, wo die Juden wieder einmal verhasst waren.«

Rabinovitchs Miene hellte sich auf. »Gott sei gedankt! General, Sie haben recht. Warum habe ich nicht daran gedacht? Das ist eine Fälschung, ein weiterer Betrug der Heiden, um uns in den Augen der Welt zu diskreditieren!« Er warf sich auf die Knie und hob die Arme zur Decke. »Herr, wie konnte ich nur zweifeln? *Sh-ma Yisroael, Adonai elohaynu, Adonai echud.*«

»Es könnte aber auch wahr sein«, sagte der General.

Der Singsang hörte schlagartig auf, ein Ausdruck der Bestürzung trat auf Rabinovitchs Gesicht. »Was tun wir in dem Fall?«

»Wir wissen jetzt, wo das Grab ist. Buchstabieren Sie mir den Namen dieses Ortes noch einmal.« Der General schrieb den Namen auf einen Zettel. »Jetzt lesen Sie mir noch einmal Wort für Wort den Passus über den Weg des Sonnenstrahls vor.«

Während Rabinovitch übersetzte, machte sich Morgenstern Notizen. »Wiederholen Sie das Datum.«

»Jahr eins von Tutanchamun, erster Monat der Saatzeit, zehnter Tag.«

»Shapiro wird uns erklären, welcher Tag und Monat das in unserem Kalender sind. Wir müssen vor den anderen zu dem Grab gelangen und es zerstören.«

»Dorthin? Aber das ist unmöglich, General.«

»Unmöglich? Unmöglich ist das, was keiner tun kann, bis es eines Tages doch jemand tut.«

»Und die hier?« Rabinovitch zeigte auf den Papyrus und das Pergament. »Wo verstecken wir die?«

»Verstecken? Ich habe eine bessere Idee.«

Der General nahm Papyrus und Pergament und ging zum Waschbecken. Er holte ein Feuerzeug heraus und zündete es.

»Sind Sie verrückt geworden?« Rabinovitch sprang auf und packte den General am Arm.

»Wer ist der Verrückte?« Der General riss sich los. »Begreifen Sie nicht, was dieser Papyrus für Israel bedeutet, wenn er in den Schlagzeilen landet?«

Rabinovitch sackte in sich zusammen. Morgenstern hielt die Flamme an den Papyrus und das Pergament. Sie ergriff die Ränder, und schon bald züngelten die Flammen um die Blätter, die sich rasch zusammenrollten. Hieroglyphen und griechische Buchstaben verschwanden im schwarzen Ruß. Der General ließ die brennenden Reste ins Waschbecken fallen, wo die Flammen erloschen. Dann zerstieß er die verkohlten Schnipsel mit einem Stift und öffnete den Wasserhahn. Der Wasserstrahl riss die letzten Aschereste mit sich.

»Noch sind wir das auserwählte Volk«, sagte der General. »Aber wie lange noch? Die Antwort hängt davon ab, wer als Erster dieses verfluchte Grab findet.«

Die Schiffsmotoren liefen mit voller Kraft, und in der Ferne leuchteten die Lichter der türkischen Küste durch die Dunkelheit.

Im Funkraum beugte sich General Morgenstern, einen Kopfhörer auf dem Kopf, über ein Mikrofon. Die Wanduhr zeigte 02:20 Uhr.

»Und Sie rufen mich um diese Uhrzeit an, um mir eine solche Frage zu stellen?«, fragte Shapiro am anderen Ende.

»Glauben Sie, ich hätte angerufen, wenn es sich nicht um einen Notfall handelte? Das Datum ist der zehnte Tag des ersten Monats der Saatzeit im Jahr eins von Tutanchamun. Soll ich in der Leitung warten?«

»Rufen Sie mich in einer Viertelstunde zurück.«

Nach einer Viertelstunde wählte der General erneut die Nummer. »Nun, Shapiro?«

»Das Datum entspricht dem 6. Tishrei unseres Jahres und dem 28. September des Kalenders der Heiden.«

»Der 6. Tishrei?« Morgenstern sah auf den digitalen Kalender an der Wand. »Dann fehlen ja nur noch sechzehn Tage. Sind Sie ganz sicher?«

»Sicher, wenn man das Jahr 1332 vor Christus als erstes Jahr der Regierungszeit Tutanchamuns nimmt.«

»Und wenn man von anderen möglichen Daten ausgeht, was wären das Maximum und das Minimum?«

»Es könnten vier Jahre mehr oder weniger sein, was dann in Bezug auf den 6. Tishrei einen Tag mehr oder einen Tag weniger bedeuten würde. Darf ich mit Ihrer Erlaubnis jetzt wieder schlafen gehen, Herr General?«

Morgenstern erhob sich, ging zu einem Bullauge und zündete sich eine Zigarette an. Eine Nebelbank verschluckte das Schiff. Von Weitem ertönte das gedämpfte Pfeifen einer Sirene.

28 Théo mochte es drehen und wenden, wie er wollte, die Schlussfolgerung blieb immer dieselbe: Der Dieb des Papyrus musste ein sehr ungewöhnlicher Sammler sein. Dieser Mann war keineswegs vom Kult der Schönheit besessen, nein, er berauschte sich an der Macht.

Théo malte ein paar Kringel auf seinen Notizblock. »Sag mir, was du sammelst, und ich sage dir, wer du bist«, hatte Konstantine einmal gesagt.

»Was unterscheidet einen Sammler zeitgenössischer Malerei von einem, der griechisch-römische Skulpturen sammelt?«

»Wer zeitgenössische Malerei kauft, tut das gewöhnlich aus einem Impuls intellektueller Empathie, während der Sammler griechisch-römischer Bildhauerkunst von einer mehr oder weniger unbewussten Identifikation mit der ruhmreichen Vergangenheit angetrieben wird.«

»Willst du damit sagen: Wer eine Büste von Julius Cäsar kauft, empfindet sich selbst als kleinen Cäsar?«

»Darauf kannst du deinen Arsch verwetten, auch wenn es dir wie Küchenpsychologie erscheinen mag.«

Der Dieb könnte ein Kunde von Spyro sein. Warum nicht mit ihm darüber sprechen? Théo streckte die Hand zum Telefon aus, aber dann hielt er inne. Wenn Spyro von Tutanchamuns Papyrus hörte, würde er eine ganz andere Art Geschäft wittern und ohne ihn weitersuchen.

Die Interpol-Kartei? Dieser Mann war zu intelligent, um in Polizeiakten zu landen. Und selbst wenn er seinen Namen finden würde, müsste er mit Joubert sprechen, um Nachforschungen anstellen zu können, und dann würde der Dackel die Ermittlungen wieder aufnehmen, aber auf eigene Faust.

Sein Blick fiel auf den Computerbildschirm. Wie dumm von ihm! Die Datenbank des Louvre. Wenn der Papyrusdieb ein echter Sammler war, müsste er sich auf jeden Fall in ihrer Datenbank finden lassen.

Wie viele Sammler gab es in der Datenbank »Ägyptische Altertümer«? Er drückte ein paar Tasten, und ein Cursor blinkte auf dem Schirm. Auf dem Feld »Anzahl der Sammler« erschien eine »276«. Es folgte eine lange Reihe Daten.

Mann oder Frau? Zwar holten Frauen allmählich die verlorene Zeit auf, doch noch schlugen die Männer sie um Längen. Er klickte auf »Mann«. Alter? So einer musste mindestens fünfzig sein. Beruf? »Unternehmer.« »Schätzwert der Sammlung«? Wenn der Typ, der ihm vorschwebte, etwas anpackte, dann wollte er damit ein Zeichen setzen. »Über hundert Millionen Dollar.«

Der Cursor blinkte, und auf dem Feld »Anzahl der Sammler« erschien »31«. Zu viele. Trotzdem speicherte er die Daten.

Er klickte auf den ersten Namen der Liste und dann auf das Feld »Stücke«. Unter »Anzahl der Stücke« erschien »22«. Er wählte das erste Stück aus, las die Beschreibung und schüttelte den Kopf. Es war Zeitverschwendung.

Welche anderen Altertümer, außer ägyptischen, sammelte sein Mann noch? Assyrisch-babylonische Stücke, Gegenstände der Maja und Indios? Nein, das passte nicht. Er dachte an Konstantines Worte.

»Willst du damit sagen: Wer eine Büste von Julius Cäsar kauft, empfindet sich selbst als kleinen Cäsar?«

»Darauf kannst du deinen Arsch verwetten.«

Kein Zweifel. Der Mann kaufte griechisch-römische Altertümer, Skulpturen, die Machtwillen ausstrahlten: Heerführer, Kaiser, Götter.

Malerei? Ja, aber in erster Linie, um seinen Narzissmus zu befriedigen. Welche Genres? Die Sternenwirbel von Van Goghs Nachthimmeln gingen Théo durch den Kopf. Impressionismus. Was noch? Surreale metaphysische Visionen und phantastische Gebilde fegten Van Goghs Nächte in der Provence weg. Wenn er den Diebstahl begangen hatte, musste dieser Mensch eine Neigung zum Irrsinn haben, also liebte er Dalí und de Chirico. Surrealismus. Und jetzt?

Gaston fiel ihm ein. Eine seiner Aufgaben bestand darin, ständig nach bedeutenden Sammlern zu suchen, die der Louvre in seine Datenbank aufnehmen konnte. Wer eignete sich besser als Gaston? Théo nahm eine Lupe, um seine Augen nicht zu ermüden, und durchforstete die Kataloge aller wichtigen Ausstellungen und die der großen Auktionshäuser. Außerdem suchte er in Fachzeitschriften.

Schließlich hob er den Telefonhörer und rief den Kurator der griechisch-römischen Abteilung und die beiden Kuratoren der Abteilungen für impressionistische und surrealistische Malerei an. Er beschrieb, wonach er suchte, und bat sie, eine ähnliche Recherche durchzuführen. Die Ergebnisse sollten sie ihm und Gaston auf den Computer schicken. Dann rief er Gaston an.

»Dass dir Anubis die Eier abreißen möge!« Gaston stürzte in Théos Büro. Über einer gelbrot karierten Weste prangte die übliche Fliege. »Weißt du, wie viel Uhr es ist? Viertel nach eins. Um diese Zeit machen normale Menschen im Louvre Mittagspause. Ist dir das bewusst?«

Théo wollte antworten, doch Gaston brachte ihn zum Schweigen. »Nein, ist es nicht. Ach ja, ich vergaß. Du in deiner ätherischen Welt lebst ja von Musik. Warum nervst du außerdem immer dann, wenn ich gegen den Computer Schach spiele? Du weißt doch, dass man sich da konzentrieren muss!«

Théo dachte an Gastons Schwächen: Recherchen, die von einem Hauch Geheimnis umgeben waren, und Komplimente.

»Gaston, du weißt genau, dass du der Einzige im ganzen Louvre bist, dem ich vertraue. Ich habe etwas sehr Wichtiges an der Hand.«

Gaston hörte ihm schweigend zu. Der verärgerte Ausdruck auf seinem Gesicht wich einem neugierigen Grinsen.

»Dieser Typ kommt mir vor wie eine Kreuzung zwischen Cäsar und Napoleon«, sagte er. »Ein Fall wie aus dem Handbuch der Psychiatrie. Etwas für deine Freundin Raisa.«

»Dieser Bastard hat wirklich etwas, was andere nicht haben.«

»Er gefällt dir, was?«

»Die Verrückten geben dem Leben Farbe.«

»Ich nehme an, wenn ich die Dateien abgleiche und die Artikel lese, bleiben mir etwa zehn Namen. Zu viele?«

»Zehn solcher Männer gibt es nicht auf der Welt. Es werden weniger übrig bleiben, wenn du richtig suchst.«

Théo blickte auf die Pendeluhr. 19:40 Uhr. Um diese Zeit müsste Gaston schon nach Hause gegangen sein. Er schaltete den Computer ab, stand auf und zog sein Jackett an. Es klopfte. Gaston stürmte herein, mit Papieren wedelnd.

»Wie viele?«, fragte Théo.

»Zwei. Und einer der beiden ist es, das spüre ich, aber ich kann mich nicht entscheiden, welcher.«

Sie setzten sich. Nachdem Gaston die vier Dateien, Théos und die der drei Kuratoren, abgeglichen hatte, waren sechs Kandidaten übrig geblieben. Nach der Lektüre von Zeitungsartikeln waren es nur noch zwei. Gaston hatte schon alle Dateien an Théos Computer geschickt. Théo schaltete den Computer wieder an. Auf dem Bildschirm blinkten die Namen.

»Der erste ist ein Schotte, Logan MacDuffee«, sagte Gaston, »und der andere ein Grieche, Alexis Kassamatis. Beides Kandidaten für die Neurologie der Salpêtrière.«

MacDuffee hatte mit Immobilienprojekten ein geschätztes Vermögen von drei Milliarden Dollar angehäuft. Er war siebenundfünfzig und seit dreißig Jahren mit derselben Frau verheiratet. Pferde, Antiquitäten und Malerei waren seine Leidenschaften. Seinen Militärdienst hatte er als Offizier in einem schottischen Kavallerieregiment abgeleistet, und er trug noch seine Offizierspeitsche. Interviews hatte er nie gegeben, und er hasste es, sich fotografieren zu lassen. Er lebte in einem Schloss in den Highlands, nahe Inverness.

Théo ließ ein paar Artikel über den Bildschirm laufen. Der Schotte überzeugte ihn nicht. Einer, der noch mit der Offizierspeitsche herumlief, war nicht der Typ, der in die Archive des MI6 eindrang, um einen Papyrus zu stehlen.

»Das überzeugt mich nicht. Zu offensichtlich. Ich hätte einen abgründigeren Charakter erwartet, wenn du weißt, was ich meine.«

»Abgründig? Dann ist Kassamatis dein Mann.«

Sein Vermögen hatte Kassamatis, der achtundfünfzig Jahre alt war und drei Scheidungen hinter sich hatte, mit Erdöl und Tankschiffen gemacht. Der Grieche transportierte ein Viertel der Erdölerträge aller OPEC-Länder. Sein Vermögen wurde auf zwanzig Milliarden Dollar geschätzt, womit er einer der fünfzehn reichsten Männer der Welt war. Sein Spitzname war Silberfuchs, nicht nur wegen seiner schlohweißen Haare, sondern auch, weil er sich wie ein Karrierediplomat kleidete und benahm. Politische Kontakte waren seine Stärke, was seinen Erfolg beim Ergattern von Förder- und Transportlizenzen erklärte. Zeitungsfotos zeigten ihn in Gesellschaft von Persönlichkeiten wie König Faisal von Saudi-Arabien, Präsident Clayton und dem Finanzier Roy Fitzwilliam.

»Hat es je Anklagen wegen Bestechung gegeben?«, fragte Théo.

»Nur Gerüchte, nichts Offizielles.«

»Interviews?«

»Kein einziges. Oder nein, vor drei Jahren hat er Reuters eines gegeben, um die amerikanischen Ölfirmen zu beruhigen.«

»Hat er bei dem Interview etwas über sich gesagt?«

»Nein. Oder doch. Irgendwann hat der Reporter ihn gefragt, ob es wahr sei, dass sein Vermögen zwanzig Milliarden Dollar beträgt. Weißt du, was er geantwortet hat? Er zähle sein Geld nicht, und jeder sogenannte Reiche, der wisse, wie viel er besitzt, sei ein armer Schlucker.«

»Irgendwelche Marotten wie MacDuffees Peitsche?«

Gaston blätterte in seinen Notizen. Er lachte. »Hör dir das an.«

Obwohl Kassamatis im Weißen Haus ebenso Stammgast war wie im königlichen Palast von Riad, berichtete die Presse, dass der Magnat jedes Mal, wenn er auf seine eigene Insel in der Ägäis zurückkehrte, seiner Lieblingsbeschäftigung frönte: in einer schlichten Hafentaverne gut zu essen. Nach dem Essen folgte immer ein Sirtaki mit der örtlichen Bevölkerung, der ihm frenetischen Applaus eintrug.

»Ein Milliardär, der Alexis Zorbas spielt«, sagte Gaston. »Ich frage mich, wer von den beiden der wahre Kassamatis ist.«

»Vielleicht keiner von beiden.«

Als er wieder allein war, ging Théo Gastons Aufzeichnungen durch. 21:10 Uhr. Er drückte eine Taste, und auf dem Bildschirm erschienen Zeitungsartikel über den Ölmagnaten.

Es war 23:15 Uhr, als er den letzten Artikel gelesen hatte. Kassamatis ... Signalisierte Kassamatis mit seiner demonstrativen Volksnähe vielleicht unbewusst, dass ihm Könige und Präsidenten völlig egal waren? Und hatte er Skrupel? Wenn er Erfolg in einer Welt wie der OPEC hatte, musste Kassamatis einer sein, der vor nichts zurückschreckte.

Als Théo einmal mit Konstantine darüber gesprochen hatte, dass manche Sammler zwei Sammlungen hatten, eine für die Öffentlichkeit und eine für sich selbst, war Konstantine eine Indiskretion herausgerutscht.

»Ich habe einen Kunden, der seine heimliche Sammlung in einem seiner vielen Häuser versteckt, es liegt auf einer Insel in der Ägäis. Er hat sie nie jemandem gezeigt, nicht einmal mir. Ist das nicht verrückt? Dabei habe ich ihm die besten Stücke beschafft.«

Théo fiel ein Anruf in Konstantines Büro ein, den er vor Kurzem getätigt hatte. »Tut mir leid, Monsieur St. Pierre«, hatte die Sekretärin gesagt, »Monsieur Konstantine ist ein paar Tage auf Ikaria – entschuldigen Sie bitte, ich wollte sagen, in Griechenland.«

Ikaria. Wo hatte er den Namen dieser Insel schon einmal gelesen? Wieder ließ er die Artikel über den Bildschirm laufen ... Ikaria war die Insel von Kassamatis.

AN EINEM ABEND FÜNF TAGE SPÄTER IN RAISAS WOHNUNG

Im Wohnzimmer spielte ein CD-Player *The Sounds of Silence* von Simon and Garfunkel.

»Wie die Alchemistenpriester dieses Weiße Brot hergestellt haben, weiß ich nicht«, sagte Constance, »aber ich weiß, woran sie dachten, als sie es herstellten.«

»Woran?«, fragte Raisa, in einem Sessel kauernd.

Constance zündete sich eine Caballero an. »An das Sperma des Schöpfers.«

»Das Sperma ... des Schöpfers?« Raisa zog erstaunt und bewundernd die Augenbrauen hoch. »Ich dachte immer, die Juden hätten mit dieser Geschichte vom auserwählten Volk alle anderen übertrumpft, aber offenbar irre ich mich. Wie es scheint, haben die Ägypter ihrem Schöpfergott die Hosen heruntergezogen.«

»Lass die Witze, Chérie. Ich erkläre es dir sofort.«

Der erste lesbare Satz in Picos Pergament lautete: »Ich bin Thoth, der dir das leuchtende Auge des Horus in seinem Namen des Weißen Brotes bringt.« Er war auf die Wände der Kapelle des Gottes Nefertem im Großen Tempel von Abydos gemeißelt. Die Verbindung zwischen dem Weißen Brot und dem Auge des Horus fand sich auch in den Texten der Pyramiden, wo es hieß: »Die Brote werden aus dem Auge des Horus kommen.« Zuletzt zitierte Constance aus dem Kapitel 936 des Totenbuchs: »Dein Durst und dein Hunger werden gestillt, wenn du das Auge des Horus zu dir nimmst.«

»Diese drei Sätze zeigen«, schloss Constance, »dass das Auge des Horus etwas Essbares und im ägyptischen Gottesdienst gleichbedeutend mit dem Weißen Brot war.«

»Die Ägypter glaubten, dass das linke Auge des Horus die Macht hatte, Tote zu erwecken. Dann muss das Weiße Brot dieselbe Macht gehabt haben. Doch auf welche Weise wirkte sie?«

»Durch das Pyramidion der Obelisken«, sagte Constance.

Obelisken waren ein Symbol für den Phallus von Osiris. Das Pyramidion aus Elektron, mit dem die Ägypter die Spitze der Obelisken verkleideten, wurde »Same der Götter« genannt.

Die Verkleidung mit der Gold-Silber-Legierung diente dazu, ebenso wie bei den Spitzen der Pyramiden die Sonnenstrahlen zu reflektieren. In den Texten der Pyramiden hieß es, dass das *ka* des Pharaos die Sonnenstrahlen wie Treppenstufen benutzte, um zu den Göttern in den Himmel aufzusteigen.

»Die Initiierten sahen in dem kegelförmigen Weißen Brot die Pyramidenspitzen aus Elektron, den ›Samen der Götter‹, die ihrerseits das Leben bedeuteten. Der ägyptischen Theologie zufolge hatte der Urhügel, der aus der Urflut des *Nun* auftauchte, die Form einer Pyramide. Darum haben die Ägypter ihre Pyramiden so gebaut.«

Raisa drehte Picos Kegel hin und her. »Warum waren die Kegel des Weißen Brotes dann nicht pyramidenförmig?«

»Es ist immer wieder das Problem mit der Perspektive. Sie sehen aus wie Kegel, weil die Basreliefs sie nur von einer Seite zeigen, aber in Wirklichkeit konnten sie durchaus Pyramidenform haben.«

»Das bedeutet, dass der Kegel nicht aus dem alten Ägypten stammt, sondern dass Pico ihn herstellen ließ. Warum hat er dann die Kegelform gewählt? Meinst du, er wusste nichts von der Sache mit der Perspektive?«

»Abgesehen von der Form frage ich mich immer noch, warum er den Kegel überhaupt anfertigen ließ, wenn er es war«, sagte Constance. »Wozu diente er?«

»Darüber habe ich mir auch schon den Kopf zerbrochen. Erst dachte ich, Pico hätte vielleicht etwas darin versteckt, aber dann habe ich ihn mit der Lupe untersucht. Er ist massiv und aus einem Stück.« Raisa überflog noch einmal das Pergament. »Jedenfalls wissen wir jetzt zwei Dinge: Das weiße Pulver war eine essbare Substanz, und es garantierte dem Pharao ewiges Leben.«

»Genau.« Constance zog an ihrer Zigarettenspitze. »Jetzt erscheint die Geschichte vom Goldenen Kalb in einem ganz anderen Licht.«

»Warum? Pico hat doch erklärt, was sie bedeutet. Sie ist die Bestätigung, dass Moses ein ägyptischer Hohepriester oder ein Pharao gewesen sein muss, weil er dieses Geheimnis kannte.«

»Warum ließ Moses die Israeliten deiner Meinung nach das Pulver trinken?«

»Wahrscheinlich, um sie auf den rechten Weg zurückzuführen.«

»Genau. Um ihnen Erleuchtung durch die Wahrheit zu geben. Weißt du, was die Episode vom Goldenen Kalb ist? Eine perfekte Allegorie des Steins der Weisen.«

Raisa dachte an die Worte des Exodus, wie Pico sie zitierte: »Er packte das Kalb, das sie gemacht hatten, und zerschmelzte es mit Feuer und zermalmte es zu Pulver ...« Dank des Weißen Brots der ägyptischen Priester wurden die Israeliten also wieder zur Anbetung Jahwes, zur Erleuchtung, bekehrt. Aber die Israeliten hatten noch etwas anderes aus Ägypten mitgebracht.

»Es gibt noch ein Detail in der Geschichte vom Goldenen Kalb, das beweist, dass es kein Exodus von Israeliten, sondern von Ägyptern war«, sagte Raisa. »Die Zehn Gebote, die auf die Tafeln graviert waren, die Moses am Fuße des Sinai zerschmetterte. Diese Gebote waren allesamt aus dem Totenbuch kopiert.«

»Kopiert? Aus dem Totenbuch?«

Raisa reichte Constance ein Dossier. »Hier siehst du das Kapitel 125 aus dem Totenbuch. Der Verfasser des Exodus brauchte die Zehn Gebote nicht zu erfinden. Er hat einfach zehn der Negativen Bekenntnisse kopiert und sie in Gebote verwandelt.«

Die Negativen Bekenntnisse waren eine Aufzählung von zweiundvierzig Sünden. Der Verstorbene musste sie vor den zweiundvierzig Richtern des Osiris-Gerichts sprechen und erklären, dass er sie nicht begangen hatte. »Ich habe keine Unzucht getrieben« wurde zu »Du sollst nicht ehebrechen«, aus »Ich habe nicht gestohlen« wurde »Du sollst nicht stehlen«, und »Ich habe nicht gelogen« verwandelte sich in »Du sollst nicht falsch Zeugnis ablegen« und so weiter.

»Ich könnte dir Dutzende ähnlicher Fälle aufzählen«, sagte Raisa. »Die sogenannten Propheten des Alten Testaments haben die Texte der Pyramiden und das ägyptische Totenbuch ausgeschlachtet. Und die Kirche stand ihnen gewiss in nichts nach, als die Collage des Neuen Testaments entstand. Ich werde es dir sofort beweisen. Was ist deiner Meinung nach das wichtigste Gebet der Christenheit?«

»Na, das Vaterunser würde ich sagen.«

»Nehmen wir die Version des Vaterunsers aus dem Lukasevangelium. Kein Katholik weiß, dass das Vaterunser, so wie es ihm im Katechismus beigebracht wurde, von einem vergleichbaren ägyptischen Gebet herrührt, einem Loblied auf Osiris-Amen, das mit den Worten begann: ›Oh Amen, der du bist im Himmel‹.«

Außerdem bedeute »Amen«, das Schlusswort des Vaterunsers und aller christlichen Gebete, nicht »So sei es«, wie jeder Christ glaubt, so Raisa, sondern es sei der Name des ägyptischen Sonnengottes Amen, der in der hieratischen Umschrift der Hieroglyphen auch Amon und Amun lautet. Die Ägypter pflegten Amun am Ende jedes Gebets anzurufen.

»Oder nimm den Satz ›Unser tägliches Brot gib uns heute‹«, fuhr Raisa fort. »Ich habe im Alten und im Neuen Testament alle Stellen herausgesucht, in denen das Wort ›Brot‹ vorkommt. Auch hier hat Pico recht. Das ›Brot‹ des Vaterunsers und der Bibel, im Alten und wie im Neuen Testament, ist das ›Brot der Gegenwart Gottes‹ aus der Septuaginta, das von Bezalel hergestellt wurde. Ein ganz besonderes Brot, da Bezalel ein Goldschmied war, und ein Brot, das nichts mit dem Brot der Kirche zu tun hat.«

»Ist das deine Interpretation?«

»Ganz und gar nicht.« Raisa blätterte in ihren Notizen. »Nehmen wir das Johannesevangelium, 6,31–35 und 6,48–51. Der Verfasser weiß es wahrscheinlich nicht, aber er bestätigt die Rolle des Weißen Brotes in der ägyptischen Theologie voll und ganz.«

Jesus habe zu der Menge am Ufer des Sees Tiberias gesprochen: »Wahrlich, wahrlich, ich sage euch: Nicht Mose hat euch das Brot vom Himmel gegeben, sondern mein Vater gibt euch das wahre Brot vom Himmel ... Ich bin das Brot des Lebens. Eure Väter haben in der Wüste das Manna gegessen und sind gestorben. Dies ist das Brot, das vom Himmel kommt, auf dass, wer davon isst, nicht sterbe.«

»Dann ist das Brot des Neuen Testaments also besser als das des Alten.« Constance nahm einen Zug von ihrer Zigarette. »Nieder mit Moses, Jesus lebe hoch! Das ist doch lächerlich, es hört sich an wie Reklame. Wer auch immer Jesus wirklich war, so etwas Dummes kann er nicht gesagt haben.«

»Genau. Ein echter Messias hat es nicht nötig zu sagen, seine Ware sei besser als die der Konkurrenz. Der wirkliche Jesus war sicher klüger als der, den die Bibel beschreibt.«

»Mir klingt das eher nach dem Antisemitismus der frühen Kirchengeschichte.«

»Die Kirche hat sich die Evangelien so zurechtgezimmert, wie es ihr passte. Sie sind keineswegs das Wort Christi, sondern das von Schreibern aus den ersten frühchristlichen Jahrhunderten«, sagte Raisa.

Die Originaltexte des Neuen Testaments, einschließlich der Evangelien, seien verloren gegangen. Forschungen hätten ergeben, dass die Evangelien zwischen 70 und 115 nach Christus von unbekannten Verfassern geschrieben wurden. Die paläografische Analyse der ältesten Versionen des Evangeliums, der Fragmente P52 und P75, zeige, dass es nicht von einem Fischer geschrieben wurde, der nur das Aramäische beherrschte, sondern von drei hochgebildeten jüdischen Autoren, die Griechisch sprachen.

Die Schreiber, die die mündlich überlieferten Berichte über Jesus niederschrieben, und die Autoren, die die Bücher des Neuen Testaments in den frühchristlichen Jahrhunderten kopierten, hätten sich alle Freiheiten herausgenommen, erklärte Raisa. Wenn ihnen etwas nicht gefiel, veränderten sie es durch Streichungen, Hinzufügungen oder eigene Interpretationen.

Bis heute seien 5700 handschriftliche griechische Versionen des

Neuen Testaments katalogisiert, einige davon aus dem zweiten Jahrhundert. Die Varianten wurden von Fachleuten auf mindestens dreihunderttausend geschätzt – mehr als es Worte im Neuen Testament gab, und viele waren von erschütternd großer Tragweite.

Kein Zufall also, dass Konstantin und die Vertreter der Kirche beim Konzil von Nikäa aus über dreihundert Evangelien die vier auswählten, die ihnen besonders gelegen kamen, und alle anderen ausschieden, darunter auch die aus Nag Hammadi, die sogenannten Apokryphen, die ein ganz anderes Bild von Jesus Christus zeichneten als die kanonischen Evangelien.

»Über die Göttlichkeit Jesu«, sagte Raisa, »wurde per Handzeichen abgestimmt – 316 stimmten dafür, bei zwei Gegenstimmen –, und das unter der Leitung eines Kaisers, der sich natürlich keinen rein menschlichen Jesus erlauben konnte.«

»Ich frage mich, ob dieser Johannes, wer immer er war, um die Bedeutung dieser Sätze seines Evangeliums wusste«, überlegte Constance.

»Das bezweifle ich. Wenn die Verfasser des Alten und des Neuen Testaments die wahre Bedeutung des Wortes ›Manna‹ gekannt hätten, hätten sie niemals von ›Brot‹ gesprochen. Vom Ursprung des Wortes ganz zu schweigen. Pico hat recht, das hat mir Théo bestätigt. ›Manna‹ ist die hebräische Umschrift der hieratischen Hieroglyphe ›mfkzt‹. Diese Art Brot hätten die Verfasser der Bibel weder Moses noch Jesus in den Mund gelegt, wenn sie gewusst hätten, was es bedeutete.«

»Hast du noch mehr über das Weiße Brot herausgefunden?« Constance biss in einen Keks.

»Ja. Am Schluss zitiert Pico einen Passus aus der Apokalypse, den Vers 2,17: ›Den Siegern will ich geben vom verborgenen Manna und will ihnen geben einen weißen Stein, auf dem Stein aber steht geschrieben ein neuer Name, welchen niemand kennt, als der ihn empfängt.‹ Dadurch wird klar, was das ›Brot‹ der Kirche wirklich ist, nämlich ein Brot, das dem Vatikan im Hals stecken bleiben wird, wenn die Katholiken erst einmal begreifen, worum es sich handelt.«

»Aber das scheint ein Rätsel zu sein. Was ist das ›verborgene Manna‹?«

»Diese Stelle hat mich auch verrückt gemacht.«

Das verborgene Manna war das Manna, das Moses auf Befehl Jahwes im Tabernakel aufbewahren sollte. Raisa zitierte die Worte Mose im Vers 16,33 des Exodus: »›Nimm ein Gefäß, schütte ein volles Gomer Manna hinein und stell es vor den Herrn. Es soll für die nachkommenden Generationen aufbewahrt werden.‹ Moses gehorchte Jahwe und befahl Aaron, drei Dinge in die Bundeslade zu tun: die Gesetzestafeln, Aarons Stab und ein Gefäß mit Manna.«

»Das in der Bundeslade verborgene Manna konnte nur das sein, das Moses den Israeliten zu trinken gab«, sagte Raisa, »also das weiße Pulver der ägyptischen Priester.«

»Und wer sind die ›Sieger‹ in dem Vers?«

»Im Altertum bekamen die Sieger bei den olympischen Wettkämpfen als Preis einen weißen Stein, auf den ihr Name geritzt war«, erklärte Raisa. In Vers 2,17 der Apokalypse habe Jesus zu den Christen der Gemeinde in Pergamon gesprochen, die der Ketzerei angeklagt waren. Den Siegern, also jenen, die auf den rechten Weg zurückfanden, würde er das ›verborgene Manna‹ zu essen geben, und weil sie Sieger waren, würde er ihnen den ›weißen Stein‹ geben, auf den jedoch nicht ihr alter, sondern ein neuer Name geritzt war, um ihre spirituelle Wiedergeburt zu kennzeichnen.

»Warum hast du gesagt, dass dieses Brot dem Vatikan im Hals stecken bleiben wird?«, fragte Constance.

»Weil der Verfasser der Apokalypse, ein Johannes, der nichts mit dem des Johannesevangeliums zu tun hat, etwas schreibt, was dem Johannesevangelium glatt widerspricht.«

»Du meinst die Stellen über das Manna?«

»Genau die. Einerseits lässt die Kirche Jesus im Johannesevangelium sagen, er sei das neue Manna, das wahre, das dem Manna von Moses überlegen ist. Dann lässt sie ihn in der Apokalypse versprechen, er werde den Siegern als Preis das ›verborgene Manna‹ geben, das von Moses in der Bundeslade aufbewahrt wurde.«

»Sag mal, Chérie, was machen wir denn nun mit all diesem Manna?«

»Warum fragst du? Wir wissen jetzt, was das Weiße Brot war, und wir wissen, dass das Weiße Brot, das Manna und der Stein der Weisen ein und dasselbe sind. Ist dir das nicht genug?«

»So weit war Pico auch schon gekommen. Vor fünf Jahrhunderten.«

»Aber wir sind viel weiter! Wir haben bewiesen, dass nicht nur der Exodus, sondern die ganze Bibel, Altes und Neues Testament, ein Plagiat ägyptischer Papyri sind: geistiger Diebstahl an ihren Ideen, Symbolen und Texten.«

»Du musst mich ja gar nicht mehr überzeugen. Doch ohne eine Probe dieses Pulvers können wir überhaupt nichts beweisen. Es bleibt dabei, dass wir nur Vermutungen haben.«

Raisa duschte, zog einen Morgenrock mit Puffärmeln an und ging ins Wohnzimmer zurück, um das Licht zu löschen.

Wo hatte sie ihre letzten Notizen über Pico gelassen? Sie wühlte in den Papieren auf dem Schreibtisch. Da berührte der Ärmel des Morgenrocks den Kegel, und bevor sie ihn ergreifen konnte, fiel er auf das Parkett. *Zut.* Sie bückte sich, um ihn aufzuheben, aber ihre Hand hielt auf halber Höhe inne.

Der Kegel war in zwei Hälften zerbrochen, und aus dem Sockel war ein Stück in Form eines Kegelstumpfes abgesprungen, das offenbar passgenau eingefasst gewesen war. Das Stück lag mit der Spitze nach oben auf dem Boden. Was war das?

Sie nahm die Stücke und legte sie auf dem Schreibtisch unter die Lampe. Aus der Spitze des Kegelstumpfes ragte ein Fläschchen aus grünlichem, dickem Glas heraus. Der Flaschenhals war breit und mit einem Stopfen aus Glas verschlossen. Sie zog das bauchige Fläschchen aus dem Hohlraum, betrachtete es im Gegenlicht und schüttelte es. Es war bis zum Hals mit einem Pulver gefüllt. Das Herz klopfte ihr bis zum Hals.

Auf dem Fläschchen stand in Reliefschrift das Wort VITRIOL. Ihre Hand krampfte sich um das Fläschchen. *Visitabis Interiora Terrae Rectificandoque Invenies Occultum Lapidem* (Du wirst die Eingeweide der Erde besuchen, und wenn du dort Veränderungen vornimmst, wirst du einen verborgenen Stein finden). Die alchemistische Weisheit: das Akronym, das den Weg der spirituellen Erhöhung zusammenfasste!

Sie zog den Verschluss ab, neigte das Fläschchen und schüttelte es auf ihrer Handfläche. Ein wenig weißes Pulver fiel heraus. Zögernd berührte sie es mit dem Finger. Es war weich wie Puder.

Lange blieb sie reglos in der nächtlichen Stille ihres Arbeitszimmers stehen, den Blick starr auf das Pulver gerichtet.

29 *Die Ankunft des Fluges LY 385 aus Tel Aviv wird sich um zwanzig Minuten verzögern …*

Die Türen der Ankunftshalle öffneten sich, und die ersten Reisenden kamen heraus. Hinter der Absperrung ging ein Araber in einem braunen, gold gesäumten Thobe und einer weißen Guthra auf die Passagiere zu. Ihm folgten vier bärtige Männer mit bulligem Körperbau, alle in dunkelblauen Anzügen.

Das muss der saudische Botschafter sein, dachte Monsignore Guzman, als er mit Al Kaddafi und Pater Pinkus durch die Tür trat. Der Araber verbeugte sich mit zusammengelegten Händen vor Rashid und sprach mit ihm. Al Kaddafi nickte und wandte sich um.

»Das Flugzeug nach Riad fliegt von einem anderen Terminal ab. Wir verabschieden uns hier.« Er sah Guzman herausfordernd an. »Es sei denn, du hast mir noch etwas zu sagen, Christ.«

»Jetzt, wo du mich darauf bringst, fällt mir ein, dass ich dir tatsächlich noch etwas sagen muss.«

»Ein Mann mit schlechtem Gedächtnis wird nie ein guter Lügner sein.« Al Kaddafi besprach sich mit dem Botschafter und wandte sich wieder an den Monsignore. »Das Flugzeug wartet auf mich. Folgen wir dem Botschafter.«

Der Monsignore konnte sich auf sein Gedächtnis verlassen. Das Geheimnis großer Lügner? Gelegentlich – nicht zu oft – die Wahrheit sagen, damit sich die Leute am Ende gar nicht mehr auskannten.

Der Botschafter führte sie zu einer Rolltreppe, die vier Wachhunde folgten im Gänsemarsch. Vor der VIP-Lounge gab der Botschafter Al Kaddafi einen Umschlag mit den Farben der Saudi Arabian Airlines, verbeugte sich abermals, zischte seinen Bodyguards etwas zu und entfernte sich. Zwei der Männer postierten sich rechts und links vor der Eingangstür, und während Guzman und Pater Pinkus Al Kaddafi in die Lounge folgten, stellten die anderen beiden sich innen vor die Tür.

»Ich höre«, sagte Al Kaddafi, in seinem Kaffee rührend.

Nachdenklich verteilte der Monsignore den Milchschaum in seinem Cappuccino. Der Saudi war misstrauisch. Jetzt oder nie, wenn er nicht außen vor bleiben wollte. »Rashid, gibt es Vulkane in Saudi-Arabien?«

Al Kaddafis Hand mit der Tasse blieb auf halbem Wege stehen. »Es gibt mehr Vulkane als Kamele. Wieso?«

»Ich bin mir nicht ganz sicher, aber ich meine, die Worte ›Vulkan‹ und ›Midian‹ gelesen zu haben, als ich das Pergament aufgerollt habe.«

»Aha! Und das sagst du mir erst jetzt, Bündnispartner?«

»Es war nur ein Eindruck. Ich könnte mich irren.«

»Bist du sicher, dass du nicht noch mehr gelesen hast?« Die pechschwarzen Augen Al Kaddafis tasteten Guzmans Miene ab wie ein Sonargerät. »Den Namen des Vulkans nicht?«

»*Oye!* Es gab einen Namen, aber er war unleserlich.«

»Hm, vielleicht ist die Partie mit diesem jüdischen Hundesohn doch noch nicht beendet.«

Al Kaddafi wandte sich an den Monsignore. »Nun, Christ, was hast du jetzt vor? Alle alten Nummern von ›National Geographic‹ durchblättern, bis du den richtigen Vulkan gefunden hast?«

»Ich habe eine bessere Idee. Ich werde eine kleine Reise nach Paris machen.«

»Wozu?«

»Als ich den Namen des Landes Midian gehört habe, ist mir die Bibel eingefallen. Die ist besser als ›National Geographic‹. Außerdem habe ich an den Archäologen gedacht.«

»Hm. Sprich weiter.«

Der Monsignore hob mit prophetischem Gebaren einen Finger. »›Der Herr zog vor ihnen her, bei Tag in einer Wolkensäule, um ihnen den Weg zu zeigen, bei Nacht in einer Feuersäule, um ihnen zu leuchten.‹ Exodus, Kapitel 13,21. Das ist der Weg, den Moses nahm.«

»Redest du irre? Niemand kennt diesen Weg.«

»Begreifst du denn nicht? Eine Wolkensäule, eine Feuersäule. Das war der Sinai: ein Vulkan, der ihnen den Weg zeigte. Was wird der Archäologe anderes machen, als diesen Weg zu gehen? Es wäre doch unhöflich, ihn nicht zu begleiten, oder?«

»Den Papyrus hat der Mossad. Morgenstern wird uns den Weg zeigen. Was geht uns der Archäologe an?«

»Wer garantiert uns, dass Morgenstern es wagen wird? Die Israelis könnten beschließen, gar nichts zu tun, weil sie überzeugt sind, dass wir das Grab niemals finden werden.«

»In dem Fall müssten wir auch nichts befürchten«, sagte Al Kaddafi. »Und was den Archäologen betrifft, kann er ohne den Papyrus den Weg so wenig finden wie ein Kamel im Sandsturm.«

»Du solltest ihn nicht unterschätzen. Er könnte viel mehr wissen, als wir glauben.«

»Was meinst du damit?«

»Ich denke, dass der Archäologe auf das biblische Land Midian abzielt und den Weg durch den Sinai nehmen wird, den richtigen. Ich habe einen Plan.«

Der Monsignore beugte sich zum Saudi vor. »Wenn er an der Grenze ankommt ...«

Er erklärte Al Kaddafi seinen Plan, doch nur den Teil, den er ihm verraten konnte. Dabei machte er aus St. Pierre einen weit wichtigeren Mann, als er selbst glaubte. Der Araber hörte mit unergründlicher Miene zu.

»Nun?«, fragte Guzman.

Al Kaddafi bog den Löffel wieder gerade. »Einverstanden. Meine Botschaft in Rom wird euch Einreisevisa ausstellen.«

Von der Galerie des ersten Stocks aus blickten der Monsignore und Pater Pinkus Al Kaddafi nach, als er leicht hinkend in Begleitung des Botschafters und der Bodyguards durch die Ankunftshalle ging.

»Monsignore, glauben Sie, man kann ihm trauen?«

»Haben wir eine andere Wahl?«

»Was wird Al Kaddafi tun, wenn er das Grab findet?«

»Das weiß ich nicht, aber ich weiß, was ich tun werde. Sie bleiben in Rom, Pater. Nach Arabien fahre ich allein.«

Pater Pinkus warf dem Monsignore einen halb erstaunten, halb erleichterten Blick zu.

»Sie sind dort nützlicher für mich. In acht Tagen beginnt das Konklave. Jetzt hören Sie gut zu.«

Flug Nummer AZ 897 aus Kairo ist soeben gelandet.

KÖNIGLICHER PALAST IN RIAD, SPÄTER NACHMITTAG

Die Brunnen im Park malten Licht- und Schattenspiele auf die Terrassentüren, und ihr Rauschen untermalte Al Kaddafis Worte.

»Eure Hoheit, das Dringendste ist jetzt die Verstärkung der

Kontrollen«, sagte er. »Grenzposten, Häfen und Flughäfen, unsere Botschaften und Konsulate nicht zu vergessen. Morgenstern könnte jederzeit versuchen, über die Grenze zu kommen.

»Ich spreche noch heute mit meinem Bruder Jamal darüber«, sagte Prinz Zoltan. »Morgen wird das Innenministerium die notwendigen Befehle erteilen.«

»Hoheit, ich erinnere an den Archäologen des Louvre.«

»Ich habe ihn nicht vergessen. Vom morgigen Tag an müssen alle Stammesführer der Beduinen dem Emir ihrer Provinz die Anwesenheit jedes Gastes, ob Saudi oder Ausländer, melden. Aber warum lässt du diesen Guzman ins Reich, einen Mann aus dem Vatikan?«

»Er ist Christ, Eure Hoheit, und wie alle Christen kennt er den Unterschied zwischen Wahrheit und Lüge nicht. Ich bin überzeugt, dass er viel mehr weiß, als er sagt.«

»Du weißt, was du zu tun hast, wenn alles vorbei ist? Aber ohne Aufsehen. Ich will keine internationalen Zwischenfälle.«

»Daran habe ich schon gedacht. Eure Hoheit…«

»Ja?«

»Nehmen wir einen Moment an, in diesem Papyrus stünde die Wahrheit – nur als Gedankenexperiment, Eure Hoheit – und dass der Christ richtig gelesen hat. Was werden wir tun, wenn wir das Grab finden?«

»Der Führer der Muttawa hegt Zweifel an der Heiligkeit des Korans?«

»Vergebt mir, Eure Hoheit, das wollte ich nicht sagen.«

»Was dann?«

»Die Entdeckung würde große Aufregung in der ganzen islamischen Welt hervorrufen. Die Gläubigen könnten… sie missverstehen. Ich denke, es wäre angeraten, alles zu vernichten, was wir finden.«

»Probleme können Geschenke Allahs sein, Rashid.« Der Prinz blätterte in einem Dossier. »Das Geheimnis besteht darin, sie nicht als Probleme, sondern als Chancen zu sehen.«

»Ich bin nicht sicher, ob ich recht verstehe, Eure Hoheit.«

»Wenn du das Grab findest, unternimmst du nichts. Benachrichtige mich, und warte meine Befehle ab.«

»Aber Hoheit…«

Der Prinz stand auf. »Ausgezeichnete Arbeit, Rashid.«

»Möge der Frieden Allahs mit Euch sein, Königliche Hoheit.« Al Kaddafi verbeugte sich bis zum Boden und ging hinaus.

Mit dem Dossier unter dem Arm schritt Prinz Zoltan durch die von maurischen Lampen beleuchteten Flure, begleitet von den Hackenschlägen und präsentierten Gewehren der Milizen der Nationalgarde. Der Prinz klopfte an eine Tür mit einer Intarsie aus zwei gekreuzten Krummsäbeln und trat ein.

»Dieser Papyrus könnte das Ende unserer Probleme bedeuten«, sagte Prinz Zoltan am Ende seines Berichts.

»Zoltan, ich lese deine Gedanken«, entgegnete König Faisal. »Was du das ›Ende unserer Probleme‹ nennst, könnte für uns der Anfang vom Ende sein.«

»Wenn wir Beweise dafür finden, dass der Exodus ein Betrug ist, berufen wir eine Pressekonferenz ein, und du klagst Israel vor aller Welt an, weil ihr sogenanntes göttliches Anrecht auf das von ihnen besetzte Land null und nichtig ist.«

»Du bist ja verrückt! Was erreichen wir damit?«

»Die Gründung eines Palästinenserstaates, der sich anfangs auf den Gazastreifen, das Westjordanland und Ostjerusalem beschränkt und dann auf das ganze israelische Gebiet ausweitet. Die Juden müssen ausziehen.«

»Seit wann liegt dir das Palästinenserproblem so am Herzen?«

»Was mir am Herzen liegt, ist dieser Thron für dich, für mich und für alle Al Hannas.«

»Und der Weg dahin führt deiner Meinung nach durch Jerusalem?«

»Geradewegs über den Tempelberg.« Der Prinz bewegte die Arme, als leitete er den Verkehr.

Der Tempelberg galt als die drittheiligste Stätte des Islam. Die religiöse Wiedervereinigung Ostjerusalems mit Mekka und Medina war der Traum aller Muslime.

»Wenn Saudi-Arabien diesen Traum wahr macht, wird die Unzufriedenheit enden und mit ihr alle Attentate. Bruder, der Weg führt über Jerusalem, nicht über Kompromisse.«

»Die ganze Arbeit eines Königs, Zoltan – und wenn du an der Reihe bist, wirst auch du das begreifen –, besteht aus Kompromissen.«

»Hast du gelesen, was Jamal über die Attentate vorgestern in Riad und Dschidda geschrieben hat?«

König Faisal machte eine gleichgültige Handbewegung.

»Faisal, der Wind hat sich gedreht. Wir sind jetzt das Ziel der Fundamentalisten. Jamal hat recht. Du bist der Hüter der Heiligen Stätten, und Saudi-Arabien ist das mächtigste aller arabischen Länder. Die arabische Welt blickt auf Riad, wo sie einen Führer erwartet, und was machen wir? Balanceakte zwischen den Erwartungen der amerikanischen Außenpolitik und denen der Islamisten. Man kann nicht gleichzeitig Hüter der Heiligen Stätten und Diener der Amerikaner sein!« Der Prinz schlug das Dossier gegen seine Handfläche. »Du musst dich entscheiden, Bruder.«

»Was du vorschlägst, birgt zu viele Risiken. Die Amerikaner kaufen vier Millionen Barrel Erdöl pro Tag. Und wenn die dreißigtausend amerikanischen Techniker hier ihre Zelte abbrechen, würden unsere Förderanlagen sofort stillstehen.«

Der Prinz öffnete das Dossier und reichte es König Faisal. »Dies ist ein Vertragsentwurf für die Lieferung von drei Millionen Barrel täglich an die Volksrepublik China. Zehn Jahre lang. China wächst um zehn Prozent pro Jahr. Dort liegt unsere Zukunft, nicht in Amerika. Die Chinesen könnten uns sofort zwanzigtausend Techniker schicken.«

König Faisal blätterte in dem Vertrag. »Wir lösen unsere Probleme nicht, indem wir unsere Interessen von Washington nach Peking verlagern. Was du vorschlägst, bedeutet eine Parteinahme für die Fundamentalisten. Glaubst du wirklich, unsere Zukunft heißt Al-Qaida? Und hast du auch mal daran gedacht, was wir in dem Grab entdecken könnten? Der biblische Moses bekam Befehle vom Jahwe der Juden, und du weißt genau, dass Jahwe ein enger Verwandter Allahs ist. Die Anklage Israels könnte sich gegen uns wenden, und das werden die Wahhabiten und Dschihadisten uns teuer bezahlen lassen, glaub mir.«

»Es genügt, sich ab jetzt von Jahwe zu distanzieren und einen neuen Moses für unseren eigenen Gebrauch zu entwerfen. Ich werde dem Großmufti etwas zuflüstern.«

»Eine Fatwa?«

Der Gesichtsausdruck des Prinzen war Antwort genug.

»Wir haben diesen Jahwe niemals kennengelernt. Und unser Moses war ein anständiger Mann, der sich nicht in der Wüste mit üblen Kerlen herumtrieb, die sich für etwas ausgaben, was sie nicht waren.«

König Faisal strich über sein Ziegenbärtchen, richtete den Blick zum Himmel und ließ die Perlen einer Gebetskette durch seine Finger gleiten.

»Faisal, nichts zu unternehmen wäre die allerschlechteste Entscheidung. Tu es, weil es richtig ist, und tu es für sie.« Er zeigte auf die Bildnisse ihrer Vorfahren an der Wand.

Der König seufzte. »Allahs Wille geschehe.«

Prinz Zoltan drückte ihm die Hand. »Warum Allah wegen so einer Kleinigkeit behelligen? Unser Wille, Bruder. Unser.«

REISE VON IUNU NACH SAIS, GROSSER PHÖNIX-TEMPEL,
FÜNFTES JAHR DER REGENTSCHAFT AMENHOTEPS IV.

Im Licht der untergehenden Sonne wehten die Palmen und warfen ihre Schatten auf die violetten Reflexe des Nils.

Nepher und Meryre gingen mit den Meistern der Gerechtigkeit und der Wahrheit an Bord, wo sie vom Kapitän empfangen wurden. Die Matrosen lösten die Ankertaue, die Ketten rasselten, und die Brise blähte das rote Segel, das am Hauptmast aufgezogen wurde. Die Ruder tauchten ins Wasser, und der hohe Bug des Bootes *Atons Glanz* entfernte sich vom Kai. Die unterhalb des Vorschiffs eingefügte goldene Scheibe des Gottes glänzte im Sonnenuntergang.

Nepher trat an die Bootswand, den Blick zum Ufer gewandt. Auf den Feldern, die im Gelb der Erntezeit prangten, führten die Bauern ihre Pflüge durch die Furchen. Vor den Schilfrohrhütten schürten die Frauen das Feuer, und die Brise trug den Duft frisch gebackenen Brotes und gebratener Fische herbei.

»Hoheit«, sagte Thutmosis, der Meister der Werke, der neben dem Pharao stand, »darf ich fragen, warum du gewünscht hast, dass ich mitreise?«

»Ich will, dass du dir gut einprägst, was du heute Nacht an den Ufern von Sais siehst. Du wirst es auf die Wände meiner Grabkammer malen.«

»Aber Hoheit, das ist wider alle Tradition. Das Totenbuch …«

»Sprich mir nicht vom Tod!« Nepher machte eine abwehrende Handbewegung. »Hier und jetzt bricht eine Nacht der Wiedergeburt an.«

Hunderte Flämmchen flackerten durch das Dunkel. Nepher ging zum Bug, von wo aus sein Blick über beide Ufer schweifen konnte. Es waren Öllämpchen, die auf den Fensterbänken und im Inneren der Häuser brannten. Plötzlich mischte sich ein Chor aus Wehklagen mit dem Gesang der Ruderer. Männer und Frauen zogen im Licht der Fackeln am Ufer entlang. Unter lauten Klagerufen schlugen sie sich an die Brust, zerrissen ihre Kleider und geißelten ihren Rücken. Viele wühlten zwischen den Binsen, als suchten sie etwas. Sie suchten den Körper von Osiris.

Nach und nach füllte sich der Nil mit Booten und Flößen, alle voller Menschen mit Fackeln in den Händen, die zitternde gelbe Striche auf den Nil zeichneten.

Als Sais in Sicht kam, vervielfachten sich die Flämmchen und schimmerten durch die Finsternis wie die Glühwürmchen in den Papyrussümpfen zur Erntezeit. Eine unüberschaubare Menschenmenge drängte sich an den Ufern des Nils, ihre Klagelieder hallten über den Fluss. Nepher blickte zum Himmel. Er war so übervoll mit Sternen, dass man nicht hätte sagen können, wo die Flämmchen aufhörten und wo die Sterne begannen.

»Sieh mal, Hoheit.« Thutmosis zeigte zum Himmel. »Siehst du diesen Schein dort oben?« Seine Augen weiteten sich verzückt. »Das ist Magie.«

Große Lichthöfe umgaben die Sterne, wie die Gischtnebel an den Wasserfällen von Kush. Nepher umklammerte die Want, er dachte an Meryres Worte: »Eine magische Nacht bricht an.«

»Thutmosis, glaubst du, du wirst diese Lichthöfe in meiner Grabkammer malen können?«

»Ich werde es versuchen, Hoheit. Aber was sollen sie ausdrücken?«

Mit einer Handbewegung umfasste Nepher beide Ufer und den bestirnten Himmel. »All das hier.«

Die Matrosen warfen die Ankertaue um die Poller am Kai, und *Atons Glanz* legte hinter einem phönizischen Schiff an. Nepher ging mit Meryre und den beiden Priestern von Bord, geleitet vom Führer der Leibgarde und seinen Medjai. Mit Stößen ihrer Schilde brachen die Gardisten ihnen Bahn durch die lärmende Menge, die sich in den engen Hafengassen drängte.

Sie nahmen den Weg, der sich den Hügel hinaufschlängelte. Auf seiner Spitze ragten die Säulen des Großen Phönix-Tempels vor dem Himmel empor, und die Flammen vieler Glutbecken beleuchteten die Ewigkeitsversprechen ihrer Inschriften.

Auf der einen Seite erstreckte sich Sais an den Ufern des Nils, auf der anderen der See der Stadt, an dessen Ufern es von Menschen wimmelte. Ein rhythmischer Gesang erfüllte die Luft. Tempelpriester zogen einen Gegenstand an Stricken auf das Seeufer zu. Die Menge wich zurück, und eine Kuh aus vergoldetem Holz erschien, deren Hörner eine Sonnenscheibe trugen. Nepher entsann sich der Lehren seiner Meister aus dem Haus des Lebens: Diese Priester würden jetzt die Heiligen Mysterien der Wiederauferstehung des Osiris zelebrieren.

Unter dem Portikus des Tempels blickte Nepher zu den Hieroglyphen auf dem Architrav des Eingangs auf: »Ich bin das, was war, ich bin das, was ist, und das, was sein wird, kein Sterblicher enthüllte je mein Geheimnis.« Nachdem sie durch das Portal geschritten waren, umfingen sie das Halbdunkel, das Psalmodieren der Priester und der Duft des *kyphi*, der aus den Glutbecken aufstieg.

Der Hohepriester Sothek, ein stiernackiger Riese in einem Leopardenfell, kam ihnen mit einer Fackel entgegen. Er verbeugte sich vor Nepher und führte die Gruppe in den heiligsten Bezirk. Dort schob er einen Tabernakel aus vergoldetem Holz beiseite und drückte mit seinem Körpergewicht gegen die Wand. Der Sandsteinblock drehte sich einmal um sich selbst. Sie bückten sich, traten durch die Öffnung und stiegen eine in den Fels gehauene, steile Treppe hinab. Unten angekommen, gingen sie durch einen langen Gang. Zu beiden Seiten standen große Statuen des Gottes Thoth aus schwarzem Basalt. Die menschliche Gestalt mit einem Ibiskopf hielt einen Papyrus in der einen und einen Griffel in der anderen Hand. Von Sotheks Fackel riesenhaft vergrößert, tanzten die Schatten der fünf Männer über die Statuen des Gottes.

Nepher verspürte ein Dröhnen in den Ohren, es war dieselbe Vibration, die er vor dem Obelisken des Heiligen Sees gehört hatte. Das Pfeifen wurde stärker. »Die Nacht des Großen Gleichmaßes«, hatte Meryre gesagt. Das Gleichmaß welcher Dinge?

Der Gang endete an einer Wand aus Tuffsteinblöcken mit einem Zedernholzportal. Die Torflügel waren mit Intarsien aus Edelsteinen besetzt, die die Erscheinung Atons im Morgengrauen des *Zep Tepi* darstellten. Sie wurden durch zwei Siegel aus rötlichem Harz verschlossen, auf die das Bild eines Phönix geprägt war. Im Licht der Fackel steckte Meryre seinen Siegelring in beide Siegel.

»Die heiligen Siegel sind unversehrt.«

Die Meister der Gerechtigkeit und der Wahrheit verschwanden hinter den Säulen neben dem Tor und kehrten mit zwei goldenen Tellern zurück, die sie zu beiden Seiten des Tores abstellten. Auf einem Teller lag ein kleiner goldener Hammer, auf dem anderen ein Kegel des Weißen Brotes.

Vor dem Tor stehend, hob Meryre seinen Stock mit dem *ankh*. »Ich bin Aton, ich bin Re, und ich bin Khepri, welcher am Horizont des Urhügels auftauchte, selbst erzeugt. Ich bin das Gestern, das Heute und das Morgen. Ich öffne mich dir, Amenhotep IV., und breche die Siegel des Heiligen Tores, das in die Halle der Aufzeichnungen führt.« Er nahm das goldene Hämmerchen und schlug gegen die beiden Siegel, bis sie zerbrachen. »Ich werde den Eingeweihten ein Geheimnis enthüllen, doch sorgt dafür, dass die Türen geschlossen bleiben, damit die Profanen nichts hören.«

Der Meister der Wahrheit näherte sich Nepher und sprach zu ihm, während er ihm den Teller mit dem Kegel des Weißen Brotes überreichte. Das Vibrieren erstickte seine Worte. Schweißtropfen perlten von Nephers Stirn.

Meryre gab Sothek, der im Halbdunkel zwischen den Säulen stand, ein Zeichen mit dem Kopf. Das Rasseln einer Kette übertönte das Pfeifen. Langsam drehte sich das Tor um sich selbst, und ein blendendes Licht erfüllte den Gang.

Nepher schritt über die Schwelle.

30 Théo öffnete einen Ordner mit der Aufschrift »Kassamatis« und überflog die Briefe, die der Louvre im Laufe der Jahre an den Milliardär geschrieben hatte. Das Museum fragte an, ob er dieses oder jenes Stück seiner Sammlung verkaufen würde, aber er hatte nie geantwortet.

Gewissheit, dass er wirklich der Dieb des Papyrus war, konnte man nur durch einen Besuch bei ihm erlangen. Aber wie?

Théo strich sich über den Nasenrücken. Eine Möglichkeit gab es vielleicht. Kassamatis war ein Kunde von Spyro, was bedeutete, dass er gestohlene Werke kaufte, und das machte ihn angreifbar. Ihm fiel die Komödie ein, die er im Büro von Joubert gespielt hatte. Warum nicht? Er traute sich noch einen Bluff zu, allerdings war der Gegner diesmal eine Art Kardinal Richelieu.

Selbst wenn es ihm gelänge, Kassamatis zu treffen, und er wirklich der Dieb war – warum sollte er den Diebstahl gestehen? Und weshalb sollte er Théo verraten, was auf dem Papyrus geschrieben stand? Es sei denn, Théo könnte ihm im Austausch etwas bieten. Was? Picos Pergament. Würde er einwilligen? Alles hing davon ab, wer sich hinter der Maske von Alexis Kassamatis verbarg.

Er setzte sich vor den Computer, und seine Finger flogen über die Tasten.

> Sehr geehrter Herr Kassamatis,
> wir haben eine gemeinsame Leidenschaft: ägyptische Papyri der 18. Dynastie. Mir ist bekannt, dass ein solcher Papyrus vor sechs Jahren Ihre Sammlung bereichert hat. Aus Gründen, die ich Ihnen gerne erklären werde, interessiert mich dieser Papyrus sehr. Der Inhalt Ihres Papyrus (oder sollte ich sagen »des Papyrus, den Sie sich geliehen haben«?) und die Geschichte, die ich Ihnen erzählen könnte, sind wie die zwei Hälften einer Schatzkarte. Warum vereinigen wir sie nicht in unser beider Interesse? Was halten Sie davon, wenn wir uns treffen und darüber sprechen?

Er tippte die Adresse, druckte den Brief aus und unterschrieb ihn.

»Théo«, sagte Clea zwei Tage später über die Sprechanlage, »da ist ein Anruf für dich aus New York. Eine gewisse Katrina Andras. Sie hat Griechisch mit mir gesprochen und besteht darauf, dass es vertraulich ist.«

»Gib sie mir … Ja, das bin ich. Mit wem spreche ich?«

»Ich bin die Privatsekretärin von Herrn Kassamatis. Es geht um Ihren Brief vom 15. September. Herr Kassamatis lädt Sie ein, ein

Wochenende in seinem Haus auf Ikaria zu verbringen. Sind Sie einverstanden?«

»Selbstverständlich.«

»Gut. Ich gebe das weiter und rufe Sie noch heute zurück, um die Details zu besprechen. Herr Kassamatis hat mich gebeten, Ihnen zu sagen, dass er ein Flugzeug nach Paris schicken wird, um Sie abzuholen.«

Théo legte auf und streichelte den Kopf Ramses des Großen. War nicht schon diese Einladung eine Bestätigung, dass er den Papyrus gestohlen hatte?

IKARIA, NORDÖSTLICHE ÄGÄIS, EINE WOCHE SPÄTER

Eine weiße Gulfstream 550 mit der Aufschrift »Kassamatis Enterprises« setzte auf der Landebahn des Flughafens von Capo Drakano im Nordosten der Insel Ikaria auf. Das Flugzeug rollte bis zum Ende der Piste und hielt vor einem Hangar.

Im Schatten des Gebäudes parkte ein sahneweißer Aston Martin Cabriolet. Auf einem Kotflügel saß ein Mann mit Fahrermütze.

Einen ledernen Reisesack in der Hand, bekleidet mit einem blauen Hemd und Kakihosen, stieg Théo die Leiter herab und ging auf den Aston Martin zu. Der Mann kam ihm entgegen und grüßte, die Hand an die Mütze gelegt. Er heiße Odysseus und sei der Fahrer von Herrn Kassamatis.

Wenige Minuten später fuhr das Auto über eine Straße, die an einer Steilküste entlanglief. Théo spähte nach unten. Der Meltemi, der Nordwind, trieb schaumgekrönte Wellen gegen die Klippen. Als Evdilos in Sicht kam, ein Dorf, das wie ein Amphitheater um eine Bucht herum anstieg, bog Odysseus in ein kleines Sträßchen ein, und der Aston Martin kroch über Serpentinen an den Hängen über dem Dorf hinauf. Nach der letzten Biegung lag ein Park mit griechisch-römischen Statuen vor ihnen. Zwischen hohen Pinien sah man eine neoklassische Hausfront. Der Wagen hielt vor einem schmiedeeisernen Tor.

Ein Butler bat ihn auf eine sonnenüberflutete Terrasse über der Bucht von Evdilos. Théo stellte sich an die Brüstung.

»Herrlicher Blick, nicht wahr?«, fragte hinter ihm eine tiefe Stimme auf Griechisch.

Alexis Kassamatis sah genauso aus wie auf den Fotos, nur dass er statt des Zweireihers einen Anzug aus weißem Leinen ohne Schlips trug. Die dichten schwarzen Augenbrauen, die mit dem Weiß der Haare kontrastierten, betonten die dunklen Augen des Magnaten. Sie gaben einander die Hand.

»Champagner?«

»Gern.«

Kassamatis ging zu einem Tischchen, zog eine Flasche Clos d'Ambonnay aus einem Kühler, entkorkte sie und füllte zwei Gläser. Dann wies er auf zwei Korbsessel im Schatten eines Sonnenschirms.

»Ich habe vom Tod Ihres Bruders gehört. Das tut mir aufrichtig leid. Ein tragischer Unfall, wie es scheint.«

Kassamatis hatte natürlich bereits Informationen eingeholt. »Es war kein Unfall.«

Théo erzählte Kassamatis einen Teil der Ereignisse in Rom. Verriet er zu viel? Nein, er hatte das Treffen vorgeschlagen und musste als Erster ein paar Konzessionen machen, wenn er nicht mit leeren Händen nach Paris zurückfliegen wollte. Er erzählte ihm von Raisas Nachforschungen und von dem Überfall in der Garage. Von dem Kästchen und dem Pulver sagte er nichts.

»Ich wette, Sie haben schon eine Möglichkeit gefunden, diese Intarsie abzuheben. Stimmt's?«

»Ja.«

»Und…?«

»Meine Geschichte endet hier, Herr Kassamatis, jedenfalls vorerst. Jetzt sind Sie an der Reihe.«

»Worüber soll ich sprechen?«

»Über den Papyrus, was sonst?«

Kassamatis breitete überrascht die Arme aus. »Aber, lieber Freund, ich weiß wirklich nicht, welchen Papyrus Sie meinen.«

»Wirklich nicht? Warum haben Sie mich dann eingeladen?«

»Ihr Brief hat mich neugierig gemacht, das ist alles.«

»Ich bezweifle, dass Sie Ihre Zeit damit vergeuden, Anfälle von vager Neugierde zu befriedigen. Wenn Sie wissen wollen, was ich unter der Intarsie gefunden habe, müssen Sie mir sagen, wo das Grab ist.«

»Ein Grab? Aha, jetzt verstehe ich. Dieser geheimnisvolle Papyrus offenbart das Versteck eines Grabes.« Kassamatis nippte am

Champagner. »Was interessiert Sie denn so sehr daran? Der dort Begrabene oder etwas, was sich darin befindet?«

»Ach, nun geben Sie es schon zu. Sie haben den Papyrus gestohlen. Nichts, nicht einmal der vertraute Umgang mit Königen und Präsidenten, kommt dem Hochgefühl gleich, das jemand wie Sie empfindet, wenn er einen solchen Schatz besitzt. Habe ich nicht recht?«

Kassamatis lächelte amüsiert. »Sie hätten Psychologe werden sollen. Aber verraten Sie mir doch bitte, wie Sie auf mich gekommen sind.«

Théo sagte es ihm.

»Wirklich schade, dass Ihre Schlussfolgerung falsch ist, aber etwas muss ich Ihnen zugestehen: Verglichen mit Ihnen, gibt Interpol eine so lächerliche Figur ab wie Inspektor Clouseau. Aber diese verwickelte Geschichte gefällt mir. Nehmen wir einmal an, ich sei der Dieb. Warum sollte ich Ihnen denn überhaupt verraten, was auf dem Papyrus geschrieben steht?«

»Weil dieser Papyrus ohne das, was ich im Dom von Siena entdeckt habe, nichts wert ist.«

»Wenn Sie wirklich etwas so Außergewöhnliches entdeckt hätten, säßen Sie jetzt nicht hier.«

»In meinem Brief habe ich von zwei Hälften einer Schatzkarte gesprochen. Das hatte seinen Grund.«

»Ich sehe nur, dass Sie diesen Papyrus dringend brauchen.«

»Täuschen Sie sich nicht. Ohne meine Hälfte haben auch Sie nichts. Sollten Sie eines Tages das Grab betreten, wüssten Sie nicht, wonach Sie suchen müssen.«

»Wollen Sie damit sagen, dass es ein noch größeres Geheimnis gibt als das um den Exodus?«

»Es ist ein Geheimnis der ägyptischen Alchemisten und Priester. Ein Geheimnis, das die Menschen seit über dreitausend Jahren fasziniert und Antworten auf die Fragen gibt, die sie sich seit Urzeiten stellen.«

»Alle Achtung, Herr St. Pierre, Sie wissen Ihre Ware gut anzupreisen. Wenn ich den Papyrus hätte, würde Ihr Vorschlag mich durchaus reizen, doch meine Antwort bliebe trotzdem Nein.«

»Und warum?«

»Nehmen wir an, ich hätte den Papyrus und würde auf Ihren Vorschlag eingehen. Was täten Sie dann?«

»Was für eine Frage! Ich würde schnurstracks zum Grab gehen.«

»Und wenn Sie dort drinnen waren und Gewissheit über die Identität des Verstorbenen haben, was machen Sie dann?«

»Ich würde die Tatsache der ganzen Welt mitteilen.«

»Warum? Aus Rache an der Kirche, wenn bewiesen werden sollte, dass der Vatikan Ihren Bruder umbringen ließ?«

»Um der Gerechtigkeit und der Wahrheit willen.«

»Gerechtigkeit und Wahrheit?« Kassamatis brach in Gelächter aus. Dann wurde er ernst und hob das Champagnerglas. »›Was ist Wahrheit?‹, fragte Pilatus, aber die Antwort hat er nicht abgewartet. Wenn ich Worte wie ›Gerechtigkeit‹ und ›Wahrheit‹ höre, ist meine erste instinktive Reaktion, mir bleigefütterte Unterwäsche anzuziehen.«

»Ich verstehe. Besser, man verschließt die Wahrheit ganz unten im Bunker und suhlt sich im Gefühl der eigenen Macht, während zwei Milliarden Idioten weiter einem Traum hinterherlaufen.«

»Sie mögen ja ein ausgezeichneter Archäologe sein, aber Ihre Ausgrabungen haben Sie offensichtlich recht wenig über die menschliche Natur gelehrt. Seit der Zeit, als er noch mit einem Fell herumlief, hat der Mensch sich überhaupt nicht verändert. Der einzige Unterschied ist, dass seine Keule heute das Markenzeichen Yves Saint Laurent trägt.«

»Wenn Sie den Papyrus haben, wovon ich überzeugt bin«, sagte Théo, »dann bezweifle ich, dass Sie all diese Jahre aus Rücksicht auf den religiösen Seelenfrieden Ihrer Mitmenschen geschwiegen haben.«

»Sie haben recht, daran zu zweifeln. Aber bedenken Sie eines: In dieser Welt ist eine Lüge, die zum Lächeln bringt, besser als eine Wahrheit, die zum Weinen bringt. Und als Geschäftsmann habe ich gelernt, dass es sich nicht auszahlt, Überbringer von Tränen zu sein, darum verbünde ich mich nicht mit denen, die sie versprechen.«

»Die Wahrheit hat noch nie jemanden zum Lachen gebracht, das muss ich Ihnen zugestehen, aber ist das ein triftiger Grund, um weiterhin in einer Welt aus Lügen zu leben?«

»Können Sie sich eine Welt ohne Lügen vorstellen? Ganz schön langweilig. Lügen erzeugen Träume, St. Pierre, und der Mensch lebt von Träumen. Erzählen Sie ihnen was von Unsterblichkeit, und die Leute werden an jeden Blödsinn glauben außer an die Wahrheit. Der Mieter des Palastes am Petersplatz hat das seit zweitausend Jahren begriffen.«

»Nur wenn er sich der Wahrheit über seine Ursprünge stellt, wird der Mensch sich selbst entdecken und ein für alle Mal von den Gespenstern der Religion befreien.«

»Sagen Sie mal, hat Ihnen vielleicht irgendein Priester, als Sie klein waren, im Religionsunterricht eine Ohrfeige verpasst? Suchen Sie nach dem Mörder Ihres Bruders, oder ist das ein Kreuzzug gegen die Religion?«

Théo stellte sein Glas auf das Tischchen. »Werfen Sie mir etwa vor, dass ich das Andenken meines Bruders verrate?«

»Ich werfe Ihnen gar nichts vor. Ich stelle Ihnen lediglich eine Frage.«

»Die Sache betrifft nur mich allein. Nun, wie lautet Ihre Antwort?«

»Was kann ich Ihnen anderes antworten, ohne den Papyrus? Aber das esoterische Geheimnis, von dem Sie sprechen, interessiert mich, und zwar sehr.«

»Mich interessiert der Papyrus.« Théo erhob sich. »Und zwar sehr.«

»Wenn ich den Papyrus hätte und wenn Sie Ihren Kreuzzug für die Wahrheit aufgeben würden, würde ich wahrscheinlich über Ihren Vorschlag nachdenken.«

»Warum sagen Sie das nicht dem Dieb, wenn Sie ihn treffen?«

»Ich werde daran denken«, sagte Kassamatis, während er aufstand. »Wer weiß, vielleicht begegne ich ihm im Kafenion unten in Evdilos.« Er ging zur Brüstung. »Wenn ich dieses Panorama sehe«, sagte er, zum Horizont blickend, »begreife ich, warum Ikarus versuchte, bis zu den Göttern zu fliegen.«

»Vergessen Sie nicht, dass Ikarus ein böses Ende nahm.« Théo stützte sich mit den Armen auf das Geländer der Terrasse.

»Das sind die Risiken großer Unternehmungen.«

Théo betrachtete ihn verstohlen. Dieser Ton war eine Einladung. Sollte er es nicht noch einmal versuchen?

»Lohnen sie dann die Mühe? Ich war mir sicher, dass einer wie Sie nur kalkulierbare Risiken eingeht.«

»Ich und kalkulierbare Risiken?« Kassamatis grinste. »Ich will Ihnen etwas erzählen. Von meiner zweiten Frau habe ich eine Tochter, Vania.«

Vania sei sein Lieblingskind, vielleicht weil sie ihn von allen seinen Kindern am besten verstehe. Mit sechzehn habe sie ihm eine silberne Plakette geschenkt, in die sie ein Zitat aus dem Gedicht *The Road Not Taken* des amerikanischen Lyrikers Robert Frost hatte gravieren lassen. Es sei das schönste Geschenk gewesen, das er je erhalten habe, und die Platte stehe immer auf seinem Schreibtisch.

Staunend hörte Théo zu. Wer war Kassamatis wirklich? Ein kühler Rechner oder ein Mann, der an unmögliche Träume glaubte? War er selbst denn anders?

»Kennen Sie dieses Gedicht?«, fragte Kassamatis.

»›Two roads diverged in a yellow wood …‹«, zitierte Thèo, mit den Augen dem Flug einer Möwe folgend. »›I took the one less traveled by. And that has made all the difference.‹«

»Sehen Sie? Es lohnt sich immer, St. Pierre«, sagte Kassamatis, dessen Augen vor Begeisterung funkelten. »Sie wissen es genauso gut wie ich. Und die Tatsache, dass Sie diese Verse auswendig kennen, ist der Beweis.«

Diese Worte, sein Blick und der Tonfall zerstreuten den letzten Zweifel. Er war der Dieb. Aber wie brachte er ihn dazu, es zuzugeben? Dabei lechzte der Mann doch danach, es ihm ins Gesicht zu sagen. Man musste nur noch die geeignete Gelegenheit schaffen. Doch wie? Da fielen ihm die Artikel über Kassamatis und Gastons Witzeleien ein.

»Ich habe gelesen, dass Sie gern gut essen und dann Sirtaki tanzen«, sagte Théo.

Kassamatis Miene hellte sich auf. »Und ob.« Er umfasste Théos Arm. »Heute Abend biete ich Ihnen ein Fest, das Sie nicht vergessen werden, einen Abend für richtige Männer. Ohne Champagner, wohlgemerkt. Ich lade Sie ein, in der Taverne meines Freundes Lazarus mit mir zu essen.«

Als Théo und Kassamatis die Taverne betraten, zogen sie alle Blicke auf sich. Ein kräftiger Mann, der Lazarus sein musste, kam ihnen mit ausgebreiteten Armen entgegen. Der Wirt und Kassamatis umarmten sich schulterklopfend.

Lazarus führte sie an ihren Tisch und kehrte gleich darauf mit der Speisekarte und einer Flasche Ouzo zurück.

»*Jámas*«, sagte Lazarus, nachdem er die Gläser gefüllt hatte. Kassamatis und Théo standen auf. »*Jámas*«, antworteten sie, hoben die Gläser und leerten sie in einem Zug.

Beim Essen erzählte Kassamatis, dass Lazarus und er als Jungen auf demselben Fischerboot gearbeitet hätten.

Théo nahm die Flasche und füllte Kassamatis' Glas. Das Essen, der Wein und die Trinksprüche mit Ouzo hatten Kassamatis bereits dazu gebracht, ihm das Du anzubieten. Die Versuchung, sich dieser Kumpanei ohne Hintergedanken hinzugeben, war stark, doch er musste um jeden Preis eine Gelegenheit schaffen, damit Kassamatis redete. Wenn die Wirkung des Ouzo, der Bouzouki und der Kindheitserinnerungen verflogen war, würde Kassamatis wieder der Alte sein, und sie würden sich nie mehr wiedersehen. Heute Abend oder nie.

»Weißt du, wenn ich es recht bedenke«, sagte Théo, »wird mir klar, dass du den Papyrus nicht gestohlen haben kannst. Vergiss, was ich auf der Terrasse gesagt habe.«

Die Hand, mit der Kassamatis eine Gabel voll Dolmades zum Mund führte, blieb auf halber Strecke stehen. »Und warum könnte ich es nicht gewesen sein?«

»Was auch immer du mir erzählt hast, ich bleibe bei meiner Überzeugung, dass du nur kalkulierbare Risiken eingehst, und das ist vernünftig. Eine Unternehmung wie die mit dem Papyrus erfordert die visionäre Kraft eines Alexander und die Entschlossenheit eines Patton.«

»Du willst damit sagen, dass ich keine dieser Eigenschaften besitze?«

Théo machte eine wegwerfende Handbewegung und trank sein Glas Wein aus.

»Frag, wen du immer willst, wer Alexis Kassamatis ist.« Er klopfte sich mit dem Zeigefinger an die Brust. »Weißt du, was sie dir antworten werden? Dass Sicherheit für Kassamatis ein Aberglaube ist und dass das Leben ein ständiges Abenteuer für ihn sein muss, sonst ist es nichts wert.«

»Weißt du was? Ich würde wirklich gerne wissen, wer den Coup mit dem Papyrus gelandet hat. Das muss ein Mann sein, wie man ihn nicht alle Tage trifft.« Théo streckte die Hand nach einem Teller aus. »Noch ein bisschen gebackenen Tintenfisch, Alex?«

»Zum Teufel mit dem Tintenfisch! Reden wir zur Abwechslung mal über dich. Lass hören. Welche Risiken gehst du in deinem Leben ein?«

Er hatte sich über Théo informiert: eine geschiedene, kinderlose Ehe, keine Freunde und keine Leidenschaften außer der Geige.

»Man muss leben, um das Leben zu lieben«, sagte Kassamatis. »Du bist innerlich so tot wie deine Ruinen. Statt Kontakte zu Menschen zu pflegen, spielst du Geige. Aber das Leben ist kein Violinkonzert.« Er schlug mit der Faust auf den Tisch, dass die Teller hüpften. »Halt mir also keine Moralpredigten über Risiken, Freundchen, denn ich nage das Leben jeden Tag wie einen Knochen ab, während du in deiner Muschelschale hocken bleibst.«

Théo beugte sich zu Kassamatis vor und sah ihm direkt in die Augen. »Wenn sie jetzt einen Sirtaki spielen würden, könnte ich dir zeigen, wie man das Leben liebt.«

»Du willst Sirtaki tanzen?« Kassamatis brach in ein unbändiges Gelächter aus, bis ihm Tränen in den Augen standen. Plötzlich wurde er ernst. »Das glaube ich nicht mal, wenn ich es sehe.«

»Ist das eine Herausforderung?«

»Das kann man wohl sagen.«

Kassamatis sprang auf, hakte Lazarus unter und flüsterte ihm, auf Théo zeigend, etwas zu. Grinsend eilte Lazarus zu den drei Bouzouki-Spielern.

Kassamatis zog seine Jacke aus und krempelte sich die Hemdsärmel hoch. Théo tat es ihm nach. Die Spieler gingen auf die Veranda und räumten die Tische weg. Théo und Kassamatis stellten sich in der Mitte der Veranda auf, umringt von den Gästen.

Die Bouzouki stimmten die Melodie aus dem Film *Alexis Zorbas* an, und es wurde ganz still in der Taverne. Théo spannte seine Muskeln. Er hatte vier Minuten. Aber wie brachte er ihn zum Sprechen, wie?

Mit erhobenen Armen und konzentrierter Miene umkreisten sie einander zu den ersten langsamen Takten.

Dann wurde der Rhythmus drängender, und ihre Bewegungen beschleunigten sich synchron, während sie einander mit herausfordernder Miene starr in die Augen sahen. Die Gäste begannen, mit Händen und Füßen den Takt zu schlagen. Als der Rhythmus mitreißender wurde, sprang Théo auf einen Tisch und begleitete die Bewegungen seiner Beine mit Rufen und Händeklatschen, auf die die Gäste antworteten, die jetzt alle nur auf ihn blickten. Er wirbelte im Kreis auf dem Tisch herum und gab Kassamatis ein Zeichen, zu ihm heraufzuspringen.

Der sprang auf den Tisch, der Rhythmus wurde frenetisch, und beide Männer bewegten sich immer schneller, mit perfekt aufeinander abgestimmten Bewegungen. Das Klatschen und Stampfen des Publikums dröhnte durch die Taverne, dazwischen erklangen Bravorufe.

Kassamatis' Augen strahlten vor Begeisterung. Jetzt. Théo sprang vom Tisch, gesellte sich zu dem applaudierenden Publikum und rief »Bravo! Bravo!« im Chor mit den anderen.

»Alex, du tanzt wie ein Gott!«, schrie Théo keuchend, mit schweißnasser Stirn zu Kassamatis hinauf. »Es gibt nur einen auf der Welt, der dich schlagen kann, du weißt schon, wer.«

»Und du weißt genau, dass ich der Dieb bin, du widerlicher Hurensohn!«, schrie Kassamatis ebenfalls keuchend, die Augen halb geschlossen, mit erhobenen Armen.

Die Bouzouki verstummten, und in der Taverne brach ein ohrenbetäubender Beifall los.

»Ich musste ihm sagen, dass ich den Papyrus habe«, sagte Kassamatis am Telefon.

»Was? Bist du verrückt geworden?«, fragte die Stimme am anderen Ende.

»Es war das Vernünftigste. Ich weiß nicht, wie, aber er wusste, dass ich ihn habe. Jetzt, wo ich es zugegeben habe, wird er nicht weiterfragen. Er glaubt, ich hätte es wegen meines Egos getan.«

»Bist du wirklich sicher, dass er nichts über uns … ich meine, über die Gruppe weiß?«

»Der weiß nicht mal, dass es euch gibt.«

»Ich rufe New York an.«

»Mach, was du willst.«

Kassamatis warf das Handy auf ein Sofa und ging auf die Terrasse hinaus. Er zündete sich eine Zigarette an und betrachtete gedankenverloren den Widerschein der Neonreklame auf den Hafengewässern.

31 Raisa fuhr an der für sie reservierten Parknische vorbei und parkte den Mazda auf einem öffentlichen Parkplatz zweihundert Meter vor dem Psychiatrischen Dienst der Salpêtrière.

Bevor sie aus dem Auto stieg, griff sie in ihre Handtasche. Der Kontakt mit dem geriffelten Knauf der Pistole gab ihr ein Gefühl von Sicherheit. Sie ging durch den Eingang der Notaufnahme und fuhr mit einem der Besucherfahrstühle hinauf, statt den für das medizinische Personal zu nehmen.

In ihrem Büro zog sie einen weißen Kittel an, setzte sich an den Schreibtisch und holte Picos Ampulle aus der Handtasche. Das Pulver musste sofort untersucht werden. Von wem? Natürlich nicht von irgendeinem Labor. Jules Duval fiel ihr ein, ein Logenbruder. Er leitete eine Forschungsgruppe am Laboratoire de Chimie Physique der Universität und konnte den Mund halten.

»Es ist ein Pulver«, sagte Raisa am Telefon.

»Woher stammt es?«, fragte Duval am anderen Ende.

»Jules, das weiß ich nicht.«

»Weißt du es nicht, oder willst du es mir nicht sagen?«

»Ich bitte dich, frag mich nichts.«

»Einverstanden, ich frage dich nicht, wie du daran gekommen bist, aber, *bon sang*, kannst du mir wirklich nichts sagen? Ist es ein einfaches oder komplexes Molekül? Organisch oder anorganisch? Fett- oder wasserlöslich?«

Raisa dachte an die Geschichte vom Goldenen Kalb. »Es ist weder fett- noch wasserlöslich. Mit Wasser vermischt, müsste es eine gallertartige Masse ergeben. Und was die molekulare Zusammensetzung betrifft, glaube ich, dass es aus einem einzigen Element besteht.«

»Gut, dann wird eine spektralfotometrische Analyse uns sofort sagen, worum es sich handelt.«

»Die Sache ist vertraulich. Darf ich dich bitten, die Analyse selbst zu machen?«

»In Ordnung. Wann schickst du mir die Probe?«

»Wie viel brauchst du? Ich habe nur wenige Gramm.«

»Eine Messerspitze genügt mir.«

»Ich fülle sie in ein Reagenzglas und bringe sie dir noch heute Vormittag persönlich vorbei.« Sie steckte die Ampulle in ihre Kitteltasche und ging aus dem Büro.

An der Schwelle zum Labor der Klinik blickte sie sich um. Eine dunkelhaarige junge Frau mit asiatischen Zügen hantierte an einem Kühlschrank. Sie hatte einen friedlichen Blick, der Raisa Vertrauen einflößte. Sie erklärte, was sie brauchte. Die Laborantin lächelte, holte einen Spachtel und ein braunes Reagenzröhrchen mit Schraubverschluss, zog den gläsernen Stopfen der Ampulle ab und nahm eine Spachtelspitze Pulver heraus.

»Darf ich Sie fragen, was das für ein Pulver ist?«

»Tut mir leid, das weiß ich nicht. Warum?«

»Als ich es umgefüllt habe, habe ich einen Moment lang eine sehr intensive Aura im Raum gespürt. Vibrationen, wie ich sie noch nie erlebt habe.«

»Eine Aura?«

»Ein Energiefeld.«

»Sie spüren Energiefelder?«

»Ich praktiziere Hatha Yoga, seit ich klein bin. Yoga hat mich gelehrt, dass alles, was uns umgibt, bewegte Energie ist.«

Zurück in ihrem Büro, steckte Raisa das Röhrchen in ihre Handtasche. Sie zog den Kittel aus und verließ die Klinik.

Vor dem Denkmal von Philippe Pinel bog ihr Mazda in den Boulevard de l'Hôpital ein. Ein grauer Citroën Berlingo kam aus der Place Marie Curie und fuhr in dieselbe Richtung.

Raisas Telefon klingelte.

»Ich bin's, Jules. Ich bin gerade mit der Untersuchung der Probe fertig. Raisa, wo hast du das Zeug her?«

»Warum?«

»Weil ich auf alle möglichen Weisen versucht habe, es zu analysieren, verdammt, nicht nur mit dem Massenspektrometer und dem Spektralfotometer. Eines kann ich dir jetzt schon sagen: Das Element, aus dem dieses Pulver besteht, ist unbekannt, jedenfalls auf diesem Planeten. Ich würde Linus Pauling persönlich herausfordern, mir das Gegenteil zu beweisen, wenn der Gute noch unter uns weilte.«

»Ist es eine einatomige Substanz?«

»Das Diagramm des Spektrometers zeigt nur einen einzigen Absorptionswert, also gibt es nur eine Art Atom und kein Isotop.«

»Dieses Atom taucht nicht auf der Tabelle des Periodensystems der Elemente auf. Ist es das, was du sagen willst?«

»Ich denke, ich habe mich deutlich genug ausgedrückt, es sei denn, Mendelejew hat eines vergessen.«

»Könnte es kein Isotop sein?«

»Wofür hältst du mich? Ich habe es mit dem Spektralfotometer analysiert, und der Computer hat sein Spektrum mit denen aller Elemente des Periodensystems verglichen, einschließlich der Isotope.«

»Ist dir bei den Spektren wirklich keine Idee gekommen?«

»Na ja, einen Augenblick lang habe ich bei den Frequenzen der Absorptionswerte an ein Übergangsmetall gedacht, aber dann habe ich die Idee verworfen. Es ergibt keinen Sinn, denn keines der Übergangsmetalle kann in seiner einatomigen Form als Pulver auftreten.«

»Erklärst du mir bitte, was Übergangsmetalle sind?«

»Es sind die Metalle zwischen der dritten und der zwölften Gruppe im Periodensystem, also die in der Mitte. Platin, Silber, Tantal, Iridium, Gold … um dir nur ein paar zu nennen.«

Gold. Raisas Blick fiel auf die Ampulle. Gold war eines der Übergangsmetalle.

»Kommen die Elemente des Periodensystems alle in der Natur vor?«

»Nein. Von den 118 Elementen des Periodensystems sind nur 92 natürlich. Die anderen sind synthetisch.«

»Du meinst, sie wurden im Labor erzeugt?«

Am anderen Ende ertönte ein herzhaftes Lachen. »Bestimmt nicht in einem Chemielabor für den Hausgebrauch. Man muss den Kern eines bekannten Elements mit einem Haufen subatomarer Teilchen bombardieren, und zwar mit sehr hoher Geschwindigkeit, fast schon mit Lichtgeschwindigkeit. Verstehst du?«

Dafür brauche man Maschinen wie das Synchrotron, erläuterte Duval, einen ringförmigen Teilchenbeschleuniger riesigen Ausmaßes. Duval nannte das Synchrotron des CERN in Genf, dessen Ring einen Durchmesser von siebenundzwanzig Kilometern hatte und etwa hundert Meter tief unter der Erde lag.

Die dafür benötigte Energie, so Duval, sei eine Lappalie. »Mehrere Billionen Elektrovolt, die Energie einer Kernspaltung. Darum frage ich mich, woher dieses Pulver stammt. Mir fällt nur eine mögliche Erklärung ein: Es ist ein neues Element, erzeugt von jemandem, der einen Teilchenbeschleuniger besitzt.«

»Das kannst du ausschließen.«

»Warum?«

»Weil dieses Pulver mindestens fünfhundert Jahre alt ist.«

»Raisa, ich bitte dich! Glaubst du, im Mittelalter hätte jemand über eine solche Energiequelle verfügt?«

»Aber das Pulver existiert.«

Eine Pause entstand. »Du willst der Sache wirklich auf den Grund gehen?«

»Du kennst mich doch.«

»Und ob ich dich kenne! Wenn du's drauf ankommen lässt, bist du schlimmer als die Zeugen Jehovas. Von deiner reizenden Freundin Constance ganz zu schweigen. Na gut. Gehen wir das Problem andersherum an. Erst betrachten wir die physikalischen Eigenschaften des Pulvers, und dann überlegen wir, was es ist.«

»Welche physikalischen Eigenschaften?«

»Parameter wie elektrische Leitfähigkeit, Schmelzpunkt, kristalline Struktur ... das Übliche eben. Bist du dir wirklich sicher, dass du mir nicht mehr sagen kannst?«

Hieß es nicht im Totenbuch, dass der Pharao jedes Mal, wenn er fragte: ›Was ist das?‹, von einer Lichtexplosion geblendet wurde? Und stieg der Pharao nicht von der Spitze eines Obelisken, die die Sonnenstrahlen reflektierte, auf einer Leiter aus Lichtstrahlen zum Himmel auf?

»Stell dir bei dem Pulver eine Explosion aus Licht vor ... und einen Sprung in eine andere Welt.«

»Hör mal, wir sind hier nicht in der Loge.«

»Ich habe dir die beste Antwort gegeben, die mir auf deine Frage einfällt.«

»Dieses Pulver birgt ein außergewöhnliches Geheimnis, stimmt's?«

»Ja, und es tut mir wirklich leid, dass ich dir nicht mehr sagen kann.«

»Hm. Wenn ich überlege, was du mir eben gesagt hast, wird hier wohl eher ein Quantenphysiker gebraucht als ein Chemiker.«

»Fällt dir jemand ein?«

»Lass mich nachdenken... Ja, ich glaube, ich kenne jemanden, der ausgeflippt genug ist. Ein Engländer. Er heißt Ken Mayo.«

Mayo sei einer der älteren Forscher am Laboratoire Albert Einstein in Montpellier. Er hatte unter anderem am Niels-Bohr-Institut in Amsterdam gearbeitet, und seine Veröffentlichungsliste war beeindruckend.

»Wie hast du ihn kennengelernt?«

»In New York in einem Fast-Food-Restaurant im Village.«

Neben ihm habe ein Typ gesessen, der seinen Hamburger kalt werden ließ, während er geheimnisvolle Gleichungen auf eine Papierserviette kritzelte. Irgendwann habe er ihn gefragt, was das sei.

»›Eine Eintrittskarte in eine Parallelwelt‹, hat er geantwortet und weitergeschrieben. Ich habe ihn gefragt, was er meine. Dann stellte sich raus, dass er von der Idee der Zeitkorridore besessen ist. Er hat mir erklärt, dass man dank der schwarzen Löcher den Weg abkürzen und schneller als mit Lichtgeschwindigkeit in andere Welten reisen könne. Total verrücktes Zeug.«

»Warte mal. Hat Einstein nicht gesagt, nichts in der Natur könne die Lichtgeschwindigkeit übertreffen?«

»Das habe ich ihm auch entgegnet. Weißt du, was der Typ mir antwortet? Dass Einstein sich irrt.«

Raisa sagte nichts, aber Ken Mayo gefiel ihr sofort.

»Ich glaube, ihr beiden werdet euch prächtig verstehen. Willst du, dass ich ihn anrufe?

»Wäre sofort zu früh?«

»Die Zeugen Jehovas sind Waisenknaben gegen dich!«

Monsignore Guzman ließ seinen Blick über die Fresken von Mantegna an den Wänden des Arbeitszimmers von Kardinal Alfieri schweifen.

»Monsignore, was kann ich für Sie tun?«, fragte Camillo Alfieri. Der Kardinalstaatssekretär hatte ein knochiges Gesicht, und hinter den fingerdicken Brillengläsern blickten wachsame Augen auf den Besucher.

»*Eminencia*, ich bin gekommen, um mit Ihnen über das Konklave zu sprechen. Im Interesse der Kirche natürlich.«

»Ich höre.«

»Zähen Gerüchten zufolge hat der Heilige Vater in seinen letzten Lebenstagen Kardinal Ottolenghi zu seinem gewünschten Nachfolger bestimmt, und er soll diesen Wunsch in einem Tagebuch niedergeschrieben haben. Sie sahen ihn jeden Tag. Was ist dran an diesen Gerüchten?«

»Monsignore! Wie können Sie sich erlauben, mir eine solche Frage zu stellen?«

»Meinen Sie nicht, unsere Begegnung wäre fruchtbarer, wenn wir aufhören würden, uns gegenseitig etwas vorzumachen?«

Alfieri musterte den Monsignore mit sarkastischer Miene. »Gut, ich gehe auf Ihr Spielchen ein. Nehmen wir einmal an, diese Gerüchte entsprächen der Wahrheit. Na und? Ist das Konklave denn keine freie Wahl?«

»Nun kommen Sie schon, *Eminencia*, Sie wissen so gut wie ich, dass er« – Guzman wies in Richtung der päpstlichen Gemächer – »von 117 wahlberechtigten Kardinälen 114 selbst ernannt hat. Die letzten Wünsche des polnischen Papstes werden diesen Kardinälen Befehl sein.« Er beugte sich zu Alfieri vor. »Also, es ist Ottolenghi, oder? Und das Tagebuch? Existiert es?«

»Nehmen wir abermals an, die Antwort sei Ja.« Alfieri versetzte einen antiken Globus aus Holz in eine Drehung. »Wo ist das Problem? Ottolenghi mag nicht gerade der glühendste Anhänger des Opus Dei sein, doch er hat sich immer auf Ihre Seite geschlagen. Zieht man den Schleier seiner Theologie beiseite, steht er politisch weiter rechts als Sie. Ein Ottolenghi als Papst passt Ihnen nicht?«

»Das stimmt, er ist weiter rechts als wir, und genau das ist es, was uns nicht passt.«

»Darf man erfahren, warum?«

»Sie fragen, warum? Mit seiner Inquisitionstheologie würde er sogar Jesus Christus vor die Glaubenskongregation zitieren, um ihm auf die Finger zu klopfen. Wenn Ottolenghi Papst wird, wird es innerhalb von fünf Jahren nur noch so viele Katholiken auf der Welt geben wie Mönchsrobben. Möchten Sie das?«

Alfieri brach in ein markerschütterndes Gelächter aus. »Guter Gott, was muss man sich nicht alles anhören!« Er trocknete sich die Lachtränen. »Der Generalprälat des Opus Dei bezichtigt andere des katholischen Integralismus. Nicht zu fassen!«

»*Eminencia*, Ihr Sinn für Humor erscheint mir ziemlich fragwürdig. Die Wahl Ottolenghis muss unbedingt verhindert werden, verstehen Sie das nicht? Sind Sie auf meiner Seite?«

»Ich bin weder auf der Seite der Guzmans des Opus Dei noch auf der Ottolenghis der Glaubenskongregation und auch nicht auf der Seite solcher Päpste« – Alfieri zeigte auf die päpstlichen Gemächer –, »die sich gegen den gesellschaftlichen Fortschritt und die berechtigten Ansprüche stellen, die mit diesem Fortschritt einhergehen.«

Der Staatssekretär des Vatikans habe die Aufgabe, so Alfieri, ein harmonisches Miteinander zwischen der Kirche und der Welt zu fördern, der heutigen Welt, nicht der vor zweitausend Jahren. Die wahre katholische Kirche wisse nichts mit einem Medienstar anzufangen, der sein ganzes Pontifikat auf Äußerlichkeiten gegründet habe. Sie brauche einen Papst, der den Erneuerungswillen des Zweiten Vatikanischen Konzils verkörpere und dessen Leitlinien umsetze.

»Die Linien, die Sie, Ottolenghi und der Papst ein Vierteljahrhundert lang in der Schublade liegen ließen.« Alfieri schlug mit der flachen Hand auf den Schreibtisch. »Wir bräuchten einen Johannes XXIII., stattdessen bekommen wir einen Ottolenghi. Wirklich schöne Aussichten!«

»*Eminencia*, Sie haben Unrecht, so über uns zu urteilen, das werde ich Ihnen sofort beweisen. Wir vom Opus Dei sind bereit, die Wahl eines moderaten Papstes zu unterstützen.«

»Ein moderater Papst? Was Sie nicht sagen. Warum nicht gleich einen Reformator? Sie haben nur noch die Qual der Wahl zwischen diesen 114 mustergültigen Kandidaten. Wer wäre denn das Exemplar dieser aussterbenden Art?«

»Kardinal Annibali, einer der drei, die nicht vom polnischen Papst ernannt wurden.«

»Wollen Sie mich beleidigen? Sie sprechen mit einem Berufsdiplomaten. Die zwanzig Jahre, die ich auf diesem Sessel verbracht habe, haben mich einiges über die menschliche Natur gelehrt. Annibali käme Ihnen natürlich sehr gelegen, um sich in den Augen der Welt wieder ein jungfräuliches Image zu verpassen. Er ist zwar moderat, aber auch ein Schwächling, und überdies ist er neunundsiebzig. Mit einem wie ihm wäre das *do ut des* für euch noch leichter als 1978.«

Oye, war der Mann hartnäckig! Aber im Grunde konnte Alfieri sich nicht so sehr von allen anderen unterscheiden, und das alte *do ut des* hatte noch immer funktioniert.

»*Eminencia*«, sagte Guzman, sich zu Alfieri vorbeugend, »wenn Sie mir helfen, Annibali wählen zu lassen, lasse ich Sie als Kardinalstaatssekretär bestätigen.«

»Noch ein polnischer Papst mit dem Opus Dei hinter den Kulissen, und der Heilige Stuhl kann an die New Yorker Börse gehen. Sie kommen zu spät. Vier Tage vor seinem Tod habe ich dem Papst meine Demission übergeben. Doch die Antwort auf Ihr Angebot wäre ohnehin abschlägig gewesen, das ist ja wohl selbstverständlich, auch wenn ich bezweifle, dass Ihnen die Gründe jemals einleuchten würden.«

»Dann sind die Gerüchte über Ottolenghi also wahr!«

»Absolut, so wie auch die Geschichte von dem geheimen Tagebuch zutrifft, das Ottolenghi vermutlich längst in Händen hält. Er wird es gut zu nützen wissen.«

»*Eminencia*, was beabsichtigen Sie bei der Wahl zu tun? Ihre Stimme hat Gewicht, und das wird auch so bleiben.«

»Beruhigen Sie sich. Ich werde mich enthalten. Was Proselyten betrifft, so hat der polnische Papst mit seinen Ernennungen ganze Arbeit geleistet. Ich werde mich fühlen wie der heilige Simon, der in der Wüste predigt.«

»Da Sie im Begriff sind, Ihren Abschied zu nehmen, *Eminencia*, möchte ich Sie etwas fragen. Warum hat der Heilige Vater sich für Ottolenghi entschieden? Warum nicht für einen unserer Kardinäle?«

»Das muss ich ausgerechnet Ihnen erklären? Ich habe den Überblick verloren über die Probleme des Staatssekretariats mit den vielen Ländern, in denen das Opus Dei von einem ehemaligen Numerarier oder seiner Familie vor ein Gericht zitiert wurde.«

»Ist Ottolenghis Image etwa besser als unseres? Denken Sie doch nur daran, was er in Südamerika angerichtet hat.«

»Schweigen Sie! Als hättet ihr vom Opus Dei niemals etwas mit der Befreiungstheologie zu tun gehabt! In den Siebzigerjahren, als

Sie, Monsignore, noch ins Bett machten, war ich apostolischer Nuntius in Rio de Janeiro und in Buenos Aires. Es ist ja kein Zufall, dass das Opus Dei gerade in jenen Jahren dank seiner örtlichen Supernumerarier in Südamerika so stark wurde. Sie waren Präsidenten wichtiger Industrie- und Finanzgruppen und standen Organisationen wie der Bilderberg-Gruppe und der Trilateralen Kommission nahe.«

Den Armen wurde vom Papst und von Ottolenghi gepredigt, dass sie die andere Wange hinhalten sollten, die Belohnung würde im Himmelreich auf sie warten. Das Opus Dei dagegen bekam Geld von den herrschenden Klassen, die diese Armen ausbeuteten.

»Ein Großteil des Geldes gelangte durch Ihre Stiftungen in den Vatikan. Wie erklären Sie sich das?«

Der Monsignore zeigte auf den Petersplatz. »Die Macht muss in den richtigen Händen konzentriert werden. Und glauben Sie mir, im Grunde wollen die einfachen Leute es nicht anders. Der Mann auf der Straße hat eine Heidenangst vor Entscheidungen und braucht eine starke Hand, die diese Entscheidungen für ihn trifft.«

»Wissen Sie, was das Problem des Opus Dei, der Ottolenghis und der polnischen Päpste dieser Welt ist? Ihr habt nicht verstanden, dass die Menschen heute mehr denn je nach Spiritualität und Liebe verlangen. Die Welt braucht Menschen wie euch nicht, Menschen, die für nichts und niemanden Liebe und Verständnis empfinden.« Alfieri erhob sich. »Ich wünsche Ihnen einen guten Tag, Monsignore.«

Nachdenklich schritt Monsignore Guzman vorbei an den salutierenden Schweizergardisten durch den Flur im dritten Stock des Apostolischen Palastes.

Ein *hombre de voz dura*, der Eindruck machte, das musste er zugeben. Aber Alfieri blieb ein Verlierer. Trotz seines Amtes als Kardinalstaatssekretär hatte er etwas Grundlegendes nicht begriffen. Das Einzige, was in der Welt von heute zählte, war der äußere Schein, nicht die Substanz, und das hatte der polnische Papst vollkommen verstanden. Die Medien zum eigenen Vorteil nutzen, das war das Geheimnis, darum musste der Papst dem Opus Dei ewig dankbar sein, das sein Pressebüro geleitet hatte.

Also war der Inquisitor der designierte Papst, und das Tagebuch existierte wirklich. Dieses Tagebuch musste verschwinden. Doch wie? Die wahlberechtigten Kardinäle wohnten in der Casa Santa Marta, und während des Konklaves würde der Vatikan eine Barriere aus spanischen Reitern um Santa Marta aufbauen.

Wie stellte er es an, sich in Ottolenghis Gemächer einzuschleichen?

32 Kommissar Dominici ging unter dem Portikus der Kirche dei Servi in Bologna hindurch. Vor der Fassade des Palazzo Hercolani aus dem 16. Jahrhundert angelangt, überquerte er den Innenhof und stieg die große, mit Statuen von Herkules und Athene geschmückte Freitreppe hinauf. Die Sekretärin sagte, der Professor würde gleich eintreffen.

Dominici betrachtete die Fotografien an den Wänden. Ein Mann, der Anthony Quinn ähnelte, lenkte in arktischer Expeditionskleidung einen Hundeschlitten, streichelte einen sibirischen Husky oder beugte sich, umringt von Eisbergen, über eine Feuerstelle. Da ging die Tür auf, und der Mann auf den Fotos trat ein, wettergebräunt.

Nachdem er dem Professor erzählt hatte, was er wusste, sagte der Kommissar: »Ich bin Polizist und Komplotte vom Typ ›Illuminaten‹ machen mich rasend.«

»Aber Cino hatte den richtigen Riecher, oder?«

»Sie wollen mir doch nicht etwa sagen, dass auch Sie an die Existenz einer Sekte glauben, die die Welt kontrolliert?«

»Darf ich Ihnen einen Whisky anbieten?« Der Professor nahm eine Flasche Chivas Regal von der Anrichte, füllte zwei Gläser und reichte Dominici eines. »Ich muss Ihnen eine Geschichte erzählen, damit Sie die Sache verstehen. Es ist die Geschichte von Cecil Rhodes, dem Gründer der Diamantengesellschaft De Beers.«

Rhodes hatte in Oxford studiert, wo er in Kontakt mit den Ideen von John Ruskin kam, der von Platons Idee einer von überlegenen Philosophenkönigen regierten Welt fasziniert war, die auch die Illuminaten vertreten hatten. Ruskin und mit ihm Rhodes machten daraus das Ideal einer vom Britischen Königreich, nämlich von der aus Oxford und Cambridge hervorgegangenen Elite regierten Welt.

»Doch die beiden gingen viel weiter als Platon«, erzählte der Professor. »Sie waren von einer sehr bösen Krankheit infiziert, die ich ›Sozialdarwinismus‹ nennen würde.« Er nippte an seinem Whisky. »Wissen Sie, was Eugenik ist?«

»Nein, aber der Begriff verheißt nichts Gutes.«

»Es ist eine Wissenschaft – entschuldigen Sie, ich wollte sagen: eine Pseudowissenschaft –, der es um die Höherentwicklung der menschlichen Spezies durch, sagen wir, kontrollierte Fortpflanzung geht.«

Durchdrungen von diesen Ideen, ging Rhodes nach Südafrika, wo er sich mithilfe der Rothschilds innerhalb weniger Jahre ein Monopol auf die gesamte afrikanische Diamantenproduktion sicherte. Er gründete die De Beers Consolidated Mines, durch die er faktisch zum Herrscher über Afrika wurde. Schon bald kontrollierte er das weltweite Diamantengeschäft und häufte ein immenses Vermögen an.

»Und jetzt kommen wir zum Wesentlichen«, sagte der Professor. »1891 gründete Rhodes zusammen mit Männern wie Lionel Rothschild, Milner, Balfour und Astor in London eine Geheimgesellschaft. Alles lupenreine WASPs, wie man heute in New England sagen würde. Er nannte sie ›Gesellschaft der Auserwählten‹, doch später wurde sie in Round Table umbenannt.« Der Professor lachte bitter. »Ein kurioses Detail: Die Gesellschaft war nach dem Vorbild des Jesuitenordens organisiert. Wenn es um dunkle Machenschaften geht, sind die immer dabei.«

Als Rhodes 1902 starb, hinterließ er sein gesamtes Vermögen dem Rhodes-Trust, der das Programm des Round Table verwirklichen sollte.«

Die Leitung der operativen Abteilung des Trusts wurde Lord Milner anvertraut, und in wenigen Jahren wuchs sich der Round Table zu einer Reihe assoziierter Geheimgesellschaften in den USA, Kanada, Australien, Neuseeland, Südafrika und Indien aus, die Round Table Group genannt wurden.

»Das Endziel blieb die ganze Welt«, fuhr der Professor fort. »Mit dieser fixen Idee beschloss der Round Table, seine Anonymität aufzugeben. Die Gelegenheit dazu ergab sich mit der Pariser Friedenskonferenz 1919. Im Hotel Majestic in Paris fand eine geheime Zusammenkunft von etwa fünfzig Mitgliedern des englischen und amerikanischen Round Table statt. Dabei gründeten die Mitglieder des Round Table das RIIA, das Royal Institute of

International Affairs, und eine parallele amerikanische Organisation, das AIIA, das American Institute of International Affairs.

»Der Zweck dieser Organisationen bestand nicht nur darin, der englischen und amerikanischen Regierung zu sagen, welche Außenpolitik sie verfolgen sollten, sie sollten auch und vor allem die Grundlagen einer ›neuen Weltordnung‹ schaffen. Ich überlasse es Ihnen, sich vorzustellen, an welche Art Ordnung gedacht war und wer an ihrer Spitze stand.«

»Seltsam. Es scheint, als sei das AIIA, die amerikanische Organisation, eine Art Filiale der englischen gewesen.«

»Genau das war Milners Absicht, aber House war nicht der Typ, der so etwas schluckte. Außerdem hatten die USA den Krieg gewonnen, nicht die europäischen Alliierten, und das vergaß House nicht.«

Um deutlich zu machen, dass die Amerikaner keinesfalls eine untergeordnete Stellung einnehmen würden, änderte House den Namen der AIIA in CFR, Council of Foreign Relations, das zwei Jahre später, 1921, offiziell in New York gegründet wurde.

»Wer waren die ersten Mitglieder des CFR?«, fragte der Kommissar.

»Die Morgans, die Rockefellers und die Warburgs, während die Rothschilds, die Astors und die Balfours die RIIA leiteten. Und seit damals haben sich diese beiden Orchester nur vergrößert, aber die Musik ist dieselbe geblieben.«

»Was geschah nach 1921?«

»Das wissen Sie schon aus Cinos Recherchen. Heute sitzt das CFR am oberen Tischende, nicht mehr die RIIA. Der Grund liegt auf der Hand. Mit dem Verlust ihrer Kolonien hatten die Engländer an Einfluss verloren.«

»Gut, Professor, nehmen wir mal an, das CFR besteht aus viertausend WASPs, wie Sie sie nennen, und die kontrollieren die Regierung der USA. Und weil die USA die Weltpolitik prägt, folgt daraus, dass das CFR die Welt kontrolliert?« Der Kommissar verzog den Mund. »Den ganzen Planeten zu beherrschen ist etwas völlig anderes, als die Außenpolitik der USA zu beeinflussen.«

»Das brauchen Sie mir nicht zu sagen.«

»Es gibt also ein Ungeheuer, das CFR heißt. Na und? Jede Zeit hat ihr CFR gehabt, Geld hat die Politik schon immer beeinflusst, aber das bedeutet noch nicht, dass es zehn Zwerge in Zürich gibt, die über die Geschicke der Welt entscheiden.«

»Sie haben recht. Tatsächlich sind es nicht zehn, sondern zwölf.«

Der Kommissar fixierte den Professor. »Das darf doch nicht wahr sein, Professor! Jetzt fangen Sie auch schon an!«

»Cino hat recht. Auf Ihrer Liste fehlt ein Name, der wichtigste von allen.« Der Professor schrieb etwas in Blockbuchstaben auf einen Zettel und drehte ihn zu Dominici herum. »Haben Sie diesen Namen je gehört?«

Dominici las stirnrunzelnd. »Vielleicht… Aber im Moment sagt mir das nichts.«

»Die Mitglieder dieser Gruppe kamen zum ersten Mal in Holland zusammen. Im Mai 1954.«

Der Professor füllte erneut ihre Gläser und fuhr fort zu erzählen, von Zeit zu Zeit durch Fragen des Kommissars unterbrochen. Als er fertig war, dämmerte es, und im Fenster erschien die beleuchtete Silhouette der beiden schiefen Türme.

Der Kommissar lockerte seine Krawatte. Sein Blick wanderte zu den Fotos an der Wand. »Jetzt verstehe ich Ihre Leidenschaft für Polarexpeditionen.«

Théo lehnte an der Balkonbrüstung und schaute gedankenverloren zu den Lichtern von Montmartre hinauf. Die Umrisse der Neonreklamen verschwammen, das Bild löste sich auf, und er sah die Bucht von Evdilos mit den Lichtern des Hafens vor sich. Im Geist hörte er, was Kassamatis und er einander vor zwei Tagen nach ihrer Rückkehr aus der Taverne auf der Terrasse von Kassamatis' Villa gesagt hatten.

»Warum sollte ich es dir verraten?«, fragte Kassamatis. »Damit du es im Namen der ›Gerechtigkeit‹ und der ›Wahrheit‹ der ganzen Welt erzählst?«

»Warum willst du das nicht? Ein Geheimnis zu haben tut deinem Ego gut, was? Glaubst du, das macht einen großen Mann aus dir?«

»Ich kenne wenigstens meine Grenzen.«

»Was du nicht sagst.«

»Mein Ego geht so weit, wie die Leichtgläubigkeit der Leute

reicht – also ziemlich weit, das gestehe ich dir zu –, aber deine Naivität, mein Freund, ist grenzenlos.«

»Meine Naivität, mein Freund, geht so weit, wie mein Bedürfnis nach Gerechtigkeit reicht.«

»Du bist ein Idealist, und Idealisten haben schon immer eine Spur aus Tränen hinterlassen. Idealismus ist zu teuer. Such dir einen anderen Geldgeber.«

Erst der Obelisk, dann Picos Kegel und schließlich der fehlende Papyrus. Stolze Ergebnisse. Théos Hände umklammerten das Geländer. Und jetzt?

Er ging ins Wohnzimmer, schenkte sich ein Glas Delamain Réserve ein, nahm einen tiefen Schluck und setzte sich in einen Sessel. In Gedanken noch bei Kassamatis, richtete er die Fernbedienung auf den Fernseher.

»Um sechs Uhr heute Morgen hat der Ätna wieder Lebenszeichen von sich gegeben«, sagte der Sprecher der Nachrichtensendung von France 2. »Eine hohe Rauchsäule stieg aus dem südöstlichen Krater des Vulkans auf.«

Plötzlich fiel ihm Raisas Vortrag ein. *Freud schrieb außerdem, dass der biblische Jahwe die mythische Verkörperung eines grausamen, herrschsüchtigen Vulkangottes sei, der von einigen Nomadenstämmen im Land Midian verehrt wurde.*

Warum hatte Josia sich ausgerechnet für Jahwe als einzigen Gott entschieden? Woher kam dieser Jahwe? Er sprang auf, ging in sein Arbeitszimmer und nahm die Bibel. Exodus 21,13: »Der Herr zog vor ihnen her, bei Tag in einer Wolkensäule, um ihnen den Weg zu zeigen, bei Nacht in einer Feuersäule, um ihnen zu leuchten.«

Eine Rauchsäule, eine Feuersäule. Ein Vulkan. Das war also der Berg Sinai! Ein Vulkan, der wahrscheinlich dank der Berichte der Beduinenstämme der Negevwüste in das kollektive Gedächtnis Israels eingegangen war. Raisa. Er wählte ihre Nummer.

»Wie kam Freud auf diese Idee?«, fragte Théo.

»Das hat er in *Der Mann Moses und die monotheistische Religion* geschrieben«, sagte Raisa. »Warte einen Moment.« Théo hörte Buchseiten rascheln. »Hier, Freud erwähnt einen Historiker, einen gewissen Eduard Meyer, und zitiert aus einem Buch Meyers von 1906.«

Meyer schrieb, dass die jüdischen Stämme, die eines Tages das Volk Israel werden sollten, sich in alter Zeit zu einem neuen Gott bekehrt hatten. Aber diese Konversion ereignete sich weder in Ägypten noch am Fuße eines Berges auf der Halbinsel Sinai, wie es in der Bibel hieß, sondern in einer Gegend nordwestlich des Landes Midian, die an Kanaan grenzte.

Unter Berufung auf Meyer schrieb Freud, es habe weder in Ägypten noch auf dem Sinai Vulkane gegeben, während die Westküste Arabiens voller Vulkane war. Einer davon musste der »Berg Gottes« aus der Bibel sein, nämlich der Sinai-Horeb, auf dessen Gipfel Jahwe seine Wohnstatt hatte, wie die Legenden der Stämme in Midian erzählten.

»Hast du noch mehr gefunden?«, fragte Théo.

»Ja. Schon vor Meyer hatte ein englischer Forscher, ein gewisser Charles Beke, bereits die Vermutung geäußert, dass der Berg Sinai ein Vulkan in Arabien sein müsse. Beke schrieb darüber ein Buch mit dem Titel *Mount Sinai, a Volcano*, das 1873 in London erschien.«

In ihren Büchern berichteten Beke und Meyer, dass die Hirtenstämme in Kanaan und Midian Hunderte von Naturgottheiten verehrten, unter denen El, die Göttin Aschera, Schahar, Astarte und Baal eine besondere Stellung einnahmen.

»Jahwe war ein unwichtiger Gott, einer unter vielen«, sagte Raisa, »und nicht zufällig ein Vulkangott, weil es in Saudi-Arabien offenbar von Vulkanen nur so wimmelte. Théo, warum fragst du das? Hast du etwas Neues herausgefunden? Etwas über das Pulver?«

»Nein. Im Moment ist das nur so eine Idee.«

»Théo …?«

»Ja?«

»Warum hältst du mich auf Distanz?«

Merde, no. Nicht jetzt. »Was meinst du damit?«

»Das weißt du sehr gut.«

»Du bringst mich auf etwas, was Vanko über die Beichte sagte. Ich weiß nicht, was schlimmer ist, der Beichtstuhl der Kirche oder die Liege der Psychoanalytiker.«

»Denk ja nicht, ich hätte es nicht gemerkt. Du hast Angst. Ich kann dir helfen, dich zu erinnern. Und gesund zu werden.«

»Verflixt noch mal! Ich hasse nichts mehr, als wenn jemand seine Nase in meine Angelegenheiten steckt!«

»Verstehst du denn nicht, dass es Angst ist, die aus dir spricht? Man hat immer Angst, im Unterbewusstsein zu graben, weil alle glauben, die Wahrheit würde wehtun. Und sie tut weh. Aber sie ist die einzige Möglichkeit, um ...«

»Entschuldige, aber ich bin wirklich müde und würde gerne schlafen gehen.«

Er setzte sich wieder ins Wohnzimmer, füllte sein Glas und leerte es in einem Zug. Diese Psychoanalytiker! Er schnaubte ärgerlich. Ausgerechnet er musste an eine Vertreterin dieser Spezies geraten. Und obendrein sollte er sich auch noch schuldig fühlen. Das Licht brach sich im Glas und vervielfachte sich zu einer bunten Lichterkette.

»Lügner!«, schrie die Frau mit dem metaphysisch leeren Gesicht. »Auch dich selbst belügst du!« Statt ihm den silbernen Schlüssel zu reichen, warf sie ihn in die Luft, wo er eine leuchtende Bahn über den Himmel zog, dann den Berghang hinabrollte und im Meer verschwand.

Die Angst schnürte ihm den Magen zu. »Genug!«, schrie er. »Genug!« Wieder füllte er sein Glas. Wo war er stehen geblieben? Der Vulkan. Natürlich, der Vulkan. Nur der zählte jetzt.

Seine Überlegung hatte nur Sinn, wenn dieser Vulkan aktiv gewesen war, als der biblische Moses aus Ägypten floh. Echnaton hatte siebzehn Jahre lang regiert und war 1332 vor Christus spurlos verschwunden. Wie ließ sich feststellen, ob ein Vulkan im Nordwesten Saudi-Arabiens zu der Zeit ausgebrochen war? Ein Vulkanologe musste her. Doch wer?

Vor seinem inneren Auge tauchte ein Walrossschnurrbart auf. Er gehörte einem Geologen aus Reykjavik, einem schrulligen Mann, den er auf einem Kongress kennengelernt hatte. *Merde*, wie hieß er noch gleich?

Am nächsten Morgen ging Théo früh ins Büro und schloss sich im Archiv ein. Schließlich fand er die Mappe mit den Kongressunterlagen. Beim Blättern fiel eine Visitenkarte heraus: *Prof. Björk Stefansson, Nordic Volcanological Institute, University of Iceland, Reykjavik*. Das war er. Théo sah auf die Uhr und wählte die Nummer.

»Natürlich erinnere ich mich an Sie«, sagte Stefansson. »Womit kann ich Ihnen helfen?«

Théo erklärte ihm, wonach er suchte. Er sagte so wenig wie möglich und vermied jeden Bezug auf den Exodus.

Es gab verschiedene Techniken, um Ausbrüche vergangener Zeiten zu datieren. Der Professor deutete mehrere Methoden an, die vom C14-Gehalt über die Paläontologie bis zur Tephrochronologie und Dendrochronologie reichten.

»Gibt es irgendwo eine Datenbank historischer Ausbrüche, die nach geografischen Regionen geordnet ist?«, fragte Théo.

»Natürlich. Die vollständigste ist der *Catalog of Active Volcanoes of the World* von Simkin und Seibert. Er umfasst tausendfünfhundert Vulkane in aller Welt und geht zehntausend Jahre zurück.«

»Ich nehme an, Sie haben ein Exemplar.«

»Möchten Sie, dass ich bei Saudi-Arabien nachschaue?«

»Danke, Professor. Würden Sie bitte auch überprüfen, welche Vulkane im Nordwesten des Landes liegen?«

»Kein Problem. Ich rufe zurück.«

Eine Stunde später kam Clea in Théos Büro und legte ein Fax auf den Schreibtisch. »Aus Reykjavik.«

Théo hatte gerade angefangen, das Fax zu lesen, als das Telefon klingelte.

»Wie ich in meinem Fax geschrieben habe«, sagte Stefansson, »ist die Westküste Saudi-Arabiens mit Lavafeldern übersät, die ›Harras‹ genannt werden. Sie sind das Zeugnis einer starken vulkanischen Aktivität in der Vergangenheit. Der Katalog zählt etwa zwanzig historische Vulkane auf, und zwei davon liegen im Nordwesten.«

Théo überflog das Fax. »Ich sehe … der Harrat ar Rahah und der Harrat Uwayrid.«

»Genau diese, aber leider gibt es ein Problem.«

Obwohl gesichert sei, dass diese beiden Vulkane während der letzten zehntausend Jahre aktiv waren, verzeichne der Katalog keine einzige Eruption.

»Allerdings bin ich auf etwas Seltsames gestoßen«, sagte Stefansson. »Das mag Sie als Ägyptologe vielleicht interessieren. Denken Sie nur, es hat mit dem Exodus in der Bibel zu tun.«

Théos Hand zuckte gegen einen Stiftehalter, der lärmend auf dem Boden zerbrach.

»Was hat denn der damit zu tun?«

»Ich erkläre es Ihnen. Der Katalog besteht aus einer Sammlung von Untersuchungen bestimmter Regionen, die nacheinander in Heftform erschienen sind, beginnend mit dem Jahr 1951.«

Das Heft über die Vulkane Saudi-Arabiens sei 1963 erschienen. Der Vulkanologe Neumann van Padang, der es herausgegeben hatte, zitierte aus Kapitel 19,16–18 Exodus und äußerte die Vermutung, die Stellen könnten sich auf einen Ausbruch des Harrat ar Rahah beziehen. Übrigens befinde sich dieser Vulkan weiter im Nordwesten als alle anderen, erklärte Stefansson, darum sei er auch am nächsten zur Halbinsel Sinai gelegen.

»Hören Sie«, sagte Stefansson, »ich bin ein netter Mensch, der anderen nicht ihre Ideen klaut. Warum sagen Sie mir nicht klipp und klar, was Sie suchen?«

Welche Gefahr konnte von einem Vulkanologen in Reykjavik ausgehen?

»Ich möchte wissen, ob einer dieser beiden Vulkane um das Jahr 1332 vor Christus aktiv war. Gibt es jemanden auf der Welt, der mir das sagen könnte?«

»Es gibt nur eine Methode, um das herauszufinden. Ein Team von Geologen nach Saudi-Arabien schicken, damit sie vor Ort Daten erheben.«

»Vergessen Sie es.«

»Das dachte ich mir. Es gibt noch eine Möglichkeit, doch in diesem Fall müssen Sie sich mit einer halben Antwort zufriedengeben.«

»Und das bedeutet?«

»Ich kann überprüfen, ob es in der westlichen Hemisphäre um dieses Datum herum eine Eruption gab, doch ich kann Ihnen dann leider nicht sagen, wo.«

»Wie machen Sie das?«

»Haben Sie schon vom GICP gehört, dem Groenland Ice Core Project?«

»Nein. Was ist das?«

Das europäische Forschungsprojekt untersuchte seit 2003 an den tiefen Eisschichten Grönlands die Klimaveränderungen der Erde in den letzten hunderttausend Jahren.

»Der *ice core* birgt auch die Informationen, die Sie gerne hätten«, sagte Stefansson.

Bei einem Vulkanausbruch wurden vulkanische Asche und Gas, darunter große Mengen Schwefeldioxid, Dutzende von Kilometern hoch in die Luft geschleudert, so Stefansson. Diese Stoffe fielen wieder auf die Erde, also auch auf das Eis der Arktis und Antarktis, und lagerten sich im Laufe der Zeit in den Eisschichten der verschiedenen Epochen ab.

»Es genügt also, den Gehalt an SO_2 in verschiedenen Schichten des Gletscherkerns zu untersuchen, um herauszufinden, zu welchem Zeitpunkt Spitzenwerte an Schwefeldioxid auftreten. Das ist bereits geschehen.«

»Wer besitzt diese Informationen?«

»Wir. Island nimmt an dem GICP teil.«

Eine halbe Stunde später kam Clea wieder in Théos Büro und reichte ihm ein Fax. »Was heckst du da mit Island aus?«

Es war eine Grafik mit X- und Y-Achse. Die Y-Achse verzeichnete die Konzentration von Schwefeldioxid, die X-Achse die Zeit in Jahren, bis zum Jahr 2000 vor Christus. Théo betrachtete die Spitzenwerte auf der X-Achse, und ein triumphierendes Lächeln trat auf sein Gesicht. Er sprang auf, holte die Jaeger heraus, die er im Büro aufbewahrte, setzte die Geige an und ergriff den Bogen. Die Klänge des *Allegro molto appassionato* von Mendelssohns Violinkonzert in e-Moll erfüllten den Raum. Dann drehte er sich um.

Mit verschränkten Armen musterte ihn Clea von der Tür aus. »Du hast doch wieder eine deiner verrückten Ideen, oder?«

Der Mann im Unterhemd, der im Inneren des Nissan-Kleinlasters saß, nahm den Kopfhörer ab und reckte sich. Er drückte auf die Stopptaste des Aufnahmegeräts, spulte das Band zurück und drückte auf Start. »Natürlich erinnere ich mich an Sie. Womit kann ich Ihnen helfen?« Nachdem er das Band erneut abgehört hatte, wählte er eine Nummer auf seinem Handy.

»Wie oft soll ich Ihnen noch sagen, dass Sie mich nicht tagsüber anrufen sollen?«

»Monsieur, ich glaube, dieses Telefongespräch wird Sie interessieren.« Der Mann hielt das Handy an das Aufnahmegerät und drückte die Starttaste.

Ein tabakbrauner Rolls-Royce hielt vor einem schmiedeeisernen Zaun mit vergoldeten Spitzen in der Avenue Montaigne im achten Arrondissement. Das Tor öffnete sich, der Rolls fuhr in den Park und verschwand hinter einer surrealistischen Bronzeskulptur von Henry Moore.

Der Fahrer öffnete die Wagentür. Dem Auto entstieg ein hagerer Mann mit Adlernase und einem gepflegten grau melierten Bärtchen. Er trug einen Dreiteiler aus dunkelgrauem Tweed und einen teuren anthrazitfarbenen Hut. Leicht hinkend und auf seinen Spazierstock gestützt, stieg der Mann die Stufen zum Portikus hinauf. Über der Eingangstür prangten in einer Rosette die Initialen L und F aus Messing.

»*Bonsoir*, Monsieur le Comte«, sagte der Butler. »Mister Fitzwilliam hat vom Flughafen aus angerufen und lässt mitteilen, dass er in Kürze hier sein wird.«

»*Bonsoir*, Theodric. Wie kam er dir vor?«

»Ein wenig verwirrt und argwöhnisch, Monsieur le Comte. Eine ängstliche Persönlichkeit, würde ich sagen, die zu obsessiv-zwanghaften Störungen neigt.«

»Öfter mal was Neues«, murmelte der Comte, während er dem Butler seinen Hut reichte und auf eine breite Treppe aus rosafarbenem Marmor zuging, an der Gemälde von Toulouse-Lautrec hingen. Ein mit Blumenarabesken durchwirkter Läufer bedeckte die Stufen. »Ich bin oben im Arbeitszimmer.«

Der Aubusson-Teppich auf dem Parkett dämpfte seine Schritte. Der Comte setzte sich an seinen Chippendale-Sekretär und überflog einen Stapel Briefe, alle an »Monsieur le Comte Émil La Fontaine« gerichtet, und öffnete einige davon. Das Telefon läutete.

»Monsieur le Comte«, sagte der Butler, »Mister Fitzwilliam ist eingetroffen. Ich habe ihn in die Bibliothek geführt. Besondere Anweisungen für das Diner, Monsieur?«

»Zur gewohnten Zeit, für zwei. Was das Menü betrifft, Theodric, so kennst du seinen Geschmack.«

»Ja, ich weiß, Monsieur«, sagte der Butler mit einem resignierten Unterton. »Blutiges T-Bone-Steak, geschmorte Maiskolben und *Lemon pie*.«

Die Tür der Bibliothek schloss sich hinter La Fontaine. Fitzwilliam stand vor einer Fenstertür, die auf den Park hinausging. Er drehte sich um. Der Mann war das Ebenbild von Franklin Roosevelt. Er rauchte eine Zigarette aus einer goldenen Spitze und trug einen blauen Nadelstreifenanzug, aus dessen Jackett ein weißes Seidentaschentuch hervorschaute. Ein breiter goldener Ring mit einem roten Stein schmückte seinen rechten Ringfinger.

»*Mon cher ami*, warum diese Eile?«, fragte La Fontaine, nachdem sie sich gesetzt hatten.

»Ich habe gestern in New York das Komitee einberufen. Émile, diese Geschichte dauert jetzt schon zu lange. *Enough is enough.*«

Die Schläge einer Tischpendüle aus vergoldeter Bronze im Empirestil untermalten seine Worte. La Fontaine nahm eine Cohiba Behike aus einer Zedernholzschachtel und schnitt sie mit einem silbernen Zigarrenschneider an.

»Meinst du nicht, dass ihr etwas übereilt reagiert?« La Fontaine brachte die Zigarre zum Brennen, indem er mehrmals kräftig zog.

»Übereilt?« Fitzwilliam schlug die Beine übereinander, eine kurze schwarze Socke betonte die weiße Haut. »Hat dir St. Pierres Telefonat mit dem Vulkanologen nicht genügt?«

Fitzwilliam streckte seine Hand zu einem bronzenen Mörser aus, in dem Silbermünzen mit dem Profil der Königin Victoria lagen. Er nahm eine Münze und ließ sie auf den Teller einer Waage fallen, die von einer bronzenen Statuette der Athene gehalten wurde. Das Klimpern erstarb zwischen den Bücherwänden der Bibliothek.

»Ich dachte, wir wären uns darüber einig gewesen, dass Abwarten die beste Strategie ist«, sagte La Fontaine. »Kowalski hat sich dieses Loch unter der Intarsie schließlich nicht eingebildet.«

»Das hat nichts mit dem Grab zu tun. Außerdem bleibt der Inhalt dieses Lochs völlig hypothetisch, während es an der anderen Front jetzt eine konkrete Gefahr gibt.«

»Hypothetisch sagst du? Kowalski hat die Psychoanalytikerin gestern bis vor die Tür eines chemisch-physikalischen Forschungslabors verfolgt. Was hat sie da gemacht?«

Fitzwilliam deutete mit seiner Zigarettenspitze eine schicksalsergebene Geste an. »Du hast dich doch nicht etwa von Kassamatis beeindrucken lassen? Diesem griechischen Orakel mit seinen wirren Ideen?«

»Gestern habe ich mit Van Daalen gesprochen. Er ist inzwischen überzeugt, dass der anonyme Verfasser des Büchleins niemand anderes als Pico della Mirandola war. Mehr noch. Er meint auch, Pico della Mirandola habe etwas so Wichtiges entdeckt, dass unsere Freunde von der Kirche ihn beseitigen ließen. Van Daalen könnte recht haben. Was hat Pico della Mirandola entdeckt?«

»*For Chrissake*, wie soll ich es dir noch sagen? Nach dem, was auf dem Berg Athos passiert ist – der Tod von Clausen spricht Bände – und mit St. Pierre, der geradewegs auf Saudi-Arabien zielt, können wir nicht länger warten. Wir müssen diese drei aufhalten. Sofort.«

»Aber warum denn? Zwar haben Juden, Christen und Moslems jetzt den Papyrus dieses Theon in Händen, aber für sie ist es doch noch wichtiger, Schweigen darüber zu bewahren als für uns. Wo siehst du da ein Risiko?«

»Genau in diesem Punkt stimmen wir nicht überein«, sagte Fitzwilliam. »Du hast recht, was die Christen und Juden betrifft, aber bei den Moslems irrst du dich, und zwar gewaltig.«

»Wenn die Bibel untergeht, versinkt der Koran mit ihr.«

»Das glaubst du. Riad und seine Imame haben sich immer von der Bibel distanziert. Wenn dieses Grab ans Licht kommt, kann Israel den Laden dichtmachen. Glaubst du wirklich, dass die Saudis das nicht bedenken, vor allem wenn man sich ansieht, was derzeit im Nahen Osten passiert? Das Grab liegt auf ihrem Gebiet, und jetzt wissen sie es.«

Er ließ eine zweite Münze auf den Teller der Waage fallen.

Nachdenklich blies La Fontaine den Rauch seiner Zigarre in die Luft. »St. Pierre und die beiden anderen zu beseitigen löst das Problem nicht. Wenn sie verschwinden, bleiben die Saudis, und die sind, wie du selbst sagst, kurz davor, das Grab zu entdecken.«

»Glaubst du, ich habe nicht schon daran gedacht? Einerseits liegt der Papyrus von Tut sicher im Safe der Citibank, andererseits fühlt sich Kassamatis in Riad wie zu Hause.« Fitzwilliam warf La Fontaine einen verschwörerischen Blick zu. »Er wird derjenige sein, der das Wort ›Ende‹ unter diese Geschichte schreibt, was wir übrigens schon vor sechs Jahren hätten tun sollen, wenn ihr beiden auf mich gehört hättet.«

Fitzwilliam ließ eine dritte Münze in den Teller der Waage fallen. Die Waage senkte sich ganz auf eine Seite, und der Teller stieß mit einem dumpfen Geräusch gegen ein Bein der Athene.

»Nun? Sind wir uns einig?«

La Fontaine hob den Spazierstock und stieß damit ein-, zwei-, dreimal auf das Parkett. »St. Pierre und der Antiquitätenhändler sind entbehrlich, aber die Psychoanalytikerin nicht. Noch nicht.«

»*Damn it!*« Fitzwilliam war offensichtlich wütend. »Warum zum Teufel müsst ihr Europäer immer so kompliziert sein? Was hast du jetzt vor?«

Die Pendüle schlug zur halben Stunde. Es klopfte an der Tür der Bibliothek, und Theodric erschien auf der Schwelle.

»Monsieur le Comte, das Diner wird sogleich serviert.«

33 Ein Kahn fuhr tuckernd unter der Pont de Sully hindurch, die im gelben Licht der Straßenlaternen glänzte. Unbekümmert um den Regen, ging Théo über die Brücke auf den Quai Henri IV. zu.

Es war schön, nachts über die Boulevards an der Seine zu wandern und die Welt der kleinen Leute zu beobachten, die bis nach Mitternacht in den Cafés verweilten. An der Ecke einer Gasse lockte das Schild eines Bistros, das einen grünen Schein auf den nassen Asphalt warf. Er trat ein, setzte sich an die Theke und bestellte einen Courvoisier.

Der Wirt mit einer bis über den Bauch reichenden Schürze und einem Bleistift hinter dem Ohr schenkte ihm ein und kehrte dann zu seinem Gespräch mit einem Mann in einem gut geschnittenen blauen Zweiteiler zurück. Obwohl Ravels *Bolero* durch den Raum dröhnte, schnappte Théo ein paar Sätze auf.

»Ich sag's dir, das Haus ist genau so, wie sie es beschrieben hat«, sagte der Gast. »Stell dir das mal vor! Das Haus meiner Kindheit in Saint-Malo. Sogar das Foto von mir über dem Kamin, wie ich auf dem Schäferhund sitze und einen Kreisel in der Hand halte!«

»Und das hat sie alles aus einer Tarotkarte?«

»Yves, hier geht es nicht um die Tarotkarten. Ich sage dir, die Herzogin hat übernatürliche Fähigkeiten.« Der Gast beugte sich über die Theke. »Sie liest im Unergründlichen«, flüsterte er.

»Ich habe eben unfreiwillig zugehört«, sagte Théo, als der Mann gegangen war. »Wer ist die Herzogin?«

»Eine *clocharde*, die sich in dieser Gegend rumtreibt. Eine mit medialen Fähigkeiten, sagen die Leute.«

»Ich habe etwas von Tarotkarten gehört …«

»Das ist die Spezialität der Herzogin, und meine Gäste sagen, dass sie sich niemals irrt. Träume und Zukunft für ein paar Euro.« Er zuckte mit den Achseln.

»Warum nennt ihr sie Herzogin?«

»Keiner weiß, wie sie heißt und woher sie kommt.« Er polierte ein Glas und prüfte es im Gegenlicht. »Sie redet wie eine gebildete Person, ganz ohne Dialekt, und benimmt sich wie eine Dame. Ein richtiges Geheimnis. Die schlimmsten Grobiane unter meinen Gästen – ein paar davon müsste man im Zoo einsperren – ziehen den Hut, wenn sie mit ihr reden.«

»Kommt sie jeden Tag hierher?«

»Sie kommt abends, manchmal auch am Spätnachmittag. Vor einer Stunde ist sie gegangen. Sie sitzt immer am selben Tisch.« Er zeigte auf eine Ecke am Fenster. »Die Leute stehen Schlange, um mit ihr zu sprechen.«

»Wo wohnt sie?«

Der Wirt zeigte aus dem Fenster. »Unter der Pont d'Austerlitz.«

Théo rieb sich den Nasenrücken. »Was trinkt die Herzogin?«

»Calvados. Aber wenn sie ein paar Euro hat, gönnt sie sich ein Glas Champagner Rosé.«

»Welcher ist der Beste, den Sie haben?«

»Der Krug. Warum?«

»Gegen Sie mir eine Flasche und zwei Gläser. Ich bezahle sie Ihnen.«

Der Wirt warf einen Blick auf die Uhr. »Tarot um ein Uhr nachts? Unter einer Brücke?«

»Wieso, ist das jetzt auch schon verboten?«

Eine Flasche Krug in der einen, zwei Gläser in der anderen Hand, stieg Théo im Regen eine Treppe hinunter und ging am Rand der Seine auf die Pont d'Austerlitz zu. Aus den erleuchteten Bullaugen eines am Kai liegenden Bootes ertönte ein Walzer von Strauß. In der Luft lag ein Geruch nach Moder und feuchtem Tauwerk. Am Fuß des ersten Brückenbogens flackerte eine Laterne.

Im Schein der Laterne tauchte das Profil einer Frau auf, die auf einem Treppenabsatz an eine Mauer gelehnt saß. Sie las im Licht der Petroleumlampe, über sich ein Wellblechdach.

»*Bonsoir*, Madame.« Théo hob die Flasche über das Geländer

um den Treppenabsatz, das Regenwasser rann ihm übers Gesicht. »Darf ich Ihnen ein Glas Champagner Rosé anbieten?«

Das Flackern der Lampe beleuchtete himmelblaue Augen von ungewöhnlich starkem Glanz und Gesichtszüge, die ihn an die Ahnengalerien in Adelshäusern erinnerten.

»*Bonsoir.*« Die Frau ließ das Buch sinken. »Was suchst du hier um diese Zeit?«

Théo schielte nach dem Titel des Buches. *Poèmes saturniens* von Paul Verlaine. »Oben im Bistro hat man mir gesagt, Sie lesen Tarotkarten.«

»Lass das Sie. Das ist nichts für uns Clochards.«

»Darf ich?« Théo zeigte auf die Stufen, die zum Treppenabsatz hinaufführten.

»Komm ruhig. Kümmere dich nicht um die Unordnung. Das Zimmermädchen hat Ausgang, die Wohnung ist nicht aufgeräumt.«

Théo dachte an die Worte des Wirts. Wenn er einen Hut tragen würde, hätte er ihn jetzt auch gezogen. Er setzte sich, entkorkte die Flasche und füllte die Gläser.

»Du siehst nicht aus wie einer, der an die Karten glaubt.« Die Herzogin musterte Théo. »Warum bist du gekommen?«

»Aus Neugier.« Théo kratzte sich lachend am Kinn. »Ich habe einen Freund, Jean Paul, der ...«

»Die Tarotkarten sind dazu da, in sich selbst hineinzuschauen, Jean Paul. Warum denkt ihr Männer immer, Gefühle seien schlimmer als die Pest? Kannst du mir das erklären?«

Théo seufzte und strich sich über den Hals. »Na gut. Seit ein paar Wochen habe ich einen Traum, der immer wiederkehrt. Immer derselbe. Ich träume, dass ich mich in einem Labyrinth aus Spiegeln verirre ...«

Das Trommeln des Regens auf dem Blechdach begleitete seine Worte.

»Was willst du wissen? Die Bedeutung?«

»Mehr. Ich bin sicher, dass der Traum mir etwas zu sagen versucht. Etwas, was ich tun oder nicht tun soll. Ich wache in dem Moment auf, in dem dieser Schlüssel im Meer versinkt, mein Herz klopft zum Zerspringen, und ich habe das Gefühl, dass die Lichter für immer ausgehen. Und dabei habe ich Angst vor der Dunkelheit.«

Die Herzogin reichte Théo ihr leeres Glas, und er füllte es erneut. »Ein Detail ist mir unklar: diese Statuette von Echnaton, mit der du den Spiegel zerschlägst.« Sie trank einen Schluck. »Was bist du von Beruf? Archäologe?«

Théo sah sie verblüfft an. »Ja … ich bin Archäologe.«

Der Blick der Herzogin verlor sich auf den Lichtstreifen über der Seine. »Der Traum sagt, dass du zwei Dinge suchst, etwas außerhalb von dir und etwas in dir. Ich frage mich, ob es nicht ein und dasselbe ist. Ein Geheimnis, das mit Echnaton zu tun hat … Etwas, was dich seit Langem schon fasziniert und verfolgt.«

Die Herzogin verschwand hinter einem Plastikvorhang, der vor einem Hohlraum hing. Ein zerwühltes Lager wurde sichtbar. Sie kehrte mit einer Rolle aus grünem Stoff und einem Packen Karten zurück.

Dann stellte sie die Lampe auf den Boden und setzte sich vor Théo hin. Sie rollte das grüne Tuch auf und mischte die Karten. Ihre Hände waren schmal, von ungewöhnlicher Zartheit und von bläulichen Adern durchzogen. Théo bemerkte einen grünblauen Schimmer an ihrem rechten Ringfinger. Es war ein Ring aus massivem Gold, der einen Türkis in Form eines Skarabäus einfasste. In den Stein war ein goldenes Bild graviert: das Auge des Horus. Ein Zeichen? Das Auge des Horus war das Weiße Brot. Zu beiden Seiten des Steins waren zwei Phönixe in den Ring ziseliert. Dieses Schmuckstück war echt, es stammte aus dem Alten Reich. Wie war es an den Finger einer *clocharde* gekommen?

»Heb ab. Zweimal, ohne zu überlegen.«

Théo gehorchte. Die Herzogin legte den Stapel wieder zusammen, dann ließ sie ihn fächerförmig über das Tuch gleiten. Es waren große, steife Karten, die Ränder vom häufigen Gebrauch abgenutzt, und die Rückseite zeigte Blumenmotive im Renaissancestil. Die rechte Hand der Herzogin bewegte sich über den Karten, ohne sie zu berühren, dann begann sie zu vibrieren und wurde wie von einer geheimnisvollen Macht zu einer Karte gelenkt. Die Herzogin hob die Karte auf und drehte sie um: das Ass der Stäbe. So deckte sie neun weitere Karten auf. Jede Karte war ein Kunstwerk: mittelalterliche Symbole, filigrane goldene und silberne Ornamente, leuchtende Farben wie aus der Gänsefeder eines mittelalterlichen Miniaturenmalers. Diese Karten waren Jahrhunderte alt. Sie erinnerten ihn an die Karten von Mantegna, die er in einem Buch von Raisa gesehen hatte.

Die Herzogin verteilte die ersten sechs Karten in Form eines Kreuzes mit gleich langen Armen – zwei in der Mitte, eine schräg über die andere gelegt – und legte die restlichen vier rechts neben dem Kreuz in einer Reihe untereinander. Dann studierte sie die Karten. Ein Schatten überzog ihr Gesicht.

»*Desolée*. Sie sind nicht gut, überhaupt nicht gut.« Dann hellte sich ihre Miene auf. »Aber sie versprechen viel, wenn man weiß, was man sucht, und bereit ist, alles zu wagen.«

»Was sagen sie?«

»Das Ass der Stäbe in der Mitte des keltischen Kreuzes ist der Anfang. Es bedeutet, dass du kurz davor stehst, dich in ein Abenteuer zu stürzen, etwas Wichtiges, das dein Leben verändern wird.«

Der Kaiser, die quer über das Ass der Stäbe gelegte Karte, war eine der zweiundzwanzig Großen Arkanen. Sie versinnbildlichte die Herausforderung, die ihn erwartete.

»Leider liegt sie verkehrt herum. Es ist etwas sehr Mächtiges, Skrupelloses, das sich versteckt hält. Es wird auf jede erdenkliche Weise versuchen, dich aufzuhalten. Mach dich auf alles gefasst.«

Auf dem rechten Balken des Kreuzes lag der Narr. Er war der geheime Grund von Théos Suche und kam aus einer fernen Vergangenheit.

»Der Narr ist ein Träumer, ein Idealist, ein Mystiker. Er will die Geheimnisse des Universums ergründen, kümmert sich nicht um Gefahren und ist überzeugt, dass alles möglich ist. Den Verlockungen des Irrationalen kann er nicht widerstehen.«

»Der Grund meiner Suche ist ein anderer.«

»Ich weiß, aber das ist nicht der wahre Grund.« Die Herzogin zeigte mit dem Finger auf den unteren Arm des Kreuzes, ein Ass der Schwerter. »Diese Karte stellt den wahren Grund dar, etwas, was kürzlich geschehen ist. Es ist der Tod.« Sie schloss die Augen, ihre Hände irrten über die Karten. »Eine Klippe in Form eines Stiefels … zwei Jungen … einer springt ins Wasser, der andere versucht ihn zurückhalten … ein schimmernder Umriss unter der Wasseroberfläche.« Sie öffnete die Augen und starrte in die Flamme der Laterne. »Jemand, den du sehr gern hattest«, sagte sie mit einer

Mischung aus Zärtlichkeit und Trauer in der Stimme. »Er hat die Suche ausgelöst, doch der wahre, tiefere Grund ist ein anderer. Es ist der Narr, der sich seit jeher in deinem Inneren windet und versucht, ans Licht zu kommen.«

Das Heulen einer Polizeisirene zog sich am Flussufer entlang. Théo schluckte, er brachte kein Wort heraus.

Die Herzogin zeigte auf die Kelch-Fünf am oberen Kreuzarm. Diese Position bedeutete das Ziel der Suche und gleichzeitig das beste Ergebnis, das Théo erwarten konnte.

»Die Kelch-Fünf symbolisiert Enttäuschung, das Scheitern deiner Hoffnungen. Es ist eine Warnung, dass du aufhören sollst.«

Théo wurde ungeduldig. »Was weiß ein Haufen Karten schon von meinen Hoffnungen?«

Die Herzogin antwortete nicht, sondern hob eine Karte vom Stapel. Die Gerechtigkeit, verkehrt herum. »Wenn du Gerechtigkeit suchst, denn genau das ist es, was du suchst, dann vergiss es. Die menschliche Gerechtigkeit ist eine Komödie, bei der derjenige gewinnt, der den besten Anwalt hat.«

»Was wird passieren, wenn ich aufhöre?«

Die Herzogin zeigte auf den Turm, die Karte am linken Arm, einen Wachturm, in den ein Blitz einschlug. »Diese Position zeigt deine nahe Zukunft, das, was in den nächsten Wochen passieren wird. Der Turm bedeutet Hindernisse und Katastrophen aller Art.«

Das Klopfen des Regens verstärkte die Stille.

»Kannst du mir nicht noch mehr sagen?«

Die Herzogin schloss die Augen und nahm noch eine Karte vom Stapel: die Dreizehn der Großen Arkanen, der Tod. »Aber diese Karte meint nicht unbedingt den physischen Tod. Sie kann bedeuten, dass sich ein Kreis geschlossen hat und dass man die Kraft zur Veränderung und zum Neuanfang finden muss. Sie steht für die Vergänglichkeit der weltlichen Dinge. Du musst dich entscheiden. Dabei kann ich dir nicht helfen.«

»Was bedeuten diese vier Karten untereinander auf der rechten Seite?«

»Sie sind der aufgerollte Kreis des keltischen Kreuzes und symbolisieren die innere Welt des Narren, seine Hoffnungen und Ängste, die scheinbaren und die wahren. Sie fassen seine Reise in das eigene Innere und in die Welt zusammen, die Schwierigkeiten, auf die er trifft, und das Endergebnis.«

Die untere Karte, der Teufel, stelle Théos innere Haltung dar, so die Herzogin. Es seien die einfachen, trügerischen Gefühle wie die Rachgier, vor denen man sich hüten müsse.

»Sie sind die tausend Spiegel des Labyrinths in deinem Traum, die jeder ein anderes Bild von dir zeigen, nur das wahre nicht.«

Die Karte darüber, die Münzen-Vier, zeige die äußeren Einflüsse, über die Théo keine Macht hatte.

»Die Münzen-Vier symbolisiert Macht, Geiz und Geld«, sagte die Herzogin, »und das bestätigt die Natur deines Widersachers, des umgedrehten Kaisers in der Mitte des Kreuzes.«

Die vorletzte Karte, die Priesterin, sei ein Bild für Théos unbewusste Erwartungen. Es waren Hoffnungen und Ängste gleichzeitig, und sie kämpften mit dem Teufel, den er in sich trug.

»Obwohl das bewusste Ziel deiner Suche Gerechtigkeit ist, sucht das Unbewusste des Narren, *dein* Unbewusstes, in Wirklichkeit nach einem geheimen Wissen, einem esoterischen Wissen, das älter ist als die Welt und dir Angst macht.« Die Herzogin blickte starr in die Flamme. »Dasselbe suchte Echnaton vor dreiunddreißig Jahrhunderten.«

Ein Kahn stieg gegen den Kai, der dumpfe Stoß hallte unter der Brücke wider. Théo umklammerte das Geländer.

»Und die zehnte Karte, ganz oben?«

»Sie ist das Endergebnis. Die Welt, die letzte Karte der Großen Arkanen. Sie bedeutet ein großes Versprechen: kosmisches Wissen, das Unergründliche, das Absolute.«

Théo sah sich im Traum, wie er den Spiegel mit der Statuette von Echnaton zertrümmerte. »Was bedeutet das?«

Die Herzogin hob eine neue Karte ab. Es war der Eremit, ein Mönch mit Kapuze und einer Laterne in der Hand.

»Der Eremit bedeutet die Entdeckung des eigenen Selbst, die Erleuchtung der Buddhisten.« Sie zeigte auf den umgedrehten Kaiser, das Ass der Schwerter, die Kelch-Fünf, den Turm und die Münzen-Vier. »Sie ist die Belohnung, die dich erwartet, wenn du alle Prüfungen bestehst.«

»Lohnt es sich?«

»Das kannst nur du beantworten.«

»Deck noch eine Karte auf.«

Die Herzogin fuhr mit der Hand über dic Karten. Sie vibrierte über einer Karte: das Rad der Fortuna, aber verkehrt herum. Die Herzogin blickte Théo stumm an.

Théo nahm selbst eine Karte. Die Kraft. »Ich glaube an mich selbst und meine Entscheidungen. Nicht an das Glück.«

Die Herzogin schüttelte den Kopf. »Entscheidungen sind die Illusionen der trügerischen Welt der Sinneswahrnehmungen. Die Tarotkarten sind eine Projektion des wahren Lebens, ein kosmischer Traum, in dem alles vorherbestimmt ist, Anfang und Ende, und der unter dem Einfluss einer Musik steht, die ein unsichtbarer Musiker spielt.«

Théo erhob sich, zog seine Brieftasche heraus und gab der Herzogin alles, was er dabeihatte, drei Hunderteuroscheine und sechs Zehner. Er behielt nur ein paar Münzen für das Taxi. »Danke, Herzogin. *Bon courage.*« Er bückte sich und drückte ihr fest die Hand, wobei ihn ein unerklärliches Schuldgefühl überkam.

Die Herzogin deckte noch eine Karte auf. Der Mond. »*Bon courage*? Das müsste ich dir sagen«, murmelte sie mit besorgter Miene. »Hüte dich vor dem Kaiser, Jean Paul. Aber auch vor dem Teufel in dir.«

Die Uhr an der Fassade des Musée d'Orsay zeigte 6:40 Uhr.

Konstantine überquerte den Place de la Concorde und ging durch das Tor des Jardin des Tuileries. Der Park war menschenleer. Ein Sprengwagen wässerte die große Allee. Der Antiquitätenhändler legte seinen Aktenkoffer auf einer Bank ab und zündete sich eine Montecristo an. Dann ging er rasch auf den See zu und bog dort in den kleinen, von Marmorstatuen gesäumten Weg ein, der zur Terrasse des Feuilliants führte. Auf der Höhe der Statue, die den Herbst darstellte, sprach ihn eine Stimme an.

»Monsieur Konstantine?«

Konstantine drehte sich überrascht um. »Ja?«

Der Mann mit dem Bulldoggengesicht drückte zweimal den Abzug einer Pistole mit Schalldämpfer. Konstantines Aktentasche fiel mit einem dumpfen Aufprall zu Boden, eine schmerzverzerrte Grimasse entstellte seine Züge. Er umklammerte die Aufschläge seiner Jacke, als wollte er den Blutfleck aufhalten, der sich auf dem weißen Hemd ausbreitete. Aus seiner Kehle kam ein Röcheln, seine Beine gaben nach, und er stürzte zu Boden.

Ein Bein nachziehend, entfernte sich der Mann gemächlichen Schrittes in Richtung Place de la Concorde.

Von der Montecristo, die mitten auf den Weg gerollt war, stieg ein Rauchfaden auf. Jemand schrie, eilige Schritte kamen näher. Über dem See erhob sich das Quaken der Enten.

EIN ZIMMER IM HOTEL WINSTON IN MONTMARTRE,
WENIGE STUNDEN SPÄTER

Mit einem Seufzer klappte Kowalski das Buch *Notre-Dame de Paris* zu und setzte sich im Bett auf. Er war in Hemdsärmeln und trug rote, seidene Boxershorts, die bis zu den Knien reichten. Gedankenverloren starrte er ins Leere. Dann streckte er eine Hand zum Nachttisch aus und zog einen iPod hervor. Er stellte ihn an, drehte mehrmals an der Scheibe und legte ihn an seinen Platz zurück. Eine Frauenstimme sang das Thema aus dem *Phantom der Oper*.

Nighttime sharpens, heightens each sensation. Darkness stirs and wakes imagination…

Kowalski schob ein Magazin in die Walther PPK 7.65 und steckte die Pistole in den Halfter, der unter seiner Achsel hing. Dann beugte er sich über einen auf dem Bett ausgebreiteten Plan des Louvre. Sein Blick verweilte auf dem Ostflügel des Museums und einem vergrößerten Grundriss des ersten Stockwerks, auf den ein rotes X gemalt war.

Er band sich eine seidene Krawatte um, zog einen dunkelgrauen Anzug mit Fischgrätmuster an und polierte seine schwarzen Lederschuhe, bis sie glänzten. Vor dem Spiegel schüttete er sich ein paar Tropfen Eau de Toilette in die Hand und betupfte seine Ohrläppchen.

Vom Nachttisch nahm er eine Plakette und einen Ausweis der Police Judiciaire von Paris. Sein Blick fiel auf *Notre-Dame de Paris*. Zärtlich fuhren seine Finger über die Abbildung auf dem Einband – ein halb nacktes Mädchen, das nachts zwischen den grotesken Chimären und Wasserspeiern der Kathedrale umherirrte. Er warf das Buch aufs Bett und ging hinaus.

LOUVRE, THÉOS BÜRO, SPÄTER VORMITTAG

Das Telefon läutete.

Am anderen Ende hörte man ersticktes Weinen. »Monsieur St. Pierre, Stephanie, die Sekretärin von Monsieur Konstantine … Etwas Schreckliches ist passiert. Monsieur Konstantine ist tot. Man hat ihn erschossen.«

»Was … was sagen Sie da? Wer? Wann? Wo?«

»Heute Morgen, als er durch die Tuilerien ging.«

Um Viertel vor zehn sei ein Kommissar der Police Judiciaire in ihr Büro gekommen, der ihr eine Menge Fragen über Spyro, seine Arbeit und seine Bekanntschaften gestellt habe.

»Gibt es keine Zeugen?«

»Nein, die Polizei sagt …«, sie schluchzte, »dass niemand etwas gesehen hat.«

»Stephanie, gab es jemanden, der Spyro hasste? Ich weiß nicht … ein Kunde oder vielleicht einer eurer Lieferanten?«

»Nein, das weiß ich genau, ich arbeite seit achtzehn Jahren für ihn.«

Nachdem er aufgelegt hatte, blieb Théo reglos sitzen, die Hand auf dem Telefonhörer, vor Augen das Bild von Spyros Körper, der in den Tuilerien am Boden lag. Die Kelch-Fünf und die Worte der Herzogin – »Es ist eine Warnung, dass du aufhören sollst« – schossen ihm durch den Kopf, und ihm war, als würde er ins Leere fallen wie ein Bergsteiger, der an einer steilen Wand ausrutscht.

Er hörte Spyros dröhnendes Lachen, und in der Luft lag eine Spur Eau de Cologne. Erst Vanko, dann Pater Ascanio, jetzt Spyro. Wie viele Asse der Schwerter würde es noch geben? Wer war der Nächste?

Seine Hand umklammerte den Bleistift so fest, dass er zerbrach. Er war der Nächste. Was würde er tun, wenn er der Mörder wäre? Er würde sofort zuschlagen. Stephanie hatte gesagt, Spyro sei gegen sieben umgebracht worden. Théo blickte auf die Uhr. Er selbst müsste auch längst tot sein.

»Darf ich Sie mitnehmen, St. Pierre?«, hatte der Nachbar aus der unteren Etage lächelnd gefragt und sich aus dem Fenster seines Peugeot 607 gebeugt, während er aus der Tiefgarage fuhr.

»Danke, Herr Professor, aber ich fahre gerne Métro.«

»Nun kommen Sie schon, lassen Sie sich nicht lange bitten.« Der Professor hatte die Wagentür geöffnet. »So können Sie mir ein paar Anregungen für meine Vorlesung über die Bestattungsriten im alten Ägypten geben.«

Er war eingestiegen. Der Peugeot war in der Rue des Trois Frères herausgekommen und in die entgegengesetzte Richtung des Wegs gefahren, den Théo gewöhnlich jeden Morgen nahm, um zu Fuß zur Métrostation Abbesses zu gehen.

Wäre er zu Fuß zur Métro gegangen, hätte ihn jemand aus einem Fenster oder aus nächster Nähe direkt auf der Straße erschossen. Eine Szene aus einem drittklassigen Thriller, über die er gelacht hätte, wenn er nicht das vorherbestimmte Opfer wäre.

Raisa. Wie hatte er sie vergessen können? Er wählte die Nummer ihres Handys. *Merde*, es war ausgeschaltet. Er hinterließ eine Nachricht, sie solle sofort zurückrufen. Dann wählte er ihre Nummer in der Salpêtrière.

»Die Frau Doktor ist auf einer Tagung in London«, sagte ihre Assistentin.

»Wann kommt sie nach Paris zurück?«

»Heute Abend spät. Wollen Sie mir denn nicht sagen, was los ist?«

Er bat um die Telefon- und Faxnummer ihres Hotels und des Sekretariats der Tagung. Wenn Raisa sich bei ihrer Assistentin meldete, möge sie ihr ausrichten, sie solle sich bei ihm melden, egal, um welche Zeit.

»Auf keinen Fall darf Raisa in ihre Wohnung zurückkehren. Haben Sie mich verstanden? Auf keinen Fall.«

Dann rief er das Regency Park in London an. Raisa war ausgegangen. Er versuchte es wieder und wieder beim Sekretariat der Tagung für Psychiatrie, aber die Leitung war immer besetzt. Gerade wollte er Clea anrufen, als ihm einfiel, dass sie zwei Wochen Ferien hatte. Er schrieb zwei identische Faxe an das Hotel und an das Tagungssekretariat, druckte sie aus und schrieb »*Very urgent*« in Blockbuchstaben darüber. Dann ging er in Cleas Büro und schickte sie ab.

Vor dem Fenster strömten die Touristen über den Cour Napoléon. Wie sollte er heute Abend nach Hause kommen? Und am nächsten Tag? Er setzte sich. Das Ticken der Uhr jagte seinen Gedanken hinterher. Heute Abend? Der Mörder würde nicht bis zum Nachmittag warten. Sein Blick ging zur Tür des Büros.

EINGANG ZUR PYRAMIDE DES LOUVRE
Kowalski ignorierte die Warteschlange der Besucher vor der Pyramide, trat entschlossen durch die Eingangstür und fuhr mit der Rolltreppe in die unterirdische Empfangshalle hinunter. Dort ging er zu einem Schalter mit der Aufschrift »Accueil«.

»Ich bin Inspektor Truchot von der Kriminalpolizei.« Kowalski zeigte der Angestellten das Abzeichen der Police Judiciaire. »Ich muss mit Monsieur St. Pierre, dem Kurator der Ägyptischen Abteilung, sprechen.«

»Haben Sie einen Termin?«

»Madame, die Polizei braucht keine Termine.«

»Entschuldigen Sie bitte.« Die Angestellte wählte eilig eine Nummer. »Monsieur St. Pierre, hier ist der Empfang. Ein Kommissar der Kriminalpolizei möchte Sie sprechen ... In Ihr Büro? Gut.«

»Sie können hinauf, Herr Kommissar. Das Büro von Monsieur St. Pierre befindet sich im ersten Stock, an der Ecke zwischen den West- und Südfluren des Cour Carrée.«

»Wie erkenne ich ihn?«

»An der Tür steht sein Name.«

Kowalski ging durch die Schranke am Eingang und verlor sich in der Menge.

THÉOS BÜRO
Théo legte auf und blickte zur Uhr. 10:50 Uhr. Der Kommissar, der im Mordfall Spyro ermittelte, war um Viertel vor zehn zu Stephanie gegangen. Die Polizei verlor wahrhaftig keine Zeit.

Er malte Schnörkel auf ein Papier. Der Kommissar hatte sich mindestens eine halbe Stunde lang bei Stephanie aufgehalten, was bedeutete, dass er von der Rue des Capucines aus direkt zum Louvre gegangen sein musste. Seine Hand hielt inne. Warum diese Eile?

Warum wollte der Kommissar ausgerechnet ihn zuerst befragen, einen Museumskurator, statt Spyros' Lieferanten oder Kunden? Er wählte die Nummer von Konstantine & Associés.

»Stephanie? … Ich bin's, Théo St. Pierre … Erinnern Sie sich an den Namen des Kommissars, der Sie befragt hat? … Lamarque? Sind Sie sicher?«

Mehrmals versuchte er, in der Empfangshalle der Pyramide anzurufen, doch die Leitung war immer besetzt. Er stand auf und sah auf die Uhr. Der Mann musste schon im Aufzug sein.

Seine Blicke irrten von einer Zimmerecke zur anderen. Etwas, was man als Waffe benutzen konnte … Schließlich nahm er das Handy vom Schreibtisch und steckte es sich in die Hosentasche. Das war besser als eine Pistole.

Er lief zur Tür und öffnete sie einen Spalt weit. Im Flur das übliche Auf und Ab von Besuchern. Der Mörder musste ihn beobachtet haben, darum würde er ihn sicher erkennen. Er dagegen hatte nicht die leiseste Ahnung, wie dieser Dreckskerl aussah. Sich auf den Flur wagen? Das bedeutete, ihm über den Weg zu laufen. Er wühlte in seiner Jackentasche und zog die Sonnenbrille heraus. Dann zog er sein Jackett aus und krempelte die Ärmel hoch. Er wartete, bis eine Gruppe Touristen vorbeikam, schlüpfte aus der Tür und mischte sich unter die Leute.

Vor der Statue von Ramses dem Großen angekommen, reihte Théo sich in die Besucher ein, die bewundernd um die Statue herumgingen, blieb dahinter stehen und spähte in den Flur.

Ein schlanker, gut gekleideter Mann mit bulligem Gesicht hinkte auf die Tür seines Büros zu. Théo blieb der Atem stehen, als ihn ein plötzliches Déjà-vu überfiel. Der Mann im Lowndes in London, im Armani-Anzug … Und der mit der Safarijacke am Büfett im Garden-Hotel in Siena … beide hatten gehinkt. Ihm wurde eiskalt. Der Mann sah nach links und rechts, klopfte, trat ein, ohne abzuwarten, und schloss die Tür hinter sich.

Wenn er sein Jackett auf dem Sessel sah, würde er denken, dass Théo nur kurz hinausgegangen war. Wahrscheinlich würde er hinter der Tür auf ihn lauern, die Pistole mit dem Schalldämpfer in der Hand. Jetzt. Théo kam hinter der Statue hervor, ein Auge auf seine Bürotür gerichtet, das andere auf die Treppe zum Erdgeschoss.

In diesem Augenblick ging die Bürotür auf. Der Mann blieb auf der Schwelle stehen und sah sich um. Théo wich zurück und versteckte sich wieder hinter der Statue. Er wählte die Nummer der Empfangshalle. Endlich.

»Welchen Namen hat der Mann Ihnen genannt?«

»Robert Truchot. Warum?«

Der Kommissar, der bei Stephanie war, hieß Lamarque.

»Schicken Sie sofort einen bewaffneten Wachmann hoch. Dann bestätigen Sie mir das auf dem Handy.« Er stellte das Klingelgeräusch leiser. Als er um die Ecke des Sockels spähte, sah er, dass der Mann langsam auf die Statue zukam und sich immer wieder zu beiden Enden des Flures umschaute. Théo wich zurück. Das Handy klingelte leise.

»Der Wachmann kommt herauf«, sagte die Angestellte aufgeregt. »Ich habe ihm den Mann beschrieben. Außerdem habe ich dafür gesorgt, dass der Direktor benachrichtigt wird ...«

»Ich muss mit dem Wachmann sprechen. Haben Sie seine Nummer?«

»Er hat mir gesagt, dass er Sie anrufen wird.«

Er spähte wieder um die Ecke. Der Mann stand an der rechten Seite der Statue, wenige Meter vor ihm, mit dem Rücken zu ihm gewandt. Théo schlich zur linken Seite hinüber. Das Handy summte.

»Monsieur St. Pierre, ich komme über den Südflur«, sagte der Wachmann. »Gleich biege ich um die Ecke. Wo ist der Kerl?«

»Er steht vor der Ramses-Statue«, flüsterte Théo. »Ein schlanker Mann, gut gekleidet. Er hinkt auf ...«

»Man hat ihn mir schon beschrieben. Sie bleiben, wo Sie sind.«

Théo schaute in den Flur. Hinter der Ecke kam ein Mann in der blauen Uniform des privaten Wachdienstes des Louvre hervor. Er ging mit schnellen Schritten, an seinem Gürtel hing ein Pistolenhalfter.

Plötzlich hob der Wachmann einen Arm, rief »Halt!« und begann zu laufen, gefolgt von den erschrockenen Blicken des Publikums. Als er an der Ramses-Statue vorbeikam, stürzte Théo auf den Flur. Einem Instinkt gehorchend, lief er hinter dem Wachmann her.

Zwischen Besuchern, die sich rechts und links an die Wände drückten, rannte der Mann, das rechte Bein nachziehend, zu der breiten Marmortreppe, die ins Erdgeschoss hinunterführte. Der Wachmann forderte ihn erneut auf, stehen zu bleiben, dann zog er die Pistole und schoss in die Luft. Der Schuss hallte dröhnend durch die Flure, in der Menge erhoben sich panische Schreie. Viele warfen sich zu Boden, andere suchten Schutz hinter den Statuen oder Schaukästen. Der Flur leerte sich schlagartig. Keuchend kam Théo an der Brüstung zur Treppe an und beugte sich darüber.

Der Mann rannte die Treppe hinunter. Auf der obersten Stufe stand der Wachmann mit erhobenem Arm, zielte und feuerte. Wenige Zentimeter von dem Flüchtenden entfernt wirbelte eine Staubwolke auf. Der Mann blieb stehen, drehte sich mit der Pistole in der Hand um, hob den Arm und gab zwei Schüsse auf den Wachmann ab. Dann zielt er mit einer schnellen Drehung des Arms in Théos Richtung und schoss ein drittes und viertes Mal.

Der Wachmann ließ die Pistole fallen, fasste sich an die Brust, schwankte auf der obersten Treppenstufe hin und her und stürzte dann unter den Schreien der Besucher, die Treppe hinunter.

Théo warf sich auf die Seite. Ein Projektil zischte dicht an seinem Kopf vorbei, ein anderes streifte seine Schulter. Hinter ihm zerbrachen klirrend Glasscheiben, und ein Hagel von Splittern ergoss sich über ihn.

Der Mann rannte weiter die Treppe hinunter bis ins Erdgeschoss. Zwei Schüsse in die Luft jagten die Menschenmenge in panischer Flucht nach allen Seiten auseinander. Dann war er verschwunden.

Aus den Lautsprechern meldete sich der Verantwortliche für den Sicherheitsdienst des Louvre, der das Publikum aufforderte, Ruhe zu bewahren. Théo lief über die blutbefleckten Stufen und beugte sich über den Körper des Wachmanns, der schräg über den Stufen lag, die Augen weit geöffnet. Théo tastete nach seinem Puls. Er war tot.

Im Cour Carrée heulten Polizeisirenen. Wenige Augenblicke später hörte man eilige Schritte und aufgeregte Rufe im Erdgeschoss. Polizisten stürmten zwischen der zurückweichenden Menge die Treppen hinauf.

Beim nächsten Mal würde dieser Mann sein Ziel nicht verfehlen. Würde es vor seiner Haustür passieren? Vor einem Zeitungskiosk? Oder mitten auf dem Cour Napoléon? Wo war Raisa? Hatte sie seine Nachricht gelesen?

Angst? Er richtete sich auf und blickte auf seine blutverschmierten Hände. Sie zitterten nicht, und sein Herz schlug normal. Nicht er hatte Angst, sondern der Mörder, wer auch immer das war. Man musste sich sehr bedroht fühlen, um vier Menschen umbringen zu können. Théo überraschte sich dabei, wie er den Griff einer imaginären Axt umklammerte und auf einen Schatten einschlug. »Wenn ich wütend bin, gehe ich raus, nehme eine Axt und hacke Holz«, hatte der italienische Kommissar gesagt.

Jetzt wusste er ganz genau, was er tun musste – was er von Anfang an hätte tun sollen.

Am nächsten Morgen lautete die Schlagzeile des »Figaro«: »Schießerei im Louvre, ein Wachmann getötet. War der Ägyptologe des Museums das eigentliche Ziel?«

THEBEN, GROSSER AMUN-TEMPEL, FÜNFTES JAHR DER REGENTSCHAFT AMENHOTEPS IV.-ECHNATON

Aus der Allee der Widder in Karnak erhob sich der Lärm rollender Räder und stampfender Pferdehufe, dazwischen das Knallen von Peitschen und die Rufe der Wagenlenker.

Ein Horusauge aus Elektron – das Abzeichen des obersten Kommandanten des Heeres – blitzte zwischen der doppelten Reihe von Sphinxen mit Widderkopf auf, während die Menge sich gegen die Statuen drängte. Wiehernd blieben die Pferde vor dem Portal des Großen Amun-Tempels stehen, der Offizier stieg ab und band die Zügel der Tiere an den Ring eines Pfeilers. Seine Schritte hallten durch den Säulenwald des Atriums, beim Gehen klopfte er mit dem silbernen Griff einer Peitsche gegen die Bronzefransen seines Lederwamses.

»Warum diese Eile, Tehuti?« Mit einem verächtlichen Blick setzte sich der General Horemheb auf einen Stuhl mit Elfenbeinintarsien in der Rückenlehne und warf die Peitsche auf den mit Papyrusrollen übersäten Tisch des Hohepriesters.

»Ich möchte, dass du etwas liest.« Tehuti, ein Mann mit kahl geschorenem, ölig glänzenden Kopf, Knopfaugen und einem dreifachen Kinn, goss mit Myrrhe aromatisierten Wein in zwei Kelche und reichte einen dem General, zusammen mit einem Papyrus. »Das hat mir heute Morgen ein Bote des Pharaos Echnaton gebracht. Es wird dich interessieren.«

»Der Pharao Echnaton?« Der General rollte den Papyrus auf. »Und wer soll das sein, bei allen Dämonen Seths?«

»Ach, du weißt es noch nicht? Seit heute nennt der Sohn der

Sonne sich nicht mehr Amenhotep IV., sondern Echnaton.« Tehuti lächelte säuerlich. »Diener Atons.«

»Und du hast mich herbestellt, um mir das zu sagen?«

»Eine Kleinigkeit, meinst du? Nun, mit diesem Edikt wird Aton zum einzigen Gott der Zwei Länder. Alle anderen Gottheiten sind verbannt, außer Ra und Thoth.«

Der Name Amuns und die aller anderen Götter sollten von den Monumenten, Statuen und Mauern ganz Ägyptens entfernt werden, auch aus allen Gräbern. Alle Tempel mussten geschlossen werden, allen voran der Große Amun-Tempel. Die Ländereien Amuns sollten enteignet und an die Bauern aufgeteilt werden. Das Gold und Silber aus den Tempeln sollten konfisziert und in die Aton-Tempel überführt werden. Nur die Tempel von Ra und Thoth blieben verschont.

»Was sagst du dazu?« Tehuti schob dem General einen Teller mit Fladenbroten hin. »Die kann ich dir empfehlen, General. Sie sind mit Datteln und Feigen gebacken und kommen frisch aus den Küchen des Tempels. Mit Honig beträufelt, natürlich dem aus unseren eigenen Bienenstöcken, sind sie eine Köstlichkeit, bei der sogar Anubis vor Wonne vergehen würde.«

Der General brach in spöttisches Gelächter aus. »Ich fürchte, Anubis hält eine ausgiebige Abmagerungskur für dich bereit, mein Guter.« Er warf den Papyrus auf den Tisch. »Das Fest ist vorbei, Tehuti. Es war schön, solange es dauerte.«

»Ist das alles, was du zu sagen hast?«, fragte Tehuti mit vollem Mund.

»Die Schlachtfelder haben mich Realismus gelehrt.« Der General wies auf die Narben auf seinen Armen. »Für einen Soldaten ist es völlig gleichgültig, ob die Menschen sich im Namen Amuns oder Atons die Kehle durchschneiden.«

»Ich fürchte, deine Betrachtungen sind ein wenig oberflächlich, wenn du erlaubst«, sagte Tehuti, eifrig damit beschäftigt, Honig auf einen Fladen zu träufeln. »Glaubst du wirklich, ein Edikt genügt, um Amun und die Götter Ägyptens einfach vom Tisch zu fegen?«

»Ich bin sicher, dass es nicht genügt, weil ich dich und die Amun-Priesterschaft kenne, aber es bleibt uns nichts anderes übrig, als uns zu fügen. Ich halte zu der Hand, die mich ernährt.«

»Dann kannst du schon mal anfangen, dir Kornvorräte zuzulegen. Anscheinend ist noch ein Dekret im Anmarsch, etwas, was dich ganz direkt angeht, weil es an dich gerichtet ist.«

»An mich? Woher weißt du das denn?«

»Gerüchte.« Tehuti wies auf das Westufer des Nils. »Ein Schreiber des Königshauses.«

»Was besagt das Edikt?«

»Es gebietet die sofortige Auflösung dreier Divisionen, eine Verringerung unserer Stützpunkte in allen asiatischen Provinzen und nicht zuletzt eine Kürzung der Militärausgaben um vierzig Prozent. Wie du siehst, General, werden wir beide abnehmen müssen.«

»Das ist nicht dein Ernst.«

»Wenn ich über Geschäfte rede, mache ich nie Witze, Amun ist mein Zeuge.« Tehuti bestrich einen Fladen mit Honig, rollte ihn auf wie einen Papyrus und steckte sich die Hälfte in den Mund. »Der Pharao spricht fortwährend von einer Welt des Aton, wo alle Menschen Brüder sind, wo es weder Hass noch Kriege geben wird, und dergleichen Albernheiten mehr.«

Der Pharao habe sogar einen Botschafter mit Geschenken und dem Angebot eines Friedensabkommens zu König Suppiluliuma geschickt, um Aton und die Ära des Friedens zu preisen, die jetzt für die Welt anbreche.

»Bei allen Blitzen Seths! Er ist verrückt! Der Pharao ist verrückt! Es wird keine zwei Nilüberschwemmungen dauern, und die Karren der Hethiter werden in das Delta eindringen und auf Memphis zumarschieren.«

Tehuti leckte sich den Honig von den Fingern. »Vielleicht gibt es eine Möglichkeit, ihn daran zu hindern.«

»Und die wäre?«

»Welches sind deine Absichten?«

»Ich bin Soldat und habe dem Pharao Treue geschworen.«

»Einem Pharao, der die Götter Ägyptens verstößt? Der den Asiaten die Grenzen öffnet? Der dem Volk sein Recht auf Unsterblichkeit nimmt?«

Zum Tropfen der Wasseruhr gesellte sich das Geräusch, mit dem der General die Peitsche gegen seine Papyrussandalen schlug.

»Vor zwei Tagen hat Nofretete ihre dritte Tochter geboren.« Tehuti kratzte sich am Kinn. »In einem Land, das vom Chaos des

Apophis beherrscht wird, kann alles geschehen, wenn der Pharao keine männlichen Nachkommen hat.«

»Was meinst du damit?«

Einen Finger auf die Lippen gelegt, schien Tehuti den Schädelumfang Horemhebs zu studieren. »Hm, ich glaube, wir müssen diese Doppelkrone für dich weiten lassen.«

Der General blickte aus dem Fenster. Es umrahmte einen Obelisken Amenhoteps III., dessen Pyramidion in der Sonne funkelte.

»Was willst du als Gegenleistung?«, fragte der General.

»Den Schutz des Heeres für unsere Besitztümer und die der Adeligen, ferner, dass ihr den Ketzer außer Landes jagt und du mir uneingeschränkte Unterstützung bei der Wiederherstellung der göttlichen Autorität Amuns gewährst.« Tehuti wischte die Krümel vom Tisch und rieb sich die Hände. »Nun? Stehst du auf der Seite Amuns?«

Der General leerte seinen Kelch. »Ich würde es vorziehen, auf der Seite Seths zu stehen, aber Amuns Wille geschehe. Wie sieht dein Plan aus?«

»Wir werden die Finanzen des Heeres mit unseren Rücklagen aufstocken. Und wenn es einen Krieg mit den Hethitern gibt, kannst du auf unsere Hilfe zählen.«

»Wie denn? Das Gold, die Ländereien und die Herden der Amun-Tempel werden in Kürze konfisziert. Sind die Tempel einmal geschlossen, werden eure Einkünfte nicht zahlreicher sein als das Tropfen einer Wasseruhr.«

»Du vergisst, dass wir der Kornspeicher Ägyptens sind.«

»Nur noch für kurze Zeit.«

»Das denkt der Diener Atons.«

»Was soll das heißen?«

»Es beginnt damit, dass die Bauern sich weigern werden, die enteigneten Ländereien zu bebauen.«

»Warum sollten sie? Seit Urzeiten leiden sie Hunger.«

»Wir werden dem Volk sagen, dass Amun die Äcker und die Ochsen verflucht hat und dass die Häuser des Todes – die kann der Pharao nun wirklich nicht schließen lassen – die Leichen jener, die es wagen, dieses Land zu bestellen, nicht mehr einbalsamieren werden. Der Boden wird brachliegen, die Herden werden verhungern, und die Kornspeicher werden sich leeren. Das Ergebnis? Ein *khar* Korn wird mit Gold aufgewogen werden.«

»Die Kassen des Pharaos mögen sich auf diese Weise leeren, aber dasselbe geschieht mit den euren. Woher nimmst du das Geld, um mein Heer zu finanzieren?«

»Die Wege Amuns sind unendlich.«

Die Amun-Tempel kauften bereits die Ernteerträge der kommenden Jahre auf, indem sie befristete Verträge unterzeichneten. Binnen zehn Tagen würden sie siebzig Prozent der Getreideernte der nächsten zwei Jahre besitzen. Heute in einem Jahr würden sie jedes Maß Korn mindestens sechsmal teurer verkaufen können, im darauf folgenden Jahr zwölfmal teurer und so weiter. In der Zwischenzeit würde wegen der kostenlosen Verteilung der Ländereien Amuns der Preis für Ackerland drastisch sinken und den Preis für bebaubares Land mit sich reißen. Ägypten würde in eine nie gekannte Wirtschaftskrise stürzen.

»Das hungernde Volk wird auf die Straßen strömen und plündern – und es wird die Tempel Atons verwüsten und die Rückkehr Amuns fordern. Die Straßen Thebens werden diese Farbe tragen.« Er hob das mit roter Tinte getränkte Täfelchen.

»Amun macht wirklich vor nichts halt, was, Tehuti? Das Ergebnis wird ein ausgeblutetes Ägypten sein, eine Beute von Spekulanten, Volksverhetzern und Schardana-Söldnern!«

»Kannst du dir eine günstigere Situation vorstellen, um den Ketzer fortzujagen und die Macht zu übernehmen?« Lächelnd legte Tehuti ihm eine Hand auf die Schulter. »Horemheb, das Volk wird dich zum Retter der Zwei Länder ausrufen, und dein Ruhm wird den von Thutmosis III. überschatten.«

Der General trat dicht vor Tehuti und musterte ihn mit einem vielsagenden Blick. »Ich hoffe in deinem Interesse, dass mir der Ruhm gehören wird und nicht Ay, Nofretetes Vater.« Er packte ihn so fest am Arm, dass seine Fingerknöchel weiß hervortraten.

Dann nahm Horemheb seine Peitsche, warf Tehuti einen letzten Blick zu und ging mit schnellen Schritten hinaus.

»Meinst du, wir können ihm trauen?«, fragte Ay.

Am Fenster über der Allee der Widder stehend, beobachteten die beiden den Karren Horemhebs, der sich, umhüllt von einer Staubwolke, entfernte.

»Im Moment brauchen wir ihn noch.« Tehuti massierte sich

mit schmerzverzerrtem Gesicht den Arm. »Wenn die Zeit reif ist, kann alles geschehen, oder? Diese Schardana-Schergen verkaufen sich für vier *deben*, und es heißt, mit dem Bogen seien sie unbesiegbar.«

»Horemheb als Pharao!« Ay schüttelte mit spöttischer Miene den Kopf. »Das hat uns gerade noch gefehlt. Der Sohn eines Käsemachers!«

Kaum war Ay hinausgegangen, trat in würdiger Haltung ein Priester-Astrologe ein, ein Senkblei in der Hand. »Nun?«

»Sie werden sich gegenseitig zerfleischen, aber das dient nur unseren Interessen.«

»Du meinst den Interessen Amuns«, sagte der Astrologe mit einem Lächeln, das so alt war wie der Anbeginn der Zeit.

34

Raisa blieb vor dem schwarzen Brett mit Nachrichten stehen. *Dr. Belmont, ein Fax für Sie am Desk*, stand auf einem Klebezettel. Am Informationstresen der Tagung nahm sie das Papier mit dem Briefkopf des Louvre in Empfang. Ihre Miene verdüsterte sich. Sie ging in eine Ecke und holte ihr Handy aus der Handtasche. Als sie die Nachricht hörte, krampfte sich ihr Magen zusammen. Sie wählte Théos Handynummer.

»Gerade habe ich deine Nachricht gehört. Was ist passiert?«

»Spyro ... etwas Schreckliches. Er ist heute Morgen in den Tuilerien umgebracht worden.«

Raisa setzte sich. Théos Worte schienen aus den Albträumen ihrer Patienten zu kommen. Trauer ist wie Angst, beides gehört zu den wenigen Dingen, die die Macht haben, uns verstummen zu lassen.

»Was wirst du jetzt tun?«, fragte Raisa.

»Ich muss noch ein paar Dinge mit der Direktion klären, dann verschwinde ich aus Paris. Ich kann dir nicht sagen, wohin, das Gespräch könnte abgehört werden. Wichtig ist zu entscheiden, was du tust.«

Er sagte, sie dürfe auf keinen Fall in ihre Wohnung zurückkehren. Sie müsse Paris sofort verlassen, ohne jemandem zu sagen, wohin sie fuhr, und sie dürfe nicht das Auto nehmen.

»Trau niemandem, wirklich niemandem, hast du verstanden?«

»Ja. Ich muss dir etwas Wichtiges über den Kegel sagen …«

»Still! Nicht am Telefon. Ich werde dich anrufen, sobald ich meine Nummer geändert habe. Raisa …«

»Ja?«

»Es tut mir leid. Wegen Spyro, wegen dir, wegen allem. Das ist alles meine Schuld.«

»Red keinen Unsinn. Wann sehen wir uns wieder?«

»Ich weiß es nicht. Aber ich verspreche dir, dass wir da wieder rauskommen.«

»Théo …?«

»Was ist?«

»Ich möchte dich nicht verlieren.«

»Ich möchte dich auch nicht verlieren. Jetzt muss ich Schluss machen.«

Raisa blieb eine Weile reglos sitzen, das Telefon in der Hand. Im Hotel bat sie die Angestellte am Empfang um die Rechnung. Eine Viertelstunde später stand sie am Ausgang.

»Heathrow, Internationale Abflüge, Terminal 1«, sagte sie zum Taxifahrer.

»Französin, oder?« Der Taxifahrer betrachtete sie durch den Rückspiegel. »Ah, Frankreich! *Douce France, cher pays de mon enfance …*«

»Sie mögen Frankreich?«

»Oh Miss, ich bin verrückt nach Frankreich. Nie da gewesen, aber ich weiß, dass ich irgendwann hinmuss.«

»Ein bestimmter Ort?«

»Klar doch. D'Artagnan in der Gascogne.«

»Warum ausgerechnet D'Artagnan?«

»Miss, ich habe *Die drei Musketiere* zwölfmal gelesen. Wissen Sie, was ich glaube? Dass ich in einem meiner früheren Leben ein Musketier gewesen sein muss. Und die Vorstellung missfällt mir durchaus nicht, oh nein.«

Das Taxi fuhr im Regen durch die Straßen von South Kensington. Raisa überraschte sich dabei, dass sie den Taxifahrer beneidete. Er hatte ein Heim, er wusste, was er wollte. Wo würde sie heute Nacht schlafen? Wie lange würde sie sich verstecken müssen? Was würde aus ihrem Leben werden, *merde*? Spyros Tod, der Anschlag auf Théo, das Pulver … Was steckte hinter diesem Albtraum?

Bei dem Gedanken an ihre Patienten seufzte sie und wählte die Nummer ihrer Praxis. Arlène antwortete sofort. Es sei ein persönliches Problem aufgetaucht, sagte Raisa, und sie müsse für drei Wochen weg. Nein, leider könne sie nicht darüber sprechen. Sie bat Arlène, sofort die psychiatrische Abteilung der Klinik zu benachrichtigen. Für die Patienten ihrer Praxis solle sie den üblichen Vertreter holen.

»Ich hoffe, es ist nichts Ernstes. Kann ich Ihnen irgendwie helfen?«

»Nein danke, Arlène. Dieses Problem muss ich alleine lösen. Ich werde Sie wieder anrufen.«

Constance. Sie musste ihr sagen, dass sie sofort alle Nachforschungen einstellen sollte.

»Ich weiß nicht, wann ich zurückkommen kann… Bitte hör sofort mit allem auf. Ich weiß, ich weiß. Was bleibt mir anderes übrig? *À bientôt*, Constance.«

Sie drückte die Tasche auf ihrem Schoß an sich. Für ein paar Tage hatte sie alles Nötige dabei. Außerdem hatte sie ihren Toshiba mit allen Dateien. Sie überprüfte die Kreditkarten in ihrer Brieftasche. Damit konnte sie fahren, wohin sie wollte. Aber wohin?

Im Terminal schaute sie zur Abflugtabelle hoch. Der erste Flug nach Paris ging um 15:15 Uhr. Sie eilte zu einem Check-in-Schalter der Air France. Man habe noch einen Platz in der Businessclass, sagte der Mann mit Blick auf den Monitor. Raisa ging zum Gate.

Die Frage, wohin sie fahren sollte, ging ihr unablässig durch den Kopf. Sie dachte an Madame Tissier, eine Patientin mit neurotischen Angstzuständen, und ihre alljährliche quälende Sorge, wo sie ihren Urlaub verbringen sollte. In diesem Jahr hatte sie Raisa ständig mit einem kleinen Badeort in der Normandie, nicht weit von Deauville, in den Ohren gelegen. Wie hieß der Ort noch gleich? Beau… Bel… Blonville-sur-Mer, ja, so hieß er. Warum nicht? Sie würde nach Blonville-sur-Mer fahren. Wer käme auf die Idee, sie dort zu suchen?

In der Ankunftshalle in Paris blickte Raisa sich nach allen Seiten um und eilte zu einem Hertz-Tresen. Die Angestellte schlug ihr einen Citroën Picasso vor. »Gern«, antwortete Raisa, nahm die Kopie des Vertrags, die Schlüssel und einen Lageplan des Parkplatzes in Empfang. Das Auto sei metallicrot, sagte die Frau, darum würde sie es sofort erkennen.

Raisa zog das Futteral mit der Pistole aus ihrer Reisetasche und steckte es in ihre Handtasche. Vor dem Flughafen fand sie den Parkplatz anhand der Lageskizze und entdeckte den Citroën sofort.

Nach etwa zwanzig Kilometern auf der Umgehungsautobahn nahm sie die A13 in Richtung Rouen. Immer wieder blickte sie in den Rückspiegel. Seit ein paar Kilometern schon folgte ihr dieser blaue BMW. Sie fuhr langsamer, der BMW überholte.

Drei Stunden später kam sie an ein Ortsschild mit der Aufschrift »Blonville-sur-Mer«. Unter einem Pfeil stand: »Strand 200 Meter links«.

Als sie an der Strandpromenade entlangfuhr, fiel ihr Blick auf eine Villa im normannischen Stil. Auf einem Schild stand »Home de Préaumont. Chambres d'hôtes«. Eine Pension im Familienbetrieb. Genau das Richtige.

Die Wirtin deckte gerade den Tisch zum Abendessen. Aus der Küche drang der Duft von Bouillabaisse, und im Hintergrund sang Jacques Brel *Amsterdam*. Die Saison gehe langsam zu Ende, sagte die Eigentümerin, die Pension sei halb leer. Sie könne ihr das beste Zimmer anbieten, mit Meerblick. Als sie es Raisa zeigte, öffnete sie die Fensterläden und wies mit einer einladenden Geste auf den menschenleeren Strand.

»Madame, sehen Sie nur, welch ein Frieden. Sie haben wirklich eine intelligente Wahl getroffen, wenn ich mir die Bemerkung erlauben darf.«

»Was meinen Sie damit?«

»Ein schöner Urlaub in der Nebensaison, ohne Menschenmassen und Sorgen. Was will man mehr vom Leben?«

Raisa blieb stumm.

Sie ging hinaus, überquerte den Strand und wanderte an der Wasserlinie entlang. Was machte Théo jetzt? Wohin würde er fahren? Dann fiel ihr ein, dass sie morgen Nachmittag Mayo anrufen musste, wegen der ersten Ergebnisse der Tests mit dem Pulver. Was würde er sagen?

Am Ende der Mole tauchten die bunten Lichter eines Segelschiffs auf. Ein Windstoß zerzauste ihr die Haare. Sie zog sich die Schuhe aus und krempelte ihre Hose bis zu den Knien hoch. Mit tiefen

Atemzügen verscheuchte sie alle Gedanken. Dann lief sie mit großen Schritten am Wasser entlang, das unter ihren Füßen aufspritzte und ihr Arme und Gesicht benetzte.

Diablo, schon wieder diese Blattläuse. Eine regelrechte Invasion. Monsignore Guzman besprühte die Töpfe der *Cattleya lawrenceana* mit einem Schädlingsbekämpfungsmittel.

In vier Tagen begann das Konklave. Er hatte alle Kardinäle getroffen oder angerufen, die zählten, aber das genügte nicht. Er brauchte siebenundsiebzig sichere Stimmen und ahnte, dass er es nicht schaffen würde, nicht in den ersten Wahlgängen. Verfluchtes Tagebuch.

Er beugte sich über einen Topf mit einer *Cattleya harrisoniana* und sog den Vanilleduft ein. Eine Wanze anbringen lassen? Das Handy klingelte.

»Ja ... *muy bien*, Pater. Ich komme sofort. Ich habe Ihnen auch etwas zu sagen.«

Der Monsignore setzte sich hinter seinen Schreibtisch. »Ich höre.«

»Ich konnte mit dem Chefkoch von Santa Marta sprechen.« Pater Pinkus beugte sich über den Schreibtisch. »Jetzt weiß ich alles.«

Die Casa di Santa Marta verfüge über 105 Suiten und 26 Einzelzimmer mit allem Komfort. Das Haus werde von den Schwestern der Barmherzigkeit von San Vincenzo geleitet. Schon einen Tag nach dem Tod des Papstes habe die Leiterin, Schwester Albertina, eine Art Ottolenghi in Nonnentracht, sämtliche Prälaten der Kurie zum Auszug genötigt, um Platz für die wahlberechtigten Kardinäle zu schaffen. Inzwischen seien von den 117 Kardinälen 95 eingetroffen.

»Können die Kardinäle ihre Suite frei wählen?«, fragte der Monsignore.

»Nein. Der Empfangschef weist die Zimmer nach dem Zufallsprinzip zu.«

»Ist das ein vernünftiger Mann?« Der Monsignore machte eine Handbewegung, als drehe er an einem Rädchen.

Pater Pinkus verzog die Mundwinkel. »Monsignore, das ist ein Jesuit. Aber keine Sorge, Fra Anselmo, der Chefkoch, erhält jeden Tag die aktuelle Liste der anwesenden Kardinäle mit Zimmernummer. Denn die meisten müssen Diät halten und melden das der Küche.«

»Kann man denn mit ihm… verhandeln?«

Pater Pinkus grinste. »Fra Anselmo ist ein wahres Organisationsgenie.«

Die Schwestern, die Putzdienst hatten, besaßen eine Kopie der Zimmerschlüssel, die sie in einem Abstellraum aufbewahrten. Fra Anselmo habe sich den Schlüssel zu diesem Abstellraum beschafft, weil er ein einträgliches Geschäft witterte. Es sei nur noch eine Frage des Preises.

»Ein einträgliches Geschäft?«

»Monsignore, offenbar sind die Dienste von Fra Anselmo derzeit sehr gefragt, wenn Sie verstehen, was ich meine.«

Sie seien nicht die Ersten. Anscheinend gebe es bereits eine Art Konklave-Wette, und das Spiel von Nachfrage und Angebot habe die Preise für die Kopien bestimmter Schlüssel in schwindelerregende Höhen getrieben. Der Schlüssel zu Kardinal Ottolenghis Zimmer sei der teuerste von allen.

»Wie viel?«

»Zwanzigtausend Euro in bar. Wir müssen sofort zugreifen. Fra Anselmo will bis heute Mittag eine Antwort. Ottolenghi kommt morgen Vormittag an, und Anselmo sagt, er habe noch zwei weitere Angebote vorliegen.«

»Wer garantiert uns, wenn wir auf den Handel eingehen, dass dieser unverschämte Mensch nicht noch mehr Kopien desselben Schlüssels verkauft?«

»Das habe ich ihn auch gefragt.«

»Und?«

»Er war tödlich beleidigt. Er sei ein frommer Pater, der jeden Tag zur Kommunion gehe, und sein Wort gebe er nur einmal. Ich habe Höllenqualen gelitten, um ihn aufzuhalten.«

Der Monsignore ließ seinen Rosenkranz am Zeigefinger pendeln. »Wir zahlen.«

»Monsignore, der Schlüssel löst unser Problem noch lange nicht. Wie kommen wir dort hinein? Santa Marta ist uneinnehmbarer als ein Bunker.«

Während des Konklaves hatten nur zwei Ärzte, vier Pfleger und sechs polyglotte Beichtväter Zutritt zur Casa Santa Marta, alle mit einem speziellen Passierschein des Vatikanstaates versehen. Der Haupteingang und der Dienstboteneingang wurden ständig von Schweizergardisten bewacht.

Vom Beginn des Konklaves an, also ab Dienstag, 22. September, bis zu dem Moment, da der weiße Rauch aufstieg, waren alle Kommunikationsmittel verboten. Aus allen Zimmern wurden Telefone, Fernseher und Radios entfernt, und die Kardinäle mussten Pater Filippo ihre Handys und Laptops aushändigen. Obwohl die Sixtinische Kapelle nur sechshundert Meter von der Casa Santa Marta entfernt war, wurden die Kardinäle überdies mit einem Kleinbus zu den zwei Wahlgängen am Vormittag und den beiden am Nachmittag hin- und zurückgefahren, um jeden Kontakt mit der Außenwelt zu verhindern.

»Das Spiel wird entschieden, bevor es in die Sixtinische Kapelle geht, zwischen morgen und Dienstag also«, sagte Guzman. »Wenn ich recht verstanden habe, können bis Dienstag sogar Externe ungehindert in Santa Marta ein und aus gehen. Stimmt das, Pater?«

»Theoretisch ja, praktisch nein. Jeder Besucher wird in einen Wartesaal gebracht und kommt dort nur in Begleitung von Pater Filippo persönlich wieder heraus. Befehl von Schwester Albertina.«

»Wir brauchen eine Art Trojanisches Pferd ... Hm, diese Beichtväter vielleicht ...«

»Monsignore, ich kann Ihnen nicht folgen. Die Beichtväter werden vom Staatssekretariat des Vatikans ernannt.«

»Wer ernennt sie?«

»Der Vertreter des Kardinalstaatssekretärs persönlich.«

Das war auch so ein Arschkriecher. Nein, der würde sich nicht weigern, wenn er ihm Alfieris Posten versprach.

»Pater, Sie beherrschen fünf Sprachen. Morgen früh werden Sie als polyglotter Beichtvater mit ordentlichem Passierschein in die Casa Santa Marta gehen.«

Pater Pinkus schluckte hörbar. »Aber ...«

»Kein ›aber‹. Betrachten Sie die Sache als abgemacht.«

»W-Wann? Ich meine das Tagebuch.«

»Es muss schon morgen verschwinden, bevor Ottolenghi Zeit hat, es allen wahlberechtigten Kardinälen zu zeigen. Zwischen 13 und 14 Uhr, wenn der Inquisitor im Refektorium beim Essen sitzt. Er wird es ja wohl nicht bei sich tragen, oder?«

Pater Pinkus schwieg mit Weltuntergangsmiene.

»Stellen Sie sich nicht so an, Pater! Das ist doch so einfach wie einem dreijährigen Kind sein Eis wegzunehmen.«

»Ottolenghi ist niemals drei Jahre alt gewesen«, sagte Pinkus mit hauchdünner Stimme. »Und selbst wenn er mal klein war, Eis hat er nie gegessen. Stattdessen hatte er sicher eine Pistole in seiner Kinderkarre versteckt.«

Wieder ließ der Monsignore den Rosenkranz baumeln. Pater Pinkus beobachtete ihn mit besorgter Miene.

»Da ist noch was, oder, Monsignore?«

»Das Tagebuch genügt nicht.«

»Oh Gott, ich wusste es.«

»Wir müssen unbedingt über alle Manöver des Inquisitors während des gesamten Konklaves informiert sein. Eine Wanze muss her.«

Als raffinierter Stratege hatte der polnische Papst alles vorhergesehen und 1996 mit seiner *Universi Dominici Gregis* eine Zweidrittelmehrheit für die Wahl festgelegt. Erst nach dreißig erfolglosen Wahlgängen sank das nötige Quorum auf die absolute Mehrheit, was bedeutete, dass sie statt 77 nur noch 59 Stimmen brauchten.

»Ottolenghi wird auf ein einstimmiges Votum am ersten Tag abzielen«, sagte Guzman. »Wir müssen also eine Woche durchhalten und währenddessen Zwietracht säen. Darum ist es unbedingt erforderlich, alle seine Schachzüge zu kennen.«

»Monsignore, Sie denken doch nicht etwa an eine Wanze unter Ottolenghis Platz in der Sixtinischen Kapelle?«

»Aber nein, nicht in der Sixtinischen Kapelle. Das Spiel wird in Santa Marta entschieden. In seinem Zimmer.«

»Das soll heißen, dass ich ...?«

Guzman nickte, während er auf ein Foto aus dem Prospekt der Casa Santa Marta zeigte. »Hinter dem Kruzifix dort am Kopfende seines Bettes.«

Pater Pinkus schluckte wieder. »Soll ... soll ich das Ding dort anbringen, wenn ich das Tagebuch stehle?«

»Genau. Morgen. Eine Sache von Sekunden.«

»Aber Monsignore, dann bräuchten wir eine Abhörstation in der Nähe von Santa Marta. Und im Vatikan haben sogar die Wände Ohren, das wissen doch alle.«

Der Rosenkranz pendelte eine Weile hin und her. »Ich hab's. Die bringen wir im ersten Stock des Apostolischen Palastes im Pressezentrum unter, in einem der Büros unserer Numerarier.«

Ein verschwörerisches Grinsen trat auf das Gesicht des Paters. »Wunderbar, Monsignore. Genial.«

Das Telefon läutete.

»Ja? Erzählen Sie, Pater… In St. Germain des Près? Morgen Vormittag? Einverstanden. Noch heute… ich lasse Sie benachrichtigen.« Guzman legte auf. »Das war Pater Laforge aus Paris. Er hat St. Pierre nach der Schießerei im Louvre aufgespürt. Der Archäologe ist in einem Hotel im Quartier Latin abgestiegen. Ich muss noch heute nach Paris fliegen. Sind die Papiere für Saudi-Arabien fertig?«

»Alles bereit, Monsignore. Aber… Sie lassen mich hier allein zurück, in so einem Moment?«

»Was beunruhigt Sie? Der Plan ist unfehlbar. Hören Sie zu.«

Am Nachmittag hielt ein schwarzer Mercedes S 600 auf der Landebahn 16 des römischen Flughafens Fiumicino neben einer weißblauen Gulfstream 550. Dem Wagen entstieg in blütenreiner Soutane Monsignore Guzman. Er ging auf das Flugzeug zu, hinter ihm schleppte sich ein Priester mit einem dicken Koffer aus grünem Krokodilleder ab.

»Willkommen an Bord«, sagte der Pilot, die Hand an die Mütze gelegt. »Wunderbares Wetter auf der ganzen Strecke. Wir landen voraussichtlich um 17 Uhr 40 in Paris, Charles de Gaulle.«

Hinter den Hügeln von Montpellier ging die Sonne unter. In der Glasfassade des Einstein-Labors für Quantenphysik waren nur noch wenige Fenster erleuchtet.

»Ken, ist es nicht genug für heute?« Ein kahlköpfiger Mann mit einem weißen Spitzbärtchen spähte durch die Tür des Labors.

»Ich muss noch ein paar Tests mit einem Pulver machen, das mir jemand aus Paris geschickt hat.« Ken Mayo reckte sich auf seinem Schreibtischstuhl. »Eine unbekannte Substanz, sagt er.«

»Eine unbekannte Substanz?« Der Kollege lachte. »Dann mal los, vielleicht ist das ja deine lang erwartete Chance auf den Nobelpreis. Ich geh jetzt jedenfalls einen Pernod trinken.«

Mayo stand auf, zog ein Reagenzröhrchen aus der Halterung

und ging zu einer Präzisionswaage. Er stellte einen winzigen Tiegel aus Keramik auf die Waage, brachte sie auf Null und schüttete Pulver aus dem Röhrchen auf den Tiegel, bis das Display ein Gewicht von fünfzehn Milligramm anzeigte. Dann schraubte er das Röhrchen wieder zu und zog seinen Kittel an.

Er stellte den Tiegel auf eine Arbeitsfläche, neben einen Thermogravimeter von Shimadzu, drückte ein paar Tasten an dem Gerät und setzte sich vor einen Computer. Auf dem Bildschirm erschien eine Reihe von Fragen. Er gab die Antworten ein, kehrte zum Thermogravimeter zurück, nahm den Tiegel und stellte ihn auf den Teller einer Mikrowaage im Inneren eines Brennofens. Er schloss den Ofen und schaltete ihn ein. Sofort liefen die Temperaturwerte über eine digitale Anzeige. Mayo setzte sich wieder an den Schreibtisch.

Eine halbe Stunde später kehrte er zu dem Gerät zurück und beobachtete die Anzeige der Temperaturwerte: 760, 761, 762 … Er drehte sich zum Computerbildschirm um, auf dem jetzt ein XY-Diagramm erschien. Die X-Achse zeigte die Temperaturen, die Y-Achse die prozentualen Gewichtsveränderungen der Probe. Bei der momentanen Temperatur hatte die Probe noch immer hundert Prozent ihres ursprünglichen Gewichts. Mit verwundertem Gesichtsausdruck setzte Mayo sich wieder hin und schob eine CD von Nat King Cole in den CD-Player. Die Klänge von *Unforgettable* erfüllten das Labor.

1060, 1061, 1062, 1063, 1064 ….

Plötzlich drang ein blendendes Licht wie von einer gigantischen Magnesiumlampe aus dem Gerät und erleuchtete das Labor und den davorliegenden Park taghell. Mayo schrie auf, sprang vom Stuhl und bedeckte sich das Gesicht mit beiden Händen. Er schwankte und stürzte zu Boden.

Ein pulsierendes weißes Licht umgab das Gerät, auf der Temperaturanzeige blinkte die Zahl 1064. Das Diagramm auf dem Computerbildschirm zeigte bei 1064 Grad Celsius einen steilen Abfall des Gewichts. Die vertikal abfallende Linie hatte die X-Achse gekreuzt und war in den Bereich negativer Werte vorgedrungen.

Der Sekundenzeiger der Wanduhr war stehen geblieben, die Uhr zeigte 19:51 Uhr. Mayo lag rücklings auf dem Boden, er rührte sich nicht. Seine Armbanduhr stand, sie zeigte 19:51 Uhr.

Smile, for your heart is aching, smile …

35 Als der Kommissar der Kriminalpolizei hinausgegangen war, klingelte das Telefon. Es war der Direktor des Louvre, der Théo zu sich zitierte.

»St. Pierre«, stieß der Direktor, dessen Haare in der Mitte akkurat gescheitelt waren, zwischen dünnen Lippen hervor, »glauben Sie wirklich, ich würde derartige Zwischenfälle dulden? Ein getöteter Wachmann und eine Schießerei am helllichten Tag!«

»Ich werde dem Mörder sagen, er soll das nächste Mal den Teesalon im Hotel Georges V. nehmen.«

»Ersparen Sie mir Ihre Witze! Diese Geschichte mit Moses hat mich sowieso nie überzeugt. Konstantine musste schon dran glauben, sympathisch war er mir zwar nicht, aber er ruhe in Frieden. Und jetzt sind Sie dran. Ja, sind wir denn hier im Chicago der Dreißigerjahre? Ich lasse mich nicht von Ihnen täuschen, St. Pierre. Sie verbringen Ihre Zeit damit, die Regeln zu umgehen, statt sie zu befolgen. In der letzten Viertelstunde habe ich zwei Anrufe bekommen, einen vom Kultusminister, den anderen vom Innenminister. Ist Ihnen klar, was das bedeutet?«

»Sonnenklar.«

»Ich verbiete Ihnen, in diesem Ton mit mir zu sprechen!« Der Direktor schlug mit der Faust auf den Schreibtisch. »Ich frage mich immer noch, warum der Verwaltungsrat ausgerechnet Ihnen die Stelle als Kurator gegeben hat.«

»Sie haben recht. Bei manchen Ernennungen sollte der Louvre vorsichtiger sein.«

»Das reicht jetzt! Die Republik kann sich nicht erlauben, in einen internationalen Zwischenfall hineingezogen zu werden. Das Projekt ›Mose Grab‹ ist hiermit annulliert. Annulliert, haben Sie verstanden?«

»Wenn das so ist, nehme ich drei Wochen Urlaub.«

»Aha! Das ist also Ihre Antwort?«

»Sie haben ja bereits alles gesagt.« Théo erhob sich und ging zur Tür.

»Was auch immer Sie unternehmen, es geschieht auf eigene Verantwortung, nicht mit Unterstützung des Louvre, verstanden?«, rief der Direktor ihm hinterher. »Und vergessen Sie nicht, St. Pierre.

Noch so ein Ereignis, und der Louvre ist fertig mit Ihnen. Ist das klar?«

Zurück in seinem Büro goss Théo sich ein Glas Cognac ein und trank es in einem Zug aus. *Eine Wolkensäule, eine Feuersäule,* tönte es unablässig, wie ein Mantra, in seinem Kopf. Die Antwort konnte nur dort zu finden sein. *Merde.* Von Beginn an war er in dieser Geschichte immer einen Schritt hinter dem Mörder gewesen. Jetzt war der Moment gekommen, ihm einen Schritt voraus zu sein.

Er zog eine weiche Ledertasche aus einem Schränkchen und warf ein paar Landkarten vom Nahen Osten, die Bibel, seinen Blackberry und die Mappe mit Vankos Pergamenten hinein. Dann nahm er den Koffer mit der Jaeger-Geige und hängte ihn sich über die Schulter. Clea. Er ging ins angrenzende Büro und sprach eine Nachricht auf Band. Er müsse für ein paar Wochen weg, sagte er, und sie solle sich keine Sorgen machen. Er würde ihr alles telefonisch erklären. Beim Hinausgehen blickte er sich in seinem Büro um. In der Stille schlug die Uhr zur halben Stunde, und einen Augenblick lang wirbelte die Karte des Narren durch das Zimmer. »Den Verlockungen des Irrationalen kann er nicht widerstehen«, hatte die Herzogin gesagt. Er ging hinaus und mischte sich unter das Museumspublikum.

Am Ende der Treppe blieb er stehen. Wo war dieser Dreckskerl? Wartete er draußen auf ihn? Oder vor seiner Haustür? Wie sollte er auf die Straße gehen? Oder Paris verlassen? Er trat vor die großen Fenster auf den Cour Carrée. Gerade stieg der Kriminalkommissar in ein Polizeiauto. Théo lief in Richtung Pavillon des Artes, stürzte durch die Tür nach draußen und winkte dem Wagen. Der Kommissar beugte sich aus dem Fenster.

»Nehmen Sie mich mit?«

»Ich fahre Richtung Montparnasse. Passt Ihnen das?«

»Mir passt jede Richtung, wenn es nur weit weg von hier ist.«

»Steigen Sie ein.«

Als sie an der Kirche St. Germain des Près vorbeifuhren, bat Théo darum, aussteigen zu dürfen.

»Und Sie wollen mir wirklich nicht mehr über die Ursache der Schießerei verraten?«

»Nein, Kommissar.«

Der Inspektor seufzte resigniert. »Na gut, wie Sie wollen.« Er reichte Théo eine Visitenkarte. »Wenn Sie Ihre Meinung ändern sollten, wissen Sie, wo Sie mich finden.«

Théo bog um den Boulevard St. Germain, eilte an den mit Touristen voll besetzten Tischchen des Café de Flore vorbei und ging, sich fortwährend umschauend, weiter ins Quartier Latin. Vor einer Agentur der France Télécom machte er halt, trat ein und kaufte ein neues Handy mit neuem Chip und neuer Nummer.

Als er den Laden verließ, wandte ein Priester seinen Blick vom Schaufenster ab und ging hinter Théo her.

»Hast du die neue Nummer aufgeschrieben?« Théo telefonierte im Gehen. »Blonville-sur-Mer? Warum? ... Nein, das ist eine gute Idee. Bleib dort ... Raisa, ich rufe dich sofort an, wenn ich mich entschieden habe.«

Das Schild des Hotel Delavigne erregte seine Aufmerksamkeit. Warum nicht? Niemand würde auf die Idee kommen, ihn in einem Hotel im Quartier Latin zu suchen. Er ging hinein und bat um ein Zimmer für eine Nacht.

Sobald die Tür sich hinter ihm geschlossen hatte, setzte er sich aufs Bett, nahm das Telefonbuch von Paris und überflog die Eintragungen unter dem Buchstaben S. Er kritzelte die Nummer der saudi-arabischen Botschaft auf einen Zettel und wählte.

»Welches ist der Zweck Ihrer Reise?«, fragte eine Männerstimme mit ausländischem Akzent.

»Das Land besichtigen.«

»Das Land besichtigen? Mein Herr, Saudi-Arabien stellt keine Touristenvisa aus.«

»Ach nein? Wem stellen Sie dann Visa aus?«

Es gebe ein Visum für die, die mit einem Arbeitsvertrag in das Königreich einreisten, und es gebe ein Visum für Pilger in die heiligen Städte Mekka und Medina. Außerdem erhielten Geschäftsreisende ein Visum, doch sie mussten eine schriftliche Einladung einer saudischen Firma vorweisen.

»Da ich von der wahrscheinlichen Annahme ausgehe, dass Sie kein Moslem sind, bleibt Ihnen eine einzige Möglichkeit, in das Königreich einzureisen, nämlich, sich einen Sponsor zu suchen. Guten Tag, mein Herr.«

Einen Sponsor? Wen? Normalerweise hätte er es im Namen des

Louvre beim Minister für Altertümer in Riad versuchen können, doch nach der Szene mit dem Direktor war das nicht mehr möglich. Das Brummen der Minibar erinnerte ihn an die Stille in Vankos Wohnung in der Via del Pellegrino.

Er öffnete den Geigenkoffer und holte die Jaeger und den Bogen heraus. Auf dem Bett sitzend, lehnte er sich gegen das Kopfende und setzte die Geige an. Die wehmütigen Klänge des *Adagio* im Violinkonzert Nr. 1 in g-Moll von Max Bruch erfüllten den Raum. Plötzlich stand der Bogen still. Théo sah ein Foto von Kassamatis in Gesellschaft des saudi-arabischen Königs Faisal vor sich. Der Sponsor.

Er schaute auf die Uhr. 15:10 Uhr, also zehn nach neun in New York. Er sprang auf und holte den Organizer aus seinem Sack.

»Tut mir leid, Mister St. Pierre, aber ich kann ihn jetzt nicht stören«, sagte Kassamatis Sekretärin. »Möchten Sie eine Nachricht hinterlassen?«

»Es ist wichtig. Sagen Sie ihm, ich warte in der Leitung. Bitte.«

»Einen Augenblick.«

Eine längere Stille folgte.

»Théo, bist du noch heil und ganz?«, fragte Kassamatis.

»Warum?«

»Die Schießerei von heute Morgen ist schon in den Nachrichten. Wo bist du?«

»Das ist unwichtig. Alex, ich muss dich um einen Gefallen bitten.«

»Warum? Habe ich bei dir den Eindruck geweckt, ich sei einer, der anderen einen Gefallen tut?«

»Darum zu bitten, vor allem dich, fällt mir schwerer als dir, mir den Gefallen zu tun.«

»Was brauchst du?«

»Besitzt du irgendwelche Firmen in Saudi-Arabien?«

»Ich halte Anteile. Warum?«

Théo erklärte ihm, was er brauchte, und eine Pause entstand.

»Warum ausgerechnet Saudi-Arabien?«

»Tut mir leid, aber darüber kann ich nichts sagen.«

»Nenn mir einen einzigen Grund, warum ich es tun sollte.«

»Den kannst du haben. ›Two roads diverged in a yellow wood.

I took the one less traveled by. And that has made all the difference.‹ Reicht dir das?«

»Ich habe dir schon bei Lazarus gesagt, dass du ein riesengroßer Hurensohn bist, und mit Hurensöhnen kenne ich mich aus. Gib mir eine Telefonnummer.«

Théos Blick fiel auf das Telefon auf dem Nachttisch. Einen Moment lang erschien die Karte mit dem Mond über dem Apparat, und die Worte der Herzogin gingen ihm durch den Kopf: *Hüte dich vor dem Kaiser*. Er diktierte Kassamatis die Nummer seines Handys.

»Ich rufe dich in ein paar Stunden zurück«, sagte Kassamatis.

Théo nahm ein Fläschchen Courvoisier aus der Minibar und trank. Was würde noch passieren? »Lohnt es sich?«, hatte er die Herzogin gefragt. »Das kannst nur du beantworten«, hatte sie entgegnet.

Er zog Nickys Uhr aus der Tasche und ließ den Deckel aufspringen. *Au clair de la lune, mon ami Pierrot, prête-moi ta plume, pour écrire un mot*... Er schloss die Augen und kauerte sich aufs Bett. Durch das Fenster drangen der Duft des Weinmostes und Nickys Stimme, der auf der Tenne mit dem Verwalter sprach. Was bedeutete dieser Knoten im Hals? Sehnsucht, ein Lügengebilde, das ein idealisiertes Bild der Vergangenheit malte, eine Collage aus verzerrten Erinnerungen? Oder den Weg, den Robert Frost genommen hatte, ein in uns verborgener Gott, der uns ermahnte, versäumte Gelegenheiten nachzuholen?

»Er hat mich gerade angerufen«, sagte Kassamatis am Telefon, die Füße auf den Schreibtisch gelegt, das Empire State Building vor dem Fenster im Blick. »Er hat mich gebeten, ihm bei der Beschaffung eines Visums für Saudi-Arabien behilflich zu sein.«

»Hat er dir gesagt, wo er sich aufhält?«, fragte der Comte La Fontaine am anderen Ende.

»Nein.«

»Was hast du ihm geantwortet?«

»Dass ich ihn zurückrufen würde.«

»Sag Ja. Um den Rest kümmern wir uns.«

»Wollt ihr den Job zu Ende bringen, mit dem ihr im Louvre nicht fertig geworden seid? Rechne nicht mit mir.«

»Du wirst ihm sagen, dass du ihm nicht helfen kannst.«

»Ich werde ihm genau das Gegenteil sagen.«

»Ach ja? Warum gibst du ihm nicht gleich eine Karte, mit der er zum Grab kommt, vorausgesetzt, er hat sie nicht schon?«

»Émile, fängst du jetzt auch schon so an wie Fitzwilliam? Hier geht es nicht nur um das Grab. Ich dachte, da wären wir uns einig.«

Nach dem Gespräch blickte Kassamatis versonnen auf eine gerahmte Silberplakette mit einer Inschrift: »Two roads diverged in a yellow wood ...«

Ein Taxi hielt vor dem Hotel Delavigne. Théo stieg aus, beladen mit Tüten. Der Taxifahrer holte einen nagelneuen Koffer aus dem Kofferraum. Der Concierge des Hotels eilte herbei. Auf der gegenüberliegenden Straßenseite bewegte sich eine Gardine hinter dem Fenster eines Bistros.

In seinem Zimmer sah Théo zur Uhr. Das Handy klingelte.

»Schreib dir diese Nummer auf«, sagte Kassamatis.

»Sieht aus wie meine Sozialversicherungsnummer. Was ist das?«

»Es ist die Nummer deines Visums. Du kannst es ab morgen Vormittag in der saudi-arabischen Botschaft in Paris abholen.«

»Wer ist der Sponsor?«

»Die Saudi Oil Trust Ltd. in Riad.«

»Gehört sie dir?«

«Ich besitze neunundvierzig Prozent. Der Rest gehört der königlichen Familie.«

»Danke, Alex. Eines Tages werde ich mich revanchieren.«

»Vergiss nicht, dass in Saudi-Arabien die Scharia herrscht. Weißt du, was das islamische Gesetz bei Delikten wie Diebstahl vorsieht? Das Abschneiden der rechten Hand. Die einzige Konzession an die sogenannte Zivilisation ist eine Beruhigungsspritze. Ach, noch etwas. Ich bezweifle, dass König Faisal Sirtaki tanzt oder Leuten, die Sirtaki tanzen, Rabatt gewährt. Habe ich mich klar genug ausgedrückt?«

Théo nahm noch einen Courvoisier aus der Minibar, legte sich aufs Bett und trank das Fläschchen mit einem Schluck leer. Während er sich von der Wärme einlullen ließ, die in ihm aufstieg, verbreitete sich Zigarrenduft im Zimmer, und er erinnerte sich an Konstantine, der sich eine Davidoff unter die Nase gehalten hatte. »Weißt du, was der Lebenskünstler Hemingway mal gesagt hat?«

Das Bild der Waage des Osiris-Gerichts schob sich vor die Erinnerung. Nach den zweiundvierzig Fragen, die der Verstorbene beantworten musste, bevor sein Herz gewogen wurde, stellte Osiris ihm zwei entscheidende Fragen: »Hast du Freude empfunden?« und »Hast du Freude bereitet?« War die Antwort verneinend oder unsicher, verschlang ein Nilpferd das *ka* des Verstorbenen. Théo schluckte. Spyros *ka* würde kein Nilpferd verschlingen.

Konstantines Gesicht verschwand, und zwischen den Flammen eines Lagerfeuers tauchten die von einem dichten Bart umrahmten, sonnenverbrannten Züge von Khalid Shouman auf. Wie sehr er und Spyro einander doch glichen, das war Théo bisher noch gar nicht aufgefallen.

Khalid hatte ihm für alle seine Ausgrabungen *fellahin* besorgt und angeleitet. Er war der beste Vorarbeiter, den Théo sich denken konnte. Hatte er darum immer so getan, als sähe er die »Souvenirs« nicht, die Khalid sich unter den Fundstücken aussuchte und in die eigene Tasche steckte? Nein, das hatte einen anderen Grund. Außer Clea war Khalid der einzige Mensch, mit dem er nicht viel Worte machen musste. Ein Blick genügte. Sie akzeptierten einander so, wie sie waren, und sie hatten sich stillschweigend darüber verständigt, dass Perfektion langweilig, ja unsympathisch war.

Théo hatte nie für andere Geige gespielt, außer für seine Familie und für Clea. Eines Nachts waren er und Khalid lange aufgeblieben, um an einem Lagerfeuer im Sinai zu plaudern. Irgendwann war er ins Zelt gegangen und mit der Jaeger zurückgekehrt. Er hatte das *Andante* einer Violinsonate von Brahms gespielt. Als er fertig war, hatte Khalid begeistert applaudiert, war aufgesprungen und hatte mit seiner schönen Tenorstimme ein ägyptisches Lied gesungen; dann hatte er angefangen, mit synkopierten Bewegungen um das Feuer herumzutanzen, und sich mit der *ney* begleitet, der arabischen Flöte, die er sehr gut spielte. Dabei hatte er den Komödianten herausgekehrt, der er war, und Théo hatte seine Bewegungen nachgeahmt, bis das Ganze in einem großen gemeinsamen Gelächter endete. Schließlich hatte Théo ihn untergehakt und ihm die Schritte des Syrtos beigebracht.

»Mütterlicherseits bin ich ein halber Saudi«, hatte Khalid an jenem Abend vor dem Feuer gesagt. Die Verwandten seiner Mutter lebten noch in Saudi-Arabien, sie gehörten zu einem wichtigen Beduinenclan, der nie aufgehört hatte, in Zelten in der Wüste zu leben. Er war oft bei ihnen zu Gast. Khalid kannte das Land gut, er besaß einen saudischen Pass. In Kairo leitete seine Familie eine Agentur, die Safaris auf die Sinaihalbinsel organisierte. Khalid war auf dem Sinai so zu Hause wie im Tal der Könige.

Théo setzte sich im Bett auf und wählte seine Nummer.

»Théo, mein Freund!«, sagte Khalid. »Dein Anruf ist ein Zeichen für Allahs Wohlwollen.«

»Hast du in den kommenden Wochen irgendwelche Ausgrabungen im Programm?«, fragte Théo nach den üblichen Begrüßungsformeln.

»Nein, es ist die tote Jahreszeit. Alles, was mich erwartet, ist eine Reihe sterbenslangweiliger Safaris im Sinai. Warum, hast du etwas im Auge?«

Théo fasste ihm die Geschichte auf das Wesentliche beschränkt zusammen. Ein langes Schweigen folgte.

»Khalid …? Nicht mal der Verwaltungsrat des Louvre lässt mich so lange warten.«

»Allahs Wohlwollen ist groß, doch auch sein Zorn ist groß. Moses ist ein Prophet des Koran, Théo.«

Théo kannte das alte Schlitzohr gut genug, um sich von seinen Koranzitaten nicht beeindrucken zu lassen. Khalid praktizierte seinen ganz privaten Islam und pflegte das aus dem Koran zu zitieren, was ihm gerade nützte.

»Weißt du noch, als du mich mal nach dem Schatz auf der Kupferrolle gefragt hast?«, begann Théo.

»Du willst doch nicht etwa sagen, dass …«

»Genau das will ich sagen.«

»Deine Worte sind für mich wie die Musik deiner Geige. Wenn ich es recht bedenke, liebt Allah die Wagemutigen, und sein Erbarmen ist größer als sein Zorn.«

»Dann ist ja alles in Ordnung. Kann dich jemand bei deinen Safaris ersetzen?«

»Mein Cousin Asim schuldet mir viele Gefälligkeiten. Die Nächte im Sinai sind hell, und ich leide unter Schlaflosigkeit. Oft schon sah ich ihn ins falsche Zelt schleichen, und seine Gemahlin ist sehr eifersüchtig.«

»Ausgezeichnet.« Er besprach mit Khalid die notwendige Ausrüstung für die Expedition. »Ach, ehe ich es vergesse. Wir brauchen auch einen elektronischen Theodoliten und einen von diesen GPS, die man am Handgelenk trägt.«

»Das wird erledigt. Wann kommst du in Kairo an?«

»Morgen Abend spät.«

»Ich buche dir ein Zimmer im Le Meridien in Heliopolis. Es liegt an der Schnellstraße nach Sues.«

»Gut. Dann erwarte ich dich Dienstagabend um sieben Uhr morgens im Le Meridien. Übrigens, Khalid …«

»Sprich.«

»Unser Ziel ist Al-Bad, ein Dorf mit einer Oase. Es liegt etwa hundert Kilometer südlich der Grenze zu Jordanien. Kennst du es?«

»Natürlich. Eine große Oase mit unzähligen Quellen. Aber warum ausgerechnet Al-Bad? Das ist doch nur eine Handvoll verfallener Häuser.«

»Ich erkläre es dir auf der Fahrt.«

Nach dem Telefonat lehnte Théo sich gegen das Kopfende des Bettes und ließ den Bogen über die Saiten hüpfen. Plötzlich sah er den Mörder vor sich, der auf ihn zielte und schoss. Sie suchten ihn. Am Flughafen Charles de Gaulle könnte jemand auf ihn warten. Besser, er flog von einem anderen Flughafen ab.

Er rief das Reisebüro des Louvre an. Gab es außer dem Flug von Paris Charles de Gaulle weitere Flüge von Frankreich nach Kairo? Von Lyon aus? Er buchte einen Businessclass-Platz auf der KLM, die am nächsten Tag um 17:25 Uhr von Lyon St. Exupéry abflog, und einen Platz im TGV Paris – Lyon um 13:00 Uhr.

Am nächsten Morgen hielt ein Taxi vor der Botschaft Saudi-Arabiens in der Avenue Hoche. Théo stieg aus, ging hinein und sagte am Empfang, er müsse ein Visum abholen. Er nannte seinen Namen und die Nummer des Visums.

Kaum hatte der Angestellte, ein westlich gekleideter Araber, den Namen gehört, sprang er auf, blickte Théo ehrfürchtig an und wählte eine Nummer. Mit übertriebener Freundlichkeit bat er ihn sodann, auf einem der Sessel zu warten. Kurz darauf kam ein spindeldürrer Araber in einem weißen Thobe auf ihn zu. Der Mann begrüßte Théo mit einer Verbeugung und zusammengelegten Händen. Er sei der Sekretär des Botschafters, Théo möge ihm bitte folgen.

»Hoffentlich liegt hier kein Missverständnis vor«, sagte Théo hinter ihm hergehend. »Ich möchte nur ein Visum abholen.«

»Kein Missverständnis, Monsieur St. Pierre. Es wird Seiner Exzellenz eine Ehre sein, Ihnen das Visum persönlich auszuhändigen.«

Der Sekretär ließ sich Théos Pass geben, bat ihn, im Vorzimmer zu warten, und verschwand. Warum diese VIP-Behandlung? Von einem lebensgroßen Porträt fiel König Faisals prophetischer Blick auf Théo.

Der Botschafter in einem gold gesäumten, braunen Thobe und schneeweißer Guthra erklärte, er sei hochgeehrt. »Nicht viele können sich solcher Bekanntschaften rühmen, Monsieur St. Pierre.« Er überreichte ihm seinen Pass mit dem Visum. »Sie machen sogar den Eindruck, als wüssten Sie gar nichts davon. Diese Bescheidenheit ehrt Sie. Im Koran heißt es: ›Jene, die demütig über die Erde wandeln, sind die wahren Diener Gottes.‹«

»Meinen Sie Monsieur Kassamatis?«

»Monsieur Kassamatis? Nein, ich spreche von Ihrer Königlichen Hoheit Prinz Zoltan bin Zaid Al Hanna, dem Bruder König Faisals und Thronerben.« Der Botschafter zeigte auf ein Porträt des Prinzen an der Wand.

Nur mit Mühe verbarg Théo seine Überraschung, und sein Gesichtsausdruck schien den Botschafter noch mehr zu verwirren.

»Sie wissen nicht, dass die Einladung von Ihrer Königlichen Hoheit persönlich unterzeichnet wurde?«

Auf der Fahrt mit dem Taxi zum Gare de Lyon brütete Théo über dem Geheimnis des Visums. «Ich besitze neunundvierzig Prozent. Der Rest gehört der königlichen Familie«, hatte Kassamatis gesagt. Schließlich zuckte er mit den Achseln. Als Präsident der Saudi Oil Trust Ltd. hatte der Prinz den Brief wahrscheinlich rein zufällig unterschrieben.

Vor dem Gare de Lyon zahlte Théo und stieg aus. Hinter ihm hielt noch ein Taxi am Gehweg. Ein hochgewachsener, kräftig gebauter Mann mit einer Narbe auf der Wange stieg aus. Einen Augenblick lang kreuzten sich ihre Blicke.

Den Geigenkoffer über der Schulter, den Koffer in der einen und den Reisesack in der anderen Hand, tauchte Théo in der Menge unter. Der Mann mit der Narbe ging in dieselbe Richtung, einen grünen Krokodillederkoffer hinter sich herziehend.

»Vor Kurzem ist mein Freund, Monsieur St. Pierre aus Paris, hier angekommen«, sagte Monsignore Guzman an der Rezeption des Kairoer Le Meridien und stellte seinen Koffer ab. »Können Sie mir bitte sagen, um wie viel Uhr er sich wecken lässt?«

»Aber mein Herr! Solche Informationen geben wir nicht heraus.«

»Wissen Sie, es ist spät, und ich möchte ihn nicht stören.« Mit einem schmeichlerischen Lächeln schob der Monsignore einen Fünfzigeuroschein über den Tresen. »Wir wollen morgen früh zusammen aufbrechen, und ich weiß nicht, wann ich mich wecken lassen soll.«

Mit einer blitzartigen Bewegung ließ der Hotelangestellte den Schein verschwinden. »Um 06:15 Uhr, mein Herr.«

»Bitte wecken Sie mich um dieselbe Zeit. Ach, und lassen Sie mir eine Flasche Macallan aufs Zimmer bringen. Ohne Eis.«

Als der *safragi* aus dem Zimmer gegangen war, setzte Guzman sich auf die Bettkante und wählte die Nummer von Pater Pinkus. »Nun, Pater? Wie ist es gelaufen?«

»Ich habe das Tagebuch, und ich habe die Wanze angebracht.«

»*Muy bien.*«

»Warten Sie, bevor Sie sich freuen, Monsignore. Kaum war ich in mein Zimmer zurückgekehrt – dieser Filippo hat mir ein stockfinsteres Loch im Erdgeschoss untergejubelt –, habe ich im Tagebuch nach den Seiten gesucht, die uns interessieren. Und da kam die böse Überraschung. Zwei Seiten fehlen, sie sind rausgerissen. Es sind die vom 31. August und vom 1. September, drei Tage vor dem Tod.«

»Und der Rest des Tagebuchs?«

Es klopfte an der Tür, der *safragi* mit dem Whisky. Guzman bedeutete ihm, die Flasche auf dem Tischchen abzustellen und ein Glas einzuschenken. Dann reichte er ihm einen Zehneuroschein.

»Monsignore, im restlichen Tagebuch gibt es keine Spur von Ottolenghi. Es müssen die beiden fehlenden Seiten sein.«

Guzman trank ein halbes Glas Macallan. »Inzwischen hat der Inquisitor wahrscheinlich schon hundertsechzehn Fotokopien gemacht und sie an alle Kardinäle verteilt. Pater, wir gehen zur zweiten Phase des Plans über.«

»Wa-Wann?«

»Noch heute Nacht. Sind die Briefe fertig?«

»Ich habe sie bei mir.«

»Warten Sie die ersten Morgenstunden ab, damit Sie sicher sein können, dass alles schläft, dann verfahren Sie wie vereinbart.«

»Ich habe es geahnt«, sagte Pater Pinkus mit schwacher Stimme. »Mein Gott, hoffentlich laufe ich Pater Filippo nicht über den Weg. Ich habe Fra Anselmo gesagt, er soll ihm eine doppelte, gut gepfefferte Ration servieren und ihm eine Flasche Corvo di Salaparuta auf den Tisch stellen – die hat dieser Schuft mich sogar bezahlen lassen.«

Der Monsignore schenkte sich nach. *Caramba*, wo nahm er jetzt eine *chiquita* her? Er hob die Augen zur Decke und breitete die Arme aus. *Herr, auch der heilige Matthäus sagt: »Der Geist ist willig, aber das Fleisch ist schwach.«*

Der Angestellte an der Rezeption? Der hatte das Gesicht eines geborenen Kupplers. Er leerte das Glas und ging hinaus.

Raisa blickte sich um, betrat eine Telefonzelle an der Strandpromenade von Blonville-sur-Mer und wählte eine Nummer.

»Doktor Mayo? ... Etwas Unglaubliches ist passiert?«

»Nicht am Telefon. Können Sie nicht auf einen Sprung nach Montpellier kommen?«

»Wann?«

»So bald wie möglich.«

Raisa sah auf ihre Uhr. 14:20 Uhr. Vielleicht schaffte sie es noch, in Caen ein Flugzeug zu nehmen. »Morgen Vormittag um neun?«

»Ich erwarte Sie.«

Als Raisa aus dem Fahrstuhl trat, erwartete Ken Mayo sie auf dem Treppenabsatz. Mit seiner schlanken Figur, dem offenen Hemd und den Jeans sah er aus wie die jungen Pfleger, die durch die Gänge der Salpêtrière flitzten. Nur die Falten in seinem scharf geschnittenen Gesicht und die grauen Strähnen im Haar verrieten sein Alter.

Sie setzten sich in einen kleinen, mit viel Chrom und Glas gestalteten Versammlungsraum, aseptisch wie ein Krankenhauszimmer.

Durch das Fenster sah man in der Ferne die beiden Türme der Kathedrale Saint-Pierre.

»Was ist passiert?«, fragte Raisa.

»Etwas Unglaubliches.«

Er erzählte, was bei der thermogravimetrischen Analyse des Pulvers passiert war.

»Als ich wieder zu mir kam, war ich mir sicher, dass ich stundenlang bewusstlos gewesen sein musste.«

Er hatte auf die Uhr geschaut. Sowohl seine Armbanduhr als auch die Wanduhr hatten 19:51 Uhr gezeigt, ungefähr die Zeit, in der es passiert war. Ungläubig hatte er die Zeit auf der Wanduhr im Labor nebenan kontrolliert.

»Diese Uhr und die Uhren in allen anderen Labors auf unserem Stockwerk zeigten 02:07 Uhr morgens. Ich war also über sechs Stunden lang bewusstlos. Was hätten Sie an meiner Stelle gedacht?«

»Sind die Uhren alle batteriebetrieben?«

»Ja.«

»Nun, ich hätte wahrscheinlich gedacht, dass diese Lichtexplosion aus irgendeinem Grund, wegen eines elektromagnetischen Feldes oder etwas Ähnlichem, die Uhren in Ihrem Labor angehalten hat.«

»Das habe ich auch erst gedacht, aber dann habe ich etwas entdeckt, was mich davon abgebracht hat.«

Kurz vor dem Zwischenfall hatte er seinen CD-Player angestellt. Als er wieder zu sich gekommen war, hatte er kontrolliert, wie viel Zeit seit dem Beginn des Nat-King-Cole-Songs vergangen war.

»Genau vier Minuten und achtundzwanzig Sekunden. Der größte Teil dieser Zeitspanne ist damit vergangen, dass ich langsam wieder zu Bewusstsein kam und dann die Uhren auf der Etage kontrolliert habe, bevor ich die CD angehalten habe. Wie erklären Sie sich die Sache jetzt?«

»Ich weiß es nicht, aber irgendeine Erklärung muss es ja geben.« Raisa spielte mit den Anhängern an ihrem Armreifen. »Sie wollen mir doch nicht etwa erzählen, dass die Zeit stehen geblieben ist?«

»Das ist aber die einzig mögliche Schlussfolgerung. In meinem Labor ist die Zeit sechs Stunden und sechzehn Minuten lang stehen geblieben. Er verdrehte die Augen zur Decke. »Wenn der Direktor mich so reden hört, kann ich die Koffer packen.«

»Aber welchen Sinn hat das? Wie ist es möglich, dass die Zeit stehen bleibt?«

»Theoretisch ist es absolut möglich. Die Gleichungen der Relativitätstheorie zeigen, dass die Zeit bei Lichtgeschwindigkeit stillsteht.«

»Was soll das bedeuten? Dass Sie während dieser sechs Stunden und sechzehn Minuten mit Lichtgeschwindigkeit gereist sind?«

»Haben Sie eine andere Erklärung außer einer Reise durch die Zeit?«

»Eine Reise durch die Zeit? Entschuldigen Sie bitte, aber das kommt mir vor wie aus *Star Trek*.«

»Sie irren sich. Es gibt in der Relativitätstheorie nichts, was dem widerspricht.«

»Bei allem gebotenen Respekt vor Ihnen und vor Einstein: Ich glaube nicht, dass jemals ein Mensch durch die Zeit gereist ist.«

»Bis vor zwei Tagen hätte ich Ihnen hundertprozentig zugestimmt, weil ich überzeugt war, dass niemand auf der Erde die Raumzeit krümmen kann. Aber ich habe mich geirrt, denn demjenigen, der dieses Pulver hergestellt hat, ist es gelungen.«

»Die Raumzeit krümmen? Was bedeutet das? Was ist die Raumzeit?«

»Die Raumzeit ist der vierdimensionale Raum, der in der Relativitätstheorie benutzt wird, um das Universum darzustellen. Einstein hat bewiesen, dass der kosmische Raum außer den drei räumlichen Dimensionen eine vierte Dimension aufweist, die Zeit, und dass Raum und Zeit untrennbar verbunden sind.«

»Ich verstehe das nicht. Ich habe mir die Zeit immer als eine absolute Variable vorgestellt.«

»Das ist der Irrtum von uns Menschen, weil wir Gefangene unserer Sinneswahrnehmung sind. Die lineare Zeit mit ihrem Gestern, Heute und Morgen existiert nicht. Sie ist eine Illusion.«

Mayo zeichnete zwei Punkte auf ein Blatt Papier, A und B, und verband sie mit einer Geraden. »Ich vermute, Sie sind einverstanden, wenn ich sage, dass diese Gerade den kürzesten Weg zwischen A und B darstellt. Stimmt's?«

»Natürlich.«

»Aber Sie irren sich.« Er faltete das Blatt einmal. »Dies hier ist der kürzeste Weg, um von A nach B zu kommen, und das ist es, was wir unter Krümmung des Raum-Zeit-Kontinuums verstehen.«

Diese Art Krümmung ließe sich natürlich nicht mit einer Zange bewerkstelligen, erklärte er mit einem altersweisen Lächeln, denn dazu wären eine gewaltige Energie und eine auf der Erde bisher unbekannte Technologie nötig. Aber die Natur verfüge über viel mächtigere Zangen, als sie beide sich das auch nur im Entferntesten vorstellen konnten.

»Und an dieser Stelle«, fuhr Mayo fort, »kommen die Schwarzen Löcher ins Spiel. Sie wissen, was das ist?«

»Ich habe eine vage Vorstellung.«

»Schwarze Löcher entstehen durch die Implosion eines sehr großen Sterns. Der Stern zieht sich zusammen, bis er einen Punkt unendlich hoher Dichte erreicht, in dem die Schwerkraft so groß wird, dass ihr nichts mehr entgehen kann.«

»Aber wie kommt es, dass ein Schwarzes Loch eine Reise durch die Zeit ermöglicht? Was muss man tun? Hineinspringen?«

Mayo lachte herzhaft. »Sollten Sie mal auf ein Schwarzes Loch stoßen, halten Sie sich ja fern davon. In Ihrem eigenen Interesse.«

Ein Schwarzes Loch enthalte im Inneren eine Singularität, einen Punkt unendlicher Dichte, wo die Gesetze der Quantenphysik nicht mehr galten.

»Wenn ein Mensch dort hineingesogen würde«, sagte Mayo, »würde er buchstäblich ausgelöscht, zu einem unendlich kleinen Punkt zusammengedrückt.«

»Dann können wir uns wohl von Zeitreisen verabschieden, einschließlich der Ihren.«

»Nicht notwendigerweise. Versteifen Sie sich nicht auf die Vorstellung eines im Raum stillstehenden Schwarzen Lochs, das alles, was in seine Reichweite kommt, einsaugt wie ein gigantischer Staubsauger. Denken Sie stattdessen an sich drehende Schwarze Löcher.«

Diese rotierenden Schwarzen Löcher seien Räume im All, deren Vorhandensein kürzlich durch Weiterführungen der Einstein'schen Gleichungen bewiesen wurde. Es genüge, sich ein Schwarzes Loch vorzustellen, dass sich mit steigender Geschwindigkeit um die eigene Achse dreht, bis sich im Zentrum ein Loch bildet.

Die Mathematik habe bewiesen, dass rotierende Schwarze

Löcher immer zwei Öffnungen hatten, darum sprachen die Physiker von »Wurmlöchern« oder von Raumzeit-Tunneln.

»Die Wurmlöcher sind die Zeitkorridore der Science-Fiction-Literatur«, sagte Mayo.

»So etwas wie die Löcher im Käse, wenn ich recht verstehe?«

»Warum nicht? Der Vergleich gibt die Sache gut wieder. Es sind Eingänge zu verschiedenen Regionen der vierdimensionalen Raumzeit.«

»Gibt es diese Löcher denn wirklich?«

»Bis jetzt sind es einfach nur mathematische Abstraktionen. Niemand hat bisher beweisen können, dass sie tatsächlich existieren.«

Raisa dachte an das, was man sie im Kloster in Kopal gelehrt hatte. War das nicht so etwas wie die Befreiung aus dem Gefängnis der Sinne und das Erreichen der absoluten Leere? War das nicht die Erleuchtung des Buddha und die Erleuchtung des Pharaos, wenn er den Sprung ins Jenseits tat, der im Totenbuch beschrieben wurde?

»Wenn jemand in einen dieser Tunnel hineinkäme, ohne von der Singularität ausgelöscht zu werden«, fragte Raisa, »was würde er dann am Ausgang finden?«

»Einen Unterschied von Tausenden oder Millionen Jahren vor oder nach unserer Zeit, je nach der relativen Entfernung zwischen den beiden Öffnungen des Tunnels.«

»Für mich hört sich das immer noch nach Science-Fiction an.«

»Das ist es durchaus nicht. Einstein selbst hat 1935 zusammen mit Rosen bewiesen, dass die Relativitätstheorie zu den sogenannten Einstein-Rosen-Brücken, den Zeitkorridoren, führt.«

Normalerweise seien die Zeitkorridore zusammengedrückt, darum könne man nicht in sie hinein. Um sie zu öffnen, müsse man sie mit einem Antigravitationsfeld umgeben, anders ausgedrückt, mit einem Feld, das eine umgekehrte, also negative Kraft auf sie ausübe.

»Antigravitation dürfte etwas sein, was man nicht zu Hause im Hobbykeller herstellen kann, vermute ich«, sagte Raisa.

»Die uns umgebende Materie ist in eine Raumzeit mit einer positiven Krümmung eingebettet. Denken Sie an die Krümmung einer Kugel. Wir können das zwar weder sehen noch uns vorstellen, weil wir aus unserer Sinneswahrnehmung nicht herauskommen, doch im kosmischen Raum gibt es diese Beschränkungen nicht. Dort oben kann sich der vierdimensionale Raum in umgekehrter Richtung krümmen – denken Sie an die Wölbung eines Sattels –, und die Zeit kann zu einer negativen Größe werden. Mithilfe eines Wurmlochs könnte man dann in der Zeit rückwärts reisen.«

»Wie soll man sich die negative Zeit vorstellen?«

»Denken Sie wieder an einen Käse oder an das gefaltete Blatt. Im Vergleich zu dem geraden Weg, den das Licht in einer flachen Raumzeit nehmen müsste – die Gerade von A nach B also –, handelt es sich um eine Abkürzung. Der Unterschied zur Relativität ist, dass in einem Wurmloch nichts mit einer Geschwindigkeit reisen kann, die niedriger ist als die Lichtgeschwindigkeit. Dort drinnen ist die Raumzeit so stark gekrümmt, dass die Zeit negativ wird, und das ist gleichbedeutend mit einem Fahrschein für eine Reise zurück in die Vergangenheit.«

»Doktor Mayo, Sie wollen mir also sagen, dass durch die Lichtexplosion vorgestern in Ihrem Labor der Eingang zu einem Schwarzen Loch entstanden ist und dass Sie dort hineingezogen wurden?«

»Wie unglaublich es Ihnen auch erscheinen mag, es ist die einzige Erklärung, die ich für diese Zeitdifferenz von sechs Stunden und sechzehn Minuten habe.«

»Wie erklären Sie dann, dass Sie sich genau an Ihrem Ausgangspunkt wiederfanden, als Sie das Bewusstsein wiedererlangten?«

»Ich kann mir nur einen Zeitkorridor vorstellen, in dem die Öffnungen für den Eingang und den Ausgang zusammenfallen, und zwar so.« Wieder faltete Mayo das Blatt, sodass die Punkte A und B sich berührten.

»Nach dem, was Sie gesagt haben, dürfte es eine, gelinde gesagt, überwältigende Erfahrung sein, in ein Schwarzes Loch gesogen zu werden. Wie konnten Sie überleben? Was haben Sie gespürt? Haben Sie sich an etwas erinnert, als Sie wieder zu sich kamen?«

Mayo fuhr sich mit der Hand durch die Haare. »Was ich erzählen kann, würde Ihnen bloß wie die Wahnvorstellungen eines Irren vorkommen.«

Raisa beugte sich über den Tisch und drückte seinen Arm. »Verstehen Sie denn nicht, dass das ungeheuer wichtig für mich ist? Ich bitte Sie.«

Mayo sah sie einige Augenblicke schweigend an. »Na gut. Aber vergessen Sie nicht, dass Sie mich darum gebeten haben. Drüben ist ein Café mit einer Terrasse. Kommen Sie, ich lade Sie zu einem Kaffee ein.«

Raisa folgte ihm. Die Grenze zur vierten Dimension überschreiten. War das das Geheimnis des weißen Pulvers?

Doch auch wenn es so war, was hatten die Zeitreisen mit der Bibel zu tun? Und warum tötete jemand, um ein Geheimnis zu hüten, das an einem Berührungspunkt zwischen Einsteins Theorien und der Zen-Mystik zu liegen schien? Es sei denn... Wenn die Zeit bei Lichtgeschwindigkeit stehen blieb, war das nicht wie eine Rückkehr zu den Anfängen, als alles begonnen hatte?

Was stand am Nullpunkt der Zeit?

36

Théo kam mit seinem Gepäck aus dem Eingang des Le Meridien. Der Kairoer Smog trübte das Sonnenlicht, und alles war erfüllt vom unablässigen Hupen der Autos. Er blickte auf die Uhr: Kurz vor sieben.

»Théo!«

Mit wehender, rot-weiß karierter Guthra und einem cremefarbenen Thobe kam ihm Khalid entgegen, ein strahlendes Lächeln auf dem Gesicht. Seine Umarmung erdrückte Théo fast, der Bart kratzte. Obwohl Théo einen Meter achtzig groß war, überragte ihn Khalid um Haupteslänge.

Auf dem Weg zum Parkplatz überbrückten sie plaudernd ihre zweijährige Trennungszeit. Wie eh und je fühlte sich Théo von Khalids optimistischem Schwung angesteckt. Für Khalid war nichts unmöglich.

»Wir brauchen kein Hotel zu reservieren«, sagte Khalid. »Wir haben eine Einladung.«

»Eine Einladung von deinen Verwandten?«

»Du rätst nie, von wem. Vom Cousin des Prinzen Zoltan, dem Scheich Ali bin Al Fahd. Er ist einer der reichsten Männer des Landes, aber er lebt in einem Zelt wie die Beduinen. Zufällig hat er es gerade in der Oase von Al-Bad aufgeschlagen.«

»Kennst du ihn?«

»Nein, aber meine Cousins kennen ihn.«

Khalids Verwandte gehörten zum Stamm der Amarat, der befreundet war mit dem Stamm der Beni Sakhr, dessen Oberhaupt der Scheich war. Die Amarat hätten sie gern zu Gast gehabt, aber keiner aus ihrem Stamm lagerte derzeit in der Gegend von Al-Bad. Also hatten sie sich an den Scheich gewandt, und der hatte erklärt, es sei ihm eine Ehre, Théo und Khalid zu beherbergen.

Théo rieb sich den Nasenrücken. »Haben deine Cousins noch mehr erzählt?«

»Ja. Die Leute vom Stamm der Beni Sakhr leben schon seit jeher in der Gegend. Über Al-Bad gibt es viele Legenden, alle handeln von Moses, aber sie stammen aus einer Zeit viele Jahrhunderte vor dem Propheten.« Khalid warf ihm einen scharfen Blick zu. »Diese Miene kenne ich nur allzu gut. Warum tust du nicht, was der Koran sagt? Umarme dein Schicksal mit leichtem Herzen, und nimm Allahs Geschenke lächelnd entgegen.«

»Wirke ich so misstrauisch auf dich?«

»Nicht mal der Wüstenkojote würde die Gastfreundschaft der Beduinen ablehnen.«

»Na gut. Lassen wir uns darauf ein.« Théo zeigte mit dem Finger auf ihn. »Aber wenn etwas schiefgeht, gibst du mir die Handynummer deines Freundes Allah.«

Khalid lud das Gepäck auf seinen Toyota Land Cruiser mit der Aufschrift »Sinai Safari Tours«. Sie folgten den Hinweisschildern zur Schnellstraße nach Sues.

Allmählich wichen die Basare am Nil und die abbruchreifen Wohnhäuser am Stadtrand von Kairo einem Gewirr aus Nilzuflüssen, die sich durch schlammbedeckte Dörfer schlängelten.

»Warum glaubst du, dass sich dieses Grab ausgerechnet in Saudi-Arabien befindet?«

»Weil die Archäologie diesen Schluss nahelegt und die Bibel auch, wenn man zwischen den Zeilen lesen kann.«

Er berichtete Khalid von den Ergebnissen seiner Nachforschungen über den Exodus, angefangen bei Vankos Pergamenten bis hin zu König Josia und dem kollektiven Gedächtnis des Volkes Israel.

»Drei Exodusse? Aber irgendwo muss dieser Moses, wer auch immer er war – möge Allah mir gnädig sein –, doch durchgezogen sein, wenn die Verfasser der Bibel sich von einem tatsächlichen Ereignis anregen ließen. Kannst du mir sagen, welchen Weg er genommen hat und warum gerade durch Arabien?«

Théo faltete eine Karte der Sinaihalbinsel auf. »Lass uns anhalten, wenn du ein Kaffeehaus siehst. Ich will dir etwas zeigen.«

Das Tuten einer Schiffssirene drang ins Fahrzeuginnere. Khalid zeigte nach vorn. Über der horizontalen Linie des Sueskanals tauchten die roten Schornsteine eines Tankschiffs auf. Ringsumher erstreckte sich ein Niemandsland mit Festungsruinen und halb im Sand versunkenen Panzerwracks. Die Erinnerungen an den Sechstagekrieg, sagte Khalid.

Auf halber Strecke zwischen dem Sueskanal und dem Mitla-Pass hielt Khalid vor einer Baracke aus Holz und Wellblech im Schatten von Eukalyptusbäumen. Sie bestellten zwei Kaffees.

Ein schwarzer Cherokee-Jeep hielt hinter dem Toyota.

In Westernhemd und Kakihose stieg Monsignore Guzman aus dem Jeep. Er ignorierte Khalid und Théo, setzte sich an einen Tisch in der hintersten Ecke und tippte eine Nummer in sein Handy.

»Nun, Pater?«

»Ha-a-a-tschi! Entschuldigen Sie bitte, Monsignore, diese Erkältung plagt mich sehr«, sagte Pater Pinkus mit näselnder Stimme. »Es ist alles nach Plan gelaufen.«

Fra Anselmo hatte ihm die Liste der Zimmer mit den Namen der Kardinäle ausgehändigt. Um zwei Uhr in der Früh habe er die Umschläge unter den Türen hindurchgeschoben.

»Was steht in dem Brief?«, fragte Guzman.

»Wie vereinbart: ›Das Tagebuch ist eine Fälschung, wie jeder Schriftsachverständige bestätigen kann.‹ Unterzeichnet mit: ›Die Augen und Ohren des Fischers‹.«

»Ausgezeichnet. Und die Abhörzentrale? Funktioniert sie?«

»Funktionieren tut sie zwar, Monsignore, aber alles, was sie registriert, ist Stille. Kardinal Ottolenghi geht nur zum Schlafen in seine Suite, und die Versammlungen … Ha-a-tschi! … hält er in den Gemeinschaftsräumen ab. Zum Telefonieren schließt er sich sogar in den Toiletten des Refektoriums ein.«

»Ihr hört auf jeden Fall weiter ab. Und was die Briefe betrifft, bleibt uns jetzt nur noch abzuwarten.«

»Monsignore, die Briefe genügen nicht. Das hier ist ein Nest von Spionen.«

»Was Sie nicht sagen.«

»Haben Sie schon einmal etwas von den Savoyarden des Papstes gehört? Ha-ha-tschi! Das scheint eine Spezialität der Casa Santa Marta zu sein.«

»Savoyarden des Papstes? Was zum Teufel erzählen Sie da, Pater?«

»Ich erkläre es Ihnen sofort.«

Unaufhörlich folge von den frühen Morgenstunden an und den ganzen Tag hindurch eine Zusammenkunft der Kardinäle auf die andere. Sie wurden in kleinen Gruppen abgehalten, vor allem in den Suiten, aber auch in den Gemeinschaftsräumen und im Refektorium. Die Küche werde mit Wünschen nach Tee, Kaffee oder Kräuteraufgüssen bombardiert, so Pinkus.

Überall herrsche ein geschäftiges Hin und Her der Schwestern, die Servierwagen schoben. Auf allen Wagen prangte ein silberner Tafelaufsatz mit mehreren Etagen, der von einer Statuette des Erzengels Gabriel überragt wurde und bis zum Rand mit Savoyarden des Papstes gefüllt war. Dabei handele es sich um likörgetränkte Biskuits mit Nüssen, nach einem Rezept von Fra Anselmo gebacken, die den wahlberechtigten Kardinälen sehr gut schmeckten.

»*Caramba*! Wir stehen kurz vor dem Konklave, und Sie halten mir einen Vortrag über likörgetränktes Gebäck?«

»Diese Biskuits sind wie die Wände im Vatikan... Ha-ha-tschi!... sie haben Augen und Ohren. Gestern Nachmittag habe ich Fra Anselmo ein Kompliment für seine Savoyarden und den kunstvollen Erzengel gemacht. Dabei habe ich ihm zugezwinkert.«

»Und er?«

»Er hat mir ein Zeichen gegeben, ihm in die... Ha-ha-atschi!... Kühlkammer zu folgen.«

»In die Kühlkammer? Wozu denn das?«

»Ich musste mich auf eine Rinderhälfte setzen, und er hat mich gefragt, ob ich Interesse hätte, ein tägliches Bulletin zu kaufen.«

Fra Anselmo habe ihm angeboten, gegen Barzahlung – Lieferung jeden Morgen Punkt 07:45 Uhr in der Kühlkammer – das Protokoll von zehn Gesprächen des Vortrags zu erwerben. Das Bulletin beinhalte außerdem die Zusammenkünfte der besonders aussichtsreichen Kandidaten unter den Kardinälen, entsprechend der Rankingliste der Konklavewette, die bereits an der Londoner Börse zirkulierte.

»Als ich ihn gefragt habe, wie er das macht, hat er mir todernst entgegnet, ich solle keine blasphemischen Fragen stellen, denn gewisse Dinge könne man nur den Erzengel Gabriel fragen. Im stillen Gebet.«

»Dieser Mönch ist ein schamloser Lump. Wie viele Namen mögen denn schon auf dieser Liste stehen, Pater?«

»Das habe ich ihn auch gefragt, diskret natürlich, weil mir eingefallen ist, wie empfindlich er sein kann… Ha-hatschi!«

Das Bulletin sei in zwei Versionen erhältlich. Entweder als »Kopie« für zehntausend Euro täglich oder in der »Exklusivversion«, deren Preis allerdings auf dreißigtausend Euro täglich steige. Wenn die Exklusivversion für die gesamte Dauer des Konklaves erworben werde – eine Regelung, die Fra Anselmo bevorzuge, da es in dem Fall weniger böse Gerüchte gab –, falle der Preis auf zwanzigtausend Euro täglich.

»Wer garantiert uns, dass dieser Tempelhändler keine Ammenmärchen verkauft?«, fragte der Monsignore.

»Oh, das habe ich auch sofort zu bedenken gegeben. Das Opus Dei kaufe nicht die Katze im Sack, habe ich gesagt. Entweder wir bekommen vorher eine Probe der Ware, oder es läuft gar nichts.«

»Gut gemacht.«

Fra Anselmo habe eine Mikrokassette aus seiner Kutte gezogen und sie in einen Rekorder gesteckt. Es war die vollständige Aufzeichnung einer Versammlung vom Vortag in der Suite von Kardinal Delgado, bei der sechs Kardinäle anwesend waren.

»Monsignore, was tun wir?«

»Kaufen Sie die Exklusivversion. Für die gesamte Dauer des Konklaves.«

»Ich habe sie bereits vorbestellt… Ha-ha-ha-tschi!«

Der Wirt, ein Nubier mit Turban, brachte den Kaffee und lächelte sie aus einer Reihe gelber Zähne an. Von einem Tisch wehte das süßliche Aroma einer Wasserpfeife herüber.

Théo breitete die Karte des Sinai auf dem Tisch aus. »Welche Straße nehmen wir von Sues bis nach Aqaba?«

»Welche Straße sollen wir schon nehmen? Die Darb el-Haj natürlich, die Pilgerstraße nach Mekka durch die Wüste Paran.« Khalid zeichnete mit dem Zeigefinger eine Diagonale, die den Sinai von Sues über Nakhl bis nach Taba durchschnitt. »Immer geradeaus wie der Flug des Falken.«

»Wenn du Moses gewesen wärst und von den Ägyptern verfolgt würdest, hättest du dann eine andere als die Pilgerstraße genommen? Wärst du über die Via Horus gezogen, die Karawanenstraße im Norden?«

Khalid zündete sich eine Cleopatra an. »Bestimmt nicht. Da wimmelte es von ägyptischen Soldaten.«

»Dann hättest du also die südliche Straße genommen, von der die Bibel spricht?« Théos Zeigefinger fuhr an der Westküste des Sinai entlang nach Süden, vorbei an dem Berg Mose Gebel Musa und dann an der Ostküste Richtung Aqaba wieder hinauf.

»Niemals, und ich weiß, was ich sage, denn dort unten verbringe ich sechs Monate im Jahr.«

Der Süden Sinais sei eine der trockensten Gegenden der Erde, so Khalid, ein Hochofen aus felsigen Schluchten und Bergen, wo nur Eidechsen und Skorpione überleben konnten.

»Moses wäre verrückt gewesen, wenn er den Weg der Bibel genommen hätte«, sagte Khalid. »Vierzig Jahre? Er hätte keine drei Tage durchgehalten.« Er unterdrückte ein Lachen. »Wenn die Christen wüssten, wie es dazu kam, dass die Kirche den Berg Sinai nach dort unten verlegt hat, würden sie aufhören, zum Gebel Musa zu pilgern, aber das wäre für meine Geldbörse ebenso ungesund wie für die Ägyptens.«

Alles habe mit einem »Traum« des Kaisers Konstantin angefangen, einem von politischen Motiven genährten Traum, sagte Khalid mit spöttischer Miene. Um seinen Schwindeleien Glaubwürdigkeit zu verleihen, schickte Konstantin seine Mutter Helena auf eine Erkundungsreise in den Sinai, damit sie den betreffenden Berg fände.

Die Kaiserin Helena, eine Frau mit einer starken mystischen Veranlagung, die nur von der Staatsräson gezügelt wurde, konnte sich bereits der Entdeckung des Heiligen Grabs und des Kreuzes Christi rühmen – wieder blitzten Khalids Augen spöttisch. Nachdem sie im Jahr 327 den Süden Sinais besucht hatte, erklärte Helena, der Berg Sinai der Bibel sei der Gebel Musa, denn das habe ihr ein Eremit versichert, der auf dem Berg lebte.

»Eine unwiderlegbare Quelle«, sagte Théo ernst.

»Offenbar sorgte die gute Frau sich nicht um die Trockenheit der Gegend, in der es kein Wasser gab«, sagte Khalid, »sonst hätte sie einen anderen Ort für den Berg Sinai ausgesucht. Auf jeden Fall sprach die Kirche sie heilig.« Khalid hob die Augen zum Himmel. »Allah, lass mich in Gesellschaft von tausend Sündern sein, aber erspare mir die eines Heiligen.«

»Weisheit des Korans.« Théo trank seinen Kaffee aus. Er zeigte auf die Landkarte. »Also bleibt die Pilgerstraße die einzige Möglichkeit, oder?«

Khalid presste einen Zeigefinger gegen die Unterlippe. »Da ist etwas, was mich immer noch nicht überzeugt: der Wassermangel und die Zeit, die sie brauchten. Moses, auch dein Moses, und seine Männer mussten die Wüste Paran durchqueren, und die ist eine Strafe Allahs. Die Temperatur steigt auf fünfzig Grad im Schatten. Du wirst es erleben, wenn wir durchfahren, aber vergiss nicht, dass Moses keine Klimaanlage hatte.«

»Wie weit ist es vom Sueskanal bis nach Taba?«

»Etwa vierhundert Kilometer? Warum?«

»Stell dir die Pilger vor, die zu Fuß über die Darb el-Haj gingen, als die Straße noch nicht asphaltiert war. Wie viele Kilometer schafften sie in der Stunde?«

»Mit Kamelen, die mit Wasserbehältern beladen waren? Nicht mehr als drei. Sie wanderten acht Stunden täglich, natürlich abends und nachts, wenn es nicht so heiß war.«

»Jetzt stell dir vor, du bist Moses mit all diesen Menschen und dem Vieh, und vergiss nicht, dass du verzweifelt bist, die Ägypter sind dir auf den Fersen, und Aqaba bedeutet die Rettung.«

»Nun, in dem Fall würde ich vielleicht sogar dreizehn Stunden täglich durch die Wüste Paran wandern können. Mehr als vier Kilometer in der Stunde würde ich trotzdem nicht schaffen. Aber du berücksichtigst das Wasserproblem nicht.«

»Wo ist das Problem? Die Pilger hatten Kamele, Moses hatte Esel.«

»Ausreichend Wasser für diese Menschenmassen über die gesamte Strecke hinweg transportieren? Vergiss es.«

»Auf halben Weg liegt die Oase von Nakhl.« Théo zeigte auf einen Punkt auf der Landkarte.

»Ja, aber damals war das Wasser der Oase verdorben.«

»Aber es war trinkbar, und in der Wüste ist man nicht wählerisch.«

»Die Oase hätte niemals ausgereicht, selbst wenn es nicht die zwei Millionen aus der Bibel waren.«

»Die Zahlen aus der Bibel kannst du vergessen. Josia hat sie sich ausgedacht. Der Exodus, der echte Exodus, umfasste höchstens ein paar hundert Menschen. Also, wie viele Tage brauchten sie?«

Khalid zog einen Notizblock mit Rechner aus der Tasche seines Thobe und drückte ein paar Tasten. »Acht Tage.«

»Genau. Acht Tage, nicht vierzig Jahre.«

»Psst, bist du wahnsinnig? Sprich leise!« Khalid legte einen Finger an die Lippen und deutete zum Himmel hinauf. »Noch steht der Exodus auch im Koran«, flüsterte er mit ernster Miene.

Théo bedeckte seinen Mund mit der Hand. »Tun wir so, als ob nichts wäre«, murmelte er ebenso ernst, »dann hört ER nicht zu.«

»Es passt alles zusammen«, sagte Khalid, während er den Motor anließ und wieder in die Pilgerstraße einbog, »aber eines verstehe ich immer noch nicht. Warum um alles in der Welt sollte Moses, nachdem er in der Nähe von Aqaba angekommen war, nach Südosten, nach Arabien, weitergezogen sein? Warum ging er nicht nach Norden, ins Land Kanaan, wie es in der Bibel steht?«

»Weil der Hohepriester Hilkija und seine Schreiber, die den Exodus im 7. Jahrhundert vor Christus verfassten, im Fach Geschichte nicht aufgepasst hatten oder an der Stelle Opfer einer der vielen Gedächtnislücken wurden, die es in der Bibel gibt. Das Land Kanaan wurde, beginnend bei Thutmosis III., während der gesamten 18. Dynastie und einem Teil der 19. Dynastie von den Ägyptern kontrolliert. Findest du es logisch, dass Moses aus Ägypten floh, um Zuflucht in einer an der Grenze zum Sinai gelegenen Provinz des Reichs zu suchen, die ebenfalls zu Ägypten gehörte?«

»Wie hast du daraus geschlossen, dass der Berg Sinai in Saudi-Arabien liegt?«

»Ich bin durch Bibellektüre darauf gekommen.«

»Durch die Bibel? Théo, ich habe den Exodus auch gelesen. Wo steht dort, dass der Berg Sinai in Saudi-Arabien liegt? Keiner weiß, wo er ist, darum haben die Archäologen in den letzten fünfzig Jahren ja auch mindestens zehn verschiedene Berge Sinai aus dem Hut gezogen.«

»Aber es steht im Exodus, sogar mehrmals.« Théo zog die Bibel aus seinem Sack und schlug sie auf. »Ich zitiere aus Exodus 2,15: ›Der Pharao hörte von diesem Vorfall und wollte Mose töten; Mose aber entkam ihm. Er wollte in Midian bleiben und setzte sich an einen Brunnen.‹«

Die folgenden Sätze erzählten, dass Moses im Haus des Jethro wohnte, eines Priesters und Hirten, und dass er eine von dessen Töchtern heiratete.

»Ich zitiere aus Exodus 3,1: ›Moses weidete die Schafe und Ziegen seines Schwiegervaters Jethro, des Priesters von Midian. Eines Tages trieb er das Vieh über die Steppe hinaus und kam zum Gottesberg Horeb.‹«

Theó sagte, die Bibel nenne den Berg Gottes mal »Horeb«, mal »Sinai«. Forscher hätten daraus geschlossen, dass die beiden Namen gleichbedeutend seien.

»In Exodus 3,12«, fuhr Théo fort, »sagt Gott zu Moses: ›Wenn du das Volk aus Ägypten herausgeführt hast, werdet ihr Gott an diesem Berg verehren.‹ Und falls du immer noch Zweifel hast, hör dir 4,19 Exodus an: ›Der Herr sprach zu Moses in Midian: Mach dich auf und kehr nach Ägypten zurück, denn alle, die dir nach dem Leben getrachtet haben, sind tot.‹«

Khalid fuhr langsamer. Eine Herde Schafe überquerte, gefolgt von einem Kamel, die Straße. Auf dem Kamel ritt ein Beduine, nur seine Augen schauten aus der um sein Gesicht gewickelten Guthra heraus. Khalid fuhr weiter.

»Ein Berg Sinai im Süden der Halbinsel Sinai«, sagte Théo, »das ist, als hätte Moses sich Jethros Schafe auf den Rücken geladen, wäre durch den Golf von Aqaba geschwommen und hätte sie zum Weiden an den Fuß des Sinai gebracht, einen Ort, wo kein Grashalm wächst und kein einziger Regentropfen fällt. Sehr bequem und sehr intelligent.«

»Aber wie kommt die Kirche dazu, so etwas Dummes zu behaupten?«

»Wenn man sie nur lange genug wiederholt, wird eine Lüge zum Orakel des Apoll. Das Unbeweisbare behaupten und erreichen, dass die Leute es glauben, ist das Marketinggeheimnis des Vatikans.«

Nakhl bestand aus einer Handvoll sonnenverbrannter Häuser mitten auf der Hochebene der Wüste Paran. Sie kamen an einer verfallenen Festung und einem koptischen Friedhof vorbei und gelangten in eine von Palmen und Tamarisken umgebene Oase. Khalid parkte neben der Laube eines Verkaufsstandes, vor dem sich Beduinen und Touristen drängten.

Sie bestellten Zuckerrohrsaft und zwei mit Kalbfleisch und Gemüse gefüllte Pita-Brotrollen. Damit setzten sie sich auf den Stumpf einer Tamariske. An einer Palme lehnten zwei Fahrräder mit der australischen Fahne, und von einem Tisch erklang die Melodie von *Waltzing Matilda*, gespielt von einer Mundharmonika.

Der Cherokee-Jeep parkte im Schatten der Palmen. Monsignore Guzman ging an Théo und Khalid vorbei auf die Laube zu. Théo blickte dem großen Mann im Westernhemd hinterher und überlegte, wo er ihn schon einmal gesehen hatte.

»Saudi-Arabien ist groß.« Khalid biss in sein Fladenbrot, das in einen Kegel fettiges Zeitungspapier gewickelt war. »Was machen wir, wenn wir dort ankommen? Suchen wir aufs Geratewohl nach dem Berg Mose?«

»Wir suchen nicht nach irgendeinem Berg. Es ist ein Vulkan.«

»Ein Vulkan?«

Théo schlug erneut die Bibel auf und zitierte Deuteronomium 4,11: »›Ihr ward herangekommen und standet unten am Berg, und der Berg brannte: Feuer, hoch bis in den Himmel hinauf.‹« Dann las er Exodus 19,16–18: »›Der ganze Sinai war in Rauch gehüllt, denn der Herr war im Feuer auf ihn herabgestiegen. Der Rauch stieg vom Berg auf wie Rauch aus einem Schmelzofen… Moses redete und Gott antwortete im Donner.‹ Reicht es dir, oder soll ich weiterlesen?«

»Genug, ich fühle mich schon wie geröstet. In Saudi-Arabien wimmelt es von Vulkanen, wie finden wir den richtigen?«

»In Exodus 13,21 heißt es, dass die Wolkensäule *vor* den Israeliten herzog. Wäre sie weiter südlich gewesen, hätte Moses sie nicht sehen können, weil sie zu weit entfernt war.«

Die Beschreibung der Säule aus Rauch und aus Feuer sei zu präzise, um reine Erfindung zu sein. Irgendjemand, der Mann, der Moses hieß, musste diese Säule wirklich gesehen haben, als er die Sinaihalbinsel in Richtung Nordosten durchquerte.

»Also muss der Vulkan auf jeden Fall im Nordwesten Saudi-

Arabiens liegen«, sagte Théo, »dort, wo die Verlängerung der nordöstlichen Achse durch den Sinai entlangläuft.«

Khalid biss wieder in sein gefülltes Fladenbrot. »Wie viele Vulkane gibt es im Nordwesten Saudi-Arabiens?«

»Zwei Lavafelder, das Harrat ar Rahah und das Harrat Uwayrid mit mehreren Vulkanen.«

»He, warte mal. Eine Wolkensäule ... eine Rauchsäule ... Das bedeutet, dass der Vulkan ausgebrochen war! Wer sagt dir, dass einer dieser beiden Vulkane zur Zeit des Exodus deines Moses aktiv war?«

Théo zog ein Papier aus der Bibel. »Dieses Fax hat mir der Vulkanologe geschickt.« Er zeigte auf den Höchstwert an Schwefeldioxid, der mit der Jahreszahl um 1330 v. Chr. zusammenfiel. »Es kann nur der Harrat ar Rahah sein, der am weitesten nordöstlich gelegene Vulkan, der Einzige, den man vom Sinai aus hätte sehen können.«

Als sie zum Toyota zurückkehrten, begann die Mundharmonika wieder *Waltzing Matilda* zu spielen. Théo blieb stehen, um zuzuhören. Jemand sang leise: »*Waltzing Matilda, Waltzing Matilda, who'll come a-Waltzing Matilda with me*?« Die Melodie stieg zwischen den Palmen auf und verlor sich in den sonnenbeschienenen Gassen des Dorfes.

Khalid stellte einen Radiosender ein, der ägyptische Lieder brachte. »In letzter Zeit hatten wir in Kairo eine Menge Anfragen von Touristen, die um jeden Preis die Gegend der Amariseen besichtigen wollten. Alle sagten, sie wollten die Stelle finden, wo Moses das Rote Meer durchquert hat.«

Das begehrteste Ziel sei der Timsahsee. Manche hätten sich sogar ein Boot und eine Taucherausrüstung geliehen, um nach Überresten des ägyptischen Heeres zu suchen. Niemand habe je etwas gefunden.

»Würdest du sagen, dass der Timsahsee beliebter ist als der Golf von Sues oder der von Aqaba?«

»Nein, diese beiden Ziele sind immer noch meine beste Einkommensquelle. Die beliebteste Stelle ist im Moment die Meerenge von Tiran am Eingang zum Golf von Aqaba. Das liegt sicher daran, dass ein Amerikaner das Foto vom Rad eines ägyptischen Karrens ins Internet gestellt hat, das zwischen Korallen auf dem Meeresgrund liegt. Wie erklärst du dir dieses Interesse an den Amariseen?«

Théo grinste. »Das ›Wunder vom Roten Meer‹ ist der größte Übersetzungsfehler der Menschheitsgeschichte. Aber es ist auch die dreisteste Lüge des Juden- und des Christentums seit zweitausend Jahren.«

»Was meinst du damit?«

»Im hebräischen Originaltext der Bibel steht nichts davon, dass Moses durch das Rote Meer gezogen ist.«

Khalid sah ihn verblüfft an. »Was sagst du da, Théo?«

»Alles begann mit einer falschen Übersetzung der Septuaginta, aber der Fehler war gewollt.«

Die Gelehrten übersetzten das hebräische Wort *Yam Suph* nicht etwa mit »Schilfmeer«, wie es richtig gewesen wäre, denn das Wort *suph* bedeutete »Schilfrohr« oder »Binsen« und das Wort *yam* »Meer« oder »große Wasserfläche«. Nein, sie nahmen dafür den griechischen Begriff *Eruthra Thalassa*, also Rotes Meer.

»Warum war der Fehler gewollt, wie du sagst?«

»Die Weisen wollten das ›Wunder‹ von der Teilung der Wasser als göttliches Eingreifen darstellen. Aber die Wasser eines Meeres und die eines schlammigen kleinen Sees zu teilen ist doch wohl nicht das Gleiche, was meinst du?«

»Warum taten sie das? Wollten sie mit ihrem Gott angeben?«

Théo lachte. »Genau. Zur Zeit Ptolemaios II. waren die Juden, auch die in Alexandrien, bei den Einwohnern mit hellenischen Traditionen schlecht angesehen. Die Übersetzer manipulierten einige Stellen in ihrer Übersetzung, um die Ägypter des Ptolemaios mit der Macht des Gottes Israels zu beeindrucken.«

»Und das will die Kirche niemals bemerkt haben?«, wollte Khalid wissen.

»Natürlich hat sie es bemerkt«, erwiderte Théo, »und zwar schon bevor Theophilos die Bibliothek von Alexandria niederbrennen ließ, wo die Übersetzung mit einer Kopie des Originaltextes – also dem Beweis für die Fälschung – aufbewahrt wurde. Aber keiner hat etwas gesagt.«

Und so sei der Fehler in die Vulgata geraten, die im 5. Jahrhundert nach Christus angefertigte Übersetzung der Septuaginta ins Lateinische, wo aus *Eruthra Thalassa* das »Mare Rubrum«, das Rote Meer, wurde.

»Aber wie kommst du darauf, dass das Schilfmeer einer der

Amariseen sei? Könnte es nicht wirklich das Rote Meer gewesen sein?«

»Hast du schon mal Binsen oder Schilf gesehen, das im Salzwasser wächst?«

»Stimmt.«

»Unter den sechs Seen kommt nur der See Timsah infrage, der in der Mitte.«

Bevor der See Timsah vom Sueskanal durchquert wurde, war er ein Süßwassersee, an dessen Ufern seit jeher Schilfrohr und Binsen wuchsen.

»Wenn der Durchzug durchs ›Rote Meer‹ nicht reine Erfindung wäre«, fuhr Théo fort, »hätten Archäologen entweder auf dem Grund eines der Amariseen oder im Golf von Sues oder im Golf von Aqaba Beweise für den Durchzug finden müssen.«

Er zitierte aus 14,7 und 14,28 des Exodus: »Sechshundert auserlesene Streitwagen nahm er mit und alle anderen Streitwagen der Ägypter… Das Wasser kehrte zurück und bedeckte Wagen und Reiter, die ganze Streitmacht des Pharao… Nicht ein Einziger von ihnen blieb übrig.«

»Wie viele Soldaten und Karren mag der Pharao dabeigehabt haben?«

»Mindestens zweitausend Karren und fünf Infanteriedivisionen. Was hat man nach fünfzig Jahren Grabungen bis heute gefunden?«

»Das Rad des Amerikaners.«

Gegen ein Uhr fuhren sie am Golf von Aqaba vorbei und kamen an die Grenzkontrollstation in Taba-Eilat, wo sie sich in eine lange Autoschlange einreihten.

Eine junge Israelin in blauer Uniform ließ sich ihre Pässe zeigen und prüfte Théos Visum für Saudi-Arabien besonders eingehend. Misstrauisch musterten ihre kohlschwarzen Augen ihn und Khalid. Sie ging einmal um den Landrover herum und stellte ihnen eine Menge Fragen über den Zweck ihrer Reise. Nach einer Stunde Durchsuchungen und Fragen stempelte sie endlich ihre Pässe ab und sagte mit tonloser Stimme: »Willkommen in Israel.«

Die Warteschlange am Grenzposten Arava zwischen Eilat und Aqaba war nur halb so lang wie die an der Grenze zwischen Ägypten und Israel. Der jordanische Polizist stempelte ihre Pässe, ohne Fragen zu stellen.

Sie stiegen wieder ins Auto. Auf einem Schild mit einem nach Süden weisenden Pfeil stand »Saudische Grenze 19 Kilometer«. Khalid fuhr auf das schwarze Asphaltband, das durch die rote Sandwüste lief.

Der Cherokee-Jeep überholte den Toyota und raste auf die saudische Grenze zu.

An der Grenzstation zu Saudi-Arabien in Haql war kein Mensch zu sehen. Eine weiße Moschee mit Minarett hob sich gegen das Rot der Hügel ab. Als Théo ausstieg, überströmten ihn eine Welle glühend heißer Luft und blendendes Licht. Der Wind pfiff, Sandkörner stachen ihm ins Gesicht.

Der saudische Grenzbeamte mit karierter Guthra, in der Hand eine rosenkranzähnliche Perlenkette, blätterte in Khalids saudischem Pass. Nachdem er einen Blick auf Théos Papiere geworfen hatte, bedeutete er ihnen zu warten und verschwand in einem Büro. Khalid und Théo wechselten einen Blick.

Draußen näherte sich ein Wächter mit einer Kalaschnikow über der Schulter dem Toyota. Er blickte sich nach allen Seiten um, dann zog er einen Behälter aus glänzendem Metall, etwa so groß wie eine Zigarettenschachtel, aus der Tasche. Mit einer blitzschnellen Bewegung bückte er sich und schob ihn unter den linken Kotflügel. Darauf schlenderte er mit gleichgültiger Miene zurück auf seinen Wachtposten.

Der Kontrolleur kehrte in Begleitung des Zollaufsehers zurück, eines schleimigen Mannes, der einen überquellenden Bauch vorstreckte. Mit einer angedeuteten Verbeugung gab er ihnen die Pässe zurück. Zu Théo gewandt, erklärte er, es sei ihm eine Ehre, sie im Königreich willkommen zu heißen. Bei einem Gast Ihrer Majestät, des Prinzen Zoltan, sei keine Durchsuchung erforderlich, sagte er in pompösem Ton.

Sie stiegen wieder in den Toyota und fuhren in die saudische Wüste. Am Horizont flog ein Geier mit trägem Flügelschlag über die stillen, unter einer erbarmungslosen Sonne kochenden Dünen.

Aus dem Lautsprecher eines Minaretts erscholl die Stimme des Muezzin, der die Gläubigen zum Abendgebet rief: »*Allâhu akbar! Allâhu akbar! Lâilâha illallâh*!« Das Gebet verlor sich in der Ferne.

Monsignore Guzman und Al Kaddafi kamen aus dem Büro des Grenzpostens heraus und blickten dem Toyota Land Cruiser nach, der in Richtung Süden fuhr.

»Hast du Riad benachrichtigt?«

»Bis heute Abend werden alle Grenzkontrollstellen, Flughäfen und Seehäfen des Reiches die Mitteilung erhalten haben.« Al Kaddafi umklammerte den Griff des Dolches, der aus seinem Gürtel hervorschaute. »Der Archäologe und der Ägypter werden über keine unserer Grenzen mehr kommen. Nicht auf ihren eigenen Beinen.«

»Schnell, sonst verlieren wir sie.«

»Keine Sorge. Ich weiß, wo sie hinwollen.«

Auf Befehls des Innenministers habe der Scheich des Stammes Beni Sakhr, Cousin des Prinzen Zoltan, dem Emir von Tabuk den für drei Tage geplanten Aufenthalt zweier Gäste gemeldet: Théo St. Pierre und Khalid Shouman. »Der Scheich hat sein Lager in der Oase Al-Bad, ein paar hundert Kilometer südlich von hier.«

»Es ist trotzdem besser, sie nicht aus den Augen zu verlieren«, sagte Guzman.

Der Monsignore und Al Kaddafi eilten in den Hof der Moschee, wo der Cherokee-Jeep und ein Range Rover mit einer langen Radioantenne auf dem Dach parkten. Sie stiegen in den Range Rover.

Al Kaddafi ließ den Motor an. Auf dem Armaturenbrett befand sich ein Apparat mit einem Display. Als er auf einen Knopf drückte, leuchtete der Bildschirm grün, und ein heller Punkt blinkte zwischen den nummerierten Kreisen eines Fadenkreuzes auf. Aus dem Gerät kam in Abständen ein Piepton.

»Wie groß ist die Reichweite?«

»Acht Kilometer.«

Mit quietschenden Reifen bog der Range Rover in die Wüstenstraße ein. Der Lautsprecher sandte ein regelmäßiges Piepen.

EIN TAL AM OSTUFER DES NILS AUF HALBEM WEGE ZWISCHEN THEBEN UND MEMPHIS, FÜNFTES JAHR DER REGENTSCHAFT ECHNATONS

Die Ruder durchschnitten den Wasserspiegel und tauchten triefend wieder auf, um sich im Rhythmus des Gongs eines Matrosen wieder ins Wasser zu senken.

Aber es muss hier sein, dachte Nepher, der am Bug stand und prüfend das Ostufer betrachtete. *Ich habe es nicht nur geträumt. Ich war dort und bei klarem Verstand. Es war eine Nillandschaft.*

Der Nil wurde breiter und zeichnete ein lang gezogenes S. Nachdem sie einen Flussabschnitt hinter sich gelassen hatten, der zwischen zwei Inseln hindurchlief, wurden die Felsen am Ostufer von Schilf- und Papyrussümpfen abgelöst, aus denen einzelne Hütten herausragten. Das Licht der Morgenröte erhellte ein längliches Tal, das von einem Halbkreis aus Sandsteinhügeln umschlossen wurde. Nephers Blick wanderte an den Hügelkämmen entlang. Die Sonne kam hervor.

Das Gestirn stieg direkt über einem vertikalen Spalt zwischen zwei Hügelgruppen auf. Nepher klammerte sich an der Bootswand fest. Die Hügelumrisse und die Sonne schienen die Hieroglyphe des Wortes *akhet*, Horizont, zu zeichnen. Er dachte an das große Wandgemälde im heiligsten Bezirk des Hauses des Phönix. Im ersten Morgengrauen des *Zep Tepi* war Amun-Ra an einem ganz ähnlichen Ort aufgegangen. War das eine Botschaft des Gottes?

»Bootsführer, wir legen an.« Nepher zeigte mit der Hand auf das Ufer. »Dort, vor diesem Sumpf.«

»Zu Befehl, Hoheit.«

Es knirschte, als zwei Matrosen das Steuerruder mitten auf dem Deck herumdrehten und der Bug sich in Richtung Ufer wandte. Eine Sandbank verwehrte ihnen, näher am Ufer anzulegen. Der Anker fiel mit einem dumpfen Geräusch ins Wasser, und das Rasseln seiner Kette übertönte die Befehle des Kapitäns.

Nepher lehnte eine Eskorte ab, er bat nur Thutmosis, ihn an Land zu begleiten und sein Schreibwerkzeug mitzunehmen. Der Kapitän ließ ein Kanu aus Schilf zu Wasser, und eine Strickleiter wurde über die Bootswand geworfen. Zwei Matrosen stiegen über die Reling und kletterten über die Leiter nach unten. Nepher und Thutmosis folgten ihnen.

Das Kanu hatte sich gerade vom Schiff abgestoßen, als sie ein Brüllen aus der Höhe hörten. Nepher blickte auf und begegnete den Augen Ras.

»Los, Ra, spring!« Nepher forderte das Tier mit einer Handbewegung auf, ihm zu folgen.

Der Löwe blieb zögernd auf dem Deck stehen, dann nahm er Anlauf und sprang unter den erstaunten Blicken der Matrosen über die Reling ins Wasser. Schaumkronen stiegen auf, als er unter der Oberfläche verschwand. Wenig später tauchte er in der Nähe des Kanus wieder auf, den bernsteinfarbenen Kopf hoch erhoben, auf der Wasseroberfläche auf- und niederschaukelnd.

Die beiden Matrosen ruderten mit langen Stechpaddeln, einer stand an der Spitze des Kanus, einer hinten. Das Kanu glitt zwischen dem Schilfrohr hindurch. Plötzlich flog ein aschgrauer Reiher aus dem Röhricht auf, sein Flügelschlagen hallte über das Ufer. Ra stieg aus dem Wasser und schüttelte seine Mähne. Nepher sprang an das sandige Ufer, gefolgt von Thutmosis, und befahl den Matrosen, an dieser Stelle auf sie zu warten.

Sie gingen durch einen ausgetrockneten Flusslauf aus rötlichem Sand und marschierten auf die Sonne zu. Das einzige Geräusch war das Knirschen kleiner Steine unter ihren Papyrussandalen. Am Himmel ertönten Schreie, Nepher blickte auf. Der Reiher aus dem Röhricht schien ihnen zu folgen, er zog weite Kreise am Himmel. Dann entfernte er sich, auf die Sonne zufliegend, als gehorche er einem Ruf. Nepher dachte an den auf die Wände gemalten Phönix im Haus des Phönix. Dieselbe Form, dieselbe aschgraue Farbe.

Jetzt erschien die Sonne in ihrer ganzen Größe zwischen zwei Hügeln und tauchte die Talsohle in ein orangefarbenes Licht. In der Ferne zog der Reiher einen weiten Kreis und kehrte zurück. Seine dunkle Silhouette zeichnete sich vor der Sonnenscheibe ab, die Flügel schlugen langsam. Plötzlich flog der Vogel einen Halbkreis, begann zu gleiten und zielte dann im Sturzflug direkt auf die beiden Männer.

»Hoheit, der kommt auf uns zu!« Thutmosis warf sich auf den Boden.

Nepher blieb reglos stehen, den Blick starr auf den Vogel gerichtet. Der Reiher streifte wenige Ellen vor ihnen den Boden, sträubte die Halsfedern und flog, Nephers Haare berührend, wieder zum Himmel auf.

»Hoheit… War das ein Zeichen der Götter?«, fragte Thutmosis, den Flug des Reihers mit ängstlichen Blicken verfolgend.

Wieder überfiel Nepher die Vibration, die er schon in der Nacht des Lichterfestes im Großen Phönix-Tempel verspürt hatte, durchdringend und beharrlich tönte sie in seinen Ohren. Er legte die Hände an den Kopf, fiel auf die Knie und beugte sich zur Sonne vor, die Arme vor sich ausgestreckt. Thutmosis kniete an seiner Seite nieder.

»Thutmosis, hier werden wir eine neue Stadt bauen.« Nepher hob den Kopf. »Eine Sonnenstadt, die Stadt Atons.«

»Eine Stadt, Hoheit?« Thutmosis blickte sich um. »Hier?«

»Ja, hier. Ich werde sie Achet-Aton nennen, den Horizont Atons.« Nepher erhob sich, sammelte ein paar Steine ein und häufte sie an der Stelle auf, wo der Reiher den Boden berührt hatte. »Und hier wird sich der Große Aton-Tempel erheben, ein Tempel, der sich zum Himmel öffnet, sodass sein Inneres vom Sonnenlicht überflutet wird.«

»Hoheit, wie willst du eine Stadt an einem Ort wie diesem erbauen? Schau dich um. Diese Gegend ist nur für Skorpione und Schakale geeignet. Und wir sind hier vierzig *iteru* von Theben und dreißig von Memphis entfernt.«

»Hast du selbst mich nicht gefragt, ob der Reiher ein Zeichen der Götter war?« Nepher blickte versonnen auf einen Hügel. »Komm mit. Ich will dir etwas zeigen.«

Sie erklommen eine Anhöhe, gefolgt von Ra. Auf dem Gipfel schweifte Nephers Blick über das mondsichelförmige Tal. Mit einer Handbewegung umfasste er den ausgetrockneten Flusslauf.

»Sieh sie dir an, Thutmosis. Sie ist dort, genau vor dir, siehst du sie? Die Königliche Straße teilt sie von Norden bis Süden in zwei Hälften. Dort in der Mitte ragen die tausend Säulen des Großen Aton-Tempels auf. Die Häuser erstrahlen in einem blendenden Weiß, die Sykomoren werfen ihre Schatten auf Gärten voller Wasserbecken, und das Rot der Granatapfelbäume leuchtet aus dem Grün der Parks hervor.« Nepher sog die Luft ein. »Riechst du den Duft?«

»Den Duft von was, Hoheit?«, fragte Thutmosis mit halb zweifelnder, halb verwirrter Miene.

»Den Duft der Lotusblüten, der die Luft berauscht.«

Mit sicheren Gesten zeigte ihm Nepher, wo der Königliche Palast, die Verwaltungsbüros, die Lagerhäuser, die Viertel der Adeligen und der Handwerker, die Kasernen, das Arbeiterdorf und das Haus des Todes liegen würden. Unterdessen hatte Thutmosis sein

Schreibwerkzeug hervorgeholt und sich auf einen Felsblock gesetzt, auf den er ein Tintenfass aus Ton gestellt hatte. Während der Pharao sprach, zeichnete er mit seinem Griffel einen Stadtplan auf ein Papyrusblatt.

»Diesen Spalt dort hinten, die Stelle, wo die Sonne aufgegangen ist, werde ich das Königliche Wadi nennen. Dort wirst du meine Ewige Wohnstatt erbauen, für mich, Nofretete und unsere Töchter.«

»Aber Hoheit, die Pharaonen ruhen im Tal der Könige am Westufer von Theben. So will es die Tradition.«

»Dann wird Anubis ans Ostufer übersetzen müssen.«

Thutmosis seufzte ergeben. »Wann willst du den Entwurf haben?«

»Am Ende des Monats Athyr.«

»Aber Hoheit, da bleiben ja nur zwei Dekaden! Das ist unmö...«

»Danke, Thutmosis, mein Freund. Ich wusste, dass ich auf dich zählen kann. Von jetzt an füge ich zu deinen Titeln auch den des Lieblings des Pharaos hinzu.« Mit ostentativem Gebaren nahm Nepher eine würdevolle Haltung ein. »So stehe es geschrieben, und so sei es getan«, sagte er mit tiefer Stimme und fuhr mit der Hand durch die Luft.

»Aber warum eine neue Stadt gründen, Hoheit?«

»Glaubst du, dass es einen Ort ohne Hass geben kann, wo die Menschen sich selbst vergessen und nur an das Wohl der anderen denken?«

»Nein, Hoheit, das glaube ich nicht. Wenn es den Ort gibt, von dem du sprichst, dann muss er auf einem der Sterne liegen, welche die Astrologen-Priester von Iunu in sternenklaren Nächten erspähen, aber nur unter einer Bedingung: dass kein Mensch jemals seinen Fuß dorthin gesetzt hat.«

»Ich habe diesen Ort in der Nacht des Lichterfestes gesehen. Vielleicht lag er auf dem Hundestern, vielleicht auf der Wohnstatt des Osiris oder auf dem Roten Stern des Horus. Aber eines sage ich dir: Ich werde diesen Ort wiedererschaffen. Hier in Achet-Aton. Komm, wir gehen zum Schiff zurück.«

»Ich wünschte, du hättest recht, Hoheit, aber du vergisst etwas: Es werden Menschen sein, nicht Götter, die deine Stadt bewohnen.«

37 Geräuschlos stieg ein blauer Fesselballon hinter den Kämmen des Aiguillon-Gebirges auf und zeichnete sich scharf gegen den hellblauen Himmel ab.

Raisa und Mayo setzten sich auf der Terrasse an einen Tisch unter einem Sonnenschirm. Raisa zerriss ein Zuckertütchen. »Normalerweise würde ich jetzt sagen: ›Schließen Sie die Augen, atmen Sie tief ein und erzählen Sie.‹« Sie lachte, im Versuch, die Stimmung aufzulockern.

Mayo rührte in seinem Kaffee. »Haben Sie die Gemälde von Dalí vor Augen? Es war, als würde ich mich mitten hineinstürzen. Der Raum war auseinandergerissen, und ein ungeheurer Mahlstrom entstand zu meinen Füßen.«

Der Mahlstrom schien unbewegt, aber er drehte sich mit einer Geschwindigkeit jenseits aller physikalischen Gesetze. Eines habe er sofort gewusst: Er war im Begriff, sich dem Horizont der Ereignisse zu nähern, der Grenze eines Schwarzen Lochs, dem Punkt, von dem es keine Rückkehr gibt. Plötzlich fühlte er sich von einer fürchterlichen Kraft in das Zentrum des Strudels hineingezogen: der Singularität. Er stürzte in die vierdimensionale Raumzeit. Vor seinen Augen sausten verzerrte Formen vorbei, ähnlich den Bildern, die eine konvexe Linse zurückwirft. Eine auf der Erde unbekannte Kraft ließ die Krümmung der Zeit negativ werden. Er raste mit Lichtgeschwindigkeit auf seine physische Auslöschung zu, schloss die Augen und erwartete das Ende.

Als er die Augen wieder öffnete, befand er sich im All, umgeben von absoluter Stille und Myriaden von Sternen: gelbe, rote, blaue … Sie schienen in mal amorphen, mal ringförmigen Wolken aus leuchtendem Staub zu schweben. Er wusste, dass er sich mit Lichtgeschwindigkeit bewegte, doch die Welten, die um ihn herumrasten, bewegten sich noch schneller. Das Universum dehnte sich aus, und das Licht war zu langsam, um es einzuholen. Streifen blendender Helligkeit zuckten blitzschnell durch das Dunkel, um dann wieder langsamer zu fallen, wie Lavaströme.

Waren diese Welten noch das Leben, oder waren sie schon das, was nach dem Leben kam? Und wenn das das Leben war, bewegte er sich wirklich durch das All oder, in umgekehrter Richtung, durch die Doppelhelix seiner DNA auf der Rückreise zum Urknall, mit dem alles angefangen hatte?

Ein Wirbel aus weißem Licht sauste um ihn herum. Er stürzte durch eine große Röhre nach unten, angetrieben von einer geheimnisvollen Kraft aus weißem Licht. Der Tunnel machte eine Biegung, und er fühlte, wie er gegen eine Wand geschleudert wurde. Bei dieser Geschwindigkeit bedeutete das das Ende. Doch als er die Wand berührte, war es, als streifte er eine Wolke aus Energie, gegen die der Aufprall nichts vermochte. Funken explodierten um ihn herum, und gleißendes Licht blendete ihn. War er am Ende des Tunnels angelangt? Was erwartete ihn dort draußen?

»Einen Augenblick lang habe ich gar nichts mehr gesehen«, fuhr Mayo fort, »und es war, wie wenn man nach einem Sprung ins Wasser wieder auftaucht. Das war der Augenblick, in dem ich wieder zu Bewusstsein kam, und dann habe ich auf die Uhr geschaut.«

Raisa überflog ihre Notizen. Mayo zeigte keinerlei Anzeichen von Angstzuständen, Depressionen oder anderen Neurosen. Gestik und Wortwahl waren die eines ausgeglichenen Menschen, und an seiner Ernsthaftigkeit bestand kein Zweifel.

»Könnte es kein Traum gewesen sein?«

»Das war kein Traum.« Mayo trank seine Tasse leer. »Ich war in diesem Tunnel.«

»Diese Explosion aus weißem Licht in Ihrem Labor… Könnte die nicht eine halluzinogene Wirkung gehabt haben?«

»Sehen Sie? Was habe ich Ihnen gesagt? Ich hätte den Mund halten sollen.«

»Haben Sie sich das nicht selbst schon gefragt?«

Mayo seufzte achselzuckend.

»Warum haben Sie von einer Reise durch die DNA gesprochen?«

»Sie sind die Psychoanalytikerin. Sagt Ihnen der Begriff ›genetisches Gedächtnis‹ etwas?«

»Natürlich.«

Laut dieser Theorie war das Gehirn nicht der einzige Sitz der geistigen Tätigkeit des Menschen, sondern jede Zelle des Organismus nahm daran teil. Die Zell-DNA enthielt Informationen, die über sämtliche Generationen der Menschheitsgeschichte bis zu unseren Urahnen reichten, und diese Informationen waren dem Geist zugänglich.

»Mithilfe der Hypothese vom genetischen Gedächtnis haben einige Wissenschaftler versucht, die Jung'sche Theorie des kollektiven Unbewussten und bestimmte paranormale Phänomene zu erklären«, sagte Raisa. »Aber ich sehe den Zusammenhang mit Ihrem Erlebnis noch nicht.«

»Russische Biophysiker haben die Hypothese aufgestellt, dass unsere DNA eine Art Quantenbiosystem ist und dass die Helix der DNA über winzige Zeitkorridore verteilt ist.«

Raisa runzelte die Stirn. »Halten Sie das für möglich?«

»In den letzten zwei Tagen ist mir der Begriff des Unmöglichen abhandengekommen.«

»Wenn die DNA wirklich ein Quantensystem wäre, dann wäre Ihr Körper auf dem Fußboden des Labors liegen geblieben, und Ihre Reise hätte durch die Windungen Ihrer eigenen DNA geführt. Muss man es sich so vorstellen?«

Mayo zuckte mit fragender Miene die Achseln. »Ja, wenn diese russischen Biophysiker recht haben.«

»Aber das würde bedeuten, dass ...« Raisa dachte an ihre Meditationssitzungen im Kloster von Kopal.

»Was?«

»Dass alle Antworten auf die Rätsel des Universums in uns verborgen sind.«

Vielleicht war die vierte Dimension ja der Berührungspunkt zwischen dem unendlichen Großen und dem unendlichen Kleinen? Versteckte er sich in unseren Chromosomen, wie ein Jung'scher Archetyp?

»Wissen Sie was? Ich habe nie an Gott geglaubt«, sagte Mayo. »Und doch, als ich dort oben in der Stille des Alls mit Lichtgeschwindigkeit durch diesen Tunnel raste, habe ich ein bisher unbekanntes Gefühl verspürt. Etwas, was ich in meinem ganzen Leben noch nicht erfahren habe.«

»Welches Gefühl?«

»Nicht allein zu sein.«

»Was meinen Sie damit?«

»Kennen Sie die Sixtinische Kapelle? Das Fresko von der Erschaffung Adams?«, fragte Mayo.

»Wer kennt es nicht?«

»Auf dem Fresko sind die Hand Gottes und die Adams sehr nah beieinander, aber sie berühren sich nicht.«

»Was ich verspürt habe, war etwas wie das Überspringen des Lebensfunkens zwischen Gottes und Adams Finger.«

Der Fesselballon flog jetzt über die Terrasse, und man hörte das Prasseln der Flamme am Himmel.

»*Jolly good*«, sagte Mayo, als schüttelte er einen Zustand der Betäubung von sich ab. »Finden Sie nicht, dass Sie nun an der Reihe sind zu reden?«

»Worüber?«

»Sie wagen sogar, mich das zu fragen? Ich will wissen, woher dieses Pulver stammt. Und erzählen Sie mir nicht, dass Sie das nicht wissen.«

Raisa schossen mehrere Bilder und Gedanken gleichzeitig durch den Kopf: die eiligen Schritte in der Garage, Spyros Tod, der Anschlag auf Théo ... »Es sind schon mehrere Menschen wegen dieses Pulvers gestorben.«

»Versuchen Sie, mir Angst einzujagen?«

»Ich sage Ihnen nur, wie die Dinge stehen.«

»Das Pulver hat etwas mit Gold zu tun, habe ich recht?«

Raisa starrte ihn verblüfft an. »Woher wissen Sie das?«

»Kommen Sie mit.«

Mayo führte sie in sein Labor. »Diesen Apparat hier habe ich für die thermogravimetrische Analyse benutzt. Sehen Sie die Zahl, die auf der Anzeige blinkt? Die 1064? Gleichzeitig mit der Lichtexplosion hat das Gerät bei diesem Wert angehalten.«

»Was bedeutet die Zahl?«

»Zufällig ist 1064 Grad Celsius die Temperatur, bei der Gold schmilzt. Wollen Sie mir jetzt bitte sagen, was zum Teufel dieses Pulver mit Gold zu tun hat?«

»Ich sage Ihnen noch einmal, das Pulver bringt Unglück. Wollen Sie das wirklich wissen?«

Raisa sah ihn schweigend an. Es war klar, dass keiner von beiden an diesem Punkt stehen bleiben wollte. Sie kehrten auf die Terrasse zurück, und sie erzählte Mayo alles. Je weiter sie mit ihrem Bericht kam, desto deutlicher empfand sie ein Gefühl der Befreiung. Es war, als hätten sie die Rollen getauscht, sie wäre jetzt die Patientin.

»Halten Sie es für möglich, dass die Ägypter vor über dreitausend Jahren eine Möglichkeit gefunden haben, durch die Zeitkorridore zu reisen?«, fragte Raisa schließlich.

»Bis vor zwei Tagen hätte ich jemanden, der mir eine solche Frage stellt, mit Fußtritten aus meinem Labor gejagt. Jetzt nicht mehr. Vor allem nicht, nachdem Sie mir von diesen Kegeln erzählt haben.«

»Warum? Was haben die Kegel damit zu tun?«

»Sie haben gesagt, dass die Ägypter auf ihren Papyri und Inschriften die Kegel aus weißem Pulver mit dem Licht in Zusammenhang brachten. Haben Sie sich je gefragt, warum sie das Weiße Brot gerade in Kegelform herstellten?«

»Natürlich habe ich mich das gefragt. Constance ebenso. Da die Ägypter die perspektivische Darstellung nicht beherrschten, hat Constance vermutet, dass die Kegel in Wirklichkeit pyramidenförmig waren wie die Spitzen der Pyramiden und Obelisken. Aber mich hat das nicht überzeugt. Wenn ein Mann von der Intelligenz Picos den Kegel hergestellt hat, hat er diese Form nicht zufällig gewählt.«

»Sagt Ihnen die Theorie der Lichtkegel nichts?«

»Nein ... was ist das?«

»Die Lichtkegel bilden die fortgeschrittenste Struktur der Einstein'schen Raumzeit. Minkowski, ein Mathematiker – übrigens Einsteins Mathematiklehrer –, erklärte das Verhalten des Lichts unter den Bedingungen der Relativität mithilfe von Lichtkegeln.«

Mit seinem mathematischen Modell habe Minkowski gezeigt, dass es zwei Art von Kegeln gab, die Lichtkegel der Vergangenheit und die Lichtkegel der Zukunft. Jedes Ereignis in Einsteins Raumzeit konnte mit zwei Lichtkegeln dargestellt werden, die durch ihre Wirbel verbunden, aber in entgegengesetzte Zeitrichtungen ausgerichtet waren. Ein einzelnes, besonderes Ereignis fiel mit dem gemeinsamen Wirbel zusammen, was mathematisch bewies, dass die Gegenwart der Punkt war, an dem Vergangenheit und Zukunft aufeinandertrafen.

»In einem Schwarzen Loch sind die Lichtkegel zufällig ausgerichtet. Nicht nur das. Sie unterliegen einem Drehimpuls, der bewirkt, dass sie sich ständig um sich selbst wickeln, um ihre eigene

Achse – die Zeit –, sodass der Kegel der Vergangenheit und der der Zukunft einander überlagern. Diese Überlagerung erklärt mathematisch die Möglichkeit, durch die Zeit zu reisen.«

Der Fesselballon verschwand hinter den Dächern des Labors.

»Und jetzt?«, fragte Raisa.

»Wie viel Pulver ist noch übrig?«

»Schwer zu sagen.« Raisa zeigte ihm das Reagenzröhrchen.

Mayo hielt es gegen das Licht und schüttelte es. »Es mögen etwa zehn Gramm sein. Können Sie mir die Hälfte geben?«

»Was wollen Sie damit machen?«

»Man muss sehr viel gründlichere Analysen durchführen, und für das, was mir vorschwebt, sind wir hier nicht ausgerüstet.«

»Denken Sie an ein bestimmtes Labor?«

»Es gibt nur ein Labor auf der Welt, das vielleicht in der Lage wäre, die Eigenschaften dieses Pulvers zu bestimmen, das ORNL, das Oak Ridge National Laboratory in Oak Ridge, Tennessee.«

Das ORNL sei ein Labor für fortgeschrittene Energieforschung. Dort wurde 1944 die erste Atombombe entwickelt, das berühmte Manhattan-Projekt.

»Der Leiter der Abteilung für Quantenphysik heißt Cornelius Wendel und ist ein Freund von mir, ein Kommilitone aus dem MIT. Ich könnte ihn anrufen.«

»Ist Wendel jemand, dem Sie ein Geheimnis anvertrauen würden, von dem sein Leben abhängen könnte? Und meines?«

»Ja, ich glaube schon. Und ich glaube nicht, dass ich das von vielen Leuten sagen würde.«

»Seit wann haben Sie ihn nicht mehr gesehen?«

»Seit achtzehn Jahren, seit wir unseren Doktor gemacht haben. Manchmal telefonieren wir zu Weihnachten und tauschen Glückwünsche aus. Warum?«

»Er könnte sich verändert haben.«

»Glauben Sie, ich will mein Leben riskieren? Ich könnte nach Oak Ridge fahren und ihm einen Teil der Geschichte erzählen. Je nachdem, wie die Antwort ausfällt, entscheiden Sie und ich dann, wie wir weiter verfahren.«

»Das ORNL ist ein privates Labor?«

»Nein, es wird vom Energieministerium der Vereinigten Staaten kontrolliert.«

Genau das hatte Raisa befürchtet. »Gibt es nichts Vergleichbares zum ORNL, aber unter privater Leitung?«

»Nicht auf dem Niveau.«

Raisa zerrte an den Anhängern ihres Armbands. »Na gut, aber Sie nennen Wendel keine Namen. Versprechen Sie mir das?«

»Für wen halten Sie mich?« Mayo sah auf seine Uhr. »Um diese Zeit schlafen sie in Tennessee noch. Ich rufe ihn heute Nachmittag an und benachrichtige Sie dann. Geben Sie mir Ihre Handynummer.«

Mayo rief um drei Uhr nachmittags an. Sie verabredeten sich am Flughafen von Montpellier. Als er durch das Gate ging, winkte Raisa. Er zwinkerte ihr zu und hob den Daumen zum Zeichen des Sieges. In seinem Rucksack trug er ein Reagenzröhrchen mit fünf Gramm des weißen Pulvers.

Die Wüste flog vor den Fenstern des Toyotas vorbei, ein Wechsel von Wadis, Dünen und felsigen Hügeln, den die Sonne kurz vor ihrem Untergang in ein Rostrot tauchte.

»Diese süßen *basboussa* sind unwiderstehlich. Man schmeckt sogar den Cointreau.« Théo streckte die Hand nach einem Tablett voller Gebäck aus, das auf dem Armaturenbrett stand. »Sie erinnern mich an die Loukoumi, die meine Großmutter auf Kos machte.«

Khalids über neunzigjährige Mutter hegte eine innige Liebe zu ihrem Sohn, die Khalid mindestens ebenso heftig erwiderte. Sie überhäufte ihn mit Aufmerksamkeiten, und dazu gehörte, dass sie ihm vor jeder Reise die ägyptischen Honigkekse buk, nach denen er verrückt war.

»Hast du bemerkt, wie weich sie sind?«, fragte Khalid mit vollem Mund. »Das Geheimnis, sagt Mama, besteht in der richtigen Menge Joghurt.« Er leckte sich die Finger. »Was wollen wir eigentlich in Al-Bad, Théo? Warum fahren wir nicht gleich zum Harrat ar Rahah? Er liegt nur vierzig Kilometer südöstlich der Oase.«

»Aus alten Landkarten von Arabien geht hervor, dass Al-Bad im Altertum Madyan hieß, das Land Midian der Bibel. Islamische Legenden erzählen, dass Madyan die Heimat von Jethro war, dass Moses dort lebte und dass der wahre Berg Sinai in der Gegend liegt.«

»Was bist du doch für ein komischer Kerl! Verrätst du mir mal, warum du nicht an die Legenden der Bibel glaubst, dafür aber an die des Korans?«

»Ich glaube weder an die Bibel noch an den Koran. Aber Mythen enthalten immer ein Körnchen Wahrheit, und in unserem Fall könnte dieses Körnchen Jethro sein, der Schwiegervater von Moses.«

»Jethro? Dieser ungebildete Schäfer?«

»Dieser ungebildete Schäfer, wie du ihn nennst, ist der Schlüssel zu allem.« Théo biss in einen *halwa.* »Mm, bei diesen schmeckt man den Zimt...«

»Lass den Zimt, verflixt noch mal, und erklär mir das.«

»Zwei Sätze in der Bibel geben, wenn du sie verbindest, eine sehr wichtige Information über Jethro, die die Archäologie bestätigt.« Théo blätterte in der Bibel. »Hör zu. Vers 2,16 des Exodus sagt, dass Jethro ›der Priester von Midian‹ war, während im Vers 1,16 im Buch der Richter von den ›Söhnen des Keniters, des Schwiegervaters des Mose‹ die Rede ist.«

»Na gut, Jethro war ein Priester der Keniter. Und weiter? Wer waren diese Keniter? Ebenfalls analphabetische Schäfer?«

»Das war ein Nomadenstamm, der seit der späten Bronzezeit, also genau in biblischer Zeit, im Land Midian lebte. Sie waren kundig in der Metallverarbeitung.«

»Schmiede also?« Khalid zuckte mit den Schultern. »Was findest du daran so außergewöhnlich?«

»Die Keniter beteten einen Vulkangott an, und dieser Gott hieß Yahu. Fällt dir nichts auf? Verstehst du jetzt, wessen Priester dieser Schäfer Jethro war?«

»Du willst damit sagen, dass der Jahwe der Bibel und der Yahu dieser Keniter...«, seine Stimme wurde zu einem Flüstern, »ein und derselbe Gott sind?«

»Jahwe stammt direkt aus den Schmelzöfen der Keniter.«

»Wie erklärst du dir dann, dass der Vulkangott eines nordarabischen Stammes von Schmieden zum Gott Israels werden konnte? Na? Und warum hat dein König Josia unter vielen Göttern ausgerechnet ihn ausgesucht?«

»Zuallererst«, sagte Théo, »muss man fragen, woher genau die ersten Israeliten, also die Juden von heute, aus dem Land Kanaan kamen.«

Wie die Ausgrabungen in Israel, beginnend mit denen in Megiddo, bewiesen, stammten die Juden von den eingeborenen Völkern Kanaans ab, die ursprünglich Nomaden waren und später sesshaft wurden. Wahrscheinlich erwarben sich die Keniter dank ihrer Kenntnisse in der Metallverarbeitung und der Qualität ihrer Waffen den Respekt der anderen Stadtstaaten im biblischen Kanaan.

»Jeder dieser Stämme brachte seine eigene Kultur, also auch die eigenen Götter, mit. Das erklärt, warum und wie ein Gott aus dem Land Midian Eingang in das Pantheon von Kanaan fand.«

Die Sonne berührte den Horizont und entzündete den Himmel in roten, gelben und orangen Farben. Im Flussbett des Wadi wurden die Schatten der Felsen immer länger.

»Wie kannst du dir so sicher sein, dass die Keniter ins Land Kanaan zogen?«, fragte Khalid.

»Das beweisen die Ausgrabungen in den Sechzigerjahren in Arad.«

»Ausgrabungen in Arad? Nie gehört. Niemand hatte Interesse daran, sie an die große Glocke zu hängen. Aber für die Bibelarchäologie bedeuten diese Ausgrabungen das wichtigste Datum des 20. Jahrhunderts.«

In den Sechzigerjahren entdeckte Yohonan Aharoni, der Direktor des Instituts für Archäologie an der Universität Tel Aviv, Spuren einer alten Siedlung in Arad im Nordosten der Negevwüste. Damit konnte der Archäologe eine Angabe in der Bibel verifizieren, sagte Théo. Er schlug sie auf und las im Buch Richter 1,16 und 27,10 aus dem ersten Buch Samuel. An diesen Stellen hieß es, dass die Keniter sich in der Gegend um Arad im Süden des Landes Kanaan angesiedelt hatten.

»Aharonis sensationeller Fund war die Festung von Arad, die im Laufe von fünf Jahrhunderten sechsmal wiederaufgebaut wurde, angefangen im 11. Jahrhundert v. Chr. Mit der Schicht aus dem 7. Jahrhundert v. Chr. kamen die Reste eines Jahwe geweihten Tempels ans Licht, wo es eine Inschrift gab: ›Haus des Jahwe‹.«

»Warum nennst du diesen Fund sensationell?«

»Als Aharoni zur letzten Schicht vorgestoßen war, der aus dem 11. Jahrhundert, entdeckte er, dass die ursprüngliche Festung kenitisch war, wie Inschriften und Tonscherben zeigten. In der Mitte des Festungsbaus auf dem Gipfel eines Hügels fand er ein Sanktuarium mit quadratischem Grundriss, und auf einigen Vasenscherben war ein Name lesbar.«

»Wie lautete der?«

»Yahu.«

»*Shmallah*.«

Khalid bremste scharf. Umgeben von einer Wolke aus rotem Staub galoppierte eine Horde Pferde wiehernd und mit wehenden Mähnen über die Piste.

»Ein *basboussa* ist noch übrig«, sagte Théo. »Teilen wir?«

»Das blöde *basboussa* kannst du allein essen! Mir ist der Appetit vergangen.« Khalid blickte ihn anklagend an. »Ich bin bestimmt kein vorbildlicher Moslem, aber für mich bedeutet dein Yahu, dass ich mich so einsam fühle wie ein Schakal in der Wüste, keine Verwandten und Freunde mehr habe und mich frage, was ich auf dieser Welt noch soll. Und du fühlst wirklich gar nichts?«

»Ich habe nie an Gott geglaubt, das weißt du.«

»Warum eigentlich? Wegen der Entdeckungen, die du als Archäologe gemacht hast?«

»Nein, viel länger schon. Seit ich kapiert habe, dass Gott unendlich viel schlimmer ist als die Menschen, die ihn geschaffen haben. Es genügt, die Zeitungen aufzuschlagen und allein das zu lesen, was in Jerusalem passiert.«

»Das tut mir leid für dich, mein Freund. Ehrlich. Religion hilft, das Leben besser zu leben.«

»Khalid, die Religion ist das, woran die Menschen glauben *wollen*, nicht das, woran sie glauben.«

»Und woran glauben die Menschen, wenn du ihnen Gott nimmst?«

»Ihnen fehlt der Mut, sich das zu fragen, weil sie zu große Angst vor der Antwort haben. Gott ist das Produkt unserer Einsamkeit.«

»Du sagst zwar, dass du nicht an Gott glaubst, aber du bist getauft. Fühlst du dich denn wirklich nicht ein bisschen als Christ?«

»Was ist ein Christ, Khalid? Der erste und letzte Christ ist am Kreuz gestorben, aber nicht mal er wusste, dass er einer war. Er war ein Jude, der Yeshua ben Yousef hieß und sich über die Priester von Jerusalem ärgerte, weil sie den Geist des Gesetzes nicht respektierten, des mosaischen Gesetzes, Khalid, nicht des Gesetzes, das der Vatikan aufgestellt hat. Die Kirche hat aus ihm einen Religionsgründer gemacht und ihn Dinge tun und sagen lassen, die ihm im Traum nicht eingefallen wären.«

Das Trappeln der Pferdehufe verlor sich in einer Schlucht. Khalid ließ den Motor wieder an.

»Wenn Josia die Bibel schreiben ließ, und zwar aus den Gründen, die du genannt hast, ist Moses nur ein Mythos. Warum bist du trotzdem so überzeugt davon, dass ein Mann namens Moses wirklich existiert hat?«

Théo erzählte von Vankos Pergamenten und den Berichten, die Manetho und andere Historiker überliefert hatten.

»Theon schrieb, dass Manetho über Moses die Unwahrheit gesagt hatte.« Théo dachte an das, was Michaela ihm über Manethos Konflikte mit seinem Auftraggeber und über die Fälschung der *Aegyptiaca* erzählt hatte. »Der Osarsiph aus den *Aegyptiaca* ist nur eine Tarnung.«

»Wer steckt dahinter?«

»Jemand, den Josias Schreiber zwischen den Zeilen der Bibel versteckt haben, indem sie ihn im kollektiven Gedächtnis der Stämme von Juda versenkten.«

Khalid schnaubte ungeduldig. »Zwei *baklawa* sind noch übrig. Einen für jeden, obwohl du ihn wirklich nicht verdient hast, du Gotteslästerer.«

Nach und nach durchsetzten Akazienbüsche die eintönige Felsenwüste, und das Wadi wurde breiter. An einer Stelle, wo drei Täler zusammentrafen, tauchten Palmen am Horizont auf, die zwischen den Quellen der Oase von Al-Bad wuchsen. Auf einem Streifen Land zwischen der Oase und der Wand einer Schlucht standen verstreut die schwarzen Zelte eines Beduinenlagers.

»Halten wir einen Moment an«, sagte Théo.

»Was willst du tun?«

»Der Wüste lauschen.«

»Sand, Skorpione und eine Höllenhitze.« Khalid nahm seine Flöte vom Armaturenbrett. »Was ihr Europäer an der Wüste findet, weiß nur Allah.«

Sie stiegen aus dem Landrover und gingen auf den Rand eines Felsgrats zu, den Blick auf die Oase gerichtet. Am Rand des Grates setzten sie sich nebeneinander, ihre Beine baumelten über dem

Abgrund. Théo legte die Bibel auf einen Stein, und Khalid begann, eine schmachtende Weise auf seiner Flöte zu spielen.

Eine leichte Brise erhob sich. Die Seiten der Bibel flatterten im Wind, die Palmblätter wogten, und der Wasserspiegel kräuselte sich. Die Dünen nahmen eine rostrote Farbe an, im Lager wurden die Petroleumlampen angezündet. Ihre Lichter flackerten zwischen den Palmzweigen. Im Tal erklang Gebetsgesang und mischte sich mit den Flötentönen.

Théo wurde von einem Gefühl ergriffen, für das er keinen Namen hatte. War es das Licht, die Stille oder die Farben? Oder dieses Gebet? Windstöße fuhren über die Dünenkämme und wirbelten kleine Sandsäulen auf. Ja, das war es, der Sand. Er griff eine Handvoll Sand und ließ ihn durch seine Finger rinnen. Seit jeher war der Sand in Bewegung, er häufte sich auf, verteilte sich, verschwand und kehrte zurück, nahm einen Moment lang diese Form an und gleich darauf eine andere. Es überraschte nicht, dass der Gott der Bibel seinen Bund mit Moses an einem Ort wie diesem geschlossen hatte. Nur hier konnte Jahwe wohnen, in der Wüste.

»Was war das für eine Melodie?«, fragte Théo und erhob sich.

»Ein ägyptisches Liebeslied. Das ›Lied für Layla‹.«

»Es ist zuckriger als ein *basboussa*. Immer dieses Zeug oder Puccini. Warum wechselt du nicht mal das Genre?«

»Aha, meine Musik gefällt Ihnen also nicht, Herr Brahms?« Khalid schwenkte drohend die Flöte. »Komm du noch einmal an und bitte mich um die Kuchen meiner Mutter, dann wirst du schon sehen!«

Scherzend stiegen sie wieder in den Wagen und fuhren auf das Lager zu.

38 Kommissar Dominici stieg aus dem Taxi, zahlte und ging mit schnellen Schritten durch den Eingang der Interpol-Zentrale.

Der Aufzug hielt im achten Stock des Turms 2. Dominici nahm den westlichen Flur und blieb vor einer Tür mit dem Schild »Raymond Joubert, Directeur, Unité Art et Antiquités« stehen. Er klopfte.

»Nun?«

»Wir haben unseren Mann gefunden«, sagte Joubert. »Er heißt Theodorus De Vries und ist die Nummer eins in Europa. Drukker, der Polizeichef von Amsterdam, hat mir geholfen, ihn zu überzeugen. Drukker hat ihm ein Angebot gemacht, das er nicht ablehnen konnte, wie man heute so sagt.«

Der Kommissar sah ihn bestürzt an. »Die Polizei? Wir waren uns einig, dass wir sie raushalten wollten.«

»Ich kenne Drukker seit zwanzig Jahren und bürge für ihn wie für mich selbst. Ich überlasse nie etwas dem Zufall, vor allem dann nicht, wenn ich Kriminellen Konkurrenz machen muss.«

»Können wir mal einen Blick auf die Karte werfen?« Dominici zog ein Paket Gitanes heraus. »Stört es Sie, wenn ich rauche?«

»Einen Tod muss man wohl sterben, vermute ich«, sagte Joubert mit seinem Dackelblick und faltete einen Stadtplan von Leiden auseinander.

Der Kommissar verdrehte die Augen zur Decke und steckte die Zigaretten wieder weg.

»Leiden liegt sehr nahe bei Den Haag. Über die A 44 braucht man nur eine halbe Stunde.« Joubert zeigte mit einem silbernen Brieföffner auf die Karte. »Die Büros liegen in einer festungsähnlichen Burg in der Altstadt. Sehen Sie, hier an dieser Stelle, genau am Rapenburgkanal, zwei Schritte von der Koornbrug, der überdachten Brücke, entfernt.«

»Wie weit sind Sie mit der Überwachung?«

»Wir wissen inzwischen fast alles. Gewohnheiten, Uhrzeiten, Plan der Räumlichkeiten und Wachwechsel.«

Drukker hatte ihm zwei seiner Männer geliehen, die sich als Angestellte der Elektrizitätsgesellschaft ausgewiesen hatten. Unter dem Vorwand, sie müssten den Verlauf sämtlicher Leitungen der Gegend überprüfen, war es den Beamten gelungen, in alle Büros hineinzukommen.

»Sprechen wir über den wichtigsten Punkt«, sagte der Kommissar. »Die Alarmanlagen.«

Joubert breitete eine Skizze auf seinem Schreibtisch aus. »In der Burg ist ein Videoüberwachungssystem mit beweglichen Kameras installiert. Die Monitore befinden sich im Erdgeschoss in einem Kontrollraum, wo zwei Wachen sich alle acht Stunden abwechseln.«

In den Wänden verborgene Sender warfen Infrarotstrahlen nach allen Seiten. Die Eingangstüren waren gepanzert und hatten kein

Schloss. Geöffnet wurden sie mit Magnetkarten, deren Code jeden Tag geändert wurde. Im Park patrouillierten nachts bewaffnete Streifen mit Dobermännern. Zwei Motorschiffe mit starken Scheinwerfern kreuzten ständig auf dem Kanal vor der privaten Anlegestelle hin und her.

»Was passiert, wenn der Alarm ausgelöst wird?«, fragte der Kommissar.

»Vor allen Fenster- und Türöffnungen fallen schlagartig Rollläden aus fünf Zentimeter dickem Stahl herunter, die Dobermänner werden losgelassen, und die Wachmänner laufen herbei, zwölf an der Zahl. Und als würde das nicht genügen, steigt aus dem Park der Burganlage ein Hubschrauber auf, um das Glacis zu überwachen.«

Der Alarm wurde an eine Polizeiwache übermittelt, die fünf Autominuten entfernt lag, ganz zu schweigen von der Sirene, die halb Den Haag wecken würde.

»Und Ihr De Vries glaubt, er schafft es, da hineinzukommen?«

»Er ist überzeugt davon und ich auch, sonst hätte ich ihn nicht ausgesucht.«

»Warum haben Sie so großes Vertrauen in ihn?«

»Dominici, spielen Sie Schach?«

»Nein, was hast das damit zu tun?«

»Wenn Sie Schach spielten, würde der Name Theodorus De Vries Ihnen etwas sagen. Er hat die letzte Schachweltmeisterschaft in Casablanca gewonnen.«

Joubert hatte De Vries bei ihrer ersten Begegnung gefragt, warum ihn keiner je hatte schnappen können. De Vries hatte geantwortet, das liege nur am Schachspiel. Er könne mindestens fünf Züge seines Gegners nebst allen dazugehörigen Varianten voraussehen, und diese mentalen Fähigkeiten setze er auch bei seinem nächtlichen »Hobby« ein.

»Ergebnis: Seine Pläne sind perfekt, sagt er. Er sieht immer alles voraus, auch das Unvorhersehbare.«

»Ich fürchte, fünf Züge werden nicht genügen, um dort hineinzukommen.«

»Er sagt, das Geheimnis eines siegreichen Schachspiels liege in der Eröffnung, und der beste Anfangszug sei immer der des Pferdes.«

»Um in diese Burg einzudringen, braucht man wohl eher ein Trojanisches Pferd als eine Eröffnung mit dem Pferd.«

»Tatsächlich hat De Vries ein Trojanisches Pferd. Einen Maulwurf, in der Burg selbst. Es ist der Buchhalter. Er hat ihm die Zugangscodes versprochen und eine Kopie des Schlüssels, der die Infrarotstrahlung ausschaltet.«

»Gegen Geld?«, fragte Dominici.

»Nein. Offenbar ist der Buchhalter ein Schachfan und himmelt De Vries an.«

»Und er tut das alles … für nichts?«

»Das nun nicht. Ich darf De Vries zitieren … wie hat er noch gleich gesagt? Ach ja: ›Cäsars Lorbeerkranz ist das stärkste Aphrodisiakum der Welt.‹ Wissen Sie, was dieser Verrückte macht? Er hat dem Buchhalter versprochen, ihm das Geheimnis der Züge in Casablanca zu verraten.«

»Wenn ich wieder in Rom bin, muss ich wohl auch mit dem Schachspielen anfangen.«

»Wo bleibt der Informatiker, den Sie mir versprochen haben? De Vries braucht mindestens drei Tage, um ihm beizubringen, was er zu tun hat.«

»Er kommt heute Abend in Leiden an. Sein Name ist Gianni Carlomagno.«

Nachdem sie das Gepäck in ihren Zelten untergebracht hatten, folgten Khalid und Théo dem Beduinen, der sie unter seine Obhut genommen zu haben schien.

Vor einem großen L-förmigen Zelt, das etwas abseits aufgeschlagen war, blieben sie stehen. Unter Palmen parkte ein giftgrüner Bentley Continental, und neben dem Auto war ein Kamel angebunden, das silbernes Zaumzeug und einen kunstvoll verzierten Sattel. Am Eingang standen zwei Männer unter einem roten Baldachin Wache, jeder mit einem Gewehr im Arm und einem Patronengürtel über der Brust.

Der Beduine sprach mit den Wächtern, worauf sie Théo und Khalid misstrauisch taxierten. Einer verschwand im Zelt. Er kehrte gleich darauf zurück, schlug die vor dem Eingang hängenden Vorhänge zurück und bedeutete ihnen einzutreten.

Im Inneren herrschte weihevolle Stille, Petroleumlampen verbreiteten ein schwaches Licht. Das Zelt quoll über von Teppichen mit gewirkten Arabesken und Kissen aus Schaffell, an Kamelsättel gelehnt.

Der Scheich Ali Bin Al Fahd saß an einem Louis-XVI-Schreibtisch aus Nussbaum vor einem Computer. Er erhob sich und kam ihnen entgegen. Das Lampenlicht spielte über sein Raubvogelgesicht, das von einer makellos weißen Kufija umrahmt wurde. Er trug eine braune Galabija mit vergoldeten Säumen.

»Möge der Friede Allahs mit euch sein.« Der Scheich deutete eine Verbeugung an und legte die Hände zusammen.

Auf einer Sitzstange saß ein Jagdfalke mit Kopfhaube und stieß einen Schrei aus.

»Und möge er gleichfalls mit dir sein«, sagten Théo und Khalid.

Der Scheich bat sie mit einer Handbewegung, auf einem Teppich Platz zu nehmen. Dann klatschte er zweimal in die Hände. Ein Beduine trat ein, verbeugte sich und stellte Wasser zum Kochen auf ein Kohlebecken.

In fließendem Französisch erkundigte sich der Scheich nach ihrer Reise, während er sie mit seinen schwarzen Augen forschend musterte. Ein Duft nach Kaffee und Kardamom wehte durch das Zelt. Der Beduine servierte den Kaffee, den er aus einer Kanne mit langem Hals in henkellose Porzellantässchen auf einem ziselierten Silbertablett goss.

»Monsieur St. Pierre, die Amarat haben mir berichtet, dass Sie sich für die vorislamischen Traditionen von Al-Bad interessieren.«

Théo umriss in beiläufigem Ton seine bibelarchäologischen Forschungen. »Zuletzt habe ich zu meinem Erstaunen entdeckt, dass die ganze Geschichte von Al-Bad mit der Geschichte um Moses verflochten zu sein scheint.«

»Aha, ich verstehe. Also sind auch Sie auf den Spuren des Propheten Moses. Eine Suche, die bei euch im Westen offenbar in Mode gekommen ist.«

Es sei ihm eine Freude, beim Emir von Tabuk eine Sondergenehmigung einzuholen, damit Théo und Khalid die Brunnen von Jethro und die Moses-Höhlen besichtigen konnten, die dem Publikum normalerweise verschlossen blieben.

»Ich danke Ihnen herzlich, aber das sind Legenden. Ich respektiere sie natürlich. Aber als Archäologe muss ich mich auf die Fakten beschränken.«

»Die Fakten?« Ein amüsiertes Lächeln spielte um die Lippen des Scheichs. »Oh, wie ich Sie um Ihre Sicherheit beneide! Ich war immer der Meinung, zu jedem Faktum gebe es tausend Wahrheiten, doch das ist wahrscheinlich nur die Sicht eines alten Mannes. Darf ich fragen, wonach Sie suchen?«

»Eine Bestätigung, und ich glaube, niemand ist geeigneter als Sie, mir diese Frage zu beantworten.«

Théo zog zwei Landkarten aus einer Ledermappe und breitete sie, zum Scheich hingedreht, auf dem Teppich aus. Eine war eine antike Karte der Arabischen Halbinsel, veröffentlicht von der Oxford University Press, die andere eine moderne Karte von Saudi-Arabien.

»Seit wann schlagen die Beni Sakhr ihre Zelte in diesem Teil Arabiens auf?«

»Wie viele Sandkörner gibt es in der Wüste?«

Als Verhandlungspartner würde der Scheich ungefähr so einfach im Umgang sein wie der Premierminister einer Bananenrepublik. Théo zeigte auf die Karte aus dem Altertum. »Östlich von Al-Bad liegt eine Gebirgskette, die früher Zuhd hieß. Zu dieser Kette gehörte ein Berg namens Hrob am Ende eines gleichnamigen Wadi. Wenn wir die alte Karte, die allerdings nicht mehr gut lesbar ist, mit der modernen vergleichen, sieht es so aus, als würde der Berg Hrob heute Al-Manifa heißen, und das Tal heißt Wadi Hurab. Sind Hrob und Al-Manifa derselbe Berg?«

Der Scheich musterte Théo mit einem Blick aus Verwunderung und Vorsicht. »Ja, sie sind identisch. Darf ich nach dem Grund Ihres Interesses an diesem Berg fragen?«

»Wahrscheinlich liegt die Antwort in der Bedeutung des Wortes ›Sinai‹. Das ist ein altes arabisches Wort, nicht wahr?«

Der Scheich runzelte die Stirn, und im Zelt entstand eine mit Misstrauen aufgeladene Stille. Théo spähte zu Khalid hinüber, der ihm mit einem bösen Blick antwortete.

»In vorislamischer Zeit war Sin ein Mondgott, der von den Völkern der Arabischen Halbinsel angebetet wurde«, fuhr Théo fort. »Wer war Sinai?«

Der Scheich machte eine wegwerfende Handbewegung. »Sinai

war eine Mondgöttin, die vor der Ankunft des Propheten in dieser Gegend verehrt wurde. Im Altarabischen ist ›Sinai‹ die weibliche Form von ›Sin‹.«

»Stimmt es, dass der Gipfel des Berges Al-Manifa in zwei großen Felszacken ausläuft, die ein V bilden?«

»Woher wissen Sie das?«

»Ich habe es in einem Buch aus dem Jahr 1911 gelesen, *The Northern Hegaz*. Der Verfasser war ein gewisser Alois Musil.«

Alois Musil war ein tschechischer Historiker und Forschungsreisender, der Arabien und das Heilige Land ab 1895 mehrmals besucht hatte.

»In seinem Buch beschreibt Musil den Berg Hrob/Al-Manifa und behauptet, das sei der wahre Berg Sinai. Fünfzig Jahre später bestätigte der englische Forscher Philby, dass es sich bei Hrob und Al-Manifa um denselben Berg handelte. In der Bibel wird der ›Berg Gottes‹ manchmal ›Sinai‹ und manchmal ›Horeb‹ genannt, was die Schlussfolgerungen Musils erhärtet.«

Der Falke hüpfte auf seiner Stange hin und her, spreizte die Flügel und stieß eigenartig gurgelnde Schreie aus, die aus seinem Bauch zu kommen schienen.

»Warum glauben Sie das, was dieser Forschungsreisende geschrieben hat? Dieser Musil muss einer der vielen Geheimnisjäger gewesen sein, die einer romantischen Vorstellung der Wüste hinterherjagten.«

»Musil war kein gewöhnlicher Forschungsreisender. Er war auch Professor für Bibelwissenschaft an den Universitäten Wien und Prag.«

»Jebel Al-Manifa war der Berg, der der Göttin Sinai geweiht war, stimmt das?«, fragte Théo.

»Sie sagten doch, Sie glauben nicht an Legenden.«

»War er es?«

Die Lippen des Scheichs zeichneten einen Ausdruck des Widerwillens. »Ja, das war er, mündlicher Überlieferung zufolge.«

In diesem Augenblick begriff Théo, was Carter empfunden haben musste, als die Flamme seiner Kerze nach dreiunddreißig Jahrhunderten Dunkelheit die Vorkammer des Grabes von Tutanchamun erhellte. Jetzt fehlte nur noch ein Stück, und das Puzzle um Jahwe war vollständig.

»Der Vulkan Harrat ar Rahah ist von allen Vulkanen Saudi-Arabiens am weitesten nordöstlich gelegen.« Théo zeigte auf die moderne Karte. »Wie weit ist er von Al-Bad entfernt?«

»Etwa vierzig Kilometer.«

»Die Keniter von Madyan verehrten einen Vulkangott. In Anbetracht der geringen Entfernung kann es nur der Harrat ar Rahah gewesen sein. Habe ich recht?«

»Die Beduinen haben den Zorn dieses Vulkans nie vergessen«, sagte der Scheich. »Ihre Erzählungen am nächtlichen Lagerfeuer erinnern noch immer voller Furcht daran.«

Bei diesen Worten fiel Théo ein, was Raisa in ihrem Vortrag über Moses gesagt hatte: *Freud schrieb außerdem, dass der biblische Jahwe die mythische Verkörperung eines grausamen, herrschsüchtigen Vulkangottes sei, der von einigen Nomadenstämmen im Land Midian im Norden des jetzigen Saudi-Arabien verehrt wurde.*

»Wie nannten die Keniter diesen Gott?«

Der Blick des Scheichs schien sich zwischen den Licht- und Schattenspielen zu verlieren, die durch den Zeltstoff auf den Boden geworfen wurden.

»Yahu. Sein Name war Yahu.«

Théo wechselte einen Blick mit Khalid. Aus dem Lager erhob sich eine leiernde Stimme: »Allah ist groß! Es gibt keinen anderen Gott außer Allah!«

»Monsieur St. Pierre, warum verraten Sie mir nicht, was Sie suchen? Wenn Sie mir etwas sagen, könnte ich Ihnen etwas sagen, so würden wir aufhören, Katz und Maus zu spielen.«

Théo betrachtete die beiden Karten. Dieser Mann war ungreifbar wie der Wüstensand, aber er brauchte eine Antwort. Jetzt, wo die Lösung in unmittelbarer Reichweite vor ihm lag, war der Preis der Sicherheit zu hoch geworden.

»Ich suche die Spuren eines ägyptischen Pharaos.«

Langsam und schweigend trank der Scheich seinen Kaffee aus. »Welcher Pharao?«

»Echnaton. Das ist ein Pharao, der ...«

»Ich weiß, wer Echnaton war, St. Pierre, auch wenn ich in einem Zelt lebe. Ich habe meinen Doktor in Alter Geschichte an der Universität Riad gemacht.« Der Scheich sah ihn mit wachsamen Augen an. »Wie kommen Sie darauf, dass Echnaton sich im Land Midian aufgehalten haben soll?«

Théo zog Vankos ägyptische Kette aus der Mappe und hob sie hoch. In dem Medaillon spiegelte sich glitzernd die Flamme einer Lampe.

»Gibt es unter den Petroglyphen, die man in der Gegend um Al-Bad gefunden hat, Ihres Wissens auch Zeichnungen mit diesem Symbol?«

Der Scheich starrte das Medaillon mit weit geöffneten Augen an. »Darf ich?« Er streckte die Hand aus.

Théo beugte sich vor und reichte ihm die Kette.

»Woher stammt das?«

»Ich weiß es nicht. Ich habe es im Vatikan gefunden.«

Der Scheich fixierte Théo misstrauisch, dann gab er ihm die Kette zurück. »Bitte entschuldigen Sie mich einen Moment.« Er stand auf und verschwand im Hintergrund des Zeltes.

»Verdammter Idiot!«, flüsterte Khalid, zu Théo vorgebeugt, und packte ihn am Arm. »Der Kerl ist weniger vertrauenswürdig als Jago, und er ist der Cousin von Prinz Zoltan. Du nutzt Allahs Geduld über Gebühr aus!«

»Wegen ein paar kleiner Fragen?«

»Ein paar kleine Fragen? Das hier ist wie ein Verhör beim KGB! Zum Glück sind wir Gäste, und nach dem Gesetz der Wüste sind wir unantastbar.«

Der Scheich kehrte zurück. Er setzte sich und öffnete eine Schatulle mit islamischen Motiven aus elfenbeinernen Intarsien. Mit ehrfürchtigen Gesten zog er ein schwarzes Seidentuch aus der Schatulle, rollte es auf und zeigte es ihnen.

In der Mitte des mit Silber- und Goldfäden bestickten Stoffs prangte eingewebt die Sonnenscheibe, das Sinnbild Atons. Théo betrachtete die Zeichnung im Inneren der Scheibe. Ein Felsen, durch den ein Tunnel führte – dasselbe Motiv wie auf Vankos Medaillon. Von der Scheibe gingen sieben Arme mit winzigen Händen aus, die jede das *ankh* hielten. Auf den unteren Rand des Tuchs war ein Satz auf Arabisch gestickt.

»Dieses Tuch ist viele Jahrhunderte alt«, sagte der Scheich, »aber der Überlieferung der Beni Sakhr zufolge stammen die Zeichnung und der Text aus der Zeit der Keniter.«

Unverwandt starrte Théo auf das eingewirkte Sonnensymbol. Warum fand sich dasselbe Motiv auf dem Aton-Symbol dieses Tuchs und dem des Medaillons? Und warum zeigte der Scheich ihnen das Tuch überhaupt?

»Was besagt die Inschrift?«, fragte Théo.

»›Zum Andenken an denjenigen, dessen Name nicht ausgesprochen werden darf, welcher im Wadi des Durchbohrten Felsens lebte‹.«

Derjenige, dessen Name nicht ausgesprochen werden darf. Echnaton. So musste Echnaton bezeichnet werden, nachdem Ay im Schutz der Regierung des jungen Tutanchamun die Macht übernommen hatte.

»Was ist das Wadi des Durchbohrten Felsens?«, fragte Théo.

»Er hat seinen Namen von einem Felsen, durch den ein ungewöhnlich regelmäßig geformter Stollen läuft.«

»Wo liegt dieser Felsen?«

Der Scheich zeigte auf die Karte der Oxford University Press. »Das Wadi auf dem Tuch ist das Wadi Hurab.«

Théo fühlte, wie das Blut hinter seinen Schläfen pochte. Also hatten Musil und Philby sich nicht geirrt. »Welche Verbindung besteht zwischen dem Wadi Hurab und Echnaton?«

»Direkt unter das Loch im Felsen hat jemand das Symbol Atons geritzt. Es sieht genauso aus wie das auf dem Tuch und dem Medaillon.«

»Mehr haben Sie nicht gefunden?«

»Monsieur St. Pierre, ich bin der Anführer eines Beduinenstamms, kein Leiter eines archäologischen Instituts.«

Sagte der Scheich die Wahrheit? Wenn er log oder etwas verbarg, warum hatte er ihnen dann das Tuch gezeigt? Und weshalb diese plötzliche Hilfsbereitschaft?

»Ist es möglich, das Wadi Hurab zu besichtigen? Morgen?«

»Das wollte ich Ihnen gerade vorschlagen. Wer weiß, vielleicht sehen Ihre Augen etwas, was unsere nicht gesehen haben.«

»Kommt man mit dem Auto dorthin?«

»Ja, es gibt eine Schotterstraße. Sorgen Sie sich nicht, ich werde Ihnen einen Führer mitgeben.«

»Vielen Dank, Scheich, aber das ist nicht nötig. Wir werden den Weg alleine finden.«

»Verlangen Sie etwa von mir, dass ich meine Pflichten als Gastgeber vernachlässige?«

Khalid räusperte sich und warf Théo einen Blick zu.

Théo setzte ein liebenswürdiges Lächeln auf. »Wir nehmen das Angebot dankbar an.«

Der Scheich erhob sich. »Ich verlasse mich darauf, dass Sie mir heute die Ehre erweisen, mit mir und den Stammesältesten zu Abend zu speisen.«

»Die Ehre ist ganz auf unserer Seite.«

Kaum waren sie aus dem Zelt, blickte Khalid ihn böse an, warf sich auf die Knie, Augen und Arme zum Himmel erhoben.

»Barmherziger Allah, der du alles siehst und alles vermagst, wache über uns.« Den Kopf noch immer zum Himmel erhoben, zeigte er mit einem Finger auf Théo. »Auch über diesen Ungläubigen, obwohl er es nicht verdient, weil alles seine Schuld ist.«

Zurück bei ihren Zelten, setzten sie sich auf einen Palmstumpf und massierten sich die Beine, aus denen nach der langen Sitzung im Zelt des Scheichs das Blut gewichen war.

»Was meinst du, warum hat er uns das Tuch gezeigt?«, fragte Théo.

»Der Scheich ist überzeugt, dass du viel mehr weißt, als du ihm gesagt hast.« Khalid warf ihm einen listigen Blick zu. »Und auch mehr, als du mir gesagt hast. Ganz einfach. Er will es rauskriegen.«

»Warum?«

Khalid zündete sich eine Cleopatra an. »Das verstehe ich auch nicht.«

»Wie werden wir diesen Führer los?«

»Versuch das ja nicht. Denk daran, in welchem Ton der Scheich von seinen Gastgeberpflichten gesprochen hat.«

Théo rieb sich den Nasenrücken. »Dauert die Gastfreundschaft der Beduinen auch in Saudi-Arabien drei Tage, so wie im Sinai?«

»Ja. Warum, was hast du vor? Wieder einer deiner tollen Einfälle?«

»Heute ist Montag. Vor Donnerstagmorgen packen wir unsere Koffer und tun so, als würden wir nach Ägypten zurückkehren. Kaum sind wir hier raus, fahren wir nach Osten, nach Tabuk. Dort engagieren wir ein paar ortskundige Führer, dann kehren wir ins Wadi Hurab zurück und fangen an zu graben.«

»Graben? Wo denn?«

»Das müssen wir eben morgen rauskriegen.«

Khalid seufzte, verschwand in seinem Zelt und kehrte mit der Flöte zurück.

»Khalid, bitte. Nicht schon wieder eines deiner albernen Liedchen.«

»Keine Sorge!«, sagte Khalid mit schneidender Stimme. »Ich spiele Puccini, passend zu diesem Moment, und bete zu Allah, damit er uns ein Zeichen schickt. Aber du kannst das ja nicht verstehen, weil du an gar nichts glaubst!«

Théo bemühte sich, ernst zu bleiben. Khalids Verehrung für Giacomo Puccini war kaum geringer als die für Allah. Schlecht über Puccini zu sprechen war für ihn ebenso gravierend, wie über Allah zu lästern.

»Immer noch Puccini?«, fragte Théo mit angewidertem Gesicht. »Da ist ja ›Laylas Lied‹ noch besser.«

Khalid richtete die Flöte auf ihn. »Ich spiele nur für Allah. Er hat einen guten Geschmack. Im Gegensatz zu dir.« Er hob das Instrument an seine Lippen, und die Töne der Arie *Nessun dorma* schwebten durch die Oase.

Eine Gruppe von Frauen in schwarzen *Abajas* wanderte zum Ufer der Oase, tönerne Krüge auf dem Kopf. Zwischen den Zelten flackerten die Lagerfeuer, und die Brise trug den Duft gebratenen Lamms herbei.

Théo hob die Augen zum Vollmond, der mit seinen hellen und dunklen Flecken am Himmel strahlte. Er betrachtete den an die Puccini-Arie hingegebenen Khalid und erkannte zu seiner Überraschung, dass er ihn um seine Illusionen beneidete. Vielleicht hatte Khalid recht. Was war das Leben außer einem ständigen Kampf gegen die Demütigungen der Wirklichkeit? Was blieb, wenn alle Illusionen schwanden?

Er wählte Raisas Nummer.

»Mein Informant am Grenzposten berichtet, dass sie Gäste in einem Beduinenlager bei der Oase von Al-Bad sind«, sagte Kassamatis, den Drehstuhl zum Empire State Building gewandt.

»Wann reist du ab?«, fragte Comte La Fontaine am Telefon.

»Der Hubschrauber wartet draußen, und das Flugzeug steht

startbereit in Newark. Heute Nacht komme ich in Riad an, und morgen Vormittag bin ich dort.«

»Sind wir bei diesem Datum ganz sicher?«

»Wie oft soll ich es dir noch sagen? Ich habe das Datum von zwei Archäologen unabhängig voneinander überprüfen lassen. Es ist der 28. September.«

»Gut, dann vergiss nicht, dass heute schon der 26. ist. Ich hoffe, du weißt, was du tun musst, Alexis, und wie du es tust. Und bitte zur Abwechslung mal keine eigenmächtigen Aktionen.«

Aus einem Aluminiumkoffer nahm Kassamatis eine Landkarte und fuhr mit dem Zeigefinger eine Strecke ab. Dann holte er eine Browning Kaliber 9 aus dem Koffer, zog das Magazin heraus, betrachtete es und schob es mit einem scharfen Stoß wieder in den Kolben.

Ein Zeltvorhang wurde beiseitegeschoben, und zwei Schatten traten aus dem Hintergrund. Im Schein der Petroleumlampen wurden die Gesichter von Monsignore Guzman und Al Kaddafi sichtbar. Der Scheich bedeutete ihnen, sich auf dem Teppich niederzulassen.

»Ich behaupte weiterhin, dass es ein Fehler war, ihnen das Tuch zu zeigen«, sagte Al Kaddafi zum Scheich gewandt.

»Da wäre ich mir nicht so sicher«, sagte der Monsignore und strich dabei über seine Narbe.

»Ach, wirklich?«, rief Al Kaddafi empört aus. »Er hatte nicht die geringste Ahnung, wo er suchen sollte. Warum hat man ihn auf den rechten Weg geführt?«

»Weißt du, was Sun Tsu sagt? Unterschätze niemals deinen Feind«, sagte der Monsignore. »Die erste Regel eines umsichtigen Strategen.«

»Eine überaus weise Regel«, sagte der Scheich. »Sie nicht zu befolgen könnte uns bei diesem Mann teuer zu stehen kommen.«

»Was willst du damit sagen, Ali?«, fragte Al Kaddafi.

»St. Pierre weiß viel mehr, als er sagt. Er könnte dort Erfolg haben, wo wir gescheitert sind.«

»Das mit dem Tuch war ein schlauer Schachzug.« Guzman zwinkerte dem Scheich zu. »Ich hätte es selbst nicht besser machen können.«

»Ihre Anerkennung schmeichelt mir, Monsignore«, sagte der Scheich trocken.

»Du weißt offenbar nicht, Christ, dass sogar die Abteilung für Altertümer in Riad jahrelang im Wadi Hurab gegraben hat, ohne je etwas zu finden. Warum sollte es ihm gelingen?«

»Vielleicht haben eure Archäologen aus Riad an den falschen Stellen gegraben. Warum lassen wir es ihn nicht versuchen? Wir können dabei nur gewinnen.«

»Wie oft soll ich es dir noch sagen? Morgenstern wird uns zu dem Grab führen.«

»Und ich sage dir noch einmal, dass die Juden beschließen könnten, das Grab in Ruhe zu lassen, weil sie überzeugt sind, dass wir es nie finden werden. Was machen wir, wenn wir St. Pierre aufhalten und Morgenstern zu Hause bleibt? Sollen wir uns bis in alle Ewigkeit fragen, was passieren wird, wenn jemand das Grab endlich einmal findet?«

»Rashid, der Monsignore hat recht.«

Al Kaddafi zuckte mit den Achseln. »Wie ihr wollt. Ob der Archäologe das Grab nun findet oder nicht, auf jeden Fall werden er und sein Freund die fossilen Ablagerungen im Wadi Hurab bereichern.«

Der Wind bewegte das Zelt und ließ die Flammen in den Lampen aufflackern. Der Monsignore fing den Blick auf, den die beiden Araber sich zuwarfen. Mit dem Ellenbogen suchte er Kontakt zu der Beretta, die unter seinem Hemd am Gürtel baumelte. Vielleicht sollte noch jemand diese Ablagerungen bereichern, aber dieser Jemand würde nicht er sein.

Der Wind ächzte in der Schlucht hinter dem Lager, bog die Akazienbüsche und ließ Sandwirbel aufsteigen.

39 Hinter einem Dunstschleier ragte die Spitze des Clingmans Dome über den Bergrücken der Great Smoky Mountains auf.

Ken Mayo überquerte den Campus des ORNL. Das Klingeln einer Fahrradglocke ließ ihn zusammenzucken. Er blickte zu einem Gebäude aus Glas und Beton, an dessen Fassade ein Schild mit der Aufschrift »Energy Labs« hing. Er stieg die Treppe hinauf und schob seinen Ausweis in ein Lesegerät.

»Ken, was ist denn los?« Cornelius Wendel kam ihm mit einem Lächeln wie aus einer Zahnpastareklame entgegen. »Wir sehen uns jahrhundertelang nicht, dann rufst du mich eines Tages aus Südfrankreich an, und eine Stunde später springst du in ein Flugzeug, um in dieses gottverlassene Kaff in den Bergen zu kommen.«

»Ich habe etwas erlebt, das aus einem Science-Fiction-Roman stammen könnte.«

»Ach ja? Wenn jemand anderes mir so etwas sagen würde, würde ich den Sicherheitsdienst rufen. Los, erzähl mir alles.«

»Habe ich dein Wort, dass unter uns bleibt, was ich dir sage?«

»Habe ich je ausgeplaudert, dass du mit der Assistentin von Astrophysik II geschlafen hast?«

»Stimmt. An solchen Sachen erkennt man den Charakter eines Mannes.«

Als Mayo erzählt hatte, betrachtete Wendel ihn einige Augenblicke lang stumm. »Woher kommt dieses Pulver?«

»Aus einer italienischen Kirche. Es ist mindestens fünf Jahrhunderte alt.«

»Fünf Jahrhunderte? Ich brauche dich nicht daran zu erinnern, wie viel Energie für ein Wurmloch benötigt wird, vorausgesetzt, Wurmlöcher existieren. Wie konnte dieses Zeug denn aus dem Mittelalter zu uns gelangen?«

»Glaubst du, ich wäre hier, wenn ich das wüsste?«

Mayo reichte Wendel einige Spektrogramme und erzählte von den Tests, die Duval durchgeführt hatte. Wendel blickte hinüber zu einer Darstellung des Periodensystems der Elemente, die an der Wand hing.

»Hast du eine Probe von dem Zeug dabei?«

»Ich habe fünf Gramm.«

»Ist das alles?«

Mayo zögerte. »Meine Kontaktperson hat auch noch fünf.«

Wendel ließ ein Atommodell kreisen, das ihm als Briefbeschwerer diente. »Ken, was erwartest du von mir?«

»Das weißt du genau. Das ORNL ist das einzige Labor auf der Welt, das dieses Pulver untersuchen kann.«

»Das mag ja stimmen, aber so etwas können wir nicht allein machen. Eine solche Studie bedeutet Quantenphysik, Teilchenbeschleuniger, neue Materialien und Energiequellen.«

Einige der genannten Abteilungen gehörten zu den Labors, die dem Energieministerium unterstanden, darum würde die Untersuchung auf jeden Fall als ein gemeinschaftliches Forschungsprojekt organisiert werden müssen.

»Dann haben wir ein Problem, fürchte ich«, sagte Mayo. »Geheimhaltung.«

»Alle diese Labore werden vom US Department of Energy kontrolliert. Hast du kein Vertrauen zu Uncle Sam?«

»Etwas hätte ich dir sofort sagen müssen. Wegen dieses Pulvers sind schon Menschen gestorben. Sie wurden umgebracht.«

»Oh.«

»Ändert das etwas?«

»Hast du die Sicherheitsmaßnahmen am Eingang nicht gesehen? Das ist hier wie im Pentagon.«

»Cornelius, kannst du dich nicht allein damit beschäftigen, ohne denen in Washington davon zu erzählen? Ein persönlicher Gefallen, den du mir tust?«

»Komm schon, du weißt, dass das unmöglich ist. Die zählen hier jeden Tag, wie viel Haare ich am Sack habe.«

»Dann muss ich erst mit meiner Kontaktperson sprechen.«

»Verstehe. Aber wenn ihr beschließt weiterzumachen, muss ich ein paar Eingangstests durchführen, bevor ich mit dem Direktor über die Sache spreche. Nicht dass ich dir nicht glaube, aber du verstehst mich schon.«

»Wie viel von dem Pulver brauchst du?«

»Ein halbes Gramm.«

Mayo zog ein brüniertes Röhrchen aus seiner Hemdtasche. »Du entschuldigst, aber ich muss dich bitten, es vor meinen Augen abzuwiegen.«

»Ich bin gleich wieder zurück.«

Wendel stellte eine Digitalwaage auf den Tisch, Mayo öffnete das Röhrchen, und Wendel entnahm eine Spachtelspitze. Er schüttete sie langsam in ein Reagenzröhrchen und hörte auf, als die Digitalanzeige bei 500 Milligramm angekommen war.

»Ich brauche ein paar Stunden. Rufst du mich heute Nachmittag an?«

»Gut.«

»Ach, wann fliegst du eigentlich zurück nach Frankreich?«

»Ich habe einen Flug morgen Vormittag um zehn.«

»Dann kommst du heute Abend zum Essen zu uns. Keine Ausreden!«

»Noch was, Cornelius...«

»Ja?«

»Wenn du eine thermogravimetrische Analyse machst, halte dich fern vom Gerät.«

Als er allein war, ging Wendel ins Labor. Er händigte das Röhrchen einem Assistenten aus und bat ihn um eine thermogravimetrische Analyse. Er solle einen abgedichteten Raum benutzen und während der gesamten Dauer des Experiments die Intensität des magnetischen Feldes messen. Sobald eine Temperatur von über tausend Grad Celsius erreicht war, solle er ihn benachrichtigen.

Wendel streifte seine Armbanduhr ab. »Schließ sie in einen von den Bleizylindern ein, die wir für radioaktive Stoffe benutzen, und stell den Zylinder neben den Thermogravimeter.«

Eine Dreiviertelstunde später erschien der Assistent in Wendels Büro. Das Gerät nähere sich jetzt den tausend Grad Celsius. Wendel folgte ihm vor das Guckloch des abgedichteten Raums und schaute hindurch.

»Wie viel fehlt noch bis 1064 Grad?«

»Ein paar Minuten.«

Plötzlich schien der Thermogravimeter in einem gleißenden Licht zu explodieren. Wendel trat vom Guckloch zurück und bedeckte sein Gesicht mit den Händen. Er sah auf die Wanduhr. Sie zeigte 12:32 Uhr.

»Was ist denn das für ein Zeug?«, fragte der Assistent, durch das Guckloch spähend. »Komm schnell, Cornelius!«

Wendel kehrte vor das Guckloch zurück, die anderen Forscher drängten sich um ihn. Der Thermogravimeter verströmte einen pulsierenden, blendend weißen Lichthof. Um das Gerät rotierte ein Wirbel aus bläulichem Licht mit so großer Geschwindigkeit, dass er stillzustehen schien.

Zwei Stunden später hörte der Lichthof auf zu pulsieren, und augenblicklich verschwand der Wirbel. Wendel betrat die Kammer. Auf der Anzeige des Geräts blinkte die Zahl 1064, und die Nadel, die das elektromagnetische Feld anzeigte, stand auf der tiefsten

Stufe der Skala. Er öffnete die Bleizylinder und holte seine Uhr heraus. Die Zeiger standen auf 12:32 Uhr.

Als Wendel in sein Büro zurückkehrte, klingelte das Telefon.

»Tut mir leid, Cornelius«, sagte Mayo, »aber meine Kontaktperson ist nicht einverstanden.«

»Warum nicht?«

»Weil sie nicht akzeptieren kann, dass das ORNL von einer Bundesbehörde kontrolliert wird. Sie hat Angst.«

»Schade. Die Eingangstests bestätigen, was du mir erzählt hast. Schade. Wirklich schade.«

»Meine Kontaktperson besteht auf einer privaten Einrichtung.«

»Ich glaube nicht, dass es irgendwo ein privates Labor gibt, das ein solches Projekt durchführen könnte, und das weißt du.«

»Mich brauchst du nicht zu überzeugen.«

»Hör mal, lass mich nachdenken. Vielleicht fällt mir bis heute Abend etwas ein. Amy und ich erwarten dich gegen sieben. Warte, ich erkläre dir, wo wir wohnen.«

»Cornelius, hast du etwas von dem Pulver übrig?«

»Dreihundert Milligramm.«

»Ich muss dich bitten, es mir zurückzugeben.«

»Natürlich. Du bekommst es heute Abend.«

Nachdem er aufgelegt hatte, griff Wendel einen Tennisball, warf ihn an die Wand gegenüber seinem Schreibtisch und fing ihn wieder auf. Dann wählte er eine Telefonnummer.

Ein paar Minuten später kam er aus dem Hintereingang des Labors, stieg auf ein gelbes Bianchi-Rennrad und flitzte vom Parkplatz.

»Der Direktor erwartet Sie«, sagte die Sekretärin.

Wendel klopfte an einer Tür mit dem Schild »Horace J. Nash, Direktor ORNL«.

»Wehe dir, wenn es nicht wirklich wichtig ist, ich musste ein Treffen mit zwei Abgeordneten verschieben«, sagte der Direktor, der aussah wie Groucho Marx. Er saß auf dem Fußboden, Hände und Füße steckten in einem Fitnessrudergerät.

»Ich hätte von dir verlangt, den Präsidenten persönlich warten zu lassen.«

Während Wendel erzählte, zog der Direktor weiter an den Riemen, sein Oberkörper hob und senkte sich, und er schnaufte wie ein Blasebalg. Als Wendel fertig war, richtete er sich keuchend auf.

»Man kann ihn nicht dazu bringen, seine Meinung zu ändern?«

»Er entscheidet nicht.«

»Ich könnte ihn anrufen und bitten, mich mit dieser verflixten ›Kontaktperson‹ sprechen zu lassen.«

»Nein, Horace, tu das nicht. Er hat dieser Person versprochen, dass kein Dritter von der Sache erfährt.«

»Warum bist du dann überhaupt hergekommen? Um mir mitzuteilen, dass nichts unternommen wird? Das ist seelische Grausamkeit, *holy shit*!«

»Noch ist nichts entschieden. Heute Abend kommt er zum Essen zu mir. Ich könnte ihm sagen, dass nur wir beide seinen Namen kennen werden. Wenn es nur um ein Sicherheitsproblem geht, müsste das ihn und die Kontaktperson beruhigen. Was meinst du?«

»Versuchen kostet nichts. Aber warum warten wir bis heute Abend? Ruf ihn sofort an.«

Zurück in seinem Büro, rief Wendel Mayo in seinem Hotel an. Mayo sagte, er würde zurückrufen. Nach einer halben Stunde kam sein Anruf, die Kontaktperson sei nicht umzustimmen.

Der Direktor des ORNL ließ sich mit dem Energieminister verbinden.

»Was gibt's, Horace?«, fragte der Minister.

»Etwas, das deinem Magengeschwür nicht guttun wird.«

»*Shit!* Hab ich's doch gewusst, dass heute alles zu glatt läuft.«

Auf den Bericht des Direktors folgte ein längeres Schweigen.

»Benjamin, bist du noch dran?«

»Ja, verflucht noch mal. Bist du absolut sicher, dass diese Leute ihre Meinung nicht ändern werden?«

»Nein, nichts zu machen. Ich wollte dich trotzdem benachrichtigen, weil ich an das Falcon-Projekt denke.«

»Was zum Teufel weißt du über das Falcon-Projekt?«, fragte der Minister.

»Gerüchte.«

»Na, wenn du einen Rat willst, dann hör nicht auf Gerüchte, sonst könnte jemand denken, dass du übergeschnappt bist. Oh Gott, oh Gott, wie sage ich ihm das jetzt?«

Der Minister steckte sich eine Tablette in den Mund und trank in einem Zug ein Glas Wasser leer. Während er den Telefonhörer hob, massierte er sich stöhnend den Bauch. »Louise, leg mir den Präsidenten auf die drei.«

Wenige Minuten später rief die Sekretärin zurück. Der Präsident war in der Leitung.

»Was soll diese Weltuntergangsstimme, Ben? Immer noch das Magengeschwür?«

»Herr Präsident, ich fürchte, wir haben ein Problem.«

»Verdammt, warum rufst du mich nie an, um mir zu sagen: ›Herr Präsident, wir haben eine Lösung‹?«

Der Minister berichtete Clayton, was er soeben vom Direktor des ORNL erfahren hatte.

»*Damn it!* Wie ist das möglich?«, fragte Clayton. »Dieses Pulver scheint ja direkt aus dem Falcon-Projekt zu stammen.«

»Mit einem Unterschied, Herr Präsident, dass hier jemand offenbar die Lösung gefunden hat. Ich frage mich, ob wir nicht womöglich ein Sicherheitsproblem in Brookhaven haben.«

»Ist dieser Mayo noch in Oak Ridge?«

»Ja, aber wir können nichts tun.«

»Weißt du, wo bei dir der Haken liegt, Benjamin? Wenn du ein Problem hast, denkst du nur an das Problem. Mach's wie ich. Geh die Sache von der Lösung her an.«

»Und was wäre in diesem Fall die Lösung, Herr Präsident?«

»Die Lösung steckt schon im Problem. *Take it easy*, Ben.«

Am anderen Ende ertönte das Freizeichen.

Der Minister hob die Hände zum Himmel. »Wie hat der Kerl es bloß geschafft, Präsident zu werden, verdammte Scheiße!«

Er nahm noch eine Tablette gegen Magenübersäuerung, goss ein Glas Wasser hinterher und massierte sich den Bauch.

Präsident Clayton drückte auf die Taste der Gegensprechanlage.

»Jane, ruf Fitzwilliam an und sag ihm, ich muss ihn sprechen. Sofort. Er ist in New York bei der Versammlung der Vereinten Nationen. Schick ihm einen Hubschrauber.«

»Soll ich ihn aus der Sitzung holen lassen?«

»Zum Teufel mit der Sitzung! Ich muss über ernste Dinge mit ihm sprechen, nicht über irgendeinen Scheißdreck Nummer 928347!«

»Entschuldigen Sie bitte. Ich rufe ihn sofort an.«

Zwei Stunden später senkte sich ein Hubschrauber VH-71 in Tarnfarben auf den Südgarten des Weißen Hauses.

Mit finsterer Miene betrat Fitzwilliam das Oval Office. Er wechselte einen eiligen Händedruck mit Clayton, die beiden setzten sich auf die Sofas in der Mitte des Büros.

»Ich dachte, wir hätten uns bereits alles Nötige gesagt, als wir gestern Nacht telefoniert haben.« Fitzwilliam nahm eine Zigarette aus seinem silbernen Etui. »Hoffentlich hast du einen guten Grund, mich auf diese Weise einzuberufen.«

»Urteile selbst.«

Vor dem Südfenster schob ein Mann in Jeans einen Rasenmäher. Das gedämpfte Klopfen des Motors untermalte Claytons Worte.

»Wo kommt auf einmal dieses Pulver her?«, sagte er zum Schluss. »Wir investieren jährlich fünfzehn Milliarden in das Falcon-Projekt, aber von so einem Zeug können wir nur träumen.«

Fitzwilliam hieb sich mit der Faust in die Handfläche. »Schon wieder die!«

»Wieso, weißt du etwa, wer diese Kontaktperson ist?«

»Dein Freund, der Archäologe und die Psychoanalytikerin.«

»Was, noch immer diese Typen? Wie kommst du darauf?«

Fitzwilliam berichtete Clayton, was Kowalski im Dom von Siena gesehen hatte. »Was glaubst du wohl, welche Kirche gemeint war? Und die Tatsache, dass dieser Physiker in Frankreich arbeitet, rundet das Bild ab. Ganz zu schweigen von dem esoterischen Geheimnis, von dem Kassamatis andauernd faselt.«

»Was wirst du tun?«

»Das fragst du mich noch? Falcon ist ein Zweihundertmilliarden-Dollar-Projekt. Und es ist unser Geld, nicht das der Regierung.«

»Roy, halt mich diesmal raus. Es wissen schon zu viele Leute von dem Pulver. Wenn dem Physiker was zustößt, kommt der Energieminister zwangsläufig auf mich.«

»Wir müssen uns dieses Pulver beschaffen. Alles, was es davon gibt. Ich brauche deine Hilfe.«

»Tut mir leid, aber das Spiel wird mir zu gefährlich. Das könnt ihr alleine durchziehen.«

»Dieser Mayo reist morgen Vormittag wieder ab. Mir bleibt

keine Zeit mehr, um jemanden zu finden, den ich nach Oak Ridge schicken kann, verstehst du das nicht?«

»Dann müsste ich das FBI-Büro in Knoxville mit hineinziehen, und das will ich nicht. Damit gefährde ich meine politische Zukunft.«

»Deine politische Zukunft?« Fitzwilliam schlug sich aufs Knie. »Dass ich nicht lache! Ganz schön dreist, mein Lieber. Wer hat dich denn auf diesen Sessel gehievt? Hast du vergessen, was ich dir gestern Nacht gesagt habe?«

»Ich finde schon jemand anderes, der mir den Wahlkampf finanziert.«

»Ach ja? Ich garantiere dir, dass kein Mensch es wagen wird, dir auch nur einen Cent zu geben, wenn das Komitee anders beschließt. Außerdem warne ich dich: Wir wissen alles über das saudische Öl.«

Claytons Gesicht nahm einen besorgten Ausdruck an.

»Wenn du dich nicht an die Abmachungen hältst, werden wir dir einen solchen Skandal anhängen, dass du die Monate, die dir noch bleiben, im Hochsicherheitsgefängnis von Wallens Ridge verbringst.« Er blies einen Rauchring zur Decke. »Nun, wie lautet deine Antwort?«

Clayton wandte mit zusammengepressten Lippen den Blick ab. »Musst du dich gleich so aufregen?«

Fitzwilliam beugte sich zu Clayton vor und klopfte ihm auf die Schulter. »*That's my boy*! Jetzt hör mir gut zu ...«

»Aber was mache ich mit dem FBI?«, fragte Clayton, als Fitzwilliam fertig war.

»Das ist dein Problem. Ich will das Pulver von Mayo. Viereinhalb Gramm plus die dreihundert Milligramm von Wendel.«

»Aber um das Pulver, das die Psychoanalytikerin hat, kümmert ihr euch.«

»Erst mal müssen wir sie finden, und dafür brauchen wir dich.«

»Schon wieder? Warum denn?«

»Du musst ein Wörtchen mit denen von der National Security Agency reden.«

»Was haben die denn jetzt damit zu tun?«

»Die NSA hat scharfe Ohren, und wir wollen, dass sie die direkt auf Frankreich richten.«

»Die Psychoanalytikerin hält sich in Frankreich auf, und sie steht ganz sicher in Kontakt mit St. Pierre«, sagte Fitzwilliam. »Für die Techniker der NSA dürfte es ein Kinderspiel sein, die Telefonate der beiden abzufangen. Ich will wissen, wo diese Frau steckt. Ist das klar?«

Ein schwarzer Buick Lucerne mit dem Kennzeichen von Nashville wechselte auf die rechte Spur des Oak Ridge Turnpike und bog in die Michigan Avenue ab. Kurze Zeit später fuhr das Auto über eine schwach beleuchtete Landstraße.

Vor einem Brownstone-Haus im viktorianischen Stil verlangsamte der Buick auf Schritttempo. Der Fahrer mit schief sitzender Kappe und texanischer Krawatte parkte auf der anderen Straßenseite und schaltete die Scheinwerfer aus. Der neben ihm sitzende Mann mit Pferdeschwänzchen und schwarzer Lederjacke stellte das Radio an. Als er einen Sender gefunden hatte, der Bluegrass-Musik spielte, biss er in ein Täfelchen Kautabak. Die Uhr auf dem Armaturenbrett zeigte 22:00 Uhr.

Um 23:50 Uhr ging ein Licht über dem Eingang des Hauses an. Ein junger Mann im blauen Blazer und grauen Hosen erschien in der Tür.

»Das ist Mayo.« Der Fahrer schaltete das Radio aus.

Mayo verabschiedete sich winkend von dem Paar, das auf der Türschwelle stand, ging auf das Gartentor zu und stieg in einen blauen Chevrolet Cavalier. Die Scheinwerfer leuchteten auf, und das Auto fuhr an. Der Buick folgte ohne Licht.

Wenig später setzte der Fahrer des Buick ein rotierendes Signallicht auf das Autodach, stellte eine Sirene an und beschleunigte, bis er neben dem Chevrolet fuhr. Der Mann mit dem Pferdeschwanz gab Mayo ein Zeichen anzuhalten. Die beiden kamen auf den Chevrolet zu. Der Schein einer starken Taschenlampe traf Mayo ins Gesicht.

»Führerschein und Fahrzeugpapiere, bitte«, sagte der Mann mit der Kappe, der einen Stoffbeutel über der Schulter trug.

»Was habe ich denn gemacht? Ich war nicht schneller als fünfundzwanzig Meilen in der Stunde!«

»Führerschein und Fahrzeugpapiere.«

Während der Mann mit der Kappe die Papiere kontrollierte, ging der andere um den Chevrolet herum. Plötzlich riss er die Beifahrertür auf, setzte sich neben Mayo und zielte mit einer Pistole auf ihn. Der Mann mit der Kappe setzte sich auf die Rückbank.

»Was wollt ihr?« Mayo schluckte. »Geld?« Er zog seine Brieftasche heraus. »Bitte sehr, nehmt alles.«

»Das Pulver«, sagte der Mann mit dem Pferdeschwanz.

»Welches Pulver?«

»Mach keine Geschichten!« Der Mann drückte den Lauf der Pistole in Mayos Seite. »Das Pulver, das dein Freund dir zurückgegeben hat, außerdem die viereinhalb Gramm, die du noch hast. Und erzähl uns nicht, du hast sie nicht dabei, weil wir im Hotel schon alles durchsucht haben.«

Mayo steckte die Hand in seine Hemdtasche und reichte dem Mann zwei braune Röhrchen. Der übergab sie dem anderen, der den Inhalt im Licht der Taschenlampe untersuchte.

»Gut. Und jetzt trinken wir ordentlich, um zu feiern.« Der hinten sitzende Mann öffnete den Stoffbeutel und reichte eine Flasche Whisky mit einem Glas nach vorn.

»Jack Daniels, zwanzig Jahre gereift. Der beste Bourbon der Welt.« Der Mann mit dem Pferdeschwanz füllte das Glas bis zum Rand und schob es Mayo unter die Nase. »*Come on, buddie*. Trink.«

»Ich vertrage keinen Alkohol«, sagte Mayo mit zitternder Stimme, auf das Glas starrend.

Der Mann hinter ihm schnalzte mehrmals mit der Zunge. »Hey, so geht das aber nicht. Ist das eine Art, die Leute zu behandeln?« Er drückte ihm den Lauf einer Pistole in den Nacken.

Raisa blieb vor dem Maison del la Presse in Blonville-sur-Mer stehen, kaufte einen »Figaro« und steckte ihn in ihre Handtasche, ohne einen Blick darauf zu werfen. Sie überquerte die Straße und bestellte einen Kaffee im Bistro an der Strandpromenade. Sie wechselte ein paar Worte mit dem Patron, ließ sich ein Croissant einwickeln, grüßte und ging über den Strand aufs Meer zu.

Auf einem Tretboot sitzend, überlegte sie. Was sollte sie tun? Warten? Worauf? Sie hörte ihre eigene Stimme, wenn sie mit Patienten sprach, die unter neurotischen Angstzuständen litten. »Wissen Sie, was Mark Twain mal gesagt hat? Wir verbringen unser Leben damit, uns Sorgen über Sachen zu machen, die nie passieren werden.« Tja, Mark Twain konnte leicht den Philosophen spielen. Niemand hatte ihm je nachts in einer Garage ein Messer an die Kehle gehalten.

Sie setzte eine Sonnenbrille auf, holte den »Figaro« aus der Tasche und überflog die Schlagzeilen, während sie das Croissant kaute.

»Englischer Physiker stirbt bei Autounfall in Tennessee.«

Das Croissant fiel ins Wasser.

> Ken Mayo, 45, Forschungsleiter am Laboratoire Einstein in Montepellier, wurde in den frühen Morgenstunden tot in seinem Auto gefunden. Es war am Stadtrand von Oak Ridge, Tennessee, einen Abhang hinuntergestürzt. Ersten polizeilichen Ermittlungen zufolge wurde bei Mayo starke Trunkenheit festgestellt. Mayo hatte den Abend bei Cornelius Wendel verbracht, einem ehemaligen Kommilitonen. Wendel erklärte gegenüber der Polizei, Mayo sei Abstinenzler gewesen und habe sein Haus gegen Mitternacht vollkommen nüchtern verlassen. Wendel bezeichnete die Todesumstände als »absurd«. Der Sheriff des Bezirks Anderson verweigerte jede Auskunft.

Raisa schlug die Hände vors Gesicht und atmete tief, um ihr heftiges Herzklopfen zu beruhigen. Sie sah Mayo vor sich, wie er ihr am Gate des Flughafens von Montpellier zuzwinkerte. Das war erst zwei Tage her. Sie nahm ihr Handy.

»Théo, ich bin's, Raisa. Es ist etwas Schreckliches passiert. Mayo ist heute Nacht gestorben … Ich hatte ihm fünf Gramm gegeben … Was soll ich tun? Abfahren?«

Sie zog das Röhrchen aus der Tasche und betrachtete das Pulver im Gegenlicht. Dafür hatte man ihn umgebracht. Théo hatte recht. Der Mörder war nicht hinter einem esoterischen Geheimnis her, sondern hinter etwas anderem. Es hing mit einer Eigenschaft des Pulvers zusammen. Die Zeitreisen?

Auf dem Bildschirm eines der VAX-Computer der NSA blinkte ein Ausrufezeichen, und im Kontrollraum läutete in Abständen eine Klingel. Der diensthabende Auswerter klickte auf ein Eingabesymbol und überflog den Text, der auf dem Monitor erschien. Er tippte ein paar Tasten. Eine Landkarte der Normandie erschien, auf der eine Ortschaft an der Küste mit einem roten Kreis markiert war.

»Der Anruf kam von einem Mobiltelefon«, sagte der Auswerter.

»Von wo?«, fragte die Stimme am anderen Ende.

»Der Ort heißt Bonville-sur-Mer. Ein Dorf an der Küste im Süden der Normandie.«

»Gute Arbeit, Ian.«

Der Auswerter faltete die Hände hinter dem Nacken und drehte sich im Sessel zu der Fensterfront des Kontrollraums um. Die weißen Scheiben der Parabolantennen mit ihrem Durchmesser von achtzehn Metern hoben sich gegen das Grün der englischen Landschaft ab.

ACHET-ATON, NEUNTES JAHR DER REGENTSCHAFT ECHNATONS

»Ia, Ia!«, schrie Nepher.

Unter den begeisterten Rufen der Menge schnalzten die Zügel über den Rücken der Pferde, und das Klappern ihrer Hufe hallte durch die von Palmen gesäumte Königliche Straße. Nachdem der Streitwagen die Mauern des Tempels von Maru-Aton hinter sich gelassen hatte, fuhr sie den Weg hinauf, der zu den Hügeln im Süden führte. Ra trabte mit seinen großen Schritten neben dem Wagen her, die rostrote Mähne wehte, unter dem Fell zuckten die Rückenmuskeln.

Auf der Hälfte des Hügels verlief der Weg in Richtung Nil. Durch die Zweige einer Sykomore funkelten die goldenen Reflexe des Sonnenuntergangs auf dem Fluss, ihre Strahlen blendeten Nepher. Hinter einem letzten Grat ragte die in den Felsen gehauene Stele vor ihm auf. Thutmosis, der auf einem Gerüst aus Pfählen stand, ließ das Stemmeisen sinken und drehte sich um.

Nepher straffte die Zügel, die Pferde kamen in einer aufwirbelnden Staubwolke am Fuß des Baugerüsts zum Stehen. Nepher hob eine Papyrusrolle vom Boden der Kutsche und sprang auf den Boden.

Während er mit Thutmosis sprach, musterte Nepher das in die Stele geritzte Bild. Die Sonnenscheibe Atons sandte ihre Strahlen über ihn, Nofretete, Meritaton und Maketaton aus, alle erhoben die Hände zum Gott, die Mädchen spielten ein Systrum. Im Geiste las er schon die Inschrift: »Gelöbnis des Herrschers über die Zwei Länder, Echnaton, jener, der nach der Wahrheit lebt, Sohn des Ra, des Herrn des Tagesanbruchs …«

»Hoheit, dies ist die vierzehnte Stele. Wir sind fast fertig.« Ein weiß-blau gestreiftes, vom roten Staub beschmutztes *khat* auf dem Kopf zeigte Thutmosis mit dem Stemmeisen auf eine Reihe Hieroglyphen. »Es fehlt nur noch der Text des Gelöbnisses.«

Nepher reichte ihm den Papyrus. »Hier ist er.«

Thutmosis las stirnrunzelnd mit leiser Stimme vor. »›Dies ist die Südstele, die sich im äußersten Süden der Hügel von Achet-Aton befindet. Bis in alle Ewigkeit werde ich diese Stele in Richtung Süden niemals überschreiten. Ich gelobe, dass ich den Schwur, den ich Aton, der Sonnenscheibe, meinem Vater, gab, niemals brechen werde.‹«

Dann las er eine ähnliche Inschrift, die auf der mittleren Stele in der Nähe des Königlichen Wadi angebracht werden sollte, wo die Handwerker aus dem Arbeiterdorf gerade das königliche Grab in den Felsen hauten, und eine dritte, die für die Stele im äußersten Norden der Hügelkette bestimmt war.

»Aber warum, Hoheit? Du bist der Pharao. Wie kannst du dich zwischen diesen Hügeln einsperren?«

»Erinnerst du dich an die Morgenröte, als wir zum ersten Mal den Fuß auf dieses Land setzten? An den Reiher? Du hast mich gefragt, ob er ein Zeichen der Götter war. Ich wiederum habe dich gefragt, ob es einen Ort ohne Hass geben könne, wo alle Menschen Brüder sind.«

»Ja, Hoheit, ich erinnere mich. Und ich erinnere mich auch an meine Antwort.«

»Warum wundert es dich dann, dass ich die Grenzen von Achet-Aton nicht mehr überschreiten will? Denkst du immer noch, dass dieser Ort nur auf dem Hundestern liegen kann?«

Thutmosis sprang von dem Gerüst herab und ging, einen skeptischen Zug um den Mund, bis zum Ende des Pfads. Er zeigte auf Achet-Aton, das vom Licht der untergehenden Sonne überflutet wurde.

»Schau sie dir an, Hoheit. Die Stadt, die ich dir erbaut habe, ist noch schöner als jene, die du im Traum erblickt hast. Nie hat Ägypten etwas Herrlicheres gesehen.«

Das Weiß der Villen blendete die Augen, Atons Licht ergoss sich in die Tempel ohne Dächer, Akazien und Sykomoren hatten die Wüste besiegt, und unzählige Granatapfelbäume mit ihrem Rot wuchsen in Gärten und Parks. Überall erfüllte der Duft von Lotusblumen und wilder Myrte die Luft, und in tausend Zierteichen spiegelte sich das Sonnenlicht.

»Hoheit, ich gab dir eine Stadt inmitten von Gärten, wie sie den Göttern der Ersten Zeit würdig ist, genau so, wie du von mir verlangt hast. Doch diese Stadt wird von Menschen, nicht von Göttern bewohnt, und die Menschen wollen, eben weil sie Menschen sind, immer mehr. Mehr Gold, mehr Macht, mehr von allem. Vergib mir, dass ich so kühn spreche, aber die Ägypter von Achet-Aton sind nicht anders als die anderen, und ganz gewiss werden diese Stelen das Böse nicht an den Grenzen unserer Stadt aufhalten können.«

»Dennoch sehe ich um mich herum eine Welt ohne das Böse, wo der Mensch des Menschen Bruder ist. Denkst du etwa, ich lüge?«

»Nein, Hoheit, ich weiß, dass du nicht lügst, weil du ein Mann des gerechten Wortes bist. Aber du bist auch ein Pharao, in deinen Adern fließt das Blut der Götter. Du siehst die Welt mit den Augen von Atum-Ra, und du siehst Dinge, die wir gewöhnlichen Menschen nicht sehen können.«

»Man muss kein Sohn eines Gottes sein, um blind für das Böse zu sein.«

Das Böse sei dem göttlichen Geist fremd, erklärte Nepher, darum konnte es im uranfänglichen Nun, vor dem Erscheinen des Menschen, kein Böses geben. Der Kosmos werde damals wie heute von der Schweigenden Ordnung der Maat getragen, einer magischen Kraft, die den Lauf der Sterne regele, die Abfolge der Jahreszeiten und die angeborene Berufung des Menschen, nach den Prinzipien der Gerechtigkeit und Wahrheit zu leben.

Unser Geist sei unser schlimmster Feind, sagte Nepher, denn er neige von Natur aus dazu, Menschen und Dinge immer nach zwei gegensätzlichen Kriterien zu beurteilen: gut oder böse, wahr oder falsch, schön oder hässlich, hochmütig oder demütig und immer so weiter. Gegensätze aber seien der Quell allen Übels. Sie seien wie Ouroboros, die bösartige Schlange, mit dem Unterschied, dass sie sich nicht vom eigenen Schwanz her sondern unser *ka* verschlingen.

»Um den Fluch der Gegensätze zu überwinden, genügt es zu wissen, dass sie Gegensätze innerhalb einer Ganzheit sind. Der Sieg liegt nicht in der Vorherrschaft eines Gegensatzes, sondern in ihrem harmonischen Miteinander.«

»Wie bringt man dann die Stimme des Bösen zum Schweigen?«

»Hör auf zu urteilen, und du wirst die Stimme Maats vernehmen. Sie ist die Stimme des Guten im anderen, die Stimme der Schweigenden Ordnung, der Allumfassenden Harmonie.«

Thutmosis kratzte sich mit dem Stemmeisen am Kinn. »Hoheit, du hast mir den Grund für diese Stelen noch nicht erklärt. Warum sollte Achet-Aton ein Ort ohne das Böse sein können?«

Nepher zeigte auf die Sonne. »Wegen des Lichts. Das Licht von Achet-Aton ist ein magisches Licht, das ich dir nicht beschreiben kann. Es gibt besondere Stätten auf der Welt, wo die Kraft der Maat stärker vibriert als an anderen Orten. Dieses Tal ist eine solche Stätte.«

»Hoheit, ich sehe keinen Unterschied zwischen dem Licht von Achet-Aton und dem von Theben oder Memphis oder dem Licht im Lande Kusch.«

»Das Licht in diesem Tal birgt das Geheimnis der Heiligen Mysterien aus dem Buche Thoths. Es ist ein Geheimnis der Initiierten.«

»Wenn es dir aber nicht erlaubt ist, das Geheimnis zu enthüllen, Hoheit, wie willst du die Menschen dann ändern? Das Volk ist an Götterstatuen gewöhnt. Eine Sonnenscheibe ohne menschliche Züge sagt ihnen gar nichts.«

»Ich werde Aton-Tempel in jedem Winkel der Zwei Länder erbauen und das Volk lehren, auf den Atem von Aton-Ra zu hören.«

Thutmosis betrachtete die Stele. »Hoheit, ich muss an das denken, was du über die Gegensätze gesagt hast.« Er verzog das Gesicht. »Hast du mich darum gebeten, dich auf diese Weise darzustellen? Halb Mann und halb Frau?«

Nepher lächelte. »Warum, stört dich das?«

»Wenn ich es gewagt hätte, deinen Vater auf diese Weise abzubilden, ohne Penis, mit den Hüften und Schenkeln einer Frau und den Wangenknochen der Syrerinnen, die in den Freudenhäusern von Theben arbeiten, hätte er mich vor der Stadt auf einen Pfahl spießen lassen. Dennoch hat Nofretete dir schon drei Töchter geboren, und nach dem, was man von den Lästerzungen im Königlichen Palast hört, beklagen sich weder Kiya noch eine andere deiner Nebenfrauen.«

»Aton-Ra war ein selbst erzeugter Gott. Ebenso wie er bin ich gleichzeitig Vater und Mutter meines Volkes. Die Statuen der Pharaonen drücken nur die männliche Seite aus: praktischen Sinn, Härte, Aggressivität. Mit meinem Bild möchte ich auch die weibliche Seite ausdrücken: die Sensibilität, die Intuitionsgabe, die Mystik. Ich bin die Einheit, die Überwindung der Gegensätze, der Pharao aller Ägypter, Männer wie Frauen.«

»Erlaube mir, dich zumindest auf den Fresken und Basreliefs deines Grabes so zu porträtieren, wie du in Wirklichkeit bist: schön und männlich, ein Pharao, in dessen Adern das Blut des Geschlechts der Thutmosis fließt.«

»Das hier ist die Kunst von Achet-Aton. Du fahre fort, mich so darzustellen wie hier, und du wirst Ägypten lehren, sich seiner Gefühle nicht mehr zu schämen.«

Thutmosis machte eine resignierte Handbewegung, lud sein Werkzeug auf einen Esel und stieg auf einen zweiten Esel, das Leitseil des Lasttiers in der Hand. Er verabschiedete sich vom Pharao, zog an den Zügeln und nahm den Pfad, der in die Stadt hinunterführte.

Nepher setzte sich auf einen Felsen, wandte den Kopf zur Sonnenscheibe und schloss die Augen.

Ich grüße dich, Aton-Ra, der sich selbst erschaffen hat. Ich bin durch das Tor geschritten, und ich habe den Ort der verborgenen Dinge gesehen. Ich bin in die himmlische Barke gestiegen und bin an die Grenzen des Nun gereist. Ich habe mich mit Licht bekleidet und bin an die Grenzen des ka *gereist. Ich habe mich mit Schatten bekleidet und bin in das Land gereist, wo die Akazien nicht wachsen. Zuletzt habe ich die Flügel des* bennu *angelegt und bin durch das Unergründliche gereist.*

Ra legte sich neben Nepher, und sein buschiges Schwanzende versetzte ihm einen sanften Schlag auf den Rücken. Der Pharao legte einen Arm um den Hals des Löwen.

Ein Reiher mit aschgrauem Gefieder flog durch die rote Scheibe der Sonne, zeichnete einen großen Kreis am Himmel und setzte sich auf die Spitze der Stele.

40 Die Scheinwerfer eines Toyota-Geländewagens tauchten über einem Gebirgskamm auf. Ihre Lichtkegel durchschnitten die Dunkelheit, ließen den Tau glitzern und malten Schatten- und Lichtkontraste auf die Dünen.

»Warum haben wir nicht die Piste durch das Wadi genommen?«, fragte Khalid, der am Steuer saß, den Beduinen neben ihm.

»Ich Beduine«, sagte Rakan, ihr Führer. »Dieser Weg besser.«

Der Araber drehte sich eine Zigarette und zündete sie an. Das Flämmchen des Feuerzeugs beleuchtete ein sonnenverbranntes Gesicht, das sich im Lauf eines Marlin-Unterhebel-Gewehrs spiegelte.

Auf der Rückbank sitzend, suchte Théo im Rückspiegel Khalids Blick.

Der Range Rover fuhr durch das Wadi am Fluss entlang.

Auf dem Display am Armaturenbrett blinkte ein leuchtender grüner Punkt.

»Wie weit sind sie entfernt?«, fragte Monsignore Guzman.

Al Kaddafi, der fuhr, sah auf das Display. »Vier Kilometer südöstlich. Hätte Rakan nicht genügt? Müssen wir unbedingt auch mitkommen?«

»Ich verlasse mich nur auf das, was ich sehe.«

Sie kamen an eine Schlucht mit zwei senkrecht abfallenden Wänden. Théo beugte sich vor: Wadi Hurab.

Es war ein Tal aus rotem Sand, aus dem überall Bergzinnen hoch in den Himmel aufragten. Im Südosten wurde es von einer zerklüfteten Hügelkette begrenzt, die ihm die Form einer Mondsichel gaben. Im Osten, vor den Zuhd-Bergen, zeichnete sich der Gipfel des Al-Manifa gegen den mit violetten und roten Streifen durchsetzten Himmel ab. Zwischen seinen V-förmigen Spitzen ging die Sonne auf. Théo wunderte sich. Warum überkam ihn dieses Déjà-vu-Gefühl?

Rakan sagte zu Khalid, er solle anhalten. Sie stiegen aus. Das Rauschen der Ghada-Büsche unter einer Windbö erfüllte die Stille der Morgendämmerung.

»Der Durchbohrte Felsen.« Rakan zeigte auf eine lange Zinne aus Sandstein über einem Berg, dem der Wind die Form eines Turmes gegeben hatte.

Théo blickte zu dem kreisförmigen Tunnel auf, der durch die Zinne lief. Direkt unter das Eingangsloch war das Symbol Atons mit den sieben Strahlen in den Fels geritzt. Hatte Echnaton es so haben wollen? Warum gerade hier? Der Schatten der Zinne fiel quer über das Wadi bis zu einem stufenförmig ansteigenden Sandsteinmassiv.

»Khalid, erinnern diese Halbmondform und diese bogenförmigen Hügel dort hinten dich nicht auch an das Tal von Tell el-Amarna?«

»*Shmallah*! Aber klar! Fehlt nur der Nil, und es könnte ein Abbild von Tell el-Amarna sein!«

Die niedrig stehende Sonne verlängerte die Schatten der Gipfel auf dem Wadi und tauchte Sand und Felsen in ein tiefes Rubinrot.

Khalid kletterte auf einen Felsvorsprung und inspizierte das Tal mit einem Fernglas. »Diese Talsohle ist zu einem Schweizer Käse verkommen, schlimmer als das Tal der Könige. Komm her und sieh dir das an.«

Théo stieg zu ihm hoch und betrachtete das Wadi durch das Fernglas. Es sah aus wie eine halb fertige Baustelle: überall Löcher, Umzäunungen und Steinhaufen, aber nirgendwo Zeichen einer archäologischen Ausgrabungsstätte.

»Wenn es hier Tempel oder Gräber gegeben hätte«, sagte Théo, »hätten sogar diese Typen inzwischen etwas gefunden. Dies sieht mir eher nach Schützengräben aus als nach archäologischen Grabungen.«

»Aber wenn Echnaton hier gewesen ist, wird er doch wenigstens einen Tempel zu Ehren Atons erbaut haben.«

»Er könnte gleich nach seiner Ankunft gestorben sein.«

Théo sprang von dem Felsvorsprung und richtete das Fernglas auf die Zinne. Trotz der perfekten Kreisform des Eingangslochs schien die Oberfläche im Inneren unregelmäßig.

»Was sagst du dazu?« Khalid zeigte auf das Loch. »Ist das ein Werk von Menschen?«

»Schwer zu sagen. Das Wichtigste ist der Aton. Das direkt unter dem Loch eingeritzte Symbol ist der Beweis, dass dieses Loch die

Aufmerksamkeit von Echnatons Anhängern erregt hat und dass sie etwas damit verbanden.«

»Und was war das?«

»Diese Zinne erinnert mich an die Megalithen in Stonehenge.«

»Ist das nicht eine Art riesiger Sonnenkalender?«

»Genau. Sie sind über fünftausend Jahre alt, zeigen aber noch immer präzise die Winter- und Sommersonnenwende an.«

»Was die Ausrichtung von Bauwerken nach den Sternen angeht, sind wir Ägypter immer noch unübertroffen. Denk nur an die Große Pyramide und wie sich die Grabnischen in der Kammer des Königs am Orion ausrichten.«

Théo blickte wieder zu der Zinne auf. Die Grabnischen in der Kammer des Königs: ein unvergleichliches Zeugnis des Glaubens der Ägypter an die Unsterblichkeit. Die Lage des Grabes war am Lauf der Sonne orientiert.

»Aber natürlich, Khalid!« Théo packte ihn am Arm. »Das bedeutet das Loch: eine Ausrichtung nach der Sonne. Mit welchem Stern wenn nicht mit der Sonne hätte Echnaton sich im Totenland des Westens wohl vereinigen wollen?«

Khalid kratzte sich den Bart. »Kam mir gar nicht so vor, als hätte ich was besonders Kluges gesagt. Oder vielleicht war es so klug, dass ich mich selbst nicht verstanden habe. Darf man erfahren, woran du denkst?«

»An den Ramses-Tempel, den in Abu Simbel.«

»Eine Ausrichtung von Echnatons Grab nach der Sonne?«

»Was sonst?«

Ramses II. hatte den Tempel in Abu Simbel an einer Bergflanke in Richtung Osten erbauen lassen, sodass an zwei Tagen im Jahr, den Daten seiner Geburt und seiner Krönung, bei Sonnenaufgang ein Sonnenstrahl in das Sanktuarium im Inneren des Tempels fiel und seine Statue beleuchtete.

»Und das geschieht schon seit über dreitausend Jahren.«

Khalid studierte die Spitze der Bergzinne. »Ich kann nichts erkennen.« Er ging ein paar Schritte vor, dann zurück, verwirrt um sich blickend. »Wo soll denn diese Ausrichtung sein?«

»Warte einen Moment.«

Théo kletterte wieder auf den Felsvorsprung. Die Sonnenscheibe strahlte in ihrer vollen Größe über den zwei Spitzen des Al-Manifa.

Sein Blick folgte dem Schatten, den die Zinne auf den Grund des Wadi und das stufenförmige Felsmassiv warf. Da war es. Die Sonnenstrahlen, die durch das Loch im Felsen drangen, zeichneten am Fuß des Massivs einen Lichtkreis auf den Schatten der Zinne. Er ging zu Khalid zurück und zeigte ihm den Kreis.

Khalid wollte durch das Fernglas in die Richtung schauen, aber Théos Blick hielt ihn zurück. Théo wies mit dem Kopf auf Rakan. Der Beduine kauerte im Schatten, das Gewehr quer über die Knie gelegt, und ließ sie keine Sekunde aus den Augen.

»Tu so, als wäre nichts«, sagte Théo.

»Für mich sieht das aus wie ein kompakter Felsblock. Ich wüsste wirklich nicht, wie jemand ein Grab in diese Wand hätte graben können.«

»Was mögen die beiden einander zu sagen haben?«, murmelte Monsignore Guzman, hinter einem Stein auf dem Gipfel eines Hügels liegend, das Zeiss-Fernglas auf das Tal gerichtet.

»Gib mir das Glas«, brummte Al Kaddafi.

Guzman reichte ihm das Fernglas.

»Sollen die sich doch ruhig umgucken. Die Archäologen von Riad haben überall gegraben«, sagte Al Kaddafi.

»Wie oft soll ich dir noch sagen, dass der Mann nicht zu unterschätzen ist?«

Théo sah auf seine Uhr, dann zur Sonne. »Die Sonne ist vor ein paar Stunden aufgegangen. Wenn sie hervorkommt, müsste der Strahl höher fallen, aber wie hoch, kann ich nicht sagen.«

»Glaubst du, das Grab ist in der Felswand dort versteckt, auf der Höhe einer der Stufen?«

»Wir müssen bei Sonnenaufgang zurückkommen, um zu überprüfen, wo die Sonne hinfällt.«

»Ich hätte nie gedacht, dass es so einfach sein würde.«

»Nein, Khalid. Das Grab kann nicht dort sein.«

»Warum nicht? Wenn der Eingang zum Grab nach der Sonne ausgerichtet ist, muss es auf jeden Fall dort sein.«

»Das gilt nur für den Sonnenaufgang eines bestimmten Tages im Jahr.«

Bei jedem anderen Pharao wäre dieser Tag ein Jubiläum wie der

Krönungstag oder ein militärischer Sieg gewesen. Bei Echnaton aber, einem von mystischen Überzeugungen durchdrungenen Pharao, musste der Anlass spiritueller Art sein, vielleicht etwas, was mit dem Aton-Kult zusammenhing.

»Aber was das ist, weiß ich wirklich nicht.«

»Hm, können wir uns nicht etwas einfallen lassen? Das Datum der Gründung von Achet-Aton zum Beispiel.«

»Horemheb ließ alle Spuren Echnatons auf sämtlichen Monumenten Ägyptens auslöschen, darum wissen wir recht wenig über ihn.« Théo schob seinen Strohhut zurück und trocknete sich den Schweiß auf der Stirn. »Wenn wir dieses Datum kennen würden, wären die Korrekturen einfach.«

»Welche Korrekturen?«

»Eine, um das Datum vom ägyptischen Kalender auf den gregorianischen zu übertragen, und eine weitere, die den unterschiedlichen Neigungswinkel der Sonne berücksichtigt.«

»Wenn ich das bloß höre, dreht sich mir der Magen um«, sagte Khalid mit schmerzverzerrter Miene. »Könntest du denn solche Berechnungen anstellen?«

»Dafür gibt es Computerprogramme.«

»Und wenn wir die Korrekturen haben?«

»Dann würden wir zwei Winkel bekommen. Einen für den Breitengrad und einen für den Längengrad. Man müsste nur noch mit einem Theodolit auf den Punkt der Ausrichtung nach der Sonne zielen und die neuen Werte eingeben. Das Instrument würde sich automatisch auf den neuen Punkt des Einfalls der Sonnenstrahlen einstellen.«

»Théo, glaubst du wirklich, dass das Grab hier in der Nähe liegt?«

»Es ist in diesem Tal, da bin ich mir sicher, und zwar in einem Umkreis von ein paar hundert Metern um dieses Massiv.« Théos Blick irrte durch das Wadi. »Aber ohne dieses Datum finden wir das Grab nie.« Er setzte sich auf einen Felsblock, nahm seinen Hut ab und schlug ihn gegen den Stein. »*Merde!*« Dann fiel sein Blick auf den GPS-Sender an seinem Handgelenk. »Wir fangen auf jeden Fall einmal damit an, die Lage dieses Massivs zu bestimmen.« Mit einer Kopfbewegung wies er auf Rakan. »Was machen wir mit dem da?«

»Man müsste ihn ablenken.«

Théo rieb sich den Nasenrücken. »Ich hätte da eine Idee.«

»Barmherziger Allah, ich bin in deinen Händen.«

»Ich wette, Rakan ist ein Liebhaber italienischer Opern.«

Khalids Augen blitzen auf. »Ich hole sofort die Flöte. Ein Werk des Maestro mitten in der Wüste!«

»Ich meinte Gesang.«

»Ich bin ein Künstler und singe nicht auf Kommando!« Khalids Stimme wurde scharf. »Ich brauche Inspiration, verstanden?« Mit diesen Worten marschierte er auf den Toyota zu.

Théo fing an, im Wadi herumzuwandern, von Zeit zu Zeit blieb er wie zufällig stehen.

Mit der Flöte in der Hand erklomm Khalid einen hoch aufragenden Felsvorsprung hinter Rakan. Er setzte die Flöte an, und die Melodie von *Che gelida manina* tönte durch das Wadi Hurab. Der Beduine drehte sich um und blickte zu Khalid auf.

Khalid breitete theatralisch die Arme aus. »*Che gelida maninaaa, se la lasci riscaldar. Cercar, che giovaaa? Al buio non si trovaaa ...*«

Unterdessen eilte Théo auf das stufenförmige Bergmassiv zu. Er blickte zurück zu Rakan. Der Araber drehte ihm immer noch den Rücken zu, die *Bohème* schien ihn zu fesseln.

Khalid beugte sich zu Rakan vor wie ein Fakir vor einer Schlange. »*Aspetti, signorina, le dirò con due parole. Chi son? Sono un poetaaa. Che cosa facciooo? Scrivooo ...*«

Théo kletterte das Massiv hinauf. Auf der ersten Stufe angekommen, drückte er eine Taste des GPS. Auf dem Display erschienen die Längen- und Breitengrade. Mit einem Tastendruck speicherte er sie. Beim Hinunterklettern rutschte er mit einem Fuß aus. Er klammerte sich an den Felsen, mit einem Bein über dem Abgrund baumelnd, bis er wieder Halt fand. In dem Moment, als er auf den Boden sprang, dröhnte das Knattern von Hubschrauberflügeln durch das Wadi und übertönte Khalids Gesang.

Über dem Hügelkamm tauchte ein blau-weißer Bell 214 auf. Einige Augenblicke lang schien der Hubschrauber in der Luft zu schweben, als dächte der Pilot über die Route nach, dann flog er direkt auf den Durchbohrten Felsen zu.

Khalid verbeugte sich vor Rakan, stieg von dem Felsvorsprung und lief auf Théo zu. »*Shmallah*. Gerade jetzt, wo ich eine Zugabe geben wollte. Kriegen wir Besuch?«

»Nicht dass ich wüsste.« Théo schirmte seine Augen mit dem Hut ab und beobachtete den näher kommenden Hubschrauber. »Abgesehen vom Scheich weiß keiner, dass wir hier sind, und nach dem, was ich gesehen habe, reist der Scheich auf dem Rücken eines Kamels oder mit seinem Bentley.«

»Vielleicht überfliegt er das Wadi nur?«

Als der Hubschrauber über der Zinne angelangt war, wurde er langsamer, hielt in der Luft an und senkte sich dann in Richtung des stufenförmigen Massivs. Der Lärm des Rotors erfüllte das Tal. Ein Wirbel aus rotem Sand umgab die Maschine. Als die Sandwolke sich verzogen hatte, hinderten die starken Sonnenreflexe auf den Frontscheiben des Cockpits Théo daran, den Passagier zu erkennen, der neben dem Piloten saß.

Die Cockpittür öffnete sich, und ein Mann mit silbergrauem Haar und einer Ray-Ban-Sonnenbrille sprang heraus. Er trug ein blaues Hemd, Kakihosen und hielt einen Aktenkoffer in der Hand. Mit der anderen Hand winkte er ihnen, während er energischen Schrittes auf sie zukam.

Auf Théos Gesicht zeichnete sich Fassungslosigkeit ab.

»Kennst du ihn?«

»Das ist der letzte Mensch auf der Welt, den ich hier erwartet hätte. Alexis Kassamatis, der Milliardär.«

»Caramba! *Wer ist das denn?«, fragte der Monsignore und reichte Al Kaddafi das Fernglas. »Kennst du ihn?«*

»Das Gesicht kommt mir bekannt vor. Wenn dieses Fernglas nur schärfer wäre ...«

Auch Guzman waren diese Züge vertraut. Wo hatte er den Mann schon gesehen? Er griff wieder zum Glas und drehte an der Schärfeneinstellung. Dabei trat ihm schlagartig das Bild eines Mannes im blauen Nadelstreifenanzug vor Augen, der mit breitem Lächeln die Hand von Kardinal Alfieri schüttelte. Kassamatis.

Was tat der Silberfuchs hier? War er auf eigene Faust hier, wegen seiner Interessen am saudischen Öl? Nein. Ein zweites Bild legte sich über das erste. Kassamatis zusammen mit dem Amerikaner und dem Franzosen in seinem Büro in der Villa Tevere. In den letz-

ten Monaten, mit der Verschlechterung des Gesundheitszustands des polnischen Papstes, war ihre häufige Anwesenheit im Vatikan fast zur Belästigung geworden. Aber die Spenden flossen üppiger denn je. Kassamatis war im Auftrag der Gruppe hier.

Ihm fiel der Mord an Santi auf dem Domplatz in Siena ein. Wollten sie das, was er auch wollte? Ja, aber auch noch etwas anderes. Etwas, was viel mehr wert sein musste als das Geheimnis des Exodus.

»Was habe ich dir gesagt? Den Archäologen darf man nicht unterschätzen. Glaubst du mir jetzt endlich?«

41 LUFTRAUM ZWISCHEN DER REPUBLIK JEMEN UND SAUDI-ARABIEN ÜBER DEM NICHT FESTGELEGTEN GRENZABSCHNITT ZWISCHEN ASH SHARAWRAH UND DEM SULTANAT OMAN

Als die Britten-Norman Islander über das Grenzgebiet flog, zeigte der Höhenmesser an Bord 21 000 Fuß.

»Kontrollturm Dharam, fünf vier sechs null Foxtrot«, krächzte die Stimme des Fluglotsen zum zweiten Mal aus dem Bordfunk. »Ich wiederhole. Sie befinden sich im Luftraum von Saudi-Arabien. Geben Sie Ihre Flugerkennungsnummer und den Kurs an. Ende.«

Im Dunkel des Cockpits zog der Pilot am Steuerknüppel. Die Zahlen auf dem Höhenmesser begannen zu sinken: 19 000 … 17 100 … 15 000 …

Die Luke der Islander öffnete sich weit, und einer nach dem anderen stürzten fünf Fallschirmspringer aus dem Flugzeug. Ihre Fallschirme öffneten sich. Vor dem Sternenhimmel sahen sie aus wie Quallen, die durch dunkle Meerestiefen schweben. Das Flugzeug drehte ab und nahm Kurs auf die jemenitische Grenze.

Auf der Höhe einer Schlucht tauchte die Kufija eines Beduinen hinter einem Felsen auf. Der Mann richtete ein Nachtsichtfernrohr auf die Fallschirme und beobachtete ihre Landung.

Der erste Fallschirmspringer landete auf dem Kamm einer großen, S-förmigen Düne und die anderen vier Schirme gingen in der Nähe der Dünenhänge nieder, alle im Umkreis von wenigen hundert Metern. Die fünf Männer rafften ihre Fallschirme zu einem Bündel zusammen, gruben Löcher in den Sand, legten die Fallschirme hinein und schütteten die Löcher wieder zu. Der Mann auf dem Kamm winkte mit dem Arm. Die anderen kletterten die Düne hinauf. Alle Männer trugen Rucksäcke, ihre Schatten tanzten über das Wellenmuster im Sand.

Als die fünf in Sichtweite einer Oase kamen, wo die Zelte eines Beduinenlagers zwischen Palmen standen, richtete einer von ihnen eine Taschenlampe auf das Lager und ließ sie dreimal aufleuchten. Aus den Palmen kamen drei Lichtblitze als Antwort. Zwei Scheinwerfer durchschnitten das Dunkel, und ein Hummer-Geländewagen fuhr auf das Grüppchen zu. Die fünf Männer verstauten ihre Rucksäcke im Wagen und stiegen ein.

Hinter einem Ghada-Busch versteckt, beobachtete der Beduine, wie die Rücklichter des Wagens in der Wüste verschwanden. Er zog ein Handy aus einem Sack und wählte eine Nummer.

Die Rotoren des Bell 214, die sich noch immer drehten, wirbelten Sand auf und übertönten die Worte der beiden Männer.

»Wie hast du mich gefunden?«, schrie Théo.

»Ich habe meine Informanten«, antwortete Kassamatis.

Das Drehen wurde langsamer und hörte ganz auf.

»Darf ich fragen, was du hier machst?«

»Ich habe über dein Angebot nachgedacht. Das Versteck des Grabes im Austausch gegen das esoterische Geheimnis. Ich willige ein.«

Théo betrachtete ihn schweigend. Mit der Sonnenbrille wirkte Kassamatis noch unergründlicher als sonst. »Wenn ich mich recht erinnere, waren deine letzten Worte vor einer Woche auf Ikaria: ›Idealismus ist zu teuer. Such dir einen anderen Geldgeber.‹«

»Änderst du nie deine Meinung?«

»Ich ja, du aber nicht. Nicht bei einer solchen Sache.«

»Théo, ich rede nicht gerne über Geschäfte, wenn ich heimlich beobachtet werde.«

Théo blickte sich nach allen Seiten um. »Was sagst du da? Wo?«

»Schau weiter in meine Richtung.«

Als der Hubschrauber über die Hügel geflogen war, habe der Pilot ihm zwei Männer gezeigt, die das Wadi mit einem Fernglas beobachteten. Kaum hatten die beiden den Lärm der Rotoren gehört, hatten sie sich verzogen.

Théo dachte an den Scheich. Nein, er konnte es nicht sein, was sollte Rakan dann hier? Es war jemand anderes, derjenige, der überall dabei war, auch hier in der Wüste. Und ihm immer einen Schritt voraus. Plötzlich sah er die vom Schein der Laterne beleuchtete Tarotkarte des Mondes vor sich.

»Also, wollen wir die Sache an einem Ort besprechen, wo weniger Gedränge herrscht?«, fragte Kassamatis.

»Lass mich nachdenken.«

Warum nachdenken? War es nicht das, was er von Anfang an gewollt hatte? Ja, aber nicht so. Wer war Kassamatis wirklich? Die Puppe im Smoking aus seinem Traum ging ihm durch den Kopf.

Er wollte ihr die Maske abreißen, aber das Bild verschwand.

»Dann beeil dich mit Nachdenken, denn ohne mich wirst du dieses Grab niemals finden. Wenn du über unser Geschäft sprechen willst, ich kampiere in der Oase des Wadi Aynunah, zwanzig Kilometer südlich von hier.«

Er würde bis morgen früh in der Oase bleiben. Wenn Théo ihn sprechen wollte, müsse er noch vor Einbruch der Nacht ins Lager kommen.

»Jetzt rufe ich meinen Piloten. Er wird dir eine Landkarte zeigen, und du tust so, als würdest du ihm Hinweise geben. Eine kleine Show für deine Freunde auf dem Hügel dort.«

Den Hut schützend vor das Gesicht haltend, beobachtete Théo den Hubschrauber, der inmitten einer hoch aufwirbelnden Sandsäule vom Boden abhob. Der Bell machte eine große Wende und flog in Richtung Südosten, bis er hinter dem Kamm einer Schlucht verschwand.

»Was wollte er?«, fragte Khalid.

»Das würde ich auch gerne wissen.« Théo erzählte ihm von der Begegnung auf Ikaria.

»Weißt du, an wen mich dein Milliardär erinnert? An die Statuen der Pharaonen. Derselbe Gesichtsausdruck: keinen. Und was machen wir jetzt?«

»Zuerst einmal befreien wir uns vom Scheich. Wir danken ihm für seine Gastfreundschaft und wiegen ihn in dem Glauben, wir würden nach Ägypten zurückkehren.«

»Théo, hör auf mich. Vergiss diesen Kassamatis. Wir verbringen die Nacht in Tabuk und kommen morgen früh bei Sonnenaufgang wieder hierher, allein. Und dann beobachten wir, wo die Sonne hinfällt.«

»Und wie machen wir dann weiter, ohne das Datum der Ausrichtung zu kennen?«

»Wir vertrauen uns der Hilfe Allahs an.« Khalid zeigte mit dem Finger in den Himmel. »›Gott hält das Schicksal aller Dinge in der Hand.‹ So steht es im Koran.«

»Schicksal? Ach, was denn für ein Schicksal, Khalid? Wir sind mit unseren Entscheidungen wohl oder übel allein. Das Paradies und die Hölle bauen wir uns selbst, mit eigenen Händen. Das Schicksal ist nur eine Ausrede für Leute, die die falschen Entscheidungen treffen.«

Khalid warf ihm einen mitleidigen Blick zu. »Existenzialismus, igitt! Feines Vorbild, dein Freund Sartre. Ekel, Kommunismus und Gauloise. Wenigstens rauchst du nicht.«

»Los, machen wir uns auf und fahren zur Oase zurück.«

Al Kaddafi saß am Steuer, als der Range Rover dem Toyota in einigem Abstand über die Piste des Wadi Hurab folgte. Monsignore Guzman wählte eine Nummer auf seinem Handy.

»Nun, Pater, hat der Brief die erhoffte Wirkung gehabt? Hat Pater Anselmo Ihnen das erste Bulletin geliefert?«

»Ich habe es soeben gelesen und eine erste Auszählung der Stimmen vorgenommen«, sagte Pater Pinkus. »Monsignore, das Geld haben wir gut angelegt. Ha-ha-tschi! ... Ich muss Ihnen allerdings sagen, dass wir jetzt zwar die Schachzüge aller Kardinäle, aber nicht die des Jesuiten kennen.«

»Was soll denn das heißen? Ottolenghi war Teil der Vereinbarung. Wenn Fra Anselmo, dieser Pharisäer, nicht ...«

»Nein, Monsignore, es ist nicht seine Schuld. Der Jesuit bestellt sich das Essen immer ins Refektorium. Abschließend trinkt er mit den anderen einen Kaffee, und sie reden über dieses und jenes. Dann gehen sie in den Garten, und dort schmieden sie dann zwischen den Blumenbeeten ihre Komplotte ... Das Tablett mit dem Erzengel Gabriel bleibt leider im Refektorium.«

»Glauben Sie, der Inquisitor hat einen Verdacht?«

»Nein, ich glaube nicht. Allem und jedem zu misstrauen gehört zu seinem Wesen.«

»Und in seiner Suite? Habt ihr etwas aufzeichnen können?«

»Absolute Stille. Ottolenghi geht nur zum Schlafen auf sein Zimmer. Das Einzige, was wir rausfinden konnten, ist, dass er schnarcht wie ein Sägewerk. Aber gestern Nachmittag hat er einen Besuch empfangen, der mir verdächtig erscheint.«

»Einen Besuch? Von wem?«

»Der Besucher ist zwei Stunden geblieben. Es war jemand, den wir nur allzu gut kennen. Der Kater.«

Roy Fitzwilliam. Jetzt war alles klar. Die Gruppe spielte auf zwei Schachbrettern gleichzeitig, und der Inquisitor hatte sich den richtigen Verbündeten ausgesucht.

»Und das ist nicht alles, Monsignore. Kaum war er aus der Casa Santa Marta heraus, ist Fitzwilliam schnurstracks in den ersten Stock des Päpstlichen Palastes hinaufgegangen. Dort ist er über eine Stunde im Büro des Sekretärs des Papstes geblieben.«

Caramba, welche Ränke spann Fitzwilliam? Und der Sekretär des Papstes? Leute, die ein doppeltes Spiel spielten, was für üble Typen …

»Monsignore …?«

»Berichten Sie von den anderen Kardinälen.«

Im Mikrofon ertönte Papierrascheln. »Der anonyme Brief steht im Mittelpunkt aller Gespräche.«

Obwohl viele Kardinäle ein Ablenkungsmanöver eines Gegners von Ottolenghi vermuteten, habe der Brief doch eine gewisse Verwirrung gestiftet.

Die Aufzeichnungen vom Vortag zeigten wachsende Zustimmung für drei Rivalen Ottolenghis: Delgado aus Buenos Aires, Tonelli aus Mailand und Annibaldi aus Ravenna – den Kandidaten des Opus Dei. Zählte man ihre Stimmen zu denen der sechs weniger aussichtsreichen Kandidaten hinzu, würden diese ersten neun Kandidaten 56 Stimmen auf sich vereinen, eine mehr als ausreichende Anzahl, um zu verhindern, dass Ottolenghi auf die für seine Wahl erforderlichen 77 Stimmen kam.

»Was sagen die anderen Kardinäle über Ottolenghi?«

»Der Jesuit ist leider immer noch sehr populär. Nach meinen Berechnungen wird Ottolenghi morgen beim ersten Wahlgang mindestens 58 Stimmen erzielen.«

»Pater, wenn es bis morgen dabei bleibt, ist das schon ein Erfolg. Wenn die Kardinäle des Opus Dei unsere Anweisungen befolgen, werden die Stimmen der Minderheitskandidaten, je öfter der schwarze Rauch aufsteigt, nach und nach alle auf Annibali gelenkt.«

»Monsignore, ich fürchte stark, dass wir aufs falsche Pferd gesetzt haben. Ha-ha-hatschi! Mit Annibali wissen die meisten wenig anzufangen.«

»Ach ja? Wer wäre denn, dem Bulletin zufolge, der aussichtsreichere Kandidat? Delgado?«

»Nein, Monsignore. Auf Delgado würde ich nicht setzen. Das Bulletin ist außerdem nicht die einzige Informationsquelle.«

»Noch eine Quelle? Welche? Was kostet sie uns?«

»Nichts. Es ist ein ›Bonus‹, wie Fra Anselmo es nennt.« Pinkus Stimme wurde zu einem Flüstern. »Die Schwestern der Barmherzigkeit.«

Acht Schwestern der Barmherzigkeit servierten im Refektorium und schnappten natürlich hier und da etwas auf. Zu seinem Erstaunen habe er erfahren, dass sie Fra Anselmo alles hinterbrachten, der ihm wiederum beim morgendlichen Treffen um 07:45 Uhr in der Kühlkammer einen vollständigen Bericht erstattete.

»Hören Sie, Pater, was sagen die von den Schwestern aufgeschnappten Gerüchte? Welcher Rivale ist der Favorit?«

»Kardinal Soares, der Patriarch von Lissabon. Er gilt als ein gerechter Kompromiss zwischen den europäischen und den südamerikanischen Kardinälen. Die Befreiungstheologie ist alles andere als tot, und man muss auch bedenken, dass der Prozentsatz der Katholiken in Brasilien während des Pontifikats des polnischen Papstes von 87 auf 64 Prozent der Bevölkerung gesunken ist.«

»Ist dieser Soares ein Mann, mit dem das Opus Dei verhandeln könnte?«

»Um das zu beantworten, müsste man ihn besser kennen. Ich hätte da einen Vorschlag. Da der Erzengel Gabriel bei Ottolenghi pure Verschwendung ist, könnten wir ihn bei Kardinal Soares einsetzen.«

»*Excelente*, Pater, *excelente*.«

»Doch selbst wenn Soares sich für uns eignen würde, wüsste ich wirklich nicht, wie ich die Kardinäle von diesem Wechsel unseres

Kandidaten unterrichten soll. Außerhalb des Beichtstuhls kann ich nicht mit ihnen sprechen.«

Caramba. Die Beichte.

»Sie könnten es ihnen im Beichtstuhl sagen.«

»Die Beichte für den Wahlkampf nutzen? Aber Monsignore, das ist Sünde! Eine sehr schwere obendrein.«

»Pater, die Güte bleibt immer stumm. Es ist die Sünde, die Geschichte schreibt. Wollen Sie mir nicht helfen, diese Seite im Geschichtsbuch aufzuschlagen?«

Pater Pinkus schwieg.

»Gott hasst die Sünde, aber er liebt den Sünder«, sagte der Monsignore im Ton eines Heilsarmeesoldaten. »Ganz besonders liebt er den Sünder, der bereut.« Der Ton schwang sich zu eschatologischem Pathos auf. »Aufgepasst, Pater. Wer sich darauf versteift, nicht zu sündigen, begeht die Sünde des Hochmuts. Eines dieser Wörtchen, die Sie so gut zu wählen verstehen, durch das Gitter geflüstert …«

»Einverstanden, Monsignore. Aber ich glaube, in Anbetracht seines Gegners wird es mehr als ein Wörtchen brauchen, damit Soares Papst wird.«

»Sie kennen doch den Spruch, oder? Wer als Papst ins Konklave geht, kommt als Kardinal heraus.«

»Wer auch immer das gesagt hat, der kennt Ottolenghi nicht.«

Der Toyota fuhr durch das Tal an dem kleinen Flusslauf entlang. Auf dem steinigen Grund des Wadis lagen massive Felsbrocken unter einem gleißenden Licht.

Khalid schob eine CD in den Player, und die Ouvertüre von *Die Macht des Schicksals* erklang im Innenraum. Théo, der auf der Rückbank saß, unterdrückte ein Lachen, weil er an ihren Wortwechsel über das Schicksal denken musste. Khalid würde zu jedem Mittel greifen, nur um zu beweisen, dass er recht hatte, vor allem wenn es um Allah ging. Nicht umsonst lautete eines seiner Lieblingszitate: »Allah ist mit den Beharrlichen.«

Doch bei Verdi und der *Macht des Schicksals* irrte Khalid. Théo ließ sich von den mal kriegerischen, mal sehnsüchtigen Tönen der Ouvertüre mitreißen, doch schließlich überkam ihn ein Gefühl der Verzweiflung. Es war nicht Gott, der aus der *Macht des Schicksals* sprach, sondern Verdis Agnostizismus. Eine dunkle Macht, das Fatum, böser als der unversöhnliche Gott der jüdischen Bibel, beeinflusste alles im Leben der Menschen. Welchen Sinn hatte das Leben mit seinen Freuden und Leiden? Keinen, sagte Verdi. Dieser Hund. Der Existenzialismus des Komponisten aus Busseto war schlimmer als derjenige Sartres: Dem Menschen blieb keine Wahl außer der Resignation. Zum Teufel mit der Macht des Schicksals. Und zum Teufel mit Verdi.

Sein Blick schweifte über die Wüste. Wer hatte Kassamatis benachrichtigt? Der Scheich? Doch selbst wenn die beiden sich kannten, warum hätte er es tun sollen? Und wer waren die Männer auf dem Hügel? Arbeiteten sie für Kassamatis? Spielte der Mann, der das Frost-Zitat auf seinem Schreibtisch stehen hatte, ein doppeltes Spiel? Und wenn, für wen? Und warum? Théo fuhr sich mit der Hand durch die Haare. Auf diesem Wüstenfleck liefen mehr Menschen herum als sonntags im Louvre. Plötzlich unterbrach ein lauter Knall seine Gedanken, der Geländewagen begann zu schleudern.

»*Shmallah!*« Khalid umklammerte das Steuer.

»Nein. Sag nicht, dass wir einen Platten haben.«

Khalid fuhr an den Straßenrand, sie stiegen aus. Der linke Hinterreifen verlor Luft. Rakan ging auf die andere Straßenseite, um sich auf einen Felsen im Schatten zu setzen. Er zog einen Tabakbeutel aus seiner Galabija und schüttete Tabak auf ein Papier.

Khalid drehte die Kurbel des Wagenhebers, und Théo nahm das Rad mit dem platten Reifen ab. Die Sonne brannte, der Schweiß lief ihm den Rücken hinunter. Khalid hob das Ersatzrad, um es auf die Nabe zu stecken.

»Moment.« Théo hielt ihn zurück.

Mit einer Hand fuhr er an der Unterseite des Kotflügels entlang. Was war das? Ein Behälter aus glänzendem Metall. Er drehte ihn in der Hand hin und her.

»Was ist das denn?«, fragte Khalid.

»Meiner Meinung nach ist das ein Sender.« Théo hieb mit der Faust auf die glühende Karosserie. »*Merde*, *merde* und noch mal *merde!*« Sein Blick wanderte über die Hügelkämme.

»Ein Sender? Willst du damit sagen, dass uns jemand hinterherspioniert?« Khalid riss ihm die Metallschachtel aus der Hand, warf sie auf den Boden und wollte sie zertreten.

»Halt!« Théo hob sie auf.

»Warum?«

»Wenn wir sie wegwerfen, wird derjenige, der sie angebracht hat, merken, dass wir sie entdeckt haben.«

»Na und? Soll er doch denken, was er will, dieser Sohn eines Schakals.«

»Das hängt davon ab, wer es ist.«

»Wer soll es schon sein?« Khalid wies mit einer Kopfbewegung auf Rakan.

»Nein, ich glaube, das waren diese beiden Typen oben auf dem Hügel. Wir müssen ihnen vormachen, dass wir von hier abhauen.« Théo wog den Sender in seiner Handfläche. »Allerdings werden sie, gelinde gesagt, überrascht sein, wenn sie uns schon nach einem Tag abfahren sehen.«

»Meinst du, sie werden uns folgen?«

»Schwer zu sagen. Sie könnten sich damit begnügen, auf ihrem Monitor zu kontrollieren, welche Richtung wir einschlagen, ohne uns hinterherzufahren.«

»Fahren wir Richtung Haql und machen dann kehrt«, schlug Khalid grinsend vor.

Théo nickte. »Wir fahren etwa fünfzehn Kilometer auf dieser Straße, die bis zur Grenze führt, halten an und treten dieses Ding kurz und klein. Dann verstecken wir uns irgendwo und warten. Wenn nach einer Weile niemand Verdächtiges vorbeikommt, kehren wir um.«

»Und fahren wohin? Nach Tabuk?«

»Nein. Nach Wadi Aynunah.«

»Bist du sicher?«

»Nein, aber ich habe keine andere Wahl. Khalid, fühl dich nicht verpflichtet, mit mir zu kommen. Ich meine es ernst. Du bist der letzte Mensch auf der Welt, dem ich Schwierigkeiten bereiten möchte.«

»Und ich soll dich allein weitermachen lassen, damit du den ganzen Ruhm und das Geld einheimst? Vergiss es. Außerdem, was glaubst du wohl, wie weit du kommst, elender Existenzialist, ohne Allahs Schutz und meinen?«

Théo drückte ihm stumm die Hand.

Er spähte zu Rakan hinüber. Der saß noch immer rauchend auf

seinem Stein. Von dort aus konnte er sie nicht sehen. Théo wechselte einen verschwörerischen Blick mit Khalid, bückte sich und schob den Sender wieder unter den Kotflügel. Der Magnet haftete sofort am Blech.

Sie wollten gerade wieder ins Auto steigen, da kniete Khalid nieder und hob die Arme zu Himmel. »Barmherziger Allah, wir danken dir für deinen väterlichen Schutz. Er auch.«

»Welchen Schutz denn?«

»Oh, wie undankbar der Mensch doch ist! Seine Undankbarkeit kennt keine Grenzen. Ist der geplatzte Reifen etwa auch ein Ergebnis einer deiner Entscheidungen gewesen? Na, du mieser Ungläubiger, was sagst du? Ich höre!«

Théo suchte eine Antwort, aber er fand keine.

Ein Duft nach Kardamom und Safran wehte durch das Zelt des Scheichs und vermischte sich mit dem Duft des Kaffees. Die Löffel klingelten in den Tassen.

»Sie sind unterwegs zur jordanischen Grenze.« Der Scheich rührte in seinem Kaffee. »Sie haben gesagt, dass sie nach Kairo zurückwollen.«

St. Pierre habe ihm erklärt, dass er sich von Paris aus mit der Abteilung für Altertümer in Riad in Verbindung setzen würde, um ein gemeinsames Ausgrabungsprojekt des Louvre und Saudi-Arabiens im Wadi Hurab anzuregen.

»Das passt nicht zu ihm, schon nach einem Tag aufzugeben«, sagte Monsignore Guzman und biss in eine *halwa*.

»Aber dieses Projekt mit dem Louvre wirkt logisch«, meinte der Scheich.

»Ich sage, wir müssen ihnen folgen.«

»Wir haben Wichtigeres zu tun«, sagte Al Kaddafi.

»Wichtigeres als das hier?« Der Monsignore schluckte ein weiteres Gebäck hinunter und trank seine Kaffeetasse in einem Zug leer. »Was wäre das denn?«

»Morgenstern. Der General ist heute Nacht mit vier anderen Mossad-Agenten in der Wüste Rub Al-Khali, im Süden der Ostprovinz, mit dem Fallschirm abgesprungen. Jemand hat sie erwartet. Sie sind mit einem Geländewagen nach Norden gefahren.«

»Aha! Und warum hast du mir das nicht gleich gesagt, Partner?«

»Ich wollte mir erst Gewissheit über seine Absichten verschaffen.«

»Deine Sorgfalt ist lobenswert.« Der Monsignore würgte sein letztes Kuchenstück hinunter, streckte die Hand aus und bediente sich, ohne zu fragen, von Al Kaddafis Teller. »Wo ist er jetzt?« Er verschlang eine *halwa* und leckte sich die Finger.

»Vor einer Stunde sind sie an Riad vorbeigekommen.« Al Kaddafi schob seinen Teller demonstrativ zu Guzman hin. »Sieht ganz so aus, als ob sie in diese Gegend wollen.«

»Was machen wir mit dem Archäologen?«

»Meine Güte, hast du nicht gehört? Sein Plan eines gemeinsamen Ausgrabungsprojekts zeigt, dass er gar nichts weiß, wie ich immer gesagt habe.«

Der Monsignore streichelte seine Narbe. Der Archäologe war nicht der Mann, der nach einem Tag aufgab. Wenn er gesagt hatte, er werde nach Ägypten zurückkehren, konnte das nur bedeuten, dass er in Saudi-Arabien blieb. Was hatte er vor? Was hatte er im Wadi Hurab entdeckt?

»Lasst uns wenigstens überwachen, ob er wirklich die Straße nach Ägypten nimmt.« Guzman biss in einen weiteren Kuchen von Al Kaddafis Teller und leckte sich nachdenklich die Lippen. »Mm, hier scheint eine Prise Zimt drin zu sein. Ich muss meinem Koch in der Villa Tevere unbedingt davon erzählen.«

»Warum nimmst du sie nicht mit, Christ?« Al Kaddafi reichte dem Monsignore seinen Teller. »Du könntest unterwegs Hunger bekommen.«

Nach dem Gespräch stiegen Guzman und Al Kaddafi in den Range Rover. Der Saudi startete und stellte das Empfangsgerät auf dem Armaturenbrett an. Ein Pünktchen, das sich in Richtung Norden bewegte, blinkte auf dem Bildschirm. Nach etwa zehn Minuten verschwand es.

»Bist du jetzt überzeugt?«, fragte Al Kaddafi.

»Zweifel ist die Tugend des Weisen. Könnte das nicht auch bloß Theater sein?«

»Und wenn es so wäre? Wie soll ich es dir noch sagen, er weiß wirklich nichts.«

»Ruf den Grenzposten in Haql an. Bis heute Mitternacht dürfen sie durchgelassen werden, aber ab morgen soll man sie unter irgendeinem Vorwand aufhalten.«

»Wenn diese Geschichte hier vorbei ist, muss ich wohl einen Trainingskurs an der Päpstlichen Universität machen.« Er tippte eine Nummer in sein Handy. »Diese Christen!«

Nachdem sie von der Oase Al-Bad aus dreizehn Kilometer zurückgelegt hatten, hielt Khalid neben einem verlassenen Brunnen, und die beiden stiegen aus.

Théo holte den Sender unter dem Kotflügel hervor, schleuderte ihn auf den Boden und zertrat ihn unter wiederholten *merde*-Rufen mit dem Absatz. Sie stiegen wieder in den Toyota. Nach wenigen Kilometern tauchte auf dem Gipfel eines Hügels ein Bogen aus Stein auf, flankiert von zwei Zinnen.

»Die Stelle da oben scheint mir ideal«, sagte Théo.

Der Toyota fuhr auf die Anhöhe und hielt hinter dem Bogen, wo sie von der Straße aus nicht gesehen werden konnten. Sie setzten sich hinter eine Felsspitze, die Augen nach unten auf das rostrote Band der Straße gerichtet.

Théo ließ Nickys Taschenuhr baumeln, das Gehäuse blitzte in der Sonne. Die Stille und die Hitze erinnerten ihn an die Sommernachmittage hinter den Heuhaufen in Asfendiou.

Khalid zündete sich eine Cleopatra an. »Théo, was suchst du eigentlich?«

Théo runzelte die Stirn. »Was meinst du?«

»Mach mir nichts vor. Ich kenne dich seit zwanzig Jahren. Meiner Meinung nach hat das alles hier – sei mir nicht böse – nichts mit Vanko zu tun. Es geht um Echnaton, habe ich recht?«

»Er hat mich schon während des Studiums fasziniert. Ich gäbe wer weiß was darum, wenn ich wüsste, was er gedacht hat.«

»Mir hat diese Sonnenscheibe des Aton mit den Strahlen nie etwas gesagt. Soll ich dir sagen, wer dein Echnaton war? Ein fanatischer Mystiker, der Ägypten an den Rand des Ruins gebracht hat.«

»Ein fanatischer Mystiker? Nein, der erste Individualist der Geschichte.«

Khalid verzog den Mund. »Pah, für mich reimt sich Individualist auf Existenzialist.«

»Erscheint dir seine religiöse Revolution wie das Werk eines gewöhnlichen Menschen?«

»Du weißt genau, dass ich das nicht meinte.«

»Er war anders als alle anderen. Er hatte den Mut, sich als der zu zeigen, der er war, etwas, wozu keiner von uns den Mut aufbringt. Denk nur daran, wie er sich porträtieren ließ, halb Mann, halb Frau. Er, ein Pharao. Oder an die Darstellungen seines Familienlebens, mit denen er als Erster wagte, öffentlich Gefühle zu zeigen statt der üblichen hieratischen Posen, die so kalt sind wie ein Marmorblock. Oder an die Gründung von Achet-Aton. Oder an seinen Gott. Warum tat er das alles?«

»*Shmallah!* Jeder andere Ägyptologe würde sagen, dass er der erste Monotheist der Geschichte war. Du dagegen erzählst mir hier irgendetwas zwischen Freud und Sartre – möge Allah ihnen vergeben, allen beiden.«

Théo ließ die Uhrkette baumeln. »Erinnerst du dich an dieses Gemälde von Munch, das vor einigen Jahren aus dem Museum von Oslo gestohlen wurde? *Der Schrei*? Eine Gestalt mit einem Gesicht wie ein Schädel, die sich die Ohren zuhält, auf einer Brücke unter einem Himmel aus Feuer?«

»Natürlich. Ein armer Teufel, den Mund zu einem Schrei aufgerissen, der durch die ganze Welt zu dröhnen scheint. Komischer Typ, dieser Munch. Aber was hat das mit Echnaton zu tun?«

»Auf dem Bild gibt es ein Detail, das niemand beachtet. Im Hintergrund sieht man am Ende der Brücke zwei Figuren, denen die Angst dieses Armen anscheinend vollkommen egal ist.«

»Na und?«

»Munch hat in seinem Tagebuch etwas geschrieben, was ich wer weiß wie oft gelesen habe. ›Meine Kunst entspringt dem Nachdenken über die Gründe, warum ich nicht so bin wie die anderen... Warum ich in die Welt geworfen wurde, ohne selbst entscheiden zu dürfen... Manchmal habe ich meinen Weg verlassen, um mich in den Strudel des Lebens zu stürzen. Aber ich musste immer wieder auf genau diesen Weg zurückkehren, der am Rand eines Abgrunds entlangführt.‹«

Khalid griff nach seinem Arm. »Théo, was quält dich?«

»Spürst du diese Angst nie? Ich bin überzeugt, dass er sie spürte. Die Angst, allein zu sein und nicht der sein zu können, der du bist.

Sogar Angst, nicht schreien zu können, weil niemand dich hören würde, angefangen bei dir selbst, denn wir verstopfen uns ja ohnehin die Ohren, um unsere eigenen Schreie nicht zu hören.«

»Das Leben ist für niemanden leicht, aber ich versuche, mich anzupassen, wie alle. Ich bin nicht Echnaton. Ich bin nicht geboren, um die Welt zu verändern, aber ich lasse es auch nicht zu, dass die Welt mich verändert.« Khalid zuckte mit den Achseln. »Ich bin so, wie ich bin, und die Welt ist so, wie sie ist. Um den Rest kümmert sich Allah.«

»Träumer. Du trägst eine Maske wie wir alle, und am Ende weißt du selbst nicht mehr, wer du bist. Und wenn du eines Tages versuchst, sie abzunehmen, um ein bisschen Sauerstoff zu tanken, kommt der Schrei von Munch auf der Brücke dabei heraus.«

»Du bist viel zu kompliziert! Das habe ich dir immer schon gesagt.«

»Aber verstehst du denn nicht, dass Munch auf diesem Bild dich gemalt hat und mich und alle, die uns vorausgegangen sind, einschließlich Echnaton?«

»Ich soll wie der da sein? Sprich für dich selbst. Wenn ich ein Problem habe, rede ich mit Ihm darüber«, er zeigte auf den Himmel, »und alles kommt in Ordnung. Wenn du aber lieber auf deine Existenzialisten hörst, angefangen bei diesem anderen feinen Helden, der gesagt hat: ›Gott ist tot‹, tja, tut mir leid, mein Freund, dann wundert es mich nicht, dass dir solche Gedanken kommen.«

Hatte es überhaupt Sinn weiterzureden?, überlegte Théo. Vielleicht war es besser, Khalid seine Illusionen zu lassen.

Er hatte eine Antwort in der Musik gesucht, doch jedes Mal, wenn der Bogen innehielt, gewann die Wirklichkeit wieder Oberhand. Doch welche Wirklichkeit? Es gab nichts Objektives. Das bewusste Ich glaubt sich zu kennen, aber was es sieht, sind nur die Schatten in Platons Höhle, denn jeder sieht die »Wirklichkeit« auf seine Weise. Das nicht bewusste Ich entzieht sich uns, weil es von unkontrollierbaren Kräften beherrscht wird. Das dritte Ich, die Art und Weise, wie uns die Leute sehen, zerfällt in tausend verschiedene Bilder, weil jeder uns anders sieht.

Wir alle tragen Masken, die uns die gesellschaftlichen Konventionen aufzwingen, Masken ohne Gesichter, wie die Bilder im Spiegellabyrinth. Wenn wir eines Tages versuchen, uns aus dieser Ameisenkolonie zu befreien, indem wir unser wahres Ich suchen, sehen wir uns beim Erwachen in Kafkas Käfer verwandelt. Die Gesellschaft hat uns ausgelöscht, weil Anderssein tabu ist. So war es für alle, die Pharaonen bildeten keine Ausnahme.

Wer war er, Théo? Der Archäologe? Der Musiker? Der Liebhaber von Shakespeares Sonetten? Oder der, der davon träumte, sein Leben mithilfe eines verschrobenen Önologen aus der Provence zu ändern? Der arme Teufel, der nicht den Mut fand, einer Frau seine Gefühle zu bekennen, nur weil ihre Haare nicht die richtige Farbe hatten? Das alles zusammen? Oder nichts davon?

»Der Tod Gottes ist der Preis, den man zahlt, um frei entscheiden zu können und durch nichts festgelegt zu werden«, sagte Théo.

»Wenn das Ergebnis aussieht wie bei Munch, beneide ich dich nicht. Jedenfalls sehe ich nicht, was Echnaton damit zu tun hat. Er mag ja ein Individualist gewesen sein, wie du sagst, aber er glaubte an seinen Gott, so seltsam das auch ist.«

»Aton war nur eine Allegorie.« Théo erzählte ihm von Mayos Experiment. »Echnaton hatte etwas entdeckt, das mit diesem Pulver zu tun hat und mit dem Licht. Auch du hast diese Kegel in den Tempeln gesehen.«

»Aber Théo, es gibt doch gar keine Beweise! Wie hast du selbst immer gesagt? In der Archäologie zählen nur die Fakten. Und selbst wenn du recht hast – was in aller Welt könnte er denn entdeckt haben?«

Théo gingen Raisas Worte durch den Kopf: *Für Jung war die Suche nach dem Stein der Weisen gleichbedeutend mit der Suche nach uns selbst.*

»Etwas so Wichtiges, dass es ihn bewog, all die Dinge zu tun, die er tat«, sagte Théo. »Und wenn es ihn die Krone kosten würde.«

»Aber was denn, Théo, was denn?«

»Ich weiß es nicht. Ich weiß nur eines: Wenn es einen Ägypter gab, der es verdiente, die Zeremonie zu überstehen, bei der das Herz gewogen wird, dann war er es. Er lebte ›nach der Wahrheit‹, indem er, ohne Masken zu tragen, Maats Gesetz befolgte, und er bezahlte teuer dafür.«

»Das ist es also, was du in dem Grab suchst? Es ist dir wichtiger als das Geheimnis um Moses und den Exodus. Aber was hoffst du denn zu finden?«

Théo blickte auf seine Uhr. »Jetzt sind zwanzig Minuten vergangen, und da unten ist niemand vorbeigekommen. Los, wir fahren zurück.« Er ließ das Gehäuse der Uhr aufspringen – *Au clair de la lune, mon ami Pierrot, prête-moi ta plume, pour écrire un mot …* – und schloss es wieder.

»Willst du mir endlich mal erklären, was dieses Liedchen zu bedeuten hat?«

Theó machte eine wegwerfende Handbewegung. »Kindheitserinnerungen.«

»Quatsch! Ich kenne dich gut. Ich höre die Worte der Spieldose und sehe deinen Gesichtsausdruck. Du hoffst, dass irgendwo da oben doch jemand ist, nicht wahr? Hab ich's dir nicht gesagt, elender Heuchler? Trotz deines Existenzialismus bist du in deinem Inneren«, Khalid bohrte seinen Zeigefinger in Théos Brust, »mehr Moslem als ich.«

Sie stiegen wieder ins Auto. Der Toyota fuhr den Abhang hinunter, in die Richtung, aus der er gekommen war, nach Süden.

Das Wasser des Roten Meeres malte einen kobaltblauen Strich an den Horizont, und die eintönige Wüstenlandschaft wurde zusehends durch Eukalyptusbüsche belebt. Die Piste wand sich in Serpentinen bergab auf einen Haufen sandfarbener Hütten zu, die eine windgetriebene Wasserpumpe überragte. Im Hintergrund zeichneten sich die Palmen der Oase Wadi Aynunah gegen einen kristallklaren Himmel ab.

Sie parkten den Toyota im Schatten eines Gebüschs und gingen zum Lager. Ein paar um eine Wasserpfeife kauernde Beduinen blickten ihnen nach. Einer stand auf und verschwand zwischen den Zelten.

Mit Sonnenbrille und blauem Seidenschal um den Hals kam Kassamatis ihnen entgegen. Seine Begrüßung war die eines vollendeten Gastgebers, er zeigte keine Überraschung. Er schien sich in der Wüste so wohlzufühlen wie in seinem Haus auf Ikaria. Mit einem Fingerschnippen dirigierte er zwei Beduinen zu dem Toyota. Sie luden das Gepäck ab und trugen es in zwei Zelte, die schon für Théo und Khalid vorbereitet waren.

»Denk nicht, du hättest mich überzeugt«, sagte Théo. »Ich bin nur gekommen, um zu reden.«

»Worauf warten wir dann?« Kassamatis wies mit einer einladenden Geste auf die Oase.

Théo warf Khalid einen entschuldigenden Blick zu.

Sie setzten sich in den Schatten, auf den Stamm einer Tamariske am Rand eines von Palmen umstandenen Gewässers.

»Warum hast du deine Meinung geändert?«, fragte Théo. »Und jetzt möchte ich die Wahrheit hören, sonst verabschieden wir uns sofort.«

»Als ich eingewilligt habe, hätte ich etwas hinzufügen sollen: Ich bin zu dem Tauschgeschäft bereit, aber zu meinen Bedingungen.«

»Aha. Das bedeutet, ich bin derjenige, der seine Meinung ändern muss. Sehr bequem für dich.«

»Warum, hängst du denn immer noch an deiner alten Leier: Gerechtigkeit und Wahrheit?«

»So würdest du nicht reden, wenn es um deinen Bruder ginge.«

»Wahrscheinlich nicht, aber mit zwei Unterschieden. Erstens würde ich auf die Wahrheit verzichten, und den Grund habe ich dir schon auf Ikaria erklärt. Niemand wird je an das glauben, was es in diesem Grab gibt, und ich weiß, wovon ich rede. Was die Gerechtigkeit betrifft, so ist sie das Letzte, was du in einem Gericht finden wirst. Und glaub ja nicht, dass du mich täuschen kannst, Hamlet: Du suchst alles Mögliche, aber nicht Gerechtigkeit.«

»Wie lauten die Bedingungen unserer Vereinbarung?«

»Ich sage dir, wo das Grab ist, und leihe dir meine Beduinen für die Grabungen. Du verrätst mir das Geheimnis.« Kassamatis zündete sich eine Dunhill an. »Sobald du wieder aus dem Grab raus bist, vergisst du für immer, was du gesehen hast, und wir beide verabschieden uns.«

»Ich vermute, die Bedingung, Schweigen zu bewahren, verdankt sich deiner Sorge um das spirituelle Wohl der Menschheit. Habe ich recht? Ich wette, diese Sorge raubt dir nachts den Schlaf.«

Kassamatis nahm einen Zug und blies langsam den Rauch aus. »Es geht um Geld. Viel Geld. Wenn du in alle Himmelsrichtungen ausposaunst, was in dem Grab ist, geht der ganze Nahe Osten in die Luft, und ich bin ruiniert. Verstanden?«

Irgendetwas stimmte da nicht. Die Antwort war logisch, aber die Wahrheit war eine andere, das spürte er. Er dachte an das Frost-Zitat auf Kassamatis' Schreibtisch.

»Warum sollte ich einwilligen?«, fragte Théo. »Nenn mir einen Grund. Nur einen.«

»Das Wissen um ein Geheimnis, das die Träume der kühnsten Archäologen übertrifft, dich eingeschlossen.«

»Schade, dass ich das Geheimnis für mich behalten muss.«

»Irre ich mich, oder verbirgt sich hinter dem Wunsch nach Wahrheit und Gerechtigkeit eine Bestie namens Ehrgeiz?«

»Verschon mich mit deinen Predigten. Das Gewand des Beichtvaters steht dir nicht.«

»Vielleicht ist eine gute Predigt genau das, was du jetzt brauchst.« Kassamatis musterte ihn mit einem arroganten Lächeln. »Hast du je versucht, dich zu fragen, was du wirklich willst, wenn du in dein Inneres schaust?«

»Willst du mich in Schubladen packen, wie alle anderen?«

Warum war er so wütend? Ehrgeiz hatte nichts mit seinen Absichten zu tun. Vielleicht war es derselbe Grund, aus dem er der Puppe ohne Gesicht »Betrüger!« entgegengeschrien hatte, als sie die Karten austeilte? Ihm den Narren gab und sich den Eremiten. Wer war diese Puppe? Kassamatis? Oder er selbst?

»Nehmen wir an, ich akzeptiere den Handel«, sagte Théo. »Wer garantiert dir, dass ich mein Wort halte?«

»Idealisten flößen mir Vertrauen ein.«

»Was du nicht sagst.«

Kassamatis hätte sogar den Schöpfer persönlich nach seinem Personalausweis gefragt. Er hatte etwas vor, und das würde er tun, sobald sie im Grab gewesen waren und er das Geheimnis erfahren hatte. Théo hatte plötzlich das Gefühl, als umhüllte ihn die ewige Finsternis eines ägyptischen Grabes, sein Atem ging schwer, und Schweiß rann ihm über die Wangen.

»Nun, hast du dich entschieden?«

»Ich gebe dir morgen früh eine Antwort.«

Kassamatis sah ihn scharf an. »Ich brauche sie vor Sonnenaufgang.«

»Warum vor Sonnenaufgang?«

»Weil morgen ein besonderer Tag ist.«

»Was zum Teufel bedeutet das, ›ein besonderer Tag‹?«

»Es bedeutet, dass wir mit dem Auto einen kleinen Ausflug in die Wüste machen, wenn du einwilligst. Du, ich und mein Führer.« Kassamatis warf den Zigarettenstummel ins Wasser. »Und zwar rechtzeitig, um den Sonnenaufgang zu bewundern.«

An diesem Abend saßen er und Khalid neben Kassamatis an einem großen Feuer und sprachen über vieles, außer über das Grab. Die Beduinen brieten Hammelfleisch, das sie mit gekochtem Reis auf großen Teigfladen servierten. Das Wasser kochte sprudelnd in großen Kannen, der Duft von Pfefferminztee erfüllte die Luft, und der Widerschein des Feuers zuckte über die vom Mond beschienenen Dünen.

Ein Windstoß ließ die Flammen auflodern, die Kufijas der Beduinen flatterten, und auf den Dünenkämmen erhoben sich Sandwirbel. Ein Beduine blickte zum Himmel auf, schnupperte in die Luft und sagte etwas auf Arabisch, während er auf die Dünen zeigte.

»Der *shamal* ist im Anmarsch«, sagte Khalid und erhob sich, »der Sandsturm, den der Nordwind bringt.«

»Was ist daran so Besonderes?«, fragte Théo.

»Besonders ist daran, dass du, wenn du hier sitzen bleibst, in einer halben Stunde unter zwei Meter Sand begraben sein wirst.«

Khalid hatte seinen Satz kaum beendet, als ein starker Windstoß das Feuer löschte und Mundtücher und Gläser wegfegte. Théo bedeckte sein Gesicht mit den Händen. Der Sand peitschte ihm die Haut, drang in seine Augen, die Nase und die Ohren. Bald sah man nur noch wenige Schritte weit. Zwischen dem Heulen des Windes ertönten aus der Oase die Schreie der Kamele. Inmitten des allgemeinen hektischen Aufbruchs verabschiedeten er und Khalid sich rasch von Kassamatis, und die beiden suchten tastend den Weg zu ihren Zelten.

Théo kroch hinein, schloss die Zeltklappe und zündete die Petroleumlampe an. Dann streckte er sich auf einem Schaffell aus und deckte sich bis zum Hals mit einem Kaftan zu. Der Wind pfiff, die Lampe schaukelte, und der Sand prasselte gegen den Zeltstoff.

42 Raisa betrat das Maison de la Presse und suchte in dem Ständer mit den ausländischen Zeitungen nach Meldungen über Mayos Tod. Gestern war sie eine Weile versucht gewesen, Wendel in Oak Ridge anzurufen, aber dann hatte sie es doch nicht getan. Sie hatte Angst.

Ob Mayo ihren Namen genannt hatte? War der Mörder ihr schon auf den Fersen? Théo hatte recht, sie musste sofort von hier weg. Aber wohin? Wie lange würde sie sich noch verstecken müssen? Was war aus ihrem Leben geworden?

Ein Geruch nach Aftershave schwebte in der Luft. Sie blickte auf. Der Mann auf der anderen Seite des Ständers lächelte ihr zu. Lange, der Gast, der gestern Abend in der Pension angekommen war. Ein soignierter Typ, er hatte etwas von Rex Harrison. Nach den wenigen Worten zu urteilen, die sie heute Morgen aufgeschnappt hatte, als er beim Frühstück mit dem Serviermädchen sprach, musste er einer dieser galanten Kavaliere alter Schule sein, deren Taschentücher nach Eau de Cologne riechen und die noch Rosensträuße verschicken. Sie lächelte zurück.

Der Mann drehte sich zum Schaufenster um. Er blickte Raisa nach, die über die Promenade auf den Strand zuging. Dann bezahlte er ein Kreuzworträtselheft und schlenderte langsam die Avenue d'Ornano entlang.

Am Empfang in der Pension Home de Préaumont war niemand zu sehen. Ein altes Radio spielte *Que c'est triste Venise*, und in der Luft lag eine Mischung aus Kaffeeduft und dem Geruch nach Desinfektionsmittel. Eine Weile starrte der Mann auf das Schlüsselbrett, dann holte er die Nummer 9 vom Haken.

Raisa wanderte mit nackten Füßen am Wasser entlang, einen Pareo mit japanischen Motiven um die Hüften gebunden. Die Schreie der Möwen begleiteten das Klatschen der Wellen. Als das Schieferdach der Pension vor dem blauen Himmel auftauchte, stieg sie über den Strand zur Straße hoch, zog ihre Sandalen wieder an und nahm die Treppe, die zur Pension führte.

Lange lag in Leinenshorts auf einem Liegestuhl in der Sonne. Das über der Brust aufgeknöpfte blaue Seidenhemd offenbarte eine leichenblasse Haut. Die blaue Stoffmütze mit dem roten Pompon war ihm über die Augen gerutscht, und das Kreuzworträtselheft war auf den Rasen gefallen. Sie beneidete ihn.

Als Raisa durch die Terrassentür ins Haus ging, hob Lange den Hut und blickte ihr nach.

Am Empfangstresen kündigte Raisa der Wirtin an, dass sie am nächsten Tag abreisen würde. Ihr Blick fiel auf ein schwarzes Brett mit Ansichtskarten aus exotischen Ländern. Madeira? Casablanca? Die Balearen? Wo sollte sie hin?

»Monsieur Lange, haben Sie gehört? Madame Belmont verlässt uns morgen«, sagte die Frau zu Lange, der auf der Tür zum Garten stand. »Ist es nicht schade, bei so einem Wetter abzureisen? Los, unterstützen Sie mich, sagen Sie es ihr.«

»Madame, auch wenn ich eben erst angekommen bin, darf ich sagen, dass das Home de Préaumont ohne Sie nicht mehr dasselbe sein wird.«

Irgendwie passte Langes Blick nicht zu seinen Worten. Raisa wurde unruhig.

Gleich würde die rote Sonnenscheibe den Horizont berühren. Raisa schaute auf die Uhr. Sechs. Warum nicht einen letzten Spaziergang bis zur alten Anlegebrücke machen? Sie faltete das Handtuch zusammen, hängte sich die Strandtasche über die Schulter und machte sich auf den Weg.

Lange hob die Augen von seinem Kreuzworträtselheft und beobachtete Raisa, die sich entfernte. Er setzte seine Mütze mit dem Pompon auf und stieg die Treppe zum Strand hinunter.

Auf einer Bank an der Strandpromenade saß ein Mann mit Strohhut, Sonnenbrille und einer leeren elfenbeinernen Zigarettenspitze. Nachdem er beobachtet hatte, wie Lange schräg über den Strand auf das Wasser zuging, stand er auf und nahm auf dem Bürgersteig dieselbe Richtung.

Raisa war an der menschenleeren Anlegebrücke angekommen. Man hörte nur das Knirschen der Taue, die klatschenden Wellen und das Kreischen der Möwen. Ein Geruch nach Salz, nassem Tauwerk und Algen erfüllte die Luft.

Sie stieg die Holzbrücke hinauf und ging bis ans Ende der Brücke. Unter ihren Schritten ächzten die Bohlen. Die Möwen, die auf den Pollern gehockt hatten, flogen auf. Am Ende des Stegs angekommen, setzte sie sich auf den Rand, ließ die Beine über dem Wasser baumeln und blickte aufs offene Meer hinaus.

Über die Brücke hallten Schritte. Raisa drehte sich um. Oh nein. Schon wieder dieser Lange mit seiner lächerlichen Mütze.

Er grüßte mit einer Handbewegung, ein schmeichlerisches Lächeln auf dem Gesicht. Schlagartig wich ihr Unbehagen nackter Angst. Dieselbe Angst, die sie gepackt hatte, als sie die eiligen Schritte der Männer in der Garage gehört hatte. Lange war ihr gefolgt. Absichtlich. Ihre Kehle wurde trocken, sie blickte sich nach allen Seiten um. Kein Mensch in Sicht.

»Ein Schauspiel, das mit dem Leben versöhnt, nicht wahr?« Lange lehnte sich wenige Schritte von ihr entfernt an das Geländer.

Ein Boot stieß gegen einen Pfeiler, das dumpfe Geräusch dröhnte durch die Stille.

»Was wollen Sie von mir?«

Lange verzog den Mund zu einem bewundernden Lächeln. »Sie vergeuden wahrhaftig keine Zeit. Ich mag Frauen, die gleich auf den Punkt kommen.«

»Sie sind nicht zufällig hier. Was wollen Sie?«

»Na gut, Doktor Belmont. Sie wissen genau, was ich will. Geben Sie mir einfach das Pulver, und niemandem wird etwas geschehen.«

Raisa drückte ihre Tasche. »Wie kommen Sie darauf, dass ich es habe?«

»Ach, hören Sie doch auf! Ich weiß, dass Sie noch fünf Gramm haben, und ich weiß, dass die nicht auf Ihrem Zimmer sind, weil ich alles durchsucht habe. Also müssen Sie sie bei sich tragen, in der Tasche dort. Und erzählen Sie mir nicht, Sie hätten das Pulver versteckt, denn das glaube ich nicht. Also, wollen Sie mir das Röhrchen geben, oder soll ich es mir holen?«

»Und mich erledigen wie Ken Mayo?«

»Geben Sie mir das Röhrchen, und ich verspreche Ihnen, dass ich Sie nicht anrühre.«

Langes Worte, sein Tonfall und sein Blick vertrieben ihre Angst. Eine kalte Wut überkam sie. Es war, als würde die in den letzten Wochen angesammelte Anspannung explodieren und eine ungeahnte Aggressivität freisetzen.

»Wirklich? Was für ein edles Herz. Warum so großzügig?« Mit abgewandtem Oberkörper steckte Raisa eine Hand in ihre Tasche, zog die Pistole heraus und richtete sie auf Lange. Sie stand langsam auf. »Jetzt drehen Sie sich um und gehen mir voraus. Ich denke, Sie haben der Gendarmerie von Deauville einiges zu erzählen.«

Lange lächelte ironisch und belustigt. »Seien Sie doch nicht kindisch. Sie hätten nie den Mut, dieses Ding zu benutzen.« Er kam einen Schritt auf Raisa zu. »Weg damit, und geben Sie mir die Tasche.«

»Stehen bleiben!«

Lange stürzte sich auf sie. Raisa drückte den Abzug, und der Schuss hallte über die Bucht, begleitet vom Aufkreischen der Möwen. Lange schrie vor Schmerz und griff sich an die Schulter. Durch seine Hand quoll Blut. Eine mörderische Wut verzerrte seine Züge. Er steckte eine Hand unter sein Hemd und zog eine Pistole heraus. Raisa schoss ein zweites und drittes Mal. Lange stieß einen erstickten Schrei aus, sein Körper zuckte, während sich auf dem hellblauen Hemd um die Schusslöcher herum zwei rote Flecken ausbreiteten. Er fiel nach hinten, kippte über das Geländer und stürzte ins Wasser.

Raisa blieb bewegungslos stehen, die Pistole in der Hand. Unter der Wasseroberfläche erschien Langes Körper, umgeben von einem Schwall blutrot gefärbten Wassers. Die Mütze mit dem Pompon schaukelte auf den sich ausbreitenden Wasserringen. Und jetzt? Sie sah sich um. Nein, nicht über den Strand. Vielleicht war er nicht allein. Sie verstaute die Pistole in der Tasche und lief über die laut knarrenden Bohlen zur Strandpromenade.

Der Mann mit dem Strohhut warf seine Zigarette weg und ging rasch auf die Anlegebrücke zu.

Der Sonnenuntergang ließ den Horizont aufflammen und färbte den Sand karmesinrot. Monsignore Guzman kletterte einen Dünenhang hinauf. Oben angekommen, setzte er sich und zog das Handy aus seiner Jackentasche.

»*Buenas tardes*, Pater. Nun, was haben Sie mir über den ersten Tag des Konklaves zu erzählen?«

»Wie denn, Monsignore, haben Sie es noch nicht erfahren?«

»Was erfahren? Ich bin mitten in der Wüste.«

Am anderen Ende entstand eine Pause. »Wir haben einen neuen Papst. Er heißt Pius XIII.«

Die Finger des Monsignore krampften sich um das Telefon. »Wer ist es?«, fragte er, obwohl er die Antwort schon kannte.

»Der Jesuit.«

»Ein würdiger Nachfolger von Pius XII. *Madre de Dios*, wie ist das nur möglich? Wenn es nach diesem Bulletin ginge, hätte er höchstens sechzig Stimmen bekommen können. Wie hat er es geschafft, sich gleich am ersten Tag zum Papst wählen zu lassen?«

»Es ist beim dritten Wahlgang passiert, dem ersten am Nachmittag.«

Beim zweiten morgendlichen Wahlgang hatte Ottolenghi fünfundfünfzig Stimmen auf sich vereinen können. Die Stimmen für die anderen Kandidaten entsprachen den Prognosen, mit dem Unterschied, dass Soares dreizehn Stimmen erhalten hatte, Annibali dagegen nur noch zwei. Die Botschaft, von Pater Pinkus am Vorabend in einem der Beichtstühle der Casa Santa Marta ausgegeben, hatte begonnen, die gewünschte Wirkung zu zeitigen.

Nach dem zweiten Wahlgang waren die Kardinäle zum Mittagessen in die Santa Marta zurückgekehrt. Dort hatte sich etwas ereignet, was einen Stimmungswechsel hervorrief und Ottolenghis Kandidatur neuen Auftrieb verlieh.

»Pius XIII. haben wir dem Sekretär des polnischen Papstes zu verdanken.«

Die Kardinäle hatten bei ihrer Rückkehr auf ihren Zimmern einen versiegelten Umschlag vorgefunden, gut sichtbar auf dem Bett platziert. Keiner wusste, wer die Briefe dorthin gebracht hatte und wie der Bote es geschafft hatte, die Wachen zu umgehen. Die von den Schwestern der Barmherzigkeit hinterbrachten Gerüchte besagten, dass die Umschläge einen Brief des ehemaligen Papstsekretärs nebst einer Anlage enthielten: eine Fotokopie der beiden fehlenden Seiten des Tagebuchs und die Bestätigung, dass sie mit dem Original übereinstimmten.

»Eine Stunde später war der Jesuit Papst«, sagte Pater Pinkus, »gewählt mit 101 von 117 Stimmen.«

»Das hat der Kater also im Büro des ehemaligen Papstsekretärs gemacht. Wer der Sekretär von Pius XIII. sein wird, steht natürlich bereits fest, oder?«

Der Monsignore sah das Bild des sterbenden Papstes vor sich und Ottolenghis Hand, die auf der Schulter des Sekretärs ruhte.

Der Inquisitor hatte gezeigt, dass ihm in Sachen Bündnispolitik und *do ut des* keiner das Wasser reichen konnte, das musste man anerkennen.

»Und jetzt, Monsignore? Was wird aus dem Opus Dei – mit einem Ottolenghi als Papst? Was wird aus uns, mein Gott?«

»Ein Vatikan ohne Opus Dei? Ohne uns würde der Vatikan, statt höchstens ein Prozent Gläubige pro Jahr zu verlieren, an Siechtum sterben, vor allem mit einem Ottolenghi als Papst. Nein, der Inquisitor wird nur mit mir abrechnen.«

Der erste Schritt Ottolenghis würde sein, einen neuen Generalprälaten zu ernennen und ihn, Guzman, mit einem Fußtritt in eine verschlafene Diözese in der Dritten Welt zu schicken. Keine Gulfstream mehr, keine Stilmöbel, keine Orchideen. Wieder ein Niemand in der namenlosen Masse sein? *Jamás*. Dann lieber der Tod.

Die Gier nach Herrschaft war so alt wie die Welt. Wer wollte die Macht nicht? Alle wollten sie: der Staat, die Kirche, die Geschäftswelt, Männer, Frauen, die Weißen, die Schwarzen ... Warum sollte Opus Dei anders sein? Unterschied sich die geistliche Macht etwa von der weltlichen? Wer die Macht hatte, entschied über das Schicksal anderer Menschen, und für die Macht war der Mensch zu allem bereit. Wegen des Geldes? Unsinn. Für die anderen vielleicht ein Grund, aber nicht für ihn. Es war die Macht um ihrer selbst willen, die er wollte: die alles durchdringende, absolute Macht. Die Macht war wie der Duft seiner Orchideen. Was tun? Der Silberfuchs fiel ihm ein.

»Monsignore, der wird auch mit mir abrechnen.«

»Beruhigen Sie sich. Der Inquisitor wird es nicht wagen, Sie anzurühren, denn wenn er es tut, wird sein Pontifikat kürzer sein als das von Papst Luciani.«

»Haben Sie womöglich das Grab entdeckt, Monsignore?«, flüsterte Pater Pinkus.

»Es ist nur noch eine Frage von Tagen.«

»Aber wie werden Sie den Saudi los?«

»Lassen Sie das mal meine Sorge sein.«

Die Sonne war untergegangen, und im Lager der Beni Sakhr stiegen die Flammen der Lagerfeuer auf. Der Monsignore kletterte den Dünenhang hinunter, seine Beine versanken im Sand. Wie ein Säbelhieb fuhr seine Hand durch die Luft.

Théo faltete die Hände im Nacken. Der Wind heulte, drang durch die Zeltnähte und brachte die Lampe zum Schaukeln.

»Vielleicht ist eine gute Predigt genau das, was du jetzt brauchst«, hatte Kassamatis mit seinem bösen Lächeln gesagt. Warum ärgerten ihn diese Worte so sehr? Weil sein angeblicher Ehrgeiz als Archäologe gemeint war?

Ruhm hatte ihn im Gegensatz zu seinem Vater nie interessiert. Der große Edmond, Inbegriff der Eitelkeit und Arroganz, hatte auf den Rest der Menschheit herabgeblickt. Er war anders. Mittelmäßigkeit war ihm unerträglich, aber er fühlte sich niemandem überlegen. Die Geige und die Archäologie waren eine unbewusste Flucht vor dieser seelenlosen Welt, ein Schutz gegen den Ekel gewesen, den er verspürte, seit er als Kind seine Insel verlassen musste.

Was hatte ihn dann so zornig gemacht? Gestern Nachmittag in der Oase hatte Kassamatis ihn vor die beiden Wege von Frost gestellt. Er hatte sich vor der Entscheidung gefürchtet. »Der nicht begangene Weg« war ein ganz anderer – darum sein Zorn.

Er setzte sich auf. Die Dinge waren nicht mehr so einfach. Was hatte sich verändert? Seine Weise, die Dinge zu sehen, hatte sich verändert. Zum ersten Mal sah er die Welt mit den Augen eines Menschen, dem davor graut, ein Leben zu leben, das nichts bedeutet.

Eine Stimme in ihm schrie, dass die Menschen ein Recht auf Wahrheit haben, aber zum ersten Mal wurde sie von einer anderen Stimme übertönt, die ihn ermahnte, sich genau zu überlegen, wie er handeln wollte. War es richtig, diese Zweifel zu säen? Waren sie überhaupt gerechtfertigt? Schloss die Tatsache, dass Jahwe ein Mythos war, die Existenz eines Schöpfergottes aus?

Gott, immer wieder Gott. Genug! Wer war dieser Gott, den wir seit jeher mit uns herumschleppten? Der mit dem Zweifel ringende Ritter aus Bergmans *Das Siebente Siegel* ging ihm durch den Kopf. »Warum kann ich den Gott, der sich in mir windet, nicht töten?«, fragt sich der Ritter. »Warum hört er nicht auf, mich zu quälen und zu verspotten, auch wenn ich ihn verfluche und versuche, ihn mir aus dem Herzen zu reißen?«

Gott? Ein Archetyp, in die Doppelhelix der DNA geprägt, hatte Jung gesagt. Für Freud bedeutete Gott, dass unser Unbewusstes sich weigerte, die Sterblichkeit zu akzeptieren. An den Tod dachte der Mensch nur als Zuschauer, niemals als Akteur.

In Bergmans Film kniet der Ritter im Beichtstuhl, nicht ahnend, dass der Mönch mit der Kapuze, der hinter dem Gitter sitzt, der Tod ist.

»Ich rufe ihn aus meiner Finsternis an, aber es ist, als wäre dort oben niemand«, sagt der Ritter.

»Vielleicht ist dort niemand«, murmelt der Tod.

»Wenn das wahr ist, dann ist das Leben ein sinnloser Gräuel. Keiner kann mit der Vorstellung des Todes als eines Endes leben, auf das nur noch Vergessen folgt.«

Das Nichts. Eine für den menschlichen Geist so unfassbare Größe wie die Unendlichkeit, aber weit schrecklicher als sie. Hätten die Juden Jahwe nicht erfunden, hätte die katholische Kirche die Unsterblichkeit nicht aus der ägyptischen Theologie übernommen, hätte jemand anderes es getan. Aus reinem Selbsterhaltungstrieb. Und die Antwort der Geschichte? Für sie waren die Religionen Taschenspielertricks der Mächtigen, der Josias und Konstantins aller Zeiten, die sich die Träume und Schwächen der Menschheit im Namen der Staatsräson zu Nutze machten. Die Schlussfolgerung der Existenzialisten? Sie bestätigten Freuds Ideen: Das menschliche Dasein war sinnlos, wenn wir ihm nicht, jeder für sich, einen individuellen Sinn verliehen. Der Mensch war allein, frei in seinen Entscheidungen, aber gefangen in seiner existenziellen Angst, ein armer Niemand, der im Geheimnis des Lebens und in Pascals »ewigem Schweigen unendlicher Räume« herumtappte.

Hatte Khalid dann nicht recht? War es nicht egal, ob Jahwe ein Mythos aus einem Vulkan war, wenn der Glaube an eine Säule aus Rauch und Feuer half, das Leben besser zu leben?

Dieser Glaube mochte anderen genügen, ihm nicht. Echnaton hatte er auch nicht genügt. Auch ohne Gott musste es eine Bedeutung, einen Zweck geben, für den es sich zu leben lohnte. Warum musste etwas ewig dauern, um Sinn zu haben? Wer sagte, dass das Leben ohne Gott und das Versprechen der Unsterblichkeit sinnlos sein musste?

Im *Siebenten Siegel* spielt der Ritter an einem verlassenen Strand Schach mit dem Tod. Er hat ihn herausgefordert, um Zeit zu gewinnen. Nicht aus Angst vor dem Tod, sondern weil er in der Welt eine einzige Tat finden möchte, die seinem Leben vor dem Ende Sinn verleiht.

Welchen Sinn hatte Echnaton im Leben gefunden, wenn Aton doch niemandem Unsterblichkeit versprach? Mit einem Schlag erschien Théo die Glaubwürdigkeit der Bibel, die bis jetzt im Mittelpunkt seines Denkens gestanden hatte, vollkommen überholt, ebenso überholt wie seine Sucht, »der Welt die Wahrheit ins Gesicht zu schreien«. Sie erschien ihm jetzt kindisch, beschämend. Welche Wahrheit denn? Die Kegel aus weißem Pulver. War es nicht denkbar, dass die Ägypter eine andere Wahrheit als die der Bibel gefunden hatten, eine Wahrheit, die Israel und Rom immer zu verbergen versucht hatten, eine Wahrheit, die in den Flammen der Bibliothek von Alexandria verschwunden war?

Das Telefonat mit Raisa fiel ihm ein. Sie hatte ihm von Mayos Reise durch einen Zeitkorridor erzählt. Mayo, ein Atheist, hatte gesagt, er habe sich dort oben nicht allein gefühlt, er habe etwas empfunden, das er mit dem Funken zwischen dem Finger Gottes und dem Adams auf dem Fresko in der Sixtinischen Kapelle verglich.

Zufälliges Ereignis oder intelligenter Plan? Vor fünfzehn Milliarden Jahren war ein Punkt von unendlicher Dichte, Temperatur und Härte explodiert, um eine ungeheure Menge Energie freizusetzen und viele tausend Milliarden Galaxien zu schaffen, die sich noch immer ausdehnten. Er hatte irgendwo gelesen, dass auch die Gleichungen der Relativität bewiesen, dass die Raumzeit einen Anfang gehabt hatte. Damit war die Theorie des Urknalls bestätigt und die vorhergehende Theorie widerlegt, der zufolge das Universum unendlich war und schon immer existiert hatte. Doch wenn jede Wirkung eine Ursache hatte, musste etwas den Urknall ausgelöst haben. Was war vor dem Anfang da gewesen?

Der Wind pfiff, das Zelt bebte, und die Lampe erlosch. Théo blieb reglos im Dunkeln liegen.

Die Physiker sagten, dass diese Frage, so gestellt, nach Einsteins Gleichungen jeden Sinn verloren habe. Wenn die Zeit erst mit dem Urknall entstanden war, konnte es kein »Vorher« gegeben haben, darum konnte die Ursache des Urknalls sich nicht innerhalb unseres Universums befinden, sondern musste außerhalb von ihm, in einer Dimension liegen, die den Gesetzen der Physik unbekannt war. Was war die Ursache gewesen? Wo verbarg sie sich? In einer der Parallelwelten der Quantenphysik? Oder in uns?

Im Grunde war schon unsere Existenz an sich eine Provokation für jede Evolutionstheorie. Denn die Entstehung des Lebens hatte ein derartig komplexes Zusammenspiel günstiger Umstände erfordert, dass die Wahrscheinlichkeit eines zufälligen Ereignisses auf einen unendlich kleinen Wert zusammenschrumpfte – etwas wie eins geteilt durch zehn hoch fünfzehn, hatte jemand errechnet. Mehr oder weniger widerwillig hatten die Wissenschaftler zugeben müssen, dass der Urknall das Ergebnis eines intelligenten Plans war, das Werk eines Schöpfers außerhalb unseres Raum-Zeit-Kontinuums. Wer? Was? Auf diese Frage hin waren die Wissenschaftler verstummt, und die Theologen waren auf den Plan getreten.

Er hieb sich aufs Knie. Sollten die Theologen doch reden! Eines stand fest: Auch wenn die Wissenschaft nicht in der Lage war, den Augenblick vor dem Urknall zu erklären, hatte dieser Schöpfer nichts mit dem Jahwe der Bibel zu tun. Michelangelo hatte seinen Gott mit den Augen eines Menschen aus dem 16. Jahrhundert gesehen, einer Zeit, in der die Kirche die Menschen zwang, sich die Erde im Mittelpunkt des Sonnensystems vorzustellen.

Der Artikel eines Professors für Psychiatrie an der Harvard Medical School fiel ihm ein. In einem imaginären Dialog hatte der Psychiater Freuds Ansichten mit denen des christlichen Schriftstellers C. S. Lewis konfrontiert.

Gab es außerhalb des Universums einen intelligenten und mitleidigen Schöpfer? Nein, sagte Freud, das sei nur der Glaube primitiver Gesellschaften und die Projektion unserer atavistischen Ängste, die uns verführten, darauf zu vertrauen, ein ursprünglicher Vater wache über uns und beschütze uns vor den dunklen Mächten, die unser Leben bedrohten. Doch, behauptete Lewis und beschrieb einen gütigen Gott wie den in der Sixtinischen Kapelle. Gab es einen Sinn des Lebens und seiner Leiden? Keinen, sagte Freud. Auf jeden Fall, donnerte Lewis von der Höhe seines Katheders in Oxford. Der Mensch finde durch den Glauben an Gott einen Sinn im Leiden. Eine sentimentale Vorstellung, erwiderte Freud aus einem Arbeitszimmer in der Berggasse. Und so ging der Schlagabtausch endlos weiter.

Plötzlich sah Théo sich als alten Mann, allein, sterbend in einem Krankenhausbett, den Mund aufgerissen zu Munchs Schrei. Er seufzte. War er etwa bis hierhergefahren, um eine Antwort auf die ewige, nutzlose Frage »Gibt es Gott?« zu finden? Er tastete nach der Lampe und zündete sie mit zitternden Händen wieder an.

Dann zog er die Jaeger aus dem Koffer und nahm den Bogen. Das *Allegro maestoso* von Paganinis Violinkonzert Nr. 1 in D-Dur übertönte das Heulen des Windes. Auf dem Höhepunkt des Stücks hielt Théo inne, den Blick starr auf die Lampe gerichtet. Etwas, das Sinn hatte.

Der Tod aus dem *Siebenten Siegel* tanzte um die Flamme, die Sense über der Schulter und ein undurchsichtiges Lächeln auf dem fahlen Gesicht. Die gesichtslose Puppe aus dem Traum tanzte mit ihm.

In seinem Zelt zündete Kassamatis die Petroleumlampe an. Er wischte sich den Sand vom Körper, zog ein Päckchen Dunhill aus der Tasche und hielt eine Zigarette an die Flamme. Dann setzte er sich an ein Tischchen und ließ einen Aluminiumkoffer aufschnappen. Gerade als er ein Pergament aufrollte, klingelte das Handy.

»Alex, vielleicht hattest du doch recht«, sagte Fitzwilliam.

Kassamatis hörte schweigend zu.

»In Brookhaven haben sie angefangen, das Pulver zu testen«, fuhr Fitzwilliam fort. »Wie unglaublich es auch scheinen mag, dieses Zeug könnte die Antwort auf das Falcon-Projekt sein.«

»Ändert das etwas?«

»Du musst alles aus ihm rausholen, was er weiß.«

»Vorausgesetzt, er weiß etwas: Würdest du reden, wenn du an seiner Stelle wärst?«

»Wir haben das Versteck der Psychoanalytikerin entdeckt. Wenn er erfährt, dass sie verschwunden ist, wird er kooperativer werden.«

»Kann auch sein, dass er nichts weiß«, sagte Kassamatis. »Wenn die beiden das Geheimnis des Pulvers gekannt hätten, hätten sie sich nicht an Oak Ridge gewandt.«

»Vielleicht, aber wenn er morgen deine Bedingungen nicht akzeptiert, bedeutet das, dass er etwas im Schilde führt. Oder zumindest dass er weiß, wonach er suchen muss. Hör mir jetzt gut zu …«

Théo schlug die Augen auf. Was kratzte da am Zelt?

»*Sayyid* St. Pierre!«, flüsterte eine Stimme.

»Ich komme.«

Er zündete die Lampe an, stand auf, zog seine Lederjacke an und hängte sich den Theodolit mit dem Ständer über die Schulter. Wo war nur das Handy? Er wühlte in seinem Reisesack, in den Jackentaschen, in seinen Kleidern und im Koffer. Verflucht. Es war weg.

»*Sayyid* St. Pierre!«

»Ich komme ja, *merde!* Nur einen Moment.«

Er suchte den Boden ab. War es ihm gestern aus der Tasche gerutscht? Im Toyota? Nun gut, er würde sich später darum kümmern. Er zog den Reißverschluss des Zeltes auf, die Kälte der Nacht ließ ihn erschauern. Ein Beduine, in einen Kaftan gehüllt, machte ihm Zeichen, er solle folgen. Einen Moment. Nicht ohne ein Telefon. Er bedeutete dem Araber zu warten.

»Khalid!«, rief Théo leise, das Ohr an der Zeltwand. »Hörst du mich?«

Aus dem Inneren ertönte ein Brummen.

»Khalid, mach auf, ich bin's, Théo.«

»Wie viel Uhr ist es denn?« Das Zelt öffnete sich, und Khalids schlaftrunkenes Gesicht erschien. »Was ist los?«

»Entschuldige, dass ich dich so spät störe. Ich habe mein Handy verloren. Kannst du mir deines leihen?«

»Komm rein.«

Khalid zündete die Lampe an. »Du gehst auf den Handel ein, stimmt's?«

Théo nickte.

»Ich hab's geahnt.« Khalid wühlte in seinem Reisesack, sein Gesicht nahm einen besorgten Ausdruck an. »*Shmallah!*«

»Was ist?«

Khalid zog das Handy hervor, es sah aus, als wäre ein Auto darübergefahren. »Wie ist das möglich? Der Sack hat keinen Stoß abbekommen, wenigstens nicht durch mich.«

»Wann hast du es zum letzten Mal benutzt?«

»Gestern, kurz bevor wir hier angekommen sind. Als ich mein Büro in Kairo angerufen habe.«

Théo rieb sich den Nasenrücken. »Hast du die Mauser noch bei dir?«

»Natürlich.«

»Leihst du sie mir?«

»*Sayyid* St. Pierre!«, drängte der Beduine vor dem Zelt.

»Ich komme!«

Khalid wühlte in seiner Jacke und reichte ihm die Pistole. »Théo, warum kehren wir nicht nach Kairo zurück? Noch ist Zeit.«

»Ich kann jetzt nicht aufhören, jetzt nicht mehr.« Théo steckte die Mauser in die Innentasche seiner Jacke. »Das verstehst du doch, oder?«

»Weißt du schon, wo ihr hinfahrt?«

»Nein. Ich habe ihn noch nicht gesehen.« Théo drückte seinen Arm. »Mach dir keine Sorgen. Wir Existenzialisten sind zu böse, um zu sterben.«

Khalid umarmte ihn. »Ich werde zu Allah beten, für dich, mein Freund.« Er klopfte Théo auf die Schulter und blickte ihn augenzwinkernd an. »Ich werde ihm sagen, dass du den Existenzialisten nur spielst, weil es in Paris Mode ist.«

Théo trat aus dem Zelt und folgte dem Beduinen. Der Himmel war mit Sternen übersät, und auf den Dünen funkelte der Raureif. Nach dem Sandsturm war die Wüste wieder von tiefer Stille erfüllt. Ein Duft nach Kaffee lag in der Luft, und zwischen den Zelten flackerte der Widerschein eines Feuers.

Kassamatis saß vor dem Feuer auf dem Boden, eingehüllt in eine Schaffelljacke. Zwei Beduinen hantierten an einem gedeckten Tisch, und auf einem Kohlebecken kochte Wasser in mehreren Kannen. Théo setzte sich Kassamatis gegenüber. Ein Beduine stellte ein Tablett mit dampfendem Kaffee, Ziegenmilch, Datteln, Butter und arabischem Brot vor ihn hin.

»Wie schön es jetzt ist, nach dem Inferno heute Nacht.« Kassamatis zeigte auf die Dünen.

»Ich habe nachgedacht. Ich akzeptiere deine Bedingungen.«

Die Glut knisterte.

»Das Geheimnis?«, fragte Kassamatis, während er sein Fladenbrot mit Butter bestrich.

»Der Papyrus?«

»Ich habe nie gesagt, dass ich ihn dir zeigen würde. Ich habe nur gesagt, dass ich dich zum Grab bringe.«

»Und ich habe nie gesagt, dass ich dir das Geheimnis verrate, bevor ich das Grab betreten habe.«

»Christos! Wie soll ich jemandem vertrauen, der keinem traut? Kannst du mir das sagen?«

»Dieselbe Frage habe ich mir auch gestellt. Aber dann habe ich mir gesagt: Nun, wenn Alexis bereit ist, das alles für ein esoterisches Geheimnis zu tun, dann kann er nicht der gemeine Kerl sein, für den er sich ausgibt.« Théo trank einen Schluck Kaffee. »Sagst du mir jetzt endlich, wo dieses Grab ist?«

Kassamatis zündete sich eine Dunhill an, und der Rauch vermischte sich mit seinem dampfenden Atem. »Na gut.«

Er zog eine Pergamentrolle aus seiner Ledertasche und rollte sie vor dem Feuer auf. Die Schatten der Flammen tanzten über eine alte Karte des Wadi Hurab.

43 Die Bohlen der Anlegebrücke ächzten. Raisa war fast am Ende der Brücke angekommen, als sie sah, dass ein Mann mit Strohhut und dunkler Brille hinter dem Rumpf eines am Strand liegenden Bootes hervorkam und auf sie zulief.

Zut. Sie hatte ja geahnt, dass Lange nicht allein war. Raisa zog die Pistole und zielte auf den Mann.

»Bleiben Sie stehen, oder ich schieße! Halt!«

Der Mann blieb mit erhobenen Händen stehen. »Keine Angst. Ich bin Kommissar Dominici von der italienischen Polizei. St. Pierre hat Ihnen hoffentlich von mir erzählt.«

»Dominici? Der Kommissar aus Rom?«

»Persönlich.«

»Warum sollte ich Ihnen glauben?«

Der Kommissar wollte eine Hand in die Gesäßtasche seiner Hose stecken. Raisa streckte den Arm mit der Pistole aus.

»Ganz langsam!«

Der Kommissar zog seine Brieftasche hervor, holte einen Ausweis heraus und nahm Hut und Brille ab. Er machte Anstalten, auf Raisa zuzugehen, um ihr den Ausweis zu zeigen.

»Bleiben Sie, wo Sie sind! Werfen Sie mir das Ding zu, und dann heben Sie wieder die Arme.«

Der Kommissar stieß den Ausweis über die Brückenbohlen. Raisa hob ihn auf und öffnete ihn mit einer Hand, in der anderen die auf Dominici gerichtete Pistole.

»Wie heißt Ihr Papagei?«

»Poirot.«

»Na gut. Ich muss Ihnen glauben, auch wenn ich es nicht gern tue.« Raisa ließ die Pistole sinken.

»Kann ich meinen Ausweis wiederhaben?« Der Kommissar kam näher. »Kannten Sie diesen Mann?«

»Er ist gestern in meiner Pension abgestiegen. Sie haben entdeckt, wo ich bin. Ich muss von hier weg. Jetzt sofort.«

»Erst gehen wir beide zur Gendarmerie in Deauville.«

»Zur Gendarmerie?«

»Sie wollen doch nicht Ihr ganzes Leben auf der Flucht sein, oder?«

»Aber die werden denken, dass ich …«

»Sie haben nichts zu befürchten. Ich habe alles gesehen. Es war Notwehr. In ein paar Stunden sind Sie wieder frei. Ich gebe Ihnen mein Wort.«

»Sind Sie sicher?«

»Ganz sicher. Außerdem gibt es die Aussage von Interpol.«

»Was hat Interpol damit zu tun?«

»Ich werde Ihnen alles erklären. Das Wichtigste ist, dass Sie sofort diese Pension verlassen.«

Beide gingen mit eiligen Schritten an der Strandpromenade entlang. Unterwegs telefonierte der Kommissar mit Interpol und erzählte einem gewissen Joubert, was passiert war. Raisa hörte, wie er Joubert bat, sofort die Staatsanwaltschaft der Region Calvados anzurufen und das Nötige zu veranlassen, um Probleme mit der Gendarmerie von Deauville zu vermeiden.

Nachdem er einen flüchtigen Blick auf Dominicis Ausweis geworfen hatte, hörte der Leiter der Gendarmerie von Deauville sich mit ausdruckslosem Gesicht den Bericht des Kommissars an.

»Ich habe keine andere Wahl«, sagte der Oberwachtmeister. »Ich muss Madame in Untersuchungshaft nehmen. Der Staatsanwalt wird entscheiden, was hier zu tun ist.«

»Sie nehmen niemanden in Untersuchungshaft. Sie haben meine Zeugenaussage, nach der es sich um Notwehr gehandelt hat. Wie soll ich es Ihnen noch sagen? Dieser Lange war ein professioneller Killer! Sie werden mit seiner Leiche auch seine Pistole aus dem

Wasser fischen. Jetzt nehmen Sie unsere Aussagen zu Protokoll und lassen die Dame gehen, die sich selbstverständlich zu Ihrer Verfügung halten wird.«

»Wollen Sie mich lehren, wie ich meinen Beruf auszuüben habe? Hier in Frankreich haben Sie keinerlei Amtsbefugnisse.«

»Ich nicht, aber Interpol ja.«

»Interpol?«

In diesem Moment klingelte das Handy des Kommissars.

»Sie haben also mit ihm gesprochen? Sehr gut, Joubert. Ich gebe Ihnen den Dienststellenleiter der Gendarmerie von Deauville, der uns offenbar Probleme bereiten will.« Er reichte ihm das Telefon. »Der Abteilungsleiter Joubert von Interpol in Lyon.«

Der Oberwachtmeister hörte zu, ohne Fragen zu stellen. »Das können Sie nicht von mir verlangen«, sagte er zum Schluss. »Eine solche Verantwortung kann ich nicht übernehmen ... Rufen Sie an, wen Sie wollen.« Er erhob sich, ging hinaus und kehrte mit einem Gendarmen zurück. »Du nimmst jetzt ihre Aussagen zu Protokoll, und dann begleitest du ...«

Das Telefon der Gendarmerie klingelte. »Ja, ich habe verstanden, Herr Staatsanwalt«, sagte der Beamte. Er hängte auf und sah Dominici mit kaum verhohlenem Groll an. »Sie haben gewonnen. Wir nehmen jetzt das Protokoll auf, aber Sie ...«, er wandte sich an Raisa, »kommen morgen Vormittag hierher, um den Toten zu identifizieren, wenn die Flut ihn nicht schon längst mitgenommen hat.«

Als sie zum Parkplatz zurückkehrten, wollte Raisa auf ihren Citroën zugehen, aber der Kommissar hielt sie fest.

»Lassen Sie den dort stehen. Dieses Auto könnte Sie verraten. Es reicht, die Hertz-Filiale in Deauville zu informieren, damit sie ihn holen kommen. Wir nehmen mein Auto.«

»Wohin fahren wir?«, fragte Raisa.

»Wo ist St. Pierre?«

»Warum wollen Sie das wissen?«

»Ich fürchte, er ist in Gefahr.«

»Warum glauben Sie, dass er in Gefahr ist?«

»Vorher muss ich Ihnen eine Geschichte erzählen, und Sie können mir vielleicht helfen, ein paar Lücken darin zu schließen.« Der Kommissar legte Raisas Vuitton-Tasche in den Peugeot. »Haben Sie Hunger?«

»Jetzt, wo Sie mich daran erinnern, ja.«

»Steigen Sie ein. Ich lade Sie zum Abendessen ein.«

Sie parkten an der Mole von Deauville. Der Kommissar nahm eine Ledermappe aus dem Auto, dann gingen sie auf der Suche nach einem Restaurant über Les Planches, die Promenade aus Holz, die am Strand entlangführte.

Sie setzten sich auf die Terrasse einer Brasserie direkt am Strand und bestellten Zwiebelsuppe und Jakobsmuscheln. Die Brise trug den Geruch von Salzwasser herbei und ließ die Kerzenflammen auf den Tischen flackern.

Der Kommissar betrachtete das Meer, während er an seinem Pernod nippte. »Was ich Ihnen sagen wollte, ist, dass … Nun, ich glaube, ich weiß jetzt, wer hinter dieser ganzen Geschichte steckt.«

Das Klatschen der Wellen untermalte die Worte des Kommissars.

»Ach wirklich?« Raisa stellte ihr Gläschen Calvados mit einer brüsken Bewegung auf dem Tisch ab. »Darf ich erfahren, was Sie mir damit sagen wollen? Dass der nächste Killer mich erledigen wird? Oder dass Théo dasselbe passieren wird?«

»Haben Sie je von einer Organisation gehört, die sich Bilderberg-Gruppe nennt?«

»Bilderberg-Gruppe? Der Name ist mir nicht neu. Warum heißt sie so?«

»Nach einem Hotel in Osterbeek in Holland. Dort fand die erste Versammlung einer kleinen Gruppe statt, der ein ganz besonderes Projekt vorschwebte. Das waren nicht irgendwelche Leute. Gastgeber war Prinz Bernhard der Niederlande, und zu den Gästen gehörten Persönlichkeiten wie David Rockefeller. Das war im Mai 1954.«

»Im Mai 1954? Commissario, ich will wissen, wer mich hier und heute umzubringen versucht, und Sie erzählen mir eine Geschichte aus einer Zeit, in der ich noch nicht einmal geboren war?«

»Wenn ich Ihnen diese Geschichte nicht erzähle, können Sie nichts verstehen.«

Raisa seufzte. »Na gut. Wer hat sich also damals getroffen? Was hatten diese Leute vor? Kurzum: Wer ist diese Bilderberg-Gruppe?«

Der Kommissar zündete sich eine Gitane an und zog eine CD aus der Ledermappe. Er klappte die Hülle auf.

»Hier drin steckt die ganze Geschichte«, sagte er. »Es sind geheime Dateien der Bilderberg-Gruppe. Wir haben sie in einer Burg im holländischen Leiden gestohlen. Dort haben die ihre Archive.«

Ein Blitz leuchtete am Horizont auf.

44 Ein Schakal flitzte vor dem Defender über die Straße, und die gelben Augen des Tieres blitzten im Scheinwerferlicht auf. Der Geländewagen verließ die Piste, der Beduine am Steuer schlug einen Pfad ein, der sich zwischen den Hügeln hindurchschlängelte.

»Warum fahren wir bergauf?« Théo drehte sich zu Kassamatis um, der auf der Rückbank saß.

»Ich habe Fahrid gesagt, dass er von oben heranfahren soll. Hast du die beiden Spione gestern auf den Hügeln vergessen?«

Sie kamen auf einer felsigen Hochebene heraus, die das Tal überragte. Die Ebene wurde von den Farben der Morgendämmerung erhellt, hier und da wuchsen Tamariskenbüsche, weiß vom Raureif. Am Horizont war der Himmel in Türkis, Gelb und Violett getaucht. Unter ihnen lag in unwirklicher Stille das Wadi. Kassamatis gab dem Fahrer in scharfem Ton einen Befehl auf Arabisch. Der schaltete die Scheinwerfer aus und fuhr das Auto hinter ein Ghada-Gebüsch. Sie stiegen aus.

Théo fröstelte, er klappte den Jackenkragen hoch. Als er die Hand in die Innentasche steckte, glitten seine Finger über den Knauf der Mauser. Sein Atem wurde in der eiskalten Luft zu einer Dampfwolke. Fahrid führte sie an den Rand der Hochebene, wo sie sich hinter Felsbrocken zwischen zwei dunkelroten Sandsteinsäulen postierten.

»Was habe ich dir gesagt?« Das Fernglas vor Augen, zeigte Kassamatis auf die Piste, die aus Al-Bad kam. »Schon haben wir Besuch.«

Théo hob das Nachtsichtglas an die Augen. Die Scheinwerferlichter einer ganzen Kolonne von Geländewagen strichen über den Talgrund. Bevor sie am Durchbohrten Felsen ankamen, teilte die Kolonne sich auf: Ein Jeep fuhr geradeaus weiter, zwei nahmen den nach Norden führenden Weg, und die beiden anderen schlugen den südlichen Weg ein, der auf ihren Felsen zulief.

»Was haben die vor?«, fragte Théo.

»Sieht mir ganz nach einem Hinterhalt aus.«

Théo beobachtete die Bewegungen der Scheinwerfer. Die ersten drei Geländewagen verschwanden aus seinem Blickfeld, während die letzten beiden auf sie zugefahren kamen. Plötzlich verschwanden auch deren Lichter, um wenige Minuten später auf den Abhängen eines Hügels wiederaufzutauchen, ein paar hundert Meter von ihrem Plateau entfernt. In der Nähe des Gipfels erloschen die Lichter, und wieder erhellte nur die Morgenröte das Wadi.

»Hast du das gesehen?«, fragte Théo. »Die Jeeps haben sich in einem Dreieck aufgestellt, und zufällig liegt der Durchbohrte Felsen genau in der Mitte.«

»Tja.« Kassamatis setzte sich in den Windschatten eines Felsblocks und zündete sich eine Zigarette an. »Uns bleibt trotzdem nichts anderes übrig, als abzuwarten und zu sehen, was passiert.«

Théo hob das Fernglas. Eben kam die Sonne zwischen den beiden Spitzen des Al-Manifa hervor, und ihre Schatten verlängerten sich auf dem roten Sand des Wadis bis sie das gegenüberliegende Felsmassiv streiften.

Bäuchlings auf einem Felsvorsprung liegend, richtete der Monsignore sein Zeiss-Glas auf das Tal. »Ich sehe niemanden.«

»Der Koran sagt: ›Sei geduldig, und Allah wird dir helfen.‹« Al Kaddafi schob ein Magazin in seine Tokarew TT-33.

Zwei Scheinwerfer durchschnitten das Dunkel und ließen den Reif glitzern. Guzman setzte sich das Glas an die Augen. Ein Hummer-Geländewagen. Am Fuß des Durchbohrten Felsens hielt der Wagen. Sechs Männer in Arbeitskleidung stiegen aus. Einer von ihnen faltete eine Landkarte auf und breitete sie auf der Motorhaube aus, die anderen umringten ihn. Der Schein einer Taschenlampe fiel auf die Karte. Morgenstern, *el general.*

»Er ist es tatsächlich.« Die Hand des Monsignore krampfte sich um das Fernglas. »Wie gerne hätte ich den jetzt in den Fingern.«

»Rache ist ein Gericht, das man am besten kalt serviert.«

Der Monsignore stellte das Fernglas schärfer ein. Der General zeigte auf den Gipfel des Durchbohrten Felsens, drehte sich um und wies auf das abgestufte Felsmassiv. Er schaute zur aufgehenden Sonne, dann auf seine Uhr und sagte etwas. Die Männer schlenderten um den Geländewagen herum. Was geschah dort?

»Worauf warten die denn?«, fragte Al Kaddafi.

Die Sonne kam zwischen den Spitzen des Al-Manifa hervor. Der Monsignore richtete das Fernglas erst auf den Felsen, dann auf die Stufen des Massivs. Der Sonnenstrahl war das Zeichen!

»Sie warten darauf, dass die Sonne zwischen den beiden Spitzen aufsteigt.« Er zeigte auf das Massiv. »Sieh dir mal den Schatten des Durchbohrten Felsens auf diesem Massiv mit den Stufen dort hinten an. Erkennst du etwas in dem Schatten?«

»*Shmallah!* Dazu dient also dieses Loch!«

War es möglich, dass der Archäologe – immerhin der Ägyptologe des Louvre – das nicht begriffen hatte? Nein, der hatte es ganz genau begriffen. Die angebliche Rückkehr nach Ägypten war nur eine Komödie gewesen. Die beiden hockten irgendwo in der Nähe. Und der Silberfuchs? War der auch dabei?

Morgenstern und seine Männer stiegen wieder in ihren Wagen. Er fuhr auf das Massiv zu und hielt zu Füßen des Berges. Sie stiegen aus und luden Schaufeln und Spitzhacken aus dem Wagen. Je höher die Sonne zwischen den beiden Zacken aufstieg, desto tiefer senkte sich der Sonnenstrahl auf dem Schatten, den der Felsen auf das Massiv warf. Als die Sonne ganz hervorgekommen war, kletterte Morgenstern auf die erste Stufe. Mit einem Stück Kreide zeichnete er den Kreis nach, den die Sonne auf die Felswand malte. Der Monsignore ließ das Fernglas sinken. War das möglich? Das Grab in dieser Felswand aus Sandstein, in dieser Höhe?

»Dann wäre das Grab also dort oben?«, fragte Al Kaddafi.

»Sieht ganz so aus.«

Morgensterns Männer schleppten die Werkzeuge bis auf die erste Stufe des Felsens. Obwohl die Sonne gerade erst aufgegangen war, hatten alle schon ihre Jacken und Pullover ausgezogen und arbeiteten in T-Shirts. Auf einen Wink des Generals ergriffen zwei von ihnen die Spitzhacken und fingen an, gegen die Wand zu schlagen. Ein paar Stunden später wirkte der Felsen noch immer unversehrt. Morgenstern gab den beiden Männern, die gerade an der Reihe waren, ein Zeichen aufzuhören.

»Diese Felswand überzeugt mich ganz und gar nicht«, sagte der Monsignore. »Und was geschieht jetzt?«

Einer der Männer hatte etwas aus seinem Rucksack geholt. Ein anderer hantierte mit einer Rolle Elektrokabel.

»Was zum Teufel machen die?«, fragte Guzman.

»Das ist Dynamit.«

Der Monsignore spähte wieder durch das Fernglas. Zwei Männer brachten die Sprengladungen an der Wand an. Ein dritter verband sie mit der Zündschnur, dann rollte er das Kabel bis zum Fuß des Berges auf und führte es um einen Felsblock herum. Morgenstern und die anderen stiegen von der Stufe herunter und brachten sich hinter dem Felsvorsprung in Sicherheit. Der General zog einen Zigarrenanzünder aus der Tasche und legte Feuer an die Zündschnur. Ein weißlicher Rauchfaden lief auf das Massiv zu.

Kurz darauf erschütterte eine Explosion das Wadi. Der Monsignore und Al Kaddafi duckten sich hinter einer Felszinne. Über dem Massiv stieg eine Wolke aus Rauch, Staub und Steinen auf, die die Talsohle verdunkelte. Als die Wolke sich verzogen hatte, beugte der Monsignore sich mit dem Fernglas vor Augen wieder über den Rand. Die Mossad-Männer kletterten zu der Stufe hinauf.

Das Fadenkreuz auf der Linse des Fernglases bewegte sich über dem Loch, das in die Wand gesprengt worden war. *Nada*. Keine Öffnung. Hatte Morgenstern sich geirrt?

Théo blickte unverwandt durch das Fernglas auf das Massiv, bis die Staubwolke sich verflüchtigt hatte. »Dort ist nichts.«

»*Christos*, ich verstehe das nicht.« Kassamatis breitete die Karte über einem Stein aus. »Im Papyrus von Tutanchamun steht es klar und deutlich: Der Eingang ist dort, hinter der Wand.«

»Ich habe es dir schon einmal gesagt, und ich wiederhole es. Eine Grabkammer in diese Wand zu graben wäre ein unmögliches Unterfangen. Dieser Fels ist zu hart.«

»Anscheinend rennt noch jemand hinter dem Unmöglichen her.« Kassamatis deutete mit einer Kopfbewegung auf die Männer des Mossad. »Hast du den Typen, der die Befehle gibt, nicht erkannt?«

»Nein, wer ist das?«

»Morgenstern, der Chef des Mossad. Ich bin ihm mal vor Jahren in Tel Aviv begegnet. Der überlässt nichts dem Zufall.«

Théo antwortete nicht, seine Augen klebten am Fernglas. Der Mossad? Dann steckte Israel hinter dem Mord an Vanko? An Beweggründen mangelte es ihnen wahrhaftig nicht.

»Morgenstern überlässt vielleicht nichts dem Zufall, aber er irrt sich, so wie du dich irrst. Der Papyrus könnte etwas Falsches sagen oder eine Fälschung sein.«

Er rieb sich den Nasenrücken. Es sei denn... Wenn die Berechnung des Tages richtig war, wie erklärte sich dann, dass sie auf diese Wand hinauslief? Nein... war das möglich? Der Kreisel. Aber natürlich, der Kreisel! Warum hatte er nicht eher daran gedacht? Er unterdrückte ein Lachen.

Der Monsignore schwenkte mit dem Fernglas auf den Durchbohrten Felsen und dann auf die glühende Sonne. Lag es an der berechneten Bahn?

»Vielleicht graben sie zu weit unten«, sagte der Monsignore. »Als die Sonne hervorkam, fiel der Strahl weiter oben auf den Felsen. Erinnerst du dich, wohin?«

»Er fiel auf die Wand der zweiten Stufe.«

»Dann muss man vielleicht dort oben graben.«

»Wie auch immer, den Juden brauchen wir jetzt nicht mehr. Ich benachrichtige die Männer. Aber diesmal gibt es keinen Tee mit Gebäck.«

Al Kaddafi schlich sich zu einem seiner Männer, und die beiden wechselten ein paar Worte. Der Beduine hängte ein weißes Tuch an den Lauf eines Gewehrs, dann schwenkte er es in der Luft. Der Saudi nahm ein Megafon, und seine Stimme hallte durch das Wadi.

»Jude, fünfundzwanzig Gewehre sind rundherum auf dich angelegt. Ergib dich!«

Ein Ausdruck der Bestürzung trat auf das Gesicht des Generals und seiner Männer. Hinter jedem Felsen und Hügel um das Massiv kamen mit Kalaschnikows und Repetiergewehren bewaffnete Beduinen hervor.

»Löst eure Pistolengürtel, und werft sie auf den Boden!«, rief Al Kaddafi durch das Megafon. »Dann kommt ihr mit erhobenen Händen von dem Felsen herunter.«

Die Mossad-Männer stiegen im Gänsemarsch, die Arme hoch erhoben, den Berg hinunter. Am Boden wurden sie von den Beduinen umringt, die sie mit Stößen ihrer Gewehrkolben vorantrieben und sie dann durchsuchten. Der Monsignore und Al Kaddafi kletterten von ihrem Felsen und kamen auf die Gruppe zu.

»*Buenos días, Señor General.*« Monsignore Guzman schlug die Hacken zum militärischen Gruß zusammen. »Mein Freund Rashid kann es gar nicht erwarten, Ihre erlesene Gastfreundlichkeit zu erwidern.«

Die Hände in die Seiten gestützt, musterte Al Kaddafi den General, dann versetzte er ihm jäh einen Schlag mit dem Handrücken, der Morgenstern ins Wanken brachte. Aus seinem Mundwinkel rann Blut.

»Wo sind der Papyrus und das Pergament?«

»General Uri Morgenstern, Israelischer Geheimdienst, Matrikelnummer 7600.«

Al Kaddafi zielte mit der Tokarew auf einen der Agenten und feuerte zweimal. Der Mann stieß einen erstickten Schrei aus, fasste sich an die Brust und stürzte röchelnd zu Boden. Ein dunkelroter Fleck breitete sich auf dem Sand aus.

Der Monsignore wandte den Blick ab, sein Magen krampfte sich vor Ekel zusammen. Dieser Schlächter. Blut, das Heilmittel der Idioten.

»Jude, ich frage dich zum letzten Mal.« Al Kaddafi zielte auf den nächsten Agenten. »Wo sind sie?«

»Aufhören! Wir haben sie verbrannt.«

»Verbrannt? Und du glaubst, das kaufe ich dir ab?«

»Das ist die Wahrheit!«

Al Kaddafi zielte. Der Monsignore schlug ihm den Arm weg und zog ihn beiseite. Die Beduinen hielten ihre Waffen weiterhin auf Morgenstern und seine Leute gerichtet.

»Er sagt die Wahrheit, verstehst du das denn nicht? Die Dokumente zu verbrennen ist genau das, was einer wie er mit Sicherheit getan hat. Er hat so gegen diese Wand gewütet, weil er glaubt, dass das Grab dort ist. Bestimmt.«

Al Kaddafi kratzte sich mit dem Pistolenlauf am Bart. »Aber Rabinovitch, dieser Hund, muss ihm das Pergament vorgelesen haben. Ich garantiere dir, gleich wird er mir sagen, was da geschrieben stand.«

»Und was hoffst du zu entdecken?«

»Ich will wissen, wer in diesem Grab liegt, falls wir es nicht finden sollten. Willst du das denn nicht wissen, Christ?«

»Morgenstern wird dir alles sagen, außer der Wahrheit, wenn er schon hierhergekommen ist, um das Grab zu zerstören. Verhör ihn, wenn du willst, aber du vergeudest deine Zeit und meine noch dazu.«

Al Kaddafi fuhr sich mit einem Finger über die Hakennase. »Folter. Folter wird ihm die Zunge lösen.«

»Das sind Mossad-Agenten, die wurden ausgebildet, um der Folter zu widerstehen. Den kannst du in Stücke reißen, er wird dir nichts sagen.«

»Hm. Dann gibt es eine andere Methode. Pentothal. Ich lasse jemanden aus Riad kommen. Einen Experten.«

»Lass uns inzwischen keine Zeit verlieren. Fangen wir an, auf der zweiten Stufe zu graben.«

»Ich rufe den Antikendienst in Riad an, die sollen kommen und uns helfen.«

»Hoffentlich können sie wenigstens eine Spitzhacke in der Hand halten. Aber beschwören würde ich es nicht, wenn man sich die Ergebnisse ihrer Ausgrabungen ansieht.«

Théo nahm seinen Hut ab und trocknete sich den Schweiß auf der Stirn. »Sag mal, bist du wirklich sicher, dass das hier die Stelle sein muss?«

»Hältst du mich für blöd? In dem Papyrus ist mehrmals vom Land Midian die Rede, und dieses Tal und der Durchbohrte Felsen werden eindeutig beschrieben.«

»Und die Ausrichtung nach der Sonne?«

»Das Grab wurde genau an der Stelle gegraben, wo die Strahlen der aufgehenden Sonne hinfallen, wenn sie durch dieses Loch kommen.« Kassamatis zeigte auf den Durchbohrten Felsen.

»Was wird über das Datum gesagt? Sag mir genau, mit welchen Worten.«

»Warte … Ach ja, es heißt so: ›Am zehnten Tag des ersten Saatmonats im Jahr eins der Regierung von Tutanchamun‹.«

Er habe zwei Archäologen zu Rate gezogen, einen Engländer und einen Amerikaner, und beide hätten erklärt, dass das Datum nach dem ägyptischen Kalender der 10. November des Jahres 1332 vor Christus sei. Da die Ägypter kein Schaltjahr hatten und ihr Sonnenjahr um einen Vierteltag kürzer war als unseres, hatten die Archäologen das Datum korrigiert.

»Nachdem die Korrekturen durchgeführt waren«, schloss Kassamatis, »haben beide bestätigt, dass das Datum dem 28. September unseres Kalenders entspricht, also dem heutigen Tag. Zufrieden?«

Théo dachte an die umstrittene Festlegung des ersten Regierungsjahrs von Tutanchamun. Die Differenzen liefen auf vier Jahre mehr oder weniger hinaus. Er machte im Geist einige Rechnungen. Die maximale Schwankung konnte ein Tag vor oder ein Tag nach dem 28. September sein, was am Einfallswinkel der Sonne praktisch nichts änderte. Er fuhr sich mit dem Finger über den Nasenrücken. Wenn das Datum richtig war, blieb der Kreisel die einzige Erklärung.

»Entweder ist Tuts Papyrus eine Fälschung, aber das glaube ich nicht, oder das Grab muss sich auf jeden Fall dort befinden.« Kassamatis tippte mit dem Finger auf die Karte. »Hinter dieser Wand, was auch immer du dazu sagst.«

»Wird das Versteck im Papyrus explizit genannt und beschrieben? Ich meine das stufenförmige Felsmassiv.«

Kassamatis Miene verriet Überraschung. »Nein. Aber warum auch? Die Sonne zeigt doch die Stelle an.«

Théo lächelte ironisch. »Ich nehme an, als du die beiden Archäologen gebeten hast, das Datum umzurechnen, hast du ihnen nichts von der Ausrichtung nach der Sonne mithilfe des Lochs gesagt, oder?«

»Warum hätte ich das tun sollen? Damit sie womöglich dahinterkommen, worum es geht? Ich kenne die Wissenschaftler. Und ihr Archäologen seid bestimmt nicht anders.«

Théo brach in ein unbändiges Gelächter aus. »Du magst ja viel Geld haben, aber du bist und bleibst ein Ignorant.«

»Darf ich erfahren, was daran so komisch ist, du Angeber,?«

»Der Eingang zum Grab kann überall sein, außer in dieser Wand. Sagt dir der Ausdruck ›Präzessionsbewegung‹ etwas, du armer Milliardär?«

Erst sah Kassamatis ihn verblüfft an, dann biss er sich auf die Lippe. »Verflucht. Der Kreisel.«

»Genau, der Kreisel.« Spöttisch ließ Théo einen Finger in der Luft kreisen. »Der Erdachse gefällt es nun mal, sich in einem Winkel von dreiundzwanzig Grad zur Senkrechten über der Gerade des Äquators zu drehen. Sie spielt einem doch immer wieder einen Streich, die Erde, nicht wahr?«

Obwohl die Bewegung äußerst langsam war – eine komplette Präzession der Äquinoktialpunkte dauerte etwa 26 000 Jahre –, bewirkte sie doch eine Verschiebung der Tagundnachtgleiche nach Westen um einen Grad alle zweiundsiebzig Jahre.

»Und was bedeutet das dann praktisch?«

»Es bedeutet, dass der Kreisel auf das Jahr 1332 vor Christus zurückgebracht werden muss.«

»Könnte der Herr Professor für uns arme, ignorante Milliardäre bitte ein wenig ausführlicher antworten?«

»Man muss den Einfall der Sonne durch einen Winkel korrigieren, der den Graden der Präzession von 1332 vor Christus bis heute entspricht. Damals ging die Sonne mit Sicherheit nicht zwischen den Spitzen des Al-Manifa auf. Also fielen die Strahlen, die durch das Loch im Felsen drangen, nicht auf das Massiv. Ist es so klarer?«

»Kann man die angepasste Einstellung errechnen?«

»Natürlich kann man das. Es gibt Software dafür, und ich kenne jemanden, der sie hat.« Théo sah auf seine Uhr. »Jetzt ist es neun, also ist es in Frankreich sieben Uhr. In zwei Stunden rufe ich ihn an und bitte ihn, die Verschiebung zu berechnen.«

Théo drückte eine Taste auf dem GPS. Die Position des Massivs war noch gespeichert. Sein Blick wanderte über das sonnendurchglühte Wadi. Wo war das Grab? Noch zwei Stunden, und die Welt würde vielleicht nicht mehr dieselbe sein.

»Wenn man weiß, was man sucht, und bereit ist, alles zu wagen«, hatte die Herzogin gesagt. Und als sie über die Welt sprach, die letzte Karte, hatte sie hinzugefügt: »Kosmisches Wissen, das Unergründliche, das Absolute.«

Verbarg sich in dem Grab die Antwort? Das Geheimnis des Lichts von Aton? Er stützte sich auf einen Ellenbogen, zog Nickys Uhr heraus und ließ sie aufspringen. *Au clair de la lune …*

ACHET-ATON, KÖNIGLICHER PALAST, ACHTZEHNTES JAHR DER REGENTSCHAFT ECHNATONS

Auf der Schwelle zu Nephers Arbeitsraum erschien der königliche Kämmerer. »Der Wesir Nakht aus Theben, Hoheit. Er sagt, es sei dringend.«

»Er soll hereinkommen.«

Der Wesir, aus dessen scharf geschnittenem Gesicht stechende Augen blickten, trug eine knöchellange Tunika und einen goldenen Brustpanzer mit eingefassten Türkisen. Eilig betrat er den Raum und setzte sich vor Nepher an den Tisch.

»Hoheit, wieder ist ein Aufstand ausgebrochen, diesmal sehr viel ernster als die vorhergehenden. Das Volk ist in die Aton-Tempel eingedrungen, hat Priester gemetzelt und die Rückkehr Amuns gefordert. Dann hat die aufgebrachte Menge die königlichen Kornspeicher gestürmt.«

Die Aufständischen hätten mithilfe der üblichen gesetzlosen Schakale und Söldnerbanden der Schardana die Häuser der Reichen, die Läden der Händler und die Lager am Hafen geplündert. Die Rebellion greife derzeit auf Memphis und viele weitere Provinzen über. Der Wesir habe Horemheb befohlen, mit dem Heer einzuschreiten, doch der General habe entgegnet, ohne einen Befehl des Pharaos müssten die Soldaten in den Kasernen bleiben.

»Ich hatte fast den Eindruck, als würde der General auf eine Verschärfung der Krise setzen, bis es keine Rückkehr mehr gibt.«

Also habe er sich an Ay gewandt, damit er mit seinen Streitwagen Ordnung schaffe, doch der habe ihm dieselbe Antwort gegeben wie Horemheb.

»Hoheit, der Führer der Polizei ist überzeugt, dass es ein Komplott zwischen Horemheb, Ay und Tehuti gibt, und ich stimme ihm zu.«

»Ay? Der Göttliche Vater? Nofretetes Vater?«

»Hoheit, ich sage es dir noch einmal. Ays Heimtücke steht seinem Ehrgeiz nur um ein Geringes nach. Jetzt, da die Große Königliche Gemahlin in das Land des Westens geflogen ist, gibt es nichts mehr, was seine Machtgier aufhalten kann.«

Nephers Blick verweilte auf einem Wandgemälde, das Nofretete vor ihm sitzend zeigte, wie sie ihn liebkoste und ihm eine Lotusblume reichte.

»Was schlägst du vor?«

»Ay ist der Befehlshaber über die Streitwagen, aber die der Königlichen Leibgarde unterstehen ihm nicht. General Maya ist dir treu geblieben und wartet nur auf deine Befehle.«

Nepher erhob sich und stellte sich vor das große Fenster, die Augen zum Nil gewandt.

»Hoheit, wir müssen einschreiten! Augenblicklich, bevor die Aufstände in einen Bürgerkrieg ausarten!«

»Du weißt, dass ich Gewalt verabscheue. Wie kannst du obendrein von mir verlangen, die Streitwagen gegen mein Volk einzusetzen?«

»Du unterschätzt die Verzweiflung der Menschen. Wegen der Hungersnot und der asiatischen Seuche müssen die Häuser des Todes Tag und Nacht arbeiten, und der üble Gestank der Leichen verpestet die Luft von Theben. Und als ob das nicht genügte, kommt zum Hunger und zur Verzweiflung nun auch noch die Angst hinzu.«

Nepher drehte sich um. »Angst? Wovor?«

Der Wesir wich seinem Blick aus.

»Was ist los, Nakht? Sprich!«

»Die Amun-Priester hetzen das Volk auf. Sie murmeln, der Tod der vier Mädchen, auf den nach so kurzer Zeit der Tod der Königsmutter Tiye, der Lieblingsnebenfrau Kiya und der Großen Königlichen Gemahlin Nofretete folgte, sei eine Strafe der Göttin Sachmet, weil du die Götter der Zwei Länder verraten hast.«

Nun, da die Pest im ganzen Land wütete und keine Familie verschonte, behaupteten die Priester, die Strafe der Göttin treffe alle Ägypter, weil sie sich den ketzerischen Reformen des Pharaos nicht widersetzt hatten.

»Hoheit, es genügt nicht mehr, den Aufstand niederzuschlagen. Wenn wir zur Normalität zurückkehren wollen, musst du befehlen, dass die Tempel Amuns und der anderen Götter wieder geöffnet werden. Sofort! Ohne langes Zögern!«

»Niemals. Die Götter Ägyptens sind Heuchelei, Betrug und Lüge.« Nepher zeigte auf den Sternenhimmel. »Könnte ich dir doch beschreiben, was es dort oben gibt, aber ich darf nicht. Selbst wenn ich dürfte, mir würden die Worte fehlen, und selbst wenn ich sie fände, du würdest mir nicht glauben.«

»Hoheit, deine Worte sind für mich wie der Wind über dem roten Wüstenland. Deinen Gott, der nur aus Licht besteht, kenne ich nicht. Aber auch wenn du recht haben magst, warum dem Volk einen einzigen Gott aufzwingen? Warum lässt du ihm nicht die Freiheit der Wahl?«

»Ich will, dass die Liebe Atons sich über ganz Ägypten verbreitet wie sein Licht und dass mein Volk lernt zu fühlen, was ich fühle. Eine Welt ohne Hass, wo der Mensch des Menschen Bruder ist.«

»Eine Welt ohne Hass, wo alle Brüder sind?« Nakht lachte bitter und zeigte auf die Tontäfelchen, die sich auf dem Tisch stapelten. »Sogar Suppiluliuma und Aziru, dieser Verräter, nennen dich ›Bruder‹, aber unterdessen schneiden sie den Soldaten unserer Garnisonen die Kehle durch. Die Welt, die du dort oben siehst, Hoheit, die kann ich nicht entdecken, und ich bezweifle, dass ich oder andere sie jemals sehen werden. Wie lautet deine Entscheidung?«

»Aton bleibt der einzige Gott, und die Amun-Tempel bleiben geschlossen. Was die Streitwagen betrifft, so befiehl Maya einzuschreiten, aber ohne Sicheln an den Rädern und ohne Blutvergießen. Um dem Mangel an Korn abzuhelfen, werden wir die königlichen Speicher bis zum Grund leeren. Und wir werden noch mehr tun. Gib Befehl, die Hälfte des Korns der Adeligen zu beschlagnahmen.«

»Das Korn der Adeligen? Hoheit, wenn du ihnen ihr Korn nimmst, werden auch sie sich gegen dich erheben.«

»Mein Arm ist der Arm Maats. Ich hole mir nur zurück, was sie dem Volk gestohlen haben.«

»Aber das wird nichts nützen! So spielst du den drei Verschwörern nur in die Hände. Wenn du Amun nicht wieder als Gott einsetzt, werden die Aufstände weitergehen. Willst du einen Bürgerkrieg riskieren?«

»Ein Leben ohne Risiken ist das gefährlichste von allen.«

»Hoheit, ist dir nicht bewusst, dass die Probleme sich nicht auf die inneren Angelegenheiten Ägyptens beschränken?«

»Was gibt es denn sonst noch?«

»Einen Vertrag mit Suppiluliuma zu schließen war ein schwerer Fehler – ich sagte es dir seinerzeit –, und ebenso falsch war es, ein Drittel unserer Truppenkontingente aus den asiatischen Provinzen abzuziehen und die Gelder für das Heer zu kürzen.« Der Wesir legte einige mit Keilschrift beschriebene Tontäfelchen auf den Tisch. »Jetzt drohen wir die Königreiche Mitanni und Byblos zu verlieren. Das Reich Amurru haben wir wahrscheinlich schon verloren, was man daran sieht, dass König Aziru unter tausend Entschuldigungen die Zahlung des Tributs hinausschiebt. Hoheit, lass uns die Kornreserven benutzen, um das Heer zu stärken, und schicken wir Horemheb und seine Truppen in die asiatischen Provinzen. Es geht nicht mehr um Tributzahlungen, sondern darum, die Grenzen zu schützen. Außerdem können wir uns in Ägypten ruhiger fühlen, wenn Horemheb in Asien weilt. Ist er erst einmal weit fort, werden wir mithilfe von Mayas Streitwagen die Revolte niederschlagen, vorausgesetzt natürlich, du willigst ein, die Amun-Tempel wieder zu öffnen.«

»Ich habe Gesandte mit Geschenken zu Suppiluliuma und zu Aziru geschickt und den Königen bekräftigt, dass ich Frieden will. Ich bin sicher, dass sie auf mich hören werden.«

»Was?« Der Wesir sprang auf. »Ohne mich davon zu unterrichten? Hoheit, begreifst du denn nicht, was das bedeutet? Diese beiden kennen unsere inneren Probleme sehr genau. Sie werden deine Geste als ein Anzeichen von Schwäche auffassen, und noch bevor du dich versiehst, werden die Wagen der Hethiter die rote Wüste durchqueren und in das Delta eindringen!«

»Nakht, die Macht hat dein Herz verhärtet, darum kannst du nichts anderes mehr sehen als Krieg.«

»Und du bestehst darauf, die Sterne zu betrachten, Hoheit, aber die Wirklichkeit besteht nicht aus Sternen. Du blickst in den Himmel, und derweil drohst du in den Kloaken von Theben zu versinken.«

Nepher raufte sich seufzend die Haare. »Was du Wirklichkeit nennst, ist nur eine Sinnestäuschung. Die Träume von heute werden die Wirklichkeit von morgen sein. Was ist der wahre Irrsinn? Die Wirklichkeit so zu sehen, wie sie uns erscheint oder wie sie sein müsste?«

»Hoheit, wie lautet deine endgültige Entscheidung?«

»Du hast mich gehört.« Nepher fuhr mit der Hand durch die Luft. »So stehe es geschrieben, und so sei es getan.«

Der Wesir hob die Schultern in einer Mischung aus Resignation und Ärger. Er stand auf, verbeugte sich und ging hinaus.

Nepher trat hinaus auf die mondbeschienene Terrasse. Geräuschlos glitt ein Boot über den Nil, der Bug war von Fackeln erhellt.

Sein Blick fiel auf die Statuette aus Türkis, die an einer Kette um seinen Hals hing. In dem Anhänger spiegelte sich das Mondlicht und brachte eine leuchtend grüne Ader in dem Stein zum Vorschein.

Nofretete schlüpfte aus dem Bett. Durch die vom Wind geblähten Vorhänge fiel das Mondlicht auf die Rundungen ihres Körpers. Sie öffnete ein mit Gold und Elfenbein intarsiertes Kästchen, in dem sie ihre Juwelen aufbewahrte, kramte darin und legte sich wieder zu Nepher ins Bett.

»Ich möchte, dass du die hier behältst.«

»Was ist das?« Nepher betrachtete die schlichte Kette aus kleinen blauen Zylindern und roten Perlen. Der Anhänger bestand aus einer Statuette, einer sitzenden Figur, die einen goldenen Nefer in der Hand hielt: ein Kreuz mit zwei zusätzlichen diagonalen Armen, das über einem Herzen lag.

»Sie ist aus Türkis und sehr alt. Ich habe sie als kleines Mädchen bei einem Spaziergang am Fluss gefunden. Bitte behalte sie. Den Nefer habe ich für dich einarbeiten lassen.« Nofretete schloss seine Hand um die Kette. »Zur Zeit des Pharaos Khufu machten die Menschen an diesen Ufern solche Statuetten. Ein Zauberer aus meinem Dorf erzählte mir, dass sie den Gott der versäumten Gelegenheiten darstellen.«

»Den Gott der versäumten Gelegenheiten?«

»Ein Gott, der dafür sorgt, dass die Dinge, die in diesem Leben nicht in Erfüllung gehen konnten, sich im nächsten Leben ereignen, im Land des Westens jenseits der Grenzen des Nun.«

45 Am Horizont erhellten Blitze den Himmel und warfen tiefblaue Reflexe auf das Wasser.

»Es ist unglaublich, was die Macht Menschen antut und was Menschen für die Macht tun.« Der Kommissar spülte seine letzte Jakobsmuschel mit einem Schluck Chablis herunter. »Sie sind Psychoanalytikerin. Wie denken Sie darüber?«

Raisa schwenkte ihr Weinglas vor der Kerzenflamme. »Macht korrumpiert, besonders absolute Macht. Es sei denn, jemand hätte absolute Macht auch über sich selbst.«

»Sind Sie so einem Menschen jemals in Ihrem Beruf oder im Alltagsleben begegnet?«

»Niemals.«

»Danke. Das bestätigt meinen Mangel an Vertrauen in die Spezies Mensch.«

»Eines verstehe ich nicht. Wenn diese Bilderberg-Gruppe so mächtig ist, warum taucht ihr Name dann niemals in der Presse auf?«

»Welches sind Ihrer Meinung nach die drei einflussreichsten Zeitungen der Welt?«, fragte der Kommissar.

»Also, die Londoner ›Times‹, die ›New York Times‹ ... und dann wüsste ich nicht weiter.«

»Sagen wir die Londoner ›Times‹, die ›New York Times‹ und die ›Washington Post‹. Einverstanden?«

Der Kommissar hatte sich mit Carlomagnos Professor aus Bologna getroffen, und Cino Patani hatte recherchiert, wie viele Artikel über die Bilderberg-Gruppe während der letzten fünfunddreißig Jahre in diesen drei Zeitungen erschienen waren.

»Cino hat dreiunddreißig in der ›Washington Post‹ gefunden, dreißig in der ›New York Times‹ und sechsundzwanzig in der ›Times‹. Weniger als ein Artikel pro Jahr über eine Organisation, die die Welt in der Hand hat. Wenn diese Artikel erschienen sind, dann nur weil es den Bilderbergern – so nennen sich diese Herren – gelegen kam, dass sie erschienen, sonst wäre nämlich gar nichts veröffentlicht worden.«

»Was, vermuten Sie, hat die Bilderberg-Gruppe mit mir zu tun?«

»Lesen Sie das hier.« Der Kommissar holte Papiere aus seiner Tasche und reichte sie Raisa. »Das ist der Ausdruck einer Datei des Professors aus Bologna.«

Der Professor hatte die Gästelisten der Jahrestreffen der letzten einunddreißig Jahre teilweise rekonstruiert, und dann hatte er die Karrieren der Eingeladenen nach ihrer Teilnahme an den Treffen verfolgt.

»Diese Datei ist die Zusammenfassung der Posten von internationaler Bedeutung. Die nationalen Karrieren lassen sich nicht mal zählen.«

Raisa hielt die Blätter vor den Lampenschirm. Ungläubiges Staunen malte sich auf ihrem Gesicht ab. »Drei amerikanische Präsidenten, zwei englische Premierminister, zwei italienische Premierminister, ein französischer Präsident, vier geschäftsführende Direktoren des Weltwährungsfonds, zwei Präsidenten der Weltbank ...« Sie blickte den Kommissar an. »Aber wie machen die das?«

»Lesen Sie die rechte Spalte. Die Zeit zwischen der Teilnahme an der Versammlung und der Ernennung.«

»*Sacré nom de Dieu.* Das ist ja immer weniger als zwölf Monate.«

»Was für ein Zufall, nicht wahr? Was sagen Sie dazu, dass in den vergangenen einunddreißig Jahren fünfundsechzig Ernennungen in Schlüsselpositionen der Weltwirtschaft und -politik an Leute gegangen sind, die zufällig weniger als zwölf Monate zuvor am jährlichen Meeting der Bilderberg-Gruppe teilgenommen haben? Ich bin Polizist, und an Zufälle glaube ich nicht, oh nein.«

So sei es auch durchaus kein Zufall, dass die geheime Jahresversammlung der Bilderberg-Gruppe immer im Frühling stattfand, vor den Zusammenkünften der G8, des Weltwährungsfonds und der Weltbank. Nach beendeter Versammlung zog die Führung der Gruppe ihre Schlussfolgerungen und teilte sie denjenigen mit, die sie angingen.

»Damit die G8, der Währungsfonds und die Weltbank wissen, welche Hausaufgaben sie zu machen haben«, fuhr der Kommissar fort. »Natürlich wird vor den Fernsehkameras bedenklich die Stirn gerunzelt, aber nur, um ein bisschen Theater zu spielen.«

»Wenn ich recht verstanden habe, sind die Eingeladenen bei den Jahrestreffen keine Mitglieder der Gruppe. Was für Leute sind das?«

»Es sind alles Leute, die in der Gruppe nichts bedeuten. Die Bilderberger nennen sie den ›Äußeren Kreis‹.«

Jedes Jahr lade der Lenkungsausschuss der Bilderberg-Gruppe 120 Führungspersönlichkeiten zu der Jahresversammlung im Frühling ein: Vorstandsvorsitzende von multinationalen Trusts, Banken, Medienkonzernen, außerdem Minister und wichtige Ratgeber aus Westeuropa und Nordamerika.

Das Treffen finde meist in einem Luxushotel statt, das dann für normale Gäste geschlossen und von Polizeikräften und dem Geheimdienst des gastgebenden Landes sogar mit Hubschraubern, die über der Umgebung kreisten, bewacht werde.

»Sie gehen sogar so weit, Geheimagenten unter das Personal zu schmuggeln.«

Die Versammlung dauerte von Donnerstag bis Sonntag. Diese drei Tage waren vollgepackt mit Vorträgen über die geheim gehaltenen Themen auf der Tagesordnung, außerdem fanden während der Mahlzeiten Treffen in kleinerem Kreis statt.

»Was ist der eigentliche Grund für die Einladung?«, fragte Raisa.

»Ganz einfach.« Der Kommissar leerte sein Glas.

»Die Gründe für die Einladung sind zwei. Erstens: die Weltentwicklung in die Richtung steuern, die sie wollen. Dafür holen sie Informationen aus Leuten raus, die in Schlüsselpositionen sitzen. Auf diese Weise können sie dem Steuerruder des Schiffs immer dann einen Stoß geben, wenn der Kurs ihnen nicht passt. Zweitens: die Jasager aussuchen, die auf Führungspositionen platziert werden sollen.«

»Warum gehen diese Leute auf die Versammlungen? Sie wissen doch wohl, warum sie eingeladen werden, oder?«

»In der Psychoanalyse nennen Sie es das ›Ego‹, glaube ich«, sagte der Kommissar. »Sie schmeicheln damit nicht nur ihrem Ego, sie nehmen auch teil, weil sie vom Krebs der Macht zerfressen sind. Sie wissen genau, dass die Führung der Bilderberg-Gruppe den Klassenbesten – denen, die nicht in der Öffentlichkeit gerülpst und nicht in der Nase gebohrt haben – ein hübsches Geschenk machen wird.«

»Wer entscheidet über die Einladungen? Der Lenkungsausschuss?«

»Eine Gruppe aus sechsunddreißig Personen, die die Vereinigten Staaten, Kanada und die Länder Westeuropas vertreten. Einer oder zwei pro Land.«

»Aber das sind offenbar nicht diejenigen, die kommandieren. Wer steht an der Spitze der Bilderberg-Gruppe?«

Eine Kellnerin brachte ihnen zwei Portionen Rhabarbertorte mit zwei Gläschen Armagnac.

»Wer kommandiert? Zwölf Personen, die sich ›Beratungskomitee‹ nennen.« Der Kommissar teilte ein Stück von der Rhabarbertorte ab. »Mit ›Beratung‹ hat das allerdings herzlich wenig zu tun.«

Die ersten Regentropfen fielen auf die Terrasse. Ein Ober drehte an einer Kurbel, und eine große Markise spannte sich über den Tischen auf.

»Sie wollen damit sagen, eine Gruppe von zwölf Menschen lenkt die Welt?«

»Das trifft fast zu.«

»Warum ›fast‹?«

»Weil in der Bilderberg-Welt das Gesetz des Dschungels herrscht. Der Professor hat mir gesagt, dass auch die Huskymeuten am Polarkreis einen Leithund bestimmen. Kein Wunder also, dass auch diese zwölf ihren Leithund haben.«

Raisas Hand umklammerte das *ankh.* »Sie wissen, wer es ist, nicht wahr?«

Das leise Klopfen des Regens auf der Markise verband sich mit der Stimme von Françoise Hardy, die *Pars* sang.

»Roy Fitzwilliam.«

»Der Finanzier?«

»Genau der.«

»Commissario, warum erzählen Sie mir das alles?«

»Ich dachte, das wäre klar.«

»Sie wollen doch nicht etwa sagen … dass diese zwölf Vanko ermorden ließen? Und Pater Ascanio, Konstantine und Mayo? Und dass sie versucht haben, mich und Théo umzubringen? Das ist absurd!«

»Ich kann nicht über alle zwölf etwas sagen. Im Moment bin ich mir nur bei Fitzwilliam sicher. Und bei einem anderen, einem Adeligen aus Paris.«

»Aber warum? Was ist das Motiv? Welche Beweise haben Sie?«

Der Kommissar breitete einen Stapel Fotos auf dem Tisch aus. Raisa nahm ein Foto und betrachtete es.

»Wer sind die beiden auf dem Eiffelturm?«

»Der Bullige heißt Kowalski, ein Profikiller. Der andere ist Graf Émil La Fontaine, von Beruf eifrigster Höfling im Élysée-Palast und in Brüssel. Der Name dürfte Ihnen bekannt sein. Sie sind Französin.«

»La Fontaine? Zusammen mit einem Killer?«

»Der Comte ist einer der zwölf.«

Kowalski sei auch der Mörder von Santi, dem Numerarier des Opus Dei, der tot auf dem Domplatz in Siena gefunden wurde. Der Kommissar hatte den Mord mit eigenen Augen gesehen. Er hatte Kowalski nicht verhaftet, weil er ihn weiter beschatten wollte, um an seinen Auftraggeber heranzukommen.

Raisa nahm das nächste Foto. »Wer ist dieser Priester bei La Fontaine?«

»Das ist der Präfekt des Vatikanischen Geheimarchivs. Er unterstand Kardinal St. Pierre. Im vergangenen Monat hat er La Fontaine zweimal getroffen, und einmal Kowalski.«

Raisa dachte an Pico und Rodrigo Borgia. Der Präfekt. War er der Maulwurf? War also die Bilderberg-Gruppe der Schatten, der in der Bibliotheca Philosophica Hermetica und im Vatikanischen Geheimarchiv umging?

»Das hier ist wieder La Fontaine, oder? Wer ist der andere mit der Zigarettenspitze?«

»Fitzwilliam persönlich. Die beiden sind in der Villa Tevere in Rom, wo die Zentrale des Opus Dei ihren Sitz hat. Die Rombesuche von Fitzwilliam & Co. haben in letzter Zeit merklich zugenommen, besonders in den Wochen vor der Wahl Ottolenghis zum Papst.«

Raisa betrachtete ein anderes Foto. »Wieder Fitzwilliam. Das sind doch Berninis Kolonnaden. Was macht Fitzwilliam auf dem Petersplatz?«

»Was er da macht? Fitzwilliam geht im dritten Stock des Apostolischen Palastes nach Belieben ein und aus. Wissen Sie, wann ich diese Aufnahme gemacht habe? Am Vorabend der Wahl von Pius XIII. Ottolenghi ist Papst geworden, weil Fitzwilliam am Tag zuvor mit dem Heiligen Geist ein Bier trinken gegangen ist.«

»Jetzt kann ich Ihnen nicht mehr folgen. Was hat die Bilderberg-Gruppe mit dem Vatikan und Opus Dei zu tun? Warum interessiert Fitzwilliam, wer über wenige Quadratkilometer im Zentrum von Rom regiert?«

Der Kommissar lachte bitter. »Sie haben mich doch nach dem Motiv gefragt. Dieses Foto, aufgenommen am Vortag der Wahl von Ottolenghi, ist die Antwort.«

Cino Pantani habe nicht nur die Gästelisten der Jahrestreffen auf seinen Computer geladen, sondern auch die Namen der Mitglieder des Lenkungsausschusses und des Beratungskomitees der Gruppe. Dann hatte er sie mit den Namen der Supernumerarier des Opus Dei und der Malteserritter abgeglichen.

»Das Ergebnis? Fünfzig Prozent des sogenannten Inneren Kreises wie auch des äußeren der Bilderberg-Gruppe bestehen aus Supernumerariern des Opus Dei und Maltesern.«

»Sie wollen damit sagen, dass das Opus Dei, also die katholische Kirche, einen entscheidenden Einfluss auf die Bilderberg-Gruppe, also auf die Weltwirtschaft, ausübt? Das kann ich nicht glauben.«

»Ich will genau das Gegenteil sagen. Es ist die Bilderberg-Gruppe, die einen entscheidenden Einfluss auf die katholische Kirche ausübt.«

Ein Windstoß fuhr über die Terrasse. Das Tischtuch hob sich an einer Ecke, die Flamme zitterte und drohte zu erlöschen, dann beruhigte sie sich wieder.

»Aber ... warum? Das ergibt doch keinen Sinn.«

»Wirklich nicht? Schade, dass niemand die echten Bilanzen des Vatikans kennt. Schade auch, dass nur der Papst diejenigen des Opus Dei kennt. Aber es bleibt ja alles in der Familie. Die Bilderberg-Gruppe ist der weitaus wichtigste Geldgeber der katholischen Kirche.«

»Commissario, ich verstehe immer noch nicht. Warum?«

»Weil es eine Milliarde Katholiken auf der Welt gibt und die Kirche in ihrem Namen spricht. Ist Ihnen nicht klar, welche Folgen die erzkonservativen Dogmen des Vatikans für die Weltwirtschaft haben?«

Der Katholizismus habe noch immer Zugkraft, auch und vor allem in vielen Regionen der Dritten Welt: in Zentralamerika, Südamerika, vielen afrikanischen Ländern und einigen Gebieten Asiens, wie den Philippinen.

»Die Haltung der katholischen Kirche in einer Frage wie der Geburtenkontrolle, die für die armen Länder von entscheidender Bedeutung ist, führt zu Elend, moralischer und materieller Rückentwicklung, Krankheiten wie Aids und einer, gelinde gesagt, entwürdigenden Lage der Frau.« Der Kommissar hieb mit der flachen Hand auf die Fotos. »Das hier ist das wahre Gesicht der Kirche. Denken Sie nur an die Befreiungstheologie in Lateinamerika, dann verstehen Sie, warum die Bilderberg-Gruppe und die katholische Kirche unter einer Decke stecken.

Eine Dritte Welt, in der Gewerkschaften machtlos sind und wo die Leute nicht auf die Barrikaden gehen, bedeutet billige Arbeitskräfte, eine Ware, die in Europa und Nordamerika inzwischen nicht mehr zu bekommen ist. Eine Ware, die die Bilderberg-Gruppe so nötig braucht wie die Luft zum Atmen, denn in Kürze wird der chinesische Drache auch über die Fifth Avenue laufen.«

Außerdem biete die Dritte Welt für viele Industrien, deren Märkte in Nordamerika und Europa gesättigt waren oder stagnierten, noch wachsende Möglichkeiten.

Raisa strich sich mit den Händen über das Gesicht. »Dann wäre das Motiv für den Mord an Vanko und den anderen also wirtschaftliche Interessen?«

»Fällt Ihnen ein anderes Motiv ein? Was glauben Sie wohl, welche Folgen es für die Kirche und die Geschäfte der multinationalen Konzerne hat, wenn sich herausstellt, dass die Bibel ein Riesenschwindel ist? In der Bilderberg-Welt ist die Religion Business, und das erklärt, warum das Opus Dei so mächtig ist.«

»Nach dem, was Sie sagen, zählen Wahlen also gar nichts.« Raisa klopfte mit den Fingerknöcheln auf den Tisch. »Commissario, ich gebe meine Stimme, wem ich will, nicht dem Kandidaten von Fitzwilliam.«

»Irrtum. Sie glauben nur, dass Sie wählen, wen Sie wollen, weil Sie die Macht der Medien unterschätzen, allen voran das Fernsehen.«

Ob Raisa wolle oder nicht, sie und die Masse der Wähler würden letzten Endes immer einen Kandidaten der Bilderberg-Gruppe wählen, denn Wahlen gewann heutzutage nicht der verdienstvollste Kandidat, sondern derjenige, der mehr Geld für den Wahlkampf hatte.

»Was glauben Sie, wie ein Schwachkopf wie Clayton Präsident der Vereinigten Staaten werden konnte? Wissen Sie, wie viel sein letzter Wahlkampf gekostet hat? Hundertzwanzig Millionen Dollar. Wo sind diese Gelder wohl hergekommen?«

»Aber wie erklären Sie sich dann die Wahl des Papstes? Dort gibt es nur die wahlberechtigten Kardinäle. Wie kommt Fitzwilliam in die Sixtinische Kapelle hinein? Wie erklären Sie sich einen Ottolenghi als Papst?«

»Das ist doch genau dasselbe! Die wahlberechtigten Kardinäle stehen Diözesen vor, die einen enormen Geldbedarf haben. Können Sie sich die Nöte einer Diözese wie São Paolo vorstellen? Ottolenghi und Fitzwilliam sind die zwei Seiten eines Januskopfes. Aber was wissen die armen Trottel, die sonntags in die Kirche gehen, schon davon.«

Der Kommissar trank seinen Armagnac. Jacques Brels Chanson *C'est comme ça* übertönte den Lärm der Brasserie.

»Und die anderen Organisationen? Die Trilaterale Kommission, das CFR, das RIIA, Le Siècle … Welche Beziehungen haben die zur Bilderberg-Gruppe?«

»Es ist immer dieselbe Leier. Sie werden alle von den Bilderbergern manövriert. Es war die Bilderberg-Gruppe, die 1973 die Trilaterale gründete.«

»Das RIIA ist englisch und Le Siècle französisch, und beide haben eine starke nationale Komponente. In deren Fall fällt es mir schwer, das zu glauben.«

»Auch die, Dottoressa, trotz des englischen und französischen Chauvinismus. Wenn es um die Macht geht, wird der Nationalstolz über Bord geworfen. Eine Lektion in Vulgärpsychologie.«

»Wie kommen Sie darauf, dass all diese Organisationen dasselbe sind?«

»Weil die Namen immer dieselben sind! Das sind alles Leute, die an den Versammlungen der Bilderberg-Gruppe teilgenommen haben, oder es sind Supernumerarier des Opus Dei oder Malteserritter oder alles drei gleichzeitig. Es ist alles dieselbe Scheiße.«

Es hatte aufgehört zu regnen. Sie gingen die Treppe hinunter, die zum Strand führte, und spazierten über die von Laternen erleuchtete Promenade Les Planches. Dann schlugen sie den Weg zum Leuchtturm ein.

Eine Frage ging Raisa nicht aus dem Kopf. Wenn Fitzwilliam hinter den Morden steckte, warum waren sie dann so hartnäckig hinter dem Pulver her? Was hatte die Bilderberg-Gruppe mit einem esoterischen Geheimnis aus dem alten Ägypten zu tun?

»Jetzt sind Sie dran«, sagte der Kommissar. »Warum hat dieser Lange versucht, Sie umzubringen? Er wollte etwas von Ihnen haben, nicht wahr? Und hat das mit dem zu tun, was St. Pierre und Konstantine unter der Intarsie gefunden haben?«

Raisa steckte eine Hand in ihre Tasche. »Er wollte das hier.« Das Licht einer Laterne spiegelte sich in dem Röhrchen.

46 Das Knattern von Rotoren dröhnte durch das Wadi. Monsignore Guzman blickte zum Himmel auf. Ein Super-Puma-Hubschrauber der Royal Saudi Air Force erschien über einem Berggipfel aus Sandstein, wendete, überflog den Durchbohrten Felsen und begann zu sinken.

Aus dem Hubschrauber stieg ein Araber mit einem Aktenkoffer und einer Reihe von Kugelschreibern in der Brusttasche seines weißen Thobe. Der Mann sah aus wie der Manager einer Erdölgesellschaft. Einige Soldaten der Nationalgarde folgten ihm. Die Soldaten legten Morgenstern und seinen Männern Handschellen an und zwangen sie, in den Hubschrauber zu steigen, indem sie ihnen Stöße mit den Gewehrkolben versetzten. Der Mann in dem Thobe ließ Al Kaddafi einige Papiere unterschreiben, dann schloss er seinen Aktenkoffer und setzte sich wieder neben den Piloten.

»Das war der Emir von Tabuk.« Al Kaddafi blickte dem davonfliegenden Hubschrauber nach. »Mein Fachmann kommt bereits mit allem Nötigen aus Riad geflogen.« Er rieb sich die Hände.

»Optimismus, pah.« Der Monsignore verzog den Mund zu einer verächtlichen Grimasse. »Nichts auf der Welt deprimiert mich mehr.«

Um elf Uhr rief Théo mit Kassamatis' Handy den Louvre an und ließ sich von Gaston die Nummer des Astronomischen Observatoriums in Straßburg geben. Der Stellvertretende Direktor war nicht da. Man verband Théo mit einem Assistenten, der sich zum Glück an ihn erinnerte. Théo erklärte, was er brauchte, und diktierte ihm die Daten des GPS. Kein Problem, meinte der Assistent. Er würde ihn in Kürze zurückrufen. Eine Stunde später klingelte das Handy. Kassamatis reichte es ihm.

Der Astronom gab die neuen Werte des Längen- und Breitengrades durch, die Théo sich auf eine Handfläche schrieb. Er nannte ihm auch die Daten, die er in den elektronischen Theodolit eingeben musste.

»Nun?«, fragte Kassamatis.

Théo zeigte seine Handfläche. »Das hier ist die Position.«

»Wie finden wir sie?«

»Mit dem Winkelmessgerät.«

Théo zog den elektronischen Theodolit aus seiner Hülle, kniete nieder, zog die Beine des Ständers heraus und schraubte das Gerät darauf. Dann richtete er das Objektiv auf die erste Stufe des Felsmassivs, gab die Daten auf seiner Handfläche ein, beugte sich über das Okular und drückte die Starttaste. Der Theodolit begann zu brummen. Das Objektiv schwenkte langsam zur Seite, und die beiden Messskalen verschoben sich über dem Fadenkreuz. Das Objektiv blieb stehen. Théos Hand krampfte sich um den Griff.

Das Fadenkreuz lag über dem Gipfel eines kegelförmigen Hügels hundertfünfzig Meter östlich des stufenförmigen Massivs. Die Anthrazitfarbe des Hügels erinnerte Théo an einen Vulkankrater.

Théo betrachtete ihn mit bloßem Auge. Echnatons Grab. Dabei fiel ihm etwas ein, was Raisa von der Begegnung in Montpellier erzählt hatte. Das Gestern, Heute und Morgen des Menschen sei nur eine Illusion, hatte Mayo gesagt. Das Leben sei eine ewige Aufeinanderfolge des »Heute« in einer aus Parallelwelten bestehenden Unendlichkeit, wo jeder von uns Vergangenheit, Gegenwart und Zukunft sehen konnte.

»Das ewige Schweigen dieser unendlichen Räume macht mich schaudern«, hatte Pascal geschrieben. Aber Pascal irrte. Er hatte den Menschen gesehen, der in seiner Winzigkeit gefangen war, verloren im unendlich Großen, geängstigt vom feindlichen Schweigen des Alls. Doch das Universum war nicht still. Das Schweigen, auch das absolute, hatte einen Ton. Man musste ihn nur hören.

Nichts konnte aus dem Nichts entstehen. Wer war in der Null-Zeit da gewesen, als alles begonnen hatte? Die Herzogin hatte es gesagt. Ein Musiker. Das Universum bewegte sich zum Klang einer Melodie, die ein unsichtbarer Musiker spielte. Genau in diesem Augenblick spielte jemand dort oben das *Largo* der neunten Symphonie von Dvořák.

»Nun, Herr Professor?«, drängte Kassamatis.

»Das Grab ist auf dem Hügel dort hinten.« Théo zeigte auf die Anhöhe.

Kassamatis blickte durch das Fernglas.

Théo stützte sich gegen einen Felsen. Die Gedanken der letzten Nacht schossen ihm ungeordnet durch den Kopf. Der Tod hatte nichts mit dem Sinn des Lebens zu tun. Es gab Dinge, die einen

Wert an sich hatten, unabhängig von ihrer Dauer, und dabei hatte Gott keine Hand im Spiel. Ob diese Dinge für immer währten oder nicht, hing nur von uns ab, von dem, was wir hier auf dieser Erde taten. Trotz der glühenden Sonne lief Théo ein Schauder über den Rücken. Eines war gewiss. Der, der dort drüben auf diesem Hügel begraben lag, würde für immer währen, wie die Musik von Dvořák.

Ein Wanderfalke flog über den Hügel. Er breitete die schiefergrauen Flügel zu einer majestätischen Wende aus, beschrieb einen Halbkreis und schwebte über die Hochebene, um dann zu verschwinden.

Monsignore Guzman setzte sich zu Füßen des Durchbohrten Felsens in den Schatten und nahm sich den schweißgetränkten Stetson-Hut ab. *Was für eine Hitze!* Er trank große Schlucke aus der Feldflasche, goss sich das Wasser über die Hände und benetzte sich das Gesicht.

Plötzlich unterbrach das Knattern von Hubschraubern die Stille, und eine Sandwolke verdunkelte die Sonne. Schon wieder? Wer war das denn jetzt? Guzman blickte auf, die Augen mit dem Hut abschirmend.

Drei Apache-Hubschrauber der saudischen Luftwaffe landeten vor dem Massiv. Etwa zwanzig Männer des Antikendienstes, einige mit Thobe, andere in Beduinenkleidung, stiegen aus und begannen in einem geschäftigen Hin und Her, Kisten und Grabungswerkzeug auszuladen.

Einer von ihnen, ein Dickwanst, dem die Arroganz aus allen Poren drang, ging zu Al Kaddafi und zeigte ihm ein Papier. Der Wortwechsel zwischen den beiden wurde lauter. Al Kaddafi brüllte etwas, die Hände in die Seiten gestützt, worauf die Miene des anderen entgegenkommender wurde.

»Dieser Dreckskerl ist der Direktor des Antikendienstes. Er will die Führung meiner Männer und die Leitung der Ausgrabungen übernehmen.« Al Kaddafi setzte sich neben den Monsignore. »Ohne Störungen, hat er gesagt. Und das mir!« Er wandte sich ab und telefonierte auf Arabisch.

Der Monsignore lauschte. Nach dem Ton und der Haltung des Saudis zu urteilen, sprach er mit einer wichtigen Persönlichkeit. Vielleicht mit einem Mitglied der königlichen Familie?

Entschlossenen Schrittes ging Al Kaddafi zu dem Direktor zurück. Er sprach in barschem Ton, auf die Stufen des Felsens zeigend. Der Dicke bedeutete zweien seiner Männer, näherzukommen. Es mussten Archäologen sein, dachte der Monsignore. Der Direktor schien ihnen Befehle zu erteilen, dabei zeigte er immer wieder auf das Massiv.

Einer der beiden stellte sich zwischen dem Massiv und dem Durchbohrten Felsen auf und richtete einen Theodolit auf dessen Gipfel. Der andere nahm ein Megafon und versammelte ein Dutzend Männer des Antikendienstes um sich. Er hielt ihnen eine kurze Rede, dann begannen sie, Balken, Werkzeuge und Metallrohre bis an den Saum des Massivs zu transportieren.

Von der Straße nach Tabuk ertönte Motorengeräusch. Der Monsignore hob das Fernglas. Auf dem Gipfel des Hügels tauchte eine Kolonne Militärlastwagen voller Soldaten auf. An den Kotflügeln flatterte die Fahne Saudi-Arabiens. *Al diablo*. Das Heer hatte gerade noch gefehlt.

Der Konvoi hielt in der Nähe der Hubschrauber. Die Soldaten sprangen von den Wagen und luden Ausrüstungen für ein Feldlager, Kisten, Balken und große Rollen Stacheldraht ab.

Ein Offizier kam ihnen entgegen, blieb vor Al Kaddafi stehen und nahm Haltung an. »Auf Befehl des Innenministers sind das Massiv und der Durchbohrte Felsen zum militärischen Sperrgebiet erklärt worden. Ich habe den Befehl, das Gebiet zu umzäunen und Unbefugten den Zutritt zu verbieten.«

»Befehle werden Sie von mir entgegennehmen. Hat man Ihnen das gesagt?«

»Jawohl.«

»Wie viele seid ihr?«

»Fünfunddreißig.«

Die Abteilung würde hier Stellung beziehen, in einem Feldlager, das sich bereits im Aufbau befand.

»Haben Sie eine militärische Karte der Gegend?«

»Jawohl.« Der Hauptmann zog eine Karte aus seiner Uniformtasche und breitete sie über einem Stein aus.

»Im Osten und Westen, an den Eingängen des Wadis, müssen Kontrollposten aufgestellt werden. Sehen Sie? Hier und da.«

Währenddessen wanderte der Monsignore ziellos am Fuß des

Durchbohrten Felsens umher. Ein Mannschaftsführer des Antikendienstes machte ihm ein Zeichen, er solle sich entfernen, und einige Arbeiter wickelten eine Rolle Stacheldraht auf. Wenn man die Mannschaft des Antikendienstes, die Soldaten und Al Kaddafis Beduinen zusammenzählte, wimmelte es inzwischen im Wadi von gut hundert Männern. Ab morgen würde das Massiv ganz unter der Kontrolle des Saudis stehen und unzugänglich sein. Guzman setzte sich auf einen Stapel Balken, nahm einen Stein und warf ihn wütend auf das Holz. Was sollte jetzt aus seinem Plan werden?

Er trank noch einen Schluck Wasser, und sein Blick schweifte über das Tal. Wo waren der Archäologe und Kassamatis? Hinter dieser Felswand war überhaupt nichts, das hatte er im Gefühl. Die zornige Stimme des Saudis übertönte das geschäftige Treiben im Wadi. Was war jetzt schon wieder los?

»Idiot!« Al Kaddafi schaltete das Handy aus. »Wenn ich nach Riad zurückkomme, reiße ich dem mit Peitschenhieben bei lebendigem Leib die Haut vom Leib!«

Der Monsignore ging zu Al Kaddafi. »Was ist passiert?«

Al Kaddafi wich seinem Blick aus. »Der Jude ist tot.«

»Kompliment für die fachmännische Arbeit.« Der Monsignore deutete eine Verbeugung an und zog den Hut. »Jetzt wird der General uns sicher von großem Nutzen sein. Habt ihr wenigstens etwas aus ihm rausgeholt?«

»Der Eingang zum Grab ist dort oben.« Al Kaddafi zeigte auf das Massiv. »Er hat bloß gesagt, was wir schon selbst begriffen hatten. Der Eingang ist nach dem Einfall der aufgehenden Sonne durch dieses Loch ausgerichtet.«

»Was hat er über das Datum des Sonneneinfalls gesagt?«

Al Kaddafi sah ihn misstrauisch an. »Es ist der zehnte Tag des ersten Saatmonats im ersten Regierungsjahr von Tutanchamun. Das Datum entspricht dem fünften Ramadan-Tag und dem 28. September eures Kalenders. Also heute.«

Der Monsignore setzte sich auf eine Holzkiste. Irgendetwas an dieser Geschichte mit dem Datum überzeugte ihn nicht. Er nahm einen Akazienzweig vom Boden und zeichnete gedankenverloren einen Kreis in den Sand, die Erde, darüber einen größeren Kreis, die Sonne, und die Umlaufbahn des ersten um den zweiten Kreis. Das dämliche Gesicht seines Erdkundelehrers, eines Dominikanerpaters, tauchte vor ihm auf. Er dachte zurück an die seltsamen Zeichnungen, mit denen der Pater die Tafel bedeckt hatte, und an die Tantalusqualen, die er den Schülern mit Begriffen bereitete wie Äquinoktium, Solstitium, Präzession …

Rasch verwischte er die Zeichnung mit dem Fuß und blickte zum Horizont auf. Die Sonne ging gerade unter. Jetzt zeichnete sich der Schatten des Durchbohrten Felsens in der entgegengesetzten Richtung zum Massiv auf dem Grund des Wadis ab. Auf einmal drehte sich eine Kugel vor seinen Augen, die sich wie ein Kreisel bewegte. *Jesús, Maria y José!* Die Präzession der Äquinoktialpunkte! Er wählte eine Nummer auf seinem Handy.

»Aber Monsignore«, sagte Pater Pinkus, »glauben Sie, eine solche Berechnung kann man wirklich anstellen?«

»Ein Astronom kann das.«

»Aber wer, Monsignore? Die Sache ist überaus heikel. Wir können uns ja nicht an irgendeinen beliebigen Astronomen wenden.«

»Haben Sie die Vatikanische Sternwarte vergessen?«

»Nein, Monsignore. Doch wem können wir dort vertrauen?«

»Pater Donovan, dem Vizedirektor. Rufen Sie sofort das Observatorium in Castel Gandolfo an, sprechen Sie mit Donovan, und sagen Sie ihm, ich brauche die Antwort noch heute Abend.«

Wenn er sich recht erinnerte, hatte sein vertrottelter Lehrer gesagt, dass eine vollständige Präzession ungefähr 26000 Jahre brauchte. In dreitausend Jahren konnte der Einfallswinkel der Sonne sich also nicht so stark verändert haben.

Er blickte sich nach allen Seiten um. Wo versteckten sich die beiden? Auf diesem Hügel dort? In der Schlucht da? Oder auf dem Grat dieser Schlucht? Sie waren hier, das fühlte er.

Nach dem Abendessen faltete Théo eine Karte der Provinz Tabuk vor dem Feuer auf. »Ich habe allerdings noch nicht verstanden, auf welcher Seite man vorbeifahren muss, um nicht gesehen zu werden. Das Lager der Saudis ist nur zweihundert Meter entfernt.«

Kassamatis übersetzte Fahrid, ihrem Führer, die Frage ins Arabische, und dieser erging sich in einer langatmigen Erklärung, wobei er einen Weg über die Hügel nordöstlich des Wadis Hurab auf die Karte zeichnete. Wenn man diese Straße nehme, könne man unmöglich vom Lager aus gesehen werden, übersetzte Kassamatis.

Und der Gipfel des Hügels, der sie interessierte, sei ein von Zinnen und Bergspitzen umringtes Plateau.

»Woher weiß er das so genau?«, fragte Khalid, der in der Oase des Wadis Aynunah geblieben war und nun wieder mit am Feuer saß.

»Fahrid ist in Al-Bad geboren und aufgewachsen«, erklärte Kassamatis.

Nachdem sie zu ihren Zelten zurückgekehrt waren, setzten Théo und Khalid sich mit einer Petroleumlampe ins Freie. Der Himmel war übersät mit Sternen, die Glut der Lagerfeuer leuchtete durch die Dunkelheit. Khalid nahm seine Flöte, und Puccinis *Oh mio babbino caro* erfüllte das Lager.

»Als der Theodolit anhielt und ich den Gipfel dieses Hügels sah, habe ich verstanden, was Unsterblichkeit ist«, sagte Théo.

»Ich weiß, was du meinst. Wenn ich nach Torre del Lago fahre, nehme ich meine Flöte, steige in ein Boot und rudere in die Mitte des Sees. Dort halte ich an, atme diese verzauberte Luft ein und spiele ein Stück von Puccini. Dann spüre ich die Seele des Meisters wehen.«

»Was fühlst du in dem Moment? Bist du glücklich? Wirklich glücklich?«

»Hm, ich weiß nicht, ob ›glücklich‹ das richtige Wort ist. Ich fühle mich, wie soll ich sagen, befriedigt.« Khalid verzog den Mund. »Wenn ich es recht bedenke, ist Glücklichsein wohl etwas anderes. Wirkliches Glücklichsein ist eher so etwas wie ein Reflex.«

»Ein Reflex? Von was?«

»Das ist nicht leicht zu erklären. Ich gebe dir ein Beispiel.«

In Kairo habe er mit ein paar Freunden, einem Pianisten, einem Geiger und einem Kontrabassisten, ein kleines Orchester gebildet. Sie hatten großen Spaß daran, zusammen zu musizieren, aber am glücklichsten machte es ihn, wenn sie für andere spielten.

»Die Moschee hat uns einen Saal zur Verfügung gestellt, und manchmal geben wir Konzerte, gratis natürlich. Beim Spielen sehe ich mir die Gesichter der Leute an. Das Licht, das ich in diesen Augen sehe, das ist das Glück. In diesen Momenten fühle ich mich wirklich glücklich.«

»Du meinst, Glücklichsein ist eine Folge des Glücks der anderen?« Théo zuckte mit den Achseln. »Wenn ich Geige spiele, bin ich für mich allein glücklich. Ich brauche niemanden.«

»Wie kannst du so etwas behaupten, alter Griesgram, wo du nie für andere spielst? Eines Tages musst du mir auch das erklären.« Er spielte weiter. Théo blieb stumm.

»Das Glück ist ein Zwilling«, sagte Khalid und zeigte mit der Flöte auf Théo. »Es ist, wie wenn ich mit Jamila spiele, meiner fünfjährigen Tochter. Mein Glück kommt direkt aus ihrem Glück.«

»Du schließt daraus also, dass man mindestens zu zweit sein muss, um glücklich zu sein. Auch das war mir neu.«

»Schlechte Nachrichten, was? Erzähl das ruhig deinem Freund Sartre. Und auch diesem Zarathustra aus den Bergen.«

Théo dachte an die zwei Fragen, die Osiris dem Verstorbenen stellte: »Hast du Freude bereitet?« und »Hast du Freude empfunden?«

»Weißt du, woran ich gerade denke? An die Zeremonie mit dem Wiegen des Herzens.«

»Du hast sie immer noch nicht verstanden, und das in deinem Alter?« Khalid zeigte auf den Sternenhimmel. »Allah hilft den Mitfühlenden. So steht es im Koran. Und ein Ungläubiger wie du braucht nur die Sterne anzuschauen, um zu verstehen.«

»Um was zu verstehen?«

»Dass niemand sich selbst genügt.« Khalid stimmte die Arie *E lucevan le stelle* an.

Wieder gingen Théo seine Gedanken während des Sandsturms in der vergangenen Nacht durch den Kopf.

»Khalid, denkst du nie an den Tod?«

Seufzend ließ Khalid die Flöte sinken. »Allah, das lässt sich übel an heute Abend. Wenn du's unbedingt wissen willst, ich denke nur an den der anderen, an meinen eigenen nie. Und wenn mir gewisse Gedanken kommen, spiele ich Flöte, dann kann ich mir einbilden, unsterblich zu sein. Zufrieden?«

»Ich beneide die Komponisten, alle großen Künstler: Maler, Bildhauer, Schriftsteller ...«

»Weil ihr Werk sie unsterblich gemacht hat?«

»So hätte ich vielleicht vor ein paar Wochen geantwortet. Jetzt nicht mehr. Ich beneide sie, weil ihr Werk etwas verändert hat. Hat Puccini in deinem Leben nichts verändert?«

Khalid kratzte sich am Bart. »Théo, wir sind über fünf Milliarden Menschen auf diesem Planeten. Die Art Unsterblichkeit, von der du sprichst, genießen nur eine Handvoll Menschen. Und alle anderen, uns beide eingeschlossen? Geht deren Leben ganz unbemerkt vorbei? Wird unser Leben völlig bedeutungslos gewesen sein, wenn wir beide nicht mehr sind? So einen Gedanken will ich nicht akzeptieren. Ich denke an Jamilas Lächeln und an die Augen unserer Zuhörer in der Moschee und sage mir, dass mein Leben zu etwas nütze war. Jawohl, mein Herr!« Er spielte weiter.

Théo betrachtete den Himmel, und ein mit violetter Bougainvillea geschmückter Pavillon erschien vor dem Mond.

Unter der sengenden Sonne fielen die Terrassen mit den Weinstöcken bis zur Bucht von Tingaki ab.

Mit der Geige in der Hand folgte Théo – er mochte zwölf Jahre alt sein – seinem Großvater Nicky durch die mit dunklen Trauben beladenen Rebstöcke.

Sie setzten sich in den mit Bougainvillea bewachsenen Pavillon aus grün lackiertem Metall, den Nicky am Rand des Weinbergs gebaut hatte. Sein Großvater breitete die Arme aus. »Bitte sehr, Maestro.«

Théo spielte das Adagio *von Albinoni, Nickys Lieblingsstück. Das Zirpen der Grillen verstummte, und das* Adagio *verlor sich zwischen den Rebstöcken.*

»Du besitzt eine seltene Gabe, lieber Enkel«, sagte Nicky mit begeisterter Miene. »Was willst du werden? Geiger, wie dein Vater?«

»Nein. Ich möchte Wein anbauen. Mit dir, Großvater.« Théo ergriff Nickys Arm. »Lässt du mich bei dir arbeiten, wenn ich Abitur habe?«

»Warum willst du dein Talent vergeuden?«

»Ich will nach Kos zurück und mit dir zusammenarbeiten. Nur hier bin ich glücklich und vergesse alles.«

»Théo, Asfendiou ist kein Zufluchtsort gegen die Übel der Welt. Eines Tages werden diese Weinberge dir und Vanko gehören. Aber vergiss nicht, dass du das Glück niemals finden wirst, wenn du nicht auch etwas für andere tust.«

»Was interessieren mich die anderen?«

Nicky zündete seine Pfeife an. »In Athen gibt es ein Restaurant direkt unter der Akropolis, wo man unsere Weine ausschenkt. Ich sehe mir die Gäste an, die meinen Wein trinken, und was ich in ihren Blicken lese, ist der schönste Lohn für meine Mühen. Das ist Glücklichsein. Einmal hat ein Amerikaner gesagt: ›Diesen Wein zu trinken ist wie dreitausend Jahre Griechenland trinken.‹ Verstehst du, was ich dir sagen will?«

»Das ist mir zu schwierig.«

»Glücklichsein bedeutet, ein Talent, das man hat, egal, wie bescheiden es ist, so zu nutzen, dass es das Leben der Menschen verändert. Wenn du so alt bist wie ich, wirst du dich nur noch eines fragen.«

»Was?«

»Hat mein Leben für jemanden etwas verändert, auch nur für einen einzigen Menschen?«

Théo stand auf, verschwand im Zelt und kam mit der Jaeger zurück. »Kennst du das *Adagio* von Albinoni?«

Khalid sah ihn verblüfft an. »Natürlich. Was verschafft mir die Ehre, Maestro?«

»Halt den Mund und spiel!«

Khalid blickte zum Himmel auf und zeigte mit der Flöte auf Théo. »Was habe ich dir gesagt, Allah? Es ist alles nur geschauspielert. Er raucht nicht mal Gauloise.« Er setzte die Flöte an den Mund.

47

»Darf ich?« Der Kommissar betrachtete das Röhrchen im Gegenlicht. »Was ist das?«

Raisa begann zu erzählen, während sie am dunklen Wasser entlanggingen.

»Jetzt, wo Sie alles wissen«, sagte sie abschließend, »sind Sie immer noch überzeugt, dass das Motiv die Bibel war?«

»Als der Kardinal umgebracht wurde, befand sich das Pulver noch unter der Intarsie.«

»Das schließt nicht aus, dass sie von seiner Existenz oder von einem Geheimnis wussten. Und dass sie fürchteten, Vanko könnte dahinterkommen.«

»Das ist nur eine Vermutung«, sagte der Kommissar.

»Die Fotografie von La Fontaine in Gesellschaft des Präfekten des Geheimarchivs ist keine Vermutung.«

»Vorerst kann ich nur eine Schlussfolgerung ziehen. Das Pulver muss für Fitzwilliam und seine Genossen eine Menge Geld wert sein, und ich frage mich, warum.«

»Das habe ich mich auch schon tausendmal gefragt. Und jedes Mal, wenn mir dabei einfällt, was Mayo mir in Montpellier gesagt hat, bin ich zu demselben Schluss gekommen. Irgendwie hat das Pulver mit den Zeitreisen zu tun.«

»Ach, ich bitte Sie! Diese abstrusen Geschichten von Einstein! Ich verstehe wirklich nicht, warum so ein Zeug jemanden wie Fitzwilliam interessieren könnte.«

Raisa dachte an die Tiefgarage und die Tarotkarte. »Langsam glaube ich, dass Fitzwilliam nicht nur das ist, was Sie sagen. Ich denke an diesen Abend in der Garage.«

»Und weiter?«

»Warum die Tarotkarte? Passt so etwas Ihrer Meinung nach zur Bilderberg-Gruppe? Diese Art Botschaft könnte von einer Geheimsekte kommen, etwa wie der Schule der Mysterien Thoths. Entweder gehörte der Auftraggeber des Überfalls nicht zu den Bilderbergern, oder wenn sie es doch waren, passt da etwas nicht zusammen.«

»Mich trifft der Schlag!« Der Kommissar warf den Zigarettenstummel ins Meer. »Es stimmt, was Sie sagen, und Sie bringen mich auf etwas.«

»Was?«

»Unter den Dateien aus Leiden haben wir etwas Merkwürdiges gefunden. Es ist der Beweis für die Existenz einer Geheimgesellschaft namens Skull and Bones. Die Hälfte der Bilderberg-Spitze besteht aus Mitgliedern dieser Sekte, und Fitzwilliam ist einer von ihnen.«

Die Skull and Bones sei eine 1832 gegründete geheime Studentenverbindung der Universität Yale. Durch gezielte Recherchen über die Mitglieder des CFR, der Trilateralen Kommission und die Männer an der Spitze der US-amerikanischen Verwaltung hatte Pantani herausgefunden, dass die einflussreichsten Namen im CFR und in der Trilateralen alle aus Yale kamen und sämtlich Initiierte der Skull and Bones waren. Dasselbe galt für die Elite des Weißen Hauses. »Und diese Leute nennen sich nicht nur Skull and Bones, sondern auch Kapitel 322. Das erklärt…«

»Kapitel 322?«

Verschiedene Bilder schossen Raisa durch den Kopf: wehende Hakenkreuzfahnen Unter den Linden; der Gesichtsausdruck der Sängerin in dem Film *Cabaret*, der den Wahnsinn einer ganzen Epoche spiegelte; die Züge, die in die Konzentrationslager fuhren; ein Kreis Schatten um einen Tisch, deren Hände sich berührten.

»Sagt Ihnen dieser Name etwas?«

»Sprechen Sie weiter, bitte.«

»Ich sagte, das erklärt, warum auf ihrem Wappen, einem Schädel mit zwei gekreuzten Knochen, auch die Zahl 322 auftaucht. Aber den Grund für diese Zahl konnte Cino nicht herausfinden. Sie wissen etwas darüber, nicht wahr?«

»Wurde die Skull and Bones zufällig von einem Deutschen gegründet oder von jemandem, der mit Deutschland zu tun hatte?«

Der Kommissar sah Raisa erstaunt an. »Ja, natürlich! Cino hat herausgefunden, dass ihr Gründer, ein gewisser William Russell, 1832 in Deutschland studiert hatte. Verraten Sie mir, wie Sie darauf gekommen sind?«

Die Wellen drückten ein Boot gegen den Pfeiler der Mole, und der Aufprall hallte dröhnend unter den Brückenbohlen.

»Ich kenne Ihre Skull and Bones sehr gut, aber unter dem Namen Kapitel 322. Für die Loge habe ich eine Studie über sie erarbeitet.«

Im 19. Jahrhundert sei der Name Kapitel 322 die weniger bekannte Bezeichnung einer Geheimgesellschaft gewesen, die sich Thule-Gesellschaft nannte und an vielen deutschen Universitäten vertreten war, erläuterte Raisa. Doch die Thule-Gesellschaft war nicht nur irgendeine beliebige Studentenverbindung.

»Die Thule-Gesellschaft war die Erbin von Weishaupts Illuminaten«, sagte Raisa. »Ihr Symbol war ein Schädel mit zwei gekreuzten Knochen, dasselbe wie das der Skull and Bones.«

Im Geist hörte Raisa Liza Minelli singen: *Life is a cabaret, old chum.*

»Oh Gott, nein. Kommen Sie mir jetzt nicht auch noch mit diesen Illuminaten-Komplotten, wie Cino.«

»Ich antworte nur mit Fakten auf Ihre Fragen.«

»Wie erklärt sich dieser Name, Kapitel 322?«

»Er ist ein Andenken an Weishaupt, den Gründer der Illuminaten. Weishaupt starb am 18. November 1830, also am 332. Tag des Jahres.«

»War diese Thule-Gesellschaft denn einflussreich?«

»Ihre Mitglieder rekrutierten sich aus einer Elite von Aristokraten und Bankbesitzern. Ihr Ziel war die Weltherrschaft, ebendas, was Weishaupt gepredigt hatte. Sie besaß überall Logen, auch im Ausland. Die wichtigste war eine englische Sekte in Oxford. Sie hieß The Group und versammelte sich im All Souls College.«

Der Kommissar blieb abrupt stehen. »Haben Sie ... All Souls College gesagt? Aber das ist das College, an dem Rhodes studiert hat! Dort traf er sich mit Rothschild und den anderen von der Gesellschaft der Auserwählten, aus der dann der Round Table hervorging.«

»Es scheint, dass alle Rhodes der Welt sich seit jeher unter dem Wappen des Kapitels 322 treffen«, sagte Raisa. »Hat Pantani noch mehr gefunden? Wo versammeln sich die Leute von Skull and Bones? Haben sie bestimmte Rituale?«

»Ihr Hauptquartier ist eine Art Stalin-Mausoleum auf dem Campus von Yale. Sie nennen es ›die Gruft‹. Cino hat von Ritualen in der Art der Freimaurerlogen gesprochen, aber mich erinnern sie eher an die Albernheiten der SS. Warum fragen Sie?«

»Die SS und ihre Rituale sind genau das, woran ich dachte.«

»Bitte nicht. Mit Klischees über die Nazis bin ich mehr als bedient.«

Raisa blickte Dominici kalt an. »Commissario, es ist nicht meine Art, mich mit Klischees abzugeben. Sie kennen sicher das Wappen auf den SS-Uniformen? Ein Schädel mit zwei gekreuzten Knochen. Sonderbar, nicht wahr?«

Der Kommissar zuckte die Achseln. »Ein Zufall.«

Raisa blieb stehen. »Nein, Sie haben selbst gesagt, Sie glauben nicht an Zufälle, und ich auch nicht. Sie scheinen etwas nicht zu wissen. Wenn es die Thule-Gesellschaft nicht gegeben hätte, wäre der Nationalsozialismus nie entstanden.«

»Ach. Und warum?«

»In den Zwanzigerjahren war die Thule-Gesellschaft die mächtigste Geheimgesellschaft Deutschlands, innerhalb und außerhalb der Universitäten. Damit Sie eine Vorstellung von den Mitgliedern bekommen, nenne ich Ihnen ein paar Namen: Fritz von Thyssen,

Gustav von Thurn und Taxis. Industrie und Adel. Aber es gab auch Mitglieder ganz anderer Art: Dietrich Eckart, Rudolf Hess und Heinrich Himmler.«

Thyssen habe Hitler nicht nur den Stahl für die Wiederaufrüstung geliefert, er war über die Bank Voor Haandel en Scheepvaart N.V. in Rotterdam, die der Familie Thyssen gehörte, auch der Bankier der NSDAP. Eckart war nicht nur der ideologische Kopf der Thule-Gesellschaft und Chefredakteur des »Völkischen Beobachters«, der Hitler seit dem Münchner Putsch unterstützt hatte, sondern auch der Ideologe des Nationalsozialismus. Nicht umsonst habe Hitler ihm *Mein Kampf* gewidmet. Die Namen Hess und Himmler sprächen für sich selbst.

»Ich bin weit davon entfernt, Leute wie die Skull and Bones zu verteidigen«, sagte der Kommissar, »aber von Russell zu Eckarts Thule-Gesellschaft ist es doch ein großer Schritt. Was hatte die Skull and Bones in Yale mit den Nazis zu tun?«

Ein lang gezogener Pfiff übertönte die letzten Worte des Kommissars, und ein rotes Licht leuchtete mitten über dem Meer auf. *Money, money, money*, sang Liza Minelli, und Raisa fühlte, wie sie der Zorn packte.

»Was sie miteinander zu tun hatten? Es waren zwei Mitglieder der Gruppe Kapitel 322, die die Wiederaufrüstung Deutschlands finanzierten. Ihre Namen sind durchaus nicht unbekannt: Averell Harriman und Prescott Bush.«

1922 habe Averell Harriman von der Geschäftsbank W. A. Harriman & Co. an der Wall Street eine Filiale seiner Bank in Berlin gegründet und sei dort Thyssen begegnet. Die beiden entdeckten, dass sie dieselben Ideen hatten, und entwickelten ein ehrgeiziges Projekt, das zunächst die Schaffung einer besonderen Bank mit Sitz in New York vorsah.

1924 gründete Harriman in New York die UBC, die Union Banking Corporation.

Die UBC war der Kanal, über den Thyssen aus den Finanzmärkten der USA schöpfte, um Nazideutschland wiederzubewaffnen.

»Aber die UBC war auch der Kanal, über den Harriman und Consorten die aus der Wiederaufrüstung Deutschlands stammenden Profite kassierten«, sagte Raisa. »Und das waren viele hundert Millionen Dollar.«

Raisa hörte Champagnerkorken knallen und sah die Gartenpartys in Smoking und Abendkleidern aus Fitzgeralds *Der große Gatsby* vor sich. Die Luxusvillen der Zwanzigerjahre auf Long Island, das leicht verdiente Geld … aber auch den gelben Rolls-Royce mit dem Ersatzrad auf der Motorhaube – das Sinnbild der Übel einer Epoche.

Sie waren an der Spitze der Mole angekommen und umkreisten den Leuchtturm. Raisa blickte über die Bucht. Der Scheinwerfer des Leuchtturms strich über einen schwarzen Horizont, der nicht zu erkennen gab, wo das Meer aufhörte und wo der Himmel begann.

»Dann ist die Skull and Bones also der harte Kern der Bilderberg-Gruppe.« Der Kommissar lachte bitter. »Verflucht, wenn ich an all die Schweinereien denke, die in der Welt passieren, dann hat sich Amerika seit der Zeit der UBC überhaupt nicht verändert. Und ich frage mich: Wie viele aus dieser Skull-and-Bones-Truppe konnten Amerika, die Amerikaner und die ganze Welt im Namen der Demokratie bescheißen?«

Ob es nun darum ging, sich die Bodenschätze Südamerikas oder das Erdöl im Nahen Osten zu sichern, die Vereinigten Staaten scheuten sich nicht, mit allen Pinochets und Saddam Husseins der Welt zu flirten, und ebenso wenig, ihnen den Krieg zu erklären, wenn die Umstände es erforderten. Eine tragische Farce. All das geschah ausschließlich im Interesse einer Handvoll sogenannter WASPs, die nur einen Gott hatten: den Dollar.

»Cousins von mir leben in New Haven in Connecticut«, sagte der Kommissar. »Sie sind amerikanischer geworden als Kentucky Fried Chicken. Wie jeder gute Amerikaner feiern sie den vierten Juli mit der amerikanischen Fahne auf dem Dach und sind überzeugt, in einer perfekten Demokratie zu leben. Wenn wir uns an die Erzählungen unserer Eltern über Nazideutschland und das faschistische Italien erinnern, sagen sie, solche Gräuel könnten in Amerika niemals passieren. Sie sind Protestanten geworden, sonntags gehen sie in die First Presbyterian Church und singen aus voller Kehle Psalmen. Dort herrscht eine Atmosphäre wie bei den Pilgern der *Mayflower*, und wissen Sie was? Mir wird jedes Mal ganz übel, und jetzt weiß ich, warum.«

Raisa lächelte. »Werden Sie ihnen die Wahrheit erzählen, wenn Sie Ihre Cousins das nächste Mal besuchen?«

Der Kommissar zog an seiner Zigarette. »Nein, sie würden mir sowieso nicht glauben. Und warum soll ich ihnen ihren amerikanischen Traum zerstören? Sie sind doch Psychologin. Tue ich das Richtige?«

»Haben Sie den *Großen Gatsby* von Fitzgerald gelesen?«

»Nein, aber ich habe den Film gesehen. Warum?«

»Gatsby hatte das Haus in West Egg gekauft, weil er von dort aus ein grünes Licht jenseits der Bucht sehen konnte. Es kam von einer Laterne am Ende einer Anlegebrücke, die zum Haus von Daisy, seiner unerreichbaren Liebe, gehörte. Der amerikanische Traum ist wie die grüne Laterne von Gatsby. Sie tun genau das Richtige. Sagen Sie Ihren Cousins nichts. Das Leben der Menschen besteht aus Träumen, aber wenn man sie ihnen wegnimmt, macht man sich nur Feinde. Die Träume haben recht, und die Wirklichkeit hat unrecht.«

Raisa und der Kommissar schwiegen einige Augenblicke lang. Das Geräusch der gegen die Brückenpfeiler stoßenden Boote begleiteten ihre Gedanken. »Jetzt verstehe ich den Grund für diese Tarotkarte mit dem Skelett«, sagte Raisa.

Die glühende Zigarette des Kommissars leuchtete im Dunkeln auf. »Da ist aber immer noch etwas, was mich nicht überzeugt. Die Skull and Bones und die Bilderberg-Gruppe verfolgen denselben Zweck, Geld und Macht. Doch ich kann mir beim besten Willen nicht vorstellen, dass sie hinter esoterischen Geheimnissen herjagen.«

Raisa dachte an den medizinischen Bericht von Fra Uguccione. »Der Tod Giovannis macht mich misstrauisch«, hatte der Klosterbruder geschrieben.

»Vielleicht hat dieser Russell aus Deutschland noch mehr mitgenommen als einen Namen, ein Symbol und eine durchgesehene und korrigierte Ausgabe von Platons *Der Staat*«, sagte Raisa.

»Was meinen Sie?«

»Etwas, das auf die Illuminaten zurückgeht und von ihnen ins alte Ägypten führt. Das Wissen um ein Geheimnis – die Existenz eines Geheimnisses –, und zwar das Geheimnis, um dessentwillen Pico della Mirandola umgebracht wurde.«

»Haben Sie dafür Beweise?«

»Wissen Sie, was Weishaupt von Beruf war?«, fragte Raisa.

»Nein, was?«

»Er war Jesuit und lehrte Kirchenrecht an einer bayerischen Universität. Dann trat er plötzlich aus dem Orden aus und wurde zu einem verschworenen Feind der Kirche. Er erklärte, die Evangelien des Neuen Testaments seien ›auf Irrtümer, Lügen und Betrug gegründet‹.«

Weishaupt war ein fanatischer Anhänger okkulter und esoterischer Lehren und der Initiationsriten des alten Ägypten. Nicht zufällig habe er die Große Pyramide in Gizeh, überragt vom Auge des Horus, zum Symbol der Illuminaten gemacht. Außerdem berichteten zeitgenössische Chroniken, dass Weishaupt mehrmals in Rom und Florenz gewesen sei.

»Warum dieser plötzliche Hass auf die Kirche? Was hat Weishaupt in Rom und Florenz gemacht? Warum dieses große Interesse an ägyptischer Esoterik, die auch Pico della Mirandola und den Papst Rodrigo Borgia begeisterte?«

»Das sind nur Indizien. Und ziemlich vage obendrein.«

»Mag sein, aber es lässt sich nicht ausschließen, dass Weishaupt in Rom und Florenz ein Geheimnis aus dem alten Ägypten entdeckt hatte. Vielleicht erfuhr Russell von diesem Geheimnis, während er in Deutschland war, und nahm es mit nach Yale.«

»Das ist nur eine Vermutung.«

»Das Interesse der Thule-Gesellschaft am Paranormalen ist keine Vermutung. Diese Leute waren davon besessen.«

Eckart und die anderen brauchten Hitler nicht mehr zu überzeugen, denn Hitlers Gier auf alles, was mit Okkultismus zu tun hatte, grenzte an Wahn. Schon als junger Mann hatte Hitler in Wien ganze Tage in der Nationalbibliothek der Hofburg verbracht, wo er alles las, was er über esoterische Geheimwissenschaften und orientalische Religionen finden konnte.

Raisa zeigte mit dem Finger auf den Kommissar. »Wie erklärt sich dieses Interesse? Woher kam das der Skull and Bones? Warum die Tarotkarte? Was hat Skull and Bones mit der Bibliotheca Philosophica Hermetica in Amsterdam und mit dem Vatikanischen Geheimarchiv zu tun?«

»Na gut. Stellen wir uns einen Moment lang vor, dass es so war und dass die Bilderberger, als sie Théo aufzuhalten versuchten, merkten, dass er diesem Geheimnis auf der Spur war. Wir sind wieder am Ausgangspunkt. Warum wollen sie und die Skull and Bones um jeden Preis dieses Pulver haben?«

»Vielleicht könnte uns Wendel, Mayos Freund, etwas darüber erzählen. Aber nach der Begegnung mit Lange heute Nachmittag habe ich, ehrlich gesagt, Angst. Große Angst.«

»Wendel.« Der Kommissar schlug mit der Hand auf das Brückengeländer. »Natürlich. Der muss etwas wissen oder wenigstens Verdachtsmomente haben. Ich rufe ihn an.«

»Warum? Genügen die Beweise nicht, die Sie über die Bilderberg-Gruppe haben?«

»Beweise? Welche? Das sind alles nur Indizien. Mit denen werde ich Fitzwilliam und La Fontaine niemals vor einen Richter bringen können.«

Ein Windstoß peitschte die Wellen gegen den Leuchtturm, und das aufspritzende Wasser benetzte Raisas Arm. Théo. Plötzlich erinnerte sie sich an die Worte des Kommissars.

»Auf dem Parkplatz haben Sie gesagt, Théo sei in Gefahr. Warum?«

»Wann haben Sie zum letzten Mal von ihm gehört?«

»Vor zwei Tagen.«

»Ist jemand bei ihm?«

»Ja. Khalid Shouman, ein Ägypter, der ihm bei seinen Ausgrabungen hilft. Ein absolut vertrauenswürdiger Mann.«

»Sind Sie sicher, dass nicht noch jemand dabei ist?«

»Stimmt, jetzt, wo Sie mich daran erinnern. Théo hat dort noch jemanden getroffen. Das war eine Riesenüberraschung für ihn.«

»Wer ist das?«

»Alexis Kassamatis, der griechische Ölmilliardär.«

»Oh nein! Ich hab's doch geahnt!« Der Kommissar fuhr sich mit der Hand über das Gesicht. »Kassamatis ist einer der zwölf der Bilderberg-Gruppe und ein Malteserritter. Wir müssen St. Pierre warnen. Sofort.«

»Wie denn?« Raisa überprüfte die Mailbox ihres Handys. »Seit zwei Tagen erreiche ich Théo auf seinem Handy nicht mehr. Ich weiß nicht, wie viele Nachrichten ich ihm schon geschickt habe.«

»Wissen Sie denn genau, wo er ist?«

»In einem Beduinenlager südlich von Tabuk, mehr weiß ich nicht.« Raisa sah auf ihre Uhr. »Ich kann in weniger als drei Stunden in Paris am Flughafen sein und den ersten Flug nach Riad nehmen. Ich werde ihn suchen.«

»Vergessen Sie es. Die Grenzen Saudi-Arabiens sind geschlossen, und ein Visum zu bekommen ist fast unmöglich. Vor allem für eine Frau.«

»Verdammt!« Raisa packte den Kommissar am Arm. »Es muss doch etwas geben, was wir tun können.«

»Wir können höchstens die französische Botschaft in Riad benachrichtigen.«

»Haben Sie schon einmal gehört, dass Botschaften etwas anderes tun, als Empfänge zu veranstalten? Und wie soll ich mich mit ihm in Verbindung setzen?«

»Über Interpol in Lyon.«

Raisa und der Kommissar liefen eilig zur Promenade zurück. Der Lichtkegel des Leuchtturms fegte über schaumgekrönte Wellen.

48

»Ich möchte der Erste sein, der Ihnen gratuliert.« Der Polizeipräfekt von Rom beugte sich über den Schreibtisch und schüttelte Kommissar Dominici die Hand.

»Ja, aber wofür denn?«

Der Präfekt reichte dem Kommissar einen mit Stempeln übersäten Brief. »Der ist für Sie. Er kommt aus dem Ministerium. Polizeipräsident in Triest! Ein schöner Karrieresprung, alles, was recht ist.« Er drohte ihm scherzhaft mit dem Zeigefinger. »Sie alter Gauner! Ihren Freunden einfach zu verschweigen, dass Sie da oben im Himmel Verbindungen haben.«

Die Hand des Kommissars krampfte sich um den Brief und zerknüllte ihn.

»Was ist das denn? Soll das etwa heißen, Sie freuen sich nicht?«

»Wann muss ich meinen Dienst antreten?«

»Nächsten Montag. Der Minister persönlich hat mich angerufen. Er hat darauf bestanden.«

»Er wird warten müssen. Ich arbeite an einem wichtigen Ermittlungsverfahren.«

»Kommt gar nicht infrage. Ihr Nachfolger wird sich darum kümmern. Übrigens kommt er schon morgen aus Palermo.«

»Ich muss diese Ermittlungen zu Ende bringen, und ich werde

sie zu Ende bringen. Auch in Triest. Das ist nichts, was ich dem erstbesten Nachrückenden überlassen kann.«

Der Präfekt schwenkte verneinend den Zeigefinger. »Sie bringen ganz bestimmt nichts zu Ende. Und diesmal hören Sie auf meinen Rat: keine Reisen nach Holland und Frankreich mehr. Ach ja, noch etwas, wo wir schon dabei sind: Ihr Freund von Interpol, dieser Joubert, ist ebenfalls befördert worden. Nach Paris ins Innenministerium. Leiter der Verkehrsbehörde.«

»Verraten Sie mir mal, wie Sie in diesem Misthaufen atmen können?«

»Ich halte mir die Nase zu und mache es wie die da.« Der Präfekt wies auf die drei weisen Affen.

Der Kommissar betrat den Fahrstuhl. Ein Mann im grauen Nadelstreifenanzug kam eilig angelaufen, schlüpfte durch die Türen, die sich gerade schlossen, und lehnte sich an die Rückwand. In der Kabine verbreitete sich ein starker Geruch nach Aftershave. Der Kommissar drückte auf den Knopf des Erdgeschosses.

»Ah, Triest, was für eine faszinierende Stadt!«, sagte der Mann von hinten. »Da weht das kulturelle Flair Mitteleuropas, das beim Vergessen hilft.«

Der Kommissar drehte sich um. »Wer sind Sie? Was wollen Sie?«

»Nur, dass Sie nach Triest gehen und sich ruhig verhalten.«

»Und wenn ich nicht gehe?«

»Sie haben zwei Töchter und eine Frau ... Denken Sie nach.« Der Mann seufzte. »Es wäre doch wirklich schade, finden Sie nicht?«

Dominici packte den Mann am Aufschlag seines Jacketts und stieß ihn mehrmals gegen die Fahrstuhlwand. »Was wäre schade, du elender Mistkerl? Hä? Was?« Er griff ihm an die Kehle und drückte zu.

Das Gesicht des Mannes lief dunkelrot an. »Passen Sie auf, was Sie tun!«, röchelte er, das Handgelenk des Kommissars umklammernd.

Der Kommissar lockerte seinen Griff.

»Im Büro finden Sie eine Warnung«, sagte der Mann keuchend und sich über den Hals streichend.

Die Türen öffneten sich. Der Mann ging hinaus und verschwand in der Menge im Erdgeschoss. Dominici blieb stehen, dann fing er plötzlich an zu laufen. Er rannte auf die Straße hinaus und stieg in ein wartendes Taxi.

»Zum Polizeipräsidium in der Via Genova.« Er zeigte dem Taxifahrer seinen Polizeiausweis und reichte ihm einen Fünfzigeuroschein. »So schnell Sie können.«

Der Taxifahrer stellte das Taxameter aus, und das Auto fuhr mit quietschenden Reifen los.

Zwei Stufen auf einmal nehmend, rannte Dominici die Treppe im Polizeipräsidium hinauf. Seine eiligen Schritte hallten durch den Flur, die Leute drehten sich nach ihm um. Vor der Tür seines Büros hielt er einen Augenblick inne, die Hand auf der Klinke. Er trat ein. Ein Sonnenstrahl fiel auf den leeren Vogelkäfig.

Dominici blieb vor dem Schreibtisch stehen. Er bedeckte sein Gesicht mit den Händen und ließ sich auf einen Stuhl fallen. Poirot... Poirot...

Der Körper des Papageis lag mit abgetrenntem Kopf in einer Blutlache auf der Schreibtischplatte.

Théo beugte sich zwischen zwei Zinnen vor und richtete das Fernglas erst auf das Lager der Saudis, dann auf das Massiv. Sein Blick verweilte auf dem Gerüst der ersten Stufe, dann prüfte er das Gerüst der zweiten. Beide waren menschenleer. Auf dem Gerüst der dritten Stufe arbeitete jemand, aber ohne rechte Überzeugung, nach dem trägen Ausholen mit der Spitzhacke zu urteilen. Théo richtete das Glas auf den Fuß des Massivs. Dort saß ein Grüppchen von Männern im Kreis und diskutierte. Einer schwenkte etwas, das aussah wie eine Landkarte, er schien wütend.

»Sogar die haben kapiert, dass da nichts ist.« Kassamatis, der hinter Théo stand, ließ das Fernglas sinken. »Genauso wie hier. Nach vier Tagen Grabungen hätten wir schon längst etwas finden müssen. Ich bleibe bei meiner Überzeugung, dass die im Observatorium einen Fehler gemacht haben.«

»Wie soll ich es dir noch sagen? Diese Software irrt sich nicht.« Théo schlug sich mit einer zusammengerollten Karte aufs Knie. »Wenn der Papyrus von Tut die Wahrheit sagt, muss das Grab auf jeden Fall hier oben sein.«

»Dann solltest du dich lieber beeilen, es zu finden, denn bald werden sogar die Idioten da unten kapieren, was los ist, und dann brauchen wir hier jemanden, der den Verkehr regelt.« Kassamatis entfernte sich mit großen Schritten.

Théos Blick wanderte über die ganze Hochebene und die Mannschaften der Arbeiter. Wenige Schritte von ihm entfernt schlugen zwei Beduinen mit Spitzhacken Löcher in die Schicht aus Kalkstein. Sie hielten inne, als zwei junge Burschen mit Eimern in die Grube stiegen und die Eimer mit Geröll füllten.

Théo setzte sich auf einen vertrockneten Baumstumpf, rollte die Karte über einem Stein auf und überprüfte noch einmal die Eintragungen. Die Hochebene hatte einen ovalen Grundriss. Die Skizzen, die die Lage des Grabes kennzeichneten, waren die einzig möglichen. Sie gruben an den richtigen Stellen, entlang der Längsachse. Wo war der Fehler?

»Gibt es was Neues?«, fragte er Khalid.

»Das Gleiche wie gestern. Unter dem Erdreich gibt es überall eine etwa dreißig Zentimeter tiefe Schicht Lehm, die auf einer Kalkschicht ruht. Darunter liegt das Muttergestein aus Sandstein.«

»Wie viele Löcher haben wir schon gegraben?«

»Siebenundzwanzig, und bei über der Hälfte sind wir schon bis auf das Muttergestein vorgestoßen.«

»Die erste Stufe müsste in einer Tiefe von etwa einem halben Meter, höchstens siebzig Zentimetern, liegen. Wenn der Eingang zum Grab sich wirklich auf der Längsachse befinden würde, hätten wir ihn jetzt schon gefunden.« Ungeduldig schob Théo die Karte beiseite. »Es ist zwecklos. Er liegt nicht auf dieser Achse.«

»Das bedeutet, dass das Grab nicht auf diesem Hügel ist.«

Théos Blick schweifte über die Hochebene. »Das ist nicht gesagt. Er könnte auf der Querachse liegen, an der Ostseite.«

»Aber das ist unmöglich! Sie ist zu kurz. Alle Gräber aus der 18. Dynastie hatten eine L-Form.«

»Dieses könnte rechteckig sein, aber auch L-förmig, allerdings ein stark zusammengepresstes L.«

»Aber das bedeutet, dass sich zwischen den beiden Türen kein Schutzgang befinden kann.«

»Ist der denn unbedingt nötig?«

»Machst du Witze? Bei den vielen Grabräubern?«

»Khalid, wir sind hier in einer Wüste Saudi-Arabiens, nicht im Tal der Könige. Die Baumeister könnten gedacht haben, dass sie keinen Gang zum Schutz des Grabes brauchen.«

»Bei all dem, was dort drinnen versteckt sein soll?«

»Wir haben jetzt ohnehin nichts mehr zu verlieren.« Théo nahm die Karte und stand auf. »Lassen wir die Hälfte der Männer an der Querachse graben, dort hinten an der Ostseite. Komm, ich zeig es dir.«

Mit der Karte in der Hand an der Ostseite der Hochebene auf und ab laufend, vereinbarte Théo mit Khalid die Stellen der neuen Grabungen, an denen Khalid, einen Hammer schwingend, Pflöcke in den Boden rammte.

Kassamatis kam ihnen entgegen. »Na? Was treibt ihr beiden da?«

»Wir werden an der Querachse graben.«

»Ich gebe dir Zeit bis morgen Abend. Dann brechen wir die Zelte ab. Es wird zu gefährlich hier.«

»Morgen? Aber das ist viel zu früh! Wir schaffen es nicht, die ganze östliche Achse aufzugraben.«

»Die anderen werden uns entdecken, verstehst du das nicht? Wahrscheinlich ist es nur noch eine Frage von Stunden.«

Ihr Kommen und Gehen im Morgengrauen und bei Sonnenuntergang konnte gewiss nicht länger unbemerkt bleiben. Der sandige Grund des Tals war bereits voller Reifenspuren.

»Die haben Soldaten mit Panzerfäusten und Maschinengewehren«, fuhr Kassamatis fort. »Ich weiß nicht, ob diese Hochebene Echnatons Grabstätte ist, aber ich weiß, dass sie unser Grab zu werden droht.« Er zeigte auf einen Aasgeier, der auf einer Felsspitze hockte. »Der hat es schon begriffen.«

Théo setzte sich, faltete die Karte auf einem Granitblock auf und zeichnete die Stellen der neuen Grabungen ein. Fünf Mannschaften zu je drei Beduinen gruben bereits an der Ostseite der Hochebene. Sollte er Gaston bitten, alle Lagepläne der Gräber aus der 18. Dynastie zu überprüfen? Seine Hand tastete nach dem Handy am Gürtel. *Merde.* Ohne ein Telefon war man hier völlig von der Welt abgeschnitten. Wie viele Tage hörte er schon nichts von Raisa? Was würde sie über dieses Schweigen denken? *Théo, ich möchte dich nicht verlieren… Ich möchte dich auch nicht verlieren.*

Er dachte an das Restaurant in Neuilly-sur-Seine mit der Terrasse über dem Fluss, in das er sie hätte bringen wollen. Abends wurde die Terrasse durch bunte Lichterketten beleuchtet. Es war eines dieser einfachen Lokale von früher, wie auf einem Gemälde von Renoir. Einmal hatte er angerufen, um einen Tisch zu bestellen, dann hatte er sofort wieder abgesagt, weil er den Eindruck hatte, überstürzt zu handeln, und weil er fürchtete, sich nicht mehr zurückziehen zu können.

Und Khalids kaputtes Telefon, war das auch ein Zufall? Sollte er Kassamatis um sein Handy bitten? Nein. Er sah sich unter der Pont d'Austerlitz, und die Tarotkarte des Kaisers flimmerte vor seinen Augen.

Er betrachtete Kassamatis, der zu Füßen einer Felsnadel saß und wieder einmal telefonierte. Mit wem? Kassamatis schien nicht mehr der Mann aus Ikaria zu sein. Wer war der wahre Kassamatis? Was suchte er wirklich? Etwas, das mit dem weißen Pulver zu tun hatte? In wessen Auftrag? Théo war der Einzige in der Gruppe, der Hieroglyphen lesen konnte. Brauchte Kassamatis ihn deshalb, um die Inschriften zu lesen oder etwas anderes, was sie finden würden? Und danach? Was würde danach passieren? Er steckte die Hand unter sein Hemd und tastete nach dem Knauf der Mauser. Dann trank er aus der Feldflasche, hob den Kopf und goss sich Wasser über das Gesicht.

Aus dem Lager der Saudis erklang der eintönige Gesang des Gebets zum Sonnenuntergang. Einer der Jungen, die für die Wasserversorgung zuständig waren, setzte sich zum Ausruhen auf einen Stein. Träge schabte er mit einem Stock über den Sand. Dann hielt er inne. Seine Augen wurden groß vor Erstaunen, während er mit den Händen weitergrub, erst langsam, dann immer hektischer. Wild mit den Armen fuchtelnd, lief er zu Khalid.

Igitt! Monsignore Guzman goss seinen Tee in den Sand. Das war ja ekelhaft süß. Warum rief Donovan nicht an? Vor vier Tagen schon hatte er die Software in London bestellt. Wo war dieses verfluchte Päckchen hingekommen? Das Telefon klingelte.

»Sorry, Monsignore, der Bote hat es mir erst vor einer halben Stunde gebracht«, sagte Pater Donovan mit seinem starken Südstaatenakzent. »Konnten Sie inzwischen die Position des Massivs feststellen?«

»Ich habe sie mir unter einem Vorwand von einem der Archäologen geben lassen.« Der Monsignore diktierte Donovan Längengrad, Breitengrad und Höhe.

»Gut. Ich rufe Sie in ein paar Stunden zurück. Können Sie einen Theodoliten bedienen?«

»Einen Theodoliten? Im Opus Dei hat man mir so ziemlich alles beigebracht, sogar Shaolin-Kung-Fu und Schießen mit einem Maschinengewehr, aber das nicht.«

»Können Sie diesen Archäologen nicht bitten, es Ihnen zu zeigen?«

»Nein, er würde Verdacht schöpfen.«

»Meinen Sie, Sie können sich einen besorgen, ohne dass es auffällt? Fünf Minuten genügen.«

»Und was mache ich dann damit?«

»Prägen Sie sich den Namen des Modells ein. Ich werde Ihnen sagen, wie man ihn bedient. Es ist kinderleicht.«

»Ich rufe Sie wieder an.«

Die Archäologen tranken Tee und plauderten. Auf der Talsohle zwischen dem Massiv und dem Durchbohrten Felsen zählte Guzman drei auf ihren Aluminiumständern befestigte Theodolite. Niemand arbeitete daran. Er blieb neben dem erstbesten stehen und prägte sich Marke und Modell ein. Die anderen beiden schienen identisch zu sein. Er rief Donovan zurück.

»Das sind alles Metland FET 420K, Pater.«

»Ein sehr einfaches Modell. *As easy as an apple pie*. Ich werde Ihnen alles erklären, wenn ich Sie zurückrufe.«

Der Monsignore blickte zu den Gerüsten hinüber. Mittlerweile hatten auch die Dummköpfe vom Antikendienst begriffen, dass nichts hinter dieser Wand war. Wie lange würden sie brauchen, bis sie auf den Kreisel kamen? Das Telefon klingelte.

»Schon fertig, Donovan?«

»Monsignore, ich bin es«, sagte Pater Pinkus.

»Was soll diese Grabesstimme?«

»Monsignore, man hat mich bis auf Weiteres meiner Ämter enthoben. Und das ist nicht alles. Eben hat mich der Sekretär Seiner Heiligkeit angerufen – so muss ich ihn wohl leider nennen. Der Jesuit will Sie sehen. Er verlangt, dass Sie nach Rom zurückkommen. Sofort.«

»Konnten Sie herausfinden, warum?«

»Nichts Offizielles, Monsignore, aber hier gehen schlimme Gerüchte um, Gerüchte über eine Neubesetzung Ihrer Stelle.«

Der Monsignore setzte sich auf eine Kiste. »Werden Namen genannt?«

»Monsignore Cardoza.«

»Dieser Arschkriecher.«

»Ja, ich glaube, so heißt er in Fachkreisen.« Es folgte eine Pause. »Hat Pater Donovan die Position des Grabes bestimmen können?«

»Es handelt sich nur noch um wenige Stunden.«

»Davon hängt doch alles ab, nicht wahr, Monsignore?«, fragte Pater Pinkus mit hauchdünner Stimme. »Was wird aus uns, wenn wir das Grab nicht finden?«

»Ich bitte Sie, Pater! Wir selbst formen unser Schicksal, so wie ein Schmied ein Stück Eisen schmiedet. Sun Tsu hat geschrieben: »›Höre auf dich, und du wirst alle Kämpfe gewinnen.‹«

»Wie schaffen Sie das nur, Monsignore, in einem solchen Moment so zuversichtlich zu sein?«

»Das ist die Kraft des *duende*.«

Tengo duende. Wie hatte García Lorca gesagt? Der *duende* sei jene geheimnisvolle Energie, die kein Philosoph erklären könne. »Der *duende* ist eine urwüchsige Kraft, die man sich nicht erarbeiten kann, ist Kämpfen statt Denken.«

»Mein Gott, wenn ich das hier überlebe, werde ich eine Pilgerfahrt nach Andalusien machen, das schwöre ich. Monsignore, was soll ich dem Sekretär des Jesuiten sagen?«

»Sagen Sie ihm, ich sei in einer Wüste, und zu meinem Handy gebe es keine Funkverbindung.«

Er nahm seinen Hut ab und trocknete sich die schweißnasse Stirn. Waren wir wirklich Herrscher über unser Schicksal? Aber sicher! Ein andalusischer Gitarrist hatte ihm einmal gesagt, der *duende* komme nicht aus seinen Händen, so wie der eines Flamencotänzers nicht aus den Beinen und der des Toreros nicht aus dem Herzen komme. Nein, der *duende* komme geradewegs aus den Fußsohlen, sobald sie den nackten Boden berührten.

Monsignore Guzman zog seine Sandalen aus, stand auf und atmete tief ein. Die Hitze des Sandes stieg ihm in die Beine und verbreitete sich in seinem ganzen Körper. Es sei die Erde, die uns das

Geheimnis und den Magnetismus des *duende* vermittelte, hatte der Gitarrist gesagt und von den »dunklen Tönen« Lorcas gesprochen, die sich in den Eingeweiden der Erde verbargen. »Woher nimmt die Erde diese Töne?«, hatte Guzman ihn gefragt. Aus dem Geist unserer Ahnen, hatte der Gitarrist geantwortet. Es sei ein Geist, der bis zu den Ursprüngen der Schöpfung zurückgehe, wo er sich mit dem Licht Gottes auflade. Guzmans Telefon klingelte.

»Wir sind so weit, Monsignore«, sagte Pater Donovan. »Haben Sie etwas zum Schreiben?«

»Diktieren Sie.« Der Monsignore schrieb die Daten auf die Rückseite eines Heiligenbildchens.

»Sie müssen nicht mehr tun, als die Zahlen in die Tastatur des Theodolits einzugeben, dann findet er die Position allein.« Donovan erklärte ihm, wie der Metland bedient wurde.

Guzman sah auf die Uhr. In einer Viertelstunde würde die Truppe des Antikendienstes zum Essen in den Zelten der Feldküche verschwinden. Er trank einen Schluck aus der Wasserflasche.

Schon war die Ebene um das Massiv menschenleer. Aus der Mensa kam der Geruch nach Hammelfleisch. Der Monsignore nahm die Theodolite einen nach dem anderen in den Blick. Der beim Durchbohrten Felsen. Dort würde ihn niemand sehen, nicht einmal von der Feldküche aus. Betont gleichgültig schlenderte er auf den Felsen zu und blieb neben dem Instrument stehen. Er sah sich um, verlängerte die Beine des Ständers, beugte sich über das Okular und richtete das Objektiv auf die erste Stufe des Massivs, wo Morgensterns Männer ein Loch gesprengt hatten.

Dann stellte er den Theodolit an und tippte die Daten nach Donovans Anweisungen ein. Fertig. Er drückte den Startknopf. Eine rote Anzeige blinkte, und das Objektiv vollführte eine kleine Drehung. Er beugte sich über das Okular. Das Fadenkreuz lag auf zwei anthrazitgrauen Zinnen auf dem Gipfel eines Hügels. Es schien ein Vulkankrater zu sein. Was für eine seltsame Atmosphäre teilte sich von dort mit. Dieser Hügel hatte den *duende*.

Es gab Orte auf der Welt, die mit magischer Kraft aufgeladen waren, einer Kraft, die das Blut erhitzte und einen bis zu den Sternen brachte. Nietzsche hatte diese Kraft auf der Rialtobrücke in Venedig gefunden, Hemingway in den Stierkampfarenen von Pamplona, und er selbst hatte sie erlebt, als er in einer Taverne in

Cádiz das Gitarrenspiel von Paco de Lucía hörte. Echnatons Seele hatte sie dort oben zwischen diesen Zinnen gefunden.

Der Archäologe und Kassamatis waren dort oben. Sollte er sofort hinaufgehen? Nein, das hätte alles kaputt gemacht. Er musste den Silberfuchs allein treffen. Aber wie? Natürlich, der Amerikaner.

Er wusste alles. Darum diese häufigen Besuche im Vatikan und die großzügigen Schenkungen an das Opus Dei in letzter Zeit. Die Wahl des Inquisitors war nicht einfach nur das Ergebnis einer Seelenverwandtschaft zweier Männer, die schon immer dieselben Ansichten gehabt hatten. Der wahre Grund war ein *do ut des* zwischen der Bilderberg-Gruppe und dem dritten Stock des Apostolischen Palastes.

Aber Fitzwilliam hatte sich verrechnet. Vicente Guzman gab sich für niemanden als Treibriemen her. Er suchte die Nummer des Amerikaners im Adressbuch seines Handys.

Der Sonnenuntergang färbte die Felsen rot und warf die Schatten der Zinnen, die den Hügel krönten, auf die Hochebene.

Mit Schaufeln und Spitzhacken entfernten zwei Beduinen unter den Blicken von Théo und den anderen das Erdreich, das die Stufe bedeckte.

Théo kniete nieder und schaufelte ein paar Handvoll Erde beiseite. Der Auftritt einer zweiten Stufe kam ans Licht, und ein Vasenbruchstück ragte aus dem Sand. Mit den Händen entfernte Théo den Sand um die Scherbe und zog sie heraus. Khalid beugte sich zu ihm herunter. Es war die Scherbe einer Alabastervase mit aufgemalten Ornamenten. Théo kratzte die Kruste aus Sand fort und säuberte die Scherbe eifrig mit dem Hemdzipfel. Drei Enten, die über einen Papyrussumpf flogen. Der Stil war unverwechselbar.

»Wir haben es geschafft.« Théo reichte Khalid die Scherbe.

»Sieht aus wie das Geschirr aus Tell el-Amarna.«

»Es dürften nicht mehr als fünfzehn Stufen sein«, sagte Théo zu Kassamatis. »Wir können jetzt nicht weggehen.«

»Du hast doch nicht etwa vor, noch heute Nacht in das Grab zu steigen? Die Männer sind erschöpft.« Kassamatis sah auf die Uhr. »Außerdem wird es gleich dunkel, und die Scheinwerfer würden uns verraten.«

Wie zum Teufel konnte er in einem solchen Moment so ungerührt bleiben? Um die Arbeiter ging es ihm nicht. Er schien es nur sehr eilig zu haben, ins Lager zurückzukehren. Warum? Théo hätte die ganz Nacht mit bloßen Händen weitergraben wollen, nur um an das Grab zu kommen.

»Wir graben nur bis zur ersten Tür«, sagte Théo. »Wir müssen die Inschrift finden, verstehst du? Solange wir den Namen nicht gelesen haben, können wir nicht mit Sicherheit sagen, auf was wir hier gestoßen sind. Willst du etwa mit dieser Ungewissheit ins Lager zurückkehren?«

Kassamatis ging fort, ohne ein Wort zu sagen.

»Hoffentlich ist diese Inschrift intakt«, sagte Khalid.

Beide dachten an das Grab von Tutanchamun. Tut, im Grunde ein unbedeutender Pharao, war nur deshalb in die Geschichte eingegangen, weil sein Grab als einziges Grab im Tal der Könige nicht geplündert worden war. Théo blickte zu den Zinnen auf, die die Hochebene umgaben.

»Wer mag uns hier vorausgegangen sein?«

Khalid zuckte mit den Achseln. »Ay. Oder Horemheb.«

Während die Dämmerung sich über die Hochebene senkte, hoben die Männer eine rechteckige Grube aus, die in Richtung der Stufen verlief. Khalid zündete eine Petroleumlampe an und hängte sie an eine Wand der Grube. Je tiefer die Grube wurde, desto mehr Stufen kamen zum Vorschein, und zwischen dem Geröll tauchten die unterschiedlichsten Gegenstände auf: Bruchstücke bunten Geschirrs, Gefäßverschlüsse aus Ton, Scherben von Weinkrügen ... Plötzlich stieß eine Schaufel gegen etwas Hartes. Im Schein der Lampe leuchtete der blaue Alabaster einer Schüssel in Form einer Lotusblume auf.

Nach der zwölften Stufe ertönte ein dumpfer Schlag aus der Tiefe der Grube. Ein Beduine rief mit aufgeregter Stimme nach Khalid.

»Die Stufen haben aufgehört«, sagte Khalid. »Sie haben etwas gefunden. Komm schnell, wir steigen hinunter.«

Eine Sandsteinplatte bedeckte den Grund der Grube. Sie reichte vom Auftritt der letzten Stufe bis zu einer Wand aus Geröll und Tuffstein, Théo ergriff eine Hacke und versetzte der Wand ein paar Schläge. Das Geröll bröckelte ab und gab einige rechteckige Blöcke aus Kalkstein frei. Er rieb mit der Klinge der Hacke über den schwärzlichen Mörtel, der die Blöcke zusammenhielt.

»Wollen wir sie mit den Spitzhacken einreißen?«, fragte Khalid.

Théo nickte. »Hol ein paar von den besten Männern.«

Khalid erklärte zwei Beduinen, was sie tun sollten. Die beiden stiegen aus der Grube und blieben am Rand stehen, um die Arbeit von oben zu kontrollieren.

Jeweils zwei Beduinen schlugen mit den Spitzhacken auf die Mörtelfugen, beginnend beim Querbalken. Nach und nach bröckelte der Kalkmörtel ab, dann gingen die Männer zur Seite, und die nächsten beiden traten vor, um die Mörtelbrocken herauszureißen und sie dem ersten Beduinen in der Reihe zu reichen, die sich inzwischen auf der Treppe formiert hatte.

Kaum war der letzte Block entfernt, stieg Théo durch die Öffnung, gefolgt von Khalid und Kassamatis. Das Licht der Laterne erhellte einen Raum, der durch eine steinerne Tür verschlossen wurde. Sie war ockerfarben verputzt und wurde von einem Querbalken aus Sandstein überragt. Unter den Verkrustungen aus Erde, die die Tür bedeckten, erkannte man einige Hieroglyphen.

Théo tauchte eine Bürste in einen Eimer Wasser und rieb damit über den Putz. Eine in den Mörtel geritzte Schriftrolle erschien, mit einem Blau verziert, das die Frische seines Auftrags vor dreitausend Jahren bewahrt zu haben schien. Théo strich mit den Fingern über die in das Oval geschriebenen Hieroglyphen. Während er las, bewegte er die Lippen.

»Nun?«, fragte Kassamatis hinter ihm.

»Er ist es.«

Khalid trat neben ihn und fing ebenfalls an, mit Feuereifer zu bürsten. Immer mehr Hieroglyphen tauchten auf. Nach mehreren Bürstenstrichen erschien eine zweite Schriftrolle, dann eine dritte und vierte. Sie waren untereinander aufgereiht, jede einzelne Inschrift war horizontal ausgerichtet. Théo bückte sich, um die letzte zu entziffern. Sie war unleserlich. Er bürstete erneut. Die Schriftrolle war leer, abgesehen von den zahlreichen Furchen, die sie durchzogen. Diese Spuren waren eindeutig: Jemand hatte die Hieroglyphen mit einem Skalpell gelöscht. Absichtlich.

»Théo, weshalb diese vier Schriftrollen?«, fragte Khalid. »So etwas sehe ich zum ersten Mal. Obendrein sind die ersten drei alle unterschiedlich. Was steht dort?«

Théo fuhr mit dem Zeigefinger über die Hieroglyphen des obersten Ovals. »A-men-ho-tep IV.«, buchstabierte er. Er legte den Finger auf die zweite Rolle. »E-chn-aton.« Dann entzifferte er die dritte. »Der-jenige, dessen Na-me nicht aus-ge-sproch-en werden darf.«

»Und die vierte? Es sieht fast so aus, als wäre die Inschrift absichtlich gelöscht worden, meinst du nicht auch?«

»Das ist nicht nur ein Eindruck.« Auf die Schriftrolle starrend, rieb Théo sich den Nasenrücken.

»Aber warum? Das Grab war doch unversehrt, oder?«

Théo nahm die Laterne von der Wand, hielt sie an die Tür und inspizierte den Verputz von oben bis unten, wobei er die Schriftrollen besonders genau prüfte. »Sie sind intakt, wie der Verputz. Wir sind die Ersten.«

Kassamatis schaute auf die Uhr. »Wir müssen zum Lager zurück. Heute Nacht lassen wir zwei Männer zur Bewachung der Grube hier.« Er drehte sich um und bahnte sich einen Weg durch die auf den Stufen sitzenden Beduinen. Die Grube leerte sich.

»Wie erklärst du dir das?«, fragte Khalid, vor der vierten Schriftrolle kniend.

»Das Oval ist intakt. Sie haben nur die Hieroglyphen entfernt. Das waren Fachleute, höchstwahrscheinlich die Baumeister selbst.«

»Hatten sie ihre Meinung über den Inhalt geändert?«

»Ich sehe keine andere Erklärung. Wenn sie wütend gewesen wären oder wenn es sich um Vandalismus gehandelt hätte, wäre auch das Oval weggemeißelt worden. Außerdem wären die Kratzer weniger regelmäßig und viel tiefer.«

»Hast du ihn gehört?« Khalid wies mit dem Kopf auf die Treppe, über die Kassamatis verschwunden war. »Nicht mal eine Frage wegen der leeren Schriftrolle. Und wieso hat er es so eilig, ins Lager zurückzufahren?«

Théo blieb stumm, den Blick starr auf die Schriftrollen gerichtet.

»Hast du dir überlegt, was der Grieche tun könnte, wenn wir morgen mit ihm hier drinnen sind?«

Théo klopfte zweimal auf seine Hüfte, dort, wo die Mauser

steckte. »Wir beide bleiben immer nahe beieinander und lassen ihn keinen Moment lang aus den Augen.« Er runzelte die Stirn. »Wir müssen uns eine zweite Pistole beschaffen.«

Khalid steckte eine Hand unter seine Galabija und zog einen Colt M1911 hervor. »Schon erledigt.«

»Kommt ihr jetzt oder nicht?«, rief Kassamatis vom Ende der Treppe her. Auf seinem Gesicht lag der Schatten des um die Laterne gespannten Gitters.

Der Monsignore verließ das Küchenzelt und überquerte die sonnendurchglühte Ebene. Er hielt eine Blechtasse in der Hand, das schwarze Hemd mit Westernmotiven fiel über seine Jeans, auf dem Kopf trug er den breitkrempigen Stetson.

Er setzte sich in den Schatten eines Felsvorsprungs und trank einen Schluck Kaffee. Nach einem Blick auf die Uhr überschlug er im Geist die Zeitverschiebung. War es zu riskant? Beim Pokern hatte ihn an der Universität des Opus Dei in Pamplona keiner geschlagen. Er wählte die Nummer.

»*Good to hear from you*, Monsignore«, sagte Fitzwilliam. »Welcher gute Wind weht Sie zu mir?«

»Ein apokalyptischer Wind.«

»Irre ich mich, oder spüre ich da einen Hauch von Kälte?«

»Sie spüren richtig. Sie wissen, wo ich bin? Im Wadi Hurab.«

Fitzwilliam schwieg.

»Die Wüste ist ein Ort voller Geheimnisse.« Der Monsignore beschrieb den Hügel, auf dem das Grab lag, und erzählte auch vom Durchbohrten Felsen. »Nun, inspiriert Sie dieser Ort?«

»Ich werde meinem Reisebüro sagen, es soll mir eine Exkursion in die Wüste organisieren.«

»Ich weiß alles, Fitzwilliam. Kassamatis ist dort oben mit dem Archäologen des Louvre. Und ich weiß, was sie suchen.«

»Was wollen Sie von mir?«

»Es war immer schon mein Traum, als Erster das Grab eines Pharaos zu betreten.«

»Wir haben alle unsere fixen Ideen. Wenn Sie wollen, gebe ich Ihnen die Telefonnummer meines Seelenklempners.«

Der Monsignore schnalzte mehrmals mit der Zunge. »Ich befinde mich hier in Gesellschaft des Chefs der Religionspolizei von

Saudi-Arabien und einer Kompanie Soldaten der Nationalgarde. Zufällig suchen sie dasselbe wie Kassamatis und der Archäologe. Soll ich fortfahren?«

»Haha! Wenn diese Worte nicht von einem Bischof der katholischen Kirche kämen, müsste ich das für eine Erpressung halten. Zehn Cent für eine Betrachtung über Moral aus Ihrem Munde, Monsignore.«

»Moral? Schlicht und einfach eine Frage der Perspektive, und schon wird die Trennungslinie zwischen einer Erpressung und einem moralischen Tadel ziemlich unklar.«

»Ein moralischer Tadel? Mir?« Ein trockenes Lachen erklang. »In Salem, wo ich wohne, bin ich ein *trustee* der Lutherischen Kirche, und die Handelskammer hat mich zum zwölften Mal in Folge zum Bürger des Jahres ernannt.«

»In Salem glaubt man auch noch an Hexen. Eines der Zehn Gebote lautet: ›Du sollst nicht töten.‹ Mir ist nicht bekannt, dass Luther auch das abgeschafft hätte. Was würde man in Salem sagen, wenn man bestimmte Dinge erführe?«

Am anderen Ende folgte eine Pause. »Monsignore, Sie haben einen zupackenden Stil. Sehr amerikanisch. Wissen Sie was? Sie gefallen mir. Ich bin sicher, wir kommen zu einer Einigung, wie es sich für Männer von Welt gehört.«

»*Timeo Danaos et dona ferentes*. Halten Sie mich für einen der vielen Trottel, die zu euren jährlichen Karnevalssitzungen kommen? Ich will Kassamatis treffen, heute Nacht und allein. Ich erwarte Ihren Rückruf.«

»Das ist unmöglich.«

»Unmöglich? Für den Boss der Bilderberg-Gruppe? Für den, der den *novus ordo seculorum* verwirklicht hat, der auf die Dollarnote gedruckt ist? Für den, der als Hausherr in die Sixtinische Kapelle kommt und den Heiligen Geist mit Fußtritten an die Luft setzt?« Der Monsignore lachte spöttisch. »Meine Uhr zeigt 14:45 Uhr. Wenn Sie mich nicht in einer Stunde zurückrufen und meine Verabredung bestätigen, erzähle ich meinem Freund von der Muttawa alles brühwarm.« Er beendete das Gespräch.

Um 15:25 Uhr klingelte das Handy.

»Sie haben gewonnen, Monsignore«, sagte Fitzwilliam. »Doch erst sagen Sie mir, was Sie vorhaben.«

»Ihre Lage erlaubt Ihnen nicht, Bedingungen zu stellen, und ich gebe niemandem Rabatt. *Claro*?«

Am anderen Ende erklang schallendes Gelächter. »Monsignore, Sie gefallen mir. Ich meine es ernst. Wissen Sie was? Ich hätte vielleicht nicht in Yale, sondern an der Päpstlichen Universität Gregoriana studieren sollen!«

»Ich werde dem Direktor sagen, er soll Ihnen einen Platz frei halten. Also, dieses Treffen?«

»Kassamatis erwartet Sie um ein Uhr heute Nacht in seinem Lager in der Oase des Wadi Aynunah.« Fitzwilliam erklärte ihm, wie er dort hingelangte. »Monsignore ...«

»Ja?«

»Wenn ich wieder nach Rom komme, müssen wir miteinander reden.«

»Ich hatte zuletzt den Eindruck, Sie sprächen nur noch mit dem dritten Stock des Apostolischen Palastes.«

»Ich spreche mit dem, der gewinnt.«

»Ich erwarte Sie in der Villa Tevere.«

In seinem Zelt hielt der Monsignore die Beretta ans Licht der Laterne und kontrollierte das Magazin. Er zog eine Schaffelljacke an und steckte sich die Pistole in die Tasche. Dann nahm er seinen Koffer und hängte sich den Leinensack über die Schulter. Er löschte die Lampe und ging hinaus.

Sofort kroch ihm die Kälte der Nacht in die Knochen. Der Vollmond beleuchtete den dicht mit Sternen besetzten Himmel und spiegelte sich im Wasser der Oase. Die Magie des *duende*. Ja, dies war ein Ort, wo die »dunklen Töne« Lorcas entstanden: in der Wüste, in so einer Nacht. Der Flamencospieler? Gott, hinter diesen Dünen.

Guzman schlich zwischen den Palmen hindurch. Aus den Palmwedeln erhob sich der Laut einer Eule. Die Reflexe des Mondlichts auf den Scheiben des Land Rovers wiesen ihm den Weg.

Er stellte den Koffer auf den Boden. Rashid schloss den Wagen nie ab. Ein Zug am Griff, und die Tür öffnete sich. *Gracias, Señor*. Er machte die hintere Wagentür auf und schob den Koffer auf die Rückbank.

Ohne Licht fuhr er aus dem Lager heraus. Hinter der letzten Quelle schaltete er die Scheinwerfer ein und beschleunigte, als er die Piste zum Wadi Aynunah einschlug.

Der sinkende Mond berührte den Horizont und zeichnete silberne Reflexe auf das Wasser des Golfs von Aqaba. »Ich will hier Männer mit rauen Stimmen sehen. *Los que doman caballos y dominan los rios*«, deklamierte er mit Stentorstimme und hieb mit der Hand aufs Steuerrad. Der Land Rover geriet ins Schleudern, die Scheinwerferlichter zuckten nach links und rechts durch das Dunkel, dann fuhr er wieder gerade auf der Piste. Die Rücklichter verschwanden hinter einer Düne.

Wie Fitzwilliam ihm geraten hatte, parkte der Monsignore hinter dem Gestänge einer windgetriebenen Pumpe und ging zu Fuß weiter. Er sah auf die Uhr. Eins. Er ging durch den Palmenhain der Oase und betrat das Lager. Durch den Stoff eines Zeltes drang der Schein einer Lampe und wies ihm den Weg. Er kratzte am Zelt. Im Inneren huschte ein Schatten über den Zeltstoff.

»*Bienvenido*, Vicente.«

»*Buenas tardes*, Alexis.«

49 ACHET-ATON, KÖNIGSPALAST, SIEBZEHNTES JAHR DER REGENTSCHAFT ECHNATONS

Ein Schatten zeichnete sich hinter den vom Mond beschienenen Vorhängen ab, und eilige Schritte hallten durch den Raum.

»Hoheit, Hoheit… Wach auf, schnell!«

»Wie…? Wer ist da? Was ist los?«

»Vergib mir, Hoheit, aber der Wesir Nakht hat mir befohlen, dich zu wecken«, sagte der königliche Kämmerer. »Er erwartet dich im Audienzsaal. Er bittet dich, schnell zu kommen.«

»Wie spät ist es denn?«

»Es ist die siebte Nachtstunde, Hoheit. In Theben scheint man an Schlaflosigkeit zu leiden.«

Nephers hastige Schritte erklangen zwischen den Säulen des Audienzsaals. Durch die Fenster zu den Innenhöfen drangen aufgeregtes Stimmengewirr und das Scharren vieler Füße. Der Wesir erwartete ihn vor dem Thron, einen Papyrus in der Hand.

»Nakht, was ist los?« Nepher band sich einen Gürtel um die leinene Tunika.

»Hoheit, noch vor heute Abend werden zehntausend Soldaten und dreimal hundert Streitwagen Theben in Richtung Achet-Aton verlassen. Horemheb und Ay haben sich verbündet. Du musst fliehen. Sofort, wenn du dein Leben retten willst.«

»Achet-Aton und die Zwei Länder verlassen? Niemals. Niemand wird es wagen, die Hand gegen den Pharao zu erheben.«

»Die Informanten des Oberbefehlshabers der Polizei sagen, dass die beiden schon deinen Nachfolger bestimmt haben.«

»Wen?«

»Deinen Halbbruder. Semenchkare.«

Nepher blieb stumm.

»Hoheit, ein Augenblick der Feigheit ist besser, als sein Leben lang tot zu bleiben. Überleg es dir, aber schnell.«

»Es gibt eine andere Art von Feigheit, die viel schlimmer ist. Zu wissen, was richtig ist, und es nicht zu tun.«

»Tote Helden nützen nichts und niemandem. Manchmal braucht es mehr Mut weiterzuleben, als zu sterben.«

Nepher ließ sich auf den Thron fallen und strich sich über das Gesicht.

»General Maya hat mich mit fünfzig Streitwagen der Königlichen Leibgarde aus Theben begleitet. Sie werden deine Eskorte sein. Wir haben einen Fluchtplan ausgearbeitet. Es gibt nur ein mögliches Ziel: das Land Midian.«

»Das Land Midian? Aber das ist eine Wüste, und sie liegt jenseits des Roten Wüstenlandes. Dorthin führt keine Karawanenstraße.«

Durch die Gänge des Palastes schallte das Trampeln eiliger Schritte, zwei Königliche Garden liefen zwischen den Säulen hindurch.

»Aber es ist auch der einzige Ort, wo du keinem ägyptischen Soldaten begegnen wirst.« Der Wesir rollte den Papyrus auf, um ihm die auf einer Karte eingezeichnete Strecke zu zeigen. »Der sicherste Weg dorthin ist, von Unterägypten bis hinauf zum Großen Bittersee zu ziehen und zwischen dem Südufer des Sees und dem Östlichen Meer direkt in Richtung Ezion Geber zu marschieren.«

Die Wagen der Königlichen Leibgarde sollten Nepher und sein Gefolge bis zum See begleiten. Dort würde Nakht ihnen Esel, Lebensmittel und Wasservorräte für vier Tage bereitstellen lassen. Das reichte, um bis zur Oase von Nakhl zu gelangen. Wegen der Wasserschläuche würden die Esel nicht so schnell laufen können.

Wenn sie vierzehn Stunden am Tag wanderten, natürlich zu den kühleren Tageszeiten und in der Nacht, würden sie acht Tage brauchen, um die vierzig *iteru* zurückzulegen, die den See von Ezion Geber trennten. Die einzige Rast würde an der Oase von Nakhl stattfinden, wo sie neue Wasservorräte aufnehmen konnten.

»Wenn du das Rote Wüstenland in Richtung Südosten durchquerst, meidest du die Straße von Horus.« Der Wesir fuhr die Strecke mit dem Finger ab. »Du wirst hier entlangziehen, nördlich vom Tempel der Hathor und vom Berg Serabit. So kommst du nicht über die Straße des Südens und meidest die Festungen, die die Kupferminen bewachen.«

»Welchen Sinn hat es zu fliehen? Horemheb und Ay werden mich einholen. Ich sage das nicht um meinetwillen, sondern für die, die mich begleiten. Soll ich sie in einer Wüste in den Tod führen?«

Auf der Schwelle erschien ein Offizier der Streitwagen. Die Flammen eines Glutbeckens spiegelten sich im goldenen Brustpanzer des Generals. Mit einer Hand auf die Wasseruhr weisend, blickte der Offizier den Wesir an. Der bedeutete ihm zu warten.

»Niemand wird sterben. Wenn die beiden an die Grenzen des Roten Wüstenlandes gelangen, werden sie anhalten.«

»Anhalten? Warum sollten sie das tun?«

»Wir erwarten jeden Augenblick einen Angriff der Hethiter. Der Großteil von Horemhebs Truppen ist schon auf der Straße von Horus postiert.«

Nepher würde dadurch einen Vorsprung von mindestens einem Tag haben. Horemheb wäre verrückt, einen Teil seiner Streitkräfte abzuziehen, nur um Nepher ohne Wasservorräte in der Wüste zu suchen und ohne die Richtung zu kennen, die er eingeschlagen hatte.

»Nun, Hoheit, wie lautet deine Entscheidung?«, fragte der Wesir.

Mit einem Ruck hob Nepher den Kopf von der Rückenlehne. Nach ihm würde kein anderer Pharao mehr die Flügel des Phönix tragen. Seine Aufgabe war noch nicht beendet.

»Ich werde aufbrechen. Lass die Würdenträger und die Hofbeamten wecken. Fragt sie, ob sie mich begleiten wollen.«

»Die achte Stunde hat bereits begonnen! Verstehst du nicht, dass deine Stunden gezählt sind?«

»Ich kann sie hier nicht zurücklassen. Sie haben mir geholfen, und Ay und Horemheb werden ihnen das nicht verzeihen.«

Der Wesir rollte den Papyrus zusammen. »Auch das tue ich noch, bei Apophis, aber ich bezweifle, dass es einen großen Andrang von Leuten geben wird, die mit dir gehen wollen, abgesehen von denen, die gute Gründe haben zu verschwinden.«

»Nakht, warum hilfst du mir? Du hättest in Theben bleiben und abwarten können, dass das Schicksal sein Werk verrichtet.«

»Ich tue es nicht für dich, Hoheit, sondern einzig wegen meiner Treue zur Dynastie der Thutmosis.«

»Deine Treue ist schmerzlicher als die Pfeile der Hethiter.«

»Was hast du erwartet? Beim Tod deines Vaters war Ägypten auf dem Gipfel seiner Macht. Und jetzt?« Der Wesir zeigte auf ein Fenster, hinter dem die mondbeschienenen Hügel lagen. »Weißt du denn nicht, was jenseits der Stelen deiner Stadt Achet-Aton vor sich geht? Das Land liegt am Boden! Die Provinzen sind verloren, oder sie zahlen keinen Tribut mehr, die Asiaten drängen am Delta vor, das Volk stirbt den Hungertod, und Theben wird vom Bürgerkrieg zerrissen. Wofür, Hoheit? Für ihn?« Er zeigte auf ein Wandgemälde Atons. »Sieh dich an! Du hast alles verloren: deine Krone, dein Volk, deine Familie und deine Freunde. Wo verbergen sich die schützenden Strahlen deines Gottes?«

Die Worte des Wesirs verhallten zwischen den Säulen des menschenleeren Saals. Nepher blieb stumm, den Kopf zwischen den Händen.

»General Maya wird seinen Männern befehlen, ins Viertel der Adeligen zu gehen und in jeder Villa jene zu wecken, die du genannt hast. Unterdessen sage ich dem Kämmerer, er soll dein Gepäck vorbereiten.« Der Wesir hatte schon ein paar Schritte auf den Ausgang zu gemacht, als er sich umdrehte. »Und Anchesenpaaton? Hast du an sie gedacht?«

»Sie wird hierbleiben.«

»Eine sehr gute Entscheidung. Sie wird bald Königin sein.«

Nakht ging eilig mit dem General hinaus. Wenig später ertönten scharfe Befehle aus dem Hof, gefolgt von Peitschenknallen und dem Klappern von Hufen.

Nephers Hand zerrte an einem Zipfel seines Nemes-Kopftuchs. Und wenn Ay und Horemheb ihn einholen und töten würden? Er durfte nicht warten. Er musste sofort tun, was noch zu tun blieb. Vor seinem Aufbruch.

Eilig setzte er sich an seinen Tisch, nahm ein Blatt Papyrus und tauchte den Griffel in das Tintenfass.

Als er fertig war, rollte er den Papyrus zusammen, erhitzte die Spitze eines roten Harzstäbchens über der Kerzenflamme und drückte sie auf den Rand des Blattes, sodass er mit der Rolle verklebte. Zuletzt presste er seinen Siegelring in den Wachsfleck. Er schlug den Gong und befahl seinem Sekretär, den Schreiber Pentju zu holen.

»Ich weiß, dass du mir immer treu ergeben warst«, sagte Nepher.

»Hoheit«, sagte Pentju, »du weißt, dass ich mit dir ginge, wenn ich nicht zu alt wäre.«

»Ich brauche einen letzten Dienst von dir. Noch heute.«

»Verfüge über mich.«

»Du musst sofort nach Iunu aufbrechen, wo du nach dem Hohepriester Wadjmosis fragen wirst.« Nephers Gedanken gingen zu seinem Lehrer Meryre, der in seiner ewigen Wohnstatt auf den Hügeln im Norden von Achet-Aton ruhte. »Ihm wirst du diesen Papyrus aushändigen. Er weiß, was zu tun ist.«

»Ich werde sofort abreisen, Hoheit.«

Nepher ging zum Audienzsaal zurück und durchquerte ihn langsam. Er blieb vor den Fenstern stehen, die auf die königlichen Gärten blickten. Im Wasser der Zierbecken spiegelte sich das Mondlicht, aus einem Sykomorengebüsch erhob sich der Schrei einer Eule.

Ihm war, als hörte er die Musik von Zimbeln. Die Feste zur Feier seines zwölften Regierungsjahres kamen ihm in den Sinn. In den Gärten drängte sich die Menge der Würdenträger aus den eroberten Ländern. Er sah sich mit der doppelten Krone, den Krummstab und die Geißel vor der Brust gekreuzt. Nofretete und die Mädchen saßen mit ihm auf einem großen Thron mit Baldachin. Setepenre hielt eine zappelnde kleine Antilope im Arm, ein Geschenk des Gesandten aus dem Lande Punt.

Die Würdenträger waren vor dem Thron vorbeigezogen, hatten ihr Treuegelöbnis gesprochen und Geschenke dargebracht: weibliche Sklaven mit Gold- und Silbergefäßen auf dem Kopf; Kutschen, mit Elektron und Elfenbein intarsiert; Geparden, am Halsband geführt; Büffel mit langen Hörnern; Ledersäcke voll Goldstaub; Elefantenzähne, von nubischen Sklaven auf den Schultern getragen … Auf die Zeremonie war ein großes Bankett gefolgt. Im Saal erklang ein fröhliches Gewirr aus Stimmen, Gelächter und Musik der Systren und Leiern.

Die Fackeln waren erloschen, die Musik war verstummt, die Gäste waren fort, und seine Familie ruhte im Land des Westens. Nur Anchesenpaaton war ihm geblieben. Für wenige Stunden noch.

Zwei Schiffe kreuzten auf dem Nil, und von den Decks erhoben sich Stimmen. Dann verschwanden ihre Fackeln im Dunkel. Wieder herrschte Stille. Er riss sich den Nemes vom Kopf und warf ihn auf den Boden. Hatte er wirklich alles falsch gemacht? Sein Blick fiel auf den Anhänger aus Türkis. »Es stellt den Gott der versäumten Gelegenheiten dar«, hatte Nofretete gesagt. Er hörte Schritte hinter sich.

»Hoheit, wir haben alle benachrichtigt.« Der Wesir stellte sich neben Nepher ans Fenster. »Der General hat mir versichert, dass ihr bald aufbrechen werdet, nicht später als zur ersten Tagesstunde.«

Nepher betrachtete die Wasseruhr. Die elfte Stunde. Noch zwei Stunden. Und danach? Lohnte sich ein Danach?

»Hoheit, gestatte mir eine Frage. Was glaubst du, wie die Nachwelt dich beurteilen wird?«

»Die Nachwelt?« Nepher lächelte traurig. »Das habe ich mich nie gefragt. Was ich getan habe, habe ich gewiss nicht getan, um geliebt zu werden. Wenn ich das gewollt hätte, hätte ich Kompromisse gemacht wie alle, und Ägypten hätte seinen Amun und seine Priesterschaft behalten.«

»Wie du siehst, kehrt Ägypten zu Amun und seiner Priesterschaft zurück, weil es das ist, was die Ägypter verdienen und im Grunde wollen. Es wird immer Amun-Priester geben. Was ist schlecht an Kompromissen, Hoheit? Nur die Welt der großen Ideale lehnt sie ab, aber das ist die Welt der Götter, nicht der Menschen.«

Von der Königlichen Straße kam der Lärm von Wagenrädern und Eselsgeschrei.

»Der Preis für Kompromisse ist zu hoch«, sagte Nepher. »Eine entwürdigende Mittelmäßigkeit, der Verzicht auf die Entdeckung des eigenen Selbst, die Abkehr von Maat … Kompromisse sind die Seuche des *ka.*«

»Aber das Leben ist ein fortwährender Kompromiss zwischen dem Göttlichen und dem Möglichen, und das Mögliche ist immer mittelmäßig. Immerhin ist es wenigstens etwas. Was hast du damit erreicht, dass du dich nichts und niemandem gebeugt hast?«

»Ich habe Ägypten eine Vision gegeben.«

»Eine Vision? Aber wer will die denn haben, Hoheit? Jeder Mensch ist in seinem Inneren überzeugt, dass seine eigene Vision bis an die Grenzen des Nun reicht.«

Nepher hob die Augen zum besternten Himmel. »Der Visionär kann das Unsichtbare sehen, und wenn er die Sterne betrachtet, entdeckt er das, wofür die anderen blind sind.«

Der Wesir warf ihm einen skeptischen Blick zu. »Was hast du denn gesehen, Hoheit?«

»Ich habe gesehen, dass es unmöglich ist, das Universum zu verstehen, wenn wir uns selbst nicht verstehen.«

»Und was hast du Wichtiges verstanden?«

Nepher blickte unverwandt zu den Sternen auf. »Nakht, was ist der Sinn des Lebens?«

»Der Sinn des Lebens?« Der Wesir zuckte die Achseln. »Na ja, ich würde sagen, das Streben nach Glück.«

»Und was ist das Glück?«

»Ach, darüber erzählen die Leute eine Menge Geschichten, aber sie lügen. Ich glaube nur an das, was ich sehe. Alle wollen Macht, Gold und einen gut bestückten Harem mit Sklavinnen.«

»Denk an die, die das alles bekommen haben. Würdest du sie glücklich nennen?«

Der Wesir blickte ihn erstaunt an. »Nein. In Wahrheit sind sie es nicht.«

»Warum?«

»Weil sie immer noch mehr wollen.«

»Siehst du? Das Glück kommt nicht von außen, sondern von innen. Alle plagen sich das ganze Leben lang ab, Dingen hinterherzujagen, die ihnen völlig egal sind. Aber wenn sie das merken, ist es zu spät. Nur an magischen Orten wie den Roten Wüstenländern kann man seinen Geist frei machen, doch das sind immer nur Funken der Wahrheit, flüchtig wie ein Blitz am Himmel.«

»Wie erlangt man das Glück, von dem du sprichst?«

»Hör auf zu urteilen, bring deinen Verstand zum Schweigen, und lausche dem Fließen der Dinge. Du wirst von einem starken Licht geblendet werden und das Innerste Gesetz des Seins sehen.«

»Das Innerste Gesetz? Was soll das sein, bei Apophis?«

»Sein eigenes Selbst zu vergessen. Erst dann wird dein *ka* mit dem *ka* des Universums verschmelzen, und du wirst das Geheimnis des Glücks entdecken.«

»Welches Geheimnis denn, Hoheit, welches?«

»Dass der Mensch ohne Liebe zu seinen Mitmenschen wie ein Boot des Ra ist, in alle Ewigkeit dazu verdammt, im Duat umherzuirren.«

»Liebe zum Mitmenschen?« Der Wesir lachte. »Hoheit, das gibt es auf dieser Welt nicht. Da hätte Atum-Ra den Menschen fürwahr ganz anders machen müssen, stattdessen aber hat er Menschen wie Ay, Horemheb und Tehuti geschaffen.«

»Fang bei dir selbst an, und du wirst die Magie dieses Gesetzes entdecken.«

General Maya erschien an der Tür und rief den Wesir mit einem Handzeichen zu sich.

»Hoheit, du hast meine Frage nicht beantwortet. Wie wird die Nachwelt dich beurteilen?«

»Am Ort der verborgenen Dinge«, sagte Nepher, versonnen auf die Gärten blickend, »sah er das Versprechen dessen, was er sein würde. Er hielt dieses Versprechen. Das ist es, was die Nachwelt von mir sagen müsste, wenn sie es erführe.«

»Weißt du, was sie stattdessen sagen wird?«

»Dass ich der größte Verrückte der Geschichte war.«

»Schlimmer: der größte Idealist.« Der Wesir ging mit dem General hinaus.

Mit einer Papyrusrolle in der Hand trat Nepher an das Bett seiner schlafenden Tochter Anchesenpaaton. Sie lag auf der Seite, die schwarzen Haare fielen ihr über eine Wange. Es war noch das Gesicht eines Kindes, aber die Züge waren die von Nofretete. Er wollte sie liebkosen, aber er hielt sich zurück.

Er ließ den Papyrus auf dem Tisch liegen, neben dem Tiegel mit der Augenschminke, ihrem ersten. Er hatte ihr den Kohl vor einem

Monat geschenkt, zum Beginn ihres fünften Schuljahres im Haus des Lebens. Mit einem letzten Blick versuchte er, sich jede Einzelheit ihres Gesichts einzuprägen. Abschiede waren nicht das Ende, sondern der Anfang. Leise verließ er den Raum.

Umgeben von einem hektischen Hin und Her der Wachen und Diener, schritt Nepher durch die Gärten und blieb vor Ras Käfig stehen. Der Löwe lag wach auf seinem Lager. Das Licht einer Fackel ließ die grünen Einsprengsel in seinen Augen aufblitzen. Als Nepher in den Käfig kam, stand Ra auf, lief zu ihm und leckte ihm die Hand. Nepher kniete neben dem Tier nieder, umarmte es und sprach mit leiser Stimme zu ihm.

Dann erhob er sich mit einem Ruck und ging fort, ohne sich umzudrehen. Das klagende Brüllen Ras, der sich gegen die Gitter warf, begleitete Nepher durch den Garten.

»Rasch, Hoheit, steig ein«, sagte General Maya, auf dem Wagen stehend. Nepher kletterte an seine Seite. »Wie viele Würdenträger haben beschlossen, mit mir zu gehen?«

»Vier mal hundert Mann, Hoheit. Freilich mitsamt ihrer Diener und Sklaven.«

»Gehen sie aus Liebe zu Aton?«

»Ich bedaure, Hoheit. Sie gehen aus Angst vor Ay.«

Inmitten des Lärms knarrender Wagenräder, des Klapperns von Hufen und der Rufe der Wagenlenker setzte ihr Wagen sich an die Spitze einer schier endlosen Karawane aus Karren, Pferden und Mauleseln, die sich unter den Strahlen der aufgehenden Sonne über die Königliche Straße bewegte.

Die Esel und Wagen waren bis zum Bersten mit Krügen, Lederschläuchen, intarsierten Truhen und Ebenholzmöbeln beladen. Der Oberaufseher über die königlichen Kornspeicher saß auf seinem Wagen, einen hölzernen Käfig auf dem Knien, aus dem eine Katze ihren Kopf streckte. In einen leinenen, mit Goldfäden bestickten Umhang gehüllt, gab der Leiter der königlichen Archive seinem Pferd die Sporen. Eine Hofdame mit einer langen Perücke aus schwarzen Haaren saß unter einem Baldachin. Schon bald schlängelte sich die Karawane an den Hängen der Hügel im Norden entlang.

Als sie an die nördliche Stele gelangten, bat Nepher den General, an dem Abhang anzuhalten, von dem aus man auf die Stadt blickte. Maya befahl der Wagenkolonne weiterzufahren.

Nepher versuchte, den Königlichen Palast zu erkennen. Sein Blick verweilte auf den Fenstern der Gemächer Anchesenpaatons, dann auf den gelben Blüten der Akazie, die Ras Käfig Schatten spendete. Er schweifte über die weißen Häuser, über die mit Lotusblumen bewachsenen Gärten und blieb am Nil hängen. Zwischen zwei Papyrussümpfen zeichneten die ersten Sonnenstrahlen einen goldenen Strich auf das Wasser. Das Wurfholz eines Jägers flog pfeilschnell über ein Binsengestrüpp und verschwand hinter einer Biegung des Flusses.

»Man sagt, wer einmal aus dem Wasser des Nils getrunken hat, wird seinen Durst nie woanders stillen können«, sagte General Maya. »Jetzt verstehe ich, warum.«

50 Zwischen den beiden Spitzen des Al-Manifa erstrahlte die Sonne. Die silbernen Töne des Raureifs verblassten, und das Rostrot des Sandes kam hervor und färbte sich im Sonnenlicht orange.

Aus der Grube ertönten die dumpfen Schläge der Spitzhacken. Die Beduinen hatten den Putz weggehauen und eine Wand aus Felsblöcken zum Vorschein gebracht.

Als die Männer die ersten Blöcke unter dem Querbalken beseitigt hatten, spähte Théo durch den Durchbruch. Seine Taschenlampe erkundete die Wände und die Decke eines in den Felsen gegrabenen Ganges, der an einer verputzten Tür wie der endete, die sie soeben aufgebrochen hatten. Der Lichtstrahl wanderte über vier Schriftrollen und blieb auf der letzten stehen. Auch hier waren die Hieroglyphen weggekratzt. Théo trat beiseite, um Khalid und Kassamatis Platz zu machen. Dann arbeiteten die Beduinen weiter, bis sie den Durchgang freigeräumt hatten.

»Ich kann nichts sehen.« Théo blieb auf der Schwelle stehen und leuchtete in den Gang. »Keine Hebel, Falltüren oder Ähnliches.« Der Lichtkegel wanderte über den Sand auf dem Boden des Ganges. »Aber ein so kurzer Gang und noch dazu leer … das überzeugt mich ganz und gar nicht. Keiner macht einen Schritt weiter.«

»Eine Falle?«, fragte Khalid. »Na, das werden wir ja gleich sehen.«

Khalid hob einen Stein und warf ihn knurrend mitten in den Gang. Sofort erfüllte das Geräusch brechender Bohlen den Raum, der Boden riss auf, und aus der Tiefe ertönte der Aufprall von Steinen. Er warf eine zweiten Stein und einen dritten, sodass das Loch sich vergrößerte. Théo und Khalid traten vorsichtig näher und beugten sich über den Rand der Öffnung. Théo leuchtete mit der Taschenlampe in die Tiefe. Der Grund des Lochs war mit Speerspitzen gespickt.

Die Beduinen legten Bretter über die Falle und machten sich daran, die zweite Tür aufzubrechen. Der abbröckelnde Putz gab eine zweite Wand aus Steinblöcken frei, die genauso aussah wie die erste. Als die Männer die ersten beiden Blöcke herausgerissen hatten, hieß Théo sie aufhören.

Khalid zog eine Kerze aus einem Beutel, zündete sie an und reichte sie Théo. Der hielt sie an den Durchbruch in der Mauer. Ein Schwall warmer, abgestandener Luft ließ die Flamme erzittern. Théo schob die Kerze durch das Loch. Die Flamme zuckte und wurde schwächer, dann erholte sie sich, ohne zu erlöschen. Unglaublich. Die Luft enthielt noch Sauerstoff. Er zog die Kerze zurück, schaltete die Lampe ein und beugte sich über die Öffnung. Der Strahl zerriss dreiunddreißig Jahrhunderte Dunkelheit.

»Sag schon, Théo, was siehst du?«, fragte Khalid von hinten.

»Herrliche Dinge.«

Ein Land Rover fuhr durch ein Dickicht aus Akazienbüschen und hielt neben dem Geländewagen von Kassamatis. Auf der Fahrerseite stieg ein Beduine mit einem Gewehr über der Schulter aus, und aus der anderen Tür kam der grüne Stetson von Monsignore Guzman zum Vorschein.

Der Beduine zeigte auf einen Pfad, der sich zwischen Spitzkehren voller Felszacken den Hügel hinaufschlängelte. Unter der glühenden Sonne fuhren sie den Weg hinauf.

Der Monsignore sah auf die Uhr. 8:50 Uhr. Um diese Zeit mussten sie das Grab schon betreten haben. Er dachte an das Treffen mit Kassamatis gestern Nacht. Der Plan war perfekt. Es sei denn, der Silberfuchs und Fitzwilliam spielten ein doppeltes Spiel. Aber das war unwahrscheinlich. Die Gruppe wollte dasselbe wie er. Mit einem Unterschied. Er brauchte einen Beweis, um den Inquisitor in die Enge zu treiben. Und wenn er sich in den beiden irrte? Nicht umsonst hatte Pater Pinkus sie den Kater und den Fuchs genannt, und Pater Pinkus hatte einen guten Blick für Charaktere. Guzman tastete nach dem Griff seiner Beretta.

Rashid? Was konnte der tun? Als er gestern Nacht aus Al-Bad herausgefahren war, hatte er immer wieder in den Rückspiegel geschaut. Niemand war ihm gefolgt. Der Saudi würde ihn nicht finden. Sollte er doch alle Grenzkontrollen dieser Welt alarmieren. Er wusste jetzt, wie er aus Saudi-Arabien herauskommen würde.

Als sie auf der Hochebene angelangt waren, zeigte der Beduine auf den Eingang zu den Grabungen, aber Guzman hielt ihn zurück. Sie müssten warten, sagte er. Sie setzten sich unter einen Felsvorsprung. Der Beduine schlug ein zerknittertes Exemplar des Korans auf, und der Monsignore wählte eine Nummer auf seinem Handy.

»Am Flugplatz von Aqaba?«, fragte Pater Pinkus. »Aber Monsignore, wie wollen Sie dort hinkommen?«

»Überlassen Sie das mir. Ich werde dort sein. Der Flugplatz King Hussein liegt nur zwanzig Kilometer von der saudischen Grenze entfernt. Rufen Sie den Piloten meiner Gulfstream an. In einer Stunde muss sie sich auf dem Flug nach Jordanien befinden.«

»Monsignore, gehe ich recht in der Annahme, dass das bedeutet…?«

»›Du Kleingläubiger, warum hast du gezweifelt?‹«, zitierte der Monsignore mit düsterer Stimme.

Am anderen Ende hörte man einen tiefen Seufzer der Erleichterung.

»Pater, erinnern Sie sich an Fairchild vom Opus Dei in London?«

»Der Numerarier, der Hieroglyphen lesen kann?«

»Genau der. Rufen Sie ihn an, und sagen Sie ihm, wir brauchen ihn in der Villa Tevere für eine eilige Übersetzung. Lassen Sie ihn ins erste Flugzeug nach Rom steigen, und schicken Sie den Mercedes nach Fiumicino, damit er abgeholt wird.«

»Ich fürchte, es ist besser, ihn nicht in die Villa Tevere kommen zu lassen, Monsignore, und ratsam ist es auch, auf den Mercedes zu verzichten.«

»Warum?«

»Monsignore Cardoza lässt mich beobachten, ich bin mir sicher. Er führt sich schon auf, als sei er der Herr im Haus.«

»Ach ja?« Guzmans Stimme zitterte vor Zorn. »In der Bibel heißt es: ›Rächt euch nicht selber, sondern lasset Raum für den Zorn Gottes; denn in der Schrift steht: Mein ist die Rache, ich werde vergelten, spricht der Herr.‹« Er umklammerte den Knauf der Beretta. »Pater, Sie werden mir die Beichte abnehmen müssen, denn dieses Mal werde ich Vergeltung üben.«

»Weise Worte, Monsignore. Ich bin sicher, dass ER nichts einzuwenden hat, bei allem, was er selbst zu tun hat.«

»Schließen Sie Fairchild in einem Hotelzimmer ein, und sagen Sie ihm, dass wir ihn heute Nacht besuchen kommen.«

»Was soll er übersetzen?«

»Das weiß ich noch nicht.«

Der Monsignore zog *Die Kunst des Krieges* von Sun Tsu aus seiner Reisetasche und öffnete das Buch an einer markierten Stelle. »Strategie ist das Wichtigste bei allen Kriegen. Wenn du an einer nahe gelegenen Stelle angreifen willst, so täusche vor, dass du dich auf einen langen Marsch begibst...«

Guzman nickte anerkennend, unterstrich den Satz fett und vertrieb mit einem Steinwurf einen Skorpion.

»Der Jude ist tot, der Christ ist verschwunden, und die Ausgrabungen stehen still«, sagte Prinz Zoltan am Telefon. »Meinen Glückwunsch, Rashid.«

»Königliche Hoheit, ich werde diesen Christen wiederfinden.« Al Kaddafi setzte sich mit einer Tasse Kaffee in der Hand auf einen Stapel Bretter. »Das verspreche ich.«

»Ja? Wie denn?«

Al Kaddafis Blick wanderte zum Durchbohrten Felsen, zu dessen Füßen sich ein Archäologe über einen Theodolit beugte. »Eure Hoheit, gestattet mir, Euch in einer Stunde zurückzurufen.«

»Ich erwarte deinen Anruf und hoffe, dass du mich kein zweites Mal enttäuschst. Enttäuschungen bringen meine schlechtesten Seiten zum Vorschein.«

Al Kaddafi warf die Tasse weg und ging mit großen Schritten auf den Durchbohrten Felsen zu. »Speichert das Gerät eine Messung, die du durchführst?«, fragte er den Archäologen.

»Ich selbst habe ihn so programmiert.«

»Verzeichnet er auch die Tage?«

»Die Tage und die Stunden.«

»Gestern habe ich beobachtet, wie der Christ eine Messung mit deinem Instrument vornahm. Es mag um halb zwei gewesen sein. Kannst du sie wiederfinden?«

»Ach so, jetzt verstehe ich, wer sich an meinem Theodoliten zu schaffen gemacht hat, als ich beim Essen war. Natürlich kann ich sie wiederfinden.«

Er gab einige Befehle ein und drückte die Starttaste. Eine Leuchtdiode blinkte auf, und das Objektiv bewegte sich brummend. Der Archäologe beugte sich über das Okular.

»Gestern um diese Zeit hat der Theodolit die Position dieses Hügels dort hinten gespeichert.« Er zeigte auf eine kegelförmige Anhöhe, die von anthrazitgrauen Felszinnen gekrönt wurde.

Al Kaddafi schaute durch das Okular und hob den Kopf. Seine Augen funkelten begeistert. »Im Koran steht: ›Allah hilft den Beharrlichen.‹« Er zog seinen Dolch aus einem silbernen, mit Elfenbein intarsierten Futteral und streckte die Hand mit dem Dolch zum Himmel empor. »So stellt Gott uns also auf die Probe. Bruder, danken wir Allah für alle Probleme, die er uns schickt.« Halb verwundert, halb eingeschüchtert, betrachtete der Archäologe die blitzende Klinge. »Ja, ja ... danken wir ihm.«

Den Dolch in der Hand, marschierte Al Kaddafi zum Zelt des Kommandanten der Nationalgarde. Der Archäologe ließ sich mit einem tiefen Seufzer auf eine Kiste fallen.

Durch das Tal hallten die bellenden Stimmen der Unteroffiziere. Die Soldaten luden Maschinengewehre und Granatwerfer auf die Lastwagen, stiegen auf, und die Kolonne nahm Kurs auf den von anthrazitfarbenen Zinnen gekrönten Hügel. Hinter den Lastwagen wirbelte eine rote Sandwolke auf.

Die Arbeiter hatten eine größere Öffnung in die Mauer geschlagen. Théo stieg hindurch, gefolgt von Kassamatis, Khalid und zwei Beduinen.

Die Lichtkegel ihrer Lampen glitten über zwei mit bunten Hieroglyphen bedeckten Sandsteinsäulen, wanderten zu einer Reihe Truhen aus Holz mit Gold- und Elfenbeinintarsien und blieben auf den Fresken stehen, die die Wände schmückten.

Stille herrschte in dem großen Raum. Théos Lampe erkundete die Wandgemälde, ihr Strahl kreuzte die der anderen. Die Wände waren vollständig mit Bildern bedeckt: Gärten im Schatten von Sykomoren, Häuser in einem strahlenden Weiß, Zierteiche mit Lotusblüten und Papyrussümpfe, über die bunt gefiederte Vögel flogen. Théo meinte das Schnattern der Enten zu hören, in der Luft lag der Duft wilder Myrte. Diese Bilder brauchten keine Inschriften: Das war Achet-Aton, Echnatons Stadt der Träume. Théo dachte an die Ebene von Tell El-Amarna. Heute gab es dort nur noch ein paar zerfallene Mauern. Wer hätte gedacht, dass diese Ruinen einmal eine so prächtige Stadt gewesen waren?

Im Geist sah er die starren Statuen der Pharaonen und die würdevolle Steifheit der Figuren auf den Tempelwänden. Diese Fresken hier waren ein Bruch mit allen ägyptischen Traditionen: Sie drückten Lebensfreude und Liebe zur Natur aus, sie spielten mit der Perspektive, mit strahlenden Farben und mit Helldunkelkontrasten. Es war, als hätte die ägyptische Kunst sich in Achet-Aton eine tausendjährige Zwangsjacke vom Leib gerissen und die Lebensfreude entdeckt.

Im Hintergrund des Saals umrahmten die beiden Säulengänge den Hohlraum eines Tores. Er ging darauf zu und blieb an der Schwelle stehen. Das Tor führte in einen Saal wie den ersten. Der Lichtkegel lief über Säulen und durchschnitt das Dunkel eines weiteren Tores. Wie viele Kammern gab es in diesem Grab? Was enthielten all diese Truhen?

Théo war versucht weiterzugehen, dann trat er staunend vor ein Fresko. Eine Kinderschar planschte im Nil, sie hatten einander huckepack genommen, beobachtet von einigen Frauen, die am Ufer im Schatten von Palmen saßen. Der Maler hatte die Zeit angehalten. Die Hitze eines Sommertages vor dreitausend Jahren ging vom dem Bild aus, man hörte das Plätschern des Wassers und einen Chor silberheller, lachender Stimmen.

Er richtete die Taschenlampe auf das nächste Fresko. In ihrem Licht tauchte ein Wurfholz auf, der über einem Papyrussumpf auf einen Schwarm Enten zukreiselte, die aus dem Röhricht aufflogen. In einem kleinen Schilfboot stand ein Jäger, den Arm noch zum Wurf erhoben. Zu seinen Füßen kauerte ein Gepard. Hinter ihm saß eine Frau, die mit beiden Händen eine Lockente festhielt.

Théo drehte sich zur gegenüberliegenden Wand um. Eine Kutsche mit funkelnden Verzierungen aus Elektron, gezogen von zwei weißen Pferden, fuhr über die Königliche Straße. Der Kutscher war Echnaton, an seiner Seite stand Nofretete. Am Straßenrand drängte sich eine applaudierende Menge, die Lotusblüten auf das Paar warf. Man hörte förmlich das Knarren der Räder und die Rufe der Menge und sah die Muskeln der Pferde spielen. Echnaton ließ die Zügel schnalzen, die Leinengewänder der Herrscher flatterten im Wind. Es war, als habe die ägyptische Kunst in Achet-Aton die Bewegung entdeckt.

Théo betrat den dritten Saal. Ein Fresko zeigte den Pharao, Nofretete und drei ihrer Mädchen, die sich am Fenster der Erscheinungen zeigten, der überdachten Brücke, die den Königspalast mit dem großen Aton-Tempel verband. Die Familie warf den Höflingen, die sich unter ihnen auf der Königlichen Straße drängten, goldene Armreifen und Ketten zu.

Auf einem anderen Fresko standen Echnaton und Nofretete, die Hände zum Himmel erhoben, vor dem Altar des Großen Tempels, auf dem Obst, Gänse und Blumen als Opfergaben dargebracht wurden. Der Tempel hatte kein Dach, die Sonne drang in jeden Winkel, und die *ankh* von Atons Strahlen streiften den Pharao und seine Königin.

Der Lichtkegel der Taschenlampe tastete sich über die bunten Säulen des Großen Aton-Tempels und über die Musiker, die Harfe und Laute spielten. Die Opfergabe für Aton war ein Fest aus Licht, Farben und Musik. Verschwunden war das Dunkel des heiligsten Bezirks in den ägyptischen Tempeln. In Achet-Aton hatte die ägyptische Kunst das Licht entdeckt.

Beim Betrachten der Sonnenscheibe Atons über dem Tempel fiel Théo ein Passus aus Apions *Aegyptiaca* ein, den Marsilio Ficino in seinem Pergament zitiert hatte: »Ich hörte die Alten von Ägypten sagen, Moses stamme aus Heliopolis... Er ließ Heiligtümer im Freien innerhalb der Stadtgrenzen errichten, alle zur aufgehenden Sonne gewandt.« Moses hatte Tempel ohne Dach bauen und nach Osten ausrichten lassen. Genauso wie Echnaton. Wann hatte man in Ägypten Tempel ohne Dächer gebaut? Nur während der siebzehnjährigen Regierungszeit Echnatons.

In seiner Erinnerung fiel der Schein einer Taschenlampe auf die Inschrift der Intarsie im Dom: »*Hermes Mercurius Trismegistus contemporaneus Moysi.*« In den Dialogen der *Hermetica* wurde Hermes Trismegistos dreimal ›der Große‹ genannt: als König, als Priester und als Philosoph. Wer hätte die Alchimisten von Alexandria sonst inspirieren können, wenn nicht Echnaton selbst?

Lebensfreude, Bewegung, Licht… Aber wo war der Tod geblieben? Auf keinem Fresko gab es Inschriften oder Bilder von Osiris und von der Unterwelt des Duat. Keine Zeremonie, bei der dem Verstorbenen der Mund geöffnet oder sein Herz gewogen wurde, keine Inschriften aus dem Totenbuch. Echnaton hatte den Tod aus seinem Reich verbannt. Dessen Bewohner schienen in ewiger Jugend in einem Goldenen Zeitalter zu leben, wo die Zeit stehen geblieben war.

Die Farben der Hieroglyphen auf einer der Säulen erregten Théos Aufmerksamkeit. Der Text erinnerte ihn an seine Doktorarbeit. Sie hatte sich mit einem Auszug aus dem *Großen Hymnus an Aton* beschäftigt, dem berühmten Sonnenhymnus, den Echnaton selbst verfasst hatte. Der Hymnus war vom Wissen um eine allumfassende Harmonie durchdrungen, die an Buddha erinnerte, dem Echnaton freilich sieben Jahrhunderte vorausgegangen war.

Du lebendige Sonne, du bist schön, gewaltig und strahlend… Alle Löwen kommen aus ihren Höhlen, alles Gewürm sticht… Kein anderer kennt dich, außer deinem Sohn Echnaton, du lässt ihn kundig sein deiner Pläne und deiner Macht.

Schon während der Arbeit an seiner Promotion war ihm die verblüffende Ähnlichkeit zwischen Echnatons Hymnus und dem Psalm 104 der Bibel aufgefallen. Er hatte die Texte verglichen. Ganze Sätze waren identisch. Ein regelrechtes Plagiat. Die Psalmen waren eine Sammlung von Gebeten des Volkes Israel – wie erklärte es sich, dass der Psalm 104 wie vom Aton-Hymnus abgeschrieben wirkte? Wie war der Hymnus ins kollektive Gedächtnis Israels geraten? Wie waren Josias Schreiber sieben Jahrhunderte später, als sie die ersten biblischen Texte verfassten, an den Hymnus gekommen?

Er dachte an Raisas Vortrag und an die Fotos von Freud, Echnaton und des Moses von Michelangelo auf dem Overheadprojektor. Freud hatte bereits alles begriffen, die Archäologie musste nur noch die Beweise liefern. Adonai war die althebräische Umschrift der Hieroglyphe für »Aton«. Und Jahwe, der andere Name des Gottes Israels? Die Grabungen in Arad im Osten der Negevwüste hatten gezeigt, dass Jahwe nichts anderes war als Yahu, der Vulkangott der Keniter. Diese Fresken hier bewiesen, dass Echnaton sich in das Land Midian geflüchtet hatte. Um den Kreis Aton-Yahu-Jahwe zu schließen, fehlte jetzt nur noch der Beweis, dass die Anhänger Echnatons nach seinem Tod im Exil zum Polytheismus zurückgekehrt waren, indem sie sich mit Kenitern vermischt und deren Yahu-Kult angenommen hatten.

Er schritt durch das Tor zum vierten Saal und richtete die Taschenlampe auf die hintere Wand. Sie war verschlossen, und die beiden Säulengänge endeten dort. *Merde*, er war doch nicht hierhergekommen, um sich eine Kunstausstellung anzusehen! Dieses war der letzte Saal. Wo lag die Grabkammer? Er ließ den Lichtstrahl über die Wände wandern, auf der Suche nach einer Tür. Nichts. Wieder nur Fresken und Truhen. Wenn dies ein Grab war, wo war der Sarkophag? Was bedeuteten all diese Fresken? Was war in den Truhen?

Trotz seiner Enttäuschung ließ er sich wieder von der Poesie der Wandgemälde fesseln. Echnaton und Nofretete saßen nebeneinander, reichten einander Lotusblumen und tauschten Liebkosungen aus. Die Wände um sie herum waren mit Weinstöcken voller Trauben bemalt, es gab Bilder der Sümpfe am Nil und Wasserbecken voller bunter Fische, die über einen dichten Teppich aus Wasserpflanzen schwammen. Wieder kehrten Théos Gedanken zurück zu den traditionellen Fresken und Statuen mit ihren steifen Posen und ausdruckslosen Gesichtern, denen jedes Gefühl fremd war.

Er ging zu dem Wandgemälde und strich mit der Hand über die Figur des Echnaton. Deine Welt war noch nicht bereit für eine so schöne Seele wie dich, und auch die Welt von heute wäre es nicht.

Mit schnellen Schritten kam Khalid herein, gefolgt von Kassamatis und den beiden Beduinen. Ihre Taschenlampen erforschten die Wände.

»Wie ich's mir gedacht habe«, sagte Khalid. »Auch hier nicht die kleinste Spur einer Grabkammer. Théo, verstehst du das?«

Théo schüttelte gedankenverloren den Kopf. »Habt ihr die Truhen geöffnet?«

»Mach dich auf eine Überraschung gefasst.«

Die beiden Beduinen nahmen den Deckel einer Truhe ab. Khalid leuchtete mit der Lampe auf deren Inhalt. Der Lichtstrahl brachte einen Berg goldenen Geschmeides mit kostbaren Steinen zum Glitzern. Die Beduinen öffneten die drei anderen Truhen im Raum. Myriaden bunter Lichtreflexe tanzten über die Wände und die Decke. Théo griff in eine Truhe: goldene Armreifen mit Rubinen besetzt, mehrfach geschlungene Halsketten aus Smaragden, Saphiren und Lapislazuli, Anhänger aus Gold mit Gemmen aus Edelsteinen, die Gottheiten des ägyptischen Pantheons darstellten.

»Und so sieht es überall aus«, sagte Khalid.

Théo ging auf Kassamatis zu, der mit einer unergründlichen Miene mitten im Raum stand. »Los, sprich! Wo ist er versteckt?«

»Hör doch auf!« Kassamatis umfasste mit einer Handbewegung die Fresken und Truhen. »Das Grab muss hier irgendwo sein. Bist du nicht der Archäologe? Warum machst du dich nicht an die Arbeit, statt deine Zeit mit diesen Fresken zu vergeuden?«

»Dieser Ort scheint mir alles andere als ein Grab zu sein«, sagte Khalid zu Théo gewandt. »Weißt du, was er ist? Das Versteck eines Schatzes, und zwar des Schatzes auf der Kupferrolle. Warum vergessen wir Echnaton nicht einfach? Lass uns so viele Kisten wie möglich mit diesem Zeug füllen und uns sofort überlegen, wie wir aus Saudi-Arabien herauskommen!«

»Was wir suchen, ist unendlich viel mehr wert als diese Truhen«, sagte Théo.

»Tja. Aber wo ist es?«

Théo ließ den Lichtstrahl über die Fresken wandern. »Sie wirken wie ein Hymnus auf das Leben. Doch wenn man genau hinschaut, erkennt man eine melancholische Grundstimmung ...«

»Das ist vielleicht die Sehnsucht nach dem fernen Ägypten.«

»Es ist mehr als nur Heimweh. Meiner Meinung nach drücken sie das traurige Andenken an jemanden aus, der nicht mehr da ist, und sie sind ein Zeugnis dessen, was er repräsentierte, als er noch lebte. Eine Art Totenbuch in der Amarna-Version.«

»Und die Truhen?«, fragte Khalid. »Wie erklärst du die? Was sollen die hier? Angenommen, es ist so, wie du sagst, warum sollte man ihm ein solches Geschenk machen, vor allem nachdem er gestorben war? Seinetwegen und wegen seines Gottes haben die Menschen, die mit ihm gegangen sind, alles verloren: ihre Heimat, ihre Familie, all ihre Güter … Von wegen Schätze als Grabbeigabe! Ich hätte ihn den Geiern zum Fraße vorgeworfen.«

Bei diesen Worten wurde Théos Miene nachdenklich. Er hatte sich ein zu idyllisches Bild gemacht. Echnatons Anhänger hatten ihn vielleicht einmal geliebt, doch im Exil mussten ihre Gefühle sich in Verzweiflung, womöglich in Hass verwandelt haben. Warum hatten sie den Schatz nach seinem Tod dort gelassen? Warum hatten sie ihn nicht mitgenommen, wohin auch immer sie gezogen waren? War das hier ein vorübergehendes Versteck? Nein. Diese Fresken hatte einer gemalt, der wusste, dass er nie mehr wiederkehren würde. Sie waren ein Abschied.

»Die Fresken drücken nicht nur Trauer, sondern noch etwas anderes aus«, sagte Théo, als spräche er zu sich selbst. »Schuldgefühle.«

»Schuldgefühle? Willst du damit sagen, der Schatz war so etwas wie eine Bitte um Vergebung? Aber wofür?«

»Das weiß ich nicht«, sagte Théo, den Blick auf die hintere Wand gerichtet. »Die Antwort liegt vielleicht in der Grabkammer.«

Khalid zuckte ratlos mit den Schultern. »Mag sein. Aber wo ist sie?«

»Denk an alle Gräber der 18. Dynastie. An ihren Grundriss.« Théo rieb sich den Nasenrücken. »Wo lag die Grabkammer?«

»Immer ganz hinten und fast immer auf einer tieferen Ebene.« Khalid nahm einem der Beduinen die Spitzhacke aus der Hand und schlug damit an mehreren Stellen auf den Boden. »Aber hier ist nichts. Überhaupt nichts.«

Théo richtete die Taschenlampe auf das mittlere Fresko an der hinteren Wand. Das Wandgemälde zeigte Echnaton, der Aton opferte, die Hände zur Sonnenscheibe erhoben. Atons Strahlen schienen sich überall auszubreiten. Der Schein der Taschenlampe traf auf die Opfergabe. Ein Kegel des Weißen Brots. Théo nahm Khalids Hacke, stellte sich vor die Wand und hieb damit auf die Sonnenscheibe ein. Ein hohler Ton hallte im Raum wider. Fast im selben Augenblick hörte man von außen das Knattern eines Maschinengewehrs.

Keuchend stürzte ein Beduine in den Raum, eine Kalaschnikow in der Hand. »*Sayyid* Kassamatis! Die Soldaten haben den Hügel umzingelt! Sie kommen herauf!«

»*Christos!*« Kassamatis tippte eine Nummer auf seinem Handy. »Verflucht, hier ist keine Verbindung.« Er lief nach draußen, gefolgt von dem Beduinen.

»Théo, wie kommen wir jetzt hier weg?«

»Er sitzt dort oben fest, genau wie wir. So wie ich ihn kenne, findet er eine Lösung, und ich ahne schon, was er vorhat. Wichtig ist nur, dass wir in seiner Nähe bleiben.«

»Und wenn er versucht, uns hier unten zurückzulassen? Was tun wir dann? Zwei Pistolen gegen die Kalaschnikows seiner Beduinen?«

»Wenn es nicht anders geht, schieße ich ihn über den Haufen.«

»Ist das dein Ernst?«

»Du kennst mich nicht.«

Khalid warf Théo einen düsteren Blick zu. »Wenn du so redest, machst du mir Angst.« Er kratzte sich nachdenklich am Bart, dann streckte er einen Finger in die Höhe. »Allah liebt die Kühnen. Wenn die Dinge so stehen, dann muss es sein, weil es so geschrieben steht.«

»Nun, wo du gerade dabei bist, sag ihm, er soll auch das hier aufschreiben.«

Vor dem Fresko stehend, hob Théo die Hacke und schlug mit aller Kraft gegen die Sonnenscheibe Atons. Die Spitze drang durch die Wand, ohne auf Widerstand zu stoßen. Ein Strom warmer Luft streifte sein Gesicht, und im Raum verbreitete sich der Duft der Harze, die für die Einbalsamierung benutzt wurden.

51 Der Monsignore steckte den Kopf durch einen Felsspalt. *Caray*. Wie zum Teufel hatte der Saudi es fertiggebracht, ihn zu finden? Wenige Schritte von ihm entfernt wirbelte eine Maschinengewehrsalve eine Reihe kleiner Sandsäulen auf. Er duckte sich neben den Beduinen. Wie sollte er jetzt aus diesem Inferno herauskommen? Hatte Kassamatis mit seinem »perfekten« Plan von gestern Nacht auch an so etwas gedacht?

Das Knattern der Maschinengewehre übertönte die Gewehrschüsse. Er ließ den Blick über die Hochebene schweifen. Hinter den

Felszinnen verschanzt, schossen Kassamatis' Beduinen auf die Soldaten, die den Hügel hinaufkletterten. Hebelgewehre und ein paar Kalaschnikows gegen Maschinengewehre und Granatwerfer. Wie lange würden sie durchhalten? Es war 09:35 Uhr. Um diese Zeit mussten Kassamatis' und der Archäologe schon längst im Grab sein.

»Wir gehen hinunter.« Mit gesenktem Kopf lief der Monsignore auf das Einstiegsloch zu, gefolgt von dem Beduinen.

Sie stiegen die Treppe hinab und betraten den Gang. Die Bretter ächzten unter ihrem Gewicht. Einen Moment lang warteten sie, um ihre Augen an die Dunkelheit zu gewöhnen, dann schlichen sie sich mit ausgeschalteten Taschenlampen Säule für Säule voran, auf den Lichtschein im Hintergrund zu. Die Explosion einer Granate ließ die Säulen erzittern, und es regnete Felsbrocken von der Decke. Ein Splitter traf die Krempe von Guzmans Stetson.

Vor dem Eingang zum letzten Raum, aus dem der Schein einer Laterne drang, blieben sie stehen. Im Inneren hörten sie die dumpfen Schläge von Spitzhacken. Der Monsignore blickte den Araber an und legte mahnend den Finger an die Lippen. Dann beugte er sich vor und spähte in den Raum.

Ein Hagel von Geschossen pfiff über die Köpfe Al Kaddafis und des Hauptmanns hinweg. Sie hockten in einer Felsschlucht.

»Wie viele dieser Hundesöhne mögen es sein?«, fragte Al Kaddafi.

»Etwa fünfzehn.«

»Wir sind fünfunddreißig Soldaten! Wollen Sie jetzt endlich Ihre Arbeit tun, oder muss ich das für Sie erledigen?«

Der Hauptmann drehte sich um und setzte ein Megafon an den Mund. »Ihr da unten! Kommt mit den Granatwerfern rauf!«

Aus der Nachhut knatterten die Salven einiger Sturmgewehre durch die Luft. Die Geschosse prallten an den Zinnen ab, die über der Hochebene aufragten.

Unter dem Feuerschutz der Sturmgewehre kletterten die Soldaten die Hänge hinauf.

Théo blickte durch das Loch, das er geschlagen hatte. Der Lichtstrahl erfasste einen Sarkophag aus rotem Granit, und eine goldene Aton-Scheibe leuchtete durch das Dunkel. Théos Hand krampfte sich um die Taschenlampe. Die Explosion einer Granate erschütterte die Wände.

»Théo, wie weit bist du?«, fragte Khalid. »Was siehst du?«

»Er ist hier drin.« Théo trat beiseite.

»Schnell, verflucht! Macht schnell!« Kassamatis, der zurückgekehrt war, spähte durch die Öffnung.

»Es kann nur wenige Minuten dauern. Die Steine sind aus Lehm«, sagte Khalid. »Los, ihr beiden!«

Die Beduinen schlugen mit ihren Spitzhacken auf die Steine ein. Théo schlüpfte als Erster durch das Loch. Nach dreiunddreißig Jahrhunderten lag noch immer der Geruch der Harze in der Luft, die die Einbalsamierer benutzt hatten. Er erkundete die Wände mit der Lampe und hielt sie dann auf den Sarkophag gerichtet.

Auf den Deckel waren dieselben vier Schriftrollen graviert wie auf den beiden Türen. Auch hier war die vierte gelöscht. In alle vier Ecken des Sarkophags war die Büste einer Frau geschnitzt: Nofretete. Die Züge der Büste aus dem Berliner Museum waren unverkennbar. Zu Füßen des Sarkophags war eine Nische gegraben. Théo bückte sich und zog ein quadratisches Kästchen aus rotem Granit hervor. Er öffnete es. Es enthielt vier Alabastervasen, jede mit einem Deckel in Form eines Falkenkopfes verschlossen: die Kanopen, in denen die Organe Echnatons beigesetzt waren.

Während die anderen sich um den Sarkophag herum zu schaffen machten, starrte Théo hingerissen auf die Fresken, die die Wände bedeckten. So etwas hatte er im Grab eines Pharaos noch nie gesehen.

Echnatons Schiff fuhr nachts über den Nil, unter einem mit zahllosen Sternen übersäten und von geheimnisvollen Lichthöfen erhellten Himmel. Vom hohen Bug aus drang der Schein von Fackeln durch die Dunkelheit. Es war, als hörte man den Singsang der Ruderer und das Klatschen der Wellen gegen die Schiffswände. Das Fresko auf der Wand daneben zeigte die Geleitschiffe des Pharaos. Auf den letzten beiden Fresken legten die Schiffe an einem Hafen an. Aus den Fenstern der Häuser leuchteten die Flämmchen Tausender kleiner Leuchten, und auf dem Gipfel eines Hügels erhellten große Glutbecken die Säulen eines Tempels. An den Ufern des Nils wimmelte es von Menschen, die Fackeln trugen, sich an die Brust schlugen und die Haare rauften. Sais. Das Lichterfest von Sais.

Théo kam eine Passage aus Herodots *Historien* in den Sinn, die er unzählige Male gelesen hatte:

> In einer bestimmten Nacht entzünden in der Stadt Sais alle Menschen viele Lichter um ihre Häuser herum. Die Leuchten sind Schalen, gefüllt mit Salz und Olivenöl, auf dessen Oberfläche ein Docht schwimmt, der die ganze Nacht lang brennt… Das Fest heißt Lichterfest… Dies geschieht nicht nur in Sais, sondern in ganz Ägypten… Es geht dabei um eine heilige Erzählung, welche erklärt, warum diese Nacht so viel Verehrung erfährt.

Warum war Echnaton nach Sais gefahren? Warum war dieser Besuch so wichtig gewesen, dass er auf den Wänden seiner Grabkammer verewigt werden musste?

»*Christos!* Hältst du das für den richtigen Moment, dich in der Betrachtung von Fresken zu verlieren? Hilf uns lieber, diesen Deckel abzunehmen, verdammt noch mal!«

Die anderen hatten versucht, den Deckel des Sarkophags – eine etwa zwölf Zentimeter dicke Granitplatte – zu verschieben, indem sie alle zusammen dagegendrückten. Aber die Platte schien festzuklemmen.

»Sie ist wie ein Korken auf den Sarkophag gepfropft«, sagte Théo. »Wir bräuchten eine Brechstange, um sie anzuheben.«

»Warum nehmen wir nicht die Spitzhacken?«, schlug Khalid vor.

Théo und Khalid schlugen an zwei gegenüberliegenden Stellen mit den Hacken gegen den Deckelrand. Nach einigen Schlägen hatten sich die Spitzen der Hacken in den Spalt gebohrt, wo der Deckel auflag. Dann setzten sie die Hacken als Hebel ein. Die Beduinen halfen ihnen, indem sie, gegen den Sarkophag gestemmt, an den Griffen des Deckels zogen. Der Deckel hob sich. Sie schoben ihn beiseite, die schwere Granitplatte fiel zu Boden und zerbrach mit einem lauten Krachen, das durch die Grabkammer dröhnte. Ein verfaultes Leichentuch aus rotem Leinen kam zum Vorschein. Theó zog es fort.

Gold und Edelsteine funkelten im Licht der Taschenlampen: ein zweiter Sarkophag aus Holz. Es wurde still in der Grabkammer, jemand hustete leise. Auf den Sargdeckel war die Büste des Pharaos geschnitzt, bedeckt mit Gold und intarsierten Gemmen. Gesicht und Hände waren mit Blattgold bemalt. Der Pharao hielt die Arme über der Brust gekreuzt, in der linken Hand eine goldene Geißel, in der rechten den Krummstab, auf dem sich Ringe aus Gold und blauem Kupfer abwechselten. Die Streifen des Nemes bestanden aus Gold und Lapislazuli. Der Prunkbart war aus Obsidian, und aus der Stirn kamen die Uräusschlange und der goldene Geier hervor. Augen und Augenbrauen waren Intarsien aus schwarzer, weißer und blauer Glaspaste.

An jeder Seite des Sarkophags hingen zwei goldene Griffe, die wahrscheinlich dazu gedient hatten, ihn in den Granitsarg zu senken. Der Deckel war mit sechs großen goldenen Haken verschlossen, drei auf jeder Längsseite. Sie öffneten die Haken und hoben den Deckel hoch. Wie erwartet, erschien ein dritter Sarkophag.

Die in den Deckel geschnitzte Büste glich der vorherigen, doch diese war mit massivem Gold verkleidet, und auf Gesicht, Armen und Hals saßen unzählige Smaragde und Saphire. Eine verwelkte Girlande aus hellblauen Lilien lag auf dem Sarkophag. Théo berührte sie leicht mit der Hand. Dann lösten sie die Haken des Deckels und hoben ihn alle gemeinsam an. Echnatons Mumie.

In der Stille der Grabkammer hallten gedämpft die Schüsse von draußen wieder.

Der Kopf der Mumie war mit einer Maske aus massivem Gold und kostbaren Steinen bedeckt. Sein Blick blieb an einer Kette hängen, die um den Hals der Mumie hing. Das Schmuckstück war von schlichter Machart und kontrastierte mit der prächtigen Maske. Die Kette bestand aus blauen Keramikröhrchen, zwischen die rote Korallen gefädelt waren. An der Kette hing ein merkwürdiger Anhänger, eine Statuette aus Türkis. Sie stellte eine sitzende menschliche Figur dar, die einen goldenen Nefer in der Hand hielt. Das stammte nicht aus der Amarna-Zeit, es war viel älter. Warum diese Kette? Théo hob sie an und musterte die Statuette im Schein der Taschenlampe. Der Türkis flammte auf, und leuchtend grüne Adern schienen hindurch.

Auf der Brust der Mumie lag ein lederner Zylinder: das Futteral eines Papyrus. Théo wollte es gerade an sich nehmen, als eine Reihe von Schriftrollen an der Innenwand des Sarkophags seine Aufmerksamkeit erregte. Vier Inschriften, waagerecht untereinander. Er leuchtete auf die letzte. Sie war nicht gelöscht. Théo erstarrte vor Staunen. Er beugte sich vor, hielt die Taschenlampe an die Inschrift und fuhr mit den Fingern über die in das Oval geritzten Hieroglyphen. *Moses*... In wirrer Folge schossen ihm seine biblischen Forschungen und die Lektüre der Bücher von Meyer, Beke und Freud durch den Kopf. Alles fügte sich zusammen. Echnaton und Moses waren ein und dieselbe Person.

Manetho hatte durchaus nicht gelogen, es sei denn, man wollte eine allegorische Umschreibung Lüge nennen. »Achtzigtausend Leprakranke und andere Unreine wurden zum Arbeiten in die Steinbrüche am Ostufer des Nils geschickt«, hatte er in den *Aegyptiaca* geschrieben. Unreine. Théos Eingebung war kein Irrtum gewesen. Während der 18. Dynastie bezeichnete das Wort »Unreine« nicht nur Seuchenkranke, sondern auch Chaos und Anarchie. Und die Zahl achtzigtausend konnte kein Zufall sein. Denn darin waren sich alle Archäologen einig: Achtzigtausend Einwohner zählte Achet-Aton zur Zeit seiner größten Ausdehnung. Und nicht zuletzt lag die Stadt Achet-Aton am Ostufer des Nils.

Ein weiterer Passus bei Manetho fiel ihm ein: »Sie wählten sich einen Anführer unter den Priestern von Heliopolis, welcher sich Osarsiph nannte... und er ging mit ihnen und änderte seinen Namen in Moses... Er sagte ihnen, dass sie die ägyptischen Götter nicht mehr anbeten dürften.«

»Das ist Moses.« Théo blickte Kassamatis scharf an. »Du hast es gewusst, nicht wahr?«

»Moses?«, fragte Khalid entsetzt, mit aufgerissenen Augen. »Willst du sagen, dass Echnaton Moses ist? Ein und derselbe?«

»Natürlich wusste ich es. Es steht im Papyrus von Tut«, sagte Kassamatis im Tonfall eines Menschen, der von Selbstverständlichem spricht. »So, ich habe meinen Teil der Abmachung gehalten. Jetzt bist du an der Reihe. Es sei denn, dort drinnen steckt das, was ich hoffe.« Er nahm das Lederrohr, öffnete es und zog einen Papyrus heraus.

Von draußen drang das Donnern mehrerer Explosionen in die Kammer.

»Shouman, gehen Sie nachsehen, was zum Teufel da oben los ist«, sagte Kassamatis. »Schnell!«

Khalid blickte Théo fragend an, der ihm zunickte.

»Ich komme sofort zurück.« Khalid lief hinaus.

Als Khalid durch das Tor zum vierten Saal lief, schlug ihm jemand mit einem Gewehrkolben auf den Kopf. Er stöhnte, schwankte und stürzte zu Boden.

Der Monsignore machte dem Beduinen ein Zeichen, ihm zu helfen. Sie packten den Körper an den Beinen und schleiften ihn hinter eine Truhe. Dann schlichen sie leise durch den Raum und stellten sich zu beiden Seiten der Öffnung auf, die in die Grabkammer führte. Aus dem Inneren drangen Stimmen.

Kassamatis reichte Théo den Papyrus. »Nun, was steht dort?«

Théo rollte ihn vorsichtig auf. Die Hieroglyphen wirkten so frisch wie soeben geschrieben. Er übersetzte, während er vorlas. Seine Stimme schien aus einer der Parallelwelten von Ken Mayo zu kommen.

> Ich, Thutmosis, einst Liebling des Königs und Meister der Werke im Haus der Strahlenden Sonne, schreibe diesen Papyrus, gequält von der Reue über meine Ruchlosigkeit.
>
> Ich habe den Pharao mehr geliebt als meinen Vater und meine Mutter. Er nannte mich einen Freund, ließ mich zu seiner Rechten sitzen, und mehr als einmal warf er mir goldene Ketten vom Fenster der Erscheinungen zu. Und dennoch ließ ich ihn den Tod trinken, indem ich Gift in seinen Wein mischte und ihm den Kelch mit doppelzüngigen Worten reichte.
>
> Ich tat es nicht für Amun, denn ich glaube nicht mehr an die Götter. Ich tat es, weil mich Heimweh nach den Zwei Ländern quälte, denn der Durst nach dem Wasser des Nils frisst mein *ka* auf.
>
> Es geschah eines Abends. Der Pharao war auf Reisen im Königreich Mitanni. Wir saßen an den Lagerfeuern, und die Erinnerung an Theben zerriss uns das Herz. Wir phantasierten uns die Drei Hügel herbei, die vor dem Himmel aufragen,

wir hörten die syrische Musik, die des Abends aus den Tavernen und den Freudenhäusern kam, wir rochen den Duft gebratenen Fisches in den Gassen des Hafens und sahen die Feuer, die die Frauen bei Anbruch der Dämmerung vor den Häusern aus Schilf und Lehm am Nil entzündeten.
Von der Sehnsucht nach unserer Heimat gepackt und trunken vom Wein, verfluchten wir den Pharao und Aton, schmolzen Gold und formten daraus einen Ra-Horakhty mit einem Widderkopf, gleich jenen, welche die Allee der Widder in Theben säumen. Wir taten es nicht für Amun, sondern wegen der Erinnerungen, die Amun mit sich brachte, denn der Wein des Exils ist bitter.
An jenem Abend kehrte der Pharao unerwartet zurück und überraschte uns dabei, wie wir dem goldenen Widder opferten. Sein Zorn kam gewaltiger über uns als die Wasserfälle im Lande Kusch. Er verfluchte uns, sagte, wir seien Atons nicht würdig, und zerschmetterte die Tontafeln, auf denen der König von Mitanni erklärte, dass er uns seine Gastfreundschaft gewähre, an dem goldenen Widder.
Kaum hatte der Pharao sich zurückgezogen, kroch der Hass durchs Lager, giftiger als eine Aspisviper.
»Wie kann er es wagen, so zu uns zu sprechen? Ausgerechnet er, der uns in eine Wüste geführt hat, wo wir inmitten von Skorpionen und Schakalen sterben müssen. Und warum? Für einen unbekannten Gott. Lieber Amun und seine Priester ertragen als diesen Fluch Seths!«
»Mit all seinen Träumen von Brüderlichkeit hat er Ägypten ins Verderben gestürzt«, sagte ein anderer. »Die Kornspeicher der Tempel sind leer, das Volk darbt, und Verbrecherbanden stürmen die Häuser, wo sie plündern, vergewaltigen und morden!«
Die enteigneten Ländereien lagen brach, denn es hieß, sie seien verflucht. Das Volk ernährte sich vom Hirsebrei der Armen, ja es aß sogar schon die Wurzeln von Wasserpflanzen und Heuschrecken.
Ägypten hatte das Reich Byblos, die Königreiche Mitanni und Amurru und viele Städte im Land Kanaan verloren, wo die *habiru* plündernd und brandschatzend umherzogen. Der

Pharao hörte die Friedensangebote des Königs von Hatti, aber seine Ohren waren taub für den Lärm, der sich aus den Schmelzöfen der Hethiter erhob.

»Seit er in der Nacht des Lichterfestes nach Sais ging, war er nicht mehr derselbe«, sagte ein Dritter. »Auch ich war in jener Nacht an Bord von *Atons Glanz*. Doch was geschah im Großen Phönix-Tempel? Sprich du, Thutmosis. Dir hat er sich anvertraut, als du seine Statuen schufst.«

»Als ich ihn danach fragte, sagte er, das sei ein Geheimnis der Initiierten. Ich habe nur verstanden, dass er das Licht anbetete oder eher etwas, was das Licht hervorbrachte.«

»Du meinst Aton?«

»Nein. Die Sonnenscheibe Atons sei nur ein Sinnbild, sagte er.«

»Ach, was immer es ist, sein Wahn hat uns ins Verderben gestürzt. Er hat sogar gewagt, uns den Namen wegzunehmen. Ich hieß Ptahtmose, und seinetwegen muss ich mich jetzt Mose nennen lassen, wie Tausende und Abertausende anderer Ägypter auch.«

Er erzählte von den Ägyptern, die ihren Namen verloren hatten, als der Pharao all jenen, deren Name den einer Gottheit enthielt, befahl, diesen Namen zu tilgen und sich fortan nur noch »Sohn von« zu nennen. Wie konnte der Pharao vergessen, dass der Name eines Menschen untrennbar zu seinem *ka* gehörte?

»Mose? Sohn von wem denn? Auf dem Schiff des Ra ist kein Platz für die Namenlosen. Ein *ka* ohne Name ist dazu verdammt, bis in alle Ewigkeit im Duat umherzuirren!«

Ein zustimmender Chor erhob sich. Es waren Sobekmose, Minmose, Wadjomose, Thuthmose und Hapimose im Lager und viele andere, denen es so ging wie ihnen.

»Wenn wir Ägypten verlassen haben«, sagte ich zu seiner Verteidigung, »wird auch er sich Mose nennen, damit er euch gleich wird.«

Doch sie spotteten des Pharaos, nannten ihn verrückt und unwürdig des königlichen Blutes, das in seinen Adern floss.

»Denkt an die asiatische Seuche! Er selbst hat vier Töchter verloren, die Große Königliche Gemahlin, die Königsmutter

Tiye und die Große Lieblingsnebenfrau Kiya. Glaubt ihr, ein echter Gott hätte das zugelassen? Die Pest ist die Strafe Amuns, weil er die Götter der Zwei Länder verraten hat!«

»Töten wir ihn«, flüsterte jemand.

»Ja, ja, töten wir ihn!«, wiederholten andere. »Dann kehren wir nach Theben zurück, bitten Semenchkare um Vergebung und opfern Amun.«

Als ich an jenem Abend mit dem Pharao beim Essen vor seinem Zelt saß, versuchte ich mit heuchlerischen Worten, ihn das Geschehene vergessen zu machen, und unterdessen mischte ich den Extrakt von Bilsenkraut in seinen geharzten Wein. Nach dem Essen sagte er, er fühle sich plötzlich sehr müde. Mit schwankenden Schritten zog er sich in sein Zelt zurück. Wir hörten ihn stöhnen und sich auf dem Lager wälzen. Dann war alles still.

Noch in derselben Nacht schickten wir zwei Boten nach Theben, um Vergebung zu erflehen. Allein, wir mussten entdecken, dass Semenchkare, der Halbbruder des Pharaos, schon im Tal der Könige ruhte. Er hatte nur eine Jahreszeit lang auf dem Thron gesessen, und niemand wusste, wie er gestorben war. Jetzt saß Tutanchaton auf dem Thron, sein Sohn, ein Kind von neun Jahren, dessen Name Tutanchamun geworden war. Um seiner Regentschaft einen Anstrich von Rechtmäßigkeit zu verleihen, hatte man ihm Anchesenpaaton zur Frau gegeben, welche jetzt Anchesenamun hieß. Doch wer wirklich über die Zwei Länder herrschte, war Ay, der neue Wesir, und er wurde unterstützt von Horemheb und seinem Heer. Ay ließ einen unserer Boten vor den Mauern Thebens pfählen und den zweiten blutig peitschen. Dann schickte er ihn mit dieser Botschaft zu uns zurück: »Wenn ihr zurückkommt, wird es euch ebenso ergehen, und die Amun-Priester werden eure Körper den Schakalen zum Fraße vorwerfen.«

Jetzt, da sein Zelt leer ist, werden wir von Gewissensbissen gequält, denn erst jetzt erkennen wir, dass er ein guter Mensch war, ein Mann, der nach der Wahrheit lebte.

Wir haben ihn getötet, weil die Güte nicht von dieser Welt ist. Wer Gutes tut, den hassen die Menschen, weil sie denken, er sei ein Schwächling oder ein Verrückter oder tue es in böser Absicht. Am Ende bleibt der Gute allein, allen verhasst, und muss das Verbrechen seiner Güte teuer bezahlen.

Der Mensch ist nie gut gewesen, er ist es heute nicht und wird es nie sein. Er kam aus dem uranfänglichen Chaos des Nun als untrennbare Verschmelzung von Gut und Böse, doch jedes Mal, wenn er vor einer Entscheidung steht, die seine Interessen bedroht, ist der Schrei der Bosheit lauter als die Stimme Maats.

Ich, Thutmosis, der Verwerflichste aller Menschen, schreibe diesen Papyrus in der Wüste im Lande Midian, im ersten Jahr der Regierung von Tutanchamun, am 18. Tag des zweiten Monats der Erntezeit. Indem ich dies schreibe, flehe ich meinen Herrn, den Pharao Amenhotep IV., um Vergebung an, welcher im fünften Jahr seiner Regierung den Namen Echnaton annahm, der, dessen Namen man in den Zwei Ländern nicht mehr aussprechen darf, der welcher sich nach der Flucht aus der Stadt des Horizonts Mose nannte. Er starb, weil er nach der Wahrheit leben wollte.

»Ist das alles?«, fragte Kassamatis.

»Das ist alles.« Théo rollte den Papyrus zusammen und steckte ihn zurück in das Futteral.

»Was gab es in Sais? Warum ging er dorthin? Was tat er dort?«

»In Sais stand der Große Phönix-Tempel.« Théo zeigte mit der Taschenlampe auf das Bild des Tempels an der Wand. »Nach der Legende erhob sich der Tempel über dem Grab des Osiris. In Sais wurde jedes Jahr ein Fest gefeiert, das Lichterfest, um den Tod des Gottes zu beweinen und die Mysterien seiner Auferstehung zu zelebrieren. In dieser Nacht wurde ganz Ägypten von Öllampen erleuchtet.«

»Also, mich erinnert das stark an Mariä Lichtmess.«

»Das ist auch so eine Kopie der katholischen Kirche. Und die Juden haben ihr Chanukka, das Lichterfest. Beides durchgesehene und korrigierte Neuauflagen des Lichterfests von Sais.«

»Was weiß man über das Geheimnis der Auferstehung?«

»Praktisch nichts. Herodot hat es in seinen Reisenotizen erwähnt, aber er hat sich darauf beschränkt, die Choreografie der

Feierlichkeiten zu beschreiben, und die Sache mit der Bemerkung abgetan, die Mysterien von Sais seien nur etwas für Initiierte.«

»Wie ist es nur möglich, dass Echnaton nichts Schriftliches hinterlassen hat?« Kassamatis fuhr mit der Taschenlampe über die Decke, die Wände und den Boden der Grabkammer.

Théo dachte an den Kegel des Weißen Brotes, die Opfergabe für Aton. Gab es eine Verbindung zwischen dem Weißen Pulver und den Mysterien von Sais? Warum wäre der Kegel sonst ausgerechnet dort, auf die Eingangswand zur Grabkammer, gemalt worden?

Etwas hatte Herodot in seinen Reiseberichten zu erwähnen vergessen. In der Nacht des Lichterfestes feierte Ägypten nicht nur das Mysterium der Auferstehung von Osiris, sondern die Auferstehung aller Toten. Die Lichter sollten den Verstorbenen den Weg zurück in ihre Häuser zeigen.

Hatte das Weiße Pulver etwas mit der Unsterblichkeit zu tun? War dies das Geheimnis? Hatte Echnaton die Antwort in der Nacht des Lichterfestes im Großen Phönix-Tempel gefunden?

»Ich habe meinen Teil getan«, sagte Kassamatis. »Jetzt bist du dran. Also, was ist dieses esoterische Geheimnis?«

»Unter der Intarsie im Dom haben wir eine Kiste gefunden.«

Théo erzählte von Picos Pergament, vom Kegel und von Raisas Nachforschungen. Die gedämpften Explosionen des Schusswechsels begleiteten seine Worte. Als er mit seinem Bericht fertig war, überfiel ihn ein seltsamer Eindruck: Das Weiße Pulver war durchaus nichts Neues für Kassamatis. Was suchte Alex?

»Was habt ihr über die Eigenschaften des Pulvers herausgefunden?«, fragte Kassamatis.

»Alles, was wir wissen, ist das, was in Mayos Labor passiert ist.«

»Bist du wirklich sicher, dass du mir nicht noch mehr zu sagen hast?«

Théos Arm streifte den Knauf der Pistole. »Das ist alles.«

Kassamatis streckte die Hand aus. »Die Abmachung lautet, dass mir der Papyrus gehört.«

Mit einer blitzschnellen Bewegung zog Théo die Mauser und zielte auf Kassamatis. »Bedaure, Alex, aber was wir in diesem Sarkophag gefunden haben, macht alle Vereinbarungen zunichte. Den Papyrus behalte ich.« Er streckte die Hand zum Hals der Mumie aus, griff nach der Kette und steckte sie in seine Hemdtasche. »Die

Welt hat ein Recht darauf, alles zu erfahren. Und jetzt gehen wir hier raus. So wie ich dich kenne, hast du schon ein Transportmittel bereitstehen. Es gibt nur eine kleine Änderung: Du wirst zwei Reisegefährten mehr haben.«

Mit einer Bewegung der Pistole bedeutete er den beiden Beduinen, sich neben Kassamatis zu stellen. Plötzlich hörte er leise Schritte. Aus dem Augenwinkel spähte er zur Tür, doch mehr als einen dunklen Umriss konnte er nicht erkennen. Noch im selben Moment stürzte ihm die Decke auf den Kopf, und ein grelles Licht blendete ihn. Er rang nach Atem, seine Beine gaben nach, dann fiel er ins Leere.

»Das nehme ich, wie vereinbart.« Monsignore Guzman beugte sich über Théos Körper und zog ihm den ledernen Behälter aus der Hand. »Und wie kommen wir jetzt hier heraus? Kannst du mir das verraten? Ein ›perfekter Plan‹, wahrhaftig.«

Von draußen drang das Knattern eines Hubschrauberpropellers in die Grabkammer, und Kassamatis zeigte auf die Decke. »Der Plan ist immer noch perfekt.«

»Dann los! Schnell!«

»Vergisst du nicht etwas, Monsignore?«

Kassamatis holte ein Bündel Dynamitstangen aus einem Beutel. Elektrische Drähte verbanden eine Batterie mit der kleinen schwarzen Box eines ferngesteuerten Zünders. Kassamatis legte das Dynamit auf den Brustkorb der Mumie und drückte auf einen Knopf. Eine Leuchtdiode blinkte auf.

»Tut mir leid, Echnaton, aber Thutmosis hatte recht. Die Guten passen nicht in diese Welt, nicht einmal als Tote.«

Über den südlichen Kämmen des Wadis tauchte ein Bell-214-Hubschrauber auf, der Kurs auf den kegelförmigen Hügel nahm. Er wendete in Richtung Ostseite der Hochebene und näherte sich dem Boden, um direkt vor der Öffnung des Grabes zu landen. Um ihn herum wirbelte eine hohe rote Staubwolke auf.

Noch immer kletterten Al Kaddafis Soldaten unter dem Feuerschutz der Nachhut den Hügel hinauf. Die Ersten waren etwa zwanzig Schritt vom Gipfel entfernt. Das Gewehrfeuer aus der Hochebene war abgeflaut, doch aus den Spalten zwischen den Felszinnen, wo die Granaten der Saudis weniger Schaden anrichten konnten, kamen noch vereinzelte Schüsse.

Ein Beduine schoss eine Salve aus seiner Kalaschnikow ab, dann sah er zu dem Hubschrauber hinauf, der mit rotierendem Propeller vor dem Loch stand. Der Beduine antwortete auf den Wink des Piloten, indem er die anderen zusammenrief. Alle rannten auf den Bell 214 zu.

Just in dem Moment, in dem die ersten Soldaten über dem Rand der Hochebene auftauchten, hob der Hubschrauber vom Boden ab. Der Lärm des Feuers aus den Maschinengewehren der Saudis zerriss die Luft. Zwischen den Schüssen hörte man den metallischen Ton eines am Blech abprallenden Geschosses, doch der Hubschrauber stieg weiter auf und drehte Richtung Norden ab.

Die Faust in der Luft schüttelnd, blickte Al Kaddafi dem Hubschrauber nach. Dann eilte er zu der Öffnung des Grabes, gefolgt von seinen Soldaten. Am Ende der Treppe angekommen, erstarrte er.

»Weg hier!« Al Kaddafi rannte wie besessen aus dem Loch und über die Hochebene. »Alle weg von hier!«

»Maximale Geschwindigkeit, Kapitän«, sagte Kassamatis, der neben dem Piloten saß. »Wie lange brauchen wir bis zur Grenze?«

»Zwanzig Minuten. Nach Aqaba ist es dann nur noch ein Katzensprung.«

Kassamatis wies mit dem Daumen hinter sich. »Sind wir weit genug weg?«

»Ja, mein Herr. Sie können jetzt.«

Kassamatis nahm eine schwarze Box, nicht größer als eine Fernbedienung, aus seinem Beutel und zog die Antenne heraus. Er drückte auf einen Knopf, und ein grünes Licht leuchtete auf. Dann wandte er den Kopf zum Hügel, der hinter ihnen kleiner wurde. Die anthrazitgrauen Zinnen zeichneten sich scharf vor dem blauen Himmel ab. Er drückte einen Knopf.

Ein ohrenbetäubender Knall erschütterte das Wadi Hurab. Der Hügel bebte, über der Hochebene breitete sich eine Wolke aus Feuer, Rauch und Staub aus, die Zinnen fielen in sich zusammen, und Geröllbrocken flogen in alle Richtungen. Die Wolke verdunkelte die Sonne und warf einen langen Schatten auf das Tal. Der Durchbohrte Felsen spaltete sich in der Mitte und stürzte, in tausend Stücke zerbrechend, in das Tal.

Als die Wolke aus Rauch und Staub sich verzog, erklangen Schreie in der Stille. Die Hochebene war übersät mit Fetzen aus Fleisch, abgetrennten Gliedern und verkohlten Körpern, die in Blutlachen lagen. Am östlichen Rand hatte sich ein riesiger Spalt aufgetan, der die Öffnung zum Grab verschluckt hatte. Die kopflose Leiche eines Arabers hielt einen silbernen Dolch mit Elfenbeinintarsien in der Hand.

Etwas stürzte aus dem Himmel in den Grund des Tals und prallte mit einem metallischen Geräusch gegen einen Stein. Die Sonne spiegelte sich in dem verbogenen Bruchstück einer goldenen Totenmaske.

Um ihre Mundwinkel spielte ein rätselhaftes Lächeln.

52 Der Mercedes 600 S fuhr unter dem Arco Delle Campane hindurch, nahm die Straße, die um die Apsis des Petersdoms herumführte, und kam auf dem Cortile San Damaso an. Ein Sonnenstrahl brach sich in den Fenstern der Loggien von Raffael.

Mit einer ledernen Aktentasche in der Hand ging Monsignore Guzman in den Apostolischen Palast, begleitet von den Hackenschlägen der Schweizergardisten. Er betrat den Fahrstuhl und drückte auf den Knopf des dritten Stockwerks.

»Monsignore, Seine Heiligkeit erwartet Sie.« Der Kämmerer öffnete die Tür zum Arbeitszimmer des Papstes.

Pius XIII., bürgerlich Guiscardo Ottolenghi, erhob sich hinter seinem Schreibtisch und streckte die rechte Hand mit dem Fischerring aus. Küssen oder nicht küssen? Das weiße Gewand und das goldene Brustkreuz gewannen die Oberhand. Monsignore Guzman verbeugte sich und küsste den Ring. Der Inquisitor zeigte auf einen Stuhl.

»Sagen Sie uns doch bitte, Monsignore: Wodurch zeichnet sich Ihrer Meinung nach ein wahrer Christ aus?«

»Ein Christ?« Die Mundwinkel des Monsignore verzogen sich skeptisch. »Schwer zu sagen. Ich bin noch keinem begegnet.«

»Zu den Gaben eines wahren Christen gehört eine, die wir in höchstem Maße schätzen, und das ist die Demut«, sagte der Papst, die Ellenbogen auf die Armlehnen gestützt und die Fingerspitzen aneinandergelegt. »In der Bergpredigt hat der Herr gesagt:

›Selig, die arm sind vor Gott, denn ihnen gehört das Himmelreich.‹«

»Dann ist eines gewiss. Das Himmelreich wird niemals unter Überbevölkerung leiden, abgesehen natürlich von den reservierten Plätzen für jene, die den Pluralis Majestatis benutzen.«

»Impertinent, ungehorsam, stolz, eitel und größenwahnsinnig«, deklamierte der Papst und hieb bei jedem Wort mit einer silbernen Büste des heiligen Augustinus auf den Schreibtisch. »Doch nichts geht über Ihre Arroganz!«

»Mit allem einverstanden. Arrogant? Das auch. Als ich seinerzeit zwischen aufrichtiger Arroganz und heuchlerischer Demut wählen musste, entschied ich mich für Ersteres. Wenn ich auch noch demütig wäre, sagte ich mir, wäre ich vollkommen, und das würde unserem Herrn nicht gefallen.« Der Monsignore lachte zufrieden.

»Sie benötigen eine ordentliche Dosis Demut, und wir haben die geeignete Kur gefunden. Die Favelas.«

Auf sein Ersuchen hin habe die Bischofskongregation eine neue Diözese in Belém an der Mündung des Amazonas eingerichtet und achtzehn Favelas ihrer Verwaltung unterstellt. Zum Bischof der Diözese habe die Kongregation einen ehemaligen Trappistenpater ernannt, der für seine unerbittliche Moral bekannt war, und Monsignore Guzman würde sein Auxiliarbischof sein. Pater Pinkus war von der Kongregation für den Klerus zum stellvertretenden Kurat der Pfarrei Santo Cristo im mexikanischen Burgos ernannt worden, der ärmsten Gemeinde des Bundesstaates Chihuahua. Der Papst schob zwei Ernennungsschreiben über den Tisch.

»Was Ihre Nachfolge betrifft, so wird der Generalrat des Opus Dei heute um 15:00 Uhr Monsignore Felipe Cardoza zum neuen Generalprälaten ernennen. Und jetzt werden Sie uns entschuldigen, Monsignore, aber die Zeit ist ein Tyrann.«

Der Monsignore nahm die beiden Briefe, zerriss sie sorgfältig und ließ die Schnipsel auf den Schreibtisch regnen. Mit hochrotem Gesicht sprang der Papst auf.

»Hinsetzen, Eure Heiligkeit.«

Der Monsignore nahm einige Papiere aus seiner Aktentasche, beugte sich über den Schreibtisch und warf sie dem Papst hin. Der drückte, ohne sie eines Blickes zu würdigen, einen Knopf. In der Tür erschien der Kämmerer.

»Monsignore, die Audienz ist beendet. Begleiten Sie Monsignore Guzman zum Ausgang.«

»Tun Sie das, und noch heute werden 102 Zeitungen in 48 Ländern wissen, warum ich in Saudi-Arabien war und was ich dort gefunden habe.« Guzman erhob sich. »Nun?«

Das dröhnende Geläut der Glocken von St. Peter erfüllte das Arbeitszimmer.

»Gehen Sie«, sagte der Papst zum Kämmerer.

»Eine weise Entscheidung.« Monsignore Guzman setzte sich.

Die Lippen zu einem Strich zusammengepresst, musterte der Papst den Monsignore von Kopf bis Fuß, setzte sich wieder und griff nach den Papieren. Das Rascheln der Blätter begleitete seine Lektüre.

»Wo ist das Original des Papyrus? Wer sagt, dass er existiert und dass er echt ist?«

»Ich sage es Ihnen, und das genügt.« Der Monsignore erzählte von der Entdeckung des Grabes. »Falls nötig, werden eine Kommission von Ägyptologen und die Radiokohlenstoffdatierung bestätigen, dass der Papyrus aus dem 14. Jahrhundert stammt. Wollen Sie so weit gehen? Ich bin mir sicher, das wollen Sie nicht. Die Experten würden zu viel reden.« Er schlug die Beine übereinander. »Sie wollen nicht wie die Philister enden und ich nicht wie Samson.«

»Sie glauben, Sie können uns Angst machen?« Ein altersweises Lächeln umspielte die Lippen des Papstes. »Nehmen wir einmal an, diese Geschichte landet in den Zeitungen. Sie meinen wirklich, die Leute werden das glauben? Wenn die Unsterblichkeit auf dem Spiel steht, glauben die Menschen nicht an die Wahrheit, sondern an das, was ihnen gelegen kommt« – er zeigte auf seine Brust –, »also an die heilige Mutter Kirche.«

»Ermutigt von der Kirche und der Inquisition, haben die Menschen jahrhundertelang auch geglaubt, dass die Erde eine Scheibe ist.«

»Die Wahrheit ist ein Schauspieler ohne Publikum. Alle fordern sie, aber keiner will sie hören. Die Kirche wird den Leuten erklären, dass die Bibel viele Metaphern enthält und deshalb nicht wortwörtlich genommen werden darf. Moses war Echnaton? Na gut. Wir werden die Bibel im Licht dieser Identität neu interpretieren, und alles wird weitergehen wie vorher.«

Der Monsignore klatschte in die Hände. »Bravo.«

»Die Herde braucht ihren Hirten.«

»Ich dagegen sage, dass der Hirte an der Leine gehalten werden muss.«

»Hat Sie die Zeit, die Sie im Beichtstuhl verbrachten, nichts gelehrt?« Der Papst kramte in den Fotokopien und zog ein Papier heraus. »Hier bitte: ›Der Mensch ist nie gut gewesen, er ist es heute nicht und wird es nie sein.‹ Das hat Ihr Thutmosis vor über dreitausend Jahren geschrieben.« Er schlug mit der Hand auf die Armlehne seines Sessels. »Wenn die Kirche nicht wäre, würden die Menschen einander auf der Straße die Kehlen durchschneiden.«

»Schweigen Sie! In keinem Reich der Welt wurde mehr Blut vergossen als im Namen Jahwes, Christi und Allahs. Ein Blick auf das heruntergekommene Jerusalem genügt, um zu begreifen, wie es im sogenannten Reich Gottes aussieht. Aber weder Judentum noch Islam haben so viele Verbrechen begangen wie die katholische Kirche.«

»Warum diese Kehrtwende? Sind Sie denn nicht ein Bischof der Kirche? Ausgerechnet Sie, einer der erbittertsten Verteidiger der katholischen Orthodoxie! Und das alles für einen Sarkophag?«

»Ein Sarkophag, sagen Sie?« Der Monsignore lächelte. »Dieser Sarkophag ist so viel wert wie hunderttausend Petersdome. Nein, das ist für mich nur die Bestätigung. Es war die Wüste. Ein reiner, auf das Wesentliche beschränkter Ort, ein Ort, der einen zwingt, in sein Inneres zu blicken und sich Fragen zu stellen. Und es waren auch die Fresken in diesem Grab. Dort habe ich die Anwesenheit von etwas Göttlichem gespürt, die Präsenz eines neuen Gottes, der nichts mit dem der Bibel zu tun hat. Ein Duft wie aus Arkadien nach dem Schimmelgestank eures Weihwassers.«

»Wenn Sie so überzeugt sind von dem, was Sie da sagen, warum bleiben Sie dann noch in der Kirche? Warum legen Sie Ihr Amt nicht nieder und lassen uns in Ruhe arbeiten?«

»Das Opus Dei ist ein Machtapparat, darum bleibe ich. Der Monsignore erhob sich. Nun, willigen Sie in meinen Vorschlag ein?«

»Welchen Vorschlag?«

»Sie machen Ihre Arbeit weiter und ich die meine, ohne dass wir uns in die Quere kommen. Ich will sofort eine Antwort.«

»Und wenn die Antwort Nein lautet?«

»Dann wird der Papyrus der Presse zum Fraße vorgeworfen. Sie haben gesagt, es würde nichts passieren. Ich sage, dass die Kirche einen Aderlass von mindestens einer halben Milliarde Gläubigen erleben wird. Wollen wir wetten?«

Der Papst legte sich die Hände vors Gesicht und schloss die Augen wie zum Gebet. Dann betätigte er die Gegensprechanlage.

»Monsignore? Sagen Sie die Sitzung des Generalrats des Opus Dei ab, dann bitten Sie Monsignore Cardoza zu mir.«

»Eine weise Entscheidung. Dann wünsche ich Eurer Heiligkeit einen guten Tag.«

Der Monsignore durchquerte das Vorzimmer im Sturmschritt und deklamierte laut: »Ich will hier Männer mit rauen Stimmen sehen. *Los que doman caballos y dominan los rios!*« Auf dem Schreibtisch des Kämmerers flogen einige Blätter in die Luft. Dieser folgte dem Durchmarsch des Monsignore mit entsetzten Blicken, duckte sich hinter den Tisch und schlug ein hastiges Kreuzzeichen.

Während das Auto durch die Via delle Fondamenta fuhr, kurbelte er das Wagenfenster herunter und atmete tief ein. Eine große Lebensfreude durchdrang ihn wie ein unbekanntes Feuer, das sich in ihm ausbreitete und in seinen Eingeweiden brannte. Er hatte gespürt, dass die »dunklen Töne« Echnatons Grab erfüllten und die Fresken mit einem Geheimnis umgaben. Ein uraltes Geheimnis, das bis zum ersten Schöpfungstag zurückreichte. Das Geheimnis des *duende*.

Lorca sagte, die künstlerische Schöpfung sei eine schmerzhafte Suche, ein Kampf mit dem Dämon. Die Muse und der Engel kamen von draußen, das *duende* dagegen musste man erwecken, indem man sich in die verborgensten Winkel des eigenen Blutkreislaufs stürzte, bis der magische Funken übersprang, der das Innere und das Äußere verschmolz, der das Unsichtbare entzündete. War die Suche nach Gott nicht dasselbe? Waren die magischen Vibrationen, die von der Musik und den Tänzen der Zigeuner ausgingen, nicht die Entdeckung Gottes? Ein Gott, den der Inquisitor nie verstehen würde. Der Mercedes hielt vor der Villa Tevere.

»Nun, Monsignore?«, fragte Pater Pinkus mit ängstlichem Gesicht, auf dem Stuhlrand hin und her rutschend. »Wie ist es gelaufen?«

»Während meiner Abwesenheit sind alle meine *Cattleya lawrenceana* verwelkt. Pater, bestellen Sie mir hundert neue. Ach was, zweihundert. Ich habe große Pläne mit dem Gewächshaus.«

Pater Pinkus ließ sich mit einem tiefen Seufzer der Erleichterung gegen die Stuhllehne fallen. »Gott sei's gedankt! Monsignore, ich bestelle Ihnen einen Lastwagen voll!«

Der Monsignore ging ins Badezimmer, nahm das Flagellum von der Wand und kehrte in sein Arbeitszimmer zurück. Er zerbrach den Griff der Peitsche über dem Oberschenkel, dann nahm er Escrivás *Der Weg* von Schreibtisch und warf beides unter den verwirrten Blicken von Pater Pinkus in den Papierkorb. Er trat vor das Bücherregal, suchte eine Reihe ab und zog ein dickes Buch mit dem Titel *Gesammelte Werke von Federico García Lorca* heraus, das er an den Platz von *Der Weg* legte.

»Einverstanden?«

Pater Pinkus beugte sich mit verschwörerischem Blick über den Schreibtisch. »Monsignore«, flüsterte er, »der gefiel auch dem Führer.«

Der Monsignore hob den Reisesack hoch, den er aus Saudi-Arabien mitgebracht hatte, schnürte ihn auf und leerte ihn auf dem Schreibtisch aus. Ein Berg goldener, mit Edelsteinen besetzter Schmuckstücke häufte sich auf der Tischplatte an.

Pater Pinkus' Augen leuchteten. »Ein Souvenir vom Grab, Monsignore? Für die Reisespesen?«

Der Monsignore hängte sich ein schweres Pektoral aus massivem Gold mit Smaragden um den Hals, stellte sich im Profil vor der Büste Julius Cäsars auf und schob das Kinn vor. »Nun, wie sehe ich aus?«

»Monsignore, wenn Ramses Sie sähe, würde er vor Neid sterben.« Pater Pinkus betrachtete ihn fasziniert.

»Als ich Sie aus der Wüste angerufen habe, haben Sie mir da nicht erzählt, Sie wollten eine Pilgerreise nach Andalusien machen, Pater?«

Pater Pinkus legte einen Finger an die Lippen. Seine Augen blitzten. »Das *duende*?«

53 Als Théo die Augen öffnete, fühlte sein Kopf sich an, als würde er gleich explodieren. Wo war er? Er hörte leise Musik, untermalt von Motorbrummen. Ein Flugzeug. Als er sich aufsetzte, drehte sich die Kabine vor seinen Augen. Kassamatis, in einem Sessel sitzend, eine Zigarette zwischen den Lippen, betrachtete ihn mit einem spöttischen Lächeln.

»Du Arschloch ...« Er wollte sich auf ihn stürzen, doch seine Beine gaben nach, und er fiel auf die Liege zurück.

»Ganz ruhig. Ist das der Dank dafür, dass ich dir das Leben gerettet habe?«

»Wo bin ich? Wohin fliegen wir?«

»Du bist in meiner Privatmaschine auf dem Flug nach Paris. Wir liefern bis ins Haus. Du kannst nicht behaupten, ich sei unfreundlich.«

»Und Khalid? Was hast du mit ihm gemacht?«

»Es geht ihm blendend. Er sitzt in einem Land Rover auf dem Weg nach Kairo.«

»Der Papyrus?«

»Den hat dein Freund Guzman. Bei ihm kannst du dich auch für den Schlag auf den Kopf bedanken. Ich gebe zu, dass ich davon wusste, aber ich habe ihm immerhin gesagt, er soll nicht so fest zuschlagen.«

»Das Grab? Der Sarkophag?«

»Die sind in die Luft gegangen. Ob du es mir nun glaubst oder nicht, aber das hat mir leidgetan. Ehrlich, und nicht wegen des Schatzes.«

»Dagegen ist ja die Sprengung der Buddhas durch die Taliban ein Pfadfinderstreich.«

»Wir hatten eine Abmachung, *my friend.*« Kassamatis zeigte mit dem Finger auf ihn. »Ich habe die Abmachung eingehalten, während du mit einer Pistole auf mich gezielt hast. Jetzt kennst du die Wahrheit über Echnaton, ich dagegen weiß über das esoterische Geheimnis so wenig wie vorher. Wem hat die Sache wohl genützt?«

»Dir und Guzman, wie es scheint. Und dem Vatikan.« Théo presste die Lippen aufeinander. »Dann steckst du also hinter dem

Opus Dei… *Salaud.*« Er ergriff einen marmornen Aschenbecher und richtete sich auf. »Dieses ganze Gewäsch: Frost, der Sirtaki, der große Herr…« Er ging um das Tischchen herum.

»Bleib ruhig, hab ich gesagt. Ich habe niemanden getötet und das Opus Dei auch nicht. Die Kirche hat nichts damit zu tun.«

»Ach ja? Wer denn dann? Raus mit dem Namen!«

»Sagt dir der Name Bilderberg etwas?«

»Bilderberg? Schon mal gehört… warum?«

»Stell erst diesen Aschenbecher wieder hin, dann setz dich, und ich erzähle es dir.«

Die Stewardess brachte Théo einen Eisbeutel, und er legte sich mit dem Beutel auf dem Kopf hin. Kassamatis' Worte kämpften sich durch einen stechenden Kopfschmerz.

»Den Auftrag zum Mord an deinem Bruder hat Fitzwilliam gegeben. La Fontaine und der Präfekt des Geheimarchivs waren eingeweiht«, schloss Kassamatis seine Ausführungen. »So war es auch bei allen anderen: Pater Cerri, deinem Freund Konstantine, dem Numerarier des Opus Dei und Mayo. Und auch die Schießerei im Louvre ging auf das Konto des Killers von Fitzwilliam.«

»Für wie blöd hältst du mich? Du sitzt in ihrem Beratungskomitee! Und willst von allem nichts gewusst haben?«

»Es ist die Wahrheit. Das Komitee wusste von gar nichts. Die beiden haben alles allein unternommen. Natürlich wusste ich von den Beschattungen und abgehörten Telefonaten, aber mehr auch nicht. Ich habe erst begriffen, was los ist, als wir beide uns auf Ikaria getroffen haben. Ich mag ja vieles sein, aber ein Mörder bin ich nicht.«

Ächzend setzte Théo sich wieder auf. Raisa.

»Wo ist Raisa jetzt?«

»Vor acht Tagen ist sie wieder verschwunden, gleich nachdem sie den Killer getötet hat. Eine außergewöhnliche Frau.«

»Und Dominici?«

»Zum Polizeipräsidenten in Triest befördert. Kapierst du jetzt, mit wem du es zu tun hast?«

»Mich kann man jedenfalls nicht versetzen.« Théo nahm sich den Eisbeutel vom Kopf. »Ich weiß, was ich zu tun habe, sobald ich in Paris bin.«

»Willst du sie anzeigen? Mit welchen Beweisen?«

»Ich werde alles erzählen. Am Ende werden der Präfekt und dieser Kowalski gestehen. Und wenn Anzeigen nicht genügen, werde ich mich an die Medien wenden.«

»Der Präfekt ist vatikanischer Staatsbürger, womit alles gesagt ist. Und was Kowalski betrifft, der hat schon keinen Überblick mehr, wie viele Pässe er besitzt.« Kassamatis grinste böse. »Gerichte und Zeitungen? Gegen die Bilderberg-Gruppe? Mach dich doch nicht lächerlich.«

»Ich denke an dein Bildchen mit dem Frost-Zitat. Du hast dein wahres Gesicht gezeigt, als du Guzman den Papyrus überlassen hast. Der nicht begangene Weg? Du?«

»Ich habe die Welt nicht so gemacht, wie sie ist.«

»Wenn ich dir nachgebe, würden Raisa und ich den Rest unseres Lebens damit verbringen, abwechselnd auf Kowalski zu warten. Schöne Aussichten.«

»Als du ohnmächtig warst, habe ich Fitzwilliam angerufen und ihm gesagt, wenn noch mehr ›Unfälle‹ passieren, werde ich ihm persönlich eine Kugel zwischen die Augen jagen. Ihr könnt ganz beruhigt sein, du und Raisa. Du hast mein Wort. Im Übrigen ist das Grab zerstört, und in New York haben sie eine Probe von dem Staub.«

Die Stewardess stellte zwei Tabletts mit dem Frühstück auf das Tischchen. Théo goss sich eine Tasse Kaffee ein. »Das Motiv für den Mord an Vanko war das Geheimnis um den Exodus. Und die anderen? Mit dieser Tarotkarte, die ihr als Warnung geschickt habt, ist ein neues Motiv aufgetaucht. War es wegen des Pulvers? Was hast du im Wadi Hurab gesucht?«

»Fitzwilliam und La Fontaine – ich übrigens auch – waren überzeugt, dass du nicht nur das Grab gesucht hast, sondern etwas, was darin versteckt war und mit dem Pulver zu tun hat. Außerdem kannst du Hieroglyphen lesen, darum war deine Anwesenheit unerlässlich.«

»Warum interessiert euch das Pulver so?«

»Seit vierzig Jahren arbeiten die Bilderberg-Gruppe und die amerikanische Regierung an einer hochgeheimen Sache, dem Falcon-Projekt des Brookhaven National Laboratory auf Long Island.« Kassamatis trank seinen Kaffee. »Na, ich glaube, ich muss dir einiges darüber verraten, und sei es nur, weil ich den Schlag auf den Kopf wiedergutmachen muss. Bei dem Falcon-Projekt geht es darum, die vierte Dimension zu durchbrechen.«

»Die vierte Dimension durchbrechen? Du meinst die Zeit?«

»Hast du schon mal von Parallelwelten gehört?«

»Ich habe das immer für Unfug à la *Stargate* gehalten.« Théo strich Butter auf eine Scheibe Toastbrot.

»Du irrst dich. Wenn du verstehen willst, was ich meine, müssen wir einen Sprung in die Vergangenheit machen, in die Zeit Newtons. Newton war einer, der sonntags in die Kirche ging, grundanständig und pedantisch, er hasste Überraschungen. Seine Welt – die der Makrosysteme, also die Realität, so wie wir sie sehen – war deterministisch: Alles war gewiss und vorhersehbar.«

Doch mit Einstein und der Quantenphysik sei das Ende dieser Welt gekommen, so Kassamatis weiter. 1905 entdeckte Einstein, dass $E=mc^2$ ist, was Newtons Welt einen ziemlichen Schlag versetzte. Einsteins Universum war ein Ort, an dem das Licht sich krümmte, wo Raum und Zeit nicht mehr existierte, sondern in einem Kontinuum aus vier Dimensionen verschmolzen und wo einer von einer Reise zurückkomme, bevor er überhaupt losgefahren ist. Und obendrein war es eine Welt, wo Energie in diskontinuierlichen »Päckchen« floss, die »Quanten« hießen, und wo die Photonen des Lichts und die subatomaren Teilchen sich wie Chamäleons verhielten: mal als Wellen und mal als Teilchen.

»Aber Einstein war erst der Anfang. Den zweiten Schlag bekam Newton durch Heisenberg und Schrödinger, zwei Sonderlinge, die in Mikrosysteme vernarrt waren – ihre Leidenschaft waren die Elektronen.«

Die beiden zeigten, dass Materie sich auf subatomarer Ebene ganz anders verhält als in Newtons deterministischer Welt: Es gibt nichts Gewisses und Vorhersehbares mehr, man kann höchstens von der Wahrscheinlichkeit sprechen, dass man ein Elektron dort findet, wo man es vermutet.

»Jedes Mal, wenn ein Teilchen wie ein Elektron in der Welt der Quanten vor einer Entscheidung steht, zum Beispiel eine Lamelle mit zwei Löchern durchdringen muss, nimmt es nicht entweder das eine oder das andere Loch, wie der gesunde Menschenverstand denken würde, sondern geht durch beide gleichzeitig hindurch, obwohl der Beobachter nur einen Durchgang sieht«, erläuterte Kassamatis.

Warum das so ist, habe Schrödinger entdeckt. Er zeigte, dass Elektronen und alle subatomaren Teilchen ebenso wie die Photonen mathematisch mit einer Wellenfunktion darstellbar sind, der sogenannten Schrödinger-Gleichung. Es ist keine normale elektromagnetische Welle, sondern eine Welle der Wahrscheinlichkeit, eine vollkommen neue und schwer verdauliche Angelegenheit.

Heisenberg wiederum zeigte mit seiner Unschärferelation, dass sich auf subatomarer Ebene die Position der in ständiger Bewegung befindlichen Teilchen unmöglich bestimmen lässt. Man kann lediglich von Verteilung der Wahrscheinlichkeit sprechen, also der Wahrscheinlichkeit, ein Teilchen in einer bestimmten Position zu finden. Heisenberg nannte das »Wahrscheinlichkeitswolken«, und schlagartig wurde das Umlaufmodell des Atoms mit den so schön klar gezeichneten Elektronenbahnen, das man in den Schulbüchern findet, zum Museumsstück.

»Mit Heisenberg und Schrödinger bekam die Materie ein anderes Gesicht: Die Wirklichkeit wurde zu einer Überlagerung wahrscheinlicher Quantenzustände. Ein bisschen so, als würde man Matisse und den kubistischen Picasso verbinden.«

Théo schnaubte ärgerlich. »Wir sprachen von Fitzwilliam und dem weißen Pulver, und du kommst mir mit einer Lektion in Quantenphysik? Wie soll dieses Elektron denn durch zwei Löcher gleichzeitig gehen?«

»Was bist du doch für ein Dickkopf! Hör dir doch erst einmal die Erklärung an. Den dritten und schlimmsten Schlag erhielt Newton 1927 dank Niels Bohr und seiner ›Kopenhagener Deutung‹ der Quantenphysik. Sie wurde so genannt, weil Bohr und Heisenberg sie in Kopenhagen erarbeiteten.«

Um Rätsel wie den gleichzeitigen Durchgang des Elektrons durch zwei Löcher zu erklären, schlug Bohr eine revolutionäre Deutung vor, die viele Physiker ärgerte, angefangen bei Einstein. Bohr sagte, dass Photonen, Elektronen und sämtliche Quantenteilchen sich wie Wahrscheinlichkeitswellen verhalten, wenn wir sie nicht beobachten. Sobald wir sie aber anschauen, verhalten sie sich wie Teilchen.

»Bohr wollte damit sagen, dass die subatomaren Teilchen in der Welt der Quanten ziemlich leicht zu beeinflussen sind: Es genügt, sie anzuschauen, schon ändern sie ihr Verhalten.«

»Sag mal, Alex, hat dieses Elektron zufällig auch dir das Gehirn zerbröselt? Das würde ja bedeuten, dass man die Welt nicht betrachten kann, ohne sie zu verändern.«

»Bohr war alles andere als ein Spinner. Er war einer der wichtigsten Forscher des Manhattan-Projekts, das die erste Atombombe in Los Alamos entwickelte.«

Einstein wandte gegen Bohr ein, wenn man die Kopenhagener Deutung akzeptierte, hieße das einzuräumen, dass eine Maus mit einem Blick das Aussehen des Universums verändern könne. Die Realität existiere aber als solche, unabhängig vom Betrachter, und er, Einstein, würde keinen »Zusammenbruch« der Schrödinger'schen Gleichung dulden, die sich übrigens bester Gesundheit erfreue.

Bohr entgegnete, er habe gar kein Interesse daran, die Wahrheit zu entdecken, denn es würde sowieso niemand jemals seine Nase in ein Atom stecken können. Es gehe ihm nur um eine Interpretation, die erklärte, wie sich die Dinge in der Welt der Quanten verhalten. Und die Erklärung könne nur eine einzige sein, sagte Bohr: Während die Realität in Newtons Welt unabhängig vom Betrachter existiert, hängt sie in der der Quanten vom Betrachter ab und davon, wohin er seinen Blick richtet.

»Bohrs Welt erinnert mich an die Insel von Peter Pan.«

»Ist es denn wirklich so schwierig? Nach Bohr bewirkt allein das Beobachten von etwas das sogenannte Zusammenbrechen der Schrödinger'schen Funktion in einen definierten Zustand. Einfacher gesagt: in das, was wir sehen und berühren können, womit alle anderen möglichen Quantenzustände ausgeschlossen sind.«

»Ich verstehe immer noch nichts.«

»Weil du ein halsstarriger Ignorant bist! Kehren wir zum Elektron zurück. Allein die Tatsache, dass wir das Experiment beobachten, bewirkt die Verwandlung einer Wahrscheinlichkeitswolke in ein Teilchen, was dann dazu führt, dass wir nur einen Durchgang des Elektrons sehen, während in Wirklichkeit zwei stattfinden.«

»Und der zweite, den wir nicht sehen? Wie beweist man den? Zieht man ihn aus einem Zylinderhut?«

»Mit den Parallelwelten, von denen wir ausgegangen sind. 1957 gelangte Hugh Everett, ein Quantenphysiker in Princeton, im Ausgang von Einsteins Relativitätsgleichungen zur Theorie der Parallelwelten, des ›Multiversums‹. Er behauptete, unser Universum sei beileibe nicht das Einzige, es gebe eine unendliche Vielzahl von Welten.«

Théo rieb sich den Nasenrücken. »Das ist so klar wie die Relativitätstheorie«, sagte er in provozierend ironischem Ton.

»Wie soll ich es dir noch sagen? Was die Leute ›objektive Realität‹ nennen, die Welt, die uns umgibt, das existiert nicht. Es ist nur ein virtuelles Bild, ein Hologramm, eine Sinnestäuschung!«

Wenn man die Kopenhagener Deutung auf Everetts Multiversum anwende, vervielfache sich die Welt im selben Moment, in dem das Elektron durch eines der Löcher gehe, in so viele Kopien ihrer selbst, wie es theoretische Wahlmöglichkeiten für das Elektron gebe – in diesem Fall zwei.

»In den Sechziger- und Siebzigerjahren haben die Labors für Quantenmechanik der Firmen General Electric und Bell Telephone nachgewiesen, dass Everetts Theorie alles andere als die Idee eines Verrückten ist. Ihre Experimente haben bestätigt, dass die Kopenhagener Deutung sehr gut erklärt, was in der subatomaren Welt passiert.«

»Es gibt doch wohl einen Unterschied zwischen dem Verhalten eines Elektrons unter dem Elektronenmikroskop und der Alltagsrealität.«

»Nicht für die Quantenphysik. Egal, ob es sich um ein Elektron oder das tägliche Leben handelt, wir Menschen können bei jeder denkbaren Wahlmöglichkeit immer nur eines der möglichen Ereignisse sehen. Doch die anderen geschehen auch alle, und zwar in Everetts Parallelwelten.«

Die einzige Realität, die zähle, sei das Raum-Zeit-Kontinuum, eine Überlagerung unendlich vieler verschiedener Quantenzustände. Wenn Théo und er die »Wirklichkeit« in vier Dimensionen sehen könnten, würden sie jetzt in diesem Moment sehen, wie die Welt sich unendlich oft vervielfacht, und in jeder dieser Welten würden sie Repliken von sich sehen, die etwas anderes taten als das, was sie in diesem Moment gerade taten.

»Na klar«, sagte Théo. »Statt nach Paris zu fliegen, könnte dieses Flugzeug in Riad landen, wo König Faisal uns mit einer Musikkapelle und einem Imbiss erwartet.«

»In einer von Everetts Welten wird genau diese Möglichkeit

wahr! Dass sie absurd erscheint und wir sie nicht sehen können, bedeutet überhaupt nichts. Wenn du dir genau überlegst, was das Wort ›unendlich‹ bedeutet, wird in Everetts Multiversum sogar ein Schimpanse, wenn er nur lange genug auf die Tasten eines Computers haut, den *Macbeth* schreiben.«

»Was garantiert dir, dass das alles nicht bloß simple mathematische Gleichungen sind?«

»Alle Entdeckungen, die nach Everett gemacht wurden, beweisen das Gegenteil.«

»Und wie erklärt sich das Interesse der Bilderberg-Gruppe an so einer Sache? Wo ist die praktische Relevanz?«

»Denk mal an die Brücken von Einstein und Rosen, die ›Zeitkorridore‹. Heute sind viele Physiker überzeugt, dass die vielen Welten des Everett'schen Multiversums nicht getrennt, sondern durch Zeitkorridore miteinander verbunden sind. Da die lineare Zeit in Einsteins Raum-Zeit-Kontinuum nicht existiert, bestehen die Universen des ›Gestern‹ und des ›Morgen‹ neben denen des Heute. Ist dir klar, was das bedeutet?«

»Natürlich. Wenn ich wieder in Paris bin, rufe ich mein Reisebüro an und buche eine Reise ins alte Rom, um endlich mal einen Pastis mit Julius Cäsar zu trinken.« Théo goss sich noch eine Tasse Kaffee ein. »Dann ist ja schlechterdings alles möglich. Wenn es nach den Physikern geht, genügt es, eine Sache zu denken, damit sie in einer der Science-Fiction-Welten von Everett Wirklichkeit wird. Vergangenheit, Gegenwart und Zukunft sind ein und dasselbe. Wie das gehen soll?« Er schnippte mit den Fingern. »Ein kleiner Quantensprung im Hyperraum.«

»Dafür braucht man keinen Zeitkorridor. Deine Freundin Raisa beschäftigt sich mit hypnotischer Regression, nicht wahr?«

»Warum fragst du?«

»Wahrscheinlich hat sie dir von Telepathie, Hellseherei, Vorahnungen und dergleichen erzählt. All das, was die Psychiater ›alterierte Bewusstseinszustände‹ nennen.«

»Erzähl mir jetzt nicht auch noch, dass du an paranormale Phänomene glaubst! Ausgerechnet du.«

»Du kannst dir nicht vorstellen, wie hoch das Budget ist, das wir und die Regierung der USA jedes Jahr im Rahmen des Falcon-Projekts für das Studium von Phänomenen außersinnlicher Wahrnehmung bereitstellen. Warum wir das tun? Denk zum Beispiel mal an die Anwendungsmöglichkeiten für Industriespionage.«

»Was hat außersinnliche Wahrnehmung mit der Quantenphysik zu tun? Und mit Fitzwilliam?«

»Außersinnliche Wahrnehmung ist der Beweis, dass wir vom Multiversum umgeben sind, dass es nur einen Quantensprung entfernt liegt. Es handelt sich durchaus nicht um ›alterierte Bewusstseinszustände‹ – es sind einfach alternative Zustände. Unter uns gibt es Menschen, die die Fähigkeit besitzen, die vierte Dimension zu sehen. Schizophrene sind die Gesundesten von allen.«

»Wie erklärt sich das? Wissenschaftlich, meine ich.«

»Wenn man mit den Leuten in Brookhaven spricht, glaubt man, das Orakel des Apoll zu hören. Alles begann Mitte der Sechzigerjahre mit neurobiologischen Forschungen über die Funktionsweise des Gehirns.«

Die Sinneswahrnehmungen des menschlichen Bewusstseins seien nichts anderes als die Aktivitäten mehrerer Trillionen Neuronen in der Hirnrinde, durch die elektrische Impulse gingen, erläuterte Kassamatis. Die erste wichtige Entdeckung in Brookhaven war, dass die Impulse im Gehirn als Energiepakete weitergegeben werden, genau wie die subatomaren Teilchen.

»Das Gehirn verarbeitet die Realität nämlich päckchenweise, eines nach dem anderen, um uns dann einen vollständigen Sinneseindruck zu vermitteln. Also war die erste Schlussfolgerung, dass das Hirn ein perfektes Quantensystem ist.«

In einer zweiten Phase sei man der Frage nachgegangen, was die Wellenfunktion der Photonen in einen definierten Zustand »zusammenbrechen« lässt, wodurch wir die Welt in einer bestimmten Weise wahrnehmen und alle anderen möglichen Weisen ausgeschlossen sind.

»Die Antwort war die Interaktion zweier Quantensysteme«, sagte Kassamatis. »Das erste System ist das Licht mit seinen Photonen.«

»Und das zweite?«

»Der menschliche Geist.« Kassamatis hob einen Finger. »Der Beobachter beeinflusst die beobachtete Realität, genau wie Bohr gesagt hatte. Da war sie, die Variable, die außer Bohr niemand berücksichtigt hatte: das Gehirn des Beobachters.«

»Aber das ist doch alles kompletter Blödsinn! Laut Bohr sieht man die Dinge in dieser Welt nicht, weil sie existieren, sondern dank einer Interaktion zwischen dem Licht und unserem Gehirn. Das hieße ja, dass ohne das Licht gar nichts existiert, uns eingeschlossen, und dass ohne uns das Licht nicht existiert. Wie interagiert das Gehirn denn mit den Lichtphotonen? Was benutzt es dafür?«

»Das hat ein anderer berühmter Physiker erklärt, David Bohm. Bei Experimenten mit den Plasmen von erhitzten Gasen mit einer sehr hohen Elektronendichte entdeckte er eine dritte Variable: eine unbekannte Kraft.«

Bohm gab bei seinen Forschungen im Berkeley Radiation Laboratory Plasma in zwei unterschiedliche Behälter und stellte sie getrennt voneinander auf. Dann reizte er die Elektronen in einem Behälter mit unterschiedlichen Mitteln von Hitzeeinwirkung bis zu hochfrequenten Strahlungen.

»Bohm machte eine verblüffende Entdeckung: Bei den Elektronen im zweiten Behälter zeigten sich die gleichen Wirkungen. Und sogar wenn er den Abstand zwischen beiden Behältern vergrößerte, schienen die gereizten Elektronen des ersten mit denen des zweiten zu kommunizieren.«

Bohm schloss daraus, dass die Plasmaelektronen sich keineswegs chaotisch, sondern auf »intelligente« Weise bewegen, als wären sie Teil eines zusammenhängenden und ferngesteuerten Systems. Subatomare Teilchen, sagte er, seien weit komplexere Entitäten als bis jetzt angenommen, und ihre Bewegungen würden von einer unbekannten Kraft gesteuert.

»Es ging noch weiter«, fuhr Kassamatis fort. »Bei seinen Experimenten mit den zwei Behältern stellte Bohm fest, dass diese Kraft nicht geringer wurde, wenn man den Abstand zwischen den Behältern vergrößerte. Und obendrein teilte sich die Kraft augenblicklich von einem zum anderen Behälter mit.«

»Konnten die Experimente Bohms denn wiederholt werden?«

»Natürlich. 1982 von Alain Aspect, einem französischen Physiker am Pariser Institut d'Optique Atomique d'Orsay. Aber Aspect beschränkte sich nicht auf die Wiederholung.«

Mit dem berühmt gewordenen Experiment der »Quantenverschränkung« zeigte Aspect, dass die subatomaren Teilchen Informationen nicht nur mit einer höheren als der Lichtgeschwindigkeit weitergaben, sondern auch über große Entfernungen hinweg. Damit war das »Prinzip der Lokalität«, also des begrenzten Aktionsradius eines Teilchens, falsifiziert.

»Ein Signal, welcher Art auch immer, braucht ein Transportmittel«, sagte Kassamatis. »Bohm und Aspect haben gezeigt, dass es in der Natur etwas gibt, das die Grenzen von Zeit und Raum überwinden kann. Und dieses Etwas ist nicht das Licht und auch keine elektromagnetische Strahlung.«

»Hat Aspect denn eine Erklärung dafür gefunden? Was ist das Transportmittel für dieses Signal?«

»Bis heute bleibt die einzige Erklärung die von Bohm.«

Bohm postulierte die Existenz eines universalen Quantenfelds, des sogenannten Nullpunkt-Quantenfelds, sowie einer Energie, die für die intelligente Bewegung der Elektronen verantwortlich sei, das Quantenpotenzial. Man müsse sich das so vorstellen wie den Radar, der ein Schiff lenkt.

»Daraus schloss Bohm, dass es eine ›implizite Ordnung‹ in allen Quantensystemen geben müsse und dass die Elementarteilchen über ein ›Gedächtnis‹ verfügen. Mit anderen Worten, es ist, als hätte die Materie einen Geist.«

»Ein Postulat beweist noch nichts.«

»Ein Postulat nicht, aber ein Gesetz ja. Das Gesetz ist das der Nichtlokalität.«

»Nie gehört, aber bei dem Wort denke ich an ein Haus, das von Gespenstern heimgesucht wird.«

Kassamatis lachte. »Genau das sagte auch Einstein.« Er biss in ein Croissant. »Kaum einer kennt dieses Gesetz, aber es sieht so aus, als sei es die wichtigste Entdeckung der theoretischen Physik des 20. Jahrhunderts. Vielleicht sogar aller Zeiten, wie jemand sagte.«

Das Gesetz war 1964 von John Bell entdeckt worden, einem Forscher am Labor für Teilchenphysik in Genf, der von den Ergebnissen der Bohm'schen Experimente ausging. Mit diesem Gesetz – es sei nur eine mathematische Beweisführung, aber unwiderlegbar – fand Bell eine Lösung für das berühmte EPR-Paradoxon nach Einstein-Podolski-Rosen. Mit dem EPR-Paradoxon, das die Unmöglichkeit der Übertragung von Gedanken über Entfernungen hinweg bezeichnet, hatte Einstein 1935 Bohrs Kopenhagener Deutung angegriffen.

»*No spooky actions at a distance*, keine spukhafte Fernwirkung, sagte Einstein zu Bohr. Und er fügte hinzu, er sei nicht gewillt, hinter Photonen herzurennen, die in andere Galaxien abwanderten und dabei das Prinzip der Lokalität verletzten.«

»Was besagt dieses Gesetz von Bell denn nun?«

»Es besagt, wenn zwei Quantensysteme interagieren und sich dann trennen, kann man nicht in eines von beiden eingreifen, ohne auch Einfluss auf das andere auszuüben. Und dies gilt, wo auch immer die Systeme sich befinden, und für immer.« Kassamatis zuckte mit den Achseln. »Alles ist untrennbar mit allem verbunden. Wir brauchen keine Zeitkorridore, um in die anderen Welten zu reisen. Hiermit« – er tippte sich an eine Schläfe – »kommen wir überall hin.«

»Die Nichtlokalität hat also Bohms Experimente erklärt. Aber wie erklärt sich das Übertreffen der Lichtgeschwindigkeit? Hat Einstein nicht behauptet, nichts sei schneller als das Licht?«

»Die Physiker sagen, dass die Nichtlokalität ein Naturgesetz sei und Einstein nicht unbedingt unrecht habe.« Kassamatis verzog den Mund zu einer fragenden Grimasse.

Alles ist untrennbar mit allem verbunden. Théo fuhr sich durch die Haare. Das hatte auch Buddha gesagt. Die östlichen Mystiker, Hinduisten, Buddhisten und Taoisten, sagten alle dasselbe: Die Wirklichkeit war unteilbar, und alles war ein Teil von allem, beginnend beim menschlichen Geist, der mit der Materie verbunden sei.

Das Quantenpotenzial des Nullpunkts ... War dies das Geheimnis der Kegel und des Weißen Pulvers? Die Welt in vier Dimensionen sehen zu können, schneller als mit Lichtgeschwindigkeit? Etwas, das die Grenzen von Raum und Zeit aufhob, indem es schlagartig ins Gestern, Heute und Morgen aller Galaxien des Universums versetzte? Und was sah man dort? Das, was es am Punkt Null der Zeit gegeben hatte, bevor alles begann? Und das sollten die Ägypter vor über dreitausend Jahren entdeckt haben? Unmöglich.

Das Flugzeug begann mit dem Sinkflug.

»Was ist los?«, fragte Théo.

»Aus technischen Gründen machen wir eine Zwischenlandung auf Ikaria. Das war so geplant. In einer halben Stunde fliegen wir weiter.«

Théo schaute aus einem Fenster und sah den Hafen von Agios Kirikos mit seinen weißen Häusern auf dem Halbkreis der Berghänge und die Ruinen der Festung Drakanos, die über die Klippen ragten. Das Flugzeug flog auf die Lichter der Landebahn zu.

54 Die Challenger 600 wurde wieder schneller. Das Kobaltblau und Smaragdgrün der Ägäis rasten hinter den Fenstern vorbei, die Motoren heulten auf, und das Flugzeug hob von der Piste ab.

Théo nippte an seinem Kaffee. Bells Gesetz mochte mathematisch unwiderlegbar sein, aber es blieb eine sinnlose Abstraktion. Das Universum war ein Bombardement aus Elektronen, Antiprotonen, Tachyonen und dem ganzen restlichen Zoo, die seit dem Urknall wie verrückt hintereinander herjagten. Nichtlokalität und implizite Ordnung in diesem kosmischen Tohuwabohu?

»Wenn Bell recht hat und alles ›nichtlokal‹ ist«, sagte Théo, »müsste ich in Echtzeit ›sehen‹ können, was an einem Tag vor sechs Millionen Jahren auf dem Saturn passiert ist oder was Echnaton in der Nacht seiner Flucht tat oder was die Kinder am Nachmittag des 19. Mai im Jahr 3480 im Jardin des Tuileries spielen. Es ist, als würde jede Zelle unseres Gehirns das gesamte Universum vom ersten Tag bis zum Ende aller Zeiten enthalten, ohne Grenzen von Raum und Zeit. Das ist doch total verrückt!«

»Verrückt für dich und für mich, die wir keine tibetanischen Mönche sind und die Welt nicht in vier Dimensionen sehen.« Kassamatis zündete sich eine Dunhill an. »Weißt du, wie Bohm die Erleuchtung der Mystiker beschrieb? Als eine Vision der impliziten Ordnung, ein von keinem Auge je wahrgenommenes Kreisen aller Quanten des Multiversums« – er zeichnete mit seiner Zigarette Rauchspiralen in der Luft –, »die mit Instantangeschwindigkeit miteinander kommunizieren.«

»Und die Wirklichkeit in all ihren Erscheinungsformen? Was sind wir beiden? Was ist diese Tasse Kaffee? Und diese Juwelen? Materie, eine Überlagerung von Quantenzuständen, eine Wahrscheinlichkeitswelle?«

»Bohm sagte, das Universum sei ein ständiger Wechsel zwischen der impliziten und der ›expliziten‹ Ordnung – der Realität, so wie wir sie sehen.«

Er habe das anhand eines Hologramms erklärt, wo jeder Punkt der Fotoplatte das gesamte dreidimensionale Bild enthält. Die Welt der Quanten sei ähnlich, aber dynamisch, eine Wirklichkeit, die sich ständig zwischen beiden Polen hin- und herbewege.

»Erinnerst du dich an den Spin der Elektronen auf den Bildern in unseren Schulbüchern, wo Pfeile nach links und rechts die Eigenrotation anzeigen?«, fragte Kassamatis.

Théo blickte vor sich hin. Ein Licht blendete ihn, und er hörte das *Largo* der 9. Symphonie von Dvořák. Ja, natürlich. Wenn das Gehirn wirklich ein Quantensystem war, dann bedeutete das … Alles interagierte mit allem – Raum, Zeit, der menschliche Geist – in der Vergangenheit, Gegenwart und Zukunft.

Wenn ein mögliches Seiendes dank der Quanten unseres bewussten Denkens Wirklichkeit wurde, war unser Geist mit allem anderen Sein verflochten, wie Buddha gesagt hatte. Waren wir selbst real oder nur eine Überlagerung von Wahrscheinlichkeitswellen, die verloren in einem holografischen Universum umherirrten, oder waren wir beides? Gehörte der Geist wirklich zu diesem Universum? Oder zu allen Welten des Multiversums? Was war diese Energie, die alles mit allem verband? Wenn Quanten nur unter den Augen eines Beobachters zur Materie wurden, wer hatte dann die Wellenfunktion des allerersten Quantenzustands am Nullpunkt der Zeit »zusammenbrechen« lassen und damit den Urknall ausgelöst? »Dort oben hatte ich das Gefühl, nicht allein zu sein«, hatte Mayo gesagt. War das das Geheimnis des Weißen Pulvers: das Quantenpotenzial von Bohm? Verbarg sich dort die Antwort auf alle Fragen des Menschen? Vielleicht hatte Bohr einen Fehler gemacht, als er seine Theorie eine »Deutung« genannt hatte, dieses Wort hatte etwas Anmaßendes. Die Entdeckungen von Bohm und Bell zeigten, dass der Mensch angesichts der Geheimnisse des Universums ein armseliges Nichts war, verloren in einem Kosmos, der von einer dem Menschen unfassbaren Kraft gesteuert wurde, die sich viel schneller bewegte als das Licht, was auch immer Einstein dazu sagen mochte. Etwas oder jemand, den wir niemals erreichen würden. Kopenhagener Deutung? Nein, es war nur eine Hypothese. So hätte sie heißen müssen: die Kopenhagener Hypothese. Doch bedeuteten die beiden Begriffe nicht dasselbe? Nein, der Unterschied war der Himmel der *Sternennacht*, etwas, was kein

Wort jemals würde ausdrücken können. Keiner konnte »deuten«, was nicht zu deuten war.

»Ein Physiker hat gesagt, wir seien alle Kinder der Sterne«, sagte Kassamatis. »Du liebst doch Gedichte. Weißt du, was William Blake vor zwei Jahrhunderten schrieb? ›Die Welt in einem Sandkorn sehen und den Himmel in einer wilden Blume. Halte die Unendlichkeit in der Handfläche und die Ewigkeit in einer Stunde.‹ Blake war viel mehr als ein Dichter: Er war ein Erleuchteter. Er hatte schon damals alles begriffen, auch ohne Teilchenbeschleuniger.«

»Ist das der Grund für eure verbissene Jagd auf das Weiße Pulver?«

»Wundert dich das? Kannst du dir vorstellen, was es bedeutet, mit den Parallelwelten der Zukunft in Kontakt zu treten, um dann mit diesem Wissen in die Gegenwart zurückzukehren?«

»Was sollte in Echnatons Grab passieren?«

Kassamatis nahm einen tiefen Zug von seiner Zigarette. »Sobald das Geheimnis gelüftet war, sollte ich dich töten.«

Das Brummen der Motoren untermalte seine Worte.

»Und wenn wir es nicht entdeckt hätten?«

»Dann auch.«

Wieder durchfuhr Théo der stechende Kopfschmerz, und die Fresken der Grabkammer mit ihren unzähligen flackernden Lichtern wirbelten vor seinen Augen.

»Warum hast du Fitzwilliam im Glauben gelassen, dass du mitspielst?«

»Weil ich es wissen wollte, verstehst du das denn nicht? Nicht für das Falcon-Projekt, nein, für mich selbst.«

»Was wissen?«

Kassamatis drückte die Zigarette aus und legte seine Beine hoch. »In Ikaria bin ich als kleiner Junge mit Lazarus in einem Fischerboot aufs Meer hinausgefahren. Nachts, wenn die anderen schliefen, stieg ich aufs Deck. Ich legte mich in ein Beiboot und blieb stundenlang dort liegen, um die Sterne zu betrachten. Ich stellte mir vor, ich wäre ein Lichtstrahl und raste durch den Kosmos auf der Suche nach den Grenzen der Welt, weil ich sehen wollte, was dahinter ist. Aber je schneller ich raste, desto weiter dehnte das Universum sich aus, als wäre das Licht zu langsam, um es einzuholen. Wie kann man sich etwas Unendliches vorstellen? Auf diese Frage lief es immer hinaus. Es wäre, als könnte man in Gottes Kopf blicken.«

Vor wenigen Tagen, fuhr Kassamatis fort, als der Sandsturm im Wadi Aynunah wütete, habe er abgewartet, bis der Wind sich legte, und sich dann mit seinem Schlafsack auf den Kamm einer Düne gelegt. Der Himmel war eine einzige Explosion aus Sternen. Inzwischen sei er vierzig Jahre älter, aber seine Fragen seien noch dieselben.

»Unter den Gemälden, die ich von Spyro gekauft habe – dieser Schurke fehlt mir, und nicht wegen der Stücke, die er mir verkauft hat –, gibt es einen Van Gogh, von dessen Existenz die Welt nichts weiß. Das Bild ähnelt der *Sternennacht* im Museum of Modern Art in New York. Ich habe es im Keller meines Hauses in Ikaria aufgehängt. Wenn ich nachts nicht schlafen kann, schließe ich mich mit einer Flasche Malagouisa im Keller ein. Während ich mich betrinke, betrachte ich diese bunten Pinselstriche, und die gelben Lichthöfe drehen sich um mich herum wie irre Kreisel. Dieses Bild zu betrachten ist, wie durch Everetts Parallelwelten zu reisen. Weißt du, wo Van Gogh es gemalt hat? In einer Irrenanstalt in Saint-Rémy. Dort sah er den Himmel der Provence durch ein Gitterfenster.«

Bevor er sich der Malerei widmete, hatte Van Gogh als evangelischer Laienmissionar bei den Kohlenbauarbeitern einer sehr armen Gegend Belgiens gearbeitet, wo er die Lehre Jesu wörtlich umsetzte. Er schenkte den Armen sogar seine Kleider und das wenige Geld, das sein Vater ihm schickte, und wurde nicht müde, gegen die miserablen Arbeitsbedingungen der Bergmänner zu kämpfen.

»Zur Belohnung entließ ihn die Kirche. Weißt du, warum? Weil es ihm an ›Gefühl für Anstand‹ mangelte. Von da an wurde die Suche nach Gott zum beherrschenden Thema seiner Bilder, ohne dass er Heilige oder Madonnen malen musste.«

»Was fasziniert dich so an diesem Bild?«

»Der besessene Gebrauch der Farbe. Kein anderer Maler hat das Übernatürliche so auf die Leinwand zu bannen vermocht wie Van Gogh. Der Himmel der *Sternennacht* ist der beste Beweis, dass Bells Gesetz zutrifft.«

In einem Brief an seinen Bruder Théo habe Van Gogh geschrieben: »Wer das Bedürfnis nach etwas Unendlichem verspürt, nach etwas, worin er Gott erblicken kann, braucht nicht weit zu schauen.« Oder: »Genügt die Bibel wirklich?«

Théo betrachtete Kassamatis. Er sprach nicht mit seinem Gegenüber, sondern mit sich selbst. Dies war ein anderer Mann als der in Lazarus' Taverne oder der in der Wüste. Er war noch immer der Schurke, der das Grab in die Luft gesprengt hatte, und er würde sicherlich weiterhin seine schmutzigen Geschäfte betreiben. Doch er war auch der Mann, der noch immer in den Sternenhimmel starrte und sich nicht nur die immer gleichen Fragen stellte, sondern auch nach Antworten suchte. ›Der Mensch kam aus dem uranfänglichen Chaos des Nun als untrennbare Verschmelzung von Gut und Böse‹, hatte Thutmosis vor dreitausend Jahren geschrieben.

»Du hast meine Frage nicht beantwortet. Was hast du in dem Grab gesucht?«, fragte Théo.

»Glaubst du, ich hätte mir die Fresken nicht angesehen? Das Bild vom Lichterfest? Als ich es sah, musste ich sofort an die *Sternennacht* denken. Diese Explosionen in Gelb mit denselben Lichthöfen. Aber es gibt einen Unterschied.«

Théo blickte ihn fragend an.

»Im Fresko vom Lichterfest fehlt die Qual, die sich in Van Goghs *Sternennacht* ausdrückt. Man sieht ein Geheimnis und das Versprechen einer Antwort. Es ist, als hätte Echnaton gefunden, wonach Van Gogh sein ganzes Leben lang gesucht hat.«

»Was?«

»Gott, in einem gelben Pinselstrich.«

Théo musste an einen Satz aus dem Papyrus denken: »Ich habe nur verstanden, dass er das Licht anbetete oder eher etwas, was das Licht hervorbrachte«, hatte Thutmosis geschrieben. Und wieder tauchte die Frage auf: Was hatte Echnaton in dieser Nacht im Großen Phönix-Tempel gesehen? Was hatte er entdeckt?

Der Kopilot kam zu ihnen. Sie hatten mit dem Anflug auf den Flughaften Charles de Gaulle begonnen. In Paris regnete es bei elf Grad. Sie würden Monsieur St. Pierre aussteigen lassen und dann sofort nach Newark weiterfliegen.

»Das Pulver… haben die in Brookhaven schon angefangen, es zu analysieren?«, fragte Théo.

»Ich kann dir nur sagen, dass es außergewöhnliche Eigenschaften besitzt. Sie werden Monate brauchen, um es gründlich zu erforschen, aber ich glaube nicht, dass sie jemals zu einer Lösung des Rätsels kommen. Das Pulver wird irgendwann aufgebraucht sein, und die paar Gramm mehr, die Raisa hat, werden das Geheimnis bestimmt nicht lüften.«

»Wo liegt das Problem, deiner Meinung nach?«

»Ich denke, es hat etwas mit dem Ort zu tun, dem geografischen Ort meine ich. Das habe ich sofort gespürt, als ich das Fresko sah. Sais muss ein besonderer Ort gewesen sein. Warum hat man ausgerechnet das Lichterfest auf die Wände der Grabkammer gemalt? So, und jetzt habe ich da noch etwas für dich.«

Kassamatis stand auf und verschwand durch eine Tür.

Er kehrte mit zwei prall gefüllten Ledersäcken zurück und stellte sie auf das Tischchen. Théo öffnete einen der Säcke und starrte verblüfft auf den Inhalt. Die Juwelen. Er zog einen Armreif aus massivem Gold heraus, in den ein Auge des Horus aus Türkis eingefasst war.

»Behalte sie, gib sie dem Louvre, mach damit, was du willst. Für Khalid habe ich schon gesorgt. Er ist nicht mit leeren Händen nach Kairo zurückgekommen, glaub mir.«

»Das waren also die technischen Gründe der Zwischenlandung in Cap Drakanos? Jetzt verstehe ich die hektische Betriebsamkeit am Heck des Flugzeugs.«

Kassamatis' Gesicht nahm einen halb arglosen, halb beleidigten Ausdruck an. »Sollte ich nach der ganzen Mühe etwa ohne das kleinste Mitbringsel nach Hause kommen?«

Théo warf ihm einen abschätzigen Blick zu, dann wies er auf die beiden Säcke. »Wie komme ich mit dem Zeug durch den Zoll?«

Kassamatis zwinkerte ihm zu. »Die beiden Zollbeamten, die gerade Dienst tun, stehen auf meiner Gehaltsliste.«

Sie legten die Sicherheitsgurte an. Die Challenger setzte auf der Landebahn auf, der Regen rann in Streifen über die Fenster, und das Heulen der Motoren erfüllte die Kabine. Ein wirres Knäuel von Gedanken ging Théo durch den Kopf. Wir sind alle Kinder der Sterne ... »Etwas, was das Licht hervorbringt«, hatte Thutmosis geschrieben ... die Lichtkegel von Minkowski ... Auf seiner Reise ins Jenseits wurde der Pharao plötzlich von einem blendenden Licht umgeben und fragte: »Was ist das?« ... Die gelben Lichthöfe auf dem Himmel des Freskos ... Noch immer drehte sich alles um das Licht. Aber so konnte die Sache doch nicht enden! Echnaton musste irgendwo etwas Schriftliches hinterlassen haben. Das Flugzeug blieb stehen.

Als die Stewardess die Luke öffnete, fegte eine heftige Regenbö ins Flugzeuginnere. Die Stewardess ließ die Leiter hinunter und stellte sich an die Tür. Auf der Landebahn wartete ein Angestellter der Flughafenverwaltung unter einem Regenschirm mit der Aufschrift »Aeroport CDG«.

»Weißt du, was bei Typen wie dir das Problem ist?« Théo drehte sich zu Kassamatis um, der Regen tropfte ihm über das Gesicht. »Man weiß nie, ob man euch in die Fresse hauen oder euch danken soll.«

»Entweder gehasst oder geliebt zu werden ist das Schicksal großer Männer.« Kassamatis zuckte mit den Achseln, dann reichte er ihm die Hand.

Théo drückte sie kräftig. »Auf Wiedersehen, Alex.« Er wollte schon die Treppe hinuntergehen, drehte sich aber noch einmal um. »Übrigens, was diesen Sirtaki-Wettkampf betrifft, täusche dich nicht, großer Mann. Ich habe dich absichtlich gewinnen lassen.«

»Lazarus' Taverne ist immer geöffnet. Wenn du Lust auf eine Revanche oder auf ein gutes Essen hast, ruf mich an. Auf Wiedersehen.« Er winkte mit einer Hand.

Théo ging die Treppe hinunter. Die Luke schloss sich, die Motoren begannen zu laufen, und das Flugzeug rollte mit blinkenden Positionslichtern zur Startbahn.

Er ging zu dem Mann mit dem Schirm. Vor dem Flughafen warte eine Limousine mit Fahrer, um ihn nach Paris zu fahren, sagte der Mann. Eine Aufmerksamkeit von Monsieur Kassamatis. Dann gingen beide unter dem Schirm, auf den der Regen prasselte, rasch auf das Zollgebäude zu. Théo dachte an Raisa. Er würde sie vom Auto aus anrufen.

Als er über die Schwelle des Terminals trat, fiel sein Blick auf ein leuchtendes Reklamebild mit dem Schriftzug: »Ägypten erwartet Sie, worauf warten Sie noch?« Es zeigte einen Obelisken über einer Sphinx. Tatsächlich, ein Obelisk wartete noch auf ihn: Cleopatra's Needle. »Es ist ein regelmäßig geformter Hohlraum von fünfundzwanzig Zentimeter Höhe und zwanzig Zentimeter Breite und Tiefe«, hatte Spyro in der Hemingway Bar gesagt.

Théo steckte die Hand in seine Hemdtasche und zog Echnatons Kette heraus. Im Neonlicht schimmerte die Statuette aus Türkis grünlich. Ihre Augen, zwei winzige schwarze Obsidiane, lächelten ihm zu.

55 ACHET-ATON, DRITTES JAHR DER REGENTSCHAFT TUTANCHAMUNS

Das Heulen eines Schakals hallte über die Königliche Straße. Das Tier schlich an den bröckelnden Fassaden der Häuser vorbei, kletterte durch ein Fenster, dessen Läden halb herausgerissen waren, und sprang in einen umzäunten Garten mit vertrockneten Obstbäumen. Der Schakal schnupperte an einem schlammigen Zierteich, dessen Oberfläche mit einem Teppich aus verfaulten Fischen bedeckt war.

Langsam wanderte ein Löwe durch die königlichen Gärten, sein Schwanzende peitschte. Er blieb stehen, um den Schakal zu beobachten, der in den Eingeweiden einer Antilope wühlte. Die grünen Einsprengsel in seinen Augen leuchteten im Licht der untergehenden Sonne. Der Löwe brüllte, und der Schakal floh, einen blutigen Fetzen Fleisch zwischen den Zähnen.

Der Löwe durchquerte einen Säulengang, wo sich Sandverwehungen häuften, lief die große Treppe hinauf und wanderte durch die leeren Flure. Die tief stehende Sonne warf seinen Schatten riesenhaft vergrößert an die Wände. Zwischen den Säulen pfiff der Wind. Der Löwe blieb vor einer Tür mit dem abgeblätterten Bild Atons stehen und öffnete sie mit einem Prankenhieb.

Begleitet von dem Knallen, mit dem lose in den Angeln hängende Fensterläden gegen die Mauern schlugen, schritt er durch die leeren Räume und machte halt vor einem leeren Bett, an dessen Säulen keine Vorhänge mehr hingen. Er sprang auf die Matratze aus geflochtenen Seilen und legte sich vor das Kopfende aus Ebenholz, dessen Polsterung zerrissen war. Nachdem er daran gerochen hatte, stieß er einen klagenden Schrei aus. Der Schwanz schlug auf das Bett.

Flügelschwirren erfüllte den Raum. Ein aschgrauer Reiher setzte sich auf das Fensterbrett. Scharf hob sich seine Silhouette gegen die feurige Sonnenscheibe ab.

Als die schwarze Limousine aus der überdachten Parkbucht des Terminals 2F herauskam, wurde sie von einer Regenbö erfasst. Sie fuhr die Rampe hinunter, die Scheinwerfer beleuchteten das Hinweisschild auf die A1 Richtung Paris.

Théo nahm das Telefon aus der Armlehne seines Sitzes und wählte Raisas Handynummer. Es gab eine Verbindung, aber die Mailbox schaltete sich ein.

»Raisa, hier ist Théo. Es ist alles vorbei. Du kannst nach Paris zurückkommen, es besteht keine Gefahr mehr. Ruf mich im Louvre oder zu Hause an. Ruf mich bitte an, jederzeit. Ruf mich an.«

Der Regen rann an den Scheiben hinunter. Warum ging sie nicht an ihr Handy? Er versuchte, sich an die Nummern ihrer Praxis und des Krankenhauses zu erinnern. Dann rief er die Auskunft an und fragte nach den Nummern, die er auf einem Notizblock mit der Aufschrift »Kassamatis Enterprises« notierte.

Die Leitung der Salpêtrière war immer besetzt. Er rief in der Praxis an, Arlène antwortete. Nein, sie habe seit acht Tagen nichts mehr von Raisa gehört, seit sie Blonville-sur-Mer verlassen habe. Auch sie sei sehr besorgt. Raisas Handy sei immer ausgeschaltet. Théo bat Arlène, Raisa auszurichten, sie könne unbesorgt nach Paris zurückkehren und solle ihn bitte im Louvre oder zu Hause anrufen.

Welcher Tag war heute? Er drückte auf den Knopf, der die Trennscheibe herunterließ, und fragte den Fahrer. Mittwoch, der 3. Oktober? War das möglich? Wie viele Tage waren seit der Schießerei vergangen? Elf. Nur elf Tage. Sollte er in sein Büro zurückkehren? Was seine Arbeit im Louvre anbelangte, so hatte er einen Monat lang Urlaub, und Clea machte Ferien auf Kos. Er beugte sich vor und bat den Fahrer, ihn nach Hause zu bringen.

Er zog Echnatons Kette hervor und hielt sie an die Lampe der eingebauten Cocktailbar. Die grüne Ader in dem Türkis spiegelte sich funkelnd in den Kristallflaschen. Er strich mit dem Finger über das kleine goldene Amulett. Der Nefer versprach dem Verstorbenen ein glückliches Leben im Jenseits. Théos Hand schloss sich um die Statuette. Warum war er traurig? Wegen Vanko? Wegen Echnaton? Oder ging es um ihn selbst? Weil er noch lebte? Seine Kehle war wie zugeschnürt, er sah den *Schrei* von Munch vor sich. Einer der schrecklichsten Sätze, die es gab, war: »Wenn ich nur gekonnt hätte…« Aber er war auch der unehrlichste, er diente immer als

Alibi. Wer hinderte ihn, wenn er sein Leben wirklich neu beginnen wollte? Die Worte der Herzogin übertönten die leise Musik im Auto: »Der Narr kann den Verlockungen des Irrationalen nicht widerstehen.«

Zu Hause knipste er eilig alle Lampen an und schloss die Tür. Langsam ging er durchs Wohnzimmer, ließ die Taschen fallen, öffnete die Balkontür und schob den Rollladen hoch. Es hatte aufgehört zu regnen. Die Wolken rissen auf, ein Streifen Blau schimmerte hindurch. Ein Sonnenstrahl streifte die Kuppel von Sacré-Cœur. Knarrend kletterten die Wagen der Zahnradbahn den Berg hinauf, aus der Rue des Trois Frères kam das Brummen eines Motorrads. Er dachte an die Stille und Reglosigkeit der Wüste, an ihren flachen Horizont.

Den Blick aufs Telefon gerichtet, setzte er sich vor den Kamin. Sollte er Dominici anrufen? Oder den Kommissar am Quai des Orfèvres, der ihn nach der Schießerei verhört hatte? Es hätte nichts genützt. Kassamatis hatte recht. Er hatte keinen einzigen Beweis, und kein Gericht der Welt würde einen Fitzwilliam verurteilen. Wozu dann die ganze Mühe, *merde*? Fitzwilliam und La Fontaine waren unangreifbar, das Grab war gesprengt, und er trug die Schuld am Tod von Pater Ascanio, Spyro, dem Wachmann des Louvre und Mayo. Und obendrein war Raisa verschwunden.

Er öffnete den Koffer der Stradivari, zog sie heraus und strich über die Saiten. Das Licht spielte mit den Bernsteintönen des Holzes. Er setzte die Geige an und verharrte in dieser Stellung, ohne den Bogen über die Saiten zu bewegen. Mit einem Seufzer legte er das Instrument und den Bogen auf den Tisch und warf den Kopf nach hinten über die Rückenlehne.

»Du suchst alles mögliche, aber nicht Gerechtigkeit«, hatte Kassamatis in der Oase gesagt. Richtig. Es war Rache gewesen. Aber jetzt nicht mehr. Er verspürte keinen Hass mehr. Warum? Was hatte sich verändert? »Wer das Bedürfnis nach etwas Unendlichem verspürt, nach etwas, worin er Gott erblicken kann, braucht nicht weit zu schauen«, hatte Van Gogh an seinen Bruder geschrieben.

Alles stand mit allem in Wechselwirkung, ungehindert durch Zeit und Raum. Das hatte Bell mit seinem Gesetz der Nichtlokalität entdeckt. Alle Trennung ist nichtig, sagten die östlichen Mystiker, denn alles ist miteinander verbunden. Der Grund unseres Leidens, hatte Buddha gesagt, seien unser hartnäckiges Festhalten an trügerischen Gebilden – Gegenständen, Personen, Ideen – und unsere Weigerung, auf das Fließen der Dinge zu hören und die Unbeständigkeit des Seienden zu erkennen.

Théo fielen die Verse von John Donne ein, die er von einem buddhistischen Mönch in Sri Lanka gehört hatte: »Kein Mensch ist eine Insel, in sich selbst vollständig … Jeder Mensch ist ein Teil des Ganzen … Frag also nie, wem die Stunde schlägt: Sie schlägt dir.« Der Mönch hatte dieses Gedicht auf einer Tagung über das Mitleid zitiert, auf die Vanko ihn vor einigen Jahren mitgeschleppt hatte.

Vor seinen Augen drehten sich die Lichthöfe der *Sternennacht* von Van Gogh und vermengten sich mit den Aureolen auf dem Fresko vom Lichterfest. Was trieb einen Mann wie Kassamatis dazu, sich auf eine Düne zu legen, um die Sterne zu betrachten und sich vorzustellen, er sei ein Lichtstrahl und würde bis an die Grenzen der Welt rasen?

Abrupt streckte Théo die Hand zum Telefon aus, wählte die Auskunft und bat um die Nummer des British Museum. Er tippte sie ein und fragte nach Duncan Carnegy, dem Konservator der Abteilung Egyptian Antiquities.

»Ich mache dir einen Vorschlag«, sagte Théo.

»Ich höre«, sagte Carnegy.

Nach dem Telefonat packte Théo Sachen für eine Nacht in eine Tasche, rief ein Taxi und fuhr zum Flughafen.

In der Halle A des Terminal 1 blickte er zur Anzeigetafel der Abflüge. Alle halbe Stunde gab es einen Flug nach London. Als er eine Neonreklame der France Telecom sah, eilte er in den Laden und betrachtete die ausgestellten Mobiltelefone. Er kaufte dasselbe Modell, das er in der Wüste verloren hatte – oder hatte dieser Gauner Alex es ihm geklaut? Er hatte vergessen, ihn danach zu fragen. Der Angestellte rief die Daten seines Telecom-Vertrags am Computer ab und übertrug sie auf den Chip.

Kaum war er wieder draußen, rief er Raisa an. Ihr Telefon war noch immer abgeschaltet. Er wiederholte seine Botschaft. Er habe ein neues Handy, sagte er, aber die Nummer sei dieselbe wie vorher. Er würde jetzt nach London fliegen und dort bis morgen Nachmittag bleiben. Sein Telefon sei immer eingeschaltet. Dann rief er ihre Praxis an und hinterließ dieselbe Nachricht für Arlène. Er stellte sich in die Schlange vor dem Ticketverkauf.

LONDON, ST. KATHERINE DOCKS, FRÜHER NACHMITTAG

Ein Kranwagen auf Gummiketten hielt vor Cleopatra's Needle. Zwei Polizeiautos mit der Aufschrift »Westminster Borough Metropolitan Police« postierten sich mit rotierendem Blaulicht auf dem Dach vor und hinter den Kranwagen, quer über die St. Katherine Docks. Aus den Autos stiegen zwei Polizisten mit gelben Leuchtwesten und begannen, den Verkehr zu regeln.

Dem Fahrerhaus des Kranwagens entstieg ein Mann in blauem Overall, Schutzhelm und gelben Handschuhen. Auf seinem Rücken prangte die Aufschrift »British Museum«. Über seiner Schulter hing ein Presslufthammer. Er stieg in den Fahrkorb auf der Arbeitsplattform, der Teleskoparm erhob sich, machte eine Vierteldrehung um sich selbst, und die Plattform fuhr auf den Obelisken zu.

Inzwischen hatte sich um den Sockel des Obelisken eine Schar Neugieriger und Touristen versammelt. Alle blickten nach oben, Blitzlichter flammten auf. Ein Volvo-Transporter der BBC Television parkte hinter dem Kranwagen, und drei Techniker hantierten mit Kabeln, Stativen und Kameras.

Etwa zehn Meter unterhalb der Spitze des Obelisken hielt die Plattform an, und nachdem sie einen Halbkreis vollführt hatte, befand sich der Mann in dem Korb an der Seite, die zur Themse zeigte. Er trug einen Kapselgehörschutz, eine Schutzbrille und einen Mundschutz gegen den Staub. Er setzte den Presslufthammer auf die Granitwand.

Nachdem er ein etwa zehn Zentimeter tiefes Loch gebohrt hatte, hielt er inne und wischte seine Brille ab. Dann griff er wieder nach dem Presslufthammer und schaltete ihn ein.

Die Spitze traf auf einen Hohlraum.

LONDON, BRITISH MUSEUM, SPÄTER NACHMITTAG

In der Great Russel Street stieg Théo vor dem British Museum aus dem Taxi, lief die große Treppe hinauf und ging zwischen den Säulen der Vorhalle hindurch. Ein Wachmann erwartete ihn vor dem

Eingang. Im Inneren ging er Théo voraus und führte ihn zum Konservator.

»Setz dich«, sagte Carnegy, auf einen Sessel aus rissigem Leder weisend, in dessen Sitzfläche sich der Abdruck vieler Besucher eingeprägt hatte.

An der Wand hingen zwischen dem Union Jack und einer Statue von Ramses dem Großen eine Reihe gerahmter Fotos mit Safariszenen. Eines zeigte den Konservator in der Savanne, im Safarianzug und mit Helm, das Gewehr auf die Nase eines Rhinozeros gestützt, das zu seinen Füßen lag.

Carnegy musterte ihn hinter seinen runden Brillengläsern, während er die Fingerspitzen aneinanderschlug. Oberhalb der Ohren standen ihm Büschel grau melierter Haare vom Kopf, die ihm das Aussehen einer Eule verliehen.

»Ein Mann voller Überraschungen, unser Théo St. Pierre, das muss man zugeben.« Er trommelte weiter mit den Fingern. »Wer weiß, wie du das rausgekriegt hast. Ich nehme an, es hat nicht das Geringste mit dem zu tun, was vor einem Monat bei Cleopatra's Needle passiert ist, oder?«

»Wir haben vereinbart, dass du keine Fragen stellst, erinnerst du dich? Also, was hast du gefunden?«

Carnegy erhob sich und ging etwas von seinem Schreibtisch holen. Als er sich umdrehte, hielt er eine Kiste aus vergoldetem Holz und Elfenbeinintarsien in der Hand. Mit einstudiertem Gebaren stellte er sie vor Théo hin. Der Deckel war gewölbt und hatte einen Knauf aus blauer Keramik, in den eine goldene Sonnenscheibe mit Flügeln aus Lapislazuli eingefügt war. In die Längsseiten waren vergoldete Hieroglyphen geschnitzt, in horizontaler Anordnung auf Schriftrollen geschrieben, die von Uräusschlangen flankiert waren. Auf den ovalen Breitseiten stand der Name »Echnaton«. Die Kiste hatte Füße in Form von Sphinxen.

Théo hob den Deckel. Eine Papyrusrolle. Am Rand des Blattes sah man noch den Abdruck eines Siegels aus rotem Harz, doch das Siegelzeichen war nicht mehr leserlich.

»Du kannst ihn aufrollen«, sagte Carnegy. »Er ist perfekt konserviert. Kein Wunder, wenn man bedenkt, wo er versteckt war.«

Vorsichtig breitete Théo den Papyrus auf dem Tisch aus.

»Da du durch Granit sehen kannst, kannst du mir vielleicht

auch erklären, was zum Teufel das bedeuten soll, was da geschrieben steht.«

Théo zog eine Lampe zu sich heran.

Ich, Echnaton, Sohn von Amenhotep III. und Tiye, schreibe dies im siebzehnten Jahr meiner Regentschaft, am fünften Tag des ersten Monats der Erntezeit.
Es ist die neunte Stunde der Nacht. Horemheb und Ay haben Theben bereits verlassen. Sie kommen auf Achet-Aton zu, schon breitet sich der Lärm ihrer Wagen an den Ufern des Nils aus. Meine Zeit als Herrscher der Zwei Länder ist flüchtiger als das Fließen einer Wasseruhr.
Ich schreibe nicht aus Eitelkeit, denn ich habe nie an die Eitelkeiten der Welt geglaubt. Auch schreibe ich nicht um des Ruhmes der Pharaonen willen, denn ich habe nie an ihre Heldentaten geglaubt. Mein Name wird von allen Monumenten der Zwei Länder getilgt werden, und die Nachwelt wird mich vergessen. Die Tempel von Achet-Aton werden zerstört werden, in seinen Häusern werden Schakale hausen, und was einst der Wüste gehörte, wird zur Wüste zurückkehren.
Ich schreibe, weil meine Dynastie mit mir endet: Ich bin der Letzte derer, die in die Mysterien Thoths initiiert wurden. Ich breche meinen Eid und werfe mich vor Thoth nieder, dem Hüter der Zwei Wahrheiten. Ich hatte gelobt, keinem Profanen je zu enthüllen, was ich in der Nacht des Lichterfestes im Großen Phönix-Tempel sah. Warum breche ich diesen Eid? Weil ich an das Gute in den Menschen glaube. In einer Welt, wo das Böse zu brüllen scheint, höre ich weiterhin nur das Flüstern des Guten. Sind meine Ohren so taub? Ist mein Herz so einfältig? Ist meine Einsamkeit so trügerisch?

Ich schritt durch das Heilige Tor, und ein smaragdenes Licht umgab mich.
Ich schritt durch einen Gang, von Säulen gesäumt, die ein grünes Licht aussandten und mit den Hieroglyphen aus dem Buch der Zwei Wege bedeckt waren. Ich gelangte in die Halle der Aufzeichnungen, ein runder Tempel im Halbdunkel.

Ich blickte mich nach allen Seiten um.
Von vier gleich weit entfernten Punkten aus bedrängten mich vier große Statuen des Thoth aus schwarzem Basalt mit dem Kopf des Ibis und so groß wie die granitenen Kolosse des Grabtempels der Strahlenden Sonne.
Ein Pfeifen lief durch den Tempel, und vom Boden erhob sich eine Spirale aus weißem Licht, die bis zur Decke aufstieg. Sie begann sich zu drehen, und tausend Lichtringe zuckten über die Wände und das Gewölbe.
Ich aß den Kegel des Weißen Brotes, das die Alchimisten im Haus des Phönix zubereitet hatten, welche die Formel der Verwandlungen kennen. Schwindel ergriff mich. Die Statuen schwankten wie Flammen im Wind, die Wände verzerrten sich, der Boden bäumte sich auf, und die Zeit und der Raum verschmolzen zu einer Einheit. Auf halber Höhe wurde die Spirale dünner, bis sie zwei rotierende Lichtkegel bildete, die durch ihre Wirbel verbunden waren, einer zur Decke ausgerichtet, der andere zum Boden.
Die beiden Kegel wickelten sich umeinander wie zwei Schlangen, die sich ineinander verbeißen. Ein Schwall aus Licht überflutete mich, und eine urzeitliche Kraft saugte mich in die Abgründe des Nun hinein, während Ungeheuer aus verzerrten Formen um mich herumwirbelten. Ein leuchtender Punkt raste mit der Geschwindigkeit des Blitzes auf mich zu, das Licht explodierte, und ich fand mich in einer ewigen Stille zwischen Millionen von Sternen wieder, die ringsumher vorüberflogen.
Ich gelangte zum Hundestern und sah mich selbst. Ich gelangte zum Ochsen des Himmels und sah mich selbst. Ich gelangte zu Horus dem Roten und sah abermals mich selbst. Das Schiff einer Million Jahre trug mich bis an die Grenzen des Kosmos, und ich gewahrte, dass es keine Grenzen gibt außer jenen, zu denen mein Geist mich nötigt, und auf jedem Stern, dem ich begegnete, sah ich immer mich selbst.
Ich machte halt an dem Punkt, wo Vergangenheit und Zukunft aufeinandertreffen, und versuchte, die Gegenwart zu ergreifen, aber meine Hände ergriffen das Nichts. Alle meine unzähligen Leben aller zukünftigen Zeiten aller Sterne

des Alls durchquerten mich mit der Schnelligkeit des Blitzes, vom entferntesten bis zum nahesten, vom Moment des Todes bis zu dem der Geburt, und ebenso geschah es mit all meinen vergangenen Leben bis zurück zum Tag der Alten Schlange. Vergangenheit, Gegenwart und Zukunft lösten sich auf wie die Luftspiegelungen in den Roten Wüstenländern, und meine Hände ergriffen die Ewigkeit.

Ich dachte das Böse, ohne es zu begehen, und schuf eine Welt des Bösen. Ich dachte das Gute, ohne es zu tun, und schuf eine Welt des Guten. Ich hieß meinen Geist schweigen, dachte nicht mehr in Gegensätzen, und ich sah die Schöpfung mit dem Auge des Horus. Ich, jedes Lebewesen und alle Dinge der Welt wurden Teil des Ganzen, Teil aller vergangenen, gegenwärtigen und zukünftigen Zeit, und der Kosmos leuchtete im Lichte Maats. Ich lächelte, und eine Akazie blühte auf dem Gott des Morgens. Ich sprach Worte voller Zorn, und eine Träne glitt über den Stern des Osiris. Ich träumte von den Gärten einer Stadt, darin die Zwei Wahrheiten herrschen, und ein Stern wurde geboren. Ich bückte mich, um einen Tautropfen zu betrachten, und sah, wie sich das Universum darin spiegelte.

Ein Licht blendete mich, ich wurde von einem Mahlstrom ergriffen, und mir stockte der Atem. Der Kosmos wirbelte um mich herum, und ich fand mich keuchend auf dem Boden des Tempels wieder.

Die beiden Lichtkegel verschmolzen und bildeten wieder die Spirale. Diese teilte sich zu einer doppelten Helix, und die beiden Fäden wanden sich umeinander. Eine Folge vierfarbiger Strahlen verband die Fäden wie die Sprossen einer Leiter. Die Spirale begann zu kreisen, erst langsam, dann immer schneller, bis das Pfeifen ohrenbetäubend wurde. Der Tempel bebte, und ringsumher funkelten Myriaden von Lichtern, die von einer Wand zur anderen geschleudert wurden.

Die Leiter aus Licht verschwand, und die Halle der Aufzeichnungen fiel zurück in das Halbdunkel und die Stille.

Ich weiß nicht, ob es meinem Schreiber gelingen wird, Iunu zu erreichen, ebenso wie ich nicht weiß, ob der Hohepriester Wadjmosis tun wird, worum ich ihn bitte, und ob er es wird tun können, bevor die Faust Amuns den Tempel des Ra zerschmettern wird. Keine Spur wird von mir bleiben, außer vielleicht diesem Papyrus.
Wir Ägypter glauben, dass es die schlimmste aller Strafen ist, wenn man nach dem Tod von den Lebenden vergessen wird. Denn das Vergessen verurteilt unser *ka*, ewig im Duat umherzuirren. Ich aber weiß, dass ich nicht vergessen sein werde, weil ich in allen Menschen, die nach mir kommen, weiterleben werde, so wie ich in allen gelebt habe, die mir vorausgingen. Denn wir sind alle Teil derselben Größten Wirklichkeit, einer Wirklichkeit ohne Zeit und Raum.
Das Tropfen der Wasseruhr jagt der Stille hinterher.
Die zehnte Stunde der Nacht geht zu Ende. Das Maß Zeit, das mir gewährt wurde, geht zur Neige. Schon färben die ersten Lichter der Morgendämmerung die Wasser des Nils grau. Noch bevor Aton auf die Hügel fällt, wird mein *ka* vielleicht schon in das Land des Westens fliegen.
Vor meinen Augen sehe ich mein ganzes Leben vorüberziehen. Wenn die Stunde kommt, werde ich leichten Herzens die Negativen Bekenntnisse sprechen, aber das wird nicht genügen, denn dann wird Thoth mich fragen: »Hast du Freude empfunden? Hast du Freude bereitet?« Denn die Freude und die Liebe zum Mitmenschen sind einander verschwistert. Auf den einen Teller der Waage wird Thoth die Feder Maats legen, und er wird mein Herz über den anderen halten, während er auf meine Antwort wartet. Und hinter seinem Rücken wird sich der Schatten des Nilpferdes abzeichnen.
Denn kein Mensch ist der einsame Urhügel im Morgengrauen des ersten Tages des *Zep Tepi*, jeder von uns ist Teil aller anderen, und wir alle tragen dasselbe Bündel Leiden in uns. Erst wenn wir vor den Tunnel des Großen Lichts gelangen und unser *ka* sich anschickt, in das Land des Westens zu fliegen, wird uns diese Einheit bewusst. In diesem Moment sehnen wir uns danach zurückzukehren, jeden verlorenen Augenblick wiederzugewinnen und mitfühlend mit anderen

und mit uns selbst zu sein. Aber dann ist es zu spät. Kein Sterblicher ist je zurückgekehrt. Dir, der du dies liest, sage ich: Am Ort der verborgenen Dinge, in der Nacht des Lichterfestes, sah ich das Licht Maats, und ich erkannte, dass Mitgefühl die Leuchte der Welt ist.
Dieses schreibe ich, Echnaton, am Ende meines Lebens.

»Nun?«, fragte Carnegy. »Was sagst du dazu?«

»Wenn ich nicht wüsste, dass er es geschrieben hat, würde ich an Buddha denken. Aber der lebte siebenhundert Jahre später.«

»Ein großzügiger Kommentar. Mir fällt dazu ein mit LSD vollgestopfter Hippie ein.«

Théo machte eine abwehrende Geste. »Das Gegenteil ist wahr.«

»Oh, ihr arroganten Franzosen!« Carnegy schnaubte, sein Gesicht rötete sich. »Na, dann lass mal hören. Was hast du verstanden, Monsieur Bonaparte?«

Théo sah auf die Fotos an den Wänden. Sein erster Impuls war, Carnegy mit einer barschen Antwort abzufertigen, dann fiel sein Blick wieder auf den Papyrus: *Mitgefühl ist die Leuchte der Welt.*

»Die Erklärung liegt im Weißen Brot.«

»Weißes Brot? Das habe ich oft auf Inschriften gelesen, aber nie besonders wichtig genommen.«

»Eine lange Geschichte. Bekomme ich einen Whisky?«

Zwischen zwei Gläsern Balvenie Single Barrel erzählte Théo, was er erzählen konnte, wobei er sich auf die Archäologie konzentrierte.

»Wenn jemand anderes mir das erzählt hätte, hätte ich es für die Prahlerei eines Hobbyarchäologen gehalten.« Carnegy setzte eine feierliche Miene auf. »Ich habe in Eaton studiert, und ich habe einen Ehrenkodex. Ich vergebe dir, dass du ein Franzose bist, und muss fairerweise anerkennen, dass das, was du mir da erzählt hast, das Interessanteste ist, was ich in dreißig verdammten Berufsjahren gehört habe.«

»Duncan, mir kommt eine Idee. Ich hatte vor, darüber einen Artikel für ›Archaeology Today‹ zu schreiben. Was würdest du sagen, wenn wir ihn zusammen schreiben und auch Echnatons Papyrus einbeziehen?«

»Das ist unglaublich großzügig von dir, wirklich.« Carnegy ging zum Schreibtisch und kehrte mit einer englischen Übersetzung des

Papyrus zurück, die er Théo reichte. »Ich glaube allerdings nicht, dass ich dir von großem Nutzen sein kann.«

»Warum so bescheiden? Ich habe im ›American Journal of Archaeology‹ deine letzte Arbeit über das Grab Setis I. gelesen. Etwas so Fachkundiges ist mir noch nie untergekommen.«

»Ist das dein Ernst?« Carnegy wurde rot vor Freude. »Verdammt, jetzt bereue ich die Gemeinheiten, die ich gesagt habe.«

Théo dachte an die Negativen Bekenntnisse und sandte ein Stoßgebet mit der Bitte um Vergebung an Thoth.

»Wir könnten mit der Weißen Kapelle im Tempel von Karnak anfangen, was meinst du?«

Théo ging die Treppe des Museums hinunter und trat auf die Straße. Aus den offenen Fenstern eines Pubs drangen Stimmengewirr und Gelächter. »Museum Tavern« stand auf dem von Lampen beleuchteten Schild. Er überquerte die Great Russell Street und drückte die Mattglastür des Pubs auf.

Die Bilder und Inschriften auf den Wänden erinnerten daran, dass der Pub einst auch Arthur Conan Doyle und Oscar Wilde zu seinen Kunden gezählt hatte. Théo bestellte ein halbes Pint, zahlte und ging mit dem schäumenden Glas in der Hand auf einen Tisch zu. Während er sich setzte, wechselte er einen Gruß mit dem Mann, der ihm gegenübersaß. Der Mann schien Schauspieler zu sein, seine weißen Haare fielen ihm auf die Schultern, Bart und Koteletten waren sorgfältig im viktorianischen Stil gestutzt, der dunkle Anzug hatte einen perfekten Schnitt.

»Ein Trinkspruch, Sir?«, fragte der Mann, als Théo sein Glas an den Mund hob.

»Warum nicht? Worauf?«

»Auf Oscar Wilde. Er saß immer an diesem Tisch.«

»Auf Oscar Wilde. *Cheers.*« Die Gläser klangen.

»Warum ausgerechnet auf Oscar Wilde?«

»Tja. Ein drogenabhängiger Psychopath und Pervertierter, werden Sie sagen, mein eleganter Freund von jenseits des Ärmelkanals. Aber Wildes Zitate bleiben unübertroffen. Ich komme seit zweiunddreißig Jahren hierher und spreche immer mit meinem Gegenüber an diesem Tisch. Ein Pub ist ein vortreffliches Labor des menschlichen Geistes. Soll ich Ihnen die Quintessenz dieser zweiunddreißig Jahre verraten?«

»Ich bin gespannt.«

»Oscar Wilde schrieb: ›Ich glaube, dass Gott seine Fähigkeiten überschätzt hat, als er den Menschen schuf.‹« Mitleidig zeigte der Mann auf die Kunden, die sich an der Theke drängten. »Pflichten Sie mir bei, Monsieur?«

Théo verzog den Mund. »Ganz und gar nicht.«

»Nein? Und warum? Hegen Sie noch Hoffnungen?«

»Ich glaube, der Mensch hat seine Fähigkeiten überschätzt, als er Gott schuf.«

Der Mann fixierte ihn verwirrt, erhob sich und drückte Théo feierlich die Hand. »Monsieur, Ihre Worte entschädigen mich für meine zweiunddreißigjährige Suche. Danke, Sie haben Oscar Wilde noch übertroffen.«

Das Handy klingelte.

»Ja?«, fragte Théo.

»Hallo. Ich bin's, Raisa.«

Mit einem Glas Whisky in der Hand stellte Théo sich ans Fenster seines Hotelzimmers im Montague on the Gardens, und sein Blick verlor sich in den Lichtern des Russell Square.

Über dem Lichtschein der Straßenlaternen tauchten die Hieroglyphen des Papyrus auf. *Das Schiff einer Million Jahre trug mich bis an die Grenzen des Kosmos, und ich gewahrte, dass es keine Grenzen gibt außer jenen, zu denen mein Geist mich nötigt.* »Ich denke, es hat etwas mit dem Ort zu tun, dem geografischen Ort«, hatte Kassamatis im Flugzeug gesagt. »Sais muss ein besonderer Ort gewesen sein.« Er hatte dasselbe in Tell El-Amarna empfunden und im Dom von Siena, doch auch am Ayers Rock, in Assisi und auf dem Mont-Saint-Michel. Was war das für eine Magie, die dort in der Luft lag und diese Orte so besonders machte? Es war, als beträte man die Halle der Aufzeichnungen, stürzte sich in diese rotierende Spirale und entdeckte sich selbst.

Er leerte das Glas in einem Zug, nahm sein Adressbuch und suchte die Nummer des Weinhändlers Victor La Violette.

»Was sagen Sie dazu?«, fragte Théo ihn zum Schluss.

»Großartig, *mon ami*!«, sagte Victor. »Ich habe selbst immer davon geträumt, aber ich hatte nie den Mut.« Flüsternd fügte er hinzu: »Sie haben meine Frau Ludmille doch kennengelernt, oder?«

»Also kann ich auf Sie zählen? Teilhaber mit dreißig Prozent und Generaldirektor.«

»Die Anlagen Ihres Großvaters sind veraltet. Für das, was Ihnen vorschwebt, brauchen wir das Beste, was es heute in der Technologie des Weinanbaus gibt. Das bedeutet eine Investition von mindestens sieben Millionen Euro.«

Théo dachte an die zwei Säcke mit den Juwelen aus Echnatons Schatz. »In zwei Monaten werde ich das Kapitel auf zehn Millionen Euro erhöhen. Mit meinem Geld, in bar. Und jetzt?«

»Ich bereite die Schösslinge vor, die wir aufpfropfen werden, dann packe ich die Koffer.«

»Wann werden Sie abreisen?«

»Im Februar, mit einer Gruppe Facharbeiter. Im März werden wir die Pfropfreben pflanzen, und innerhalb von drei Monaten garantiere ich Ihnen die Keime der neuen Rebsorte. Und was machen Sie?«

»Wenn Sie kommen, werde ich da sein und Sie erwarten.«

Er wählte Cleas Nummer auf Kos.

»Und darum brauche ich jetzt eine Verwaltungsleiterin«, sagte er zum Abschluss. »Eine Rolle wie für dich geschaffen.«

»Ach ja? Moment, ich suche noch nach einer passenden Antwort. Weißt du, dass du mich an deinen Großvater Nicky erinnerst? Einer verrückter als der andere.«

»Verrücktheit ist in einer Welt wie dieser die einzige Freiheit, die uns geblieben ist.«

»Muss ich sofort anfangen, oder gibst du mir die Zeit, nach Paris zurückzufliegen und meine Wohnung zu verkaufen?«

Théo setzte sich an den Tisch, nahm ein Blatt Papier mit dem Briefkopf des Hotels und schrieb die Adresse des Louvre in die rechte obere Ecke. Nach dem Datum schrieb er: »Betrifft: Kündigung.«

Als der Brief geschrieben war, goss er sich noch ein Glas ein, lehnte zwei Kissen an das Kopfende des Bettes, streckte sich aus und löschte das Licht. Er ließ die Taschenuhr aufspringen. *Au clair de la lune, mon ami Pierrot, prête-moi ta plume, pour écrire un mot…*

56 Zwischen Meer, Himmel und Land schwebend, zeichnete sich der Berg von Mont Saint-Michel vor der untergehenden Sonne ab.

Raisa setzte sich auf die Terrasse der Vieille Auberge und bestellte einen Calvados. In Scharen trotteten die Touristen über das Kopfsteinpflaster der engen, von Souvenirläden gesäumten Gässchen zum Parkplatz hinunter. Wie immer leerte sich der Berg am Spätnachmittag. Raisas Blick wanderte an den Bollwerken zum Schutz vor der Flut und den Schieferdächern der kleinen Häuser hinauf bis zur Silhouette der Abtei, die den Berg überragte.

Sie nippte an ihrem Calvados. Nach dem, was Dominici ihr in Deauville über Abhörsysteme gesagt hatte, versuchte sie, so wenig wie möglich zu telefonieren, auch aus öffentlichen Telefonzellen. Seit wie vielen Tagen hatte sie nicht mehr in ihrer Praxis angerufen?

Sie musste an ihren letzten Anruf bei Dominici denken, und wieder packte sie die Angst, als sie im Geist die tonlose Stimme hörte, mit der jemand im Polizeipräsidium von Rom ihr mitgeteilt hatte, der Kommissar sei nach Triest versetzt worden. Dann war Dominicis Anruf auf ihrer Mailbox gewesen. Seine Stimme war die eines gebrochenen Mannes, eines anderen Menschen als in Deauville. Sosehr er auch versucht hatte, ihr Mut zu machen, der Ton seiner Stimme sagte alles. Sie war wieder allein.

Wie lange würde sie sich noch zwischen diesen Bollwerken verstecken müssen? Sie zog die Michelin-Karte von Frankreich aus ihrer Tasche und faltete sie auf. Wohin? Der nächste Flughafen war Rennes, achtzig Kilometer entfernt. Ihr Blick wanderte an der Küste Südfrankreichs entlang und blieb bei Montpellier hängen. Ob Mayo einem seiner Kollegen von dem Pulver erzählt hatte? Sie hatte keine Anhaltspunkte, aber warum sollte sie es nicht versuchen? Noch blieben ihr fünf Gramm von dem Pulver. Wenn sie die A11 nahm, konnte sie in zwei Stunden am Flughafen von Rennes sein. Ihre Hand umklammerte das Glas. Montpellier.

Ein rauschhaftes Gefühl erfasste sie. Jetzt konnte sie telefonieren, mit wem sie wollte, denn in einer halben Stunde würde sie auf der Autobahn sein. Sie sah auf die Uhr. Arlène hatte die Praxis schon verlassen. Vielleicht war sie schon im Bistro ihrer Mutter angekommen. Raisa stellte das Handy an, überflog das Adressbuch und notierte die Nummer auf einer Serviette. Gerade wollte sie an das Münztelefon der Brasserie gehen, als ihr einfiel, dass sie ihre Mailbox seit heute Morgen nicht abgehört hatte. Ein Anruf von Théo … noch einer. Das Herz schlug ihr bis zum Hals. Sie hörte die beiden Anrufe ab, dann wählte sie seine Nummer. »Théo? Ich bin's Raisa.«

Nach dem Telefonat wanderte sie über das von Laternen beleuchtete Glacis, ohne etwas zu sehen. Die Welt drehte sich um sie herum, und sie drehte sich um die Welt, als säße sie auf einem Karussell. Auf dem Aussichtspunkt des Türmchens blieb sie stehen. Die Lichter der Strandpromenade warfen gelbe Streifen auf das Wasser der Bucht. Welchen Sinn hatten die großen Freuden des Lebens, wenn niemand da war, mit dem man sie teilen konnte? Sie legte ihre Arme um einen imaginären Tanzpartner und vollführte eine Walzerdrehung.

Über der beleuchteten Kirchturmspitze thronte die vergoldete Statue des Erzengels Michael. Wieder kamen ihr Mayos Worte in den Sinn: »Dort oben hatte ich das Gefühl, nicht allein zu sein.«

Ein Taxi hielt vor einem Haus aus roten Ziegelsteinen und cremefarbenem Stuck in Knightsbridge. An der Tür verkündete ein Messingschild mit dem Profil von Cyrano de Bergerac: »John Pinkerton, Kostüme und Perücken«. Théo ging hinein und stieg durch ein mit historischen Theaterplakaten geschmücktes Treppenhaus nach oben.

»Ein Kupferrot wie dieses hier?« Der Ladeninhaber in einer Nadelstreifenweste, aus deren Tasche eine goldene Uhrkette hervorkam, und mit einem Schnauzbart wie ein Fahrradlenker zeigte auf die erste einer langen Reihe von Perücken auf Polyesterköpfen.

»Nein, die ist zu rot. Ich möchte einen dunkleren Kupferton. Denken Sie an die Maserung einer alten Geige.«

»Hm.« Der Mann blätterte in einem Katalog. »Etwas in der Art?«

Théo prüfte das Bild eingehend. »Ja … ich würde sagen, so etwas hatte ich mir vorgestellt.«

»Ein Kupferrot AK128. Gut. Schnitt? Frisur?«

»Eher kurz. Mit ein paar Locken, die in die Stirn fallen.« Théo zwinkerte ihm zu. »Sie sind ein Mann, Sie verstehen mich, oder?«

»Es ist für einen Maskenball, nicht wahr? Sie möchten die Dame überraschen.«

»Natürlich«, sagte Théo nach kurzem Zögern. »Wofür sonst?«

Der Ladenbesitzer machte sich Notizen. »In Ordnung, mein Herr. Die Perücke ist in einer Woche fertig. Wir rufen Sie an.«

»Eine Woche? Unmöglich. Ich brauche sie heute bis ein Uhr, und zwar unbedingt.«

»Heute bis ein Uhr? Das ist nicht Ihr Ernst.«

»Was kostet die Perücke?«

»Zweihundertfünfzig Pfund. Warum?«

»Ich biete Ihnen fünfhundert.« Théo zog seine American-Express-Karte heraus. »Garantierte Lieferung bis spätestens ein Uhr in mein Hotel.«

Der Direktor verzog den Mund, dann zuckte er mit den Achseln. Die einen können dem Reiz kupferroter Haare nicht widerstehen, die anderen erliegen dem von Kreditkarten.

Am frühen Nachmittag hielt ein Taxi vor dem Terminal 3 von Heathrow. Als die Tür sich öffnete, erschien als Erstes eine große Tüte, auf die das Profil von Cyrano de Bergerac gedruckt war. Théo zahlte und ging in den Terminal. Über die Abflugtabelle liefen Zahlen. Der Flug Egypt Air nach Kairo würde planmäßig abfliegen. Théo stellte sich in die Schlange vor dem Check-in-Schalter.

Vom Titelblatt der »Time International« lächelte ihm der Dalai-Lama zu. Seine Züge verschwammen, und die Laterne des Eremiten erschien. Théo hörte die Stimme der Herzogin: »Der Eremit bedeutet die Entdeckung des eigenen Selbst, die Erleuchtung der Buddhisten.« Gleich darauf erklang eine Stimme, die aus einer anderen Welt zu kommen schien: *Am Ort der verborgenen Dinge, in der Nacht des Lichterfestes, erkannte ich, dass Mitgefühl die Leuchte der Welt ist.* Théo sah das Gesicht der Herzogin unter der Pont D'Austerlitz, ihre schmalen Hände mit den bläulichen Adern gaben die Karten. »Sie benimmt sich wie eine Dame«, hatte der Wirt gesagt. »Die schlimmsten Grobiane unter meinen Gästen ziehen den Hut, wenn sie mit ihr reden.«

Er blickte zur Abflugtabelle hoch. Um 14:45 Uhr gab es einen Flug der British Airways nach Paris. Vielleicht schaffte er es noch rechtzeitig. Den Flug nach Kairo konnte er immer noch nehmen, entweder heute Abend oder am nächsten Morgen.

Als er an die Reihe kam, ließ er seinen Flug umbuchen. Er müsse einen Zwischenstopp in Paris machen, sagte er.

»Wie viele Tage?«, fragte die Angestellte.

»Nur ein paar Stunden.«

Am Spätnachmittag stieg Théo vor der Pont de Sully aus einem Taxi. Er ging ein Stück über den Quai Henri IV und bog in ein kleines Seitensträßchen ein. Gerade leuchtete die Neonschrift des Bistros auf.

Kaum war er eingetreten, spähte er zu der Ecke am Fenster hin. Dort saß sie, über ein Buch gebeugt, einen zerknitterten Schal über den Schultern, ein Glas in der Hand. Théo ging zur Theke.

»Nein, lassen Sie mich raten«, sagte der Wirt mit seinem Bleistift hinter dem Ohr. »Krug Rosé. Der Beste, stimmt's?«

Théo blieb vor ihrem Tisch stehen. »Guten Abend. Darf ich mich setzen?«

»Hallo, Jean-Paul.« Die Herzogin musterte ihn schweigend, dann zeigte sie auf einen Stuhl. »Woher stammt diese Sonnenbräune?«

»Aus der Wüste.«

»Sag nichts.«

Die Herzogin legte ihr Buch auf eine Bank, schloss die Augen und fächerte den Stapel Tarotkarten über dem Tisch auf. Ihre Hand irrte über die Karten, blieb stehen und wurde von einem Zittern erfasst. Sie nahm eine Karte. Der Eremit.

»Du hast gefunden, was du gesucht hast?«

»Ich habe es gefunden. Aber es war der Narr, der die Laterne fand, nicht der Eremit.«

Der Wirt kam mit zwei Gläsern und einem silbernen, mit Reif bedeckten Eimer, aus dem eine Flasche ragte. Er zog den Champagner heraus, entkorkte ihn und füllte die Gläser.

»Das freut mich für dich, denn es geschieht selten«, sagte die Herzogin. »Aber sei auf der Hut. Wenn es geschieht, dauert es nicht lange an. Der Mensch vergisst schnell, auch wenn er sich das Gegenteil vornimmt.«

»Der Narr nicht. Erinnerst du dich, was du mir unter der Brücke gesagt hast? Der Narr will die Geheimnisse des Universums ergründen, weil er den Verlockungen des Irrationalen nicht widerstehen kann.«

»Die Laterne des Eremiten ist eigenartig. Sie leuchtet heller als die Sonne, doch nur sehr wenige finden sie, und von diesen wenigen ist niemandem wirklich bewusst, was er gefunden hat.«

Théo rieb sich den Nasenrücken. *Ich machte halt an dem Punkt, wo Vergangenheit und Zukunft aufeinandertreffen, und versuchte, die Gegenwart zu ergreifen, aber meine Hände ergriffen das Nichts ... Vergangenheit, Gegenwart und Zukunft lösten sich auf wie die Luftspiegelungen der Roten Wüstenländer, und meine Hände ergriffen die Ewigkeit.*

»Der Narr entdeckt, was an den Grenzen der Welt ist«, sagte Théo. »Du hast recht, es geschieht selten. Einmal alle dreiunddreißig Jahrhunderte. Aber er vergisst nicht.«

»Wer weiß, du könntest sogar die Ausnahme sein.« Die Herzogin musterte ihn scharf. »Ich sehe ein neues Licht in deinen Augen. Die Zeit wird es erweisen.«

Théo reichte ihr ein Glas.

»Wenn du die Laterne wirklich gefunden hast, was machst du dann hier?«

»Die Leute sagen, dass die Tarotkarten Träume erklären. Du aber kannst sie erzeugen. Und ich brauche jemanden, der Träume erschafft. Ich möchte dir einen Vorschlag machen.«

Am Nebentisch ertönten die lauten Stimmen der Kartenspieler.

»Marketingdirektorin eines Weinanbaubetriebs auf einer griechischen Insel? Sag mal, Jean-Paul, ist dir der Narr womöglich zu Kopf gestiegen?«

Théo brachte sein Glas an dem der Herzogin zum Klingen.

KAIRO, INTERNATIONAL AIRPORT, TERMINAL 2, AM NACHMITTAG DES NÄCHSTEN TAGES

Der Flug Swiss Air LX647/236 aus Paris über Zürich befand sich auf dem Landeanflug.

Als die ersten Passagiere durch die Türen kamen, bahnte sich Théo einen Weg durch die hinter der Absperrung wartende Menge.

Wieder öffneten sich die Türen für eine Reihe von Passagieren. Théo beugte sich vor. Nein, sie war noch nicht dabei. Er dachte an Christiane und ihm war, als müsste er ersticken. Es war wie die

Vorahnung einer bevorstehenden Katastrophe oder zumindest das Gefühl, auf eine Situation schicksalhafter Unwiderruflichkeit zuzusteuern. Was für ein Unsinn. Was hatte eine Frau wie Raisa mit Christiane zu tun?

Er seufzte, während er sich mit der Hand über den Hals strich. Eigentlich war er immer für kurze Beziehungen gewesen. Wie oft war er in der ersten gemeinsamen Nacht mit einem Gefühl der Bedrängnis aufgewacht und hatte überlegt, wie er die Sache am nächsten Morgen möglichst schnell beenden konnte. Hatte er nicht recht? War es nicht das Pathos des unbestimmbaren Werdens, das dem Leben Würze gab? Er schluckte mühsam. Doch welche Zukunft hätte das Leben jetzt ohne sie? Da war sie.

Er rannte an der Absperrung entlang und erwartete sie am Ende des Gangs, abseits von den anderen stehend.

»Hallo«, sagte Raisa.

Théo nahm ihre Hände. »Ich weiß nicht, wie …«

Raisa warf sich ihm um den Hals.

Der Flug KU541 der Kuwait Airlines aus Kuwait City landet heute an Terminal 1, Gate 34B, ich wiederhole, der Flug KU 541 der Kuwait Airlines …

Théo sagte, Khalid sei bereits auf dem Weg zu ihnen. Sie würden sofort in den Sinai reisen und einen Urlaub mit allem Komfort antreten. Ein Geschenk von Khalid zum Dank für die Juwelen, mit denen er aus der Wüste nach Kairo zurückgekommen war. Treffpunkt sei die Bar-Cafeteria im Terminal. Théo und Raisa gingen auf die bunte Neonschrift der Cafeteria zu und schlängelten sich zwischen den Tischchen hindurch. Théo ließ Raisa mit dem Gepäck zurück und bestellte an der Theke.

»Fängst du an?«, fragte Raisa, während sie in ihrem Kaffee rührte.

Blitzlichter leuchteten auf, eine Gruppe von Fotografen lief durch die Halle, um die Spieler der australischen Rugby-Mannschaft in ihren gelbgrünen Trikots zu umringen.

»Was für ein trauriges Ende«, sagte Raisa, als sie nach beendeter Lektüre der Übersetzung des Papyrus von Echnaton aufblickte. »Augenblick mal, mir fällt da etwas ein … Aber das ist ja unglaublich!«

»Was?«

»Ich denke an Freuds Buch *Der Mann Moses und die monotheistische Religion* und an meinen Vortrag. Freud hatte wirklich alles vorhergesehen.«

»Was meinst du?«

»Freud schrieb, dass die Israeliten, nachdem sie aus Ägypten geflohen waren, Moses umbrachten und in der Wüste begruben. Weißt du, wie er das erklärt hat? Mit den repressiven Mechanismen, die sich im kollektiven Unterbewussten verbergen, und mit dem Antrieb zur Ermordung des ›Urvaters‹, einem Impuls, den jeder von uns angeblich in seinen Genen trägt.«

Nachdem die Israeliten Moses umgebracht hatten, kehrten sie zu ihren heidnischen Gottheiten zurück, genau wie die Anhänger Echnatons. Laut Freud sei der Mord des biblischen Mose die Ursache für den vererbten Schuldkomplex des jüdischen Volkes.

»Das kollektive Gedächtnis der Stämme Judas hat die mündlichen Traditionen des Landes Midian einfach übernommen, wahrscheinlich direkt von den Kenitern, die nach Kanaan ausgewandert waren«, sagte Raisa. »Stell dir vor, Freud hat das alles entdeckt, ohne einen Schritt vor die Tür machen zu müssen. Allein, indem er in der Psyche des Menschen grub.«

Théo lachte skeptisch und schüttelte den Kopf.

»Warum lachst du so eigenartig?«

»Recht hast du. Ich müsste weinen. Ich lache über einen Gott aus einem Vulkan, in dessen Namen Juden, Christen und Moslems für sich und andere die Hölle auf Erden geschaffen haben.«

»Immerhin bleibt noch er, Echnaton.« Raisa zeigte auf den Text des Papyrus. »Hat es sich nicht allein dafür gelohnt, dass du diesen Papyrus lesen konntest? Kannst du dir einen außergewöhnlicheren Menschen als ihn vorstellen? Ein Mann, der vor dreiunddreißig Jahrhunderten gelebt hat.«

Théo hielt Raisa eine Hand über die Augen. »Nicht blinzeln. Ich habe dir etwas mitgebracht.«

»Ein Geschenk? Was ist es?«

Er legte ihr die Kette in die Hand.

»Der Anhänger, von dem du mir am Telefon erzählt hast?« Raisa hob die Kette hoch, und Théo drehte die Statuette ins Gegenlicht, sodass die grüne Ader durch den Türkis schimmerte. »Nein,

Théo, das ist zu viel. Behalt du sie. Das ist das Mindeste, nach allem, was du durchgemacht hast.«

»Du bist eine halbe Ägypterin. Dir steht sie zu. Außerdem sähe Echnaton sie sicher viel lieber an deinem Hals als in einer Museumsvitrine.«

Die dunkle Silhouette Khalids näherte sich. Théo und Khalid umarmten sich, und Théo stellte Khalid und Raisa einander vor. Dann gingen sie zum Parkplatz und luden ihr Gepäck auf den Toyota.

Khalid zog einen Geigenkoffer hervor. »Erkennst du den wieder?«

»Meine Jaeger? Wie hast du das gemacht?«

»Als wir am letzten Tag aus dem Lager aufgebrochen sind, hatte ich eine Art Vorahnung.« Khalid zeigte zum Himmel. »Also bin ich an deinem Zelt vorbeigegangen und habe sie mitgenommen, ohne dir davon zu erzählen.«

Sie folgten den Schildern, die auf die Schnellstraße zum Sueskanal führten. Der erste Halt sei in der Nähe der Oase von Nakhl geplant, sagte Khalid. Sie würden die Nacht mitten in der Wüste in einem Beduinenlager verbringen. Dort bereiteten seine Freunde schon ein großes Abendessen vor.

Im Mondschein flackerten die Petroleumlampen vor den Zelten, die um ein großes Feuer herumstanden. Der Duft von gebratenem Fleisch und Minztee erfüllte die Luft.

Vier Beduinen trugen ein riesiges Tablett, auf dem sich Hammelfleisch, gekochtes Gemüse, Reis und Fladenbrot türmten, und stellten es in der Nähe des Feuers ab. Théo, Raisa und Khalid saßen neben den Stammesältesten in einem großen Kreis, in den sich auch zwei junge Australier gesellt hatten. Sie waren auf ihrer Radtour durch den Sinai Gäste der Beduinen.

Während alle sich mit den Händen bedienten, erzählte das Oberhaupt des Stammes Geschichten von Karawanen in der Wüste. Dann wurde mit Kardamom gewürzter Kaffee serviert, und eine Wasserpfeife machte die Runde, deren Tabak ein Apfelaroma hatte. Die Männer sangen ein Lied der Nomaden des Sinai, begleitet von einer Rohrflöte und einem Streichinstrument mit einer Saite. Dann stand ein Beduine auf und flüsterte Khalid etwas zu.

»Er fragt, warum wir ihnen nicht etwas vorspielen«, erklärte Khalid. »Meine Flöte kennen sie schon, aber deine Geige macht sie neugierig.«

»Oh ja, Théo«, sagte Raisa. »Bitte.«

»Ach, es ist zwecklos, Raisa.« Khalid schüttelte den Kopf. »Théo ist ein unsympathischer Eigenbrötler, wie alle Existenzialisten. Er spielt nie vor Publikum.«

»Wir sind kein Publikum, wir sind Freunde.« Raisa sah Théo vorwurfsvoll an.

»Danke für die vorteilhafte Werbung.« Théo ergriff Khalid am Arm. »Wir sprechen uns noch.« Er lächelte Raisa zu und wies mitleidig auf Khalid: »Das ist alles nur Neid, weil ich besser spiele als er.« Dann erhob er sich, zog Khalid hoch und schleifte ihn hinter sich her. »Beweg dich, Mistkerl. Wir sind gleich zurück.«

Die beiden entfernten sich leise zankend und verschwanden dann jeder in seinem Zelt. Auf dem Weg zurück zum Lagerfeuer, die Instrumente in der Hand, hielt Théo Khalid fest und sagte etwas.

»Du hast im Louvre gekündigt? Um nach Kos zu gehen und Wein anzubauen?« Khalid wedelte mit einer Hand vor Théos Augen. »*Shmallah*! Der Schlag des Monsignore war doch stärker, als ich dachte.«

Sie kehrten in den Kreis der Beduinen zurück.

»Wir spielen das *Adagio* in g-Moll von Albinoni, ein Stück, das uns wie für diesen Ort geschrieben erscheint.« Théo wies mit dem Bogen auf die Dünen und den besternten Himmel, dann zeigte er damit auf Khalid, der ihn noch immer entsetzt anschaute.

Der Bogen glitt über die Saiten, und Khalids Finger bewegten sich flink über das Flötenrohr. Auf den Instrumenten und den bärtigen Gesichtern der gebannt lauschenden Beduinen zuckte der Widerschein der Flammen. Tosender Beifall erhob sich.

Das Echo des Klatschens war noch nicht verklungen, als Zac, einer der beiden Australier, sich erhob und eine Mundharmonika aus der Tasche zog.

»Unser *Waltzing Matilda* ist zwar nicht das *Adagio* von Albinoni, aber bestimmt nicht schlechter. Los, Brandon, zeigen wir diesen Herrschaften, wozu wir Australier fähig sind.«

Théo applaudierte mit den anderen, als die beiden ihr Lied gesungen hatten. »Wir haben euch doch schon einmal gesehen?

Wart ihr nicht vor zehn Tagen in dieser Gegend? Und habt dasselbe Lied gesungen?«

»*Sure, mate*«, sagte Brandon. »Das waren wir.«

»Warum singt ihr immer dieses Lied? Was bedeutet *Waltzing Matilda*?«

»Was es bedeutet?«, rief Zac aus. »*Waltzing Matilda* ist der Geist Australiens!«

Waltzing Matilda sei australischer Slang und bedeute, ohne ein bestimmtes Ziel zu vagabundieren. *Matilda* war das Bündel des Vagabunden und *waltzing* die schaukelnde Bewegung dieses Bündels auf dem Rücken des umherstreifenden Müßiggängers. Das Lied erzählte die Geschichte eines Wanderarbeiters, einer von denen, die durch das australische Outback von Farm zu Farm zogen. Er ertrank, als er versuchte, ein Schaf zu stehlen. Jemandem, der Australien nicht kannte, mochte die Ballade nicht viel sagen, erklärte Zac, aber man müsse sie im historischen Kontext eines Landes sehen, das ursprünglich eine Strafkolonie gewesen war, das wirtschaftliche Depression und Gewerkschaftskämpfe erlebt hatte und wo es die Lust am bis zur Neige ausgekosteten Leben gab, das *carpe diem* des Umherziehens durch die grenzenlosen Weiten Australiens auf der Suche nach allem und nichts. Darum gelte *Waltzing Matilda* vielen Australiern als die wahre Nationalhymne, die ihnen viel näher war als die offizielle Hymne *Advance Australia Fair*.

»Das wahre Australien«, schloss Zac, »ist nicht das des Bürgertums von Sydney und Melbourne, sondern das von Leuten wie uns, die im Norden leben. Wir sind die *Songlines*, die Traumpfade.«

»Die Traumpfade?«, fragte Théo.

»Es sind die Wege, über die die Urwesen in den Anfängen der Schöpfung gingen«, sagte Zac. »Die Aborigines wussten das alles, bevor wir Weißen mit unserer ›Kultur‹ kamen, um ihr Leben zu ruinieren.«

Die Urwesen seien die Urahnen der Aborigines, sagte Zac, Gottheiten von halb menschlicher, halb tierischer Gestalt, die in einem Goldenen Zeitalter gelebt hatten, das Traumzeit genannt wurde.

Wie die Aborigines waren auch die Urwesen Wanderer. Ganz Australien hatten sie auf einem labyrinthischen Netz aus Abertausend von Pfaden durchquert, den Traumpfaden. Auf ihren Wanderungen hatten sie getanzt, gespielt, sich geliebt und gesungen, darum hießen diese Pfade auch *Songlines.* Und sie hatten wandernd nicht nur die Pflanzen, die Tiere und die Menschen erschaffen, sondern auch die Regeln menschlichen Zusammenlebens. Die Geschichten dieser Schöpfung fanden sich in den Legenden der Aborigines und auf den Felszeichnungen im Hinterland wieder, zum Beispiel auf dem Ayers Rock.

Die von den Urwesen geschaffenen und mit ihrem magischen Atem beseelten Berge, Flüsse und Bäume waren zu heiligen Stätten der Eingeborenen geworden, zeitlosen Orten, wo Geist und Natur eins waren und jeder seinen individuellen Archetyp wiederfinden konnte. In der Folklore der Aborigines drückte sich die fortwährende Suche nach dem *djang* aus, der Urkraft, die die Urwesen auf ihren Traumpfaden zurückgelassen hatten.

»Der Trieb, im Outback zu vagabundieren, ist der Lockruf der Traumpfade«, sagte Zac. »Es ist die Suche nach der Magie der Urwesen, dem *djang*. Diese Magie spürt man, wenn man an einem Ort wie Ayers Rock steht.«

Théos Blick verlor sich in den Dünen. *Ich gelangte zum Hundestern und sah mich selbst. Ich gelangte zum Ochsen des Himmels und sah mich selbst. Ich gelangte zu Horus dem Roten und sah abermals mich selbst.* War dies also der Zauber von Orten wie Sais oder Achet-Aton oder dem Mont-Saint-Michel oder Asfendiou? Das *djang* der Urwesen? Bohms Quantenpotenzial?

Stille hatte sich über das Lager gesenkt, die glühenden Scheite des Feuers glommen in der Dunkelheit.

Die Tüte mit der Perücke in der Hand, schlüpfte Théo aus seinem Zelt und kletterte eine Düne hinauf. Seine Beine versanken im Sand. Auf dem Kamm angekommen, sah er zum Himmel auf. Die Milchstraße schien so nah, dass er meinte, sie mit der Hand berühren zu können. Er holte die Perücke aus der Tüte und drehte sie in seinen Händen hin und her. Einen Augenblick lang schaukelte eine bunte Lichterkette über die Dünen und warf Lichtreflexe auf einen Schopf kupferroter Haare.

Er winkelte den Arm an, seine Hand sauste durch die Luft, und die Perücke flog weit in die Wüste hinein.

Er lief die Düne herunter, sein Schatten huschte zwischen den Zelten hindurch. Vor Raisas Zelt blieb er stehen und flüsterte ihren Namen. Die Zipfel wurden beiseitegeschlagen, und Raisas Gesicht tauchte im Mondlicht auf. Théo streichelte ihre Wange, küsste sie und drückte sie heftig an sich. Dann flüsterte er ihr etwas ins Ohr.

»Was? Nach Kos? Und was soll ich da machen, in Kos?«

»Die Ehefrau und die Verkaufsleiterin.«

»Komm rein, ich muss mit dir reden.«

Ein Lichtstrahl durchschnitt die Finsternis, und in der Stille ertönte die Melodie der *Ballad of the Kelly Gang*. Über einem Dünenkamm kamen die Umrisse zweier Männer hervor. Die Lampe an einem Bergarbeiterhelm beleuchtete eine Dose Foster's.

»Ich will auch einen Schluck«, sagte Zac.

»Wehe, du trinkst alles.« Brandon stolperte. »Was ist das denn?« Er bückte sich, um etwas aufzuheben. »Wahnsinn, eine Perücke! Guck mal, eine Perücke mitten in der Wüste!«

Zac richtete den Lichtstrahl auf die Perücke. »Ich glaub's nicht.«

Brandon setzte sie auf. »Wie sehe ich aus?« Er wackelte mit den Hüften. »Gefalle ich dir? Bin ich dein Typ?«

Sie brachen in ein derbes Gelächter aus. Zac setzte die Mundharmonika an die Lippen und machte Brandon ein Zeichen, er solle singen.

Waltzing Matilda, waltzing Matilda, who'll come a-waltzing Matilda with me?

Singend, einen Arm auf den Schultern des anderen, entfernten die beiden sich über den Dünenkamm. Der Lichtkegel ihrer Lampe tanzte noch lange über den Sand.

Ein Komet raste über den Himmel, der einen grünen Schweif hinter sich herzog und die Wüste taghell erleuchtete.

Danksagungen

Ein Buch ist ein Boot, das durch die Nacht fährt: Der Kurs ist schwer zu halten, überall lauern Gefahren, und viele Lotsen müssen es ans Ziel steuern. *Curia* stellt da keine Ausnahme dar, denn die Reise hat dreieinhalb Jahre gedauert und führte manchmal durch stürmische Gewässer.

Ich bin vielen Menschen zu Dank verpflichtet, vor allem denen, die mich in verzweifelten Momenten unterstützt haben, wie meine Frau Franca und mein Freund Carlo Fornasini, der eines Tages, als wir uns bei einem Spaziergang durch die Giardini Margherita in Bologna über Quantenphysik und östliche Mystik unterhielten, zu mir sagte: »Oscar, wir sind ein Meer.«

Ein ganz besonderer Dank gilt Enrico Fornasini, Jurastudent an der Universität Bologna, der mir zwei Jahre lang in endlosen Telefongesprächen als Lektor zur Seite stand. Enrico hat sich weniger auf die Fehlerkorrektur als auf Thematisches konzentriert, also auf das, was zählt: die Charakterisierung der Figuren, die Dialoge, die Einbettung der Handlung in eine bestimmte Umgebung.

Das hat er mit Leidenschaft, Intelligenz und Entschlossenheit getan und dabei große Sensibilität und eine beachtliche Urteilsfähigkeit bewiesen, seltene Gaben bei jungen Menschen seines Alters. Ohne ihn wäre *Curia* nicht das Buch, das es geworden ist. Er hat den »Blickwinkel« jeder einzelnen Szene genau erfasst und wie ein erfahrener Regisseur die Kamera immer richtig postiert. Enrico, sei von Herzen bedankt und umarmt.

Schließlich, aber nicht an letzter Stelle, was seine Bedeutung betrifft, danke ich Enrico Bistazzoni, dem Lektor des Verlags Fazi Editore, der die Textredaktion besorgt hat. Enrico hat nicht nur mit bemerkenswerter Fachkenntnis alle notwendigen redaktionellen Änderungen eingebracht, er hat auch mit großer Stilsicherheit zahlreiche Kürzungen empfohlen, die den Roman von allen überflüssigen Elementen befreit haben. Von ihm habe ich einen wichtigen Grundsatz gelernt: Weniger ist mehr. Es war ein Vergnügen, mit Enrico zu arbeiten.

Megève, September 2009 — OSCAR CAPLAN

Dies ist ein Roman. Alle Namen, Figuren und Ereignisse in diesem Buch entstammen der Phantasie des Autors. Jede Ähnlichkeit mit tatsächlichen Ereignissen oder realen, lebenden oder verstorbenen Personen ist daher rein zufällig.

Elia Barceló

Das Rätsel der Masken

Roman. Aus dem Spanischen von Stefanie Gerhold. 528 Seiten. Piper Taschenbuch

Was Amelia und Raúl verband, scheint unzerstörbar und hinter einer Mauer des Schweigens verborgen. Bis ein anderer Mann in Amelias Leben tritt und die Schatten der Vergangenheit heraufbeschwört. Ein Roman wie ein tödlicher Maskenball mit wechselnden Verkleidungen und unvorhersehbarem Ausgang – die Geschichte eines diabolischen Spiels namens Liebe.

»Die Spanierin Elia Barceló lotet jede Nuance in den Herzen ihrer Helden aus und findet für die zarteste Regung die passenden Worte. Ein eleganter Gesellschaftskrimi über die Grenzen zwischen Liebe und Besessenheit und über die Kunst, sein wahres Gesicht zu verbergen.«
Woman

05/2235/02/L

John Burdett

Der buddhistische Mönch

Thriller. Aus dem Amerikanischen von Sonja Hauser. 397 Seiten. Piper Taschenbuch

Sonchai besitzt genug Erfahrung für zwei Leben. Doch niemals zuvor hat der Polizist des berüchtigten achten Bezirks von Bangkok ein Verbrechen mit ansehen müssen, das ihn so erschütterte. Nun treibt ihn nur noch eines an – die Jagd auf die Mörder seiner Ex-Geliebten Damrong ... Abgründig, rasant und erfüllt von der brodelnden Atmosphäre Bangkoks erzählt John Burdetts Thriller von einem perfiden Verbrechen und seiner schockierenden Auflösung.

»Spannend, kenntnisreich und witzig – eine gute Mischung!«
Der Standard

05/2451/01/R

PIPER

Paul Sussman

Der Biss des Skorpions

Thriller. Aus dem Englischen von Ulrike Wasel und Klaus Timmermann. 464 Seiten. Piper Taschenbuch

Piet Jansen stirbt im Tal der Könige. Der Biß eines Skorpions soll ihn getötet haben. Doch Inspektor Yusuf Khalifa glaubt nicht an einen Zufall. Er erinnert sich vielmehr an einen ungelösten Mord, der mehr als fünfzehn Jahre zurückliegt, und nimmt die Ermittlungen auf, atemberaubend und voll von politischem Sprengstoff … Nach seinem furiosen Archäologie-Thriller »Der Fluch der Isis« schickt Paul Sussman den ägyptischen Inspektor Khalifa in seinen zweiten Fall, bei dem nichts weniger auf dem Spiel steht als der Frieden im Nahen Osten.

»Es sind nicht nur die raffinierten Wendungen, die diesen Roman so lesenswert machen. Es ist vor allem das Ermittlerduo wider Willen, der sensible Araber und der rauhbeinige Israeli, gemeinsam gegen Haß und Fanatismus.«

Münchner Merkur

05/1936/02/L

Jason Goodwin

Die Weisheit des Eunuchen

Kriminalroman. Aus dem Englischen von Ulrike Wasel und Klaus Timmermann. 368 Seiten. Piper Taschenbuch

Konstantinopel im Jahr 1836: Eine mysteriöse Mordserie bedroht die Ruhe im osmanischen Reich. Yaschim Togalu, der kluge, weltgewandte Eunuch des Sultans, muß den Mörder finden, bevor die Macht seines Herrn ins Wanken gerät. Und so macht er sich auf die gefährliche Jagd nach dem Täter, die ihn durch die engen Gassen Konstantinopels, durch die Serails und prächtigen Moscheen der Stadt bis in die Quartiere der entmachteten, von Rache beseelten Janitscharen führt …

»Eine packende Geschichte aus dem historischen Istanbul, großartig geschrieben und mit einem wundervoll verführerischen und äußerst originellen Detektiv.«

Kate Mosse

05/2247/02/R

Anne Holt, Berit Reiss-Andersen

Das letzte Mahl

Roman. Aus dem Norwegischen von Gabriele Haefs. 427 Seiten. Piper Taschenbuch

Der grausame Mord an dem Osloer Restaurantchef Ziegler stellt Hanne Wilhelmsen und Billy T. vor ein Rätsel: Wer hat ihm das edle japanische Messer in die Brust gestoßen? Und was hat es mit dem unvollendeten kunstvollen Mosaik in Zieglers Wohnung auf sich? Nach dem tragischen Tod ihrer Freundin Cecilie ist Hanne endlich nach Oslo zurückgekehrt. Nur zögernd wird sie von ihren Kollegen wieder akzeptiert, bis sie diese vor einem schwerwiegenden Fehler bewahrt und den Mord aufklären kann.

»Ein Roman, der gleichzeitig so fesselt, daß man ihn verschlingt, aber doch so nachhaltig beschäftigt, daß man ihn nicht vergißt.«
Stadtmagazin Hannover

05/1771/02/L

Anne Chaplet

Russisch Blut

Kriminalroman. 256 Seiten. Piper Taschenbuch

Für Katalina Cavic sollte es ein Neuanfang sein auf Schloß Blanckenburg. Doch sie kommt nicht zur Ruhe, Lüge und Betrug sind hier ebenso offensichtlich wie der Verfall des alten Anwesens. Während die junge bosnische Tierärztin noch mit den Dämonen ihrer eigenen Vergangenheit kämpft, erschüttert der Mord an einem angesehenen Archäologen die Schloßbewohner. Im Zuge der Ermittlungen tritt ein altes Geheimnis zutage, das mit der dramatischen Flucht einer Frau in den Wirren des Zweiten Weltkriegs zusammenhängt und Katalina an ihre eigene Geschichte erinnert.

»Anne Chaplet ist ein Glücksfall für die deutsche Kriminalliteratur.«
Der Spiegel

05/1996/02/R

PIPER